mtb

MINA MART

on stage *in London*

ROMAN

mtb

Der Originaltitel erschien 2017 bei books2read.

1. Auflage 2021

Überarbeitete Neuausgabe

Gesetzt aus der Stempel Garamond
von GGP Media GmbH, Pößneck
Druck und Bindung von GGP Media GmbH, Pößneck
Printed in Germany
ISBN 978-3-7457-0111-1
www.mira-taschenbuch.de

Klimaneutral
Druckprodukt
ClimatePartner.com/15109-2009-1001

FSC
MIX
Papier
FSC® C014496

Triggerwarnung:
Dieser Roman enthält Szenen, in denen Suizidgedanken, Selbstverletzung und sexuelle Gewalt verhandelt werden.

Für alle, die jemals zwischen Songtextzeilen und Bücherseiten ihren Frieden gefunden haben.

1. KAPITEL

SETTING YOURSELF ON FIRE

Finn

April 11th, 1:00 a.m.

Bunte Punkte tanzten vor meinen Augen, als ich mich nach hinten fallen ließ und auf den schwarzen Fliesen meines Badezimmers aufkam. Der Aufprall war vergleichsweise schwach, aber ich war auf physischer Ebene inzwischen vollständig taub – vermutlich ein Reflex meines Körpers, weil ein Mensch nur eine gewisse Menge an Schmerz empfinden kann.

Unzählige weiße Pillen lagen um mich herum verteilt, winzige Tabletten. Bei der Hälfte handelte es sich um Antidepressiva, die restlichen waren Schlafmittel. An die fünfzig mussten es ungefähr sein, ich hatte sie nicht alle zählen können, als die Kapseln aus meinen Händen geglitten und vor mir auf dem Boden aufgekommen waren.

Ich schloss die Augen und wand mich eine Weile, während im Inneren meines Kopfs ein Film ablief, fast schon in Zeitlupe, der zu der einzig wahren Realität für mich wurde.

An das Glück konnte ich mich nicht mehr erinnern, auch wenn mein Verstand einwandfrei funktionierte. Er versuchte, mit zwei Worten die Empfindungen zurückzubringen und mich fühlen zu lassen, wie alles vor dem Anruf meiner leiblichen Mutter gewesen war.

San Francisco.

Es war vergeblich.

Wieder ein Reflex, dachte ich. Ich war nicht in der Lage, an Eliza zu denken, als ich noch der festen Überzeugung gewesen war, wir würden das hinkriegen. Wir beide würden jede Schwierigkeit überwinden, weil ich vielleicht doch *normal* war. Fähig, einen Menschen an mich heranzulassen. Ich konnte mich nicht mehr daran erinnern, auch wenn es kaum Wochen zurücklag.

Nur an den Anruf meiner Mutter am letzten Abend. *Julia Gallagher hatte sich gemeldet.* Ja, daran erinnerte ich mich in jeder Einzelheit. Sie hatte es mir vorsichtig mitgeteilt, zögernd. Aber es hatte nichts an der Tatsache geändert. Meine leibliche Mutter war zu diesem Zeitpunkt schon etliche Tage mit Laura und Michael in Verbindung gewesen. Sie hatte nicht nachgegeben, und Laura sah das als Zeichen, mich einzuweihen. Ihr eine Chance zu geben. Sie hatte mich regelrecht beschworen, mich mit ihr zu treffen. Aber ihre Worte hatten keinen Sinn für mich ergeben, meine Sicht war verschwommen, das ganze Hotelzimmer war vor meinen Augen verschwunden. Ich war mit grausamer Klarheit an meine Kindheit erinnert worden, nur weil sie ihren Namen ausgesprochen hatte.

Ich konnte nicht weiter denken, ich beugte mich vor, stürzte auf die Knie und sah mein Abbild im Spiegel vor mir. Für eine Sekunde sah ich den sechsjährigen Jungen, der ich damals gewesen war. Blut, das Geräusch von knackenden Knochen, Schmerzensschreie und Dunkelheit. Es war nicht viel, Details hatte mein Verstand nicht behalten, aber es reichte aus.

Und dann verschwand die Vision, und ich sah den schwarzen Anzug, meine blutunterlaufenen Augen, die von zu wenig Schlaf zeugten, und die Maske, die mir über die Haare gerutscht war. Ich war kein Kind mehr. Ich war erwachsen. Ich hatte unvorstellbare Macht, die mir erlaubte, einen Menschen zu zerstören und zu missbrauchen. Nicht irgendeinen Menschen, sondern den einzigen, den ich jemals lieben würde.

Mit einem Satz war ich wieder auf den Beinen und riss mir erst die Maske, dann die Kleidung vom Körper, zerrte an dem teuren Stoff, machte so lange weiter, bis ich nur noch in Boxershorts dastand. Wieder ging ich zu Boden, aber nicht, bevor ich das Rasiermesser aus der Schublade unter dem Waschbecken genommen hatte.

Ich hatte mich von Eliza getrennt, nachdem sie mir schluchzend erklärt hatte, dass sie über Kathryn Bescheid wusste und trotzdem bei mir bleiben würde. Ich hatte sie gehen lassen, obwohl jede Faser meines Körpers darunter litt und ich mir bewusst war, dass ich damit die letzte Chance auf Glück verspielte. Es war mir egal, wie viel ich ertragen musste, wenn ich sie damit vor mir rettete. Lauras Anruf hatte mich aufgeweckt, mir gezeigt, wer ich wirklich war. Eliza hatte etwas Undenkbares für mich getan, als ich durchgedreht war, etwas, das ich nie, niemals hätte annehmen dürfen.

Es war falsch. Es war vergeudete Zeit. Und deshalb hatte ich es beendet. Damit hätte diese traurige Geschichte zu Ende sein müssen. Sie würde mich vergessen, sich eines Tages in einen normalen Kerl verlieben – denn ich war mir sicher: Lieben konnte sie, nur nicht mich –, in jemanden, der ihr alles geben konnte, weil sie es wert war. Der sie lieben konnte, wie sie es verdient hatte, der nicht mit seiner psychischen Unzurechnungsfähigkeit ihr Leben verdunkelte. Es wäre der perfekte Schnitt gewesen und hätte ein Happy End für sie bedeutet. Ich wäre zugrunde gegangen, aber das war nicht weiter schlimm, denn das war ohnehin der Fall.

Jeden Tag hatte ich gekämpft, um nicht alles zu ruinieren, jede Stunde war ich immer wieder aufs Neue gestorben, weil sie niemals mir gehören würde. Ich hatte mich damit getröstet, dass es ihr besser ging. Aber das tat es nicht. Ich hatte es in ihren Augen gesehen, als ich sie vor wenigen Stunden auf der Tanzfläche in meinen Armen gehalten hatte. Sie war nicht über mich hinweggekommen und versuchte es erst gar nicht. Sie wollte mich genauso wie in der Nacht, als ich ihr offenbarte, dass ich versucht hatte, mir das Leben zu nehmen. Und ich hatte die Situation ausgenutzt, auch wenn ich ihr so wehgetan hatte wie noch niemandem zuvor.

Ich atmete zitternd ein und wieder aus, spürte, wie mein Herzschlag sich verdoppelte, und setzte das silberne Messer an meinem Unterarm an.

Ich würde mich nicht sofort umbringen. Das wäre nicht genug. Das wäre viel zu selbstsüchtig, weil ich mich damit sofort von den Qualen erlösen würde. Erst würde ich leiden. Körperlich und seelisch. So wie sie gelitten hatte, als ich sie ohne jegliche Gefühlsregung genommen hatte.

Der erste Schnitt war klein, oberflächlich, und nur wenige dunkle Tropfen quollen aus meiner Haut.

Sie hatte sich wehren wollen, da war ich mir sicher. Sie hatte mich davon abhalten wollen, es zu tun.

Ich fuhr weiter nach oben, hielt dann inne, als ihr gequältes schönes Gesicht unter der hauchdünnen Maske vor meinem inneren Auge erschien, und schleuderte das Rasiermesser so weit ich konnte von mir.

Es bereitete mir Höllenqualen. Nicht die Wunde, sondern meine Reue. Und der Gedanke an sie, an ihre perfekte Unschuld, ihre Wärme. Ich konnte mich nicht selbst verletzen, ich wollte nicht zusammengekauert in meinem Badezimmer liegen und mir den Beweis liefern, dass ich derselbe Psychopath wie vor einem Jahr war. Denn der war ich nicht.

Ich war schlimmer.

Nicht wie damals, vor San Francisco, als ich geglaubt hatte, sie zu hassen. Das hier grenzte an Selbstzerstörung. Das konnte ich mir nie wieder verzeihen. Deshalb war die einzig vernünftige Lösung, der einzig richtige Weg mein Untergang.

»Verzeih mir«, schluchzte ich und krallte mich an meinen Haaren fest, spürte, wie das Blut auf mein Gesicht tropfte und dort verschmierte. Ich konnte keine Sekunde länger leben. Ich konnte mir meine Arme nicht aufschlitzen, bis ich verblutete. Ich hielt es nicht mehr aus. Ich war zu schwach. Mit einem Mal wurde der Gedanke erdrückend. Ich brauchte ein schnelles Ende. Wo waren die verdammten Tabletten? Meine Finger kratzten erfolglos auf dem Boden herum, ich bekam nicht eine zu fassen. Meine Augen schlossen sich automatisch, und ich spürte neben der Verzweiflung eine solche Erschöpfung, als hätte ich stundenlang einen Kampf ausgetragen. Ich konnte wirklich nicht mehr.

Vielleicht war das der Tod. Vielleicht hatte eine höhere Macht Mitleid mit mir, auch wenn ich es nicht verdiente. Und wieder sah ich Eliza vor mir, als ich der Ohnmacht immer näher kam. Aber diesmal sah ich keinen Schmerz in ihrem Gesicht, sondern ihr

Lächeln. Ihre kleine Hand, mit der sie ihre Locken zurückstrich, und die Röte, die ihr langsam in die Wangen stieg. Ich spürte ihre Lippen an meiner Haut und ihren Geruch, der mich einhüllte, wenn sie auf mich zukam und es sich auf meiner Brust gemütlich machte. Ich wusste, dass sie mich als jemanden ansah, der es wert war.

Ich liebe dich.

Etwas Nasses lief mein Kinn runter, und mein Körper schüttelte sich.

»HAST DU DEN VERSTAND VERLOREN?«

Meine Lider zitterten und flogen auf. Bevor ich wusste, wie mir geschah, wurde ich hochgezerrt und gegen den Spiegel gedrückt. Es folgte ein brennender Schmerz an meiner Wange, und ich riss meine Augen weiter auf.

Blaue Augen, wutverzerrtes Gesicht.

Reflexartig hob ich die Arme, um mich selbst zu verteidigen, als die nächste Ohrfeige kam.

»Tom! Bist du wahnsinnig geworden?«

Mein Blick zuckte nach rechts, und ich sah Alison neben ihm stehen. Ich war überrascht, dass ich sie in meinem Zustand überhaupt erkannte.

»Er muss zu sich kommen«, fuhr er sie an und griff mir hart unters Kinn, bevor sein Blick über den Fußboden wanderte. Jetzt erkannte ich den Schock in seinen Zügen, der sich unter den Zorn mischte. »WIE VIELE HAST DU GENOMMEN?«

Ich brauchte einen Moment, um zu schalten, dann schüttelte ich den Kopf.

»Lass ihn los, Tom, wir müssen den Notarzt rufen. Schau dir seinen Arm an.«

Er wich zurück, fast schon angeekelt, und schaute entsetzt auf das Blut. »Was hast du getan?«, flüsterte er.

Ich erwiderte nichts, aber in gewisser Weise fühlte ich mich, als hätte man mir einen Wassereimer über den Kopf gekippt. Eiskaltes Erwachen. Der Schmerz ließ meine Wangen pochen, und jetzt bemerkte ich auch den Schnitt an meinem Arm, wenn auch nur geringfügig. Wie in Trance starrte ich auf das Blut und wieder zurück zu meinem Bruder und Ally.

Sie trat vor. »Tom, geh ins Wohnzimmer. Ich muss mit ihm reden.«

»Ich werde sicher nicht ...«

»Sofort«, knurrte sie. »Ich sag dir Bescheid, wenn ich Hilfe brauche.« Dann drehte sie sich zu mir. »Wie viele Tabletten hast du genommen?«

Ich sah, dass sie versuchte, ruhig zu bleiben, aber ihre Hände bebten, genau wie Toms. Mein Blick war jetzt klar, alles wurde intensiver. »Keine«, brachte ich hervor. »Verschwindet.«

»Er ist mein Bruder, Alison, und du hast keine Ahnung ...«

»Und ich bin mit Eliza befreundet, was ...«

»VERSCHWINDET«, brüllte ich, als Ally ihren Namen aussprach.

»Sieh ihn dir an«, sagte er panisch. »Ich kann dich nicht mit ihm alleine lassen, er ist imstande, dich zusammenzuschlagen.«

»Das wird er nicht.«

Sie sahen sich lange an, und schließlich wurde Toms Blick weich. Er drehte sich zu mir, und auf einmal war jegliche Wut aus seinem Gesicht verschwunden. »Zeig mir deinen Arm.«

»Lass mich in Ruhe.«

»Zeig mir deinen verfluchten Arm, oder ich rufe sofort den Notarzt.«

Ich stöhnte und streckte ihn aus. Wieso konnten sie mich nicht einfach alleine lassen?

Tom sah aus, als wäre ihm übel geworden, er holte ein Taschentuch aus seiner Tasche und drückte es auf die Wunde. »Fünf Minuten, Ally. Dann bringen wir ihn zum Arzt, ich weiß nicht, ob ich ihm glauben kann, dass er nichts genommen hat.« Und damit verließ er das Badezimmer und ließ mich mit ihr alleine.

»Wie kannst du es wagen?«, fauchte sie augenblicklich, und ihre Augen blitzten.

Ich wusste, wovon sie sprach. Meine Beine schienen wieder nachzugeben, ich musste mich am Waschbecken festhalten. »Geht, Ally. Bitte. Lasst mich einmal die Verantwortung für meine Taten übernehmen«, krächzte ich, und meine Stimme brach.

»Die Verantwortung?« Ihre Stimme bebte vor Zorn. »Sag mal, wie kann man so egoistisch sein? Okay, sagen wir, du hast nicht an deine Freunde oder an deine Familie gedacht, die dich lieben, die immer für dich da sind und denen du mit diesem Scheißdreck« – sie deutete auf den mit Pillen übersäten Boden – »das Schlimmste antun würdest. Oder Eliza?«

»Bitte.« Ich schüttelte verzweifelt den Kopf, ich hielt es nicht aus. »Bitte nicht.«

Aber sie sprach erbarmungslos weiter, und ihre Stimme wurde immer lauter. »Du hast sie heute Abend vollkommen zerstört, Finn. Aber glaubst du wirklich, DAS HIER würde es wiedergutmachen? WIE KANN MAN NUR SO FEIGE SEIN? BEDEUTET SIE DIR WIRKLICH SO WENIG, DASS DU IHR DAS ZUMUTEN WÜRDEST? DEINEN TOD?«

Wieder spürte ich die Hitze an meinen Wangen herunterlaufen und schüttelte den Kopf hin und her, immer wieder. »ICH KANN ES NICHT AUSHALTEN, VERSTEHST DU? DIESER SCHMERZ, DIESE REUE, ICH KANN NICHT DAMIT UMGEHEN!«

Sie trat ganz nah vor mich, und jetzt sah ich, dass sie wirklich zitterte. »Ich weiß nicht genau, was dir passiert ist, aber nichts rechtfertigt einen Selbstmord.«

»Ich liebe sie«, brachte ich irgendwie hervor.

»Wieso hast du ihr das dann angetan?«

»Weil ich ein Psychopath bin. Die Welt wäre besser dran ohne mich.« Nichts konnte mein Verhalten erklären. Ich hatte sie nicht missbraucht, um sie dazu zu bringen, über mich hinwegzukommen. Ich hatte es getan, weil ich das schlimmste, niederträchtigste Geschöpf im ganzen Universum war.

»Nein.« Ally weinte jetzt ebenfalls. »Nein, das wäre sie nicht. Ihr beide, Eliza und du … Ich habe noch nie zwei Menschen gesehen, die sich so sehr brauchen und sich gleichzeitig immer wieder aufs Neue wehtun. Du hast ihr heute nicht nur das Herz gebrochen, du hast sie wie Dreck behandelt. Das kannst du nicht wiedergutmachen. Aber weißt du, was du machen kannst?« Sie wischte sich die Tränen weg und blickte mir fest in die Augen. Als ich nicht antwortete, ging sie in die Hocke und sammelte in Sekundenschnelle die Tabletten auf, bevor sie sie in die Kloschüssel pfefferte und spülte.

Stumm sah ich sie an und drückte das Taschentuch gegen meinen blutenden Arm. Und während ich sie betrachtete und all meine Empfindungen zurückkamen, wurde mir bewusst, was sie meinte. Ich liebte Eliza. Ich liebte sie mehr als mein eigenes nichtsnutziges Leben. Und deshalb würde ich mich nicht umbringen. Deshalb hatte ich es auch schon nicht gekonnt, bevor die beiden aufgetaucht waren.

Meine Worte fielen mir ein, als ich mit Eliza Schluss gemacht hatte, als ich ihr von meinem ersten Selbstmordversuch erzählt hatte. Selbst du kommst nicht gegen die Hölle an, hatte ich gesagt und geglaubt, es sei die Wahrheit. Erst jetzt wurde mir bewusst, wie sehr ich mich getäuscht hatte. Ich konnte mir mein Leben nicht nehmen – nicht, solange sie noch atmete. Selbst wenn ich ihr etwas Unverzeihliches angetan hatte. Alison hatte recht. Das würde es nicht wiedergutmachen. Das würde niemandem etwas bringen.

»Es tut mir leid«, murmelte ich leise und spürte, wie die Gefühle in meinem Inneren immer stärker tobten. »Es tut mir so leid, was ich getan habe.«

Ally nickte und kam auf mich zu, nahm mich wortlos in den Arm und strich mir über den Rücken, tröstete mich wie ein kleines Kind, bis ich mich beruhigt hatte.

Ich hörte ein Geräusch, und sie trat zurück, als Tom vor uns stand. Ich sah sie an, und mir fiel wieder ein, dass die beiden sich getrennt hatten.

»Alles okay?«, flüsterte er leise und blickte erst zu ihr, dann zu mir.

Ich wich seinem Blick aus. »Ich werde die Wunde verbinden.«

Er nickte vorsichtig, er schien sich auch beruhigt zu haben. »Und du solltest dich bei Dad melden, ich habe ihn angerufen. Anschließend bring ich dich zum Arzt.«

»Ja.« Ich war nicht einmal wütend. Ich wandte mich zum Gehen, das Verbandszeug war in meinem Schlafzimmer, aber er hielt mich zurück.

»Es tut mir leid, Finn, ich wollte nicht … ich wusste nicht, wie ich reagieren soll, ich …«

Schnell schüttelte ich den Kopf. »Vergiss es. Ich tu das nie wieder. Das schwöre ich.« Dieses Versprechen meinte ich hundertprozentig ernst, auch wenn ich mir noch nicht ganz bewusst war, woher diese Sicherheit kam.

Sein Blick war fast überrascht, dann wurde er ernst und schwieg eine Weile, bevor die Worte herauskamen. »Gut. Denn wenn du es tun würdest, dann würdest du nicht nur dich umbringen.«

Ich lief aus dem Zimmer und wusste nicht, was ich denken sollte. Mit einem Mal durchfuhr mich Scham, dass ich auch nur eine Sekunde an die Möglichkeit gedacht hatte. Wie schnell hätte es vorbei sein können … Wie schnell hätten die Pillen in meinen Magen oder das Messer an meine Pulsader gelangen können. Immer noch zitternd, aber diesmal aus Angst, nahm ich den Verbandskasten aus dem Schrank neben meinem Bett. Laura, Michael, Tom, Alex. Ich hätte ihnen allen das Herz gebrochen. Alison, meine anderen Freunde, die ich täglich in der Universität sah und gegen die ich mich zu Beginn gewehrt hatte. Mir wurde bewusst, was für eine Verantwortung auf mir lastete. Es war nicht wie damals, in Los Angeles. Ich war jetzt wirklich erwachsen. Und Eliza. Meine Eliza. Auch wenn ich kein Recht mehr hatte, auch nur an sie zu denken. Ich wickelte das weiße Band um meinen Arm und atmete tief ein. »Was bist du nur für ein Volltrottel«, murmelte ich.

Ally trat wieder neben mich, Tom ließ sich auf mein Bett nieder, sie schienen beide mit den Nerven am Ende.

»Ich stimme dir voll und ganz zu.« Ally versuchte zu lächeln, aber es misslang ihr. »Da … Da ist noch etwas.«

Ich nickte und schaute sie aufmerksam an.

»Ich glaube, sie will nach England. Sie hat kein Wort mehr mit uns gesprochen, nachdem … Du weißt schon. Sie ist völlig fertig. Aber da lagen überall Prospekte auf ihrem Boden und … Ich denke, sie muss weg hier.«

Ich brauchte einen Augenblick, um zu realisieren, was Ally meinte. »England«, wiederholte ich schließlich tonlos. Ich erinnerte mich sofort an das Treffen. Wir hatten uns damals zusammen für das Auslandssemester angemeldet.

Plötzlich begann mein Herz wieder zu rasen, und ich stolperte nach hinten, um erneut nach Halt zu suchen. Mein Körper reagierte vor meinem Verstand auf die Idee, die sich mit der Geschwindigkeit eines Lauffeuers in mir ausbreitete, während mein Blick durch das Fenster meines Schlafzimmers nach draußen wanderte und an Seattles Skyline hängen blieb. Ich sah die leuchtenden Hochhäuser, die inzwischen so vertrauten Gebäude.

Und in dem Moment wusste ich, dass es die einzige Möglichkeit war.

***

Eliza

April 17th, 5:10 a.m.

»Ist es nicht zu früh für Kaffee?« Samuel deutete aus dem Fenster auf den Himmel, der sich hinter den Wolkenkratzern langsam goldrot färbte. Ich war vor einer halben Stunde in seine Wohnung gekommen, und jetzt saßen wir nebeneinander auf seiner kleinen gemütlichen Couch in seinem unordentlichen Wohnzimmer, das irgendwie etwas Tröstliches hatte.

»Es ist nie zu früh für Kaffee«, entgegnete ich und nahm die dampfende Tasse, die er mir reichte.

Ich hatte ihn aus dem Schlaf geklingelt und gefragt, ob wir zusammen hier frühstücken konnten, weil wir das schon lange nicht mehr getan hatten. Weil ich nicht schlafen konnte. Und weil wir uns seit dem Maskenball nicht mehr zu Gesicht bekommen hatten. Es war genau eine Woche her, seit ich zusammengebrochen war und er mich auf dem Motorrad nach Hause gefahren hatte.

»Alles okay?«, fragte ich ihn, nachdem wir ein paar Minuten gedankenverloren geschwiegen hatten.

»Hmh …« Er hob den Kopf und sah mich direkt an. »Das müsste ich dich fragen.«

Ich sah weg und nahm einen großen Schluck. »Ich brauche deine Hilfe.«

»Was kann ich tun?«, kam es prompt.

»Ich muss zur Uni, Papiere unterschreiben, und ich … Ich will nicht alleine auf den Campus. Heute Nachmittag treffe ich mich mit ein paar Kommilitonen für ein Literaturprojekt in einem der Seminarräume, aber davor … muss ich zum Auslandscenter.« Er wartete, bis ich weiterredete, und ich atmete ein paarmal tief durch, bevor ich es aussprach. »Ich werde nach England ziehen.«

Es war beschlossene Sache. Am Morgen nach jener verhängnisvollen Nacht hatte ich mich hingesetzt und ernsthaft nachgedacht. London war keine Entscheidung mitten in der Nacht gewesen, die ich am Tag darauf als übertrieben oder lächerlich abstempelte. Ich war verzweifelt gewesen, mehr als jemals in meinem Leben, aber das änderte nichts an der Tatsache, dass ich hier in Seattle nicht mehr leben konnte. Ich hatte mir geschworen, diese Woche noch zur UW zu gehen, und heute hatte ich endlich den Mut aufgebracht, mit jemandem darüber zu sprechen. Außerdem musste ich wegen Literatur sowieso hingehen. Jenny und Ally wussten noch nichts, genauso wie meine Eltern, die inzwischen durchdrehten vor Sorge, weil ich mich so lange nicht meldete, aber das würde sich ändern, sobald heute Abend alles unterschrieben war. Ich würde mich meinen Freunden und meiner Familie stellen und ihnen meine Entscheidung mitteilen, auch wenn ich schon jetzt viel zu nervös war. Fast zerbiss ich mir meine Lippe, während ich Sam ansah und auf eine Antwort wartete.

»Wie meinst du das? Für wie lange?«, fragte er langsam und blickte mich ein wenig ängstlich an.

»Für den Rest meines Studiums.« Ich schluckte. »Zwei Jahre.«

Damals hatte ich mich mit … ihm … nur für ein Semester angemeldet, aber ich hatte im Laufe der Woche dank der Tausenden Prospekte und diverser Homepages herausgefunden, dass man nach einer Zulassungsprüfung auch den Abschluss im Ausland machen konnte. Für das Semester war ich schon angenommen worden – meine Noten waren vor allem in Literatur einwandfrei –, und um die Prüfung machte ich mir keine Sorgen. Ich musste sie ohnehin nur in einem meiner Fächer belegen.

»Okay.«

»O-okay?«

Er schaute mich ganz ruhig an, jegliche Sorge war verschwunden, und lächelte dann traurig. »Unter anderen Umständen hätte ich versucht, dich davon abzuhalten, Liz ... Aber du bist dir sicher, oder?«

Ich nickte, während mich eine unglaubliche Erleichterung durchfuhr.

»Fühlt es sich wie Davonlaufen an?«

»Es fühlt sich wie meine einzige Chance an, jemals wieder glücklich zu werden«, murmelte ich mit leicht sarkastischem Unterton. Was war schon Glück?

»Dann helfe ich dir«, sagte Sam leichthin. »Seit wann denkst du ernsthaft darüber nach?«

»Ich hab mich schon vor einiger Zeit angemeldet ...« Er wusste auch so, wieso ich gehen musste. Er war live dabei gewesen, als ein Teil von mir endgültig gestorben war.

»London war es, richtig?«

»M-hm. Eigentlich nur ein Semester. Aber ich ... Ich möchte gerne länger bleiben, verstehst du?«

Anstatt zu antworten, legte er einen Arm um meine Schultern, und ich lehnte mich an ihn. Ich lächelte leicht. Es war schön zu wissen, jemanden zu haben, auch wenn es inzwischen selbstverständlich sein sollte – das war es immer noch nicht, obwohl Sam mir schon Tausende Male geholfen hatte. Generell sollte ich mein Glück, was meine Freunde anging, mehr schätzen. Sie waren das Wichtigste. Ich hatte noch keine Ahnung, wie ich in England ohne sie auskommen sollte, aber die Notwendigkeit, wegzukommen, war im Moment stärker. Ich war eine geborene Einzelgängerin, hatte ich immer gedacht, aber ich brauchte trotzdem jemanden, der für mich da war. Brauchten wir das nicht alle?

»Also dann hol ich dich um drei ab, okay?«, vergewisserte sich Samuel noch mal, als ich mich zum Gehen wandte, da Jenny und Ally sich wahrscheinlich schon fragten, wo ich blieb. »Anschließend gehst du zu deinem Treffen, während ich in der Bibliothek mein Zeug erledige, und dann fahren wir zu euch, und du erzählst Jen und Ally davon.«

Ich nickte. »Genau. Danke für den Kaffee.«

Er grinste und umarmte mich, hob mich leicht an, sodass ich auf Zehenspitzen stand, und ließ mich dann wieder runter. »Für dich steh ich auch mitten in der Nacht auf, Kleine.«

Angesichts des letzten Wortes brachte ich kein Lächeln mehr zustande, als ich meinen Cardigan fester um mich wickelte und mit gesenktem Kopf die Treppenstufen hinablief. Es würden verdammte Jahre vergehen müssen, bis ich auch nur ansatzweise mit Finn abschließen konnte. Und damit, was er mir angetan hatte. All das Glück … und all die Qual.

Ich wusste nicht, wofür ich ihn mehr hassen sollte.

***

3:30 p.m.

»Bitte schön.« Die Frau reichte mir ein paar Formulare und lächelte. »Die Prüfung belegen Sie zusammen mit den anderen Interessenten in vier Wochen, und die Abreise ist am 22. Juni.«

Ich nahm die Papiere entgegen und starrte sie eine Sekunde länger als gewöhnlich an. Ende Juni. Das waren kaum zwei Monate mehr. Ich war viel zu leicht in das Programm gekommen.

»Alles klar?«, fragte Sam, als ich mich neben ihn auf die Bank sinken ließ und mit leicht zittrigen Fingern meine Zulassung durchblätterte, ohne irgendetwas zu lesen.

Ich legte ihm die Blätter auf den Schoß, schlug meine Beine übereinander und atmete tief ein, während ich meinen Blick über die Universitätsgebäude und die riesigen Kirschbäume wandern ließ. »Hör auf, mich das ständig zu fragen, als könnte ich jeden Moment zusammenbrechen. Mir geht's gut.«

»M-hm. Und wieso wirfst du keinen einzigen Blick hierauf?« Er hielt die Blätter hoch. »Komm schon, Liz, wenn du nicht sicher bist … wenn du es dir doch anders überlegen möchtest …«

»Nein«, unterbrach ich ihn hart und atmete zischend aus. »Es ist nur seltsam, weißt du. Der Gedanke, dass alles so schnell geht, wenn man will. Dass es so einfach ist, alles hinter sich zu lassen.«

Er erwiderte nichts, sondern fing nun auch an, die Zettel durchzublättern.

Wortlos beobachtete ich die rosafarbenen Blütenblätter, die durch die Luft wirbelten, bevor sie sanft auf der Wiese vor uns landeten. Das war der typische UW-Campus. Riesig, altmodisch und absolut vertraut. Die Luft roch nach Frühling, und sogar die Sonne hatte sich entschieden, anstelle der dunklen Wolken herauszukommen. Es war der perfekte Tag für Glücksgefühle und neue Erfahrungen. Aber es war nicht ganz so vollkommen, wenn man immer noch verflucht abhängig war und nicht das Geringste dagegen unternehmen konnte. Missmutig starrte ich auf meine schwarz lackierten Fingernägel, die mich so sehr an die unbeschwerteste Zeit meines Lebens erinnerten, und fragte mich, wie das alles in ein paar Monaten sein würde. Vielleicht würde ich irgendwann mal an den Punkt gelangen, an dem ich Angst hatte zu gehen. An dem ich mich mit jeder Faser meines Körpers dagegen wehrte, weil das hier das einzig richtige Leben für mich war. Aber das konnte es nicht gewesen sein. Klar, es gab dieses hirnverbrannte Klischee, von wegen seine erste Liebe würde man niemals vergessen. Natürlich würde ich Finn niemals vergessen, aber das lag sicher nicht daran, dass er der Erste gewesen war, der mich voll und ganz verändert hatte. Es lag einzig und allein an der Tatsache, dass er ein Psychopath und ich sein schwaches Opfer war. Immer sein würde. Das hier war keine Liebe mehr – das war krankhaft. Deshalb konnte ich auch mit so großer Sicherheit behaupten, dass ich keine Zweifel hatte, wenn es um London ging. Da konnte mein Körper noch so oft protestieren.

»Ähm.«

Ich schaute auf, als Samuel sich neben mir ungläubig räusperte.

»Hm?«

Sein Gesichtsausdruck wechselte von überrascht zu besorgt, während er nervös zu mir und dann wieder auf die Formulare blickte.

»Es … muss ein Fehler vorliegen.«

Ich hob wenig interessiert eine Braue. »Wieso?«

»Hier ist 'ne Liste derer, die ebenfalls am Programm beteiligt sind.«

Ich hatte mir die Haare zurückstreichen wollen und erstarrte jetzt mitten in der Bewegung. Meine Hand zuckte automatisch zu den Papieren, und ich entriss sie ihm unsanft.

Von einer Sekunde auf die andere spürte ich das rhythmische, viel zu hastige Pochen meines Herzens. Selbst jetzt hasste ich mich dafür, dass ich augenblicklich reagierte – dass mein Körper in Rekordschnelle die Gefahr realisierte, die sich in unmittelbarer Nähe befand. Ich war noch immer nicht immun dagegen. Mein Blick flog über die Teilnehmerliste, und ich musste mich zwingen, meine Hände ruhig zu halten, um überhaupt etwas entziffern zu können.

Nein.

Ich kniff die Augen zusammen, nur um sie Sekunden später wieder aufzureißen. Die aneinandergereihten Buchstaben ergaben keinen Sinn. »Das … Das ist nicht möglich.« Ich sprang auf und starrte auf meinen besten Freund hinunter. »Sam, wieso …«

Er öffnete den Mund, aber da hatten meine Beine sich schon selbstständig gemacht, bevor ich selbst wusste, was ich tat.

Ich stürmte zurück in das kleine Gebäude, während alles um mich herum zu einem unbedeutenden Strudel verschmolz. Verzweifelt klammerte ich mich an dem inzwischen zerknitterten Papier fest, als ich es auf den Empfangstresen knallte und Miss Hastings, die Ansprechpartnerin für das Austauschprogramm, fixierte.

Sie sah von ihrem Computerbildschirm auf und erwiderte leicht verwirrt meinen Blick. »Kann ich Ihnen irgendwie behilflich sein, Miss Fleming? Ergaben sich Unklarheiten?«

»Ich denke, hier liegt ein verdammt großer Fehler vor.« Meine Stimme war härter als beabsichtigt, und ich deutete mit einem Finger auf den Namen, der mir Übelkeit verursachte.

Sie rückte ihre Lesebrille zurecht, runzelte kurz die Stirn, als sie las, und lächelte dann milde. »Oh, das ist kein Fehler. Mr. Westwood hat sich vor einer Woche gemeldet und telefonisch seine Teilnahme bestätigt. Oder was meinen Sie?«

Meine Hände glitten am lackierten Holz entlang, und ich schaute wie vom Donner gerührt von der Liste direkt in ihre irritierten Augen. »Was soll das heißen, seine Teilnahme bestätigt?«, fauchte ich, und zwei Studentinnen neben mir drehten sich vorwurfsvoll zu mir um.

»Nun, ich denke, es ist mehr als offensichtlich, was …«

»Wann genau hat er angerufen?«, unterbrach ich Miss Hastings wieder, als mir ein furchtbarer Gedanke kam.

Sie schien kurz zu überlegen, dann zuckte sie die Achseln. »Samstag oder Sonntag, ich bin mir nicht mehr sicher. Was haben Sie damit zu tun?«

Ich nahm die Papiere wieder an mich. »Streichen Sie mich sofort aus dem Programm«, erwiderte ich voller Überzeugung.

»Wie bitte?«

»Sie haben mich gehört«, antwortete ich. »Streichen Sie mich augenblicklich aus dieser Scheiß …« Ich verstummte, als Samuel plötzlich neben mir erschien und mich bestimmend am Arm packte.

»Vielen Dank für Ihre Hilfe, wir melden uns noch mal bei Ihnen, wenn die Prüfungen anstehen oder wir sonstige Fragen haben«, murmelte er gepresst.

Er zerrte mich vom Tresen weg und ignorierte meine lautstarken Proteste, die dazu führten, dass nun wirklich jeder im Raum zu uns herüberstarrte.

»Ist ihr nicht gut?«, rief die Angestellte uns hinterher, aber da standen wir schon wieder draußen.

Sam stellte sich direkt vor mich und zwang mich, ihn anzuschauen. »Drehst du jetzt völlig durch?«

Ich wehrte mich immer noch gegen seinen Griff. »Lass mich da sofort wieder reingehen. Hast du gesehen, welcher Name auf der gottverdammten Liste steht? Ich werde ganz sicher nicht …«

»Eliza«, fiel er mir ins Wort. »Hör mir einen Moment zu. Wir klären das in Ruhe. Aber du kannst nicht einfach reingehen und eine Szene machen, die nehmen dich sonst nie wieder ernst.«

»Ist mir egal, ich fliege nicht nach London«, rief ich aufgebracht.

»Lass dir das nicht von ihm kaputt machen«, beharrte er nachdrücklich. »Sprich noch einmal mit Ally, sie kann mit ihm reden.

Du kannst das wieder hinbiegen. Und wenn du im Endeffekt nicht gehen willst, weil er auch dabei ist, dann geh einfach nicht zu der Aufnahmeprüfung – niemand zwingt dich. Aber falls du doch fliegst, dann lass ich dich jetzt ganz sicher nicht alles zerstören, nur weil sein Name auf der Liste steht.«

Wir sahen uns einen Moment an, und schließlich kippte meine Stimmung, und ich merkte, dass ich mich wie ein kleines Kind benahm. »Na schön«, seufzte ich. »Du gewinnst.«

Er schenkte mir ein halbherziges Lächeln. »Tief durchatmen, Liz. Wir gehen jetzt was essen, bevor du zu deinem Treffen musst. Wie wär's mit Quedoba's?«

»Nein.« Er hob eine Braue, und ich suchte schnell nach einer Ausrede. »Ich hab zurzeit nicht besonders Lust auf mexikanisches …«

»Schon klar, du warst mit ihm dort.«

»Nein.«

Er grinste schwach. »Doch, das warst du. Wenn du dich jetzt selbst sehen würdest, wüsstest du, dass jede Lüge umsonst ist.«

»Na schön«, wiederholte ich angepisst und lief ihm voraus. Natürlich war ich mit Finn dort gewesen – nachdem ich in der Vorlesung an seiner Schulter eingeschlafen war. Hach, wie ich diese alltäglichen Erinnerungen liebte, die mich niemals vergessen ließen, was für ein abartig spaßiges Leben ich damals geführt hatte. »Gehen wir indisch essen, ja?«, murmelte ich, während wir an den Bäumen entlangliefen, um den Campus zu verlassen.

»Du hasst indisch.«

»Samuel, halt die Klappe.«

Er lachte leise. »Einer von uns beiden muss ja die Wahrheit aussprechen.«

Wahrheit … Ich sah hoch in den Himmel – die Sonne war verschwunden, und mit einem Schlag spürte ich dicke Tropfen auf meinem Gesicht. Super. Regen war genau das, was ich jetzt brauchte.

War es nicht alles so viel einfacher gewesen, als ich noch in einer Lüge gelebt hatte?

***

Ich wusste es in dem Moment, in dem ich mich von Sam verabschiedete und die Türschwelle zum Seminarraum übertrat, den wir per Mail als Treffpunkt festgelegt hatten.

Zehn Studierende saßen an dem runden Holztisch, einer von ihnen – Logan, wenn ich mich richtig erinnerte – schrieb eine Aufteilung an das Whiteboard dahinter. Ich kannte die Hälfte von ihnen oberflächlich, die andere vom Sehen, von den Vorlesungen, und einen … kannte ich besser als mich selbst.

Eine halbe Sekunde bevor mein Herz krankhaft zu rasen begann und meine plötzlich feuchten Hände sich fest um die Henkel meiner Umhängetasche krallten, sah Finn auf, nahm mein Gesicht wahr und erstarrte in der Bewegung. Nicht geschockt, nicht einmal besonders überrascht.

Doch ich überraschte mich selbst, indem ich einfach meine Schultern straffte und direkt auf den Tisch zulief, anstatt auf dem Absatz kehrtzumachen, nachdem ich meinen Blick von ihm gelöst hatte. Er trug einen ockerfarbenen hochgekrempelten Strickpullover, darüber einen Designerschal, der verdächtig nach Kaschmir aussah und kein bisschen zu seinem Rocker-Image passte, dafür umso mehr zu den dunkelblonden Haaren, in denen ich so oft meine Hände vergraben hatte. Mein Inneres krampfte sich zusammen.

Na schön, Finn war hier. Das war nichts Absonderliches. Wir studierten beide Literaturwissenschaften. Und er hatte sich für England angemeldet, was sich früher oder später als gigantisches Problem darstellen würde. Aber das spielte jetzt keine Rolle. Das Einzige, worauf ich mich konzentrieren würde, war dieses Treffen heute. Der Stoff für die nächsten Prüfungen. Unsere letzten in diesem Semester. Natürlich konnte ich nicht verhindern, dass ich schnell an mir heruntersah, um mein Aussehen zu prüfen. Ich war nur leicht geschminkt und trug hellen Lippenstift, was auch irgendwie untypisch für mich war.

Ich begrüßte alle mit einem unbestimmten Lächeln und bekam dann leichte Panik, als mir bewusst wurde, dass der einzige freie Platz neben ihm war. Noch immer spürte ich seinen Blick, aber ich wusste, ich durfte ihn nicht erwidern. Meinen Kopf stur nach vorne gerichtet, ließ ich mich langsam auf dem rot gepolsterten Stuhl nieder, raffte die Tasche zusammen und presste sie wie zum Schutz gegen meinen Oberkörper.

Es war okay. Alles war okay. Mir würde nichts passieren.

»Eliza.« Die Stimme war ganz leise, sie stach geradezu heraus aus dem gewöhnlichen Lärm der anderen.

Ich spürte, wie sich meine Gesichtsmuskeln verkrampften. »Finn«, gab ich bewegungslos zurück und hörte die Kälte in meiner Stimme.

Die nächste Empfindung traf mich völlig unvorbereitet, während unsere Kommilitonen mit der Arbeit anfingen und sich in Zweierteams einteilten, um später Präsentationen über die jeweiligen Themengebiete halten zu können. Weder hörte ich zu, noch konnte ich mich im Moment damit auseinandersetzen, dass ich mit hoher Wahrscheinlichkeit mit ihm zusammenarbeiten musste. Alles, was ich mitbekam, war die kalte weiße Wut in mir. Ein unbeschreiblich starker Hass, der sich unkontrolliert durch meinen gesamten Körper fraß und sich gegen meinen gottverdammten Nebensitzer richtete.

Ich beging den Fehler, ihn für den kürzesten aller Augenblicke anzuschauen. Mit einem Mal wollte ich auf ihn einschlagen, ihm wehtun. Ich wollte ihm die grünen tiefen Augen auskratzen, die mich so oft getäuscht hatten und die Samstagnacht keinen wahren Blick für mich übriggehabt hatten. Ich wollte ihm jedes göttliche Haar einzeln ausreißen und ihn anschreien, wie er es wagen konnte, mich anzusprechen, auch nur in meine Nähe zu kommen. In diesem Moment war ich mir sicher, dass ich ihn abgrundtief hasste. Dass ich ihm nie, niemals verzeihen würde, wie er mich behandelt hatte. Wie er mir mein Herz herausgerissen und zerschmettert hatte, als wäre es aus Porzellan. Wie er mich dazu brachte, das dramatischste, schwächste Mädchen überhaupt zu werden, das ich so verabscheute. Und dann sah ich seinen Gesichtsausdruck.

Schmerz. Mehr als schlichtes Leid, es war die pure Qual.

Schlagartig erlitt ich einen Rückfall. Ohne es beeinflussen zu können, musste ich an unseren letzten Abend in San Francisco denken, und all die Gefühle kamen zurück. Ich sah Finn unter mir auf dem Bett liegen, wehrlos, zerstört. Ich erinnerte mich an seine Verzweiflung und daran, wie er in meinen Armen gezittert hatte. Ich hatte genau den Augenblick vor mir, wie er hatte weinen wollen, wie ich es ganz deutlich gespürt hatte.

Mein Gott.

Ich würde niemals etwas anderes als Liebe für diesen armen, einsamen Mann empfinden. Auch wenn er noch so oft auf meiner Würde, meinem Glück und selbst meinem Körper herumtrampelte. Es war nicht richtig, das war mir klar. Ich konnte den Missbrauch nicht mit seinen Problemen rechtfertigen, auch wenn sie noch so groß waren. Aber ich konnte einsehen, dass ich ihm vergab, wie er mich an meine Grenzen getrieben hatte. Dass ich ihm immer vergeben würde, auch wenn es mich umbrachte.

»Eliza, hallo! Schläfst du schon?«

Ich fuhr zusammen und schaute auf. Logan sah mich argwöhnisch an. »Sorry, was …«, begann ich, und Finn kam mir unerwartet zu Hilfe.

»Wir werden Shakespeares *Hamlet* untersuchen und den Schwerpunkt auf die politische …«

Logan stöhnte auf und fiel ihm ins Wort. »Netter Versuch, Westwood, aber ihr solltet beide vielleicht mal richtig zuhören, wir sind nicht zum Spaß hier. Lynn und ich nehmen *Hamlet*, ihr bearbeitet die wohl tragischste Liebesgeschichte aller Zeiten.« Er lächelte sarkastisch und warf uns zwei Werkausgaben hin. »Viel Spaß in Verona.«

***

Ich mochte Shakespeare. Wirklich. Mir gefiel seine kitschige, fast schon gekünstelte Ausdrucksweise, die voller Metaphern war, auch wenn ich jeden Autor, der heutzutage so oder ähnlich schrieb, nicht ernst nehmen konnte. William Shakespeare war ein Klassiker. So wie all seine Werke. Nun, fast alle.

In diesem Moment, während ich die Seiten durchblätterte und kaum wagte zu atmen, verfluchte ich ihn und seine idiotische Geschichte von unsterblicher Liebe. Ich hasste Julia. Dieses weinerliche, naive, blinde Mädchen. Ich hasste Romeo und seine aufopferungsvolle Art. Ich hasste jede einzelne Liebeserklärung. Jedes Versprechen. Jede verzweifelte Tat, die von wahrer Liebe zeugte. Aber am allermeisten hasste ich die Tatsache, dass Finn neben mir saß und versuchte, sich in Romeos Denkweise einzufühlen, obwohl ich wusste, dass er die Geschichte mindestens genauso sehr verabscheute wie ich. Ich würde ihm an die Gurgel springen, wenn er noch einen Satz aus der Balkonszene zitierte, um seine Interpretation mit Belegen zu festigen, so viel stand fest.

Mein Blick wanderte immer wieder zur Wanduhr, doch die Minuten schienen heute extra langsam zu vergehen. Die anderen waren völlig vertieft in ihre Arbeit, und ich fragte mich, ob es sehr auffällig wäre, wenn ich einen Schwächeanfall vortäuschen und einfach abhauen würde. Es war wirklich anstrengend, so lange neben ihm zu sitzen, ohne jegliche Regung zu zeigen. Ich durfte ihm nicht in die Augen sehen. Ich durfte nicht in Tränen ausbrechen, was ein Resultat des ersten Verbots war. Ich durfte auch nicht freundlich zu ihm sein, sondern kühl und unnahbar, als hätten wir nie mehr als eine flüchtige Begrüßung ausgetauscht. Und nebenbei musste ich mich auch noch mit ihm unterhalten und Produktives zu unserem Projekt beitragen, das ich inzwischen gründlich bereute.

Masochismus vom Feinsten.

»Er konnte es nicht ertragen, weißt du. Als er sie gesehen hat, als er dachte, sie wäre tot, da war die Qual zu groß. Sie hat ihn von innen zerstört. Er hat sich nicht nur das Leben genommen, weil sie nicht mehr da war. Das auch, aber noch erdrückender muss sein Gewissen gewesen sein, seine unbeschreiblichen Schuldgefühle.«

»Wie kann man nur so naiv sein«, murmelte ich und wandte meinen Kopf in die entgegengesetzte Richtung, um nicht in Versuchung zu kommen.

»Was meinst du?«, fragte Finn leise, und ich spürte, wie sich eine Gänsehaut auf meinen Armen bildete. Nur gut, dass ich eine Jacke trug.

Das war das erste Mal seit einer Stunde, dass wir nicht ununterbrochen über das Werk sprachen. Seine Stimme veränderte plötzlich ihren Klang. Plötzlich war das Verlangen, ihm in die Augen zu blicken, unerträglich. Langsam, wie in Zeitlupe, bewegte ich meinen Kopf und blinzelte ein paarmal, bis ich seinem festen Blick standhalten konnte. Gott, diese Augen. Ich sah sie über mir. Ganz nah. Wie in San Francisco.

»Wie konnte Julia nur für einen Augenblick annehmen, ihr Leben ginge ohne Romeo nicht weiter? Wie hat sie es zulassen können, dass er eine derartige Macht über sie besitzt?«, fragte ich und wunderte mich dabei selbst über meine raue und doch feste Stimme.

»Liebe«, flüsterte Finn und hielt mich mit seinem Blick gefangen. »Sie hatte nur dieses Gefühl in sich, da spielte alles andere keine Rolle.«

Ich schlug die Augen nieder, auch wenn ich meine gesamte Kraft darauf anwenden musste. Also hatte er gewusst, wie ich mich gefühlt hatte – dass nichts mehr wichtig für mich gewesen war, sobald er ins Spiel kam. Und er hatte es ausgenutzt, weil er sich seiner Macht ganz genau bewusst gewesen war. Mein Mund wurde trocken, und ich starrte auf meine verkrampften Hände, dann auf seine, die unter dem Tisch zu Fäusten geballt waren. Mein Blick wanderte seinen Arm entlang, und ich stutzte, als ich eine blasse rote Linie sah, die sich auf seiner entblößten Haut bis unter den hochgekrempelten Ärmel zog.

Bevor ich wusste, wie mir geschah, verließen die Worte schon meine Lippen. »Was ist das?«

Sein Blick folgte meinem, und ich sah, wie sich seine Augen verdunkelten, bevor er mich wieder direkt anblickte und den Ärmel runterkrempelte. »Sie hätten nie ohneeinander weiterleben können«, meinte er mit einem Unterton in der Stimme, der mich wieder schaudern ließ.

Auf meine Frage ging er nicht ein.

***

»Du gehst schon, Eliza?«

Ich packte eilig meinen Collegeblock und meine Schreibsachen in meine Tasche, bevor ich sie mir umhängte und den Ausgang ansteuerte.

»Wir sind hier fertig«, rief ich als Antwort zurück, ohne mich umzudrehen. Meine Kommilitonen waren mir im Moment so ziemlich egal, ich musste weg hier. Es war einfach genug, ich konnte das keine Minute länger ertragen.

Mit eiligen Schritten lief ich den langen Gang entlang und machte mir keine Gedanken darüber, dass Sam mich eigentlich hier hatte treffen wollen. Es war sowieso zu früh, und ich musste jetzt einfach nach Hause. Jenny und Ally sehen, ihnen von meinem Vorhaben erzählen und vor allem: einen Plan schmieden, damit Finn niemals wieder in meine Nähe kam, geschweige denn mit nach England. Meine Stiefel hinterließen ein lautes, monotones Geräusch auf dem Linoleumboden, und ich zwang mich, meine ganze Konzentration darauf zu richten. Es war plötzlich einfach, meinen Kopf vollständig von all dem Gift zu befreien, das seine Anwesenheit versprüht hatte, um mich wehrlos zu machen. Ich spürte ein paar kostbare Augenblicke lang nur Leere. Ein angenehmes Nichts, eine klirrende Kälte, die das qualvolle Durcheinander verscheuchte und mir ein bisschen Frieden schenkte.

Und dann wurde ich mir der Schritte hinter mir bewusst, die sich unter meine mischten und mich ganz klein werden ließen.

»Bitte …«, erklang Finns Stimme, und ich blieb reflexartig stehen, auch wenn mein Verstand mir augenblicklich sagte, dass ich gehen musste. Ich schloss die Augen. »Bitte hör mir einen Moment zu. Geh nicht …«

Ich biss mir zusätzlich noch auf die Unterlippe und zuckte zusammen, als mich Schmerz durchfuhr und ich etwas Metallisches schmeckte. *Ach, Scheiße.*

»Ich halte es nicht aus, nicht mit dir zu sprechen. Ich muss dir sagen, was …«

Ich wirbelte herum und stand direkt vor ihm, viel, viel zu nah. Ich musste hochschauen, um ihn richtig ansehen zu können. »Was du dir dabei gedacht hast, als du dir das genommen hast, was du wolltest, ohne Rücksicht auf mich zu nehmen?«, fragte ich leise, damit meine Stimme nicht versagen konnte.

Er griff nach meinen Händen und stieß mich leicht an, sodass ich nach hinten stolperte und mein Rücken die verschlossene Tür eines Seminarraums berührte. Er sah mich einfach nur an und schüttelte den Kopf, mit seinem Daumen strich er sanft über meine Hand. Ich konnte ihn nicht anschauen, blickte zur Seite, während sich die Flüssigkeit in meinen Augen sammelte, und versuchte erfolglos, das schmerzhafte Etwas in meinem Hals herunterzuschlucken. Das konnte doch nicht wahr sein. Ich war wieder hier und ließ mich von ihm berühren. Die Tränen liefen meine Wangen entlang, aber ich wusste, wenn ich jetzt nichts sagte, dann würde es enden wie Samstagnacht vor einer Woche.

»Lass mich los«, brachte ich hervor. »Lass mich in Ruhe.«

Eine Hand ließ mich los, um unter mein Kinn zu greifen. »Es tut mir leid, Eliza. Es tut mir so …«

»Lass mich gehen. Wenn du nur ansatzweise etwas anderes als Hass für mich empfindest, dann …« Mein Zittern wurde so stark, dass meine Zähne aufeinanderschlugen und ich nicht weitersprechen konnte.

Durch den Tränenschleier sah ich, wie er erschrak. »Ich könnte nie … Wieso zitterst du?«, fragte er alarmiert, ließ mich aber immer noch nicht los.

»Weil ich Angst vor dir habe«, gab ich hilflos zurück. Mein Herz raste, meine Handflächen waren schweißnass, und ich fühlte mich wie in einem Horrorstreifen, wenn das Opfer wusste, dass der Täter es gefunden hatte und jeder Fluchtgedanke vergebens war. Ich war mir nicht sicher, wann ich so schwach geworden war, aber ich konnte nicht mehr. Wenn er so vor mir stand, mich einengte und mich berührte, dann konnte ich nicht an unsere schönen Momente denken. Dann war da nur eine riesige Panik davor, was passieren würde. Was er mir antun konnte, ohne dass ich mich wehrte.

Sofort löste er den Griff, und ich presste mich verängstigt gegen die Wand, als ein wütender Schrei ertönte und ich meine Augen wieder aufschlug.

Samuel stand zwischen uns, ich hatte ihn nicht einmal kommen hören, und bevor ich wusste, was geschah, hatte er Finn an die gegenüberliegende Wand gedrückt. Es ging alles ganz schnell. Ich realisierte erst, was passierte, als ich einen Schmerzenslaut hörte und Sam wieder zurücktrat.

»Fass sie nie wieder an, du verdammter …« Seine Stimme bebte vor unterdrückter Wut, aber ich fiel ihm ins Wort, als ich das Blut an Finns Lippe heruntertropfen sah.

»Sam.« Meine Stimme war auf einen Schlag ruhig, und ich wischte mir übers Gesicht. »Gehen wir.«

»Geh nach Hause, Eliza, ich kümmere mich um ihn«, knurrte er und holte zu einem weiteren Schlag aus, als ich so schnell ich konnte an seine Seite trat und nach seinem Arm griff.

Ich zwang ihn, mich anzuschauen, und hoffte, es würde trotz meiner nassen Wimpern genug Überzeugung in meinen Augen liegen. »Ich habe gesagt: Gehen wir.« Plötzlich war ich wütend auf ihn. Er meinte es gut, klar, aber wem half dieser Dreck schon? »Komm.« Ich vermied jeden Blick in Finns Richtung und zerrte Samuel mit ganzer Kraft fort.

»Eliza, er kann nicht damit davonkommen. Er hat nicht das Recht …«, begann Sam, als wir die Universität verließen.

»Nun, und du hast nicht das Recht, ihm eine reinzuhauen«, fuhr ich ihn an. Zornig blinzelte ich das Salzwasser weg, das erneut versuchte, auszubrechen. »Finn hat genug Probleme«, flüsterte ich dann plötzlich und spürte, wie er mich ungläubig von der Seite ansah.

»Er hat dich vergewaltigt.«

»Du warst nicht dabei, du kannst die Situation nicht beurteilen«, protestierte ich, und in meinem Magen drehte sich alles um bei dem Wort. »Ich bin kein kleines Mädchen, ich kriege das alleine hin. Also, zur Hölle, hör endlich auf, mich wie eines zu behandeln.«

»Du wolltest doch unbedingt, dass ich dich begleite, oder?«, blaffte er zurück.

Ich erstarrte. »Tut mir leid, dass ich dich um deine Hilfe gebeten habe. Wird nicht mehr vorkommen.«

Wütend, verwirrt und voller widersprüchlicher Gefühle beschleunigte ich meine Schritte so sehr, bis ich immer mehr Abstand zu Samuel bekam. Ich verließ den verregneten Campus und zuckte leicht zusammen, als ein heftiger Windstoß die Baumkronen über mir durchschüttelte, sodass sich ein kräftiger Schauer über mich ergoss. Ich fluchte und lief Samuel direkt in die Arme, der offenbar eine Abkürzung über die andere Seite genommen hatte.

»Ich bin mit dem Auto da.«

»Schön für dich.« Ich schüttelte mich, und ein paar Tropfen flogen aus meinen inzwischen völlig durchnässten Haaren.

»Tut mir leid, Eliza, das war dumm. Es kotzt mich nur an, dass Finn immer noch rumläuft und denkt, er könnte dich anfassen. Ich komm mir wie der letzte Trottel vor, dass ich ihm überhaupt mal vertraut habe, und ach, es ist gerade sowieso alles beschissen.«

Ich warf ihm noch einen bösen Blick zu, ließ dann aber zu, dass er mich am Arm nahm und in die entgegengesetzte Richtung zu den Parkplätzen führte.

»Sorry, dass ich ihm eine mitgegeben hab«, nuschelte er und rieb mir kurz über den Rücken, weil er sah, wie ich fror. »Ich war einfach nicht gut drauf, und als ich euch so gesehen und mich an Samstag erinnert hab … Ich schätze, da ist ’ne Sicherung bei mir durchgebrannt.«

Ich erwiderte nichts, und schließlich seufzte er laut, als wir beim Auto angekommen waren und er den Schlüssel aus seiner Hosentasche zog.

»Okay, vielleicht musste ich einfach meine Wut an jemandem auslassen, weil ihr alle geht und ich nicht damit klarkomme«, gab er zu.

Mein Blick zuckte zu ihm, und ich zog die Brauen zusammen. »Samuel, du weißt, dass ich gehen muss, und von allen kann hier nicht die Rede …«

»Wusstest du, dass Jenny geht?«, unterbrach er mich mit bitterer Stimme, und meine Augen weiteten sich.

»Was?«

»Ja. So hab ich auch reagiert, als sie mir davon erzählt hat. Du bist wohl nicht die Einzige, die abhauen will.« Er stieg ins Auto, und ich schlüpfte ebenfalls hinein und ließ mich schnell auf den Beifahrersitz fallen, bevor ich die klappernde Tür auf meiner Seite zuschlug. Ich sah ihn auffordernd an, aber er starrte stur geradeaus. »Sie will nach Brasilien. Schön, nicht?«

»Brasilien?« Schlagartig wurde mir bewusst, wie wenig Zeit ich in den letzten Wochen mit meinen Freunden verbracht hatte. Ich war kaum mehr Teil ihres Lebens.

»Jap. Auslandssemester. Weil man dort so tolle Bilder machen kann und das Angebot in den USA natürlich nicht ausreicht«, fügte er mit triefendem Sarkasmus hinzu.

»Wieso weiß ich nichts davon?«

Er warf mir einen eindeutigen Blick zu. »Wieso weiß sie nicht, dass du nach England willst?«

»Hmpf.«

»Weißt du, Liz, sie kann gehen, wohin sie will. Sie soll Spaß haben und ihr Leben leben. Ich wollte sie nie daran hindern. Aber dann soll sie mir nicht sagen, dass sie nicht weiß, was aus uns wird. Dann soll sie wenigstens den Mut haben, mir ins Gesicht zu sagen, dass sie keinen Bock mehr auf mich hat.«

Ich lehnte mich langsam in meinem Sitz zurück und starrte nun genauso nach vorne. »Ich glaube, es ist an der Zeit, dass wir alle miteinander reden, Sam. Es ist so viel passiert, und … Bring mich einfach ins Apartment, okay?«

Er zuckte nur die Achseln und startete den Motor, während ich den Kopf in meine Hände stützte und mich fragte, wann zum Teufel alles, was als sicher gegolten hatte, so dermaßen aus den Fugen geraten war.

2. KAPITEL

HIGHER PLACES

Eliza

Samuel ließ mich am Bürgersteig aus dem Wagen und weigerte sich, mit hochzukommen, also nahm ich alleine den Aufzug in den zwanzigsten Stock.

Ich lief den Flur bis zu unserer Wohnungstür entlang und zog meinen Schlüssel aus der Tasche, nachdem ich mich innerlich gewappnet hatte. Aber wenigstens war ich jetzt nicht mehr die Einzige, die etwas zu beichten hatte. Na ja, was hieß schon beichten, immerhin war ein Auslandsbesuch im Studium nichts Ungewöhnliches, richtig?

Zu meiner Überraschung musste ich Jen und Ally nicht aus ihren Zimmern zu einer Krisensitzung in unser kleines Wohnzimmer rufen – meine Mitbewohnerinnen saßen unter einer Decke aneinandergekuschelt auf dem Sofa vor dem Fernseher und richteten sich beide auf, als sie mich entdeckten. Ich konnte eine angebrochene Tafel Schokolade und zwei Tassen Kakao auf dem Tisch vor der Couch erkennen. Mein Blick wanderte zum Bildschirm, wo eine Selbsthilfegruppe für sterbenskranke Teenager zu sehen war.

Na klasse. Sie waren in genau der richtigen Stimmung.

Ich schälte mich aus meiner Jacke, lehnte mich gegen unsere hohe Theke und verschränkte meine Arme. »Ihr schaut euch an einem Samstagabend nicht ernsthaft *The Fault in Our Stars* an.«

Jenny brummte nur etwas vor sich hin, das wie »Wir haben noch Nachmittag« klang, aber Ally nahm mich genauer ins Visier.

»Wie war dein Treffen? Wieso bist du so durchnässt?«

Eine halbe Sekunde lang wägte ich ab, ob ich lügen sollte, dann entschied ich, dass alles sowieso schon am Arsch war und es daher keinen großen Unterschied machte. »Super. Finn ist aufgetaucht, und wir hatten ein nettes Gespräch über Romeo und Julia. Dann hat Sam ihm eine reingehauen, als er mich selbst nach meinem lächerlichen Betteln nicht loslassen wollte.«

»Finn hat dich belästigt?«, rief Ally wütend.

Jetzt hatte ich auch Jennifers ungeteilte Aufmerksamkeit. »Samuel hat ihn geschlagen?«

Ich zuckte betont gleichgültig die Achseln und begann, Wasser in unseren Wasserkocher laufen zu lassen, um mir einen Tee zu machen, den ich gerade bitter nötig hatte. »Liegt wohl daran, dass er so wütend war, weil du dich von ihm trennen willst, Jenny, um nach Brasilien zu verschwinden.« Ich biss mir auf die Lippe, als mir auffiel, wie vorwurfsvoll das klang, und drehte mich um. Als ich mich schon entschuldigen wollte, fiel mir auf, dass Jenny schuldbewusst den Blick senkte und Ally kein bisschen überrascht aussah. »Du wusstest es?«, rief ich empört aus und schaute sie beide verblüfft an. »Und wann hattet ihr vor, mich einzuweihen?«

Eine Weile herrschte Stille, dann schaute Jen zu mir auf. »Vielleicht wenn du von London angefangen hättest«, murmelte sie und brachte ein kleines verständnisvolles Lächeln zustande.

Ich drehte mich schleunigst wieder um, damit sie mein Gesicht nicht sehen konnten. Mechanisch suchte ich die Darjeeling-Verpackung hervor und nahm einen Teebeutel heraus, bevor ich das dampfende Wasser in meine dunkelrote Lieblingstasse goss. Sie wussten es also. Und ich benahm mich wie die letzte Idiotin, indem ich eine große Sache daraus machte.

Als ich eine ganze Weile nichts von mir gab, ergriff Ally das Wort. »Wir haben die Prospekte in deinem Zimmer gesehen, und du hast ja vor ein paar Monaten schon was davon erwähnt, also …«

»Nach dem, was auf diesem Ball passiert ist, ist es klar, dass du nicht hierbleiben willst«, fügte Jenny hinzu, und ich drehte mich zögerlich um.

»Wieso habt ihr nichts gesagt?«

»Weil wir dir Zeit geben wollten.«

»Okay«, seufzte ich. »Dann können wir uns das mit den Geheimnissen jetzt wohl sparen.« Ich griff nach meiner Tasse und schlenderte zum Sessel neben der Couch, während Alison sich die Fernbedienung schnappte und auf Pause drückte. »Wer will zuerst anfangen?«

All die Dinge, die ich eine Woche lang für mich behalten hatte, sprudelten aus mir heraus, und mit einem Mal war es einfach, darüber zu sprechen. Es machte sogar Spaß, und wie heute Morgen bei Sam bahnte sich eine Vorfreude in mir an, als ich ihnen von dem Programm erzählte, von der traumhaft schönen Universität, dem Campus und den Angeboten … Als ich fertig war, machte Jenny weiter, und als wir schließlich einen Blick auf die Uhr warfen, fiel uns auf, dass es schon nach sieben war.

Ich grinste. »Das war so was von überfällig.«

Jenny lachte zustimmend und Ally seufzte. »Ich hab mich ernsthaft gefragt, wie lange wir dieses Schweigen noch aushalten wollen, das war nicht zu ertragen.«

»Aber Jen …«, begann ich, nachdem Alison im Badezimmer verschwunden war. »Was hast du Samuel erzählt? Der dreht durch, glaub mir.«

Sie fuhr sich durch die roten Locken und stöhnte. »Sam … Ich weiß, ich hab's vermasselt. Aber ich kann nicht von ihm verlangen, dass er sechs Monate hier auf mich wartet, während ich mich in Brasilien vergnüge, oder?«

»Ist es dir immer noch ernst?«

Sie biss sich auf die Lippe und erwiderte dann fest meinen Blick. »So ernst wie nie zuvor. Aber ich hatte schon mal eine Fernbeziehung, erinnerst du dich? Das endet immer böse.«

Ich dachte daran, wie sie mir von diesem Typen aus Italien erzählt hatte. Sie waren drei Jahre zusammen gewesen, in denen sie sich kaum getroffen hatten. Aber das hier war anders. »Jen, ich denke, wenn du ihn liebst, dann solltest du es versuchen. Und ein halbes Jahr ist kein ganzes Leben.«

Sie guckte genauso ungläubig wie Ally damals, als ich Toms Heiratsantrag verteidigt hatte. Schließlich brachte sie ein Lächeln zustande. »Was hat Finn nur aus meiner zynischen, sarkastischen Eliza gemacht?«

Ich verdrehte die Augen und versuchte den Gedanken, wie er meine Hand in seine genommen und mich zurückgedrängt hatte, in den hintersten Winkel meines Kopfes zu verbannen. »Nur mein Weltbild zerstört. Aber das heißt nicht, dass wir alle dazu verdammt sind.«

Ally kam zurück, und wir beschlossen, Pizza zu bestellen, als mein Handy in meiner Tasche zu vibrieren begann – ich hatte es seit dem Vorfall in der UW-Bibliothek nur noch auf lautlos, da ich mich nicht dazu überwinden konnte, den verfluchten Klingelton zu ändern – und ich verwirrt in mein Zimmer verschwand, um das Gespräch anzunehmen, nachdem ich den Anrufer auf dem Display gesehen hatte.

Ich schaltete das Licht an, schloss meine Tür hinter mir, warf meine Tasche aufs Bett und mich hinterher, bevor ich den grünen Button anklickte. »Tom?«, murmelte ich kritisch.

»Hey, Eliza, wie läuft's?«

»Ernsthaft?«, entgegnete ich und lehnte mich gegen die Wand unter meinem Fenster, während ich die Beine anzog und mein Kinn dann auf den Knien ablegte.

»Lust, heute noch was zu unternehmen?«, fuhr er fort, als wäre ihm die Ironie in meiner Stimme vollkommen entgangen.

Ich spürte, wie ich wieder wütend wurde. »Klar, Tom, ich komm gleich vorbei. Dann können wir vielleicht bei dir abhängen, oder weißt du was, ich hab eine bessere Idee. Wieso gehen wir nicht gleich eine Etage höher und schmeißen eine Party bei deinem kleinen Bruder? Soll ich Snacks mitbringen?«

Er seufzte unüberhörbar. »Ich rufe nicht seinetwegen an.«

»Klar. Glaub ich dir aufs Wort.«

»Eliza, bitte …«

Langsam, aber sicher kotzte es mich wirklich an, meinen Namen in Verbindung mit diesem Wort zu hören. »Ich hasse es, deine Illusionen zu zerstören, aber Finn ist ein Psychopath und soll sich einliefern lassen, bevor ich es tun muss. Das ist kein Spiel für mich, Tom, und es ist auch nicht wie damals vor San Francisco, obwohl das gestört genug war. Ich lass mich nicht mehr vom Westwood-Clan verarschen, ist das klar?«

»Tut mir wirklich leid.« Er hörte sich ehrlich betroffen an, aber ich vertraute inzwischen nicht mehr besonders auf mein Bauchgefühl, also sagte ich erst mal gar nichts, während er weitersprach. »Ich schwöre dir, ich rufe nicht an, um irgendetwas zu rechtfertigen, was Finn getan hat. Ich will auch keine tiefgründigen Gespräche mit dir darüber führen oder so 'nen Scheiß, ich wollte dich einfach fragen, ob du Lust hast, heute mit mir auszugehen.«

Verblüfft richtete ich mich auf. »Was?« Er blieb stumm, und ich runzelte die Stirn. »Tom, nichts für ungut, aber du bist der Ex meiner besten Freundin und …«

»Das soll kein Date sein«, seufzte er deutlich resigniert. »Komm schon, Liz, wann war das letzte Mal, dass du dich richtig amüsiert hast?«

Ich musste keine Minute darüber nachdenken. Deutlich sah ich die Umrisse der Suite im Palace Hotel vor mir. Die Nachtclubs und die überfüllten Straßen, auf denen wir zu *Enjoy The Silence* getanzt hatten … Plötzlich wurde mir bewusst, dass Tom und ich uns in gewisser Weise in der gleichen beschissenen Situation befanden: Wir waren beide verlassen worden. Und wie es aussah, waren wir beide nicht darüber hinweg. »San Francisco«, gab ich schließlich zu.

»Wie es der Zufall will, ist es bei mir genauso. Erkennst du Parallelen?«

Ich musste unwillkürlich lächeln. »Was ist dein Plan?«

»Drinks und ein bisschen tanzen. Einfach so – weil wir immer noch ein Leben haben und nicht auf die Liebe angewiesen sind.«

Es klang verbittert, und ich wog meine Möglichkeiten ab. Alison würde sicher nicht begeistert sein, und ich fragte mich, ob es Verrat wäre, mit Tom feiern zu gehen. Aber auf einmal fühlte ich ein Kribbeln in mir, als ich daran dachte, dass ich tanzen konnte … loslassen … ein wenig Spaß haben. Einfach weil ich am Leben war. Die kleine Hoffnungsflamme vergrößerte sich, und bevor ich einen Rückzieher machen konnte, sprach ich es aus: »Okay.«

»Perfekt, Liz, danke. Du wirst es nicht bereuen, glaub mir. Ich hol dich in zwei Stunden ab, geht das klar?«

Mein Lächeln wurde breiter. »M-hm.« Die anfängliche Wut war verflogen, und auch wenn ein Teil in mir sich noch fragte, ob das alles wirklich nichts mit seinem Bruder zu tun hatte, befahl ich mir, einen kühlen Kopf zu bewahren. Es würde schon gutgehen. Morgen früh würde ich mit Ally über England und mein Problem sprechen, so wie Sam es mir vorgeschlagen hatte. Aber heute Nacht war kein Platz dafür – heute würde ich mich amüsieren. Und falls Finn doch auftauchte, falls das alles nur ein Trick war, dann würde ich einfach wieder abhauen. Inzwischen war ich ihm so oft unerwartet über den Weg gelaufen, dass es ohnehin keinen Unterschied machte. Ich musste endlich meine Schwäche überwinden. Und mich mit dem Gedanken anfreunden, dass es endgültig vorbei war, egal wie oft Finn versuchte, mich zurück in den Abgrund zu ziehen. Denn sosehr ich ihn immer noch wollte, wie mir das Treffen heute bewiesen hatte, so sicher war ich mir, dass wir nie wieder eine ansatzweise romantische oder gar körperliche Beziehung führen würden.

Jeder Mensch hatte seine Grenzen, und das hier war meine.

***

Gut, ich war nun völlig wahnsinnig geworden. Überraschend war es ja nicht, nach dem beschissensten Monat aller Zeiten.

Ich wirbelte seit geschlagenen zwanzig Minuten zu meinen Lieblingsliedern in meinem Zimmer herum und probierte sämtliche Klamotten an, die sich in meinem Kleiderschrank befanden, während Ally und Jenny drüben im Wohnzimmer saßen, *The Fault in Our Stars* weiterschauten und sich wohl fragten, welche Art von Drogen in meiner Pizza Quattro Formaggi enthalten gewesen war.

Ich hatte nicht zugegeben, dass ich mit Tom rausging, das war mir irgendwie doch zu riskant. Sie wussten nur, dass ich mich mit »Leuten von der Uni« auf einen Drink traf.

Es war mir selbst ein Rätsel, aber ich konnte nicht leugnen, dass meine Laune von Minute zu Minute besser wurde. Ich wollte mich betrinken, ich wollte tanzen, ich wollte in die Nacht hinausschreien, dass ich auch alleine glücklich sein konnte – und das nicht einmal aus Trotz, sondern aus voller Überzeugung.

Gerade stieg ich aus dem etwas weiter fallenden Spitzenrock, der mir dann doch zu mädchenhaft war, als mein Blick auf die Lederhose auf meinem Bett fiel.

Ich konnte nicht genau sagen, woher der Gedanke kam. Langsam, wie in Trance griff ich nach der Hose und stieg hinein und anschließend in Allys schwarz glänzende Stilettos, die schon vor meinem Spiegel standen und die ich seit jenem Abend nie wieder ausgeliehen hatte. Meine Hände hoben sich automatisch und öffneten meinen Kleiderschrank, wo sie das dunkelblaue, tief ausgeschnittene Top herausnahmen.

Mein Kennenlernen mit Finn.

War es normal, sich an so viele unwichtige Details zu erinnern, nachdem eine Beziehung in die Brüche gegangen war?

Es war nie eine Beziehung gewesen, und trotzdem würde ich niemals vergessen, wie ich mich am ersten Abend vor dem Howl at the Moon fertig gemacht hatte, wie ich mich verspätet hatte.

Das hier war mein Outfit gewesen. Genau das.

Prüfend betrachtete ich mich im Spiegel und erinnerte mich unwillkürlich an den grauen Schal, den ich auch schon eine Ewigkeit nicht mehr getragen hatte. Ich nahm ihn ebenfalls aus dem Schrank und begann dann, mit meinem Make-up fortzufahren – die Haare hatte ich mir schon gerichtet: extra große Locken, extra viel Haarspray zum Fixieren. Mit einem Mal war ich wie besessen. Ich versuchte, mich an jede noch so kleine Einzelheit zu erinnern. An meinen dunklen Lidschatten, den bordeauxfarbenen Lippenstift, dasselbe Parfum.

Mein Verhalten war kindisch und auch gefährlich. Ich hatte die letzten Wochen durchgehend versucht, alles zu vermeiden, was mich an Finn erinnerte. Und hier stand ich jetzt und erkannte mein altes Ich im Spiegel. Ich war noch dieselbe.

Ein Lächeln schlich sich auf meine Lippen, und zum ersten Mal tat es nicht weh, daran zu denken, wie ich im Eingangsbereich der Bar ausgerutscht war und er mich aufgefangen hatte. Das spielte alles keine Rolle mehr. Ich war immer noch in der Lage, Spaß zu haben. Ich konnte immer noch zu meiner Lieblingsmusik tanzen und mich lebendig fühlen. »Break away from everybody, break away from everything«, erklang Adam Gontiers laute Stimme aus meinen Boxen, und ich schaute mir selbst siegessicher und berechnend in die Augen.

Hinter mir auf dem Schreibtisch plingte es, als mein Handy eine Nachricht von Tom anzeigte. *Ich warte unten. Bis gleich.*

Ich griff nach meiner Jacke und der Tasche – derselben wie damals im November – und schaltete die Musik aus, bevor ich die Tür hinter mir zuzog und in den Flur trat.

If you can't stand the way this place is, take yourself to higher places, vervollständigte ich die Songtextzeile in Gedanken.

***

Als ich aus unserem Wohnblock kam, erstarrte ich für einen kurzen Moment, als ich den Wagen sah. Schwarz, stilvoll und geschmeidig. Mein Blick huschte zum Fahrersitz, und mein ganzer Körper ging automatisch in Abwehrhaltung – ich war bereit, jeden Moment wieder umzudrehen.

Aber ich sah keine dunkelblonden verwuschelten Haare, sondern nur Toms Locken, als er mich entdeckte, sich vorbeugte und die Beifahrertür öffnete.

Schnell überspielte ich meine Unsicherheit mit einem Lächeln und ließ mich neben ihn auf den weichen Ledersitz fallen, bevor ich die Tür hinter mir zuzog. Das ganze Auto roch nach Finn. Aber scheiß drauf. Das passte nur umso besser zu meinem kleinen kranken Projekt heute Abend.

»Hey.«

Er grinste mich an. »Du siehst toll aus. Sorry für den Wagen, aber meiner …«

»Schon okay«, fiel ich ihm ins Wort. »Ich hab kein Problem damit.«

Sein Blick war leicht verwundert, aber dann drehte er ohne Weiteres den Zündschlüssel um, und wir fuhren los. Ich zwang mich, dieses Gefühl, in diesem Wagen zu sitzen, voll und ganz in mich aufzunehmen, anstatt es zu verdrängen. Ich würde heute mit meiner Vergangenheit abschließen. Das hier gehörte dazu.

»Wie geht's Ally?«, fragte er scheinbar gleichgültig, als wir nach einigen Minuten Schweigen an der Kreuzung zur Pine Street vor der Ampel hielten.

»Sie schaut sich mit Jen *The Fault in Our Stars* an«, sagte ich leicht ironisch. Ich blickte zu ihm, aber er sah nach wie vor nach vorne auf die Straße, obwohl wir gerade warten mussten.

Er schluckte nur leicht. »Oh, gut.« Ein Blinder konnte sehen, dass es in ihm brodelte.

»Ich hab ihr nicht erzählt, dass wir zusammen weggehen«, fuhr ich fort. »Komm schon, Tom, du kannst zugeben, dass es schwer ist. Sie hat mir erzählt, was in L.A. … du weißt schon.«

»Würde es dir etwas ausmachen, nicht darüber zu sprechen?«

»Nein. Aber wenn du mit ihr abschließen willst, dann wird dich Verdrängung nicht weiterbringen.«

Er schnaubte und fuhr weiter, als die Ampel auf Grün sprang. »Grandioser Ratschlag. Als würdest du fröhlich durch die Weltgeschichte spazieren und dich daran erinnern, wie es war, als du mit meinem Bruder zusammen warst.«

»Wir waren nie zusammen«, erwiderte ich mit einem zuckersüßen Lächeln. Komischerweise tat es meiner guten Laune keinen Abbruch, dass er nicht besonders gut drauf zu sein schien. Immerhin hatte er mich hierzu eingeladen.

Bevor er die Chance hatte, etwas zu erwidern, beugte ich mich vor und drückte zur Demonstration meiner neuen Einstellung auf Play. Finns Lieder zu hören – das war doch eine der melancholischsten Erinnerungen, nicht? Keine Sekunde später hämmerte *The Sharpest Lives* los.

Sein Klingelton.

Das war Schicksal.

»Sorry, Eliza, der Abend sollte eigentlich nicht dazu dienen, dass ich verbittert über Ally spreche …«

»Du kannst ruhig über sie sprechen«, antwortete ich leichthin. »Aber wenn du lästern willst, dann bist du an der falschen Adresse.«

»Ich hasse sie nicht.«

»Gut. Dann bist du weiter als ich.«

»Ich kann sie nicht hassen, es war ihre freie Entscheidung, zu gehen, aber … warte mal. Du hasst Finn?«

»Ich weiß es nicht«, gab ich ehrlich zu, als wir durch die Straßen rasten und ich mein Fenster herunterkurbelte, um ein bisschen vom frischen Fahrtwind abzubekommen. »Ich glaube nur nicht, dass ich ihm jemals verzeihen werde. Das war nicht okay, weißt du?«, murmelte ich leise und fragte mich, was Tom gerade von seinem Bruder hielt. Ob er sein Verhalten nicht doch irgendwie rechtfertigte.

»Das weiß ich. Und verflucht, er weiß das am allerbesten. Ich habe ihn noch nie … Er hat noch nie etwas so sehr bereut.«

Ich schüttelte den Kopf. Meine Ohren vernahmen seine Worte, aber sie klangen stumpf und leer. »Egal, darum geht es nicht. Wir haben nie zusammengepasst. Es war nicht wie bei Ally und dir, es war immer … In gewisser Weise war es selbstzerstörerisch. Und das endet nie gut, auch wenn es am Anfang seinen Reiz hatte. Ich bin zu jung, um so etwas zu durchleben. Deswegen habe ich mich entschieden, in England weiterzustudieren.«

Wieder wurde ich überrascht, als keinerlei erschrockene oder wenigstens irritierte Reaktion kam. Wusste Tom etwa auch schon Bescheid? Hatte er vielleicht Kontakt zu Ally, obwohl er noch so unter der Trennung litt?

Er schwieg eine Weile, dann wechselte er abrupt das Thema, fast so, als hätten ihn meine Worte verärgert. »Hast du irgend'nen Vorschlag, in welchen Club wir gehen können? Oder willst du nur Drinks?«

Ich lehnte mich aus dem Fenster und lächelte wieder, als mir eine Idee kam. »Black Jewel, weißt du, wo das ist?«, rief ich über den Straßenlärm und den starken Bass des Songs hinweg.

»Jep.«

Er nahm eine scharfe Kurve nach links, und meine Gedanken schweiften ab … zu Silvester. Zu dieser unglaublichen Nacht, an die ich mich nur noch teilweise erinnern konnte. Ich war zu Crystal Castles in Finns Armen dahingeschmolzen.

***

Meine Haare flogen, mein Körper vibrierte, und mein viel zu lautes Lachen ging in der dröhnenden Musik unter, als ich den vierten oder fünften Shot herunterkippte und genießerisch die Augen zukniff, sobald mein Hals zu brennen begann.

Die Bar befand sich direkt neben dem dritten Dancefloor, sodass ich nur einmal herumwirbeln musste, bevor ich mich wieder in der Masse befand und weitertanzen konnte, was das Zeug hielt.

Tom folgte mir die ganze Zeit, aber hauptsächlich tanzte ich alleine. Wenn irgendein Kerl in die Nähe kam, verschwand er mit Toms Hilfe schneller, als ich sein Gesicht registrieren konnte.

Meine Dankbarkeit wurde zur Euphorie. Es war so perfekt. Die Lieder schienen unter meine Haut zu dringen, die Drinks stiegen mir in den Kopf wie feiner, glitzernder Nebel, und alles verschwamm leicht zu den schillernden Lichtern um mich herum. Ich spürte zum ersten Mal seit sehr, sehr langer Zeit wieder mein Herz vor lauter Glück, nicht Angst, schneller schlagen.

»Danke!«, rief ich Tom ins Ohr, als ich ihn für einen Moment neben mir sah. Er grinste mir breit zu, bevor er einen besonders aufdringlichen Tänzer zurückhielt.

Ich drehte mich um und tanzte weiter. Ich war betrunken. Und es fühlte sich so gut an. Pure Erleichterung durchflutete mich von oben bis unten.

London, ich komme. Westwood, du kannst mich mal.

Ich ließ meinen Kopf in den Nacken fallen und landete in Toms Armen, als ich kurz darauf mein Gleichgewicht verlor. Amüsiert versuchte er mir zu erklären, dass er mich jetzt vielleicht nach Hause bringen sollte, aber ich griff nur nach seiner Hand und brachte ihn lachend dazu, mit mir zu tanzen. Und so bewegten wir uns zum Takt der Musik, und ich konnte in seinen Augen sehen, dass er wie ich dachte. Dass er in diesem Moment verstand.

Das Leben war nicht vorbei. Das hier war die beste Zeit unserer jungen Jahre. Und wir würden sie uns um keinen Preis der Welt nehmen lassen.

***

Finn

April 11th, 4:00 a.m.

Mein Arm war fertig verbunden, und ich befand mich vollständig angezogen auf dem Rücksitz mit Ally, während Tom mich in meinem Wagen zum Krankenhaus fuhr, auch wenn ich darauf bestanden hatte, dass es nicht nötig war. Ich spielte mit, weil ich es ihnen schuldig war. Meine Erinnerungen an den Tag meines Selbstmordversuchs in Los Angeles machten die Situation nicht besser, aber es war auszuhalten. Die Idee in meinem Kopf nahm immer mehr Gestalt an und hielt mich davon ab, mich zurück in meine Abgründe zu stürzen.

Damals hatte Ben mich sofort ins Krankenhaus gebracht, wo ich schließlich aufgewacht war und Michaels Gesicht vor mir gehabt hatte. Er hatte dafür gesorgt, dass ich zu ihm nach Hause gebracht und nicht in eine Zelle für Geistesgestörte gesteckt wurde. Ich hatte immer noch seine Worte im Kopf, als er mich angestarrt und gefragt hatte, was ich wollte. Dass es meine Wahl war. Ich hatte es als grausame Ironie gesehen – meine Wahl wäre es gewesen, hätten sie mich sterben lassen, doch immer noch spürte ich meinen verdammten Herzschlag.

Erst jetzt fing ich an zu begreifen, wie viel ich ihm über all das Materielle hinaus verdankte. Er hatte mir beigebracht, was Liebe, Lebensglück und Verantwortung bedeuteten. Er selbst hatte eine enorme Verantwortung auf sich geladen, als er mich verbotenerweise nicht hatte einliefern lassen. Es hätte so viel schlimmer kommen können. Und trotzdem war er das Risiko eingegangen. Weil ihn, wie er mir einmal erklärt hatte, irgendetwas an meinem Gesichtsausdruck hatte erkennen lassen, dass ich genug Kraft besaß.

Ich atmete tief durch und sah Ally direkt ins Gesicht, bevor ich meinen Plan in Worte fasste. »Du musst sie begleiten. Bitte, du …« Ich brach ab, als ich Toms geschockten Blick im Rückspiegel sah, und mit einem Mal wurde mir klar, was ich da tat.

Alison hatte vorhin im Badezimmer recht behalten – ich war der egoistischste Mensch auf Erden. Ich war im Begriff, sie anzuflehen, mit Eliza nach England zu gehen, auch wenn es nur für ein Semester war. Damit ich wusste, dass es ihr gut ging. Damit ich einen Anhaltspunkt hatte, um nicht völlig die Nerven zu verlieren. Natürlich dachte ich wieder einmal nur an mich. Bittere Galle stieg in mir hoch, und ich musste heftig schlucken, als der Selbsthass mich wieder durchfuhr. Tom liebte sie noch immer. Und auch wenn sie nach England wollte, es war nicht meine Entscheidung. Ich hatte nicht das Recht dazu, sie überhaupt zu fragen.

Ich versuchte ein schnelles Lachen, um von meinen Worten abzulenken. »Oh, ähm, nicht so wichtig. Tom, kannst du das Radio …«

»Nein. Warte mal, Finn.« Seine Stimme klang merkwürdig hohl, doch ich konnte wieder in seine Augen blicken, und der Ausdruck darin war entschlossen. Ich sah von ihm zu Ally, die verwirrt die Stirn in Falten gelegt hatte, aber noch nichts sagte. »Worum geht es, Alison?«

Deutlich hörte ich die künstliche Distanz in seinen Worten, allein durch die Tatsache, dass er sie mit ihrem vollen Namen ansprach. Sie hatte ihm wirklich das Herz gebrochen.

Sie blickte noch irritierter drein. »Eliza will nach London. Ein Austausch mit einer angesehenen Uni dort, ich bin mir nicht sicher, welche es genau war. Wieso?«

»Hast du mir vor … vor ein paar Wochen nicht erzählt, dass du sowieso planst, im Ausland zu studieren, weil du Abwechslung brauchst?«

So langsam dämmerte mir, dass das hier das erste Gespräch seit ihrer Trennung war, aber ich war zu abgelenkt, um mich dafür zu verfluchen, dass es meinetwegen entstehen musste. Meine Gedanken rasten schneller als mein Herz – das musste etwas heißen –, und die Hoffnung, die ich gewaltsam zu unterdrücken versuchte, schob sich in den Vordergrund.

»Ja.« Sie sah ihm durch den Spiegel in die Augen, und er blickte schnell weg, obwohl wir gerade in einem kleinen Stau steckten. »Ja, ich schätze, das habe ich …«

Wir sprachen kein Wort mehr, bis wir in der Notaufnahme angekommen waren. Ich hatte zu viel Schiss, alles noch zu verschlimmern, Ally schien in Gedanken versunken zu sein, und Tom wirkte plötzlich wieder locker. Er bearbeitete die Krankenschwester keine zwanzig Minuten, da wurden wir trotz der Uhrzeit drangenommen, und er wich wie bei einem kleinen Kind nicht von meiner Seite, während der Arzt mich untersuchte. Vermutlich hatte Tom ihn bestochen, denn er fragte mich keinen Moment, was geschehen war oder wie ich mich fühlte, er führte nur stur die Untersuchung durch, bis er dann anordnete, dass ich mein Shirt wieder anziehen konnte. Anschließend sprach er für fünf Minuten mit Tom, ohne dass ich mich irgendwie daran beteiligen konnte.

Ich saß mit Ally im Wartezimmer, als Tom bestens gelaunt zu uns kam und aufmunternd nickte. »Okay, das war's, ich fahr euch nach Hause.«

Sie stand auf, verschränkte die Arme und sprach meine Gedanken aus. »Was zur Hölle war das?«

Wieder fiel mir auf, dass er ihren Blick beim Sprechen mied. Seine Stimme aber klang unbeschwert. »Es ist alles okay, er hat keine Pillen genommen, seine Werte sind normal. Die Wunde am Arm ist nicht tief genug, um ernsthaften Schaden anzurichten. Wir haben alles unter Kontrolle.«

»Wir?«, mischte ich mich nun auch ungläubig ein, während wir uns auf den Weg zurück zu den nahezu menschenleeren Parkplätzen machten.

»Der Arzt hat mit Michael am Telefon gesprochen«, erklärte Tom und sah mich von der Seite an. »Er hat Mom noch nichts erzählt.«

Ich hielt meine Augen einen Moment länger als gewöhnlich geschlossen. »Oh, verdammt.«

»Du musst ihn dringend anrufen, Kleiner. Ich glaub, die drehen durch.«

Sofort nickte ich. Nach einem kurzen Blick auf Ally, die aussah, als wüsste sie nicht genau, wie sie sich verhalten sollte, zog ich mein Handy aus meiner Tasche und scrollte durch meine Kontakte bis zur richtigen Nummer.

Das Gefühl, alles wiedergutmachen zu wollen, wurde wie vorhin immer stärker. Für den Augenblick gelang es mir, nicht mehr an Eliza und England zu denken. Es war nur kurz, aber es half mir, mich auf das unmittelbar Bevorstehende zu konzentrieren.

»Dad?«, murmelte ich automatisch, als es in der Leitung klickte.

»Finn.« Er sprach mit seiner Therapeuten-Stimme. Freundlich, distanziert und verständnisvoll. Aber ich kannte ihn inzwischen gut genug, um den bebenden Unterton richtig zu deuten.

»Es ist alles okay«, hörte ich mich sagen, während ich hinten in mein Auto stieg und Ally vorne neben Tom Platz nahm – vermutlich, um mir ein bisschen Privatsphäre zu geben. »Ich war in der Notaufnahme, und Tom hat gesagt, du hättest mit dem Arzt telefoniert. Mir geht es gut. Wirklich.«

Für ein paar Sekunden blieb es ruhig, und ich wusste nur allzu gut, was das zu bedeuten hatte. Meine Schuldgefühle verdoppelten sich, und ich sprach hastig weiter, ohne zu denken. Ich ließ einfach den ganzen Mist hinter mir und erzählte ihm die Wahrheit. Es war mir gleich, dass ich Zuhörer hatte, und es spielte auch keine Rolle, dass ich um fünf Uhr am Morgen ohne Schlaf auf dem Rücksitz meines Wagens saß, nachdem ich für einen viel zu langen Moment bereit gewesen war, mir das Leben zu nehmen. In dem Augenblick war ich nichts weiter als der kleine Junge, der mit seinem Vater sprach, den er nie gehabt und seine ganze Kindheit lang so sehr gebraucht hatte. Ohne Rücksicht und ohne Scham.

Ich erzählte von dem Ball, ich erklärte, wie ich mich davor von Eliza getrennt hatte, und ich zwang mich, jeden einzelnen Moment noch einmal zu durchleben. Das, was oben in der Federation Hall geschehen war, umschrieb ich hastig, doch irgendetwas gab mir das Gefühl, dass er verstand. Meine schrecklichen Taten leugnete ich nicht, und beschönigen ließen sie sich sowieso nicht.

Er hörte mir zu. Er drängte mich nicht, sondern hörte einfach zu.

Einmal sah ich, wie Ally nach Toms Hand griff, aber als ich das nächste Mal hinschaute, berührten sie sich schon nicht mehr und starrten in verschiedene Richtungen.

Schließlich war mein Mund staubtrocken, und mein Display zeigte 59 Minuten Gesprächszeit an. Ich räusperte mich schwach und realisierte, dass das Auto schon lange still stand und wir uns höchstwahrscheinlich vor dem Hochhaus befanden, in dem Tom und ich wohnten. Alison war nicht mehr da, ich hatte nicht gemerkt, wie sie ausgestiegen war. Tom drehte sich um, und sein Blick war schockiert. Verdammt, was hatte ich alles gesagt? Ich wusste es kaum mehr, obwohl es nur Minuten zurücklag. Mein Kopf war wie leer gefegt. Ich starrte zurück, während Michael das Wort am anderen Ende der Leitung ergriff.

»Ich habe vor einer Stunde, kurz bevor du angerufen hast, einen Flug nach Seattle gebucht, Finn. Du kannst dich auch weigern, mich zu treffen, aber ich denke, es ... wäre für uns beide von Vorteil.«

Ich schüttelte den Kopf, als würde ich ablehnen. »Natürlich. Wann kommst du? Was ist mit ... Was ist mit Laura?«

Er stockte einen Moment. »Sie ist hier«, murmelte er schließlich leise. »Möchtest du mit ihr sprechen?«

Immer ließ er mir die Wahl. Es gab mir einen verfluchten Stich, dass er mich nach wie vor mit Respekt behandelte, obwohl er jetzt alles wusste, was ich getan hatte. Es war so unvorstellbar für mich. »Ja«, erwiderte ich heiser.

Laura versuchte sich zusammenzureißen, das hörte ich selbst durch mein Telefon, aber ihr Schluchzen war stärker.

Meine Hände zitterten, als ich Tausende Entschuldigungen zu stammeln begann und in Reue und Selbsthass versank. Ich hatte nicht die geringste Ahnung, wie lange sie weinte oder wie lange ich versuchte, sie davon zu überzeugen, dass es mir gut ging, aber schließlich zuckte ich zusammen, als Tom den Wagen verließ und die Tür hinter sich zuschlug. Noch einer, der genug von mir hatte. Ich konnte es zu hundert Prozent nachempfinden.

»Es tut mir leid, dass ich dich damals angerufen habe und dich mit ... deiner ... mit ...«, stotterte Laura immer noch unter Tränen.

»Mit meiner biologischen Mutter«, half ich nach und atmete tief ein und wieder aus. Ich gab ihr keine Schuld. Der Einzige, der Schuld trug, war ich. Weil ich so überzeugt gewesen war, dass es mir wieder so weit gut ging, dass ich mich auf andere Menschen einlassen konnte. Meine Vergangenheit war Teil von mir, und ich war verdammte zweiundzwanzig Jahre alt. Ich hätte schon lange damit abschließen müssen. Lange bevor ich Eliza Fleming über den Weg gelaufen war.

»Ich hatte nicht das Recht, das zu tun, es tut mir so leid, Finn.« Sie klang todunglücklich.

»Bitte, Mom, gib dir nicht die Schuld. Es kam alles zusammen, es liegt nicht daran. Ich brauchte Hilfe. Und die habe ich bei … bei einem Mädchen gesucht, das nicht die geringste Ahnung hatte, wer ich wirklich bin. Es geht mir jetzt gut, das schwöre ich.« Ich wusste, es stimmte. Es ging mir nicht insofern gut, dass ich vollständig mit heute Nacht abschließen konnte oder auch nur irgendwelche Aussichten auf Glück hatte, sondern dass ich leben wollte und mir eingestand, dass ich krank war. Nicht gestört, sondern psychisch krank. Und dass ich geheilt werden wollte. »Nur weiß ich nicht, ob es Eliza jemals wieder gut gehen wird«, flüsterte ich und starrte auf den Ledersitz vor mir, sah mein fahles Gesicht draußen im Seitenspiegel.

»Wie meinst du das?«, fragte sie, und ich merkte, dass sie sich wieder ein bisschen unter Kontrolle hatte.

Ich kämpfte mit mir, aber ich brachte es nicht über mich, ihr das zu erzählen, was ich Michael erzählt hatte. Etwas hielt mich ab. Vielleicht weil sie meine Mutter war, meine einzig richtige Mutter, und ich immer noch das Bedürfnis hatte, sie nicht enttäuschen zu wollen.

Stattdessen begann ich ihr mit ruhiger Stimme zu erklären, dass ich nicht bereit für Julia Gallagher war und dass ich mich darauf freute, wenn Michael kam, um die Lage mit mir zu besprechen. Sie hörte mir zu, und als ich schließlich sagte, dass ich sie schlafen lassen wollte, ließ sie mich schwören, dass ich bei Tom in der Wohnung oder er bei mir übernachten würde. Auch das machte mir nichts weiter aus – nur hatte ich immer mehr das Gefühl, dass mein Bruder doch ziemlich angepisst von mir war.

»Ruf mich morgen Mittag an, Finn. Und du kannst auch sonst anrufen, wann immer du möchtest, deinen Vater oder mich. Wir lieben dich.« Ihre Stimme war inzwischen ebenso ruhig wie meine, und es klang nicht dramatisch oder weinerlich, als sie das sagte. Es klang ehrlich.

Minuten später sprang ich aus dem Wagen und taumelte ein bisschen, als ich abschloss und mich umsah. Verflucht, ich war wirklich am Ende mit den Nerven, und obwohl ich die letzten Tage kaum Schlaf benötigt hatte, bahnte sich eine riesige Erschöpfung an. Oder vielleicht gerade deswegen. Ich hob den Kopf und sah mich auf der ausgestorbenen Hauptstraße um, auf der nur einzelne Autos vorbeikamen, bis ich Tom vor unserem Wohnblock entdeckte. Aber entgegen meiner Erwartungen war er nicht alleine – Ally stand neben ihm. Sie unterhielten sich angeregt, allerdings konnte ich kein Wort verstehen.

Ich beschleunigte meine Schritte und fragte mich, wieso sie immer noch hier war. Tom hatte sie doch nach Hause fahren wollen.

»Fertig?«, fragte Tom, als ich bei ihnen ankam. Zu meiner Verwunderung lächelte er leicht.

Ich nickte und schaute zwischen ihnen hin und her. Sie sahen auch verdammt müde aus. »Tut mir leid, dass ihr das mit anhören musstet. Und es tut mir auch leid, dass ihr so viel Stress meinetwegen habt. Wenn ich das nur ansatzweise wiedergutmachen kann …, dann sagt mir Bescheid.«

»Gehen wir erst mal rein, wir können oben alles besprechen.«

Wir stiegen in den geräumigen Aufzug, und Ally ergriff das Wort, nachdem sie sich mit kritischem Blick in der verspiegelten Wand betrachtet hatte. »Ich denke, es ist einen Versuch wert, Finn.« Fragend blickte ich zu ihr. »England«, fuhr sie fort, und mein Herz hämmerte wieder lauter. »Wir haben nur leider keine Ahnung, wie ich in das Programm reinkommen soll, da man sich schon länger anmelden musste, soweit ich weiß. Und Abflug ist schon Ende Juni. Außerdem … würde ein kleines Geldproblem entstehen. Und ich kann unmöglich zwei Jahre dort bleiben. Ein Semester würde aber Spaß machen.« Sie lächelte leicht.

»Ally, ich hab dir gesagt, Geld ist kein Problem. Und den Rest kriegen wir auch hin, wenn du mit Eliza gehen möchtest«, antwortete Tom ihr, und ich beobachtete, wie sie kurz einen Blick tauschten. Einen ziemlich vertrauten.

Ich schluckte. »Ich habe mich damals mit Eliza angemeldet. Man muss nur eine Prüfung in einem seiner Studienfächer machen, damit sie sehen, ob man geeignet ist. Nur ein Test, nicht besonders anspruchsvoll. Ich bin praktisch schon sicher in dem Programm.«

Die Aufzugtüren sprangen mit dem vertrauten Geräusch auseinander, und wir traten in den Flur des 26. Stocks. Also stand es schon fest, dass wir in mein Apartment gingen, dann konnte ich mir die Peinlichkeit ersparen, wenn ich Tom fragte, ob er bitte in meinem Wohnzimmer übernachten könnte. Nach einigem Hin und Her fanden wir uns letztendlich auf meiner schwarzen Couch wieder. Ally hatte uns allen einen Kaffee gemacht, und mein aufgeklapptes Notebook stand auf dem Wohnzimmertisch. Während sie wild auf der Tastatur herumklickte und sich das Programm näher ansah, erzählte ich Tom, dass Michael in zwei Tagen kommen würde, und warf ihm fragende Blicke zu, auf die er nicht weiter einging. Ich wusste nicht, wieso er mich so unterstützte, warum er Alison so sehr motivierte, bei dem Austausch mitzumachen. Ich wusste nur, dass ich schon lange nicht mehr so dankbar gewesen war.

»Okay«, rief Ally nach anderthalb Stunden entschlossen, stand auf und gähnte. »Morgen früh geht's weiter, und wir schauen, wie wir mich ins Programm kriegen. Also, wo kann ich schlafen?«

Ich öffnete den Mund, um ihr mein Bett anzubieten – ich würde auch auf dem Boden schlafen, die unglaubliche Dankbarkeit machte es mir unmöglich, besondere Ansprüche zu erheben –, aber Tom kam mir zuvor, als er seinen Wohnungsschlüssel hastig aus seiner Jeans zerrte und ihr hinhielt.

»Du hast das Apartment für dich alleine, ich übernachte hier … Fühl dich wie zu Hause, okay?«

Sie sah aus, als wollte sie protestieren, aber sein Blick schien sie zu erweichen. Ich verstand immer noch nicht, was zwischen den beiden vorging.

»Danke«, murmelte sie zaghaft, und in der nächsten Sekunde trat er auf sie zu und schloss sie in die Arme.

»Tut mir leid, dass ich dir die Trennung so schwer gemacht habe. Ich wollte nicht …«

Sie umarmten sich so lange, dass ich in mein Schlafzimmer flüchtete, um ihnen ein wenig Privatsphäre zu geben. Okay, und vielleicht auch, weil ich so viel Zuneigung im Moment nur schwer ertragen konnte. Ich schaltete die Deckenbeleuchtung ein und lief weiter ins Badezimmer, wo sich noch mein Anzug und die Maske zusammen mit dem Rasiermesser auf den Fliesen befanden. Mit schnellen Bewegungen räumte ich auf und wusch das Messer vorsichtig in einem der weißen Marmorwaschbecken ab. Ich hob langsam den Kopf, um mich währenddessen im Spiegel zu betrachten, bevor ich meine Hände mit eiskaltem Wasser volllaufen ließ und es mir ins Gesicht spritzte. Plötzlich fühlte ich mich wieder so normal. So unter Kontrolle, obwohl mein Spiegelbild noch Spuren meines Wahnsinns nachzeichnete und die schwarzen Schatten unter meinen hellen Augen das Gesamtbild auch nicht besonders positiv erscheinen ließen. Aber die vergangenen Stunden kamen mir vor wie mehrere Tage. Wie ein unerbittlicher Kampf mit meinen eigenen Dämonen. Ich fühlte mich noch nicht, als hätte ich sie besiegt, aber ich war dabei, sie in den Käfig zu sperren, bevor ich sie endgültig vernichten konnte. Ich würde jetzt weiterkämpfen. Für mich, für meine Familie und meine Freunde.

Und für die unzerstörbare, niemals endende Liebe.

Für Eliza.

***

April 17th, 11:25 p.m.

Ich starrte auf meine E-Gitarre. Auf die riesigen schwarzen Lautsprecher und den Verstärker. Dann auf meine Hände, die zusammengeballt auf meinen Knien ruhten. Ich wollte es.

Nein, ich brauchte es. Es war eine Notwendigkeit.

In meiner schwärzesten Nacht hatte ich das Instrument in die Hand genommen, hatte die dröhnende Musik um mich herum gespürt und gewusst, egal wie sinnlos dieses Leben war, die Musik würde immer bleiben. Ich hatte es aufgegeben – für Eliza. Um einen Schlussstrich zu ziehen. Doch das hier benötigte keinen sauberen Schnitt, kein Ende, das ich mir selbst bereitete.

Vom Wohnzimmer drang Licht herein, das ich vergessen hatte auszuschalten, als ich Michael zum Flughafen gebracht hatte. Die vergangene Woche hatten wir gemeinsam verbracht. Zum ersten Mal in meinem verfluchten Leben verstand ich, dass ich Hilfe benötigte. Und es war nicht nur diese Einsicht, diese bloße Akzeptanz, sondern ein innerer Wille. Es gab jetzt einen Grund, gesund zu werden. Es gab einen Grund, aufzustehen, das Blut von meinen Händen zu wischen, die dunklen Gedanken zu verbannen, meine Einsamkeit hinter mir zu lassen und zu leben.

Auch wenn Eliza mich nie wiedersehen wollte. Auch wenn sie … Ich atmete durch und zwang mich, den Gedanken zu Ende zu denken.

Auch wenn sie Angst vor mir hatte.

Das war in Ordnung, das war meine Strafe, und wenn wir beide Glück hatten, dann hasste sie mich und kam in England über mich hinweg.

Ich trat nach draußen auf die Terrasse. Sie schirmte den Lärm, den ich im Begriff war, zu erzeugen, nicht ab, aber wenigstens bekam nicht das ganze Haus Wind davon – nur vermutlich die gesamte 1st Avenue, aber wen interessierte das schon … Ich hatte keine Lust auf Akustik, also suchte ich mir auf meinem Handy unter den Background-Songs einen passenden mit genügend Lautstärke aus und schloss meine E-Gitarre an den Verstärker an. *Forever* von Papa Roach.

Meine Hände zitterten vor Aufregung – ich hätte fast über mich gelacht. Fast. Aber der immer wiederkehrende Gedanke an das Literaturtreffen heute Nachmittag machte es mir unmöglich, während ich mir das Instrument umschnallte und mit dem Lied begann. Ich hatte Eliza nie bedrängen wollen. Aber zum Teufel, ich hätte nie erwartet, dass sie kommen würde. Ich selbst war nur gegangen, weil Michael angeordnet hatte, ich solle versuchen, so oft wie möglich aus meinem Apartment zu kommen und … gewöhnliche Dinge tun. Es hatte mich vollständig aus der Bahn geworfen, und ich war für ein, zwei Stunden wieder unberechenbar gewesen. Und dann auch noch dieser Romeo-und-Julia-Scheiß. Ich war drauf und dran gewesen, Logan und die anderen Idioten anzubrüllen, sie sollten nicht so scheinheilig tun. Ich war mir sicher, es gab kaum mehr jemanden aus unserem Semester, der nicht Bescheid wusste. Aber meine Wut war schnell etwas anderem gewichen, als klar geworden war, dass ich mit Eliza zusammenarbeiten würde. Und dass sie so nahe wie seit Ewigkeiten nicht mehr neben mir sitzen würde. Nur Zentimeter entfernt. Ihr konnte unmöglich entgangen sein, wie ich sie angestarrt hatte. Gott, sie war so schön. Schön und rein und … ich würde mir nie erklären können, wieso ich auf dem Maskenball … wieso ich sie zerstört hatte. Sie dazu gebracht hatte, mich nicht nur zu hassen, sondern zu fürchten.

Michael hatte mir gestern eine seiner Theorien erklärt, nachdem Alex sich verabschiedet hatte, weil er sich noch mit Kristina traf. Er hatte mich wortlos umarmt, ohne ein einziges Wort über Samstagnacht zu verlieren, auch wenn ihm Tom höchstwahrscheinlich alles erzählt hatte. »Die Macht, die Eliza über dich hatte, hat dir eine solche Angst eingeflößt, dass du dir für den Moment nicht anders zu helfen wusstest. Vermutlich spielte auch noch die Tatsache mit hinein, dass du wütend auf dich selbst warst, weil du dich von ihr getrennt und immerzu gelitten hast. So abwegig das klingen mag, ich denke, du wolltest dir beweisen, dass du keine echten Gefühle für sie empfindest. Du wolltest sie dafür bestrafen, dass du sie liebst und nach all der Zeit wieder einem Menschen vertraust, der dir wehtun kann.«

Keine Frage, Samuel war voll und ganz im Recht gewesen, mir eine reinzuhauen. Ich konnte mir niemanden vorstellen, der es mehr verdient hatte. Und in gewisser Weise hatte es mich aufgeweckt und mir bewiesen, dass mein Dad ebenfalls im Recht war: Eine Woche war nicht genug, um wieder zu Eliza zu gehen und um Verzeihung zu bitten. Ich musste ihr die Zeit geben, um zu verarbeiten. Das würde eher Jahre statt Monate brauchen.

»Lass sie sich darüber bewusst werden, was sie alles mit dir durchleben musste und wohin sie das gebracht hat. Sie muss jetzt Abstand haben, vor allem von dir.«

Ich konnte rein gar nichts tun, um ihr zu helfen. Aber damit hatte ich mich nicht zufriedengegeben. Also hatte ich Tom gebeten, Eliza anzurufen, sie raus in die Stadt zu bringen und mit ihr feiern zu gehen. Ich wünschte mir so sehr, dass sie Spaß hatte und noch immer ihr Leben genießen konnte. Tom war der Einzige, der infrage kam, denn ich vertraute ihm, und er war gut genug mit ihr befreundet. Außerdem wollte ein selbstsüchtiger Teil in mir, dass sie sich an den Anfang unserer Geschichte erinnerte. An die guten Dinge. Und wer war da eine bessere Verbindung als mein Bruder, ausgestattet mit meinem Auto? Wenn alles glattlief, war heute Nacht eine Erleuchtung für sie, genau wie für mich. Wenn ich Glück hatte, schloss sie genau jetzt, während ich wieder sang, mit uns ab. Ein für alle Mal.

Ich sang mir den Schmerz von der Seele und spürte, dass der Nieselregen wieder eingesetzt hatte und nun immer stärker wurde. Ich lief ans Geländer, umkreiste meine Dachterrasse wie eine Bühne, drehte mich um mich selbst, die Finger immer auf meinen Gitarrensaiten, betrachtete Seattle von jeder Perspektive und steckte alles in dieses so passende Lied. Jedes Gefühl und jeden noch so kleinen Gedanken, der mich mit Eliza verband. Ich schmeckte den kalten Regen auf meinen Lippen und spürte die Bedeutung dieses Augenblicks bis tief in meine schwarze Seele.

Die Space Needle. Die Gebäude, der Lärm von unten, der sich vollkommen in meiner lauten Musik verlor. Das nächtliche Treiben der Stadt. Hier war ich zu Hause. Hier war ich befreit worden.

Und hier würde ich sie gehen lassen.

***

Eliza

1:45 a.m.

»Soll ich dich nach oben bringen, oder geht das einigermaßen mit dem Laufen?«, fragte Tom mit amüsiertem Unterton, aber einem ernsten Gesichtsausdruck.

Ich verdrehte grinsend die Augen. »Mir geht's fantastisch, Tom.« Natürlich war ich angetrunken, aber ich war sehr wohl noch in der Lage, mich selber sicher ins Apartment zu bringen. Der Alkohol hatte mich nicht völlig ausgeknockt, sondern nur meine gute Laune angeheizt. Spontan beugte ich mich zu ihm hinüber und gab ihm einen Kuss auf die Wange. »Vielen, vielen Dank für heute.«

Er lächelte. »Ich hab dich nur in den Club gebracht, den Rest hast du schon selbst übernommen, Liz. Auch wenn ich mich frage, wie ein so kleiner Mensch so lange tanzen kann, ohne umzukippen.«

»Ich war auf Entzug.«

»Na dann.« Er lachte. »Schlaf gut. Und hey, grüß Ally, ja?«

Ich sah ihn überrascht an, bevor ich aus dem Auto stieg. Vorhin auf der Hinfahrt hatte es sich so gar nicht danach angehört, als wäre er im Reinen mit ihr.

Tom zuckte mit den Schultern. »Spricht ja nichts gegen Freunde bleiben, oder?«

Mühsam hangelte ich mich die Treppe hoch und trat auf unsere Wohnungstür zu, wo ich erst mal mit voller Kraft auf die Klingel drückte, bevor ich einen kleinen Schrei ausstieß und eine Hand vor den Mund schlug, um ihn gleich darauf zu ersticken. »Verdammt«, fluchte ich und hob meinen Schlüssel hoch, den ich noch in der Hand hielt. Meine Mitbewohnerinnen waren ganz sicher schon in ihren Betten und hatten bis jetzt geschlafen. Unsere Klingel war grauenhaft laut.

Gerade als ich aufschließen wollte, öffnete sich die Tür, und ich sah Ally mit hochgebundenen Haaren in ihrem hinreißenden Nachthemd. Sie sah kein bisschen verschlafen aus.

»Oh, gut«, sagte ich kichernd. »Hi, Ally. Du siehst absolut heiß aus.«

Ihre Überraschung wich dem Amüsement. »Pscht, Eliza«, antwortete sie und zog mich lachend ins Apartment, bevor sie die Tür vorsichtig hinter uns schloss. »Willst du das ganze Haus zusammenschreien?«

»Zweifellos war das der Plan«, kam meine Antwort in derselben Lautstärke.

Sie schob mich einen halben Meter von sich weg und betrachtete mich kritisch. »Wie viel hast du getrunken, Süße?«

Ich hob meine Hand, deutete mit Daumen und Zeigefinger eine geringfügige Menge an und lächelte breit.

»Na, wenigstens hat Tom dich nach Hause gefahren«, erwiderte sie grinsend. »Andernfalls hätte ich mir Sorgen gemacht, dass du bei irgendwelchen Pennern landest oder so.«

»Ja, er ist total lieb gewesen und hat mir die ganze Zeit die Typen vom Hals gehalten. Ich soll dich von ihm grüßen. Er hasst dich nicht mehr«, plapperte ich drauflos, bevor mir meine und auch ihre Worte durch den Nebel des Alkohols hindurch bewusst wurden und ich erneut die Hand vor den Mund schlug. »Scheiße.«

Jetzt lachte sie noch mehr. »Wir sollten dich eindeutig öfter abfüllen. Und du solltest eigentlich wissen, dass unser Uni-Forum dich auf Schritt und Tritt verfolgt. Heiße Tanzeinlagen waren das, Liz …«

Mein schlechtes Gewissen stand mir sicher direkt ins Gesicht geschrieben. »Tut mir so leid, Ally, aber ich dachte, es wäre komisch, wenn du wüsstest, dass ich mit ihm …«

»Schon gut, es macht mir nichts aus. Tom und ich haben das irgendwie … geklärt. Na ja, so ein bisschen zumindest. Und du darfst sehr wohl mit ihm feiern gehen, also keine Entschuldigungen nötig! Nur das nächste Mal sagst du Bescheid, damit ich weiß, wo du zu finden bist, falls was passiert, ja?«

»Mhm, versprochen. Tut mir wiiiirklich …«

»Ja, ja«, unterbrach sie mich kichernd und schob mich Richtung Flur. »Ich schlag vor, du gehst dich umziehen, und ich mach uns Kaffee oder Tee. Ich muss etwas mit dir besprechen. Außer du bist so müde, dass du gleich ins Bett willst, aber ich würde dir davon abraten. In Jens Zimmer ist … so ziemlich was los.«

»Sie ist noch wach?«, murmelte ich, während ich in mein Zimmer lief und das Licht einschaltete. Als ich mich umdrehte und geistesabwesend die Tür hinter mir schließen wollte, blieb ich unwillkürlich stehen.

Jennys Zimmer lag fast direkt gegenüber von meinem, und ein kleiner Spalt ihrer Tür war geöffnet, sodass ich das flackernde Licht und zwei Gestalten erkennen konnte. Ich kniff die Augen zusammen und erkannte Samuel, wie er ihr gerade das T-Shirt über den Kopf zog. Meine Augen weiteten sich kurz, dann vertiefte sich mein Lächeln, und ich trat vor, um die Tür zu schließen. Die Welt war wieder in Ordnung. Ich hatte doch gewusst, dass sie ihn wegen eines halben Jahres nicht einfach so aufgeben konnte.

Immer noch glücklich zog ich mich aus, schmiss die Klamotten auf mein Bett und schlüpfte in bequeme Baumwollshorts und mein Guns-N'-Roses-Bandshirt. Anschließend ging es zurück ins Wohnzimmer, wo Alison im Schneidersitz auf der Couch schon auf mich wartete. Mir fiel blitzartig ein, dass jetzt auch der perfekte Augenblick wäre, ihr von meinem Problem zu erzählen – Finns Teilnahme am Austauschprogramm.

Sie reichte mir eine Tasse Kaffee aus unserer Steinzeitkaffeemaschine, als ich mich neben sie setzte. »Aufpassen, heiß!«

Ich rollte mit den Augen und deutete mit dem Kopf in Richtung Flur. »Wann genau ist das passiert?«

Sie schmunzelte. »Ich glaube, der Film war schuld. Sie hat sich am Ende ein bisschen länger als gewöhnlich die Augen aus dem Kopf geheult, was mich dazu gebracht hat, Sam anzurufen.«

»Gut gemacht«, antwortete ich anerkennend grinsend. Für irgendwas waren Liebesschnulzen also doch gut.

Eine Weile tranken wir still unseren Kaffee, und ich beobachtete den Vorhang vor der offenen Balkontür, der hin- und herwehte. Mein Kopf wurde von Minute zu Minute freier.

»Also, was wolltest du mit mir besprechen?«, fragte ich schließlich. »Ich muss dir nämlich auch noch was erzählen.«

»Hm … erst du.«

Ich zuckte mit den Achseln. »Na schön. Ich hab ein Problem. Ich war heute mit Samuel auf dem Campus, um mir die Unterlagen für das Auslandsstudium zu besorgen und noch mal die Zulassung zu überprüfen … Finns Name stand auf der Teilnehmerliste.«

Ally verschluckte sich und hustete los.

»Ich weiß! Ich bin auch durchgedreht! Ich meine, was fällt ihm jetzt ein …«

»Eliza«, unterbrach sie mich japsend, und ich stellte meine Tasse ab, um ihr auf den Rücken zu klopfen. »Ich glaube, unsere Themen überschneiden sich«, brachte sie hervor, als sie sich beruhigt hatte.

»Hm?«

»Vielleicht ist es doch besser, wenn ich anfange. Dann ergeben sich möglicherweise … ein paar Dinge.«

»Was meinst du?«

»Liz, ich habe eine Frage an dich, und ich möchte, dass du sie ernsthaft beantwortest«, erwiderte sie vollkommen ernst, und ich schaute misstrauisch. Sie lachte kurz. »So ernsthaft, wie es dein Zustand dir gerade erlaubt, meine ich.«

»Ich bin vollkommen nüchtern!«, protestierte ich und wartete darauf, dass sie weitersprach.

Sie wich meinem Blick aus und holte tief Luft. »Was würdest du sagen, wenn du erfahren würdest, dass du nicht alleine nach London fliegen musst?«

So langsam dämmerte mir etwas Schlimmes, und ich riss die Augen auf. Waren wir jetzt wieder bei der Verbrüderung mit dem Feind angelangt? »Ich fliege nicht, wenn er auch mitkommt«, zischte ich. »Und du wirst mich sicher nicht vom Gegenteil überzeugen können! Mir ist es egal, was er dir gesagt hat und …«

»Ich rede nicht von Finn«, unterbrach sie mich ruhig und erwiderte nun ein wenig nervös meinen Blick aus ihren großen blauen Augen.

»Ach, nein?«

»Nein. Ich rede von mir.«

Verständnislos starrte ich zurück.

»Er ist in der Lage, mich in das Programm zu bringen, Eliza. Für ein Semester. In London, an derselben Uni, an der auch du studieren wirst.«

»Wen meinst du mit er?«, hauchte ich fassungslos.

»Finn Westwood«, antwortete sie todernst.

»Willst du mich verarschen? Wie willst du da reinkommen?«

»Ich überhöre jetzt mal den beleidigenden Unterton. Ganz einfach: indem ich seinen Platz einnehme. Und der Austausch ist nicht nur für Literatur gedacht, ich kann dort das nächste BWL-Semester machen und es mir später vollständig anrechnen lassen.«

»Was?«, rief ich erneut, diesmal noch ein paar Tonlagen höher. »Wieso … was …«

»Ich war letzte Woche bei ihm … mit Tom, nach …« Sie stockte.

Ich starrte geradeaus, um den Schock zu verarbeiten. »Wann genau?« Als wüsste ich die Antwort nicht schon.

»Nach dem Maskenball. Nachdem du eingeschlafen bist. Ich wollte ihn zur Rede stellen. Es ging ihm nicht …«

»Hör auf. Ich will das nicht hören. Bitte, Ally, ich hatte heute endlich wieder gute Laune. Erzähl mir nur das Nötigste«, befahl ich mit harter Stimme.

»Okay, sorry … Ich habe von ihm verlangt, dass er sich von dir fernhält. Und ich hab ihm von England erzählt.«

Ich warf ihr einen absolut tödlichen Blick zu, und sie hob beschwichtigend die Hände.

»Ich schwöre, das war keine Aktion à la San Francisco, Eliza! Nach dem, was er getan hat, hätte ich ihn nie wieder freiwillig in deine Nähe gelassen. Er hat selbst vorgeschlagen, dass ich mit dir gehen soll. An seiner Stelle. Ihm ist bewusst, dass er auf keinen Fall mitgehen würde, wenn du dort sein würdest.«

Ich spürte einen schmerzhaften Stich und gleichzeitig eine riesige Erleichterung.

»Sogar Tom hat ihn unterstützt. Er hat es mir schmackhaft gemacht, mir gesagt, dass ich ein bisschen Abwechslung gut gebrauchen könnte.«

»Du willst mitkommen?«, flüsterte ich und schaute sie wieder an. »Nach London?«

Sie lächelte zaghaft und zuckte die Schultern. »Wenn du mich dabeihaben möchtest …«

Ich lehnte mich zurück und stellte es mir einen Augenblick lang vor. Mit einem Mal ergaben sich so viele Möglichkeiten. Ally und ich in Europa, Ally und ich auf dem neuen gigantischen Campus, auf dem ich mich sicher immer wieder verlaufen würde. Ally und ich auf Londons verregneten Straßen, auf der berühmt-berüchtigten Oxford Street oder unter dem Big Ben. Ally und ich unter den Einheimischen mit ihrer britischen Aussprache, über die wir uns lustig machen konnten. Gemeinsam.

Ich wusste nicht, ob es die Erleichterung darüber war, dass Finn nicht mitkam, oder einfach der Nachklang der Drinks, aber eine Sekunde später beugte ich mich nach vorne und fiel ihr um den Hals. Mit einem ohrenbetäubenden Schrei.

3. KAPITEL
THE END

Eliza

June 21st, 9:30 a.m.

»Ja, Dad, ich schwöre, ich werde mich melden, bevor ich abfliege. Ja. Und auch, sobald ich in London bin. Versprochen.«

Er gab ein undefinierbares Geräusch von sich, dann räusperte er sich am anderen Ende der Leitung. »Pass auf dich auf, Kleines. Und lass dir von niemandem sagen, wer du bist.«

Verblüfft wollte ich etwas erwidern, aber da erklang schon das altbekannte Tuten – er hatte aufgelegt. Ich nahm das Handy von meinem Ohr und hob eine Braue. Hatte meine Mutter sich etwa verplappert?

Ich hatte die ganze letzte Woche bei ihr und Matt verbracht, davor und danach war ich für je ein Wochenende bei meinem Vater gewesen. Meine Mutter war zwar begeistert von meinen England-Plänen gewesen – auf alle Fälle mehr als mein Vater –, aber sie hatte sich so lange nicht abwimmeln lassen, bis ich ihr bruchstückhaft und sehr ungenau die Situation mit Finn erklärt hatte. Gewisse, für meine Mutter zu pikante Details hatte ich selbstverständlich ausgelassen. Es war wirklich nötig gewesen, und es hatte sich gut angefühlt, nach dem ganzen Stress und der Prüfung, die ich dank stundenlangem Lernen fehlerfrei bestanden hatte.

Lächelnd hakte ich auf meiner To-do-Liste den vorletzten Punkt Mom und Dad besuchen ab und lehnte mich gegen mein Bettgestell.

Zu den schon erledigten Punkten gehörten die Prüfung bestehen, den Job beim Hard Rock Café schweren Herzens aufgeben, mir etliche London-Reiseführer und ein paar britische Serien anschauen und unseren Mietvertrag kündigen. Das war zusammen mit dem Packen wohl das Schwerste gewesen – auf emotionaler Basis. Jen und ich hatten uns gestern gerade noch davon abhalten können, in Tränen auszubrechen, als ich ihr geholfen hatte, sämtliche Bilder von ihrer Wand abzuhängen, bevor wir mit meinem Zimmer weitergemacht hatten. Dieses Apartment, diese wunderbare WG hinter mir zu lassen, war ein großer Wendepunkt in meinem Leben. Hier war so viel passiert. So viel, was ich nie vergessen würde und konnte.

Ich warf einen Blick auf meine Koffer, die so gut wie fertig gepackt waren. Sogar mein Reiseoutfit lag bereit. Morgen Mittag war der Abflug gemeinsam mit zehn anderen Studierenden, die am Programm teilnahmen und mit denen ich mich schon ein bisschen angefreundet hatte. Der Rest würde erst nächste Woche nachkommen, wie auch Ally. Jetzt aber war erst mal die Mission letztes gemütliches Frühstück mit den Mädels angesagt.

Ich lief ins Badezimmer, schüttelte meine Locken kopfüber und band sie dann zu einem Pferdeschwanz nach oben, schnappte mir meine große Umhängetasche und schlüpfte in meine Schuhe, bevor ich das Haus pfeifend verließ.

***

6:30 p.m.

Lachend lehnte ich mich über das Balkongeländer und formte meine Hände vor meinem Mund zu einem Trichter, damit Samuel mich verstand, der unten wie verrückt hupte und sich aus dem Fenster seines alten Golfs lehnte. »Deine Freundin findet kein passendes Kleid!«, brüllte ich runter, und er stieg aus seinem Wagen.

Ich sah sogar aus der Entfernung, wie er mit den Augen rollte. »Sag meiner Freundin, sie kann meinetwegen auch ganz ohne gehen!«, kam die lautstarke Antwort.

Ally kam lachend zu mir auf den Balkon. »Was schreit ihr hier so rum, es fängt doch erst um sieben an.«

»Tz«, machte ich und warf einen anerkennenden Blick auf ihr hautenges Outfit. »Erst ’ne geheime Party für mich schmeißen und dann zu spät kommen …«

»Schätzchen, streng genommen ist es eine öffentliche Veranstaltung, die zufällig auf denselben Tag wie dein letzter Abend vor der Abreise fällt.«

Beim Frühstück hatten sie beide verstohlene Blicke gewechselt und nach den richtigen Worten gesucht, um mir möglichst schonend die Party im Howl at the Moon schmackhaft zu machen.

Sie unterbrach mein Lachen, als sie mich mit kritischem Blick zurück ins Apartment zog. »Und du hast wirklich kein Problem damit?«

Wir warfen uns aufs Sofa, und ich zuckte mit den Achseln. »Morgen bin ich weg, Ally. Ich werde Finn über zwei Jahre nicht mehr sehen. Ein letztes Mal Howl at the Moon kann nicht schaden, oder?« Ihr Gesichtsausdruck war immer noch nicht richtig überzeugt. Ich seufzte. »Was, willst du mir jetzt deine eigene Party ausreden?«

Bevor sie etwas erwidern konnte, kam Jenny in knallengen Jeans, korsettartigem Top und ungewöhnlich glatten Haaren zu uns. Ihre Augen waren genau wie Allys und meine dunkel geschminkt.

»Los geht’s«, rief ich, zog Alison hoch und lief zur Tür. »Jen, ich glaube, so wie du aussiehst, wird Sam dir die Verzögerung verzeihen.«

Mit strahlenden Augen stieg sie in ihre hohen Sandalen. »Ich hab so ein Gefühl, dass der Abend unvergesslich wird …«

***

Gott, wie ich diese Bar vermisst hatte.

Ich schlug die hintere Tür von Sams Wagen zu und schaute wie hypnotisiert auf die leicht heruntergekommenen Wände des Hinterhofs. Hier durfte ja normalerweise nur das Personal parken, aber die Westwoods hatten wohl irgendwie für uns reserviert. Das Neon-Schild mit dem Logo, auf dem der heulende Wolf zu sehen war, leuchtete über uns, als wir durch die Tür an den Kartons und Kisten vorbei ins Innere des Clubs liefen.

Sam, Jenny und Ally traten gleich an die Bar, wo Tom mit Alex und Kristina stand, aber ich blieb noch einen Moment auf der Schwelle stehen.

Ich registrierte die Bar mit Lucas dahinter, der mir zulächelte, die Tanzfläche, die erstaunlich leer war, und den Flur rechts von mir, den viel zu vertrauten Flur … Von den orange-schwarzen Tischen und Hockern bis zu den mir flüchtig bekannten Studenten – es war gleich geblieben. Während alles in meinem Leben sich umgekrempelt hatte, war das Howl at the Moon in einer besseren Zeit stehen geblieben.

Ich runzelte die Stirn, als mir auffiel, dass die Menschenmenge nicht in die Bar, sondern durch den Haupteingang nach draußen strömte. Tatsächlich waren außer uns und Lucas kaum fünf Leute im Raum, die sich Drinks genehmigten.

»Hallo«, erklang es neben mir, und ich starrte eine Sekunde lang geradeaus, bevor ich mich umwandte und direkt in ein grünes Augenpaar blickte.

Obwohl sich ein seltsames Gefühl in mir ausbreitete und mein Herz wie verrückt raste, war ich gewappnet. Ich zwang mich zu lächeln, sah aber vorsichtshalber wieder weg. »Hey. Wieso …?«, fragte ich hastig, damit auch ja keine unangenehme Stille über uns einbrach, und deutete mit einer vagen Handbewegung auf die letzten Leute, die gerade den Club verließen.

»Draußen wurde eine Bühne aufgestellt«, murmelte Finn mit einem Unterton in der Stimme, der mich wieder aufschauen ließ.

Ich wollte verwirrt nach Details fragen, aber da lief er auch schon, die Hände in seinen Jeanstaschen vergraben, zu den anderen an die Bar.

Mir fiel auf, dass er ganz in Schwarz gekleidet war, und erneut fühlte ich mich in die Vergangenheit zurückversetzt. Seufzend lief ich ihm hinterher und begrüßte Kristina und Tom mit einer kurzen Umarmung – in den letzten Wochen waren wir öfter zusammen weggegangen, manchmal sogar mit Ally – sowie Alex und Lucas mit einem weiteren Lächeln.

Ich zwang mich, wegzusehen, als Alison Finn schnell umarmte, und schaute fröhlich in die Runde. »Also, was hat es mit der Bühne draußen auf sich?«

Jenny grinste und nahm mich bei der Hand, um mich zum Ausgang zu ziehen. »Tja, alles haben wir dir noch nicht verraten.«

Eigentlich wollte ich die Bar nicht verlassen, obwohl die Rockmusik runtergedreht worden war und keine besondere Stimmung herrschte. Mir reichte die Atmosphäre, wenn ich einfach etwas an der Bar trank und an die alten Zeiten dachte. Aber als ich draußen stand und die vielen aneinandergedrängten Menschen vor einer gigantischen schwarzen Bühne mit einem darüber hängenden weißen Banner sah, blieb mir trotzdem der Mund offen stehen. *Time to say goodbye* stand da geschrieben.

Ich hatte keine Ahnung, wer genau dafür verantwortlich war, aber es sah nicht amateurhaft aus. Rechts und links konnte ich die orangenen Absperrungen auf der Straße sehen und lachte. Da stand sogar Security. »Wow.«

»Das wurde alles von den angehenden Drittsemestlern organisiert. Alle haben sich mit dem Schriftzug zufriedengegeben, weil es zum Ende des Semesters passt!«, rief mir Jen über den Lärm der Masse hinweg zu.

Es war wirklich perfekt. Ein bisschen musste ich an das Open-Air-Konzert mit Finn denken, aber das störte mich nicht sonderlich.

Wir schlängelten uns zusammen mit Ally und Finn, der direkt hinter uns lief, zu der improvisierten Bar neben der Bühne durch und stellten uns an. Ich konnte nicht aufhören zu lächeln – der Abend würde erträglich werden. Es war ein letztes Mal so, wie es sein musste, bevor ich mit all dem abschließen konnte.

***

»Wo warst du?«, rief Ally, als ich mich an zwei Mädchen vorbeiquetschte und direkt vor der Bühne neben meinen Freunden zum Stehen kam.

»Auf der Toilette«, gab ich zur Antwort und richtete meinen

Blick gebannt nach vorne, wo Alex und Tom schon startbereit waren.

Die Scheinwerfer richteten sich direkt auf die Mitte, als der jüngste Westwood von links auf die Bühne kam und seinen Blick über die Menge wandern ließ.

Ich hatte mich gut gefühlt, doch als jetzt die Musik einsetzte und seine Hand nach dem Mikrofon griff, spürte ich etwas anderes in mir.

Finns Stimme hallte über die Straße, über die Absperrung, durch ganz Seattle und über die Dächer. *Night Beacon* aus dem Album, das er in San Francisco aufgenommen hatte.

Er suchte die Menge ab, und als er mich fand, als unsere Blicke erneut aufeinandertrafen, wurde ich mir wieder mit voller Wucht bewusst, was ich zurückließ.

Ich nahm Allys besorgten Blick kaum wahr, schlang nur meine Arme um mich und starrte nach oben, wo die Verzweiflung in seiner Stimme und seinem Gesicht zum Greifen nahe war, während alle um mich herum zu tanzen und singen begannen. Auch hiermit wollte er mir etwas sagen.

Bleib stark, mach weiter. Ich werde dich nie vergessen.

»Verdammt, ich hab meine Kamera vergessen!«, hörte ich von rechts und sah, wie Jenny ärgerlich nach oben blickte. »Das würde fantastische Bilder geben …«

Ich drückte mich an Alison vorbei und rief ihr »Ich geh sie holen« ins Ohr. Es war der Ausweg, den ich gerade benötigte. Die kurze Pause, die ich von dem Durcheinander brauchte, um mich zu beruhigen. Um mir meinen letzten Abend nicht zu zerstören.

Ihre Proteste gingen in Finns Stimme unter, als ich so schnell wie nur möglich versuchte, der Menge zu entfliehen.

***

Finn

Es ging schneller, als ich erwartet hatte.

Nachdem ich mich gezwungen hatte, das Lied zu beenden, nahm ich den Hinterausgang der Bühne und rannte zurück zum Howl at the Moon, ohne auf die empörten Rufe meiner Brüder zu hören. Ich hatte keine Ahnung, wieso Eliza gegangen war, aber das hier war meine letzte Chance. Es war gut möglich, dass das alles zu viel gewesen war und sie nicht mehr zurückkam. Unglaubliche Erleichterung durchfuhr mich, als ich sie entdeckte und sah, wie sie in ein Taxi stieg.

Ich will ihr nur den Brief geben, versuchte ich mein Gewissen zu beruhigen, als ich ins nächste Taxi sprang und anordnete, ihres zu verfolgen. Sie musste die fast schon unleserlichen Worte auf dem Papier lesen, das ich aus meinem verfluchten Tagebuch gerissen hatte, nachdem ich mitbekommen hatte, dass sie heute Abend im Howl at the Moon sein würde. Ich hatte das idiotische Stück von damals auf meinem Klavier gespielt. Wieder und wieder, bis es unerträglich geworden war.

Der Auftritt war vorbei, und es war mir im Moment egal, ob Erikson sauer war, weil ich nur ein Lied lang ausgehalten hatte. Ich bezweifelte, dass jemand sich vorstellen konnte, wie es in mir aussah. Mein Körper war in stetiger Alarmbereitschaft, meine Nervenenden standen unter Strom, und immer wieder rasten Bilder durch meine Gedanken, wie sie mich in der Menge unter der Bühne angesehen hatte … zum ersten Mal nach zwei Monaten.

Ihre großen Augen, die jede Sekunde auf meine gerichtet waren, während ich dieses Lied für sie gesungen hatte. Es war nicht nötig gewesen, sie erneut darüber aufzuklären, dass ich nur für sie dort oben stand, dass jede verfluchte Zeile nur ihretwegen meine Lippen verließ.

Du wirst dich nur verabschieden. Du wirst kein Wort über die Vergangenheit verlieren. Du wirst ihr Glück wünschen, ihr nicht schon wieder wehtun. Du kannst das. Du bist stark.

Ich starrte aus dem Fenster und sah die Gebäude an mir vorbeifliegen. Der Himmel war hinter ein paar Hochhäusern blass und wolkenlos, aber vorne, vor der Windschutzscheibe, färbte er sich teilweise orange, die Abenddämmerung brach ein. Das Wetter war so makellos wie schon lange nicht mehr in Seattle.

Meine Hand schnellte zur Tür, als ich spürte, wie das Taxi langsamer wurde und an den Straßenrand rollte. Ich drückte dem Fahrer ein paar Scheine in die Hand, bevor ich aus dem Wagen sprang und mich auf der vertrauten Straße umsah.

Ich fand sie sofort. Ihre Locken wehten sanft im leichten Wind, als sie gerade die Haustür aufschloss und im Wohnblock verschwand. So schnell ich konnte, rannte ich die Straße entlang. Ich kannte diese Türen nur zu gut – sie schlossen sich nur in Zeitlupe, und wenn ich Glück hatte …

Hatte ich.

Mit einem erleichterten Stöhnen zwängte ich mich durch den letzten Spalt, bevor sie hinter mir ins Schloss fiel. Ich konnte gerade noch entdecken, wie sich die Aufzugtüren schlossen – mit Eliza dahinter.

Die schnellste Möglichkeit lag direkt vor mir: die Treppen. Während ich die Stufen nach oben nahm, schien alles langsamer zu werden. Die Zeit, die Geräusche von draußen auf der Hauptstraße, das Klappern der Schritte in dem Stock über mir … Ich wusste, dass es richtig gewesen war, Eliza zu folgen. Mit der linken Hand umklammerte ich den weißen Brief mit der schlichten Aufschrift ihres Namens. Sie musste ihn lesen – wenn auch erst, sobald Seattle aus ihrer Reichweite war. Sie musste es wenigstens einmal von mir hören, auch wenn ich nicht in der Lage war, es persönlich zu sagen. Damit keine Fragen offen blieben. Damit sie vollständig mit mir abschließen konnte.

Ich war ziemlich außer Atem, als ich in der richtigen Etage stand, und versuchte, mich zu beruhigen, bevor ich den Flur wie zum Richterstuhl entlangschritt. Mein Herz schien auszusetzen, als ich plötzlich nur Meter von ihr entfernt war. Sie befand sich direkt vor ihrer Apartmenttür und suchte nach dem Schlüssel. Ihr schwarzes Kleid schmiegte sich an ihre Hüften und fiel von der

Mitte herab ein bisschen weiter, was sie irgendwie noch schlanker und zerbrechlicher aussehen ließ. Darunter trug sie eine Netzstrumpfhose mit Blumenmuster und flache schwarze Schuhe.

Sie sah so … friedlich aus. So voller Lebensfreude und stiller Schönheit. Und Himmel, diese Haare. Diese dichten, langen, perfekten Locken.

Bevor ich es mir anders überlegen konnte, beschleunigte ich meine Schritte, und sie wandte reflexartig den Kopf.

Einen halben Meter vor ihr kam ich zum Stillstand und starrte sie an. Bewegte mich keinen Millimeter weiter, sondern blickte ihr nur tief in die dunklen, bei der schwachen Beleuchtung fast schwarzen Augen mit den goldenen Pünktchen in der Mitte.

Ich rechnete mit allem – einer Ohrfeige, mit Beschimpfungen und Panik in ihrem Gesicht. Aber das, was sie tat, war genauso unerwartet wie schockierend. Von einem Moment auf den anderen veränderte sich ihr Gesichtsausdruck, und ihre Hände griffen links und rechts nach meinem Hemdkragen. Ich war zu perplex, um zu reagieren, und bevor ich mich versah, hatte sie uns gedreht und mich mit voller Wucht gegen die Wand neben ihrer Wohnungstür gedrückt. Sie kam meinem Gesicht beängstigend nahe, und ich sah, wie ihre Augen auf einmal sprühten. Vor Wut.

»Wage es nicht, Finn Westwood«, flüsterte sie voller Zorn und erdolchte mich mit ihren Blicken. »Egal, was du sagen wirst, egal, wie sehr du mich mit deiner beschissenen Macht unterdrückst oder zurückziehen willst, du wirst nichts an meiner Entscheidung ändern. Dieses Mal hast du verloren. Dieses Mal lasse ich mich nicht mit deinen verfluchten Blicken oder deinen Liedern abhalten. Ich fliege morgen nach London.«

Sie betonte jedes Wort, und ich erbebte unter ihren Händen. Wie hypnotisiert beobachtete ich sie und war mir in diesem Augenblick zu hundert Prozent bewusst, wie eingeengt sie sich damals auf dem Ball gefühlt haben musste, als ich alles zerstört hatte. Ohnmächtig, klein, schwach. Nicht mehr sie selbst.

So wie ich jetzt.

Das war es also, dachte ich und schluckte hart. Das war es, was Liebe aus Menschen machte. Erbärmliche, wehrlose Opfer.

Ich öffnete den Mund, um zu erwidern, dass ich mich nur verabschieden wollte, doch die Lüge blieb mir im Hals stecken, als sich ihre Finger tiefer in meine Brust bohrten und sie mich näher zog.

»Überleg dir gut, was du jetzt sagst. Du hast schon alles zerstört, was zerstört werden konnte«, fauchte sie, und ich sah keine Reue in ihrem Blick, keinen Hinweis darauf, dass sie aus Angst sprach und eigentlich nur wollte, dass ich bei ihr blieb, dass ich um sie kämpfte. Sie wollte, dass ich sie gehen ließ. Sie verlangte von mir, dass ich endlich aufhörte, an ihr zu zerren und alles so viel schwerer zu machen.

Also versuchte ich, mich von Eliza zu lösen und einen Schritt zurückzutreten. Doch auf einmal wandelte sich etwas in ihrem Blick. Die unbarmherzige Wut wich einer tiefen, schmerzhaften Sehnsucht, die mir direkt ins Herz drang und es zum Explodieren brachte. Plötzlich schlang Eliza ihre Arme um meinen Hals und presste sich mit ganzer Kraft an mich.

Es tat weh, es zerstörte mich langsam von innen, und ich spürte, wie ich zerbrach, denn jede Faser meines Körpers wusste, dass es das letzte Mal war. Ich würde sie nie wieder so in meinen Armen fühlen, und wir würden nie die Chance bekommen, uns zu lieben, so wie ich es benötigte. Es bereitete mir unglaubliche Schmerzen, und gleichzeitig fühlte ich mich so lebendig, während ich ihren Herzschlag an meinem und ihre Körperwärme auf mir spürte. Ich war berauscht von den Glücksgefühlen, während mir schlecht von dem Gedanken an morgen wurde. Sie atmete zitternd an meinem Hals aus, und ich keuchte an ihrem auf, schnappte nach Sauerstoff, der meine Lunge kaum mehr zu erreichen schien. Ihr Geruch war überall, und unsere gemeinsame Geschichte schien mit ihrem vollen Gewicht im Raum zu liegen. Die Bilder wirbelten herum und zeigten uns die Magie. Ich dachte an all die Nächte, als ich sie in meinen Armen gehalten hatte, und an all das, was wir erlebt hatten. Und plötzlich wurde es unerträglich. Plötzlich konnte ich es nicht mehr aushalten.

Wir schauten zeitgleich auf, lasen im Blick des anderen, und dann schubsten wir uns gegenseitig zurück, sodass ich hart an die Wand stieß und Eliza rückwärts ins Stolpern kam.

Nein, nein, nein. Die Stimme in meinem Kopf, die mich vorhin hatte überzeugen wollen, dass ich stark genug war, schrie, ich solle sie zurückziehen. Dass ich jetzt nicht gehen durfte.

Ich schüttelte ruckartig den Kopf, zog den Brief hervor und hielt ihn Eliza hin wie ein Stück Abfall. Ihre Augen weiteten sich, als sie danach griff.

»Lies ihn nicht, solange du noch nicht im Flugzeug bist«, brachte ich hervor und merkte, wie ich meine Atemzüge viel zu laut und viel zu hastig ausstieß, als wäre ich mehrere Hundert Meter gerannt. Ich war nur einen Hauch davon entfernt, sie schluchzend anzuflehen, mich zurückzunehmen, nicht zu fliegen. Mich jetzt nicht alleine zu lassen.

Ohne eine Antwort abzuwarten, drückte ich mich mit den Handflächen an der Wand ab und rannte beinahe den Flur zurück zum Aufzug. Ich musste raus hier, solange ich konnte.

»Finn!«, erklang es verzweifelt, als ich es fast geschafft hatte, und ich drehte mich um, ohne es zu wollen. Nein, natürlich wollte ich es. Sie lächelte traurig, und der Abstand zwischen uns brachte mich schon wieder um. »Ich hoffe, du wirst glücklich.« Ihre Stimme war gerade so laut, dass ich sie verstehen konnte.

Ich drängte die tobenden Emotionen zurück und erwiderte das Lächeln mit der allerletzten Kraft, auch wenn ich wusste, dass jede weitere Sekunde Selbstmord war. »Leb wohl, Kleine.«

***

Wie ich es aus dem Wohnblock schaffte, war mir ein Rätsel. Doch als ich ins Freie gelangte und an den Straßenrand lief, nicht sicher, was ich jetzt in meiner Verzweiflung tun würde, schreckte mich ein lautes Hupen auf, und ich riss den Kopf hoch.

Es war Alex in seinem Cabrio. Er hob fragend eine Braue und bedeutete mir dann mit einem Nicken, in den Wagen zu steigen. Mechanisch zwang ich mich, zu gehorchen. Wahrscheinlich waren sie doch misstrauisch geworden – wer wusste, was ich anstellte, wenn Eliza in meiner Nähe war. Es war ohnehin egal, was ich jetzt tat, wohin ich ging. Alles war vorbei.

»Was hast du getan?«, fragte er mich mit neutraler Stimme, die nicht einmal wie ein Vorwurf klang, als er genau in dem Moment losfuhr, in dem ich die Tür hinter mir zuknallte. In seinem Autoradio lief doch tatsächlich ein Lied von mir, das ich in San Francisco aufgenommen hatte. Meine Hand schnellte nach vorne und schaltete es aus.

»Mich verabschiedet«, murmelte ich.

»Es gibt noch 'ne Afterparty«, seufzte er. »Aber ich kann dich auch heimfahren.«

»Mir egal, mach, was du willst.«

»Wir können uns auch in einer anderen Bar betrinken gehen.«

Und das aus Alex' Mund ... Ich war fast schon gerührt, was er meinetwegen auf sich nahm. »Wo ist Kristina? Was machen die anderen?«

»Die sind alle noch im Howl at the Moon, aber ich bezweifle irgendwie, dass du gerade dorthin willst.«

»Weißt du, was ich will?«, fing ich auf einmal verbittert an. »Die verdammte Zeit zurückdrehen.«

Wir schwiegen eine Weile, und ich legte meinen Arm auf seiner Rückenlehne ab, während der Fahrtwind die Stille übertönte.

»Deal, lass uns irgendwohin gehen, wo wir uns volllaufen lassen können.«

Er lachte leise und schaltete das Radio wieder an, wo inzwischen wieder ein anderer Mist lief. An der Kreuzung warf er mir einen seltsamen Blick zu. »Wann fliegt sie morgen?«

»12:35 Uhr«, antwortete ich wie aus der Pistole geschossen. »Mittags.«

»Und, hast du es ihr gesagt?«

»Was?«, entgegnete ich abweisend. Hatte ich ihr was gesagt? Dass ich mich ihretwegen hatte umbringen wollen? Dass sie gut darin tat, endlich zu gehen und mich hinter sich zu lassen?

»Dass du sie liebst, du Idiot«, erwiderte er angesichts meines Gesichtsausdrucks.

Ich starrte ihn fassungslos an, dann brachte ich mich wieder unter Kontrolle. »Nein.«

»Wirst du dich nicht immer fragen, was gewesen wäre, wenn?«

»Nein.« Sie hatte den Brief, das genügte. »In unserer Situation wäre das eher kontraproduktiv, glaub mir.«

»Mh.« Er fuhr weiter, als sei nichts gewesen.

Es würde nichts ändern. Natürlich nicht. Es würde alles verschlimmern.

***

Eliza

June 22nd, 10:20 a.m.

Ich trank den letzten Schluck Orangensaft und schaute lächelnd in die Runde. Neben mir saßen Ally und Jennifer und gegenüber am runden Tisch Sam, Tom, Alex und Kristina. Mein allerletztes Frühstück in Seattle mit meinen Freunden – und das am Flughafen. Das Café war klein und gemütlich, obwohl wir uns auf dem Seattle-Tacoma-Airport befanden, denn es war etwas abseits gelegen an der großen breiten Glaswand, wo man draußen schon kleiner werdende Flugzeuge beobachten konnte.

Mir ging es relativ gut, an Finn verlor ich so gut wie keinen Gedanken mehr. Nachdem er mich im Hausflur überrascht hatte, war ich in die Wohnung gegangen, hatte vor dem Badezimmerspiegel geschworen, keine einzige Träne zu vergießen und mir den Abend nicht versauen zu lassen, und hatte seinen Brief in meinem Handgepäck verstaut. Was auch immer er damit bezwecken wollte, es war mir egal. Ich hatte Jens Kamera geholt und war zurück zum Howl at the Moon gefahren, wo von Finn und Alex keine Spur mehr gewesen war. Wenn man von Jennys und Sams sentimentalem Anfall um Mitternacht herum absah, waren wir alle in bester Partylaune gewesen und hatten meinen letzten Tag in vollen Zügen genossen und ausklingen lassen. Mein leichter Kater störte mich nicht. Vielleicht konnte ich so ein wenig Schlaf während des Flugs abbekommen.

»So«, sagte ich, als wir gezahlt hatten und alle langsam aufstanden. »Ich glaube … das war's. Danke für alles, man sieht sich.« Ich griff nach meinen Koffern und tat so, als wollte ich schon zur Sicherheitskontrolle gehen und endgültig abhauen.

Jenny stieß einen kleinen Schrei aus, und ich ließ lachend mein Gepäck wieder fallen, um sie in die Arme zu schließen.

Die nächste halbe Stunde wurde es verdammt kitschig. Ich umarmte alle, ließ mir noch die letzten guten Tipps geben – wie beispielsweise von Kristina: »Trink deinen Tee auf keinen Fall mit Milch, egal wie viele es dort tun!« – und umarmte sie dann gleich noch mal.

»Du machst das, Liz«, versicherte mir Tom mit einem Grinsen und reichte mich an Sam weiter, indem er mich kurzerhand einfach hochhob.

Ich verdrehte die Augen und schlang meine Arme zum dritten Mal um meinen besten Freund, der einen ungewöhnlich traurigen Gesichtsausdruck hatte.

»Wir haben das Internet und das Telefon und …«, begann ich, ihn wieder zu beschwichtigen, aber brach ab, als mein Blick zufällig nach hinten in die Menge wanderte.

Sam gab einen Schmerzenslaut von sich, und ich realisierte, dass ich ihm meine Fingernägel unbewusst in die Haut gerammt hatte.

Mein ganzer Körper versteifte sich, und ich kniff die Augen zu, um sie gleich wieder weit aufzureißen. »Oh nein.«

Ich löste mich aus Samuels Umarmung, und jetzt folgte nicht nur er meinem Blick. Ally schloss die Augen und biss sich auf die Lippe. Jennys Gesichtsausdruck wurde wütend, genau wie der ihres Freunds. Tom seufzte, und Kristina griff nach Alex' Hand.

Und ich stand einfach da und wusste nicht, wie ich mich verhalten sollte.

Finn kam immer näher.

Ehe ich aber reagieren konnte, passierte etwas, das mich unglaublich rührte.

Innerhalb von Sekunden hatten sich alle aus ihrer Starre gelöst und traten auf Finn zu. Es kam mir vor, als würden sie eine Mauer bilden, um mich zu beschützen. Um ihm zu verdeutlichen, dass er nicht an mich herankam und sein Auftauchen vergeudete Zeit war. Ich konnte nicht anders, als Dankbarkeit für diese wunderbaren Menschen zu empfinden. Selbst seine Brüder stellten sich vor mich, selbst Kristina, die wohl am wenigsten mit der Sache zu tun gehabt hatte.

Aber ich konnte auch nicht mein erstes Bauchgefühl ignorieren, das mich die nächsten Worte aussprechen ließ. Zwar leise, aber ziemlich bestimmt. »Es ist okay. Lasst ihn durch.«

Finns Blick zuckte zu mir, und ich bildete mir ein, unermessliche Erleichterung darin zu erkennen. Vielleicht wollte er mich einfach ein letztes Mal sehen, um sich noch einmal zu vergewissern, dass wir in Freundschaft auseinandergehen würden. Vielleicht machte er sich Vorwürfe, dass er mich gestern mit seinem Brief so überrumpelt hatte.

Wie viele letzte Male will er noch?, giftete die Stimme in meinem Kopf los. Aber egal, wieso er hier war, wieso seine Brust sich unregelmäßig senkte und wieder hob, wieso seine Augen rot unterlaufen waren, ich wollte ihn anhören, wenn er gekommen war, um sich noch einmal zu verabschieden.

Sie drehten sich alle zu mir um. Überrascht. Argwöhnisch. Aber ich achtete nicht darauf. Ich verdrehte lediglich die Augen, um die Spannung ein wenig zu lösen.

»Danke, aber ich übernehme von hier.« Ich nickte Finn zu, als wäre es das Normalste auf der Welt. Die anfängliche Panik, als er mich gestern im Hausflur überrascht hatte, spürte ich nicht mehr. »Könnt ihr kurz hier bei meinen Koffern warten?«, murmelte ich, und Ally versuchte ein Lächeln, obwohl ihr die Sorge ins Gesicht geschrieben war.

»Klar. Aber nicht zu lange, Liz, du musst gleich durch die Sicherheitskontrolle.«

»Danke für die Erinnerung«, erwiderte ich mit einem Lächeln und sah, wie Tom Finn einen letzten warnenden Blick zuwarf, bevor er zur Seite trat und ihn durchließ.

Ich lief einfach los, ohne mich zu vergewissern, dass er mir folgte. Wir entfernten uns nur ein paar Meter von meinen Freunden, aber es erlaubte uns, ungestört zu reden. Als ich an der Glaswand neben dem kleinen Café, wo wir vorhin noch gefrühstückt hatten, angekommen war, drehte ich mich um und fuhr leicht zusammen, als ich realisierte, dass er direkt vor mir stand.

Ich schluckte und zwang mich, in seine Augen zu sehen, wodurch ich noch mehr erschrak. Aus der Nähe war es noch schlimmer. Sie sahen stumpf aus, glanzlos.

Konzentration, Eliza.

»Also …«, begann ich mit rasendem Herzklopfen, das ich mir mal wieder selbst nicht erklären konnte. »Wieso bist du gekommen?«

Finn betrachtete mich nur. Seine Hände zu Fäusten geballt, seine Augen rot, sein Gesicht fast schon eingefallen. Die Bartstoppeln, die sonst immer so sexy gewirkt hatten, machten jetzt einen heruntergekommenen Eindruck.

»Finn?«, fragte ich nach, als die Sekunden vergingen. Es liefen immer mehr gestresste Leute an uns vorbei, und ich sah die Nummer meines Flugs auf dem Display über uns blinken.

Er zuckte zusammen. »Hast du den Brief gelesen?«, krächzte er dann plötzlich.

Perplex schaute ich ihn an und schüttelte den Kopf. »Du hast gesagt, ich …«

»Ich weiß«, fuhr er mir dazwischen und sah jetzt beinahe wütend aus. »Ich weiß, was ich gesagt habe.«

Meine Augen verschmälerten sich automatisch. »Was soll das? Was machst du hier?«

Zu meinem Erschrecken trat er noch näher. Sein Geruch nebelte mich ein wie immer, und ich roch auch den Alkohol. Verdammt, war er betrunken?

Ich wollte ihn wütend darauf ansprechen, aber da wurde sein Blick lodernd. Keine Ahnung, wie ich das beschreiben soll, aber von einem Moment auf den anderen war wieder dieses Fesselnde in seinem Ausdruck, das mich an Ort und Stelle hielt.

»Du kannst nicht gehen«, sagte er mit solch einer Überzeugung in der heiseren Stimme, dass ich eine Gänsehaut bekam.

»Hör auf, das bringt nichts, du bist betrunken. Du hättest es bei gestern Abend belassen …«

»Ich habe nichts getrunken«, unterbrach er mich erneut und schüttelte verzweifelt den Kopf. »Du darfst nicht gehen, Eliza. Das geht nicht.«

Mein Verständnis war aufgebraucht. Es brodelte heftig in mir, und ich war kurz vor der richtigen Explosion.

»Ach ja?«, erwiderte ich gefährlich leise. »Ich darf nicht gehen? Deinetwegen? Weil du es mir verbietest?« Meine Stimme wurde immer lauter, und ich spürte, wie meine Beherrschung mehr und mehr bröckelte. »Komm schon, Finn, sag es mir«, fauchte ich mit sarkastischem Lächeln. »Sag mir einen gottverdammten Grund, warum ich nicht gehen sollte. Meinst du wirklich, du könntest …«

Zum dritten Mal kam ich nicht dazu, meinen Satz zu vervollständigen. Aber diesmal waren es nicht seine Worte, die mein Herz zum Stillstand und meine Wut in die Knie zwangen.

Im Bruchteil einer Sekunde nahm er mein Gesicht zwischen seine Hände und zog mich zu sich. Donnerte seine Lippen mit voller Wucht auf meine und ließ mich vergessen, wer ich war. Er grub seine Hand in meine Haare und strich mit dem Daumen über meine Wange, mit dem anderen Arm umschlang er meine Taille und presste mich näher. Immer näher, bis mir die Luft ausging und kein Abstand uns trennte.

Es war anders, als ich erwartet hatte. Ich versuchte nicht einmal, mich zu wehren, denn ich spürte in dem Moment, in dem sein Mund auf meinem lag, dass ich es wollte. Es war kein Zwang wie damals auf dem Maskenball. Es war keine Unterdrückung oder angestaute Wut, die uns so heiß machte, dass wir uns küssen mussten. Nicht wie am ersten Abend im Howl at the Moon und nicht wie in San Francisco. Es war einfach nur ein letztes Mal Finn für mich, nicht mehr und nicht weniger. Mein Finn.

Und das war unser Ende.

Mein Zorn war wie weggeblasen, ich fühlte nichts Negatives mehr. Nichts, das mich in den Abgrund zog. Ich fuhr mit beiden Händen zu seinen Haaren, strich mit den Fingern über sein Gesicht und ließ zu, dass wir verschmolzen. Womöglich würde ich das hier später schrecklich bereuen. Wahrscheinlich würde es wehtun. Aber jetzt konnte ich nichts außer seinen warmen vertrauten Atem spüren. In weniger als einer Stunde war alles vorbei. Dann konnte ich genauso gut alles in diesen Kuss stecken, was ich noch besaß.

Lebe den Augenblick.

Wir küssten uns lange, intensiv und voller Leidenschaft, bis ich zurückwich, um tief Luft zu holen. Ich atmete brüchig ein und aus, versuchte, mich wieder zu fangen, während meine Hände kraftlos an seiner Brust herabfielen und er von meinen Hüften abließ. Als ich genug Abstand zwischen unsere Körper gebracht hatte und bereit war, zu gehen, sah ich auf … und bekam den größten Schock seit Langem.

Finn stand vor mir, den Kopf gesenkt, den Blick auf den Boden zwischen uns gerichtet, und weinte.

Ich blinzelte ein paarmal, doch das Bild veränderte sich nicht. Stumm rannen ihm Tränen über die Wangen und über die inzwischen zusammengepressten Lippen. Reflexartig trat ich zurück. Ich öffnete den Mund, um etwas zu sagen, irgendetwas, aber nicht ein einziges Wort kam heraus.

Er weinte.

Verstört und absolut erstarrt versuchte ich zu begreifen, was das bedeutete. Doch da hob er schon den Kopf und machte es mir unmöglich, einen klaren Gedanken zu fassen. Ich konnte nur in seine Augen sehen, dieses flüssige Smaragdgrün. Das, was ich bei diesem Anblick empfand, war schlichtweg nicht zu beschreiben.

Noch weniger, als seine Lippen sich teilten. »Weil ich dich liebe.«

Er stand da und blickte mir unter Tränen direkt ins Gesicht, sprach diese Worte ohne Zweifel in der Stimme aus. Sie bebte nicht einmal. Er klang ganz ruhig. Bedacht. Ehrlich.

Es war wie ein Blitz, rasend schnell durchfuhr er meinen Körper und hinterließ nichts als grelle Helligkeit, die mir mit einem Schlag alles zeigte, was geschehen war. Was er mir gesagt hatte. Was er getan und was ich geglaubt hatte, daraufhin zu fühlen.

Aber diese Abfolge von Erinnerungen, die mich gefangen gehalten hatte, blieb nicht lange in meinen Gedanken. Sie wurde abgelöst von einer Erinnerung, die viel schwerer als das wog. Als alles, was ich mit Finn Westwood erlebt hatte. Es war der Gedanke an mich, vor einem Jahr. An mich, wie ich in die Stadt gekommen war, um mein Studium zu beginnen. Eine vergleichsweise harmlose Erinnerung, aber jetzt, genau in diesem Moment, wurde mir dadurch bewusst, dass ich mich hatte blenden lassen. Von der Welt, von ihm und vor allem von der Illusion, die in meinem Kopf entstanden war und die es tatsächlich geschafft hatte, mich davon zu überzeugen, dass das hier Liebe war. Es war wie das Erwachen aus einem Albtraum, der so lange an mir gezerrt hatte, bis ich vergessen hatte, wer ich wirklich war. Aber damit war jetzt ein für alle Mal Schluss. Mein gesamter Körper wurde ruhig. Ich fühlte mich so gelassen wie noch nie, als ich wieder auf ihn zutrat und mich auf die Zehenspitzen stellte, um auf gleicher Höhe mit ihm zu sein. Vorsichtig strich ich mit meinen Fingerspitzen das Salzwasser von seinen Wangen, als sich wie von selbst ein Lächeln auf meinen Lippen bildete. Sein Blick war hilflos, aber ich lächelte noch mehr. Es würde alles gut werden. Auch er würde eines Tages aufwachen. Und dann würde er realisieren, wie viel Zeit wir verschwendet hatten.

»Nein, Finn«, murmelte ich beruhigend und wischte ihm die letzte Tränenspur fort. »Das tust du nicht.«

Ich ließ von ihm ab, drehte mich um und lief, ohne mich umzuschauen, zurück zu meinen Freunden. Bereit, sie noch ein letztes Mal zu umarmen und in den Flieger zu steigen. Bereit für London.

Die Welt um mich herum wurde intensiver, bedeutender. Ich lauschte den Durchsagen, dem letzten Aufruf zu meinem Flug, und spürte, wie sich das Glück von oben bis unten in meinem Körper verteilte. Das hier war nicht sein und mein Ende, weil wir uns nie wiedersehen würden. Das war in erster Linie das Ende einer Gefangenschaft, die mich beinahe zerstört hatte.

Ich war endlich wieder in der Realität angekommen.

4. KAPITEL

THE REST IS SILENCE

Finn

June 22nd, noon

Es war eine Sache, den Abgrund zu sehen, während ich sprang, mir vollkommen bewusst zu sein, dass mich unten nur Dunkelheit erwarten würde, und es war eine vollkommen andere, meiner größten Angst bewusst ins Auge zu sehen und zu wissen, dass alles umsonst gewesen war. Wenn man sich dafür entschied, den Absprung zu wagen, tat es nicht weh, denn Davonlaufen fühlte sich im ersten Moment erstaunlich gut an. Erleichternd, beinahe befreiend.

Wenn man sich allerdings seinen Problemen stellte, weil man zum ersten Mal in seinem Leben kein Feigling sein wollte, dann konnte es zu genau zwei Abzweigungen kommen. Glück ... oder absolute Verdammnis.

Ich hatte nicht vor, mir das Leben zu nehmen, als ich den verdienten Strafzettel vorne von der Windschutzscheibe nahm und den Wagen aufschloss. Ich wollte mich nicht einmal mit Erinnerungen quälen, und auch an Alkohol hatte ich im Moment kein Interesse. Genau in diesem Augenblick wollte ich nur in mein Apartment und schlafen. Nicht, um zu vergessen, und auch nicht, weil ich Seattle keine Sekunde länger ertragen konnte, obwohl das sicher ebenfalls dazu beitrug. Ich hatte in der letzten Nacht nicht eine Sekunde geschlafen, und die Erschöpfung würde jeden Moment über mich einbrechen. Die Schlacht war vorbei, die Überlebenden konnten nach Hause gehen.

Ein paar Minuten schloss ich die Augen, um meine Konzentration zu sammeln. Dann öffnete ich sie wieder und befahl meinen

Händen, den Fahrerspiegel herunterzuklappen. Ich musste mich jetzt ansehen, das gerade Erlebte bewusst machen und dann nach Hause fahren, um dort jämmerlich in meinem Bett zu verrecken.

Stopp, unterbrach ich mich selbst. Ich würde nur einen Mittagsschlaf halten. Sicher. Mehr nicht.

Mein Spiegelbild erschreckte mich mehr, als ich erwartet hätte. Bevor ich mich weiter damit befassen wollte, wie mein ach so perfektes Gesicht nur so verbraucht aussehen konnte, öffnete sich meine Beifahrertür, und ich wandte den Kopf. »Ally«, sagte ich ausdruckslos. »Womit verdiene ich deine Gesellschaft?«

»Tom hat mich geschickt«, gab sie ohne zu zögern zu. »Er dachte, es wäre besser, wenn ich zuerst mit dir rede.«

»Und natürlich musste jemand kontrollieren, dass ich keinen weiteren Selbstmordversuch starte.«

»Das ist kein bisschen lustig.«

»Siehst du mich lachen?«, murmelte ich.

Wir schwiegen, und ich begann, mich über ihre Anwesenheit zu ärgern. Sie erinnerte mich an sie. Jede Geste, jedes Wort ließ mich an Eliza denken.

»Finn, es tut mir leid.«

»Was genau?«, seufzte ich und beobachtete die unzähligen Autos, die an uns vorbeifuhren. Einige hupten – immerhin versperrte ich teilweise den Eingang zum Flughafen. Ich konnte nicht sagen, wann mir etwas in letzter Zeit so egal gewesen war.

»Alles. Dass sie weg ist. Dass es nie funktioniert hat.«

»Ich dachte, du bist froh, weil ich ihr nicht mehr wehtun kann.«

»Ja«, sagte sie. »Aber auf der anderen Seite interessiere ich mich zufällig auch dafür, wie es dir geht. Was ist da drinnen passiert?«

Ich hob die Brauen und sah sie an, während ich ein trockenes Lachen ausstieß. »Verlangst du ernsthaft von mir, dass ich dir von dem erniedrigendsten Moment meines Lebens erzähle?«

Stille. Dann folgte ein Seufzen von ihr. »Okay, dann fahre ich dich nach Hause. Oder möchtest du irgendwo anders hin?«

»In die Hölle«, antwortete ich so leise, dass sie es unmöglich verstehen konnte. »Vergiss es, ich fahre selbst nach Hause.«

»Nope. Anweisung von Tom. Du bist labil.«

Wieder lachte ich, diesmal klang es noch unechter. »Interessante Sichtweise, ich muss schon sagen. Und wie genau willst du mich davon abhalten, meinen eigenen Wagen zu fahren?«

Sie verzog keine Miene. »Auch daran hat dein Bruder gedacht und befohlen, dass ich ihn anrufen soll, solltest du Schwierigkeiten machen.«

»Sag mal, hat er dich auch dazu genötigt, mir auf die Nerven zu gehen, oder machst du das von alleine?«, knurrte ich.

»Du hast jedes Recht, genervt zu sein. Die Welt zu hassen, mich anzubrüllen, alles rauszulassen, wenn es sein muss. Aber ich werde dich nicht fahren lassen.« Mit diesen Worten öffnete sie die Beifahrertür und lief um mein Auto herum.

Einen kurzen Moment lang spielte ich mit dem Gedanken, jetzt einfach loszufahren, dann entschied ich, dass ohnehin nichts mehr einen Sinn hatte und ich ihr genauso gut das Lenkrad überlassen konnte. Ich stieg aus und nahm auf dem Beifahrersitz Platz, schnallte mich sogar an. Meine Augen schlossen sich, und ich schaffte es tatsächlich, nicht an Elizas Duft zu denken. Oder ihren Blick, als sie mir die schlimmsten Worte überhaupt ins Gesicht geschleudert hatte.

Erst als ich spürte, wie der Motor das Fahrzeug zum Vibrieren brachte und Ally an Tempo zulegte, öffnete ich wieder den Mund. »Ich hab ihr gesagt, dass ich sie liebe, und angefangen, vor ihr zu heulen. Das ist passiert.«

Ich hörte, wie sie scharf die Luft einsog. »Du hast was …?«

Ich wusste nicht, auf welchen Teil sich das bezog, aber es spielte keine Rolle. »Weißt du, vielleicht war es ein Fehler, sie davor zu küssen. Es ist mir egal«, fuhr ich fort, während ich beinahe vergaß, dass ich zu ihr sprach. »Ich meine, was zur Hölle ist mir sonst noch geblieben? Ich hab ihr diesen Brief geschrieben, um genau den Scheiß nicht zu bauen, und dann renne ich wie ein Kranker hinter ihr her und tue es doch. Schätze, ich konnte es nicht aushalten, nicht ihre Antwort zu hören.« Meine Lider öffneten sich, und ich sah Allys geschockten Gesichtsausdruck neben mir. »Ich werde es noch bereuen. Wäre ich heute brav in meinem Apartment geblieben, hätte ich die Illusion aufrechterhalten können.«

»Wie hat sie reagiert?«, fragte sie vorsichtig nach, und ich lächelte sanft, so wie Eliza es getan hatte, bevor sie mir den endgültigen Todesstoß gegeben hatte.

»Sie hat mir keine Sekunde lang geglaubt. Und weißt du was? So langsam tue ich es selbst nicht mehr.«

***

Diese Lüge verfolgte mich bis in meine Träume.

Es dauerte nicht lange, da war Ally mit einem letzten prüfenden Blick und der Ankündigung, dass Tom in einer halben Stunde kommen und nachsehen würde, ob alles in Ordnung war, aus meinem Apartment verschwunden und ich in voller Montur auf mein Bett gefallen. Ich wusste nicht, ob ich dankbar dafür war, was sich in meinem Kopf abspielte, während ich im Halbschlaf dalag. Sie war da, und erst tat es weh, doch dann spürte ich ihre verdammten Finger, die langsam durch meine Haare fuhren. Ihr Blick war weich und tief, als ich sie auf meinen Schoß zog und wir gemeinsam in die Kissen fielen.

»Zeig mir, was Liebe ist.«

Wir befanden uns nicht mehr in meinem Bett. Wir standen Hand in Hand an der Klippe, blickten auf den ruhigen Ozean … Sie trug mein Hemd und schwarze Springerstiefel. Sie wandte ihr Gesicht meinem zu, als ich ihr eine widerspenstige Locke hinters Ohr strich. *Ich will dich … Ich will dich so sehr, dass ich noch einmal springen würde.*

Unsere Lippen wurden eins, und ich griff nach ihren Hüften, hob sie hoch, während sich ihre Beine um meine Mitte schlangen.

»Kann man vor Glück sterben?«

Die Szene veränderte sich, als ich den Sand unter mir und ihren warmen Körper über mir spürte. Ihr Kopf lag an meiner Brust, und sie atmete gleichmäßig, während ich ihr Gesicht im Schlaf betrachtete und die langen dunklen Wimpern zählte. Der Nachtwind wehte leicht, und ich wickelte die Decke fester um uns, damit sie nicht fror.

Der Rest ist Schweigen. Shakespeares berühmtes Zitat aus *Hamlet.*

Um mich herum wurde es so schwarz, dass ich mich fragte, wie ich sie in der Dunkelheit jemals wiederfinden würde.

***

June 23rd, 8:30 a.m.

Ich zuckte zusammen und schlug die Augen auf. Es war nicht besonders hell, aber das gedämpfte Licht von draußen war auch nicht verantwortlich dafür, dass ich aufgewacht war. Fluchend versuchte ich mich aufzusetzen, doch mein Kopf begann sich zu drehen, also ließ ich das besser. Ich hatte keine Ahnung, was mich aus dem Schlaf gerissen hatte, aber mein beschissenes Herz klopfte schneller, als es sollte. Meine Hand tastete automatisch nach dem Handy, das sich immer griffbereit auf dem Nachttisch befand, und ich fuhr mit dem Daumen über den Bildschirm. Dreiundzwanzigster Juni. Halb neun.

Was zum ...

Und dann brach alles über mich herein. Jedes Bild, das ich mit dem Schlaf verbannt hatte, jedes einzelne tödliche Wort.

Ich schloss meine Augen wieder und stöhnte leise. Verdammt. Verdammter Dreck, das war alles wirklich passiert. Das war mein eigenes abartiges Leben. Wie es aussah, hatte ich den gestrigen Tag verschlafen. Gut so. Er wäre so oder so die pure Verschwendung gewesen. Um es harmlos auszudrücken. Schnell rief ich mir in Erinnerung, was ich heute für Pflichten hatte. Das Gefühl von nicht füllbarer Leere schob ich, so weit es ging, in den Hintergrund. Das neue Semester hatte begonnen, und meine erste Vorlesung war um zehn Uhr. Anschließend wollte mich Erikson wegen des Auftritts im Howl at the Moon treffen, aber wie es aussah, würde ich Alex hinschicken. Ich war mir nicht sicher, wozu ich fähig war, wenn ich diesen verfluchten Laden in nächster Zeit auch nur von Weitem sah. Irgendwann sollte ich wohl noch Michael anrufen. Früher oder später musste ich ihm die frohe Botschaft sowieso überbringen, also je schneller ich es hinter mich brachte, desto besser.

Ich rollte mich schließlich von meinem Bett herunter und lief ins Badezimmer, um mich mit einer Dusche aufzuwecken. Danach machte ich mir einen doppelten Espresso, wovon mir sofort schlecht wurde, da mein Magen nach Essen und Wasser verlangte. Das Einzige, was ich im Tiefkühlfach fand, waren ein paar Aufbackbrötchen. Gott sei Dank! Ich packte meine Schreibsachen und den Laptop für die Uni zusammen und schaute mir die Nachrichten an, während sich der Geruch von den göttlichen Teilen im Backofen überall ausbreitete. Der Tag war grau, aber nicht verregnet, wie ein Blick auf die Dachterrasse mir sagte und der Wetterbericht im Anschluss bestätigte.

Meine Gedankenkontrolle funktionierte kaum fünf Minuten, während ich die Brötchen hinunterschlang und schließlich so genervt von meinen zitternden Händen war, dass ich nach der angebrochenen Zigarettenschachtel und dem Feuerzeug griff, die Tom hier vergessen hatte, und zum Rauchen auf die Terrasse ging. Wie wunderbar klischeehaft … Ich wurde verlassen und fing damit an, meine Lunge zu zerstören. Nun ja, streng genommen hatte Eliza mich nicht verlassen – dazu hätten wir ja zusammen sein müssen. In einer verfluchten Beziehung. Aber wenn ich so darüber nachdachte, kam der ganze Scheiß dem schon ziemlich nahe. Ich zündete mir eine Kippe an, blies den Rauch in die Luft und beobachtete, wie er sich in den morgendlichen Nebelschwaden über den Dächern der Stadt verlor. Gedankenverloren tippte ich eine Nachricht an Alex wegen Mr. Erikson, da ich mir inzwischen sicher war, keine Nerven dafür zu haben, geschweige denn den Laden noch einmal zu betreten.

Scheißtag. Scheißwoche.

Ich drückte die Zigarette aus und lief zurück in meine Wohnung, wo ich nach meiner Lederjacke griff, in meine Schuhe schlüpfte und meine schwarze Schultertasche mitnahm.

Auf zum Campus. Je weniger ich alleine war, desto besser.

***

»Bei Fragen wenden Sie sich an Professor Boorman, andernfalls erwarte ich Ihren Bericht zu Ihrer Praxiserfahrung bis nächsten Mittwoch.« Die Dozentin rückte ihre spitze Brille zurecht, schaute sich noch einmal kurz im Saal um und blieb leider Gottes an mir hängen. *Welt an mich: in meiner Verfassung möglichst nicht in der ersten Reihe sitzen.* »Ist Ihnen nicht gut, Mr. Westwood?«

Ich hob meine Brauen und fixierte die Frau in den Mittdreißigern. Okay, ich hatte mich nicht besonders gut auf ihre Vorlesung konzentrieren können, aber das war kein Grund, mich jetzt wie ein Kind zu behandeln. »Was führt Sie zu dieser Annahme?«, erwiderte ich mit einem süffisanten Grinsen.

Da ich so weit vorne saß, hatte sie einen recht guten Blick auf mich, was sie dazu brachte, deutliche Atemprobleme zu bekommen. Offenbar bereute sie es, mich angesprochen zu haben, doch sie hielt meinem Blick einen langen Moment stand, bis sie dann errötete und wegsah. Mein Grinsen verschwand, als eine meiner Kommilitoninnen mir zuzwinkerte, stattdessen seufzte ich. Immer noch dieselbe alte Leier. Eliza war weg, aber bei mir hatte sich natürlich nichts verändert.

Der Vorlesungssaal begann sich langsam zu leeren, und ich wollte mein Notebook schon zuklappen, als zwei Meldungen rechts unten aufblinkten. Ich stöhnte genervt. Der einzige Grund, warum ich mich nicht schon lange, lange aus dem Uni-Forum abgemeldet hatte, war die Tatsache, dass ich für mein Studium und die damit verbundenen Projekte mit den anderen Studierenden in Verbindung sein musste.

Der neueste Schrei war die Einstellung auf meinem Profil, die wohl irgendwelche kranken Stalker erstellt hatten, wo sich Videos von meinen Auftritten befanden und – ich war mir manchmal nicht sicher, ob ich mich im falschen Film befand – auch von alltäglichen Dingen wie einkaufen, zur Uni laufen … *Nein.*

Mein ganzer Körper versteifte sich, nachdem ich reflexartig auf die Meldungen geklickt und einen Livestream von mir vor Augen hatte. Von mir und Eliza. Auf dem Flughafen. Langsam, aber sicher spürte ich, wie mein Frühstück sich seinen Weg nach oben bahnen wollte. Ich klappte das Teil mit voller Wucht zu, sprang auf und stürmte die Treppen nach oben aus dem Raum.

Aber als die erste Gefühlswelle etwas abgeebbt war und ich realisierte, dass ich gerade wieder dabei war, zum Psychopathen zu mutieren, wenn ich unkontrolliert durch das Universitätsgebäude rannte, wurde ich langsamer und nahm den Haupteingang nach draußen, wo ich mich auf einer freien, etwas abseits gelegenen Bank am Springbrunnen niederließ und meinen Laptop wieder hervorholte.

Es war verdammt beschissen, dass jeder meiner Schritte kontrolliert wurde und nicht einmal einer der schlimmsten Momente meines Lebens unentdeckt geblieben war. Aber gleichzeitig brachte es mich dazu, etwas wirklich Erbärmliches zu denken. Und noch schlimmer – zu fühlen. Wenn diese Vollidioten sogar den Dreck gestern mitbekommen hatten, dann wussten sie allemal, was gerade in London abging. Mir war klar, dass ich nicht besser war als sie, wenn ich dem Drang nachgab, aber ich konnte einfach nicht anders. In Sekundenschnelle – fast als könnte ich mich davon überzeugen, dass es in Ordnung war, wenn ich es nur schnell genug hinter mich brachte – klickte ich auf Elizas dunkel unterlegten Namen im Eintrag, um auf ihr Profil zu gelangen.

Ich fand schnell, was ich suchte. Meine Augen weiteten sich, als ich das erste Bild vergrößerte. Mein armseliges Herz begann schneller zu schlagen. Sie war in ihren Flugzeugsitz gekuschelt und offenbar im Reich der Träume. Eine Strähne hatte sich aus ihrem Knoten gelöst und fiel ihr ins Gesicht, ihre Hände waren über der Decke zu Fäusten geballt. Mein Mädchen …

Verfluchter Dreck.

Und wieder wurde ich in diesen unausweichlichen Strudel gezogen und wollte mehr … benötigte mehr, um wieder richtig atmen zu können.

Ich zog mein Handy aus der Hosentasche und scrollte durch meine Kontakte bis zu Allys Namen. Es war mir egal, wie jämmerlich ich klang. Ich wollte einfach hören, dass Eliza angekommen und wohlauf war. Vielleicht konnte ich mich dann endlich auf den Tag konzentrieren.

»Finn?«, ertönte Allys Stimme, nachdem es eine Weile geklingelt hatte.

»Hey …«

»Alles okay? Wie geht's dir?«

»Blendend«, sagte ich. »Und dir so?«

Ein vorhersehbares Seufzen. »Wie kann ich dir helfen?«

Ich entschied, dass es intelligenter war, nicht gleich nach Eliza zu fragen. »Ach, ich wollte nur wissen, was du heute so machst …«

Sie schwieg einen Moment. »Ah ja.«

»Nicht so misstrauisch, Alison. Wir sind doch Freunde, richtig? Da interessiert man sich füreinander … vielleicht können wir Kaffee trinken gehen oder …«

»Finn«, unterbrach sie mich. »Du bist leichter zu durchschauen als dein Bruder, wenn er Sex will.«

Ich horchte auf, kurz abgelenkt. »Sag mir nicht, ihr habt wieder …«

»Das war nur so dahergesagt! Auf die Vergangenheit bezogen, du weißt schon!«, rief sie aus. »Was ich damit sagen wollte: Eliza hat mir gerade eine Mail geschickt – sie sind gelandet, und es geht ihr gut.«

»Danke«, murmelte ich leise, aber mit Nachdruck.

»Dir ist bewusst, dass es nicht so laufen wird?«, erwiderte sie.

»Was meinst du?«

»Ich habe nicht eingewilligt, nach London zu gehen, damit du mich als Stalkerin missbrauchen kannst. Sie ist meine beste Freundin, wie du selbst gesagt hast. Und ich denke, es wäre für euch beide am besten, wenn du es ein für alle Mal gut sein lässt.«

Ich presste die Lippen aufeinander, unfähig, etwas zu sagen.

»Sie hat es verdient, Spaß zu haben. Und du solltest sie endlich vergessen«, fuhr Ally fort, und irgendwie kristallisierte sich von all den Emotionen in meinem Inneren die Wut am meisten heraus.

»Es ist einfach für dich, so etwas zu sagen, oder?«, flüsterte ich bitter. »Immerhin warst du diejenige, die Tom verlassen hat, nicht andersherum. Du hast nicht die geringste Ahnung, wie sich dieser Dreck anfühlt. Keine Angst, ich werde dich nicht mehr in eine schwierige Lage bringen. Ich werde einfach so tun, als wäre alles beim Alten. Ich meine, immerhin bin ich jetzt außer Lebensgefahr, also kann man mich wieder mit der Wahrheit konfrontieren.« Ich wusste, dass sie eigentlich im Recht war, und trotzdem regte es mich auf. Weil ich so machtlos war. Weil ich nicht mehr weiterwusste und zu einem Schwächling wurde.

Ich beendete das Gespräch, bevor sie antworten konnte. Für heute hatte ich mich genug erniedrigt.

***

Eliza

»Hey, Leute! Hey, kommt mal hier rüber!« Joe, einer der Seattle-Mitreisenden und offiziell selbst ernannter Gruppenführer, hatte sich neben die Gepäckbänder gestellt und winkte mit beiden Armen, um auf sich aufmerksam zu machen.

Wir befanden uns mitten auf dem Heathrow-Flughafen und sahen allesamt verschlafen, aber zufrieden aus, da der Flug überstanden war und jeder seine Koffer bei sich hatte, als wir uns als kleines Grüppchen um Joe versammelten.

Neben mir stand Clara, ein hübsches und – was viel wichtiger war – stilles Mädchen, das Philosophie studierte, wenn meine Quellen recht behielten. Meine vorherige Nebensitzerin Stephanie hatte mir auf dem kurzen Flug nach Vancouver nämlich den letzten Nerv geraubt, da sie der Meinung gewesen war, ich hätte Interesse an Lästereien und schwachsinnigen Gerüchten, die sie wahrscheinlich anschließend sofort im Uni-Forum verbreiten würde, obwohl wir uns schon nicht mehr in den USA befanden. Als sie in der letzten halben Stunde des Fluges dann mit dem Thema Westwood angefangen hatte, hatte ich mich gezwungen gesehen, mir einen neuen Sitzplatz zu suchen. Es war mir egal, ob sie mich für unfreundlich oder mürrisch hielt, ich hatte größere Probleme.

Unsere Gruppe bestand aus zehn Studierenden, von denen ich die Hälfte näher kannte – unglücklicherweise zählte auch Stephanie dazu –, von ein, zwei wusste ich nicht einmal den Namen, aber das würde sich wahrscheinlich ändern, wenn ich mit ihnen in derselben WG landete.

Unser Wohnheim war das East Central House, es befand sich zwanzig Minuten zu Fuß von der Uni entfernt und beinhaltete sieben Apartments für je sieben Studierende. Pro Wohngemeinschaft gab es ein Wohnzimmer und zwei Küchen. Die Bilder hatten mich überzeugt, auch wenn ich immer noch keine Ahnung hatte, mit wem ich zusammenwohnen würde; meine Hoffnung galt natürlich vor allem Ally. Ich hatte vorhin mitbekommen, wie Stephanie über Joe gelästert hatte, weil er immer die Kontrolle übernehmen wollte, aber erstens war ich mir sicher, dass sie genau wie alle anderen froh war, sich nicht selbst den Stress geben zu müssen, und zweitens wohnten seine Eltern in Englands Hauptstadt, folglich kannte er sich gut aus.

»Also, wir sind fünfundzwanzig Kilometer von der Innenstadt entfernt«, begann er, als er sich vergewissert hatte, dass jeder zuhörte. »Unten ist die U-Bahn-Station, da könnt ihr euch gleich eine Prepaid-Karte für die Metro kaufen, mit der wir auch zum East Central House kommen. Einer unserer neuen Mitbewohner wird uns an der Haltestelle, die fünf Minuten vom Wohnheim entfernt liegt, abholen. Die Einteilung der Apartments wird auch von ihm bekannt gegeben. Ich würde vorschlagen, wir treffen uns in fünfzehn Minuten wieder hier, dann habt ihr Zeit, um auf die Toilette zu gehen oder euch kurz umzuschauen.«

Von überall kam zustimmendes Nicken, und ich wandte mich Clara zu, die direkt neben mir stand. Sie grinste mich zaghaft an und strich ihre schwarzen glatten Haare zurück. Ich musste das Lächeln erwidern, als ich Gesprächsfetzen von vorbeilaufenden Menschen aufschnappte und den britischen Akzent wahrnahm. Der Flughafen sah zwar ziemlich genauso wie die amerikanischen aus, aber schon jetzt meinte ich die veränderte Atmosphäre zu spüren. Ich konnte es kaum erwarten, draußen in der wahren Welt zu sein. Hinzu kam auch noch, dass ich mich ziemlich ausgeschlafen fühlte und mir trotz des langen Flugs kein bisschen schlecht war.

In der nächsten Viertelstunde suchten wir die Flughafentoiletten auf, holten uns einen Kaffee in der neuen Währung und kauften unsere Bahntickets. Ich grinste noch dümmlicher, als ich darauf das rote Underground-Symbol entdeckte.

Als Clara und ich gerade die Rolltreppen wieder nach oben fuhren – auf der rechten Seite wohlgemerkt, wir hatten das warnende Schild nicht übersehen –, um zu unserem Treffpunkt zu kommen, räusperte sie sich plötzlich und sah mich nervös an.

»Alles okay?«, fragte ich und wich einem besonders eiligen Typen aus, der sich an uns vorbeidrängelte und eine Entschuldigung murmelte.

Sie atmete tief durch und zog dann etwas aus ihrer Handtasche, das ich erst beim zweiten Hinsehen identifizieren konnte.

Mein Mund wurde trocken, und ich presste die Lippen aufeinander. Verdammt, daran hatte ich keine Sekunde mehr gedacht.

Sie deutete meinen Blick richtig, hielt es mir aber trotzdem hin. »Es lag auf dem Waschbecken, als ich nach dir in die Kabine gegangen bin. Es ließ sich nicht vermeiden, dass ich ein, zwei Worte gelesen habe, und ich nehme an, du wolltest es wegwerfen, aber …« Sie verstummte.

Als ich beim Überseeflug auf die Toilette gegangen war, hatte ich in einem Anflug von Zorn über das, was am Flughafen geschehen war, Finns Brief zerrissen und ganz vergessen, dass ich ihn hatte wegschmeißen wollen. Ich rührte die zwei auseinandergerissenen Hälften immer noch nicht an, starrte nur unverwandt darauf.

»Ich dachte mir, es ist besser, wenn Stephanie oder sonst wer ihn nicht in die Finger kriegt«, fuhr sie mit festerer Stimme fort. »Und ich habe überlegt, dass du es vielleicht hinterher bereuen würdest, ihn entsorgt zu haben. Auch wenn es mich nicht wirklich etwas angeht«, murmelte sie.

Die Rolltreppe endete, und wir liefen geradeaus weiter. Es dauerte eine Minute, bis ich das feste Papier entgegennahm und in meine Umhängetasche stopfte.

»Du weißt doch nicht mal, um was es geht«, erwiderte ich hart und biss mir bei meiner Tonlage sofort auf die Lippen. Sie war nett zu mir, und ich wollte nicht zickig werden. Sie hatte recht, jeder hätte den Brief lesen können, schlimmstenfalls eine von den größten Idiotinnen, und dann wäre ich geliefert gewesen. Also musste ich dankbar sein.

Aber sie nahm es mir, wie es aussah, nicht übel. Sie zuckte nur mit den Schultern. »Ich halte mich von Gerüchten fern, das heißt nicht, dass ich blind bin. Aber es ist deine Sache. Vielleicht willst du es dir anders überlegen, vielleicht nicht. Es tut mir leid, wenn ich mich eingemischt habe.«

Wir waren bei der Gruppe angekommen, und sie wandte sich wieder Joe zu, der ihr kurz zuzwinkerte, bevor er die Führung übernahm.

Kurz kämpfte ich noch mit mir, dann brachte ich das Wort hervor: »Danke. Ich weiß es zu schätzen.«

Clara lächelte, und damit war das Thema beendet.

Aber das seltsame Gefühl blieb in mir, während wir uns auf den Weg zu unserer U-Bahn machten und alle um mich herum fröhlich zu plaudern und zu lachen begannen.

Zur Ablenkung holte ich mein Handy hervor und fing an, Nachrichten an meine Eltern und meine Freunde zu tippen, um sie wissen zu lassen, dass ich angekommen und alles in Ordnung war.

Aber das Gewicht von Finns Brief in meiner Tasche schien mich herunterzuziehen, als wir in die überfüllte Bahn stiegen. Ich starrte aus dem Fenster, wo nichts als Dunkelheit zu sehen war, und trank meinen Kaffee. Auf den Small Talk der anderen ging ich kaum ein, und nach einer Weile beachteten sie mich nicht mehr. Das war zwar gerade das, was ich hatte verhindern wollen – wegen meiner Verschlossenheit zu der depressiven Außenseiterin zu mutieren –, aber im Moment konnte ich mir nicht anders helfen. Ich wollte mich nicht lächerlich benehmen und wieder rückfällig werden. Es spielte eigentlich keine Rolle, ob ich seine Abschiedsworte aufbewahrte oder nicht. Ich würde sie sowieso nicht lesen.

Vor wenigen Minuten war ich außerdem noch euphorisch gewesen. Aber es schien so schwierig, die Freiheit zu genießen, wenn man so lange in einem Käfig gelebt hatte.

***

Wir blieben alle stehen, als das große Gebäude in Sicht kam. Es war ein rotes altes Backsteingebäude, das noch imposanter als auf den Bildern wirkte. Der Hof davor war moderner, mit ein paar Büschen und Sitzbänken, die in ihrer Mitte einen steinernen Springbrunnen umfassten. Wir befanden uns im Stadtbezirk Clerkenwell, der voll mit antiken Gebäuden, engen mysteriösen Gassen, unzähligen Bäumen und kleinen Parks war.

Der Typ, der uns von der Bahnhaltestelle abgeholt hatte und dessen Name mir entgangen war, stellte sich an den Haupteingang und grinste uns zu. »Willkommen im East Central. Im Treppenhaus hängt die Zimmereinteilung. Fühlt euch wie zu Hause, und wenn Fragen aufkommen – ich wohne im ersten Apartment, Zimmer 1B. In der ersten Woche gibt es noch keine Passwörter, anschließend macht jede WG einen Code aus, den nur die Mitglieder wissen dürfen.« Er lachte, als wüsste er genau, wie kindisch das klang, dann hielt er uns die Tür auf.

Ich stellte meine Koffer wie die anderen neben dem Eingang ab und lief erst mal ins Gebäude, um meine Zimmernummer und die Namen meiner Mitbewohner herauszufinden.

Clara grinste neben mir, als wir vor den Listen standen. »Passwörter für die Mitglieder – klingt irgendwie nach *Harry Potter*.«

»In London sind wir ja schon mal«, gab ich lachend zurück und richtete meine Konzentration auf das weiße Papier. Ich fand meinen Namen bei Apartment 1 neben Claras und – mein Lächeln wurde breiter – Alisons.

Die weiteren Namen waren Hannah, John, Joe und Diego. Hannah und Joe kamen beide aus Seattle, die anderen beiden sagten mir nichts. Wir begaben uns ins Treppenhaus, und ich war froh, gleich im ersten Stock mein neues Zuhause zu haben, das war eine schöne Abwechslung zum zwanzigsten Stock in Seattle.

Ich war gerade dabei, meinen letzten Koffer nach oben zu schleppen, als ich aus den Augenwinkeln jemanden aus der Tür rechts von meinem Zimmer kommen sah und den Kopf hob.

Es war der Kerl, der uns abgeholt hatte, und gleichzeitig mein Mitbewohner – entweder John oder Diego. Er hatte dunkelblonde kurze Locken, leichte Bartstoppeln, helle Augen und war kaum einen halben Kopf größer als ich.

Ich nickte ihm freundlich zu, da ich gerade zu beschäftigt mit meinem schweren Gepäck war, um für ein Gespräch haltzumachen, stieß mit dem Rücken meine neue Zimmertür auf und betrat den quadratischen Raum. Er war zwar möbliert, aber sehr schlicht eingerichtet. Weiße Wände, ein Schreibtisch unter einem großen Fenster in der linken Raumhälfte, dahinter, gleich neben der Tür, ein Bett aus hellem Holz. Rechts neben einer weiteren Tür, die höchstwahrscheinlich ins Bad führte, befand sich außerdem ein Kleiderschrank. Die Vorhänge waren schwarz, was mich zum Lächeln brachte, und noch etwas erregte meine Aufmerksamkeit: die Balkontür, die sich rechts vom Fenster befand.

Bevor ich den Ausblick erkunden und einen Freudentanz veranstalten konnte, quietschten die Türangeln hinter mir, und der Typ von gerade eben erschien in meinem Blickfeld, als ich mich umwandte. »Hey, kann ich dir mit den Koffern helfen?«

»Bin gerade fertig geworden«, antwortete ich und verkniff mir angesichts seines starken Akzents ein Grinsen. Wenn er direkt mit mir sprach, fiel es noch mehr auf.

Er streckte mir eine Hand hin. »Ich bin Diego. Einer der beiden Einheimischen in der WG.«

Ich nahm sie. »Eliza.«

»Aus Seattle, richtig?«

»Mhm. University of Washington.«

»Ich hab mir gedacht, wir veranstalten morgen früh um zwölf einen Brunch, um uns kennenzulernen, bist du dabei?«

Ich zuckte die Achseln. »Klar.«

»Perfekt«, antwortete er grinsend. »Dann schlaf dich schön aus. Wenn du Hilfe brauchst, ich bin nebenan.«

Er ließ mich allein, und ich schloss die Tür hinter ihm.

Okay, Mission Nummer eins: auspacken, nachdem ich geduscht hatte. Schlafen würde ich ganz sicher nicht. Und anschließend das Zimmer bewohnbar machen. Wenn es dann Mittag war, konnte ich vielleicht schon mit Ally oder Jenny skypen – ich durfte den achtstündigen Zeitunterschied nicht vergessen.

Bevor ich aber zum Wesentlichen überging, kramte ich meinen Laptop und den Adapter für die britischen Steckdosen hervor, stellte Ersteren auf dem Schreibtisch unter dem Fenster ab und öffnete meine Playlist. Ich begann, die Songs mitzusummen und mich auszuziehen, bevor ich das Badezimmer betrat. Die Fliesen und die Duschkabine waren mintgrün, alles andere weiß, es sah alles sauber, wenn auch nicht nagelneu aus.

Zwanzig Minuten später wickelte ich meinen Körper und meine nassen Haare in Handtücher und öffnete das winzige Fenster über der Dusche, damit der Wasserdampf nach draußen gelangen konnte. Ich grinste meinem mit schwarzen Mascara-Spuren verschmierten Gesicht im Spiegel zu, ohne mir die Mühe zu machen, mich abzuschminken, und tapste zurück ins Schlafzimmer, wo ich auf den Balkon trat und glückselig auf die Stadt schaute. Mein Zimmer ging von der nördlichen Seite des Hauses ab, sodass unter mir die Straße mit vereinzelten Bäumen und Straßenlaternen zu sehen war, das gusseiserne Geländer war schwarz und verschnörkelt, und links von mir befand sich gleich ein weiterer Balkon – vermutlich der meines gerade kennengelernten Nachbarn.

Ich verließ den Balkon erst, als sich der Wind immer kühler auf meiner nackten Haut anfühlte und der Himmel sich verdunkelte. Augenblicklich fühlte ich mich wohl, da ich vom Wetter wohl Ähnliches wie in meiner Lieblingsregenstadt erwarten konnte.

Die nächsten zwei Stunden vergingen wie im Flug. Ich zog mich an, räumte die Inhalte meiner Koffer in den Kleiderschrank und in die Schubladen des Schreibtisches, bezog mein Bett mit frischer Bettwäsche und ließ mein Bad durch sämtliche Beauty-Artikel heimischer werden. Schließlich betrachtete ich zufrieden mein Werk.

Die Wände hatte ich im Gegensatz zu meinem alten Zimmer völlig frei gelassen – mit Ausnahme einiger Bilder, unter anderem der von Jenny fotografierten Seattle-Skyline und ein paar Vintage-Bandfotos –, aber trotzdem wirkte es dank schlichter Details nicht unpersönlich. Es sah irgendwie … erwachsener aus.

Als ich mich vergewissert hatte, dass meine Koffer leer waren, schob ich sie unters Bett und wandte mich dann schweren Herzens meiner Handtasche zu. Ich zog mit hastigen Bewegungen den zerrissenen Brief heraus und legte ihn vor mich auf die schwarze Bettwäsche.

»Das war es jetzt endgültig, Finn«, flüsterte ich vor mich hin und vergrub den Brief unter dem Bett in einem der leeren Koffer. Zu meiner Überraschung tauchte das beklemmende Gefühl von vorhin nicht mehr auf. Es ging mir gut.

Ich lief zu meinem Laptop und loggte mich im Uni-Forum ein, um meine Mails zu checken. Sogleich blinkten mehrere Benachrichtigungen auf, aber bevor ich mich damit auseinandersetzen konnte, klopfte es an meiner Tür.

Ich klappte das Teil zu und rief ein »Ja?« Richtung Tür, während ich mich in dem Drehstuhl umdrehte.

Die Klinke wurde nach unten gedrückt, und im nächsten Moment sah ich Clara mit einem anderen blonden Mädchen, das sich als Hannah vorstellte, vor mir stehen. »Hey, Eliza, hast du Lust, mit uns Mittagessen zu gehen und die Stadt zu erkunden?«

Meine Antwort hätte nicht enthusiastischer ausfallen können. Von wegen depressive Außenseiterin. Bestens gelaunt sagte ich den beiden zu und fing an, mich ausgehfertig zu machen.

***

Finn

June 23rd, 11:45 p.m.

»Ich bin neu in der Stadt«, erzählte sie mir und strich sich eine lockige dunkelblonde Strähne aus dem Gesicht.

Ich nippte an meinem Glas – die Flüssigkeit war durchsichtig, doch Tatsache war, dass sich nichts außer klares Wasser darin befand. Ich war nüchtern wie noch nie.

Die Bar war überfüllt und lag am anderen Ende von Seattle, in der Nähe von Tacoma. Ich war so lange rausgefahren, bis die Gegend mich nicht mehr an das Offensichtliche erinnert hatte. Und jetzt saß ich am Tresen und unterhielt mich mit einem hübschen Mädchen, das sichtliches Interesse an mir hatte. Es waren ungefähr fünfzig Minuten vergangen, und das Einzige, was sie von mir wusste, war mein Name, während ich schon eine Menge erfahren hatte: Sie hieß Cassy, war fünfundzwanzig Jahre alt und arbeitete als Architektin im Büro ihres Vaters. Seattle war ihre große Chance, unabhängig zu werden und Erfolg zu haben, denn ihr Berufsfeld war unberechenbar, wie sie sagte.

Ich nickte langsam und beeilte mich, die nächste Frage zu stellen. »Hast du Freunde gefunden?«

Sie lächelte und nahm einen Schluck von ihrem Martini. »Nicht wirklich. Ich bin kein besonders sozialer Mensch.«

Ich ließ diese Aussage unkommentiert und fuhr fort mit den Fragen. »Wo wohnst du?«

»Soll das ein Verhör werden?«, erwiderte sie lachend.

»Es tut mir leid, dass ich so direkt bin«, erwiderte ich sofort. Ich wusste nicht, wohin das hier führte. Ich konnte ihr irgendetwas ins Ohr flüstern und mir das Gerede ersparen, den Sex würde ich so oder so kriegen. Mich hielt etwas ab, das ich wieder einmal auf die fehlenden Drinks schob.

Das Gespräch mit Ally schwebte noch in meinen Gedanken, und ich wollte es loswerden, aber nicht mit sinnlosem Zudröhnen. Das hier sah auch nicht besonders sinnvoll aus, aber wenigstens war Cassy nicht allzu nervig. Sie schmachtete mich nicht an, obwohl ich das bewundernde Glitzern in ihren hellen Augen sah.

»Fort Lewis. Ich teile mir das Apartment mit zwei Mädchen, deren Namen ich nicht einmal kenne.«

»Und was machst du hier?« Ich deutete auf die Bar.

»Dasselbe wie du«, gab sie zurück, und ich hob die Brauen. »Versuchen, die Einsamkeit zu töten.«

Ich starrte in mein Glas und sagte nichts, was sich als Fehler erwies, da sie nun die Fragen übernahm.

»Du kennst doch hier auch niemanden, oder? Was solltest du hier tun, wenn du nicht einsam bist?«

»Dafür könnte ich mir auch eine Bar in Downtown suchen«, antwortete ich mit etwas kühlerer Stimme.

»Na schön, wie ist ihr Name?«

»Wie bitte?« Ich sah Cassy wieder ins Gesicht. Seelenruhig lächelte sie mir zu, und mir fielen ihre hohen Wangenknochen auf.

»Dein Gesichtsausdruck ist mehr als eindeutig. Jemand hat dir dein Herz gebrochen, und jetzt brauchst du Ablenkung …«

Es klang nicht wütend, aber es löste eine Welle von Emotionen in mir aus, sodass ich keine Wahl mehr hatte. Ich zog ein paar Scheine aus meiner Hosentasche und legte sie auf den Tresen von uns, bevor ich aufstand und direkt neben Cassy trat, meinen Kopf so weit neigte, bis meine Lippen ihr Ohr berührten. »Es gibt niemanden auf der Welt, der mir das Herz brechen könnte«, flüsterte ich ihr die Lüge zu und griff nach ihrer Hand. Sie sah beherrscht aus, aber ich hörte ihre unregelmäßigeren Atemzüge. »Kommst du?«

Kurz schien sie zu zögern, doch dann gab sie nach und ließ sich von mir aus der Bar führen.

Ich fühlte nichts. Keinen Schmerz und auch keine Vorfreude angesichts dessen, was geschehen würde.

Als ich Cassy zum ersten Mal an diesem Abend richtig ansah, fiel mir auf, dass sie ungesund aussah. Zwar war sie gepflegt und attraktiv, aber viel zu dünn.

Ich fragte sie nach ihrem Wagen, und sie deutete auf einen heruntergekommenen Van am Ende der Parkplätze. Bevor sie aufschließen konnte, griff ich nach ihren Hüften und drückte sie gegen die Beifahrertür. Sie gab einen leicht erschreckten Laut von sich, aber ich konnte in der Dunkelheit ihr Verlangen sehen.

Unsere Lippen trafen sich, und sie hielt sich an meinen Schultern fest.

Für den Bruchteil einer Sekunde fühlte ich mich gut. Sie schmeckte anders, und sie war warm unter meinen Händen, auch wenn sie wahrscheinlich magersüchtig war. Ihr Herz klopfte gegen meines, sodass ich das Leben, das in ihr pulsierte, förmlich spüren konnte … Ihre Lippen waren beinahe genauso fordernd wie meine. Meine Augen fielen zu. Das war der nächste Fehler, der sich als größte Dummheit erwies.

Dunkle Locken, helle Haut, süßer Atem. Schokoladenbraune Augen. Verfluchte goldene Sprenkel darin.

Ich packte das Mädchen vor mir unsanft an den Schultern und löste mich abrupt von ihr. Sie sah mich fragend an und rang einen Moment mit sich, um zu Atem zu kommen. *Ach, verfluchte Scheiße.* Ich ließ sie vollständig los und trat zurück. Stöhnte leise, aber qualvoll auf.

»Eliza«, knurrte ich, und es klang wie ein Schimpfwort. »Das ist ihr Name.«

Wieder lächelte Cassy und fuhr sich schnell über die Lippen. »Lass dir einen Tipp geben, Finn. Sex bringt nichts. Du brauchst Ablenkung, aber andere Frauen werden sie dir nicht geben können. Konzentrier dich voll auf deine Arbeit und vergiss deinen beschissenen Stolz.«

Sie stieg in ihren Van, nickte mir kurz zu und fuhr los.

»Verdammt«, rief ich, und meine Stimme verlor sich im Quietschen der Reifen.

Nichts war gut genug. Keine Ablenkung, kein Versuch, um sie endlich zu vergessen. Es ging eine Sekunde gut, und dann, im nächsten Moment, wurde mir die Wahrheit wieder ins Gesicht geschleudert. Diesmal von einer Frau, die mich gerade eine Stunde lang kannte. Und nicht einmal mit mir ins Bett wollte.

Okay, du Arschloch, du wolltest auch nicht mit ihr ins Bett.

Nein, das wollte ich wirklich nicht. Ich wollte nur nicht mehr an Eliza denken. Vierundzwanzig Stunden am Tag. Durchgehend ihr Gesicht vor mir sehen, ihr verfluchtes Lachen im Ohr …

Konzentrier dich auf deine Arbeit …

Mein Kopf ruckte nach oben. Bevor ich wusste, was ich da tat, griff ich schon in meine Tasche und zog mein Telefon hervor.

Das war die Lösung.

Ich hatte mich schon länger mit dem Gedanken befasst, aber nach dem Auftritt vorgestern hatte ich jeden Mist verdrängt, der mit ihr zusammenhing, auch wenn das im Prinzip unmöglich war.

Er meldete sich beim ersten Klingeln. »Westwood.« Im Hintergrund war gedämpfte Musik zu hören.

»Tyler.«

»Also, dass ich von dir noch etwas höre ... Womit verdiene ich das nur?«

Ich lief langsam zu meinem Auto. »Können wir reden?«

»Ach, und was, meinst du, tun wir gerade?«

»Ich weiß, dass du sauer bist«, begann ich. Ich hatte ihn fristlos gefeuert, nachdem ich mit Eliza Schluss gemacht hatte. Ich hatte keine Witze gemacht, als ich ihr gesagt hatte, dass ich nicht mehr auftreten wollte. Damit war natürlich auch meine Karriere als Rockmusiker gemeint gewesen. Aber die Dinge änderten sich. Ich befand mich in einer Situation, in der ich nach jedem noch so kleinen Rettungsring greifen musste.

»Sauer ist nicht ganz die Umschreibung, die ich wählen würde. Wie kann man sein Potenzial so derart vergeuden, Junge?«

Ich seufzte. »Ich hab dir gesagt, es hatte private Gründe.«

»Wieso nennen wir die Dinge nicht einfach beim Namen?«

Ich schwieg, er lachte trocken. »Elizabeth Fleming. Eine bemerkenswerte Frau, nicht?«

Ich biss mir so lange auf die Unterlippe, bis ich den Metallgeschmack im Mund hatte. »Ich würde dir das Doppelte von damals zahlen.«

Diesmal seufzte er. »Was willst du, Westwood?«

Kurz dachte ich darüber nach, dann sprach ich. Bedächtig. Es gab kein Zurück mehr.

»Ein richtiges Album. Eine Tour. Konzerte, bis ich den Verstand verliere. Das Geschrei von Fans, wenn es sein muss.«

»Du willst mich doch verarschen.«

Es war klar, dass er so reagierte. Wir hatten uns in San Francisco unzählige Male über die Möglichkeiten unterhalten, und jedes Mal hatte ich ihn abgewürgt und seine Angebote abgelehnt. Aber ich war nicht mehr derselbe. »Denk darüber nach.«

»Alles ihretwegen?«, hakte er argwöhnisch nach. »Schau dich im Spiegel an, du kannst jede haben.«

»Ich will sie nicht zurück«, erwiderte ich mit unterdrückter

Wut. »Ich will keinen Eindruck schinden oder den Scheißruhm genießen. Du hast mir damals gesagt, dass ich es weit bringen könnte, und ich bitte dich jetzt um deine Hilfe. Ich brauche Ablenkung, und ich bin bereit, hart zu arbeiten.«

Die Stille am anderen Ende der Leitung war erdrückend. Natürlich könnte ich mir auch einen anderen Manager suchen und die Dinge für mich vereinfachen. Aber der Typ war einer der Besten in seinem Job. Und verdammt, ich mochte ihn irgendwie.

Schließlich räusperte er sich. »Ich melde mich.«

Und damit legte er auf.

***

June 24th, 3:00 p.m.

Ich klappte den schweren Deckel mit der Aufschrift *Jon Lord's Concerto for group and orchestra – Zwischen Rock und Klassik* entnervt zu und stand auf. Es war Nachmittag, ich befand mich in der alten, im gotischen Stil gebauten Unibibliothek, und eigentlich müsste ich jetzt mindestens noch zwei Themengebiete durchgehen, aber es ging nichts mehr in meinen Kopf – ich war zu unkonzentriert, meine Gedanken schweiften bei jedem zweiten Satz ab.

Ich nahm meine Schreibsachen und machte mich auf den Weg zu den Parkplätzen, während ich wieder alles auszublenden versuchte. Aber das Schicksal war heute wohl besonders lustig drauf, denn zuerst lief ein Pärchen Hand in Hand vor mir und grinste sich unentwegt an, sodass keinem ihrer Mitmenschen entgehen konnte, wie abartig glücklich sie waren, und anschließend, als ich bei meinem Auto angekommen war und mich darauf freute, diesen Mist nicht mehr mit ansehen zu müssen, erblickte ich niemanden Geringeren als Katrina auf dem Parkplatz direkt neben meinem, wo sie gerade mit ihrem Freund, einem dunkelhaarigen breitschultrigen Kerl, rumknutschte.

Als ich die Fahrertür ein bisschen zu aggressiv öffnete, schauten sie beide auf.

Katrina fuhr sich über die Lippen und lächelte mich dann freundlich an, während ihr Freund bei meinem Anblick die Augen verengte. »Oh, hallo, Finn.«

Ich nickte knapp und stieg ein, bevor ich mich eilig daranmachte, den Motor zu starten und den beschissenen Campus hinter mir zu lassen. Kaum zu fassen, dass sie immer noch nett zu mir war. Ihr Typ sah mich wahrscheinlich als unberechenbaren Psychopathen, wie der Rest – damit konnte ich mich wenigstens noch identifizieren.

Während der Fahrt ließ ich die Fenster runter und griff nach der Zigarettenpackung und einem Feuerzeug. Ich zündete mir eine bei der nächsten Ampel an, nahm einen Zug und warf sie dann wieder aus dem Fenster, als mir bewusst wurde, dass es mir nicht einmal schmeckte oder irgendeine Befriedigung verschaffte. Gott, ich konnte wirklich nicht mehr so weiterleben. Ich zog mein Handy aus der Tasche und wählte Toms Nummer, weil ich keine Lust mehr auf das ganze Selbstmitleid hatte.

»Hey, Kleiner«, meldete er sich. »Was geht? Ich hab dich seit zwei Tagen nicht mehr gesehen …«

»Mh. Was machst du heute?«, murmelte ich, seinen besorgten Unterton ignorierend.

»Ich geh trainieren. Und heute Abend ist ’ne Party bei ’nem Kumpel von Alex.«

»Mh«, wiederholte ich.

»Soll ich später vorbeischauen?«

»Klar.«

Wir schwiegen einen Moment, dann lachte er leise, während ich gerade das Auto in die Garage fuhr. »Komm schon, Finn, wir packen das.«

»Was?«

»Das Leben ohne zwei bestimmte Frauen. Ich meine, schau uns an, wir sind der Hammer.«

Ich verdrehte die Augen, musste aber trotzdem schwach grinsen. »Bringt mir nichts. Da war gestern eine, und ich hab es nicht mal bis in ihre Wohnung geschafft …«

»Du warst draußen?«

»Für circa eine Stunde«, seufzte ich und war froh, dass ich mit ihm reden konnte und mir irgendwie normal vorkam.

»Hey, heute ist ein neuer Tag. Wer weiß, was dich noch erwartet«, sagte er geheimnisvoll.

Als ich meine Apartmenttür aufschloss, hielt ich inne. Es war nicht abgeschlossen, obwohl ich immer darauf achtgab. Wenn Tom bei mir gewesen wäre, hätte er sicher etwas gesagt. Stirnrunzelnd stieß ich gegen das weiß lackierte Holz und bereitete mich auf eine Überraschung vor, während ich gleichzeitig versuchte, keine Vorfreude bei dem Gedanken an einen Einbrecher zu empfinden, weil es mir Ablenkung bieten würde.

Das Erste, was ich wahrnahm, war die Musik, die lautstark lief und in der ich schnell meine Stimme heraushörte. Das Zweite war mein Fernseher, von dem das Geräusch kam. Ich sah mich selbst auf einer Bühne in San Francisco, auf der ich mit den neuen Songs an meinem letzten Arbeitstag aufgetreten war. Dann wurde auf Pause gedrückt, und mein Kopf wandte sich blitzschnell in die Richtung, aus der die Bewegung kam.

Unsere Blicke trafen aufeinander, und ich verharrte im ersten Augenblick in Schock. Seine schwarzen Haare waren nach hinten gebunden, aus eisblauen Augen betrachtete er mich mit einem typisch sarkastischen Blick, und er trug ein weißes hochgekrempeltes Hemd, unter dem seine Tätowierungen nur allzu deutlich zu sehen waren.

»Tyler?«, rief ich völlig überrascht. Das ergab überhaupt keinen Sinn. Wir hatten gestern Abend telefoniert, und er hatte alles andere als begeistert geklungen. »Was zum Teufel …«

»Die Freude ist ganz meinerseits.« Er griff grinsend nach einem gefüllten Scotchglas auf der Theke und trank.

Ich schloss benommen die Tür hinter mir, blieb aber, wo ich war. »Wie bist du hier reingekommen?«

Die Antwort war mir klar, bevor er antwortete. »Dein Bruder ist wirklich ein cooler Typ. Vor allem, nachdem ich ihm erzählt hab, dass du wieder Musik machen willst.«

Ich verengte die Augen und vergaß für einen Moment meine Überraschung. »Hast du keine Schweigepflicht oder so?«

Er hob seine Brauen. »Ich bin nicht dein Arzt, Westwood.«

»Warum bist du hier?«, fragte ich schließlich, obwohl die Frage ziemlich dumm war – immerhin hatte ich ihn angerufen. Aber trotzdem, ich hatte keine Ahnung, was das sollte.

Er nahm wie selbstverständlich ein zweites Glas aus meinem Schrank, schenkte mir ein und kam auf mich zu, um es mir in die Hand zu drücken. »Das will ich dir erklären.«

Wir setzten uns auf mein Ledersofa und ich betrachtete einen Moment lang mein herangezoomtes Bild auf dem Flachbildfernseher. Meine Augen waren geschlossen, und ich war gerade dabei, Luft zu holen.

»Schöne Wohnung, übrigens«, sagte er grinsend, und ich wandte ihm mein Gesicht zu und schaute ihn misstrauisch an. »Okay, okay. Nachdem du mich angerufen hast, hab ich die Party, auf der ich war, verlassen und bin in mein Hotelzimmer gegangen. Frag mich nicht wieso, ich kann es mir selbst nicht erklären. Wie es der Zufall will, habe ich momentan keinen anderen Idioten wie dich, auch wenn es mir nicht an Angeboten fehlt. Und da dachte ich mir, warum nicht? Ein weiteres Leben, das ich retten kann. Und du hast ja deutlich gemacht, dass Geld keine Rolle spielt. Was mich nicht wirklich überrascht hat.«

»Du bist meinetwegen hierhergeflogen?«, hakte ich ungläubig nach. »Gestern klangst du nicht besonders überzeugt.«

»Wie gesagt, ich kann es mir selbst nicht erklären«, schnaubte er. »Also hör auf zu fragen und sei dankbar.«

»Geht klar«, gab ich fassungslos zurück.

»Das Erste, was wir zu erledigen haben, ist der Vertrag. Du wirst mich nicht mehr fallen lassen, Westwood.«

»Einverstanden. Wenn du mir die Tour besorgst.«

Er kramte ein paar Papiere aus seiner Aktentasche, die neben meinem Wohnzimmertisch stand, und warf sie mir hin. »Hier. Und bevor ich dir unsere Taktik erkläre, wirst du mir erklären, was passiert ist.«

»Was meinst du?«, fragte ich langsam.

Sein trockenes Lachen erfüllte den Raum. »Ja, was meine ich wohl?«

»Was hat das hiermit zu tun?«, knurrte ich genervt.

»Eine Menge. Also fang an zu erzählen, oder ich bin schneller hier weg, als du meinen Namen buchstabieren kannst.«

Ich gab mich geschlagen. »Eliza ist nach London gezogen. Für zwei Jahre.«

Diesmal blieb er eine ganze Weile still. Als er nach einigen Minuten zu sprechen begann, hörte ich die pure Entschlossenheit aus seiner Stimme. »Gut. Dann kannst du dich nur auf dein Ding konzentrieren.« Er zog weitere Papiere aus seiner Tasche und legte sie vor uns auf dem Tisch ab. »Wir haben 'ne Menge Arbeit vor uns. Lass uns anfangen.«

5. KAPITEL

LOST IN THE HAZE OF THE NIGHT

Eliza

June 24th, 11:45 a.m.

Ich beugte mich über mein neues Waschbecken und spritzte mir kaltes Wasser ins Gesicht, bevor ich mich mit einem Handtuch abtrocknete. Mein Spiegelbild sah zwar noch ein bisschen verschlafen aus, aber ich fühlte mich fit und munter. Ich war gestern Abend nach einem Telefonat mit meiner Mom um acht Uhr sofort ins Bett gefallen, da ich zu erschöpft von der Reise und der ersten erfolgreichen Stadttour gewesen war. Ich vermisste meine Freunde jetzt schon, und es hatte gutgetan, gestern noch mit Ally zu skypen. Auch wenn ich gegen Ende gespürt hatte, dass sie mir etwas hatte sagen wollen. Und ich war mir ziemlich sicher, dass ich wusste, um was oder besser gesagt um wen es sich dabei handelte. Ich war ihr jedenfalls dankbar, dass sie nichts erwähnt hatte – ich wollte es im Moment nicht wissen. Wirklich nicht. Ich flocht meine widerspenstigen Locken zu einem seitlichen Zopf, dann verließ ich mein Zimmer und begab mich in den Flur, um zu schauen, ob die anderen schon im Wohnzimmer waren.

Es war schlicht, aber sehr hübsch eingerichtet. In der Mitte des Raums befanden sich drei altmodisch aussehende rotbraune Ledersofas, daneben zwei kleinere Sessel, und an der dunkelbraun gestrichenen Wand gegenüber hing ein flacher Fernseher. Es gab keine Bilder, dafür einen Tisch aus schwarzem Holz vor den Sofas, auf dem eine Blumenvase mit weißen Orchideen stand. Auf dem Sofa saß Hannah zusammen mit Clara und einem schwarzhaarigen ernsthaft aussehenden Studenten, die ihm offenbar schöne Augen machte.

»Guten Morgen«, sagte ich mit einem Lächeln, und sie nickten mir alle drei fröhlich zu.

Ich begab mich in den kurzen Gang, der um die Ecke direkt in unsere große Küche führte. Als ich den Perlenvorhang, der den Eingang zur Küche markierte, teilte, erblickte ich zuerst Diego, den Typen, der sein Zimmer direkt neben mir hatte, mit einer Pfanne am Herd, in der etwas brutzelte, das einen unwiderstehlichen Duft erzeugte. »Guten Morgen«, sagte ich erneut, um auf mich aufmerksam zu machen, und er drehte sich um.

Er lächelte mich an, und mir fiel auf, dass er ganz hübsch mit seinen Locken und dem schwarzen T-Shirt über der leicht gebräunten Haut aussah. Das würde ich Ally berichten, die mich nach gut aussehenden Studenten in unserer WG gefragt hatte. »Hey, Eliza«, antwortete er grinsend und wandte sich nach einem letzten Blick wieder der Pfanne zu. »Wie war deine erste Nacht?«

»Hab durchgeschlafen«, entgegnete ich und trat neben ihn, wo schon ein paar Tabletts mit Leckereien auf der dunkelbraunen Theke standen. »Kann ich irgendwie helfen?«

»Mhm, du kannst das Fenster rechts von dir öffnen und danach das Obst und die Toasts ins Wohnzimmer tragen.«

Ich zog den Fenstergriff nach unten und ließ meinen Blick wie gestern auf dem Balkon über die Straße mit den Bäumen unter mir schweifen, bevor ich wieder lächelnd zu den Tabletts lief. »Hast du das alles alleine gemacht?«, murmelte ich überrascht, als ich zwei Teller mit aufgeschnittenen Grapefruits und French Toast hochhob und die anderen mit Blaubeer-Muffins und Keksen betrachtete.

Er lachte. »Nicht so erstaunt, bitte. Nur weil ich ein Brite bin, heißt das nicht, dass ich kein ordentliches Frühstück zaubern kann.«

Ich lief zurück ins Wohnzimmer, wo inzwischen auch Joe bei den anderen saß, und stellte grinsend den ersten Teil unseres Brunchs auf dem Tisch ab. »Voilà – sieht so aus, als hätten wir einen Küchenchef gefunden.«

Begeisterung machte sich breit, und Clara stand auf und folgte mir in die Küche, um ebenfalls zu helfen. Am Eingang stießen wir prompt mit Diego zusammen, der gerade zwei Kannen und ein weiteres Tablett balancierte. Eine Kanne – aus Plastik, aber mit heißem Inhalt, wie ich in der nächsten Sekunde zu spüren bekam – rutschte ihm aus der Hand, und da wir zeitgleich danach greifen wollten, wurden wir beide bespritzt.

Fluchend stolperte ich zurück, während Clara gerade noch das Tablett, das ebenfalls verrutscht war, retten konnte.

»Bloody hell!«, kam es laut von Diego, und ich musste auflachen, obwohl der halbe Kanneninhalt höllisch auf meinen nackten Armen brannte und mein Hemd in Sekundenschnelle durchnässt hatte. Clara kicherte ebenfalls angesichts seiner Ausdrucksweise, und er schaute einen Moment zwischen uns hin und her, bis er kopfschüttelnd grinste. »Willkommen in London.«

Wir brachten das Tablett und die unbeschädigte Kanne ins Wohnzimmer, und Clara bot sich an, den Flur zu wischen, während wir uns umziehen gingen.

Diego zog sich sein Shirt schon über den Kopf, als wir durch den Flur liefen, und warf mir einen belustigten Blick zu, als ich seinen durchtrainierten Oberkörper mit großen Augen anstarrte und eilig den Blick wieder abwandte.

Schnell lief ich in mein Zimmer und schloss die Tür hinter mir, während ich die Bluse aufknöpfte. War das gerade ein Anmachversuch gewesen, oder benahm ich mich lächerlich und hier liefen alle so freizügig rum? Ich fischte mir ein weißes Top aus meinem Kleiderschrank und wollte es gerade überziehen, als es an meiner Tür klopfte.

»Nicht reinkommen!«, rief ich leicht panisch.

Ein tiefes Lachen ertönte, und ich runzelte die Stirn.

Als ich fertig war, riss ich die Tür auf und sah Diego wieder vollständig angezogen und mit einem Gesichtsausdruck vor mir stehen, als würde er gleich wieder loslachen.

»Was?«

»Sorry, ich wollte dich nicht in eine unangenehme Lage bringen, ich vergesse nur schnell, dass ich nicht mehr alleine hier wohne.«

Ich hob eine Braue, da er nicht besonders ernsthaft aussah.

»Keine Angst, ich wollte mich auch nicht an dich ranmachen«, fuhr er fort, als ich noch argwöhnischer dreinblickte. Seine Augen glitzerten im Gegensatz dazu verräterisch.

»Aha«, meinte ich und lief an ihm vorbei in den Flur.

Er hielt mich mit einer Hand zurück, was mir noch komischer vorkam. »Komm schon, glaub mir.«

Ich setzte mich wieder in Bewegung.

»Ich steh nicht auf dich, versprochen.«

Jetzt musste ich irgendwie wieder grinsen. »Danke für das Kompliment.«

»Hey, so war das nicht gemeint«, murmelte er hinter mir. »Ich steh allgemein nicht auf Frauen.«

Mein Kopf ruckte reflexartig zu ihm. Er biss sich auf die Unterlippe und lächelte mich zaghaft an.

»Du bist schwul?«, fragte ich noch überraschter. In Gedanken strich ich ihn von der Liste, die ich Ally präsentieren wollte, wenn sie nächste Woche kam.

Er nickte und lachte erneut. »Also kein Grund zur Sorge, ja?«

Und so schnell fand ich ihn wieder sympathisch.

Im Wohnzimmer setzten wir uns zu den anderen und machten uns über das Essen her, während wir wie alle begannen, Small Talk zu führen. Ich erfuhr, dass Diego genau wie ich Psychologie an der Uni studierte und dreiundzwanzig Jahre alt war. Dann setzte sich Hannah zu uns, und die Gespräche vermischten sich. In der nächsten halben Stunde wurde ich mir bewusst, wie viel Glück ich mit meiner WG hatte. Alle schienen nett zu sein, und ich war sowieso schon froh, weil Stephanie nicht bei uns wohnte. Zweifellos würde es noch besser werden, wenn Ally hier war. Ich nahm einen Schluck von meinem Schwarztee mit extra Zucker und lehnte mich zurück. Es tat gut, sich wieder jung und unbeschwert zu fühlen.

***

July 4th, 12:23 a.m.

Ich starrte in die orange-rote Glut des Lagerfeuers vor mir und nahm einen weiteren Schluck aus der Bierflasche in meiner Hand. Es musste nach Mitternacht sein, das Barbecue hatte kurz vor zehn begonnen, und inzwischen war ich satt von dem gegrillten Mais und den englischen Steaks, zu denen mich Ally überredet hatte, und schon lange nicht mehr nüchtern, auch wenn es hier außer Bier nichts gab. Die Stimmung war allgemein gut, es waren einige Studenten mit ihren Bekannten gekommen – insgesamt bestimmt an die fünfzig Leute –, und neben dem großen eingezäunten Feuer in der Mitte tanzten ein paar auf dem Hinterhof des East Centrals, unserer improvisierten Tanzfläche, zu der Playlist, die lautstark aus einem großen schwarzen Ghettoblaster dröhnte.

Ally und ich hatten uns bis vor Kurzem mit Hannah unterhalten, aber dann waren sie beide auf die Toilette verschwunden und nicht wiedergekommen, also saß ich seit einigen Minuten alleine auf der Holzbank und begann in meinen Jeansshorts und dem dünnen weiten Shirt zu frieren. Prinzipiell war an Kälte rein gar nichts auszusetzen, aber jetzt wurde es ungemütlich. Trotz des Feuers vor mir. Und des prickelnden Getränks.

Ich schloss für einen Moment die Augen und zwang mich, nachzudenken. Ich hatte das Gefühl, dass ich, seit ich hier war, keine ruhige Minute dafür fand. Elf Tage waren vergangen, und es machte Spaß, ich fühlte mich zufrieden, aber irgendwie … gedankenlos. Als würde mein Kopf so viele neue Eindrücke gewinnen und daher keine Zeit mehr haben, unnötiges Zeug zu produzieren. Was eigentlich ja auch gut war.

Nur machte es mich nervös, dass ich seit Neuestem jeden Abend ins Bett fiel und sofort einschlief, ohne den Tag noch mal Revue passieren zu lassen oder wenigstens Pläne für den nächsten zu schmieden. Ich lebte einfach. Pur und sorgenfrei. Jedenfalls war es das, was ich oberflächlich betrachtet wahrnahm. Ich traute mir selbst nicht mehr ganz. Es war alles so anders hier. Vielleicht setzte die Veränderung in mir schon ein. Vielleicht fühlte es sich so an, erwachsen zu werden.

Ich nahm einen weiteren Schluck, ohne meine Augen zu öffnen. Zwang mich, auf alles gleichzeitig zu achten. Da war die leichte Gänsehaut auf meinen Armen, die Musik und das Gelächter der anderen, das sich so gedämpft anhörte, obwohl ich nur wenige Meter von ihnen entfernt saß. Der Geruch von verbranntem Holz und gegrilltem Essen … das Knistern des Feuers. Das Rascheln von Klamotten, als sich jemand neben mir niederließ. Ich blinzelte.

»Hallo, Eliza.«

Ich nickte, als ich sein Gesicht im Schein der Flammen erkannte. »Diego.«

Er war der perfekte Mitbewohner – immer gut gelaunt, der geborene Entertainer, und er schien mit jedem vertraut zu sein, obwohl wir alle erst vor kurzer Zeit eingezogen waren. Es machte Spaß, ihm zuzuhören, und jeder überließ ihm die führende Rolle in unserer Wohngemeinschaft, denn er hatte den totalen Durchblick. Und planen konnte er auch, sodass jeder am Ende zufrieden war. Er war es auch gewesen, der vorgeschlagen hatte, uns am Montag auf dem Uni-Campus herumzuführen, bevor dienstags die Vorlesungen losgehen würden.

»Du siehst ein bisschen verloren aus«, sagte er mit einem Lächeln.

»Gut, dass du's sagst – hast du Ally irgendwo gesehen?«, fragte ich und musste daran denken, wie stark mir sein Akzent beim ersten Mal aufgefallen war und wie normal er jetzt klang. Ich hatte mich wirklich schnell eingelebt.

Ein Grinsen erschien auf seinen Lippen. »Oh, ja.«

Misstrauisch betrachtete ich ihn von der Seite. »Worüber freust du dich so?«

»Erinnerst du dich an John? Du hast ihn kurz beim Brunch gesehen, ansonsten ist er ein eher schüchterner Typ«, erklärte er.

Ich überlegte kurz. »Der Schwarzhaarige mit den dunklen Augen?«

»Genau«, erwiderte Diego lachend. »Hab sie vor zwei Minuten beim Knutschen vor dem Hauseingang bei den Bäumen erwischt.«

Meine Kinnlade klappte nach unten. »Was?«

Er lachte noch einmal, runzelte dann aber die Stirn. »Wieso, ist das schlecht? Hat sie einen Freund in den USA?«

Für einen Augenblick antwortete ich nicht. Spontan hätte ich sofort Ja gesagt, aber natürlich war mir klar, dass Ally schon lange von Tom getrennt war. Bis zu diesem Moment hatte ich nur nicht realisiert, dass sie völlig darüber hinweg war und die beiden nicht wieder zusammenkommen würden. Seltsamerweise löste das ein unwohles Gefühl in mir aus, das ich mir selbst nicht erklären konnte. Hastig schüttelte ich den Kopf. »Es kommt nur unerwartet.«

»Du musst dir keine Sorgen um sie machen«, begann er, mich zu beruhigen. »Er ist kein schlechter Typ, soweit ich weiß. Er war heute Morgen sofort hin und weg, als sie eingezogen ist.«

Ich lächelte. »Ich mach mir keine Sorgen – das ist Ally, sie kann am besten auf sich aufpassen.«

»Und du?«, fragte er mit einem schelmischen Funkeln in den Augen.

Ich setzte den Flaschenmund an die Lippen und trank den letzten Tropfen, bevor ich die Flasche auf dem Boden abstellte und ihn ansah. »Ich habe eigentlich immer dasselbe von mir gedacht ...« *Bis jemand in mein Leben getreten ist und alles durcheinandergewirbelt hat*, vervollständigte ich in Gedanken den Satz und spürte ein schmerzhaftes Ziehen in der Magengegend.

Diego musterte mich nachdenklich und hielt mir dann seine Hand hin. »Komm, du machst den Eindruck, als könntest du jetzt einen Tanz vertragen.«

Eigentlich hatte ich keine Lust gehabt, aber jetzt ließ ich mich widerstandslos von ihm hochziehen und auf den kleinen Hof führen.

Ich legte Diego die Arme um den Nacken, und er positionierte seine Hände an meinem Rücken. Er lächelte ein breites Lächeln, und ich ließ mich im Kreis herumdrehen, im Takt der langsamen Musik irgendeiner Pop-Ballade. Es fühlte sich seltsam an, schon nach der ersten Minute. Mein Verstand war vernebelt, wie immer, wenn ich angetrunken war, und ich spürte die Hitze des Körpers vor mir, roch einen ungewohnten sauberen männlichen Duft, aber es war anders. Nicht unbedingt schlecht, aber … nicht wie … mit *ihm*. Nicht so intensiv. Die letzten Monate hatte ich immer nur mit *ihm* so nahen Körperkontakt gehabt. Tanzen, nebeneinander einschlafen, auf seinem Schoß sitzen, seine Hand halten … Beim Tanzen hatte er mir beide Arme so fest um die Hüften geschlungen, dass unsere Körper sich aneinanderdrückten. Er hatte mich immer mit seinem unbeschreiblichen Blick angesehen. Seine hellgrünen tiefen Augen …

»Woran denkst du?«, wurde ich aus den Gedanken gerissen.

Ich zwang mich, meinen Tanzpartner direkt anzusehen, und hob den Kopf. Diegos Augen waren grau, soweit ich es richtig erkennen konnte. Seine Gesichtszüge nicht annähernd so vertraut. »An nichts Besonderes«, sagte ich mit viel zu leiser Stimme und räusperte mich. »Und du?«

»Ich frage mich, warum du plötzlich so traurig aussiehst.«

»Ich bin nicht traurig – nur betrunken.«

Diego grinste mich an. »Du hattest kaum mehr als drei Flaschen.«

»Beobachtest du mich?«

»Du hast es erfasst. Ich bin ein kranker Stalker, der Jagd auf schöne Frauen macht.«

»Ich dachte, du bist schwul …« Hatte er mir gerade ein Kompliment gemacht?

Noch so ein Lachen. »An der Story muss ich noch feilen, was?«

Wir drehten uns noch eine Weile, bis sich bei mir alles zu drehen begann und ich abrupt stehen blieb. »Shit, ich glaube, ich sollte ins Bett.«

Er blieb automatisch mit mir stehen und hielt mich ein bisschen fester. »Alles okay?«

»Mhm. Aber ich muss schlafen.«

Das Feuer kam mir plötzlich viel zu nah vor, und die Menschenmenge schien vor meinen Augen zu wachsen. Ich kniff die Augen zu und atmete tief ein und wieder aus.

Bevor ich mich versah, führte Diego mich zurück zum Wohnblock und achtete die ganze Zeit über darauf, dass ich nicht stolperte. Aber es ging mir wieder besser, und ich konnte schon wieder die Blicke einordnen, die uns von den einzelnen Grüppchen zugeworfen wurden und mich viel zu sehr an Seattle erinnerten. Gott, dieser Mist hörte nicht einmal auf, wenn ich mit meinem neuen Mitbewohner abhing. Der nicht mal auf Frauen stand.

Diego bemerkte meinen genervten Blick, als er mir die Tür zum Hauptgebäude aufhielt. »Lass mich raten: Du bist Mittelpunkt aller Gerüchte und genießt jede Sekunde davon?«

Ich rollte mit den Augen. »Ich verstehe es einfach nicht. Okay, vielleicht habe ich ein-, zweimal dumme, auffällige Dinge in Seattle getan, aber können sie es nicht endlich gut sein lassen?«

»Darf ich fragen, was du getan hast?«

Ich erwiderte nichts, lief einfach weiter, am Aufzug vorbei zu den Treppen. Diego drängte mich nicht weiter, sondern blieb genauso stumm hinter mir, während wir nach oben stiegen.

Das schummrige flackernde Licht auf den grauen Betonwänden war so vertraut und gleichzeitig neu, dass ich mich unwillkürlich fragte, ob ich überhaupt einen Schritt weiter war, seit ich meine Wohnung in Seattle aufgegeben hatte. Wieder dumme Gerüchte, wieder Studentenpartys und wieder ein Typ, der mich ins Bett brachte, während ich schon angetrunken war.

»Hast du auch manchmal das Gefühl, du würdest dich ständig im Kreis drehen?«, murmelte ich, ohne eine Antwort zu erwarten, als er die Tür zu unserem Apartment aufschloss und wir in den großen Aufenthaltsraum traten. Ich machte mir nicht die Mühe, den Lichtschalter zu betätigen – ich war mir ohnehin nicht sicher, ob ich ihn auf die Schnelle gefunden hätte –, sondern lief einfach geradeaus durch, um zu meinem Zimmer zu gelangen. Am Geräusch seiner Schuhe erkannte ich, dass er mir folgte.

Ich stieß die Tür mit dem Messingschild auf und schlüpfte geistesabwesend aus meinen dunkelroten flachen Schuhen, ließ sie einfach im Raum stehen, bevor ich in der Dunkelheit mein Bett direkt links von mir ins Visier nahm und mich nach ein paar Sekunden in voller Montur darauf fallen ließ. Die schwarze Bettwäsche, die ich vor ein paar Wochen in Seattle gekauft hatte, roch frisch gewaschen und noch ein bisschen fremd. Ich rollte mich auf die Seite und drückte meine Nase in eins meiner beiden Kissen.

»Willst du schlafen?«, ertönte Diegos Stimme nach einer Weile, und ich realisierte, dass er in meinem Türrahmen stehen geblieben war.

Es war seltsam, aber ich wollte nicht alleine sein. Nicht jetzt, in dieser plötzlich so fremden Stadt. Ally hatte auch ihre Ablenkung gefunden.

»Willst du mir ein bisschen Gesellschaft leisten?«, fragte ich leise und hob meinen Kopf leicht, damit ich sein Gesicht in der Dunkelheit sehen konnte. Das Licht, das von dem gegenüberliegenden Fenster hereinfiel, reichte gerade so aus, dass ich die Umrisse seiner Gestalt erkannte.

Ich meinte, ein Lächeln zu sehen. »Okay.«

Eine Minute später hörte ich seine Schuhe zu Boden fallen, und anschließend senkte sich die Matratze, als er sich auf die andere Seite meines Betts setzte und gegen das Bettgestell lehnte. Es fühlte sich nicht aufdringlich an, obwohl ich diesen Typen kaum kannte. Wahrscheinlich war ich gerade dabei, endlich wieder eine neue Freundschaft zu schließen. Kaum zu fassen, aber es war mir fremd geworden – ich war so lange isoliert gewesen.

Eine Zeit lang war nichts außer ein paar vorbeifahrende Autos und der Musik unten zu hören, die durch die einen Spalt breit geöffnete Balkontür ins Zimmer drang.

Dann räusperte Diego sich. »Wieso drehst du dich im Kreis? Bietet London keine Abwechslung für dich?«

»Ach was, das ist nur eine Laune … Ich krieg vermutlich meine Tage.«

Er lachte, und ich stockte – was redete ich da? Toller Gesprächsstoff, wenn man jemanden kaum kannte. Ich stützte mich mit dem Ellbogen auf der Matratze ab und sah zu ihm hoch. »Sag mal, irre ich mich, oder könnte es sein, dass du der perfekte beste Freund für mich bist?«

Jetzt lachte er noch mehr. »Du kannst mir alle deine Probleme erzählen, und ich werde dir zuhören. Aber das hat nichts mit meiner sexuellen Orientierung zu tun, falls das eine Anspielung darauf war.«

Ich grinste schwach. »Wie ist es eigentlich, auf Kerle zu stehen?«

Er hob ebenfalls grinsend die Brauen. »Muss ich dir das wirklich erklären? Sag mir nicht, du bist auch … *andersherum*?« Er sprach das Wort gespielt entrüstet aus.

»Nee«, antwortete ich und ließ mich zurück in die Kissen fallen. Meine Frage war dämlich gewesen.

»Du scheinst mir viele Vorurteile zu haben, was das angeht«, sagte er und verdrehte die Augen. »Oder du willst von dir ablenken. So interessant ist das nicht, und du weißt sicher genau, wie es sich anfühlt. Wie wär's, wenn du mir was erzählst?«

»Erzähl du erst von deinen Erfahrungen!«, forderte ich ihn schmunzelnd auf. Der Alkohol löste jegliche Spannungen zwischen uns.

»Na schön, also meine erste große Liebe war José.«

Sofort war meine alberne Stimmung verflogen. Ich wollte nicht über seine große Liebe nachdenken, weil ich dann unwillkürlich an meine denken würde, auch wenn diese Worte mir den Magen umdrehten. Diego sah mich lächelnd an, er schien mir den dummen Kommentar nicht übel zu nehmen.

»Jetzt du – wer war bei dir der Erste?«

»Ich war noch nie verliebt«, erwiderte ich automatisch, und als er mich ungläubig ansah, verdrehte ich die Augen.

»Da war mal so fast was, aber es war vorbei, bevor es richtig beginnen konnte«, murmelte ich schnell und lenkte das Thema dann wieder auf ihn.

Wir plauderten noch eine ganze Weile, bis er aufstand und mit den Worten »Genug Lacher auf meine Kosten« und einem Grinsen, das mir zeigte, dass er es mir nicht übel nahm, mein Zimmer verließ und die Tür hinter sich schloss.

***

Finn

July 3rd, 6:10 p.m.

Weiße grelle Blitze schossen über den Himmel, und es krachte zum dritten Mal über mir, während sich harter Platzregen seinen Weg nach unten bahnte. Ich saß auf dem Balkon vor Tylers Hotelzimmer und starrte mit bewegungslosem Blick auf das Geschehen am Himmel. Wir hatten den ganzen Abend durchgearbeitet, und der wohl schwierigste Part des Projekts »Wie ich zum Rockstar werde« war erledigt: Wir hatten den Dekan davon überzeugt, dass ich eine meiner wichtigsten Musik-Prüfungen eine Woche später im Oktober nachholen konnte, da ich den ganzen September über durchs Land reisen und versuchen würde, die Massen von meiner Musik zu überzeugen. Das war jedenfalls der Plan. Sobald es meinem werten Manager gelang, mir genügend ausverkaufte Konzerte zu verschaffen, damit man überhaupt von einer Tour sprechen konnte, würde es losgehen. Ich würde mindestens vier Wochen Uni verpassen, aber ich hatte geschworen, alles nachzuholen und meine Prüfungen mit Bestnoten zu absolvieren – und ich war mir sicher, das würde ich. Es war nicht einfach gewesen, die UW zu überzeugen, aber schließlich hatte ein Anruf von Michael – ich hatte bis heute keine Ahnung, was genau er dem Leiter meiner Fakultät erzählt hatte, aber ich konnte mir denken, womit es zu tun hatte – Wunder bewirkt, und ich war befreit worden. Für einen Monat. Keinen Tag länger. Aber wenn ich Tyler Glauben schenkte, war das mehr als genug, um das zu vollenden, was ich in San Francisco begonnen hatte. Ich war zufrieden mit der Situation. Schließlich war es genau das, was ich wollte. Was ich benötigte, um in meinem Leben eine drastische Änderung zu vollziehen und Eliza vollständig hinter mir zu lassen. Das war wenigstens das, was mein Verstand mir sagte. Die restlichen Bestandteile meines naiven Ichs fanden nachts immer noch keinen Schlaf – oder irgendeinen Sinn in dem, was ich Tag für Tag tat. Gestern hatte ich Ally zusammen mit meinem Bruder zum Flughafen gebracht, und als sie gegangen war, war es gewesen, als würde ein weiterer Teil in mir absterben. Inzwischen war es unmöglich, meine Einsamkeit zu leugnen. Mein Leben bestand daraus, mit meinem Manager – den ich zwar mochte, aber gleichzeitig bezahlte, was somit nicht als freiwilliger sozialer Kontakt zählte – über meine Karriere zu diskutieren, Vorlesungen zu besuchen, die mich zwar interessierten, aber keine Befriedigung in meinem Inneren schafften, meine Songs zu üben oder ab und zu mit meinen Brüdern abzuhängen. Ich hatte weder Freunde noch die nötige Motivation, um irgendetwas daran zu verändern. Michael zufolge war es ein Fortschritt, dass ich überhaupt daran dachte, den Begriff Freundschaft in Betracht zu ziehen.

Ich fuhr mir über mein inzwischen nasses Gesicht und wischte den Regen fort, während ich daran dachte, dass ich wenigstens für heute Abend eine Beschäftigung hatte: Tyler und ich würden mit ein paar seiner Bekanntschaften etwas trinken gehen. Genau in dem Moment hörte ich, wie hinter mir die Balkontür aufgerissen wurde.

»Westwood, hast du deine Tabletten wieder vergessen?«, rief Tyler, um das Donnern zu übertönen.

Ich grinste schwach und drehte mich zu ihm um. »Wie lange wolltest du eigentlich noch duschen?.«

»Ja, ja. Komm jetzt rein, ich bin für dich verantwortlich, und wenn du krank wirst, dann kannst du deine schöne Tour vergessen.«

Ich verdrehte die Augen, folgte ihm dann aber tatsächlich ins Innere seiner Suite.

Er zog sich ein schwarzes Hemd über und goss uns beiden Whiskey aus seiner Minibar ein, bevor er mich kritisch musterte. »Scheiß Laune?«

»Passt schon.«

Er reichte mir das typisch eckige Glas und ließ seines kurz dagegen prallen. »Cheers. Hab ich dir schon mal gesagt, wie perfekt du für diese Karriere geeignet bist?«

Ich ließ mich mit dem Drink in einen der weichen braunen Ledersessel fallen und schaute mit hochgezogenen Brauen zu ihm. »Weil ich so heiß bin?«

Er lachte. »Weil du dieses Heruntergekommene, Gequälte an dir hast. Und dann noch diese Stimme – die lieben dich alle.«

»Und weil ich heiß bin«, wiederholte ich trocken und kippte die bernsteinfarbene Flüssigkeit runter.

»Ja, das hilft natürlich auch«, lenkte er ein. »Aber die Menschen wollen mehr. Sie wollen Geschichte – und die gibst du ihnen, ohne es selbst zu wissen. Das macht dich zum Individuum.«

»Du bist dir sicher, dass du nicht schwul bist?« Ich versuchte mit allen Mitteln, das Gespräch ins Lächerliche zu ziehen. Ich hatte im Moment nicht die Nerven, um über meine tolle Geschichte zu sprechen.

Aber Tyler lachte nicht. Er hielt einfach meinem Blick stand, und für einen Augenblick wusste ich, was er mir sagen wollte. Dass er mehr wusste, als ich ihm sagte, da er so viel Zeit mit mir verbrachte. Vielleicht weil er auch meine Songtexte gelesen hatte und ahnte, dass nicht alles meiner Fantasie entsprang. Dass es um mehr als eine verlorene Liebe ging. Dann fiel mir ein, dass es sein Job war, mich gut zu verkaufen, und ich verdrängte das Gefühl, verstanden zu werden.

»Das ist die Hauptsache. Wie die Welt mich sieht. Der Rest ist egal«, stellte ich fest.

»Für deine Karriere – ja. Für den Rest … Sagen wir es so, du machst nicht den Eindruck, als würdest du dein Leben besonders genießen.«

Ich warf ihm einen harten Blick zu. »Ich hab schon 'nen Psychiater, Tyler, danke.«

Er zuckte die Schultern. »Ich hatte nicht vor, dich zu therapieren. Ich wollte dir nur sagen, mir ist bewusst, dass du eine Menge Scheiße durchgemacht hast. Und dass es Zeit für etwas anderes ist.« Ich schwieg, und er sprach weiter. »Lass mich dir einen Deal vorschlagen, Westwood. Du hängst dich rein. Du tust alles, was ich dir sage, und …«

»Ich war derjenige, der dich angeheuert hat, weil ich hart arbeiten wollte, schon vergessen?«, fiel ich ihm ins Wort.

Er grinste. »Ich meine nicht die körperliche Anstrengung, Kleiner. Ich brauche Motivation, Lebensfreude … Dein Image als gebrochener Rocker ist perfekt, aber du musst *für dich selbst* Spaß haben. Den Erfolg genießen, sonst kannst du's vergessen.«

»Erstens, ein Erfolg ist nicht garantiert«, konterte ich. »Und zweitens: Findest du nicht, das geht über das übliche Manager-Gerede hinaus?«

»Glaub mir, ich bin in der Lage, ihn dir zu garantieren«, erwiderte er überheblich, lachte aber daraufhin kurz. »Und jetzt lass uns verschwinden, die Jungs warten.«

Zehn Minuten später kamen wir aus dem Hotel, und ein Portier hielt uns die Tür zu einem der am Straßenrand wartenden Taxis auf. Ich wandte Tyler mein Gesicht zu, nachdem er dem Fahrer die Adresse genannt hatte und wir losrollten. Natürlich hatte er nicht vergessen, seine Augen wieder mit schwarzem Eyeliner zu umranden.

»Hattest du nicht von einem Deal gesprochen? Bis jetzt habe ich nur eine Seite des Abkommens gehört …«

»Ich wusste, du würdest anbeißen«, erwiderte er grinsend. Ein paar Sekunden verstrichen, und er sagte nichts. Aber ich ließ mich nicht provozieren, sondern sah wieder aus dem Fenster auf die blinkenden Ampeln und die vorbeifahrenden Autos. »Wenn du dich wirklich anstrengst, dann werde ich dafür sorgen, dass du es nicht bereust«, fuhr er fort.

»Ach, und wie willst du das anstellen?« Ich machte mir nicht die Mühe, ihn anzuschauen. Er sollte endlich Klartext sprechen.

»Komm schon, denk ein bisschen nach. Was würde das alles … wertvoll machen? Besonders?«

Ich verdrehte die Augen. »Ich habe Geld. Erfolg werde ich dir zufolge bald auch haben und Frauen … Sagtest du nicht letztens, ich kann jede haben?«

»Oh ja. Jede. Außer die eine, die du wirklich willst …«

Dieses Mal war es schwieriger, die gleichgültige Miene zu bewahren und weiter auf Seattles Straßen zu starren. »Lass den Mist, Tyler. Besorg mir einfach die Tour.«

»Was, wenn ich sagen würde, dass sie so gut wie klargemacht ist? Alle Karten verkauft?«

Ich schwieg.

»Darum geht es aber nicht. Es geht um die Kleine, und das weißt du genauso wie ich. Häng dich rein, und ich schwöre dir, du bekommst sie zurück.«

Okay, das war's mit der Gelassenheit. Ich drehte meinen Kopf und sah ihn aus zusammengekniffenen Augen an. »Was zur Hölle tust du? Denkst du, es ist witzig? Glaubst du, es geht bei Eliza um Berühmtheit und Fans, die mir zu Füßen liegen? Ich schnippe einmal mit den Fingern, bekomme alles und sie noch dazu? Als Bonus, sozusagen?«

Er registrierte meine Wut, aber er ging kaum darauf ein. Er sah mich nur mit diesem Blick an und begann wieder zu sprechen. Diesmal leiser, mit nachdrücklicher Stimme. »Du liebst sie, Westwood. Und du wirst niemals über sie hinwegkommen, genauso wenig wie du Spaß haben wirst, solange ihr getrennt seid. Du bist nicht normal, aber das ist okay. Das geht mich auch nichts an. Vergiss den Manager-Kram, ich sag es dir als Freund: Wenn du mir gehorchst, wenn du alles tust, was ich sage, dann wird sie es bereuen, dass sie dich verlassen hat. Das ist deine Chance. Vergeude sie nicht wie beim letzten Mal.«

»Du kennst mich nicht«, presste ich hervor. »Du hast nicht die leiseste Ahnung, was vorgefallen ist.«

»Ich weiß mehr, als du denkst. Und ich brauche auch gar nicht alles zu wissen. Nur dass du bereit bist, alles für sie zu tun … und dass es ungeklärte Dinge zwischen euch gibt. Das reicht. Ich bin Manager, schon vergessen? Ich nehme alles, was ich kriegen kann.«

In diesem Augenblick hasste ich ihn dafür, dass ich etwas anderes als Leere und Einsamkeit in mir spürte. »Vergiss es«, widersprach ich ihm mit harter Stimme und lauter als nötig, auch um meine eigenen Gedanken zu übertönen. »Du kennst Eliza nicht.«

»Gut, dann lass uns wetten, dass ich es schaffe«, sagte er, und ich sah wieder rot.

»ICH WERDE SICHER NICHT UM SIE WETTEN«, brüllte ich ihm entgegen, aber er zuckte im Gegensatz zum Taxifahrer vorne nicht einmal mit der Wimper.

»Beantworte mir zwei Fragen, Junge: Willst du sie?«

»Du kannst mich mal.«

»Das nehme ich als Ja. Hast du ihr alles erzählt?«

»Sie ist gegangen«, knurrte ich. »Sie wollte es so. Sie braucht mich nicht, und sie hat etwas Besseres verdient.«

»Möglich. Was, wenn sie nichts Besseres will? Was, wenn sie gerade in diesem Moment in Europa auf ihrem hübschen Bettchen liegt und sich die Augen aus dem Kopf heult, weil du nicht bei ihr bist?«

»Fahr zur Hölle, Tyler.« Ich realisierte am Rande, wie mein Körper zu zittern begann und ich nach dem Türgriff tastete. Es war mir egal, dass wir mitten auf der Straße waren, ich musste raus hier. Ich konnte mir diesen Schwachsinn keine Sekunde länger anhören.

Er schnellte nach vorne und hielt mich davon ab. »Meine Freundin ist vor drei Jahren an Krebs gestorben. Ich war die ganze Zeit über bei ihr, und weißt du, was ich ihr versprechen musste, bevor sie endgültig ging?« Die Tatsache, dass seine Stimme auf einmal bebte, ließ mich erstarren. Ich ließ von der Tür ab und sah ihn an. Sein Blick war undurchdringlich. »Dass ich nie wieder eine Chance ungenutzt lassen werde. Egal wie beschissen schwer der Weg ist. Sie war dreiundzwanzig Jahre alt, und wir hatten noch unser ganzes verdammtes Leben vor uns. Und dann hat sie mich alleine gelassen. Von einem Moment auf den anderen, Westwood. Kannst du dir vorstellen, wie sich das angefühlt hat? Und kannst du dir vorstellen, dass ich aufgeben wollte, genau wie du jetzt? Meine Karriere hinschmeißen, mir eine Kugel zwischen die Augen jagen, weil ohne sie nichts mehr einen Sinn ergeben hat … Aber ich habe es ihr versprochen. Und ich werde dieses Versprechen nicht brechen, weil du zu stur oder zu feige bist.«

Ich senkte den Blick und versuchte zu verstehen, was er mir da sagte. Niemals hätte ich so etwas von jemandem wie ihm erwartet. Nicht von diesem sarkastischen tätowierten Typen, der mich zum Superstar machen wollte. Und auch wenn ich wusste, dass ich der Hoffnung erlaubte, in mich einzudringen und sich in Lichtgeschwindigkeit zu verbreiten, nur damit sie im nächsten Augenblick wieder getötet wurde, streckte ich ihm meine Hand hin. Ich würde Eliza nicht zurückbekommen. Ich würde leiden, ich würde mich mit weiteren Selbstmordgedanken quälen und unsere gemeinsame Vergangenheit verfluchen. Aber ich würde am Ende nicht sagen können, dass ich nicht alles Menschenmögliche versucht hatte.

»Deal«, murmelte ich leise, und er zögerte kurz, dann schlug er ein.

»Ich weiß, dass du mir noch nicht glaubst, aber das wirst du.«

»Also, was soll ich tun?«, fragte ich schließlich mit normaler Stimme, um die Stimmung irgendwie aufzulockern.

Diesmal kamen seine Worte augenblicklich. »Du sollst sie anrufen.«

»Was?«

»Du hast mich schon verstanden. Ruf sie an, du Trottel. Jetzt.«

»Den Teufel werde ich tun.« Kaum zu fassen, aber wir hatten vor kaum einer Sekunde einen Deal geschlossen, und jetzt bereute ich es schon wieder. Einen tollen Manager hatte ich mir da an Land gezogen.

»Du sollst nichts sagen. Ruf sie einfach an und hör dir ihre Stimme an, wenn sie den Anruf annimmt. Unterdrück meinetwegen die Nummer.«

»Was soll das bringen?«, fragte ich argwöhnisch und drängte gewaltsam die aufflammende Nervosität zurück.

»Du brauchst ein Lebenszeichen. Ich seh's dir doch an, du läufst Amok, wenn du nicht bald etwas von ihr hörst. Anschließend bist du dann für mindestens einen Monat auf Entzug, das wird schon hart genug werden. Vor allem wenn du sie nicht einmal mehr im Internet stalken darfst.«

Den letzten Teil überhörte ich absichtlich. »Du bist krank.«

»Jep, aber verdammt erfolgreich.«

Bevor die Diskussion wieder ausarten konnte, hielt das Taxi an, und der Fahrer drehte sich nach hinten. Ich war schneller als Tyler und gab ihm einen Zwanziger, bevor wir die Türen öffneten und auf die belebte Straße traten. Schnell scannte ich die Umgebung ab und merkte augenblicklich, in welchem Teil von Seattle wir uns befanden. Ich konnte von hier aus die blauen Buchstaben des Barschilds der Emporio Bar sehen. Meine Hände verkrampften sich. Selbst wenn wir nicht dorthin gingen, es war doch wirklich ein Zufall, dass wir heute Abend hier in der Gegend waren. Hier hatte damals alles mit einem Deal mit Eliza begonnen … Und wieder stand ich hier, mit einer Abmachung, die mich wahrscheinlich genauso weit bringen würde.

Ich seufzte. »Wo treffen wir uns mit deinen Leuten?«

Tyler verschränkte die Arme und deutete in eine Gasse. »Geh da rein. Ich sag dir Bescheid, sobald du das hier erledigt hast.«

Augenrollend lehnte ich mich gegen die Hauswand. »Okay, ich tu es. Und dann lässt du mich in Ruhe, und wir gehen was Richtiges trinken.«

»Für heute Abend keine sentimentale Scheiße mehr, geht klar.«

Betont lässig zog ich das Handy aus meiner Hosentasche und klickte mich bis zu Elizas Namen durch. Ich wusste nicht wie, aber ich schaffte es, ruhig zu bleiben und den grünen Knopf zu betätigen, nachdem ich meine Nummer unterdrückt hatte. Mit großer Wahrscheinlichkeit raste mein Puls, und meine Hände zitterten noch mehr als vorher, aber in diesem Moment spürte ich nichts in mir, so hastig handelte ich. Es war mein einziger Trick, um nicht den Verstand zu verlieren, die Dinge einfach schnellstmöglich hinter mich bringen, ohne groß darüber nachzudenken.

Wie im Drogenrausch hörte ich auf den Klang des monotonen Tutens und richtete meinen Blick starr auf den fließenden Verkehr vor uns. Es klingelte immer weiter, und nachdem das zehnte Mal vorüber war, wurde ich ruhiger, spürte meine Umgebung wieder deutlicher, weil Erleichterung und ein Hauch von Enttäuschung mich durchfluteten, als ich zu realisieren begann, dass sie nicht abnehmen würde.

Und dann klickte es, und die Welt neigte sich in einen unnatürlichen Winkel.

»Hallo?«

In einer hastigen Bewegung drehte ich mich um, damit Tyler mein Gesicht nicht sehen konnte. Es rauschte leicht in der Leitung, aber hauptsächlich rauschte es in meinen Ohren, als meine Wahrnehmung sich einzig und allein auf ihre Stimme konzentrierte. Mein Herz hämmerte so stark gegen meine Brust, dass ich fürchtete zu zerspringen. Ich öffnete den Mund und schloss ihn wieder. Betete, dass sie wieder sprach – irgendetwas sagte, einfach, damit ich diesen Moment auskosten konnte.

»Hallo? Wer ist da?«

Ich schloss die Augen, drückte mich fester gegen die kühle harte Wand. *Ich bin es, mein Mädchen.*

Meine freie bebende Hand ballte sich zu einer Faust, mein Atem beschleunigte sich. *Gott, ich liebe dich.*

»Wer zum Teufel ist da?«, fuhr sie mit wütender Tonlage fort.

Tausende Emotionen durchfuhren mich, aber vor allem eine setzte sich durch. Ich vermisste sie so sehr, dass es mir die Luft abschnürte. Ich brauchte sie zum verdammten Atmen. Und ich wusste nicht, wie ich ohne sie noch einen weiteren Tag auskommen sollte. Ihre Stimme erinnerte mich an alles, was ich benötigte. Was mich hier hielt.

Diesmal blieb sie länger stumm. Das war der Moment, in dem mir bewusst wurde, dass mehr als eine Minute vergangen war und sie noch immer nicht aufgelegt hatte. Und dass es nicht viele Gründe für dieses Verhalten gab.

»Finn?«, flüsterte sie plötzlich, und ich fühlte, wie mein beschissenes Herz ein zweites Mal brach. Ich konnte nicht antworten, selbst wenn ich es gewollt hätte. Mein Mund war trocken, so wie in den Albträumen, in denen man schreien wollte, aber keine Stimme mehr besaß.

»Finn … wenn du es bist … dann hoffe ich, dass es dir gut geht.«

WIE SOLL ES MIR GUT GEHEN OHNE DICH?

»Mir geht es gut hier«, hauchte sie mit leiser Stimme, aber ich hörte, wie sie am Ende brach. Gerade noch rechtzeitig nahm ich die Flüssigkeit wahr, die sich in meinen Augen gesammelt hatte, und drängte sie gewaltsam zurück. *Reiß dich zusammen, du Schwächling.* »Es ist okay … Alles ist okay.«

Das Nächste, was in mein Bewusstsein trat, war Tyler, wie er vor mich trat und mir mein Telefon so schnell aus der Hand nahm, dass ich nichts dagegen tun konnte. Er legte vor meinen Augen auf und hielt es mir wortlos hin. Ich wich seinem Blick aus und nahm es entgegen.

Es ging ihr gut. Das war alles, was ich wissen musste. Nur, wieso fühlte es sich so an, als hätte ich sie schon wieder verloren? Wie Rasierklingen, die in meinem Körper Aufzug spielten. Hoch und runter … hoch und runter. Rissen die Wunden auf, ließen sie blutend zurück. *Es ist alles okay …*

»Westwood?«, riss mich seine Stimme aus den Gedanken.

Ich sah ihn unverwandt an. »Sie wusste es«, raunte ich heiser. »Sie hat sofort gewusst, dass ich es bin.«

Er schaute mich fragend an. »Sprich lauter, ich versteh dich nicht bei dem ganzen Lärm hier.«

Erst jetzt hörte ich das Hupen der Wagen, den ganzen Straßenlärm. Es war, als hätte jemand wieder die Lautstärke hochgedreht. »Sie hat mich erkannt«, wiederholte ich lauter.

Seine Mundwinkel zogen sich leicht nach oben. »Dich vergisst man nicht so schnell.«

Schweigend überquerten wir die Straße, als die Ampel auf Grün sprang. Ich folgte ihm unbewusst, als er mich zu der Bar führte, in der wir uns mit den anderen treffen sollten. Wir kehrten dem Emporio den Rücken zu und liefen weiter. Eine leichte Brise kam auf, und ich krempelte die Ärmel meines Hemds nach oben, um möglichst viel kühle Luft abzubekommen. Es war eine gewöhnliche Sommernacht in Seattle, sie unterschied sich kaum von den anderen, die ich allein verbracht hatte, seit sie gegangen war. Doch etwas hatte sich verändert, auch wenn es nur ein kleines Detail war, das mir erst bei genauerer Betrachtung auffiel. Vielleicht waren es Tylers manipulierende Worte gewesen, die aus der kleinen Flamme, die sich Hoffnung nannte, ein Lauffeuer gemacht hatten, vielleicht auch die Tatsache, dass ich nach einer unerträglich langen Zeitspanne wieder Elizas Stimme gehört hatte. Vielleicht lag es auch schlichtweg daran, dass sie an mich gedacht hatte, obwohl ich doch jeder hätte sein können. Egal was es war, ich spürte etwas in meinem Inneren. Etwas Großes, mit unglaublicher Kraft.

Häng dich rein, und ich schwöre dir, du bekommst sie zurück, wiederholte ich Tylers Worte in Gedanken.

Eliza dachte noch an mich. Es ging ihr gut, und sie hatte mich nicht vergessen. Ich wusste, ich konnte mich jetzt nicht aufmachen und sie zurückholen. Das lag nicht im Bereich des Möglichen. Es war einfach zu viel passiert, und sie brauchte Zeit … genau wie ich. Aber es würde der Moment kommen – womöglich würden mehrere Monate, im schlimmsten Fall Jahre vergehen –, in dem ich vor ihr stehen würde. Gesund und bereit, ihr alles zu geben, was sie von mir verlangte.

Man sagte, Liebe war ein Schlachtfeld, und ich war mir sicher gewesen, es verwundet verlassen zu haben, als sie mich am Flughafen zurückgewiesen hatte.

Doch ich hatte mich geirrt – der Kampf war noch nicht beendet.

Er hatte gerade erst begonnen.

6. KAPITEL

BRAVE NEW WORLD

Eliza

July 4th, 2:00 p.m.

Durch die halb heruntergelassenen Rollläden schien die Sonne ins Zimmer, und ich war gerade dabei, die Lichtpunkte vor meinen Augen zu zählen, die dadurch auf die Decke projiziert wurden, als meine Tür aufgerissen wurde.

»FEENSTAUB!«

Ruckartig drehte ich mich um und stöhnte bei ihrem Anblick laut auf. »Ally!«

Ihr helles Lachen erklang, als sie durch den Raum zu meiner Balkontür wirbelte, sie öffnete und die Vorhänge zur Seite zog, sodass die Sonne voll in mein Gesicht schien.

Sofort drückte ich es wieder ins Kissen. »Du hast das mit den Passwörtern falsch verstanden«, knurrte ich. »Und wieso scheint eigentlich die Sonne? Ich dachte, wir sind in London.«

Mein Bett wackelte, als sie sich mit voller Wucht neben mich warf. »Wir haben Sommer, Schätzchen, versteck dein hübsches Gesicht nicht!«

Ich fragte mich für eine Sekunde, wie sie reingekommen war, bis mir einfiel, dass ich selbst schuld daran war. Nachdem Diego gegangen war, hatte ich schlichtweg vergessen, abzuschließen. Wahrscheinlich weil ich anschließend einen Anruf bekommen hatte, während ich mir in einem Anflug von Schlaflosigkeit die Sterne auf dem Balkon angeschaut hatte. Bei der Erinnerung wurde mir ganz anders.

»Wo warst du gestern noch?«, fragte Ally, als ich mich nicht bewegte. »Normalerweise pennst du nicht so lange, und die Party ging noch bis drei Uhr in der Früh, bis die Nachbarn ausgerastet sind.«

Ich setzte mich auf, band meine verwuschelten Haare zu einem Dutt nach oben und kicherte. »Einen super Eindruck haben wir in der ersten Woche schon hinterlassen, was?« Als ich sie ansah und das Funkeln in ihren Augen bemerkte, fiel mir wieder etwas ein. »Ich hab mich mit Diego unterhalten. Aber sag mal, Ally, so alleine warst du gestern auch nicht, hm?«

Das Funkeln verstärkte sich, und ihre blauen Augen blitzten. »Ich weiß nicht, was du meinst«, sagte sie mit einem Grinsen. »Aber Diego, ja? Dein Nachbar aus 1B?«

»Lenk nicht ab! Erzähl mir alles.«

»Okay, beim Frühstück – oder besser gesagt Mittagessen«, wandte sie ein. »Ich hab noch nicht viel von der Stadt gesehen …«

»Gut, vielleicht können wir uns einen Tipp von *John* holen …?« Ich stand lachend vom Bett auf und lief zu meinem Kleiderschrank. Es war immerhin schon zwei Uhr mittags, wie mein Wecker anzeigte. Der einzige Grund, wieso ich so lange geschlafen hatte, war dieser beschissene Anruf. Diego war vor drei gegangen, kurz darauf hatte mein Handy geklingelt, und dann waren bestimmt weitere zwei Stunden vergangen, in denen ich keinen Schlaf gefunden hatte. Obwohl Finn nicht einmal gesprochen hatte.

Nur war ich dumm genug gewesen, seinen Namen auszusprechen. Und Dinge zu sagen, die zwar wahr waren, aber … Himmel, ich musste den Scheiß aus meinem Gehirn streichen. Wahrscheinlich hatte sich irgendjemand verwählt, und die Sache war erledigt.

»Hey, wieso bist du eigentlich vollständig angezogen?«, kam es verblüfft von Ally, als ich überlegte, ob es warm genug für ein kurzes Sommerkleid war. »Also bist du doch schon wach gewesen?«

Ich schaute an mir herunter – sie hatte recht. Kein Wunder, dass sich alles so ungemütlich anfühlte, ich trug noch mein Outfit von gestern, einschließlich der schweren Goldkette. »Ähm …«

»Dann hattest du keinen Sex gestern?«

Ich zog die Brauen hoch. »Du etwa?«

»Kein Kommentar vorm Essen!«

Ich tapste schnell auf den Balkon, um auszutesten, wie warm es tatsächlich war. Genau in dem Moment flog eine Handvoll aufgescheuchte Raben mit lautem Krächzen vorbei, und ich musste wieder lächeln, weil das Bild einfach traumhaft war. Die Sonne hatte sich wieder hinter einer grauen Wolke verzogen, und es war angenehm mild, wenn der Wind wie jetzt sanft über die Straßen fegte. In meinem Kopf bildete sich schon das perfekte Outfit für den Tag.

»Böses Omen für heute … «, erklang eine Stimme neben mir, und ich blickte erschrocken nach rechts.

Auf dem Balkon, der kaum zwei Meter von meinem entfernt war, stand Diego und schaute lächelnd auf die pechschwarzen Vögel, die sich immer weiter im Horizont verloren. Nur in Jeans.

Ich verschränkte die Arme. »Objektive Frage, Diego: Ist dir des Öfteren heiß?«

Er sah mich erst verblüfft an, fing dann meinen Blick auf und begann laut zu lachen.

»Was machst du da draußen, Liz?«, ertönte es von drinnen.

»Mich mit unserem halb nackten Mitbewohner unterhalten«, rief ich zurück, und er lachte noch mehr.

»Was kann ich dafür, wenn du mich immer in den falschen Momenten erwischst?«

»Du hast recht, das ist mein Fehler«, erwiderte ich scheinheilig nickend.

Ally schlüpfte durch die Vorhänge zu mir nach draußen und lehnte sich gegen das Geländer. Ihre blonden Haare wehten perfekt im Wind. »Hab ich da nackt gehört?« Sie sah Diego, verschränkte ebenfalls die Arme und nahm kritisch seine Bauchmuskulatur ins Visier. »Hm.«

»Was heißt hier *hm*?«, beschwerte er sich. »Eliza, du hast mir nicht gesagt, dass deine Freundin blind ist!«

Ich kicherte und wedelte mit der Hand hin und her. »Ally, Diego, Diego, Ally – ihr werdet sicher viel Spaß miteinander haben.«

Er grinste und verschwand in seinem Zimmer, wahrscheinlich, um sich etwas überzuziehen. Ally hob die feinen Augenbrauen, sobald er weg war.

Ich stieß sie in die Seite. »Schau mich nicht so an, da läuft nichts!«

Wir liefen wieder zurück ins Zimmer, und sie warf mir offensichtliche Blicke à la *Ich weiß, was du letzte Nacht getan hast* zu, während ich mich umzog. Grinsend schlüpfte ich in ein weißes Kleid, kombiniert mit schwarzen Springerstiefeln, und begann, mich zu schminken. Spontan beschloss ich, sie noch ein wenig zappeln zu lassen, bis ich ihr klarmachte, dass zwischen Diego und mir niemals etwas laufen würde.

Als ich gerade alles Nötige in meinen schwarzen Shopper warf, erklang Diegos Stimme noch einmal von draußen. »Hey, in zehn Minuten treffen wir uns am Eingang, damit ich euch die Uni zeigen kann.«

»Aye, aye, Sir!«, erwiderte Ally in derselben Lautstärke und stand von meinem Bett auf, auf dem sie selig lächelnd gelegen hatte. Sie wandte sich mir zu. »Diese Stadt macht einfach gute Laune. Weniger Komplikationen, weniger Stress.«

Ich grinste. »Warte, bis die Uni wieder anfängt. Oder du dich verliebst.«

»Hm, ich glaube, ich werde eine Weile lang deinen Lebensstil ausprobieren …«

Ich zwang mich zu einem Lächeln, da ich an meine großartigen Prinzipien denken musste, die mich am Ende in Teufels Küche gebracht hatten. Aber das war jetzt vorbei. Ally hatte recht – London war anders. Und nicht nur das, auch ich fühlte mich anders. Zwar lauerte im Hinterhalt noch die Angst vor dem großen Ausbruch, aber zwischen Finn und mir lagen Tausende Meilen – so einfach würde er mich nicht mehr verunsichern können.

***

Die Universität – beziehungsweise die Teile des Campus, die wir in anderthalb Stunden schafften – übertraf die Bilder und Videos, die ich in Seattle von meinem Laptop aus gesehen hatte, um das Zehnfache. Da die University of London aus mehreren Unis bestand, hatten wir kaum Zeit, sie uns alle nacheinander anzuschauen, aber Diego führte uns vor allem auf dem Campus des University College London – kurz UCL – herum, weil dort die meisten seiner Vorlesungen stattfanden und er sich blind auskannte. Am späten Nachmittag bekamen wir dann alle solchen Hunger, dass wir uns kurzerhand auf der überfüllten Wiese vor dem Hauptgebäude niederließen, während Diego und Hannah Hot Dogs besorgen gingen.

Ich nahm Ally am Handgelenk, und wir setzten uns ein bisschen abseits von den anderen, damit wir ungestört reden konnten. Sie grinste mich an, wohl wissend, dass ich sie ausfragen wollte, und ließ sich rückwärts auf die Wiese fallen, die trotz des Regens gestern Nacht relativ trocken war. Ich legte mich neben sie und schaute in den Himmel, der mittlerweile von grauen Wolken bedeckt war. Eine Weile lauschten wir dem Gelächter der Studierenden und dem Zwitschern der unzähligen Vögel, die sich in den Bäumen einquartiert hatten, um von dort aus das Geschehen des ganzen Campus im Auge zu behalten.

»Hier hab ich zweimal die Woche Vorlesungen«, erzählte mir Ally schließlich. »Man kann auch kostenlose Sprachkurse belegen … Wie wär's, wenn wir ein Semester Französisch lernen?«

»Bin eher für Spanisch. Die Sprache klingt so heiß.«

Sie kicherte. »Ist Diego nicht auch Spanier?«

Ich verdrehte die Augen und warf meinen kleinen Plan über den Haufen. »Er ist schwul.«

Ruckartig wandte sie mir das Gesicht zu. »Wirklich?«

»Schade, nicht?«, erwiderte ich schmunzelnd und stützte mich mit meinem Arm ab, um sie besser betrachten zu können.

»Ach komm, und ich dachte, wir haben beide mal Glück …«

»Klar, als würde ich mich gleich dem nächstbesten Kerl an den Hals schmeißen«, sagte ich trocken und schaute extra auffällig zu John rüber, der sich gerade die Ärmel seines Hemdes hochkrempelte und ein Buch aus seinem Rucksack holte.

»Ich hoffe, du spielst auf nichts Bestimmtes an«, antwortete Ally lachend.

Ich sah sie so lange mit hochgezogenen Augenbrauen an, bis sie sich geschlagen gab.

»Okay, also …« Sie schielte kurz zu ihm rüber. »Er sieht so schüchtern aus … Aber nachdem ich gestern den ersten Schritt gemacht habe, kam er ganz schön aus sich raus …«

»Will ich die Details wissen?«

»Wir haben getanzt, ich habe ihn ein bisschen angemacht, er hat mich geküsst … Und dann sind wir irgendwie in seinem Schlafzimmer gelandet.«

»Interessante Methode, um deinen Jetlag zu überwinden, Miss Eisenberg, ich muss schon sagen.«

Sie boxte mich in die Seite. »Findest du es schlimm?«, wisperte sie dann, als ich ein paar Minuten schwieg.

»Was ist mit Tom?«

»Was soll mit ihm sein? Ich bin sicher, es geht ihm gut. Er soll auch andere Mädchen daten. Spaß haben. Das Leben genießen.«

Ich schluckte meinen Protest runter und nickte nur langsam. Wieso wusste ich nicht, aber ich machte mir Sorgen um sie. *Mein Lebensstil*, wie sie es genannt hatte, passte nicht zu ihr. Er passte ja nicht einmal mehr zu mir. Ich gönnte ihr wirklich den Spaß, aber ich hatte Angst, sie könnte verletzt werden. Bei Tom war ich mir immer sicher gewesen, dass das nie passieren würde.

Unser Gespräch wurde unterbrochen, als die Hot Dogs kamen. Wir waren zu siebt, aber die Tabletts, die Diego und Hannah auf die Wiese trugen, hätten locker für die doppelte Anzahl von Leuten gereicht. Ich schnappte mir eins der heißen Brötchen, und wir setzten uns wieder zu unseren Mitbewohnern und begannen alle zu essen.

»Woher habt ihr die so schnell bekommen?«, fragte ich Diego, als er sich neben mich setzte.

»Hatte noch was bei der Essensverteilung in der Cafeteria gut«, erklärte er grinsend, und seine Augen funkelten triumphierend.

»Dir kann niemand etwas abschlagen, oder?«

Er zwinkerte mir zu und ließ sich dann genau wie Ally gerade auf die Wiese fallen.

Als wir das Essen beendet hatten, zog Alison ihr Smartphone aus der Tasche und reichte mir einen Kopfhörer. *Muse.*

Der Tag war gut.

Ich beschloss, das Telefongespräch genauso zu vergessen wie den Brief unter meinem Bett. Hier war kein Platz für Melancholie.

***

Finn

July 8th, 5:10 p.m.

Der Bleistift kratzte über das weiße Papier, als ich das letzte Wort schrieb und zufrieden mein Werk betrachtete. Genau in dem Moment fielen die ersten Tropfen vom Himmel. Ich grinste. Mein Timing war wie immer perfekt. Ich befand mich im Gas Works Park und saß auf einem der weniger belebten Hügel, von dem man eine Aussicht auf einen Teil von Seattles Skyline hatte. Und nach drei Stunden Inspiration und neuen Ideen für Songtexte setzte der unvermeidliche Regen ein. Das war mein Stichwort.

Ich packte die einzelnen Zettel in meine Ledertasche und stand auf, um mich auf den Weg nach Hause zu machen. Ich fühlte mich wie der letzte Trottel, aber das Lächeln konnte ich trotzdem nicht aus meinem Gesicht verbannen. Die Woche lief gut. Ach, was machte ich mir vor, die Woche lief absolut perfekt. Zur Krönung hatte ich heute Abend einen Gig, den mir Tyler kurzfristig verschafft hatte. Als Beweis, hatte er gesagt. Damit ich ihm endlich hundertprozentig vertraute. Es waren zwar nur dreißig Minuten, aber ich durfte im Showbox auftreten, einer der berühmtesten Livemusik-Bars für Newcomer in Seattle. Das Howl at the Moon sollte Kindergarten dagegen sein. Es war mir nur recht. Ich wollte nie wieder etwas damit zu tun haben. Offiziell durfte ich vor September ja noch nicht auf Tour gehen, aber gegen einen Auftritt in der Stadt konnte wohl niemand etwas sagen. Und irgendwie mussten die Medien ja Wind von mir bekommen, damit sich die Tickets verkauften. Ich kam mir selbst idiotisch vor, dass ich mich freute, aber es war meinem durchgedrehten Manager tatsächlich gelungen, meinen Ehrgeiz zu wecken. Auch wenn ich vor ein paar Tagen noch niemals gedacht hätte, dass ich etwas Derartiges überhaupt besaß. Außerdem juckte es mir in den Fingern, wenn ich daran dachte, wie ich die Gitarre heute Nacht auf der Bühne halten würde. Wie die Menschenmenge eins mit der Musik werden würde. Mit meiner Musik.

Westwood, du bist dabei, ein arroganter, lebenshungriger Rockstar zu werden. Die Stimme meines Unterbewusstseins klang zurzeit immer mehr wie Tys. Was nur logisch war, da ich den Kerl gefühlte 24 Stunden pro Tag sah – und es nicht einmal langweilig wurde. Ich hatte innerhalb der letzten paar Tage sogar Bekanntschaften gemacht, die man fast schon als potenzielle Freundschaften bezeichnen konnte. Seine Kumpels, die alle ausnahmslos in der Musikbranche arbeiteten, waren mir sympathisch. Kein Ersatz für Tom zum Beispiel, aber durchaus ein menschlicher gesunder Zeitvertreib.

Mein Handy vibrierte, als ich bei meinem Wagen angekommen war, den ich am Straßenrand außerhalb des Parks abgestellt hatte. *Nicht über die weiße Stretch-Limo an deinem Hauseingang wundern. Steig einfach ein. 8 PM.*

Ich hob eine Braue und tippte eine Antwort: *Passt schwarz nicht eher zu meinem Image?*

Sekunden später blinkte eine neue Nachricht auf: *Ach, was. Wir müssen um jeden Preis auffallen.*

Lachend stieg ich in den Porsche und steuerte auf direktem Weg das Stadtzentrum an. Bevor ich nach Hause fuhr, parkte ich vor dem Plattenladen Wall of Sound, den mir Victor, einer von Tylers Bekanntschaften, empfohlen hatte. Alex hatte mir seinen alten Plattenspieler hinterlassen, und ich brauchte ein, zwei neue Alben, da ich meine alte Musik langsam nicht mehr hören konnte. Und welcher Moment wäre besser als jetzt, wo mir nichts mehr im Weg für einen Neuanfang stand? Der zweite in dieser Stadt. Scheiß drauf, von mir aus konnten noch weitere kommen, solange ich meinen Spaß hatte.

Eliza war bei mir, jeden Tag, jede Minute. Ich trug die Erinnerung an diese wunderbare Frau in mir, aber ich hatte es geschafft, meine Gedanken von ihr zu befreien. Und meine Stimmung unabhängig von ihr zu gestalten. Es änderte nichts an der Wucht des Schmerzes, aber ich wusste jetzt, was gut für mich war. Und im Moment war das das Leben in Seattle. Ohne sie. Ich lebte jetzt bewusst in den Tag. Wenn ich morgens nach maximal sechs Stunden Schlaf erwachte, bereute ich meine Existenz nicht mehr, so wie noch vor wenigen Wochen. Es ging mir gut. Ich hielt mich an den Deal. Ich verdrängte meine Gefühle nicht, ich verarbeitete sie genau so, wie ich sollte. Es war erstaunlich, wie viel besser es mir damit ging. Auch mein Psychiater war stolz auf mich. Michael und Laura hatten sich schon jetzt für meinen dreiundzwanzigsten Geburtstag freigenommen und planten, mich übers Wochenende nach L.A. einzuladen, um ein riesiges Ereignis daraus zu machen, auch wenn ich wieder und wieder protestierte.

Ich betrat den Laden, schaute mich um und betrachtete anerkennend den heruntergekommenen Vintage-Stil. Ein wenig erinnerte er mich an die typische Hard-Rock-Café-Einrichtung in abgeblättertem Schwarz und Gelb. Ich lief die alphabetisch geordneten Regale entlang bis zu N. Nine Inch Nails und Nirvana standen ganz oben auf meiner Liste. Eine Weile vertiefte ich mich in die Titel und fuhr mit dem Zeigefinger durch die verschiedenen Schallplatten, um jedes Cover einzeln zu betrachten. Ich war so in meiner eigenen Gedankenwelt gefangen, dass ich kaum bemerkte, wie ich minutenlang das ganze Regal blockierte.

»Nur weil du Finn Westwood heißt, bedeutet das nicht, dass andere kein Recht auf die N-Platten haben«, holte mich eine weibliche sarkastische Stimme in die Wirklichkeit zurück.

Überrascht sah ich auf. Eine junge Frau mit kurzen blonden, leicht abstehenden Haaren und schwarz umrandeten Augen stand neben mir und schaute mich halb erwartungsvoll, halb spöttisch an. Ich war mir sicher, sie noch nie gesehen zu haben. Sie war blass, trug einen schwarzen langen Trenchcoat und musste zwischen 1.70 und 1.80 Meter groß sein, da wir uns beinahe auf Augenhöhe befanden. Das auffälligste Merkmal an ihr waren die blauen großen Augen, die durch das Schwarz des Make-ups noch betont wurden.

Mit einem verwirrten Lächeln machte ich ihr Platz, ohne das Regal zu verlassen. »Sorry … woher …?«, setzte ich an.

»Woher ich dich kenne?«, vervollständigte sie meinen Satz. »Meine Freundinnen sind verrückt nach deiner Musik und haben mich zu einem Konzert im September überredet.«

Ich hob die Brauen. *Nicht schlecht, Tyler. Nicht schlecht.* »Du kennst meine Lieder?«

»Ist schwer, auf die UW zu gehen und sie nicht zu kennen.«

»Mh …« Studentin also. »Hatte nicht gewusst, dass ich jetzt schon so bekannt bin«, gab ich ehrlicherweise zu, während ich mich fragte, seit wann ich mich einfach so mit einem weiblichen Groupie unterhielt, ohne sofort genervt zu sein.

»Oh, bitte«, antwortete sie grinsend, ohne auch nur das kleinste bisschen so auszusehen, als würde sie mich anschmachten. Seltsam eigentlich. »Sieh dich doch an.«

Wieso sprach mich jeder, wirklich jeder, in Bezug auf meine musikalische Karriere immer auf mein Aussehen an?

»Danke«, sagte ich trocken und griff nach dem Album *Ghosts I-IV*.

Wir durchsuchten für ein paar Minuten schweigend das Regal, dann warf sie mir einen Seitenblick zu. »Zugegeben, deine Musik ist auch nicht übel.«

Gegen meinen Willen musste ich grinsen. »Das nehme ich schon eher als Kompliment.«

Sie betrachtete mich neugierig und streckte mir dann eine Hand hin. »Ich bin Mia.«

Ich nahm sie kurz. »Hey, Mia. Jetzt kannst du deinen Freundinnen erzählen, dass du mich *persönlich* kennengelernt hast.« Meine Stimme triefte vor Sarkasmus. Oh ja, ich war so eine Berühmtheit.

»Vor allem Ashley wird mich für den restlichen Monat dafür hassen.«

Wir lachten. Was tat ich hier eigentlich? *Leben, Westwood, leben.*

Ich beschloss, dass ich für heute genug Mr. Out of Character gespielt hatte, und wollte mich schon verabschieden, als mein Blick auf ihren inzwischen hochgekrempelten Ärmel fiel. Ich konnte nicht sagen, wieso ich gerade dorthin geschaut hatte, aber mein Blick verharrte mehrere Sekunden auf ihrem weißen Arm, von dem sich mehrere parallele rote Linien abzeichneten. Narben, die nie und nimmer zufällig entstanden waren. Ich zwang mich, ihr wieder ins Gesicht zu schauen. Ihre Augen wurden schmaler, als sie verstand und den Jackenärmel hastig wieder nach unten krempelte. Noch immer starrte ich sie bewegungslos an. Als ich nichts sagte, senkte sie den Kopf, drehte sich von mir weg und ging zum nächsten Regal. Für einen kurzen Augenblick fragte ich mich, warum es mich überhaupt interessierte. Dann dachte ich an meine neue Lebensphilosophie.

»Mia«, rief ich mit neutraler Stimme, und sie wandte sich um, diesmal mit einem abweisenden Gesichtsausdruck. »Mein Manager will, dass ich Werbung mache. Ich trete heute im Showbox auf. Frag doch deine Freundinnen, ob sie Lust haben.«

»Die muss ich nicht fragen«, erwiderte sie. »Die haben immer Lust auf dich. Aber wenn ich mich nicht irre, kommst du ohne Ticket nicht ins Showbox.«

»Wie wär's, wenn ich euch auf die Liste setze?«, hörte ich mich sagen.

Ihr Blick wurde entsprechend misstrauisch. Dann trat sie wieder näher und schaute sich um, so als wollte sie sich vergewissern, dass keiner der anderen Kunden zuhörte. »Ich brauche kein Mitleid. Auch nicht von jemandem, der so aussieht und so singen kann wie du«, sagte sie mit gesenkter, beinahe zorniger Stimme.

»Glaubst du wirklich, Ashley wird dir verzeihen, wenn du mein Angebot nicht annimmst?«, konterte ich, ohne auf ihre Worte einzugehen. Okay, ernsthaft – wer zur Hölle war ich?

Sie setzte ein Pokerface auf. »Weißt du was? Ist mir doch egal, was du von mir denkst. Setz mich auf die Liste. Wir wussten eh noch nicht, was wir heute machen sollen.«

»Siehst du – und so ist jeder glücklich …«

»Sag mal, bist du immer so ekelhaft optimistisch oder machst du das nur für die Öffentlichkeit?«

Ich lachte laut auf. Wenn sie wüsste. »Klar. Sagst du mir deinen vollen Namen?«

Sie nannte ihn mir, und ich tippte ihn in mein Handy ein.

»Bis heute Abend«, sagte ich und wandte mich Richtung Kasse.

Sie hielt mich kurz zurück. »Wieso machst du das? Wir kennen uns überhaupt nicht.«

»Schätze, du erinnerst mich an jemanden«, murmelte ich zögernd. *Ja. An dich selbst, Idiot.*

Sie akzeptierte meine Antwort mit einem unschlüssigen Nicken. »Bis dann.«

Ohne etwas zu kaufen, verließ sie den Laden. Der schwarze Mantel flatterte im aufkommenden Wind, und ich konnte meinen Blick erst von ihr losreißen, als mich der Kassierer zum Zahlen aufforderte.

***

10:30 p.m.

Der Backstagebereich, der direkt auf die Bühne führte, war im Showbox nicht nur viel größer, als ich es gewohnt war, sondern auch ausgestattet mit verspiegelten Wänden, sodass ich jede meiner Bewegungen mitverfolgen konnte, während ich das letzte Lied meines Auftritts übte.

Als ich vorhin in der weißen Limousine am Hintereingang abgesetzt worden war und nach drinnen ging, war die Bar noch leer gewesen, doch ich hatte von innen beobachten können, wie draußen die Menschenmassen Schlange standen und die Türsteher nur die reinließen, die auf der Gästeliste standen und sich dem Dresscode gemäß – schwarz und so verrucht wie möglich – angezogen hatten. Ich selbst war ebenfalls vollkommen in Schwarz gekleidet, und das war nicht einmal Absicht gewesen, da Tyler mich nicht vorgewarnt hatte. Schwarzes zerrissenes Shirt mit der Aufschrift *City of Angels* und mein Lieblingspaar schwarze Jeans. Vielleicht war mein Oberteil ein wenig selbstironisch, aber keiner würde den Sinn dahinter erkennen. Außer vielleicht meine Brüder, die beide heute Abend herkommen würden. Alex würde Kristina mitbringen, und auch Tom hatte ein Date gefunden, was mich wirklich für ihn freute.

Er brauchte es. Und er hatte es verdammt noch mal verdient. Mit Ally allerdings hatte ich nicht mehr gesprochen, seit ich mich in der ersten Woche nach Elizas Abwesenheit am Telefon zum Idioten gemacht und sie dann am Flughafen verabschiedet hatte. In diesem Fall galt meine Loyalität zweifellos meinem Bruder.

Ich drehte den Verstärker lauter, als ich zum letzten Refrain gelangte und mir die Seele aus dem Leib sang. Die Wände waren schalldicht. Und dieser Proberaum nur einer von vielen hier. Zum Spaß hatte ich einen neuen Song ausprobiert, den ich nur drei, vier Mal auf meiner Terrasse geprobt hatte. Ein zweites Album kam aus zeittechnischen Gründen nicht infrage, sonst würde sich die Universität querstellen, aber es sprach nichts dagegen, neue Lieder vor der Menge zu testen – um zu sehen, wie die Fans reagierten. Tyler hatte sich bei diesem Vorschlag nicht beschwert. Wir beide wussten, um was es in jedem einzelnen meiner Texte ging, und dass dieses Thema in der Öffentlichkeit ankam. Meine Musik versetzte alle in Stimmung und ließ sie den Schmerz nachempfinden, den ich darin verarbeitete, auch wenn sie keine Ahnung von meinem wahren Leben hatten. Ich zog mir die E-Gitarre über den Kopf, als ich zu Ende gespielt hatte, und ließ mich auf die cremefarbene Designercouch fallen, die neben einem Mischpult und einer Minibar das einzige Möbelstück im Raum war.

Es klopfte drei Mal, bevor die Tür aufgerissen wurde und mein Manager im Schlepptau mit Alex, Tom, Kristina und einer schlanken Dunkelhaarigen erschien. »Na, sieh mal einer an, der Star des Abends gönnt sich eine Pause …«

»Hey, Finn!«, rief Tom.

Ich stand grinsend auf, um sie alle zu begrüßen. Meine Brüder klopften mir anerkennend auf die Schulter, Kristina umarmte mich lächelnd, und Toms Date – Melissa – gab mir schüchtern die Hand.

»Der Laden ist brechend voll«, teilte mir Tyler mit. Er schien mir ein bisschen gelassener und noch zufriedener mit sich selbst als sonst.

Ich hob eine Braue. »Du hattest mir übrigens nicht gesagt, dass du schon Karten verkauft hast.« Plötzlich musste ich an Mia aus dem Plattenladen denken. Ich war mir sicher, sie und ihre Freundinnen hatten sich an den Dresscode gehalten und befanden sich schon im Showbox.

»Fuck, das sollte eine Überraschung sein!«

Tom lachte neben uns. »Hast du ihm schon den Flyer gezeigt?«

Diesmal war es Alex, der mich überraschte und einen Bogen schwarzer Flugblätter aus seiner Tasche zog. Mein Manager schien sich in Sekundenschnelle mit meiner gesamten Familie verbündet zu haben. Ich war meinen Brüdern dankbar dafür, dass sie mich so sehr unterstützten, obwohl ich jetzt alleine im Rampenlicht stand und sie der Grund dafür waren, dass ich überhaupt mit der Musik angefangen hatte. Schon damals, als das Angebot für den Plattenvertrag gekommen war, hatten sie mir versichert, wie sehr sie sich für mich freuten, auch wenn ich Gewissensbisse gehabt hatte, unser gemeinsames Ding aufzugeben.

Ich griff nach einem der Papiere und musste unwillkürlich breiter grinsen. Auf pechschwarzem Hintergrund waren meine verschlungenen Initialen in Silber zu sehen. *FINN WESTWOOD* stand darunter. *USA-Tourdates*. Und dann waren an die zwanzig Städte aufgelistet und ein Link zusammen mit einer Telefonnummer für den Ticket-Vorverkauf abgedruckt. Ich überflog die Städtenamen, und jetzt konnte ich mein Staunen nicht mehr zurückhalten. Ich würde in sämtlichen Großstädten der Vereinigten Staaten auftreten. Seattle, L.A., Chicago und New York City waren nur der Anfang. Wie zur Hölle hatte Tyler mir das gesichert?

Ich starrte direkt in seine eisblauen, triumphierend dreinblickenden Augen. »Aber … Wieso sollten die Leute zu den Konzerten kommen wollen?«, fragte ich und kam mir ziemlich bescheuert vor. »Woher sollten sie meine Musik kennen?« Bei Mia war es ja noch verständlich, sie kannte mich, weil sie auf die UW ging. Aber Menschen am anderen Ende des Landes?

Tyler lächelte selbstsicher. »Lass es mich einfach so sagen: Du unterschätzt meine Macht und deine Ausstrahlung.«

Wir kamen nicht weiter dazu, darüber zu diskutieren, da es ein weiteres Mal an der Tür klopfte und der Moderator des heutigen

Abends mir mitteilte, dass ich mich in den nächsten Minuten bereithalten sollte. Mein Kopf schwirrte, als ich nach meiner Gitarre griff und mein Blick wieder auf den Flyer fiel.

Das hier war der Beginn eines neuen Lebens, das mir den Verstand rauben würde.

***

Eliza

August 21st, 11:45 p.m.

Man sagte, die Zeit verging wie im Flug, wenn man glücklich war, und kroch nur so dahin, wenn es einem schlecht ging. Der Sommer verflog in Windeseile, aber ich war mir nicht sicher, ob das nur an meinem neuen Glück lag oder auch größtenteils an der Tatsache, dass ich wahnsinnig viel zu tun hatte. Morgens Vorlesungen, mittags bis abends lernen und anschließend in die Stadt mit Ally oder Diego oder den anderen. Es lief jede Woche so ab, und jedes Mal freute ich mich aufs Neue darauf. Es gab einfach so viel zu entdecken. Egal ob wir über den Campus schlenderten, auf der Wiese vor den Universitätsgebäuden picknickten, ein neues Café im Stadtzentrum entdeckten oder einfach den halben Tag im St. John's Park dösten und versuchten, ein Buch zu lesen – es wurde nie langweilig. Ally war nicht die Einzige, die in ihrem Singledasein aufblühte, auch ich konnte mich nicht beschweren. Zwar hatte ich mich nicht durch unser halbes Studentenwohnheim geschlafen – das sollte kein Vorwurf sein, sie hatte ihren Spaß verdient –, aber von Tag zu Tag spürte ich, wie ich mich mehr mit Diego anfreundete. Zeit mit ihm zu verbringen, machte einfach Spaß, denn der erste Eindruck hatte mich nicht getäuscht – er war ein wirklich netter Kerl. Am Anfang hatte ich geglaubt, dass er aus Höflichkeit mit mir einkaufen ging oder mir eine gute Bar in Clerkenwell zeigte, so wie er es auch bei den anderen in der WG tat, aber mit der Zeit war klar geworden, dass wir uns ein bisschen sympathischer als der Rest waren. Er half mir beim Auswendiglernen in Psychologie, und dafür zeigte ich ihm mein Chili-Rezept. Er ging, ohne zu murren, mit mir shoppen, wenn Ally gerade unabkömmlich war, und er brachte mir die besten britischen Flüche bei – unter der Bedingung, dass ich ihn nie wieder für seine Aussprache auslachen würde. Ich genoss seine Gesellschaft und unser unkompliziertes, rein freundschaftliches Verhältnis. Zwar war ich nach einem Monat noch immer nicht bereit, über gewisse Dinge in Seattle zu sprechen, aber das war okay. Diego sprach auch nicht viel über sentimentales Zeug, das passte nicht zu ihm. Außerdem hatte ich das Gefühl, dass der Name »Westwood« hier in England immer mehr an Bedeutung verlor, auch für Alison. Wir bereuten es beide nicht, hergekommen zu sein. Und deshalb fiel es mir auch nicht schwer, vor Diego meine Vergangenheit nicht anzusprechen, auch wenn unser … Bündnis immer enger wurde.

Ich war hier ein neuer Mensch, und das war gut so.

Natürlich dachte ich immer noch an Finn, aber ich war der festen Überzeugung, den schlimmsten Teil des Liebeskummers überstanden zu haben, denn Himmel, ich hatte wirklich genug gelitten. An die Ereignisse vom Maskenball konnte ich nicht denken, ohne dass sich mein Magen umdrehte, deshalb ließ ich es ganz. London tat mir gut. Ich fühlte mich hier rein und frei. Vor allem frei von der Hölle, durch die Finn mich in Seattle geschleift hatte. Deshalb verstand ich nicht, wie sich die Dunkelheit von einem Moment auf den anderen wieder in mein bescheuertes Leben schleichen konnte. Ohne Vorwarnung. Ohne dass ich es auch nur im Entferntesten ahnen konnte.

Bis es zu spät war.

***

Meine Glieder fühlten sich schwer an, mein gesamter Körper schien an Gewicht zu gewinnen, während ich meinen Rücken gegen die Wand drückte und meine Augen zusammenkniff.

Es war nur ein Moment, nur ein winziger Augenblick, in dem das Gefühl von Einsamkeit mich einhüllte. Erinnerungen an den Geruch fremder Haut unter meinen Fingerspitzen. Bislang hatte ich das Alleinsein genossen, doch jetzt war es anders. Jetzt fühlte es sich an, als würde mir jemand die Atemwege versperren, mein Gesicht in ein Kissen drücken und nicht nachgeben. Ich erschauderte innerlich, als ich an die Hände dachte, die meine Schultern umfassten, mich näher zogen. Eine warme Brust, zwei Arme um meinen Körper geschlungen, der in sich zusammenzufallen schien. Sie zogen mich weg von der Gefahr, gaben mir Wärme und eine vertraute Umgebung. Ich fiel in die Vertrautheit, verlor mich darin.

Im Bruchteil einer Sekunde presste sich eine Hand vor meinen Mund, drückte mich gewaltsam nach hinten. Ich bekam keine Luft mehr. Der Sauerstoff wollte nicht in meine Lungen gelangen, zu groß war die Panik.

Meine Lider flogen auf, und ich schnappte hektisch nach Luft, als ich wieder in der Wirklichkeit ankam und mein Umfeld wahrnahm. Direkt vor mir sah ich ein bekanntes graues Augenpaar.

»Alles okay?«, flüsterte er und trat näher. Immer näher und näher, bis ich seinen Atem spürte und meine Hände wie von selbst nach seinem Kragen griffen.

Meine Lippen teilten sich wenige Millimeter und trafen auf ein federleichtes Hindernis. Bevor ich mich versah, schlang ich meine Arme vollständig um seinen Hals und küsste ihn. Ich konnte nicht sagen, ob er den Kuss erwiderte oder einfach zu erschrocken war, um zurückzuweichen, aber es spielte keine Rolle. Es war nicht fair und nicht richtig, aber ich brauchte jemanden, der mich hier herausholte. Mich vor mir selbst rettete, mir irgendetwas gab. Alles andere – so selbstsüchtig es schien – zählte nicht. Nicht jetzt, wo das Risiko so groß war, dass die Tränen hervorbrechen würden und ich nicht einmal wusste, aus welchem Grund. Mir wurde schwindelig, weil es sich so gut anfühlte. Weich und warm und so schön, dass es mir einen Stich gab. Gott, dieses Gefühl … Wie hatte ich so lange darauf verzichten können? Unsicher, ob es sich nur in meinem Kopf abspielte oder tatsächlich der Realität entsprach, stieß ich ihn im nächsten Augenblick gegen die Wand, und er griff mit beiden Händen nach meinen Hüften. Ein leises Keuchen verließ meine Lippen. »Mhhhh …« Diese wunderbare Hitze, dieses Pochen eines schneller schlagenden Herzens …

Dann hörte ich aus weiter Ferne meinen Namen. Zuerst ignorierte ich es und stürzte mich nur weiter in mein Erlebnis, küsste ihn immer weiter … weiter … Aber als die Stimme lauter wurde, wich ich zurück, drehte mich um und stolperte benommen zurück in den Flur.

Ich kniff meine Augen reflexartig zusammen, als ich mich nach einigen Sekunden wieder in dem vom Licht durchfluteten Raum befand. Gewaltsam zwang ich meinen Verstand, sich zu konzentrieren. Ich ließ meinen Blick über das Geschehen schweifen. Überall standen lachende Leute, ein etwas größeres Grüppchen hatte sich auf der breiten Terrasse versammelt, von der aus man einen traumhaften Ausblick auf London hatte. Wir befanden uns in der Bar, die Clara gemietet hatte, um in ihren Geburtstag reinzufeiern. Ich blinzelte und realisierte endlich, wer meinen Namen gerufen hatte. Alison stand direkt vor mir. Ihre Hochsteckfrisur war völlig aufgelöst, und ihre blauen Augen schwammen in Tränen. Meine Hände griffen nach ihren Armen und zogen sie zur Seite. Nicht in den Flur, denn ich hatte Angst, mit dem gerade Erlebten konfrontiert zu werden und nicht damit klarzukommen, sondern zum Aufzug.

»Ally? Was ist los?«, murmelte ich, und meine Stimme kam mir selbst fremd vor, doch alles, was jetzt wichtig war, war ihr Befinden. Mit den anderen gestörten Teilen meines Ichs würde ich mich später beschäftigen.

Hastig drückte ich auf den Aufzugknopf nach unten, und die Türen sprangen fast zeitgleich auf. Erleichtert sah ich, dass sich niemand darin befand, und führte sie hinein. Sie atmete hektisch und schien einem Anfall nahe zu sein.

Ich nahm ihr Gesicht in beide Hände. »Alison. Schau mich an. Was ist passiert?« Vorhin hatte sie noch so glücklich ausgesehen, als sie an der Bar mit sämtlichen männlichen Partygästen geflirtet hatte.

»Ich kann das nicht«, flüsterte sie nach einer Weile, und ich ließ sie los, als sie sich das Salzwasser energisch von den Wangen wischte.

»Was?«, hakte ich besorgt nach. »Was kannst du nicht?«

Aber sie schüttelte nur den Kopf. »Ich muss schlafen. Mir geht es nicht so gut. Ich rufe mir ein Taxi. Es ist okay.«

Ich runzelte die Stirn. »Rede mit mir. Hat dir jemand wehgetan?«

Sie schüttelte den Kopf und lächelte plötzlich wieder. »Meine Hormone spielen verrückt. Mir geht's gut, das war nur ein kurzer Schwächeanfall.« Sie warf einen Blick auf ihre silberne Armbanduhr. »Es ist kurz vor zwölf, du solltest dableiben und mit Clara feiern. Kannst du mich bitte bei den anderen entschuldigen?«

Der Aufzug stoppte, und die Türen teilten sich wieder. Ich zögerte. »Ally, du hast vor einer Minute noch den Eindruck gemacht, als wäre etwas extrem Schlimmes passiert.«

Sie steckte sich eine blonde Strähne hinters Ohr. »Können wir morgen früh zusammen frühstücken gehen? Dann reden wir, okay?«

Ich sah sie lange an. Ich war mir sicher, dass etwas nicht stimmte. Das war nicht ihr gewöhnliches Verhalten. Aber ich wusste nicht, wie ich ihr gerade jetzt helfen sollte, wenn sie abblockte. Vielleicht hieß das, dass sie alleine sein musste. Das würde ich von allen Menschen am allerbesten verstehen. »Wenn du mich brauchst, dann würdest du es mir sagen, oder?«, sagte ich und betrachtete sie eindringlich.

Sie nickte voller Überzeugung. »Wir reden morgen.« Dann beugte sie sich vor, gab mir einen schnellen Kuss auf die Wange und drehte sich um.

Ich stieg erst wieder in den Aufzug, als sie die Tür eines der schwarzen Taxis öffnete, das vor ihr angehalten war, und ich mir sicher sein konnte, dass sie sicher zum East Central kam. Was zur Hölle war nur los? Der Abend hatte eine Wendung genommen, die mich an meinem Verstand zweifeln ließ.

Wieder oben angekommen, nahm ich mir gedankenversunken ein Champagnerglas, das mir von einem der Kellner gereicht wurde, und gesellte mich zu den anderen auf den Balkon.

Clara trat neben mich ans Geländer und lächelte mich an. »Alles in Ordnung mit dir?«

»Klar«, gab ich so natürlich wie möglich zurück und verdrängte die Frage, worauf sie wohl hinauswollte. »Ally ist nicht gut, sie ist nach Hause gefahren ... Sie sendet dir viele Grüße, und es tut ihr leid.«

»Oh, kein Problem, ich hoffe, es geht ihr morgen besser ... Sie darf die Hauptparade auf keinen Fall verpassen.«

Ich nickte. Seit gestern fand hier der Notting Hill Carnival statt, ein riesiges dreitägiges Straßenfest, das von bunten Paraden und Livemusik geprägt war.

Ally und ich waren nach der Uni kurz etwas an einem der afrikanischen Stände essen gegangen und hatten schon einige Bilder von dem traumähnlichen Spektakel geschossen. Für morgen hatten wir uns mit den anderen in der WG abgesprochen, zusammen dorthin zu gehen, da dies der letzte Tag sein würde und die Musik ihnen zufolge dann immer am besten war.

Ich starrte auf die bunten Lichter in der Ferne, und meine Gesichtszüge erstarrten, als meine Gedanken wieder in eine andere Richtung abschweiften. Was war in mich gefahren? Was zum Teufel hatte ich dort im dunklen Flur getan, bevor Ally mich wieder zurück ins Hier und Jetzt gebracht hatte?

Ich umklammerte das Glas ein bisschen zu fest. Es fing wieder an. Dieses Zweifeln. Die Panik, mich selbst zu verlieren. Dabei hatte ich keinen verdammten Grund dazu. Mein Kopf hatte mir einen Streich gespielt, weil ich so lange ohne körperliche Nähe gelebt hatte. Weil das letzte Mal, dass ich einen Typen an mich rangelassen hatte, mich in einen selbstmordähnlichen Zustand gestürzt hatte.

Das war es – ich vermisste einfach den Sex. Kein Wunder, nach den ganzen Monaten. Fast hätte ich über mich gelacht. Ich hatte ernsthaft darüber fantasiert, wie ich meinen schwulen Mitbewohner küsste. Peinlich war es ja schon, nur irgendwie auch nachvollziehbar, da Diego und ich so viel Zeit miteinander verbrachten. Und er ziemlich gut aussah.

Ich drehte mich um, und mein Blick traf tatsächlich auf Diego, der ein paar Meter entfernt am Balkongeländer stand. Bevor mir die untypische Röte in die Wangen steigen konnte, wurde ich durch das Schlagen der Turmglocken des Big Ben abgelenkt. Es war Mitternacht. Das Geräusch klang immer noch ungewohnt und unheimlich; tiefer, als ich es zuvor gehört hatte, aber es wurde bald schon durch laute Musik übertönt, die einsetzte. Wir hoben alle unsere Gläser und stießen auf Claras zweiundzwanzigstes Lebensjahr an.

In meinem Kopf regte sich irgendetwas, und ich hatte das Gefühl, mir würde etwas Wichtiges entgehen, doch dann war der Gedanke wieder weg, und ich verdrängte es, lächelte und trank mein Glas in einem Zug leer.

»Eliza?« Es war Diego.

Mein Lächeln wurde noch breiter, so langsam taten mir die Mundwinkel weh. Nur fühlte es sich ganz und gar nicht positiv geschweige denn natürlich an. Oh Mann, war ich vielleicht auf Drogen? »Hi.«

»Geht es Ally gut?«, fragte er.

»Ja, alles okay«, erwiderte ich. Ihr Zusammenbruch war wohl niemandem entgangen – nur gut, dass keine Stephanie hier unterwegs war, das hätte ein schönes Schlamassel gegeben.

Er schaute mich ein bisschen zu lange an, bis ich nervös den Blick abwandte, auf den Holzboden des Balkons starrte und das Muster angestrengt fixierte.

Sein Lachen erklang. »Was ist denn mit dir passiert?«

»Hm?« Ich drehte das Glas zwischen meinen Händen hin und her.

»Wer hat dich so eingeschüchtert, Liz?«, fragte er weiter mit amüsiertem Unterton in der Stimme.

Mein Kopf ruckte wieder hoch. Ich entschied mich in Sekundenschnelle, dass es das Beste war, einfach das Thema zu wechseln. Ich fühlte mich wirklich nicht wohl in meiner Haut. Vor allem nicht, wenn ich die grauen Augen mit denen in meinen Gedanken verglich. »Bist du morgen auch auf dem Notting Hill Carnival?«

Er hob eine Braue. »Ich bin in London aufgewachsen, ich bin geradezu verpflichtet. Wieso, willst du mich auf ein Date einladen?«

»W-was?«, rutschte es mir entgeistert heraus.

Grinsend musterte er mich. »Sag mal, willst du mir irgendetwas sagen?«

Ich bekam einen Hustenanfall und entschuldigte mich mit dem Vorwand, ich müsste auf die Toilette. Stattdessen entschied ich, dass Ally nicht die Einzige war, die dringend ins Bett musste, und nahm erneut den Aufzug nach unten.

Diese Party war wie aus einem Film, und ich gehörte eindeutig nicht dazu. Es tat mir zwar wegen Clara leid, aber im Moment war sie wirklich besser dran, wenn ich nicht da war – ich war nicht zurechnungsfähig. Je länger ich blieb, desto mehr Leuten würde auffallen, dass ich nicht mehr alle Tassen im Schrank hatte. Dabei hatte ich nicht mal zu viel Alkohol getrunken. Oder zu wenig Schlaf bekommen. Oder irgendetwas getan, das mein Verhalten rechtfertigen konnte.

Ich schloss kurz die Augen, während das vertraute Gefühl des Fallens im Magen einsetzte, als der Aufzug mich nach unten beförderte. Unwillkürlich spürte ich wieder den warmen Mund auf meinem und schüttelte schnell den Kopf. »Schluss mit dem Wahnsinn«, murmelte ich vor mich hin und verließ das Gebäude, um mich auf die Suche nach der nächsten U-Bahn-Station zu machen.

Am nächsten Morgen wachte ich mit so starken Kopfschmerzen auf, dass ich mir nicht anders zu helfen wusste, als eine Aspirin zu nehmen. Obwohl ich es hasste, länger als nötig in meinem Bett zu bleiben, war ich noch ein, zwei Stunden liegen geblieben, in der Hoffnung, der Schmerz würde verfliegen, doch schließlich hatte ich aufgegeben und das Zeug geschluckt.

Inzwischen saß ich mit getönter Sonnenbrille, einem schwarzen langen Hemd und dazu passender transparenter Strumpfhose draußen an einem runden Tisch in einem Café mit dem französischen Namen Les Philosophes, das nur drei Minuten vom Wohnheim entfernt lag, und trank eine Tasse Darjeeling, während ich auf Ally wartete. Er schmeckte viel zu bitter, aber das war jetzt auch egal – Hauptsache, das Koffein fand den schnellstmöglichen Weg in meinen Körper. Bevor ich hergekommen war, hatte ich ein langes Telefonat mit Jenny geführt. Ally und ich sprachen mindestens einmal in der Woche mit ihr, und jedes Mal konnte sie sich vor Begeisterung über Brasilien kaum zurückhalten. Sie hatte Sam versprechen müssen, nach dem halben Jahr auch wirklich wieder zurück in die Staaten zu fliegen und Brasilien nicht zu ihrem neuen festen Wohnsitz zu machen, wie sie mir lachend am Telefon erzählt hatte. Auf den ersten Blick hatte sie sich in das Land verliebt, und die Bilder, die sie mir per Mail geschickt hatte, überzeugten mich vollständig davon, dass es ihr gut ging.

Ich schaute mich im Café um. Wo blieb Alison? Ich hatte ihr einen Zettel mit der Anschrift des Cafés und der Angabe 11 Uhr unter der Zimmertür durchgeschoben, als ich vor einer Stunde das Gebäude verlassen hatte ... Als würde meine gedankliche Frage beantwortet werden, wurde im nächsten Moment der Stuhl vor mir bewegt, und Ally setzte sich mir gegenüber.

Ich nahm die Sonnenbrille ab und betrachtete kurz ihr Äußeres. Ihre Haare waren zu einem strengen Dutt nach oben gedreht, doch im Kontrast dazu hatte sie ihre Augen rauchig geschminkt, was deren Hellblau sehr eindrucksvoll hervorhob. Sie trug ein rotes ärmelloses Kleid und grinste mich an.

»Du siehst aus wie ein Mafiaboss. Sorry für die Verspätung.«

»Und du siehst viel zu gut aus«, erwiderte ich und lächelte leicht, obwohl mir gleichzeitig wohl auch die Sorge wegen gestern Abend ins Gesicht geschrieben stand.

»Ich fühl mich auch gut. Hör mal, wegen gestern ...« Sie unterbrach sich selbst, als ein Kellner kam, um ihre Bestellung aufzunehmen. »Einen Cappuccino, bitte.« Er schluckte hart, als sie ihm direkt in die Augen sah, und ich musste unwillkürlich breiter grinsen. »Also«, fuhr sie fröhlich fort. »Ich wollte dir nur noch mal sagen, dass das gestern nichts war. Ich hab meine Tage bekommen, und es war nur so ein kleiner Moment ...«

»Aber wieso? Ich meine, normalerweise verlierst du nicht einfach die Nerven, weil du fällig bist.«

Sie stützte ihre Ellbogen auf dem Holztisch zwischen uns ab und seufzte. »Tom. Ich musste wieder an ihn denken ... Und jetzt sitze ich hier mit den ganzen Typen und lande jeden Abend bei

’nem anderen im Bett. Ich glaube, ich werde mich wieder ein bisschen zurückhalten. Am Anfang macht es Spaß, aber irgendwann realisierst du, dass es nicht ausreicht.«

Ich nahm einen Schluck aus meiner Tasse. »Ich hab mich schon gefragt, wie lang das noch geht … Ich bin die Letzte, die dir einen Vorwurf machen würde, aber das ist wahrscheinlich einfach nicht dein Ding.«

Sie schnitt eine Grimasse. »Miss Romantik lässt sich nicht so einfach vertreiben.«

Ich legte den Kopf schief. »Was genau ist mit Tom?«

»Keine Ahnung. Ich … vielleicht … Also, es könnte sein, dass ich es bereue.«

Meine Augenbrauen schossen nach oben. »Die Trennung?« Das waren ja ganze neue Töne.

»Ich weiß nicht. Also, doch, natürlich weiß ich es. Ich vermisse ihn. Ich vermisse es, jemanden zu haben, der immer da ist und mich mit diesem Blick anschaut. Nicht Bewunderung oder bloßes Verlangen … Da ist irgendwie mehr gewesen.« Sie sah beschämt nach unten. »Weißt du, ich muss immer wieder daran denken, was du mir gesagt hast, als ich dir von dem Heiratsantrag erzählt hab.«

Ich musste nicht nachfragen, ich wusste genau, was sie meinte. Es war damals gewesen, als Finn gerade mit mir Schluss gemacht hatte und sie aus L.A. zurückgekommen war. Meine Worte waren so selbstsüchtig und von meinem eigenen Kummer beeinflusst gewesen.

»Ich komme mir so dumm vor, und du brauchst auch gar nichts zu sagen, ich weiß, wie erbärmlich sich das anhört«, fuhr Ally fort. »Ich hatte alles und hab es aus einer Laune heraus weggeschmissen, und jetzt fällt mir ein, dass ich es doch wieder will.«

Ich versuchte ein aufmunterndes Lächeln. Ich war ihre beste Freundin – mein Job war es, ihr zu widersprechen, auch wenn sie recht hatte. »Du hast dich eingeengt gefühlt, das war nur … natürlich. Vielleicht ist es noch nicht zu spät …«

»Eliza, ich bleibe noch vier Monate hier, ich werde Tom niemals zurückbekommen.«

»Na schön, dann vergiss die Sache. Lass es mal eine Weile mit Männern. Und wenn die Einsamkeit wieder zu groß wird, dann suchen wir dir ein ordentliches Date. Kein bedeutungsloser Sex, sondern ein ekelhaft kitschiges Candle-Light-Dinner.«

Jetzt musste sie wieder lachen. »Du bist eine wahre Freundin.«

Wir gingen zu einem leichteren Thema über – unserer Tagesplanung –, und ich erfuhr, dass sie heute noch eine Nachmittagsvorlesung hatte, während ich erst morgen wieder in die Uni musste.

»Ich bin um vier fertig, treffen wir uns dann einfach an irgendeinem Stand, wenn du schon früher gehst?«, fragte Ally.

»Ich hatte eigentlich nicht vor, früher zu gehen ...«

»Nicht? Diego hat mir vorhin gesagt, ihr habt ein Date«, antwortete sie grinsend.

Ich verschluckte mich an dem letzten bisschen Tee. »Ah, na dann.«

»Sag mal, findest du nicht auch, er benimmt sich irgendwie ... hetero?«, fragte sie mit skeptischem Blick.

»M-hm ...«, stimmte ich zu und dachte darüber nach, ob das wohl der Grund war, warum ich mir vorgestellt hatte, ihn zu küssen.

»Und Hannah hat mir irgendwann erzählt, er hat ihr gesagt, er wäre vergeben ...«

Verwirrt schaute ich sie an. »Echt? Er hat nie etwas von einem aktuellen Typen erwähnt ...«

Sie zuckte die Achseln. »Na, du kannst ihn ja später noch mal fragen.«

Nachdem wir die Getränke bezahlt hatten, schlenderten wir zurück zum East Central. Ich ertappte mich dabei, an das Wetter in Seattle zu denken, während ich die sommerliche Brise trotz der Wärme genoss. Nur zu gut erinnerte ich mich an meinen ersten August in Seattle, als ich gerade erst bei den Mädels eingezogen war und es jeden Tag pausenlos gewittert hatte. Für eine Sekunde wollte ich zurück zu diesem Augenblick, als ich provokant draußen im Regen herumgelaufen war, aber dann machte mich Ally auf einen Straßenkünstler gegenüber des Wohnheims aufmerksam, der vor seiner Staffelei saß und tatsächlich dabei war, die Straße zu malen, und ich wurde auf angenehme Weise wieder in die Realität befördert.

Bevor ich aber etwas sagen konnte, stürmte Stephanie im Schlepptau mit Clara, die ganz und gar nicht glücklich aussah, aus der Eingangstür direkt auf uns zu. »Alison! Eliza! Gut, dass ihr endlich da seid!«, rief sie mit ihrer nervtötenden Stimme, und wir tauschten einen eindeutigen Blick mit Clara, die sich mit gezwungenem Lächeln aus ihrem Klammergriff befreite.

»Oh ja, gut, dass ihr da seid …«, murmelte sie leise, und ich grinste.

»Was gibt's?«, fragte Ally höflich.

»Wir kommen zu spät zur ersten Parade! Die Leute aus meiner WG sind alle schon losgegangen.« Mit abschätzigem Gesichtsausdruck scannte Stephanie mich von oben bis unten ab. »Eliza, bist du dir sicher, dass du in solch einem Outfit zum größten und fröhlichsten Karneval weltweit gehen möchtest?«

Kurz zog ich in Erwägung, sie einfach wie immer zu ignorieren, dann siegte aber meine reizbare Seite. Ich betrachtete sie mit demselben Blick. »Stephanie, bist du dir sicher, dass man Türkis mit Pink kombinieren kann?«

Sie starrte mich an, wohl zu perplex, weil ich ihr sonst nie Kontra gab.

Ich hakte mich bei Ally und Clara unter und lächelte zuckersüß. Ohne einen weiteren Kommentar liefen wir zum Gebäude, während Stephanie empört nach Clara rief, die gelangweilt die Augen verdrehte.

»Sorry, aber ich muss zu meiner WG halten«, murmelte sie mit triumphierendem Lächeln und schloss die Tür auf. »Danke, dass ihr mich gerettet habt.«

»Kein Problem«, erwiderte ich. »Ich dachte, wir gehen erst nachmittags?«

Sie sah zu Ally. »Du und Joe seid die Einzigen aus unserem Apartment, die noch Uni haben, deshalb dachten wir, wir treffen uns später mit euch in der Ladbroke Grove.«

»Dort ist der Anfang der Parade, richtig?«, erkundigte ich mich.

Clara nickte, und ich sah, wie Alison sich kurz auf die Lippe biss. Ich ahnte auch schon wieso – das hieß nämlich, dass sie für eine kurze Zeitspanne mit Joe alleine sein musste, und wenn ich mich nicht täuschte, war er einer ihrer ersten One-Night-Stands in London gewesen. Nach John, der sie seit dem Barbecue ignorierte, vermutlich aus verletztem Stolz.

Wir stiegen die Treppen nach oben in den ersten Stock und tippten das aktuelle Passwort in das Gerät vor unserer Apartmenttür ein, damit sich die Tür öffnete. Das Erste, was wir hörten, war das Lachen von Hannah, die in der Mitte des Wohnzimmers stand und sich in einem blauen Federkostüm im Kreis drehte. Ihre blonden Haare waren nach oben toupiert und mit weißem Haarspray fixiert worden.

»Ähm …?«, brachte ich hervor.

Sie entdeckte uns und stemmte die Hände in die Hüften. »Na endlich! Ihr hättet fast die Anprobe verpasst.«

Ich rollte mit den Augen und schlüpfte aus meinen Stiefeln, bevor ich aufs Sofa kletterte und die Beine anzog. »Seit wann machst du beim Karneval mit?«

»Seit Diego mit einer Handvoll traumhafter Kostüme ankam und mich gefragt hat, ob ich mitmachen will. Ich darf zwar nur marschieren, aber immerhin … Und hinterher gibt's Getränke umsonst für alle, die dabei waren.«

Wie auf Knopfdruck kam Diego aus dem Flur, im Arm einige bunte Stoffe. »Oh, hey, Ladys.«

Ich lehnte mich nach hinten und ließ meinen Kopf auf die Couchlehne fallen, während er versuchte, Ally und Clara mit ins Programm einzubeziehen. Mit mir verschwendete er erst gar nicht seine Zeit, da offenbar klar war, dass ich mich nicht in ein buntes Kostüm zwängen und drei Meilen durch Notting Hill laufen würde. Aber als ich schon zufrieden lächelnd die Augen schloss und mich fragte, was für Musiker wohl auftreten würden, spürte ich eine Hand an meinem Arm und schlug die Augen wieder auf.

»Nicht einschlafen, ich brauche dich!« Diego zog mich lachend hoch, nahm mich an der Hand und bugsierte mich in sein Zimmer, wobei er meinen Protest vollkommen ignorierte. »Stell dich nicht so an, ich brauch deine fachmännische Meinung.«

Er schloss die Tür hinter uns und ließ mich los, um zu seinem Bett zu laufen, auf dem weitere Kostüme lagen. Mir fiel auf, dass ich, obwohl wir in den letzten Wochen wirklich eine Menge Zeit miteinander verbracht hatten, noch nie in seinem Zimmer gewesen war. Die Möbelstücke waren die gleichen wie bei mir, aber ganz anders angeordnet, was dem Raum eine völlig neue Atmosphäre gab. Die einzige Dekoration war ein eingerahmtes Bild neben seinem Bett, das sich unter dem Fenster befand. Es war eine Schwarz-Weiß-Fotografie, auf der der Schatten eines Mädchens und eine Bühne mit Menschen im Hintergrund zu sehen waren. Ich legte die Stirn in Falten, was er sofort registrierte.

»Das ist eine alte Freundin von mir.«

»Wie alt?«

Er lachte. »Das sieht nur durch Zufall so antik aus, ich hab sie damals beim Tanzen fotografiert.«

Seine Züge wurden plötzlich weich und dann traurig, sodass ich mich reflexartig fragte, ob sie gestorben war. Seltsam, ich hatte ihn noch nie mit irgendwelchen tragischen Geschichten in Verbindung gebracht …

»Also«, unterbrach er die eigenartige Atmosphäre und hielt einen grünen Overall mit Pfauenmuster hoch. »Was sagst du dazu?«

Ich konnte mir nicht anders helfen, ich musste einfach loslachen. »Nicht … dein … Ernst …«

»Okay, okay. Dann also das hier?« Er zeigte mir ein Paar schwarz glänzende Hosen und glitzernde Federn.

»Die Federn gehören dazu, was?«, fragte ich kichernd.

»Warte erst, bis du die Gesichtsbemalung siehst …« Er fing an, sich sein Hemd aufzuknöpfen, und ich drehte mich zur Tür, um ihn alleine zu lassen, aber da trat er vor und griff erneut nach meinem Arm. »Warte mal.«

Fragend wandte ich ihm mein Gesicht zu, und plötzlich waren seine Augen ganz nah vor mir. Graue Augen. Wie gestern Abend.

»Soll ich dir auch noch beim Umziehen helfen, oder was?«, fragte ich sarkastisch, um die Stimmung irgendwie zu lockern.

Ein leises Lächeln umspielte seine Lippen. »Willst du wirklich nicht mitmachen?« Seine Finger glitten an meinem Arm entlang und gaben mich frei.

Ich verdrehte die Augen. »Nee, aber danke fürs Angebot.«

Ich tastete mit der rechten Hand nach dem Türgriff, aber in dem Moment, in dem ich die Klinke herunterdrücken wollte, kam er schon wieder näher. Und diesmal hatte ich keine Zeit, die Situation zu entschärfen.

Bevor ich eins und eins zusammenzählen konnte, griff Diego nach meinen Schultern, zog mich mit einem kurzen Ruck zu sich, dann war sein Gesicht schon direkt vor meinem, und er küsste mich.

Mitten auf den Mund.

***

Es dauerte genau drei Sekunden, bis mir voll und ganz bewusst wurde, was hier vor sich ging und dass ich mich auch nicht mehr mit alkoholisierten Fantasien herausreden konnte. Ich zwängte meine Hände zwischen unsere Oberkörper und drückte Diego mit aller Kraft von mir weg, während in mir Dinge explodierten, von denen ich gar nicht mehr gewusst hatte, dass sie überhaupt noch existierten.

»Was zur Hölle?«

Er taumelte ein bisschen, aber er sah mich kein bisschen geschockt an, während er sein Gleichgewicht wiederfand. Sein typisches unverblümtes Lächeln erhellte sein Gesicht.

Unterdessen war ich damit beschäftigt, meine Atemzüge unter Kontrolle zu bekommen und nicht zu sehr auf seine viel zu roten Lippen zu schauen. Oder auf seine halb entblößte Brust, die in dieser Situation völlig neue Assoziationen bei mir hervorrief … Ich spürte, wie sich meine Augen weiteten, als ich ihn anstarrte und auf eine Erklärung wartete.

»Okay, okay«, sagte er leichthin und hob lachend die Hände. »Du hast mich erwischt …«

Ich schluckte und versuchte, zu verstehen. »Was soll das?«, zischte ich.

Er kam einen Schritt näher, und ich trat automatisch zurück, wo ich die Tür in meinem Rücken spürte. Sackgasse – verdammt. Er seufzte angesichts meines panischen Gesichtsausdrucks. »Ach, komm schon, Liz, schau mich nicht so an, du hast damit angefangen.«

Meine Augen wurden schmal. »Bist du bescheuert?«

Er verschränkte die Arme. »Gestern Abend, Claras Geburtstagsfeier, im Flur. Erinnerst du dich so dunkel?«

»Oh mein Gott«, entfuhr es mir. Das konnte doch alles nicht wahr sein. Er ließ mir einen Moment Zeit, um zu realisieren, dass das gestern nichts mit Fantasieren zu tun gehabt hatte. Verdammt, ich musste mich einliefern lassen. Und zwar sofort. »Du … Du stehst auf Typen«, hauchte ich fassungslos, nachdem der erste Schock abgeklungen war.

»Ja, auch … Also darüber sollten wir vielleicht noch mal reden.«

»Du hast mich angelogen?«, rief ich entsetzt. Ich hatte ihn in der ersten Woche in mein Bett gelassen. Wenn ich mich recht erinnerte, hatte ich mich sogar vor ihm umgezogen. *Ach, du Scheiße.*

Jetzt sah er tatsächlich schuldbewusst aus. »Eliza, lass mich dir …«

»Nein!« Mir reichte es. Er hatte mich von vorne bis hinten verarscht, und ich war darauf reingefallen. Ich wollte die Tür hinter mir öffnen, aber dann fiel mir etwas ein, und ich drehte mich wieder wutschnaubend um. »Was ist das für ein krankes Spiel, das du treibst? Und Hannah erzählst du, dass du vergeben bist, oder was? Damit bloß niemand darauf kommt, wie pervers du eigentlich bist?«

Er verdrehte die Augen. »Ich bin nicht pervers. Mir ist nur aufgefallen, dass Menschen um einiges entspannter sind, wenn man nicht gleich als potenzieller Verehrer daherkommt.«

»Du bist krank«, wiederholte ich.

»Und du hättest dich niemals mit mir angefreundet, wenn du nicht gedacht hättest, dass ich schwul bin.«

»Wie kommst du auf den Scheiß?«

Er hielt meinem zornigen Blick stand, schaute mich ruhig an. »In der ersten Woche, als du eingezogen bist, warst du dem Zusammenbruch nahe. Da war immer diese Traurigkeit in dir, und sie ist immer noch nicht ganz verschwunden. Und dann, als ich abends nach dem Barbecue auf dem Balkon stand, hast du telefoniert … nachdem du mir erzählt hast, dass du nie verliebt warst.« Es fühlte sich an, als würde mir alle Farbe aus dem Gesicht weichen. »Offenbar bist du gerade aus einer Beziehung raus und hast nicht vor, dich auf etwas Neues einzulassen«, fuhr er fort. »Ich wollte mich nur mit dir anfreunden und versuchen, dir irgendwie zu helfen … als Freund.«

»Interessante Interpretation von Freundschaft.« Ich wollte gar nicht erst anfangen, über seine Worte nachzudenken. Von wegen Zusammenbruch … so ein Vollidiot.

Die Tür hinter mir wurde aufgerissen, und ich wurde nach vorne mitten in Diegos Arme geschleudert. Ally und Hannah standen davor, und inzwischen hatte auch Ally ein paar Federn im Haar, obwohl sie jetzt erst mal zur Vorlesung musste. Leider konnte ich nicht länger darauf achten, da Diego einen Arm um meine Schulter legte und mich fröhlich an sich drückte, während er die zwei angrinste.

»Was macht ihr denn so lange?«, kam es von Hannah.

Ich stieß ihn wieder mit voller Wucht von mir. »Ach, nichts Besonderes, hab nur gerade erfahren, dass Diego nicht schwul ist.«

Ally grinste triumphierend, Hannah schaute verwirrt. »Wieso sollte er schwul sein? Ich meine, okay, er ist ein bisschen zu verständnisvoll mit uns Mädels, aber …«

Nun reichte es mir endgültig, also verließ ich das Zimmer dieses Verräters und knallte die Tür in meinem zu, um mich aufs Bett zu werfen, nachdem ich das Radio so laut aufgedreht hatte, dass ich ihre Stimmen von nebenan nicht mehr hörte. Mein Kopf brummte, und das, obwohl ich Kopfschmerztabletten intus hatte. *Gut, dann lass uns mal die neuen Erkenntnisse zusammenfassen*, murmelte mein Unterbewusstsein zynisch.

Ich stöhnte in meine Bettdecke. Ich hatte Diego gestern geküsst, ich hatte gedacht, es hätte sich nur in meiner Fantasie abgespielt, und jetzt hatte er mich zurückgeküsst. Weil er bisexuell war. *Weil er vielleicht auf mich stand?* Und es sah ganz danach aus, als wäre ich die Einzige, die sich auch nur ansatzweise darüber aufregte, dass er uns alle an der Nase herumgeführt hatte. Möglicherweise weil ich am meisten Zeit mit ihm verbracht hatte und überzeugt gewesen war, jemanden gefunden zu haben, der mich verstand. Einen Freund. Keine … Affäre. Ich schauderte innerlich bei dem Wort. Außerdem gab es noch ein Problem, das den Kuss um einiges übertraf. Er besaß ernsthaft die Dreistigkeit, seine Lüge mit *meinem* psychischen Zustand zu rechtfertigen. Er kannte mich doch nicht einmal! Okay, realistisch betrachtet hatten wir uns schon ein bisschen kennengelernt bei den ganzen Streifzügen durch London, und immerhin wohnten wir auch zusammen. Ich wusste auch eine Menge über ihn, aber … Niemals hatte ich meinen wahren Grund für das Auslandsstudium ihm gegenüber erwähnt. Er hatte nicht die geringste Ahnung, wie es wirklich in mir vorging. Deshalb flammte die Wut in mir wieder auf, dass er sich das Recht herausnahm, mich als ein labiles dummes Mädchen einzuschätzen, das man mit Samthandschuhen anfassen musste. *Hat er denn so unrecht mit seiner Einschätzung?*, wisperte die leise Stimme in meinen Gedanken. Ich presste meine Lippen aufeinander. Mist, verdammter. Mir ging es doch gut. Ich drehte mich auf den Rücken und umarmte mein Kissen. Oberflächlich gesehen war alles okay, aber … Gott, ich verachtete Diego dafür, dass jetzt seinetwegen und aufgrund seiner dummen Worte all das Verdrängte wieder hervorkroch. Wenn ich ehrlich zu mir war, musste ich zugeben, dass mich in den letzten Wochen immer wieder das unterbewusste Gefühl gequält hatte, das auch gestern im Flur hervorgekommen war. Ich fühlte mich nicht zufrieden und losgelöst, obwohl ich zeitweise wirklich Spaß hatte, vor allem zusammen mit Ally und Diego. Wobei der jetzt meine Zuneigung voll vergessen konnte. Vielmehr fühlte es sich wie die Ruhe vor dem Sturm an … als müsste ich Angst haben, dass ich in jeder Sekunde zusammenbrechen könnte. Als wäre das auf Claras Geburtstag nur ein Vorgeschmack gewesen …

Eine Weile später klopfte es an meiner Tür, und ich drehte unwillig die Lautstärke mit der Fernbedienung neben mir leiser. Ich hob leicht den Kopf und erblickte Ally – diesmal ohne Federn.

»Was willst du?«, murrte ich. »Musst du nicht zur Uni?«

Sie hob ihre Tasche mit den Schreibsachen und ihrem roten Laptop hoch. »Ich geh gleich, sollte davor aber noch bei dir vorbeischauen, damit ich ein gutes Wort für unseren heterosexuellen Mitbewohner einlege.« Ich schnaubte, woraufhin sie lachte. »Wieso nimmst du das alles so ernst? Es ändert doch nichts daran, dass ihr befreundet seid.«

Angepisst setzte ich mich auf und schmiss das Kissen in eine Ecke Richtung Balkon. »Nee, nur, dass er mich geküsst hat. Und mich halb nackt gesehen hat.«

»Woah ... mach mal langsam. Wie lange weißt du schon, dass er ...?«

»Seit zehn Minuten«, knurrte ich.

»Er hat dich geküsst?«

Ich nickte heftig. Dass ich *ihn* zuerst geküsst hatte, war nebensächlich, richtig?

»Na ja, heiß ist er schon ...«

Ich durchbohrte sie mit ungläubigen Blicken. »Er ist vor allem ein Lügner.«

»Komm schon, gib ihm eine Chance«, forderte sie grinsend. »Die alte Eliza hätte nicht zweimal nachgedacht.«

Ich setzte ein sarkastisches Lächeln auf und ließ mich rückwärts wieder auf mein Bett fallen. »Wir sehen uns später bei der Parade.«

Die alte Eliza wäre auch nicht quer über den Ozean geflogen, um die Liebe ihres Lebens zu vergessen.

***

1:15 a.m.

»So viel zu Tom vermissen«, murmelte ich angepisst vor mich hin, als die Tür des Apartments vor mir aufsprang und ich völlig erschöpft ins Wohnzimmer trat. Ally hatte sich wieder ihrer ersten Affäre an den Hals geschmissen – John. Und dabei wohl völlig vergessen, dass sie eine beste Freundin hatte, die im Moment ziemlich genervt von der Welt war. Es half auch nicht wirklich, dass

Diego mir wie ein treuer Hund hinterhergelaufen war und immer wieder beteuert hatte, dass es ihm leidtat.

Ich ließ meine Tasche einfach im Flur fallen und streifte mir auch meine Schuhe hier von den Füßen – ich würde sie später wegräumen. Eigentlich wäre ich jetzt liebend gern schlafen gegangen, aber ich hatte dummerweise einen original afrikanischen Kaffee an einem der Stände probiert, und die Wirkung übertraf meine normalen Koffein-Erfahrungen um einiges. Da die ganze Wohnung leer war, beschloss ich, die Lage auszunutzen und mich auf eins der Sofas zu legen, um ein bisschen Fernsehen zu gucken – das würde mich garantiert schläfrig machen. Ich ließ meinen Kopf seitlich auf die Lehne fallen und kuschelte mich in Embryostellung an das kühle Leder, das sich unglaublich angenehm auf meiner überhitzten Haut anfühlte, während ich mich durch die Kanäle zappte, ohne das Deckenlicht einzuschalten. Bei einem Musiksender blieb ich hängen, aber schon nach ein paar Minuten konnte ich mich nicht mehr auf die Stimme des Reporters konzentrieren, der irgendeine Newcomer-Indieband auf ihrer ersten Tour interviewte.

Meine Gedanken schweiften erst zu Diego und meiner Verwirrung, dann weiter zu den unangenehmen Empfindungen in meinem Inneren. Die ganze Zeit hatte ich das Gefühl, etwas Wichtiges zu vergessen und es gleichzeitig überhaupt nicht wissen zu wollen. Außerdem hatte sich dieser komische Augenblick auf der Party vorgestern nicht verflüchtigt, sondern schien mich immer wieder einzuholen, sobald ich alleine war. Und dann war da auch noch die Nervosität, die sich schon den ganzen Tag in mir ausbreitete. Es war ein leichtes Übelkeitsgefühl, aber ich war mir sicher, dass es keine körperliche Ursache hatte – ich war nur ängstlich. Gestresst.

Obwohl das Leben gerade so verdammt schön sein könnte.

Das Klicken der sich öffnenden Tür riss mich aus meiner Halbtrance, und ich stöhnte extra laut, als ich sah, wer gekommen war. Ich wollte aufstehen, in mein Zimmer laufen, damit Diego mich nicht schon wieder mit dummen Ausreden nerven konnte, aber in meinem Kopf drehte sich alles zu sehr, also blieb ich liegen und beließ es bei giftigen Blicken. Er schaltete die kleine Stehlampe neben der Tür an und lächelte mich traurig an.

»Fang erst gar nicht an«, warnte ich ihn und rollte mit den Augen, als er sich mir näherte.

»Ich lass das Entschuldigen für heute, versprochen.« Er setzte sich neben mich und nahm wie selbstverständlich meine Beine kurz hoch, um sie dann wieder auf seinen Schoß zu legen, sodass wir beide Platz auf der Couch hatten.

Ich war zu erschöpft, um mich zu wehren, und so schlecht fühlte es sich nicht an. »Wieso bist du denn nicht mehr bei den anderen?«

»Wollte nach dir sehen«, antwortete er mit gesenkter Stimme und strich mir eine Strähne aus der Stirn.

Ich seufzte, ohne ihn zurechtzuweisen. Wieso konnte ich ihm nicht böse sein? Es wurde mir deutlich bewusst – ich war nicht mehr wütend. Nicht einmal genervt. Nur ein wenig verwirrt. Ich mochte seine unkomplizierte Art einfach. Es war ähnlich wie bei Sam, dass ich bei Diego einfach ... sein konnte. Ich musste mich nicht anstrengen. Aber das war doch alles freundschaftlich ... Und was meinen Kuss anging, dann lag es wohl weniger an ihm als daran, dass die Situation irgendwie beschissen war. Trotz der vielen Leute um mich herum fühlte ich mich immer einsamer.

»Ich verstehe es, wenn du mir nicht vertrauen willst, nachdem ich dich angelogen habe«, fing er auf einmal wieder an. »Aber ich würde es nicht rückgängig machen, wenn ich könnte. Die letzten Wochen waren wirklich schön, und du hast dich fallen lassen. Ich glaube, das war gut für dich.«

»Du bist unverbesserlich, was?«

Er grinste auf mich herunter. »Meistens.«

»Wieso denkst du eigentlich immer, du würdest richtigliegen? Wir kennen uns doch kaum.«

»Ich rate oft nur«, erwiderte er. »Deine Reaktionen bestätigen mich dann.«

»Hm.«

»Du bist nicht mehr wirklich sauer, oder?«

Und schon wieder lag er richtig ...

»Warum hast du mich geküsst?«, fragte ich unvermittelt.

Er zuckte die Achseln. »Weil ich dachte, wir könnten beide Ablenkung gebrauchen, nachdem du mir gestern auch ...« Er unterbrach sich. »Nachdem du so traurig warst. Und weil du wirklich süß bist.«

»Süß?«, rief ich, und er kicherte. »Das nehme ich als Beleidigung!« Er griff nach meinen Handgelenken und zog mich zu sich hoch, sodass wir uns zugewandt sehr nah waren. Und ich so ein bisschen auf seinem Schoß saß. Ich legte meine Hände auf seiner Brust ab.

»Ich kann nichts Neues anfangen ...«, sagte ich leise. Auch in diesem Bezug hatte er voll ins Schwarze getroffen. »Und wir könnten wirklich gute Freunde werden, oder?«

Er nickte jetzt ohne die Spur eines Lächelns. »Ich mag dich wirklich, Eliza. Aber ...«

»Aber?«, hakte ich nach, als er still blieb.

Sein Blick wanderte zur Seite, um mich nicht ansehen zu müssen. »Die Einsamkeit bringt mich langsam um.«

Ich betrachtete ihn im Licht des laufenden Fernsehers. Seine Lider zitterten leicht, als er mich aus seinen furchtbar hellen Augen ansah. Ich hatte mich schon an seinen Anblick gewöhnt, auch wenn wir uns erst seit knapp zwei Monaten kannten.

Er lächelte leicht. »Ist schon okay, jeder hat sein Päckchen zu tragen ... Lass uns Freunde sein. Ohne Hintergedanken, okay?«

Die Hitze in meinem Inneren schien sich jetzt auch auf meine Haut zu übertragen. Irgendetwas Starkes klopfte gegen meine Stirn, und ich fühlte förmlich, wie das Blut durch mich pulsierte. *Die Einsamkeit bringt mich langsam um ...*, hallten seine Worte in meinem Kopf wider. Es ging nicht mehr, ich wollte nicht gegen den Wunsch ankämpfen.

Ohne irgendwelchen inneren Befehlen zu folgen, beugte ich mich vor und drückte meinen Mund auf seinen. Fest. Bestimmend. Ohne Rückhalt. Er war kühl, aber weich. Anders, aber gut.

»Eliza«, nuschelte er mit schwachem Protest, aber ich gab nicht nach. Ich griff mit meinen Händen nach seinen Schultern und stützte mich so ab, dass ich nun vollständig auf ihm saß. Er schloss die Augen und atmete tief ein und wieder aus. Mein Körper drückte sich an seinen, und ich platzierte einen Kuss an seinem Hals. Sein Gesicht spannte sich an. Er war wirklich hübsch. Und gut zu mir. Ich bezweifelte inzwischen, dass er irgendwelche bösartigen Hintergedanken hatte. Aber all das zählte jetzt nicht. Es wäre mir egal gewesen, wenn er das größte Arschloch gewesen wäre. Ich konnte nicht eine weitere Nacht allein in meinem Bett liegen und so tun, als wäre ich glücklich.

Bitte, dachte ich. *Bitte, bitte, gib nach.*

Im nächsten Moment beugte er sich blitzschnell vor und packte mich mit beiden Händen an den Hüften. Ich stöhnte halb überrascht, halb erleichtert, als unsere Lippen wieder aufeinandertrafen und es diesmal nicht bei einem unschuldigen Kuss blieb. Mein Oberkörper bog sich nach hinten, und ich spürte seine Finger auf meiner lodernden Haut, während wir uns gierig küssten. Ich fühlte mich wohl, obwohl – oder gerade weil – Diego der Erste nach so langer Zeit war. Er umschlang mich nicht vollständig, während wir rumknutschten wie ausgehungerte Teenager. Seine Berührungen ließen meinen Körper nicht völlig erbeben, und er schaffte es auch nicht, mein Herz so schnell zum Rasen zu bringen, dass mir vor Aufregung schlecht wurde.

Nicht wie er, durchfuhr mich der Gedanke, vor dem ich mich gefürchtet hatte. Nein, erwiderte ich innerlich. *Aber gut genug.*

Ich zerrte an Diegos Shirt, und er ließ für einen Augenblick von mir ab, um es sich ganz über den Kopf zu ziehen. Mein Blick blieb an seinem nackten Oberkörper hängen, und diesmal starrte ich noch ein bisschen länger, da das flackernde Licht des Fernsehers alles in ein unnatürliches weiches Licht tauchte. Er lächelte mich an, als er meinen Gesichtsausdruck sah, und strich mir die durcheinandergebrachten Haare wieder zurück.

»Diego«, flüsterte ich und biss mir auf die Unterlippe. Sein Name klang auch gut.

Sein Lächeln verschwand, und er machte sich daran, mir mein Hemd auszuziehen. Nach einigen Sekunden saß ich nur noch in Unterwäsche und schwarzer durchsichtiger Strumpfhose rittlings auf ihm. Er drehte uns so, dass ich mit dem Rücken aufs Sofa fiel und er sich über mich beugen konnte. Ich schlang ihm die Beine um die Mitte und zwang ihn ganz auf mich. Wir stöhnten beide leise, als unsere Münder wieder aufeinandertrafen. Meine Finger wanderten in seine dunkelblonden Locken, und ich wusste, dass ich mit ihm schlafen wollte. Ich fühlte mich weder eingeengt noch gezwungen. Nicht unterdrückt oder misshandelt. Es war keine Liebe. Wahrscheinlich nicht einmal der Anfang davon. Aber das hieß nicht, dass es falsch war und ich nicht jede Sekunde davon genießen würde. Denn es war meine eigene Entscheidung. Ich spürte, wie seine Erregung immer größer wurde. Er stützte sich am Sofa ab, damit er ein wenig Raum zwischen uns schaffte, sodass ich ihm den Reißverschluss seiner Jeans öffnen konnte. Seine Hände waren ganz ruhig, als er anschließend nach meiner Strumpfhose griff. Er war genauso wenig aufgeregt wie ich. Was wir taten, schien das Natürlichste auf der Welt zu sein.

Und dann wurde ich mir der Musik im Hintergrund bewusst, die aus dem Lautsprecher des Fernsehers dröhnte und das Wohnzimmer erfüllte. Ich konnte nicht genau sagen, warum mein Gehirn in diesem Augenblick auf einen Schlag wieder alles einblendete, was ich während der letzten Minuten völlig aus meinem Bewusstsein gedrängt hatte. Vielleicht weil Diego kurz von mir abgelassen hatte, um sich die Jeans auszuziehen. Vielleicht weil es keine brennende, alles verzehrende Leidenschaft zwischen uns war, die mich meinen verdammten Namen vergessen ließ.

»Passend zu seinem dreiundzwanzigsten Geburtstag und zum Auftakt seiner Tour durch die USA hier ein Ausschnitt des Interviews, das mein Kollege letzte Woche mit ihm geführt hat …«

Die Stimme der Moderatorin verlor sich in der Musik, die jetzt erklang. In dem Moment, in dem mein Blick auf den Bildschirm traf, wusste ich, dass ich verloren war. Mein Magen machte einen Satz. Das Bild und die Musik, die mich an Sandstrände und dunkle Gassen erinnerte, schienen immer näher zu kommen. Näher, als mir der Mensch neben mir jemals kommen würde.

Ich keuchte auf und krallte meine Finger rechts und links von mir in das Leder.

»Eliza?«, hörte ich Diegos besorgte Stimme aus weiter Ferne, aber die Stimme des Reporters erschien mir unendlich viel lauter.

»Finn Westwood, der Newcomer des Jahres mit der Stimme, die alle in die Knie zwingt … aus dem regnerischen Washington … bereit für den Millionenerfolg …«

Mein Körper, der so starr geworden war, kam plötzlich wieder in Bewegung, aber ohne dass ich es ihm befahl.

23. Geburtstag. Tour durch die USA. Newcomer des Jahres. Millionenerfolg.

Unkontrolliert begann ich zu beben, so stark, dass meine Zähne aufeinanderschlugen, als sein Gesicht erschien.

7. KAPITEL

HEARTBEAT, I NEED A HEARTBEAT

Finn

August 21st, 6:00 p.m.

Sechs Uhr nachmittags. Entferntes Stimmengewirr von den etwas abseits gelegenen, unzähligen Beach Bars. Sandstrand.

Stadt der Engel, dachte ich spöttisch und entledigte mich mit einer einzigen Bewegung meines Shirts, sodass ich nur noch in Badeshorts dastand und auf den ruhigen Ozean vor mir blickte. Glatt wie Öl ging das Wasser am Horizont in den Himmel über. Ich stand kaum fünfzig Meter vom weißen großen Haus meiner Eltern entfernt, und keine Menschenseele war zu sehen. Plötzlich war mir der Anblick dieses friedlichen Moments so zuwider, dass sich schlagartig die Wut in meinem Inneren ausbreitete. Ich überquerte den Abstand zwischen mir und dem Meer mit großen Schritten, spürte die heißen trockenen Sandkörner an meinen nackten Füßen und lief geradewegs weiter, bis ich das kühle Nass überall an meinem Körper fühlte. *Erlösung*, flüsterte eine leise Stimme in mir, als ich mich vom Grund abstieß und untertauchte. Meine Augen blieben offen, so wie man es mir vor langer Zeit beigebracht hatte. Schließlich musste ich bereit sein. Für jeden nächsten Kampf.

Ich war gestern hier angekommen, ich hatte mich überreden lassen, meinen morgigen Geburtstag mit meiner Familie in Los Angeles zu verbringen, bevor die Tour losging. Tyler war auch mitgeflogen, hatte aber das Angebot von Michael, übers Wochenende in einem der Gästezimmer mit Panoramablick zu übernachten, ausgeschlagen. »Wir werden lange genug aufeinandersitzen«, hatte er mit einem Grinsen erklärt und sich am Flughafen ein Taxi ins nächste Fünf-Sterne-Hotel genommen. Michael hatte sich mir gegenüber wie immer verhalten, Laura ein bisschen fürsorglicher als sonst. Es war okay für mich. Es fühlte sich nicht schlecht an.

Aber gerade fühlte es sich sehr wohl schlecht an. Beschissen, um genau zu sein. Es war erbärmlich genug, dass seit gestern die Albträume zurückgekehrt waren. Und noch schlimmer, sie hatten nicht einmal etwas mit Blut, Schreien oder gescheiterten Selbstmordversuchen zu tun. Vielleicht konnte man sie auch nicht als Albträume bezeichnen. Dreimal hintereinander war ich keuchend in meinem verdammten King-Size-Bett aus vergangenen Highschool-Tagen aufgewacht und hatte immer wieder nur ein einziges Wort hervorgebracht, bis ich realisierte, dass es sich nur um eine Illusion meines Unterbewusstseins gehandelt hatte. Eine verflucht gute.

Eliza. Eliza überall.

In Seattle war in den letzten Wochen alles gut gelaufen. Ich hielt mich an Tys Deal, stalkte sie nicht, dachte immer weniger an sie. Und dann flog ich in diese Stadt, und der ganze Scheiß ging erneut los. Erst jetzt bemerkte ich, dass meine Lunge zu bersten drohte, und hörte auf, gegen den Strom zu schwimmen, damit ich zur Wasseroberfläche getragen wurde und Sauerstoff abbekommen konnte. Es gab mir nicht die erhoffte Erleichterung. Ich schloss die Augen, atmete hektisch und tief ein und wieder aus.

Ich hatte Interviews gegeben. Hohle Fragen beantwortet. Antworten, die Mr. Manager mich mehrere Male hatte wiederholen lassen, bis ich sie im Schlaf konnte. Er verriet nicht, zu welchem Plan das gehörte: der, mich noch berühmter zu machen, oder der, Eliza zurückzubekommen. Bei dem Bullshit, den ich von mir gegeben hatte, bezweifelte ich, dass Letzterer überhaupt jemals aufgehen würde. Aber auf eine kranke Art und Weise hatte ich manchmal Gefallen daran gefunden, nach langer Zeit wieder in die Rolle dieses heißen Arschlochs zu schlüpfen, das ich vor einem Dreivierteljahr noch gewesen war. Es gab mir ein Gefühl von

Macht, die ich nie richtig besessen hatte. Außer wenn ich mit Elizabeth Fleming zusammen gewesen war.

Gott, wie ich sie gerade bei mir haben wollte. Ich wusste, sie mochte genau wie ich den Regen viel mehr als das hier. Aber ich fragte mich trotzdem, ob sie sich von mir in die Fluten tragen lassen würde. Wie damals. Ich wusste, dass ich mich nicht mehr lange an die Abmachung halten könnte. Spätestens wenn ich wieder in Seattle war, würde ich Kontakt zu ihr aufnehmen. Egal wie viel ich damit kaputt machte. Viel schlimmer konnte es kaum mehr werden.

Die Lichtspiegelungen unter Wasser bestanden aus hellen, sich hektisch bewegenden Punkten, die Vierecke auf dem Sand bildeten. Es erinnerte mich an etwas, und mit einem Mal hatte ich das Gefühl, dass ein mächtiges Gewicht mich herunterzog, immer tiefer, zu den Wasserpflanzen, die sich um meine Kehle schlängelten und fester zogen. Bis an den Meeresgrund, immer weiter nach unten. Ich schluckte Salzwasser, keuchte und spuckte. Panik durchflutete mich und nahm mein gesamtes Denken ein, sodass ich kaum mehr wusste, was ich tat. Andere Bilder flogen nun an mir vorbei, verschwommene grausame Bilder. Da war ein enger Raum, ein Bett, ein kleiner zitternder Junge. Nackt und verletzlich kniete er auf dem Boden vor dem Spiegel. Er war nicht alleine, nie ließen sie ihn alleine. Als er den Kopf hob, erkannte ich seine ungewöhnliche Augenfarbe.

In einer Sekunde fühlte ich mich unter der Wasseroberfläche wie ein Ertrinkender, in der nächsten fand ich mich keuchend am Strand wieder, wo ich auf allen vieren in die Hitze krabbelte, bis ich das Meer hinter mir gelassen hatte und mich mühsam aufrichten konnte, obwohl meine Beine zitterten. Anstelle des Vermissens trat jetzt die Erinnerung. Die plötzliche Gewissheit, die mich das lächelnde Gesicht von Eliza vergessen ließ, das sie so oft im Schlaf gehabt hatte. Ich sah sie vor mir, zusammengekauert auf der Fensterbank in der Federation Hall in Seattle.

Und dann sah ich mich. Ebenfalls zusammengekauert, doch viel jünger. In diesem schmutzigen stickigen Raum, vielleicht ein völlig heruntergekommenes Motelzimmer, vielleicht ein Bad, ich sah die zerbrochenen Fliesen vor mir. Irgendwo zwischen den dreckigsten Vierteln New Yorks.

»Mein Gott«, stieß ich hervor, und Schwindel überfiel mich. Ich knickte zusammen. Brechreiz. Die Hitze ließ alles flimmern, brannte auf meiner Haut, schlug mich nieder. Ich würgte und spuckte, aber nichts kam. Nur Augenblicke später richtete ich mich wieder auf und rannte, ohne mich um mein T-Shirt und meine Schuhe zu kümmern. Ich rannte den Weg zum Haus, blickte weder nach rechts noch nach links. Alles tat mir weh, aber es spielte keine Rolle. Vorbei an der Küche, in der Laura stand und backte, stolperte ich hastig die Stufen zu Michaels Arbeitszimmer hoch, bis ich außer Atem die Tür aufriss, ohne zu klopfen. Er sah erstaunt von seinem Schreibtisch auf.

»Ich muss reden«, keuchte ich.

Sofort ließ er von dem ab, was er getan hatte. Kurz sah ich Sorge in seinen grauen Augen schimmern, die er anschließend sofort unterdrückte. Ich wusste, was er dachte. Es half mir nicht, wenn er emotional reagierte. Er war jetzt wieder der Arzt. Für meine verstümmelte Seele. Ohne jegliche Bindung. Einen Moment lang bereute ich es, so impulsiv gehandelt zu haben und sofort zu ihm gelaufen zu sein. Die letzten Wochen waren so unglaublich friedlich gewesen. Normal. Beinahe glücklich. Trotz Eliza. Es war ja so klar gewesen, dass alles wieder zusammenbrechen musste. Aber diesmal war ich gewappnet. Diesmal wusste ich, was zu tun war. Dieses Mal hatte ich meine professionelle Hilfe hier und würde keine Inneneinrichtung zerstören. Oder die viel zu dünne Haut meiner Unterarme. Oder schlimmer: den Menschen, den ich liebte.

Michael erhob sich. »Therapiezimmer?«, fragte er leise, aber bestimmt, und ich nickte, bevor wir beide mit schnellen Schritten sein Büro verließen. Das Zimmer befand sich im Erdgeschoss des riesigen Hauses und war vor Jahren für mich eingerichtet worden. Es war fast lächerlich klischeehaft, aber dort fühlte ich mich sicher. Weiße Wände, zwei weiße Sessel und ein Kühlschrank daneben. Keine Bilder, kein Teppich oder Blumen. Weißes Neonlicht. Andere erinnerte es wohl an eine Anstalt, eine Zelle für Geistesgestörte, für mich strahlte es Schutz und Professionalität aus. Die Gewissheit, dass alles in geordneten Bahnen ablief.

Wir setzten uns, die Tür fiel ins Schloss, und Michael goss mir kaltes Wasser in ein Glas, das ich ignorierte. Ich musste die Worte aussprechen, bevor sie zurück ins Verborgene krochen und mich mit undefinierbarem Schmerz alleine ließen. Bevor ich das Bewusstsein oder den Verstand oder beides verlor.

»Ich wurde missbraucht«, hörte ich mich sagen, und es klang weit, weit weg. Ohne Einleitung oder Entschärfung dieser Aussage. »Sie haben mich verkauft. Immer und immer wieder.« Ich sah ihm direkt in die Augen. Das war die Wahrheit, die ich jahrelang mit mir herumgeschleppt hatte. Von der ich nie etwas geahnt hatte, obwohl ihr Gewicht schon immer auf mir gelastet hatte.

Und dann sah ich, wie der Psychologe mit zweifachem Doktortitel vor mir verschwand und vollkommene Fassungslosigkeit auf seinem Gesicht erschien. Ich war mir sicher, er hörte täglich die schlimmsten Geschichten und musste mit weit größerem Schmerz seiner Patienten umgehen. Doch mir war noch nie so bewusst gewesen, dass ich nicht irgendein Patient für ihn war. Ich war sein Sohn. »Was?«, entfuhr es ihm, bevor er seine Worte kontrollieren konnte.

Ich konnte mich nicht dazu bringen, das Gesagte zu wiederholen. Ich zwang mich, weiterzudenken. »Es war nicht nur ein Mal«, flüsterte ich wie in einem Wahn, während verdrängte Traumbilder in meinem Kopf auftauchten. Blitzartig. »In dieser … Baracke. Es war meine Schuld.« Ich unterbrach den Augenkontakt, es wurde zu viel. Meine Fäuste ballten sich, bis die Knöchel hervortraten. Ich war wieder der kleine Junge, hatte seine Gedanken, spürte seine Angst. Die Worte, die aus meinem Mund kamen, waren nicht meine. Sie waren mir immer und immer wieder eingebläut worden. »Ich war zu schön. Es wäre eine Verschwendung, mich wie die anderen nur betteln und auf dem Markt arbeiten zu lassen. Ich konnte viel mehr Geld einbringen. Ich war zu schön.«

Totenstille. Michael hatte verstanden. Das war das letzte Puzzleteil. Er kannte jedes Detail meiner kranken Kindheit. Es hatte Tausende von Stunden gebraucht, bis er es aus mir herausbekommen hatte. Er wusste alles über Adam und William. Über meinen kleinen Bruder und über meinen besten Freund. Über die Morde. Über meine Mutter. Aber das hier war etwas, das nicht einmal ich gewusst hatte. Das war das schwarze Loch in meinem Gedächtnis gewesen, das wir nie hatten beleuchten können.

Bis jetzt.

»Erinnerst du dich, ob du der Einzige warst? Aus dem Heim?«, erklang seine gefasste Stimme. Er wusste natürlich, aus welcher Zeit meine Erinnerung stammte. Ich selbst hatte mir nächtelang den Kopf zerbrochen, was in den Jahren nach dem Verlust meines Bruders und meines einzigen Freunds geschehen war. Meine Erinnerung hatte erst viel später wieder eingesetzt, und etwas in mir wusste, dass Michael geahnt hatte, warum das so war. Ich hatte das Grübeln längst aufgegeben.

Es gibt einen Grund, wieso das menschliche Gehirn manche Dinge im Verborgenen lässt, hörte ich ihn sagen, damals, ganz am Anfang. *Wenn wir uns nicht erinnern können, bedeutet das vielleicht, dass wir uns nicht erinnern wollen.*

Ich schloss die Augen und konzentrierte mich darauf, seine Frage zu beantworten. »Nein«, sagte ich mit einer Sicherheit, die mich selbst überraschte. »Von den Mädchen wollten sie keine, die anderen kamen nicht infrage.« Zu schön, wisperte die Stimme wieder in meinem Kopf, und ich spürte, wie sich jetzt alles fügte. Kein Wunder, dass ich jeden Zentimeter meines beschissenen Körpers hasste.

»Es waren meist ältere Männer und Frauen, mit mehr Geld, die aus den anderen Stadtteilen kamen«, fuhr ich tonlos fort und schlug die Augen wieder auf, räusperte mich. Ich fühlte mit einem Mal keinen Schmerz. Nur Wut. »Sie konnten es sich leisten. Ich weiß nicht genau, wie lange es ging. Irgendwann spielte es keine Rolle mehr, und ich hab währenddessen Lichtpunkte im Inneren meiner Augenlider betrachtet. Sie waren schön. Bunt.«

Michael bewegte seinen Arm, ohne mich aus den Augen zu lassen. Sekunden später stand eine Whiskeyflasche zwischen uns.

Ich blinzelte. Noch nie hatte er während einer Sitzung Alkohol hervorgeholt. Egal, wie schlimm es wurde. Aber ich nahm dankbar das gefüllte Glas entgegen und kippte es gleichzeitig wie er seines herunter. Jetzt war sowieso alles egal.

»Eliza«, brachte ich schließlich mit Anstrengung hervor. »Es war nicht nur das Machtgefühl. Es war Rache.« Mein Kopf fiel vornüber, mein Gesicht vergrub sich in meinen Handflächen, während das Splittern von Glas ertönte.

»Du sprichst von dem Ball«, ertönte die klare Stimme meines Therapeuten nach einer Ewigkeit.

»Ich spreche davon, wie ich gegen ihren Willen mit ihr geschlafen habe.«

Er erwiderte nichts.

Alles versank in dichtem, undurchdringlichem Nebel. Man hatte mich gebrochen, als ich ein Kind gewesen war. Man hatte mich meines Willens beraubt, mich missbraucht. Und ich hatte mich gerächt. Ich hatte mich in dieser kalten Nacht an einem reinen, unschuldigen Mädchen gerächt. Ich hatte sie meinen längst verdrängten Schmerz spüren lassen, weil ich durchgedreht war.

Als ich eine Bewegung neben mir sah, realisierte ich erst, dass ich aufgesprungen war. Doch ich rannte nicht weg. Ich ließ es zu, dass Michaels Arme mich einfingen.

Morgen war ich ein dreiundzwanzigjähriger Mann. Ich war stark, erfolgreich, fähig, menschliche Beziehungen einzugehen.

Aber hier war ich nichts als ein Junge, dessen Welt in Scherben zersprang.

***

10:00 p.m.

Als Tom sich neben mich setzte und etwas auf den Metalltisch zwischen uns knallte, zuckte ich zusammen. Ich saß auf meinem ehemaligen gigantischen Marmorbalkon mit dem Gesicht zum inzwischen schwarzen Meer gedreht und versuchte, die kühle Brise dazu zu nutzen, meine Kopfschmerzen zu vertreiben und klar denken zu können, auch wenn mir längst bewusst war, dass meine Bemühungen vergebens waren.

Drei oder vier Stunden hatte ich mit Michael in dem Zimmer verbracht und wusste inzwischen, was es bedeutete, wenn sich psychische Anstrengung auf den Körper übertrug. Durch den Kampf mit mir selbst, mich an jedes Detail meiner Kindheit zu erinnern, war ich total am Ende. Inzwischen konnte ich keinen Gedanken mehr daran verschwenden, ohne dass das Stechen in meinen Schläfen unerträglich wurde. Es war vorbei, ich hatte alles erzählt, aber trotzdem wusste ich, dass dies erst der Anfang von dem war, was mich erwartete. Denn jetzt galt es, inmitten von diesem Chaos eine Entscheidung zu treffen. Michael hatte betont, ich sollte mir Zeit lassen, aber ich war mir bewusst, dass das schlicht unmöglich war. Die Frage war, ob ich imstande war, auf Tour zu gehen, nach allem, was mir widerfahren war. Und die Antwort darauf musste ich in weniger als sieben Tagen wissen. Tyler wird mich umbringen, wenn ich ihn ein zweites Mal hängen lasse, war mein erster Gedanke. Mein zweiter, dass diese Tatsache mir nicht mehr so egal war wie damals.

Tom räusperte sich extra laut, und ich ließ mich ablenken, schaute auf den Tisch, wo eine Papiertüte und eine Zigarettenschachtel lagen. »So, Kleiner, ich werde dir jetzt den Plan für den weiteren Verlauf dieses beschissenen Tags mitteilen, und du wirst nur widersprechen, wenn du was Besseres im Sinn hast – was ich extrem bezweifle.«

Ich grinste schwach und ließ ihn weitersprechen, froh darüber, dass er mich, egal was passierte, immer gleich behandelte. Immer. Er hatte natürlich keine Ahnung, was im Therapiezimmer geschehen war, aber weder Alex noch Laura oder ihm war unsere mehrstündige Abwesenheit entgangen.

»Ach ja, und vielleicht sollte ich davor noch erwähnen, dass mir Dad mit diesem seltenen Ich-meine-es-ernst-Ausdruck befohlen hat, dich in Ruhe zu lassen, also wenn du mich verpetzt, bin ich dran.«

Mein Grinsen wurde überzeugender. »Interessant.«

»Iss die Sandwiches, die ich vor zwei Sekunden geholt habe. Ja, sie sind heiß, und wenn du nicht reinhaust, werde ich das übernehmen. Aber Alter, du hast den ganzen Tag nicht richtig gegessen, und so wird das nichts.«

Heiße Sandwiches. Essen war das Letzte, um das ich mir Gedanken gemacht hatte, aber jetzt realisierte ich meinen grummelnden Magen, der nach knusprigem Brot, zartem Fleisch und BBQ-Soße rief.

»Danach rauchst du. Ich weiß, ich bin ein echt schlechter Einfluss, und Mom macht mir das Leben zur Hölle dafür, aber ich weiß auch, dass es hilft. Und zu guter Letzt legst du dich in dein Bett und pennst bis elf Uhr, damit du fit für deinen verdammten Geburtstag bist. So nehm ich dich nämlich nirgendwohin mit.« Er deutete auf mein müdes Gesicht, und ich fuhr mir betont lässig durch die Haare, um zu beweisen, dass ich trotz allem immer noch die Bad-Boy-Rolle draufhatte.

»Okay«, sagte ich leichthin und griff nach der duftenden Tüte, um das erste Sandwich auszupacken.

»Verarsch mich nicht, Finn.« Natürlich erwartete er Protest.

Ich lachte. »Tu ich nicht.« Ohne zu zögern biss ich in das Brot. Fantastisch. Und nicht nur das Essen. Ich war dankbar für Toms Gesellschaft. Wenn ich mich ablenkte, würde ich irgendwann wieder normal denken und fühlen können. Ja, ich musste eine Entscheidung treffen, aber heute Nacht durfte ich mir eine Auszeit gönnen. Ich konnte nicht mehr denken. Ich wollte für ein paar Stunden menschlich sein. Weit weg von schmutzigen Räumen und tief sitzenden Traumata.

»Du tust, was ich sage?«, hakte er misstrauisch nach, während er mir beim Essen zusah.

»Mit einer Ausnahme – die Kippen kannst du wieder mitnehmen. Geraucht wird nur noch nach dem Sex«, antwortete ich und hoffte, dass es lässig klang.

Er machte ein ungläubiges Geräusch. »Du hast Sex? Dieses Rocker-Mädchen aus Seattle?«

Schnell schüttelte ich den Kopf. Mia und ich – das würde niemals was werden. Erstens wollte ich ihr das nicht antun, sie schien genug eigene Sorgen zu haben, und zweitens war ich mir sicher, in nächster Zeit keine Frau berühren zu können. Erbärmlich, aber so war es nun einmal. Wenn das Bedürfnis zu groß wurde, musste ich zu einfacheren Maßnahmen greifen, aber herumvögeln kam nicht mehr infrage. Es war zu viel geschehen, und es war zwar unrealistisch zu sagen, dass ich nach Eliza nie wieder mit einer Frau schlafen wollte, aber im Moment ging es wirklich nicht. »War nur so dahergesagt, da läuft gar nichts. Wir steht's mit dir?« Ich wusste, dass Tom regelmäßig ausging. Aber ich wusste auch, dass er seit Alison nicht wieder richtig er selbst gewesen war.

»Alles gut«, erwiderte er teilnahmslos. »Genug Frauen, genug Sex.«

Schweigend aß ich und überließ ihm nach dem zweiten Sandwich das dritte, um in mein Zimmer zu gehen und mich tatsächlich für eine Stunde hinzulegen. Ich zog mich nicht aus, sondern fiel einfach in die weißen Kissen, schloss die Augen und wartete darauf, dass die Entspannung kam und der Schlaf mich hoffentlich traumlos übermannte. Es war wirklich angenehm still. Von draußen hörte man entfernt das Rauschen der Wellen, ansonsten waren die Wände schalldicht.

Ich fuhr erneut zusammen, als *The Sharpest Lives* in meiner Jeanstasche losging. Im selben Moment verließ Tom mit einem »Bis später« den Balkon und lief mit den Zigaretten quer durchs Zimmer zur Tür, bevor er sie hinter sich schloss und ich alleine mit meinem klingelnden Handy war. Ich zog es hervor und betete, dass es nicht Ty war. Der Name auf dem Display brachte mich dazu, mich aufzusetzen. *Ally.*

Ich erinnerte mich nur zu gut an unser letztes Gespräch vor über einem Monat. Hinterher hatte es mir leidgetan, denn wir waren wirklich gute Freunde gewesen, aber genauso wie sie zu ihrer besten Freundin hielt, musste ich meinen Bruder unterstützen. Ich wollte sie trotzdem höflich begrüßen, aber sie kam mir zuvor.

»Es tut mir leid, Finn. Es tut mir wirklich leid.«

Ich runzelte die Stirn. An ihrem Tonfall konnte ich erkennen, dass sie gerade dabei war, die Nerven zu verlieren. »Komm runter, Ally. Bist du okay?«, fragte ich und versuchte, so beruhigend wie möglich zu klingen. Ich war lange nach unserem Telefonat angepisst gewesen, weil sie sich so aufgespielt hatte, aber im Moment war mir nicht nach kindischen Vorwürfen zumute. Auch wenn man es im ersten Augenblick nicht von mir dachte, ich wusste sehr genau, wie man Menschen behandelte, wenn sie sich die Blöße gaben und völlig aufgelöst meine Hilfe suchten. Nicht dass das oft vorgekommen war, aber trotzdem.

»Ja«, schniefte sie. »Nein.«

»Ist etwas passiert?«, fragte ich eindringlicher, denn plötzlich schlich sich Angst in meine Besorgnis. Was, wenn irgendetwas mit ihr …

»Ich … Ich hab Eliza auf der Party allein gelassen, ich wusste nicht, wen ich sonst anrufen sollte. Tut mir leid … wenn ich störe.«

»Du hast sie alleine gelassen?«, fuhr ich sie scharf an, ohne mich beherrschen zu können. Allein ihr Name, die Nähe, die damit verbunden war, löste so viel in mir aus.

»Nein, nein«, erklärte sie hastig. »Es ist eine Geburtstagsparty unserer Mitbewohnerin, es sind viele aus der WG dort, sie ist nicht alleine.«

Vergiss Eliza, redete ich mir ein, obwohl sich meine Gedanken überschlugen. *Ally braucht deine Hilfe.* Ich konnte auch später nach ihr fragen. Auch wenn alles in mir danach verlangte, mehr zu erfahren. »Wo bist du jetzt?«

»Im Apartment«, antwortete sie.

»Erzähl's mir«, sagte ich ohne Umschweife.

Sie blieb stumm, und ich konnte hören, dass sie leise weinte.

Ich schloss die Augen, atmete tief durch und wusste, dass sie es nicht aussprechen würde. Aber ich konnte es mir auch so denken. »Tom?«, fragte ich schließlich mit neutraler Stimme, ohne vorwurfsvoll zu klingen.

Ich hörte genau, wie sie tief Luft holte. Das war ein eindeutiges Ja. »Es tut mir leid, was ich dir damals am Telefon wegen Eliza gesagt habe, nachdem sie weg war«, murmelte sie.

»Aber du hattest recht«, gab ich trocken zu. Es stimmte ja wirklich, ich hätte Eliza vor langer, langer Zeit gehen lassen sollen. Um genau zu sein, am sechsten November letzten Jahres, noch bevor ich sie in den Proberaum gezogen hatte. Aber für Reue war es inzwischen ziemlich spät.

»Ich wusste nicht, wie es sich anfühlt, wenn man verlassen wird und den ganzen Tag an niemand anderen als diese eine Person denken kann, die man nie haben wird.«

»Und jetzt weißt du es?«

Sie überging die Frage und den harten Ton meiner Stimme. »Ich hab die letzten Wochen damit verbracht, mit mehr Typen ins Bett zu gehen als in meinem bisherigen Leben. Und am Anfang war es gut, wirklich. Bis ich kapiert habe, dass keiner von ihnen sich in mich verlieben wird, so sehr, dass er mich nie wieder verlassen will.«

»Du meinst, du hast verstanden, dass keiner von ihnen mein Bruder ist«, fasste ich zusammen und begann zu realisieren, in welche Richtung dieses Gespräch führte. Ich verstand nur nicht, wieso sie ausgerechnet mich angerufen hatte.

»Ich weiß, wie das klingt. Ich weiß, dass *ich* ihn verlassen habe, weil ich … Freiheit wollte.« Sie sprach das Wort verächtlich aus. »Du kannst mich zum Teufel schicken, Finn, ich weiß, dass ich Tom nicht verdiene und meinen Fehler nicht rückgängig machen kann. Ich kriege ihn nie wieder zurück, aber ich kann nicht mehr. Ich halte es nicht aus, nichts zu wissen, in London zu sitzen, während in Seattle sonst was los ist.«

»Ich bin nicht in der Position, um dich zu verurteilen«, antwortete ich nach ein paar Minuten. »Du bist nicht die Einzige, die Schluss gemacht hat, obwohl sie genau das Gegenteil wollte.«

Sie seufzte, und ich merkte, dass sie nicht mehr weinte. »Hilf mir«, brachte sie mit flehender Stimme hervor.

»Wie?«, fragte ich ratlos. »Wie zum Teufel soll ich dir helfen, wenn du in London bist?« Ich hasste diese Stadt. Ich hasste sie aus tiefstem Herzen.

»Erzähl mir, was Tom macht. Wie es ihm geht.«

»Und dann? Geht es dir dann besser?«

»Vermutlich nicht.« Pause. »Aber dann erzähle ich dir von Eliza.«

Mein Mund wurde schlagartig trocken. Das konnte nicht Allys Ernst sein.

»Was sie den ganzen Tag tut, wie sie zurechtkommt.«

Sekunden verstrichen wie eine Ewigkeit. *Es interessiert mich nicht, was sie tut*, wollte ich sagen. *Ich habe endgültig abgeschlossen, lass mich mit diesem Mist in Ruhe.* Stattdessen murmelte ich: »Sie wird dich hassen.« Mein Herzschlag ging zu schnell, ungesund.

»Ich weiß.« Sie klang verzweifelt.

Ich gab mir einen Ruck. So oder so würde ich in die Hölle kommen, darauf kam es jetzt auch nicht mehr an. »Verzweifelte Situationen erfordern verzweifelte Maßnahmen«, zitierte ich und legte mich zurück in die Daunenkissen.

***

Eliza

August 23rd, 1:50 a.m.

Diego reagierte, bevor ich es konnte. Er packte mich bei den Schultern und schüttelte mich kurz, sodass ich ihn anschauen musste und der Kontakt zwischen mir und dem Bildschirm brach. Ich starrte ihn entsetzt an, zitterte immer stärker, konnte mich nicht beherrschen.

»Eliza«, rief er. »Was zum Teufel ist los?«

Ich riss mich los und sprang auf. »Geh«, flüsterte ich. »Bitte, geh.«

»Sag mir, wie ich dir helfen …«

»VERSCHWINDE«, brüllte ich ihn an, und er zuckte zusammen. Ich trat einen weiteren Schritt zurück, während er sich mit völlig schockiertem Gesichtsausdruck die Hose wieder anzog und nach seinem Shirt griff. »Bitte«, keuchte ich am Rande des Wahnsinns und musste mich zusammenreißen, um ihn nicht wieder anzuschreien.

Er beobachtete mich mit ausgewachsener Panik, als er rückwärts zur Apartmenttür lief. So schnell, dass mir vor Dankbarkeit die Knie weich wurden. Aber vielleicht lag das auch an der gottverdammten Stimme, die hinter mir aus dem Fernseher dröhnte.

Sobald die Tür ins Schloss fiel, sank ich vor dem Fernseher auf den Boden. Ich zog mich nicht an, und ich schaltete auch nicht das Licht an, um besser sehen zu können. Alles verschwand aus meiner Wahrnehmung. Alles außer das, was sich unmittelbar vor mir abspielte.

»Mr. Westwood, was brachte Sie zu dem Entschluss, die Musik wieder in Ihr Leben zu lassen?«

Die Kamera zoomte an das schönste Gesicht, das ich in meinem armseligen Leben je erblickt hatte. Finns blasse Haut wirkte im Scheinwerferlicht durchscheinend, fast weiß. Die Augen blitzten, als er lächelte. Flüssiges Smaragdgrün ... lodernde, alles verzehrende Flammen.

»Ich bin an einem Punkt angekommen, an dem ich mir eingestehen musste, dass es nichts Wichtigeres als meine Musik gibt. Für nichts auf der Welt lohnt es sich, diese Erfahrung aufzugeben.«

Ungläubig starrte ich ihn an und hörte für ein paar Sekunden nichts außer meine hysterischen Atemzüge und die Hintergrundmusik, die unaufhörlich eingespielt wurde.

Für nichts auf der Welt lohnt es sich ...

»Du hast die Musik aufgegeben«, flüsterte ich brüchig. »Du wolltest für mich aufhören ... Du hast gesagt, du schließt damit ab ...« Ich wusste, dass ich mich wie die letzte Psychopathin benahm. Ich wusste es, aber ich konnte mich nicht so weit bringen, um aufzustehen und einfach in mein Zimmer zu gehen. Ich war wie festgenagelt.

»Ich habe gehört, Sie schreiben Ihre Songtexte selbst. Woher nehmen Sie die Inspiration? Gibt es eine besondere Frau in Ihrem Leben?«

Finns Lächeln wurde gespenstisch. So schön, dass jede Zelle in meinem Körper Feuer fing. Und mich von innen heraus verbrannte. »Es ist nur eine Fantasie, nichts Reales. Denn seien wir mal ehrlich, wer glaubt heutzutage noch an die wahre Liebe?« Sein tiefes Lachen ertönte und vermischte sich mit dem des Moderators.

Das war der Moment, in dem mir bewusst wurde, dass ich weinte. Leise liefen die Tränen an meinen Wangen entlang und tropften auf den Boden und in meine Haare.

Das Interview endete, und die durchdringende Stimme des Reporters erklang. »Gesprochen wie ein wahrer Herzensbrecher … Finn Westwood – hier in einigen seiner Live-Performances …«

Das Bild wurde unscharf und verschwamm vor meinen Augen. Ich versuchte, die unaufhörlich strömenden Tränen wegzublinzeln, aber es kamen immer mehr. Als ich verzweifelt realisierte, dass es umsonst war, konzentrierte ich mich nur auf seine Stimme. Seine Stimme, die von Vertrauen und Schmerz und Ohnmacht sang. Ich dachte zuerst daran, wie ich schon einmal halb nackt am Boden gekauert und mir die Seele aus dem Leib geschluchzt hatte, damals auf dem Maskenball. Dieser Moment war auf ewig in mein Gedächtnis eingebrannt und tauchte auf, sobald Finn nur in meine Nähe kam. Alles, was davor geschehen war, war in den Hintergrund gerückt worden und brach jetzt heraus, da ich alleine hier in der Dunkelheit saß und er so weit weg war.

Er hatte mit mir Schluss gemacht. Er hatte mich nicht mehr gewollt.

Schluchzend wischte ich mir immer wieder über die Augen, bis ich ansatzweise etwas sehen konnte. Ich sah ihn auf der Bühne, wie er sich leicht nach vorne beugte und während des Songs mit der Hand durch die erste Reihe fuhr, um seine Fans zu berühren, die allesamt kreischten. Ich sah das verschmitzte schiefe Lächeln und den Schweiß an seinen Schläfen, als die Kamera ihn von direkter Nähe filmte. Es war sein dreiundzwanzigster Geburtstag. Sein neues Lebensjahr.

Ich schüttelte den Kopf, unfähig, mit meinen Gefühlen klarzukommen. Es wurde zu viel. Ich hielt mich nicht mehr zurück, und die Schluchzer aus meiner Kehle wurden immer stärker, immer lauter. Es war egal, es würde mich ohnehin niemand hören, und vor mir selbst schämte ich mich nicht mehr. Ich tat das einzig Richtige in der Situation – ich stand auf und schaltete den Fernseher ab. Mechanisch, als würde nicht ich meinem Körper diese Befehle erteilen. Ich nahm mein Hemd vom Sofa und lief in mein Zimmer, ohne etwas wahrzunehmen. Dunkelheit. Nichts als erbarmungslose Schwärze.

Erst als die Tür abgeschlossen war und ich in Zeitlupe auf mein Bett fiel, ging der Anfall wieder los. Meine Finger krallten sich in das Kissen, und mein gesamter Körper spannte sich an, während ich mich dem Schmerz ganz und gar überließ. Ich weinte um alles, was mit uns passiert war, um jeden falschen Moment und jede Nacht, in der wir dem Ende näher gekommen waren. Ich weinte um die Zeit in San Francisco und um Finns psychische Probleme, seine dunkle Vergangenheit, von der ich niemals etwas erfahren würde. Aber vor allem weinte ich, weil ich ihn liebte und wusste, dass er in den letzten Wochen der Einzige gewesen war, der mir gefehlt und mich so runtergezogen hatte, ohne dass ich es realisiert hatte.

Ich brauchte ihn. Ich wollte ihn hier, bei mir. Ich wollte, dass er mich so lange in seinen Armen hielt, bis ich an seinem warmen Oberkörper einschlief. Ich wollte, dass er mein Gesicht zwischen die Hände nahm und mir sagte, dass er bei mir war und alles gut werden würde.

Es war mir egal, dass er mich nicht liebte. Es spielte keine Rolle, dass er mich benutzt hatte, um Frieden zu finden und ich dabei fast zugrunde gegangen war. Ich wollte an seiner Seite sein, wenn es ihm schlecht ging, und ich wollte, dass er mich so fest umschlang, bis es wehtat, wenn seine Welt wieder einmal zusammenfiel. Lieber würde ich seinetwegen noch tausend Nächte leidend verbringen, als dass ich noch eine weitere Sekunde von ihm getrennt war. Es spielte keine Rolle, dass ich meine ganze Selbstachtung aufgab, indem ich ihn wollte. Dann sollte er mir wieder meinen Willen nehmen. Dann sollte er mich wie Dreck behandeln. Er hätte mich nur niemals gehen lassen dürfen.

Zitternd vor Kälte griff ich nach meiner Decke und schlüpfte darunter. Es tat so weh, alleine zu sein. Es machte mich so verflucht fertig. »Finn«, flüsterte ich mit von Tränen erstickter Stimme und umschlang mich unter der Decke selbst. »Finn, Finn, Finn …« Ich kam nicht von ihm weg. Jeder weitere Versuch würde mein

Ende bedeuten. Ich konnte nicht aufhören, und ich konnte das Gefühl nicht töten. Nicht wenn ich wusste, dass es irgendetwas in ihm gab, das mich auch brauchte. Er hatte am Flughafen geweint. Er hatte mich zurückholen wollen. Und jetzt tourte er durch die gesamten USA. Jetzt war er glücklich und hatte vielleicht ein anderes Mädchen gefunden, das seine Ablenkung war. »Bitte … nicht …«, flehte ich.

»Eliza.«

Für den Bruchteil einer Sekunde dachte ich, ich wäre jetzt endgültig verrückt geworden und mein Verstand war so weit gegangen, dass ich fantasierte. Mein Herz setzte aus und hämmerte dann so schnell gegen meine Brust, dass mir die Luft wegblieb, als mir einen Augenblick später bewusst wurde, dass ich nicht mehr alleine war. Ich stützte mich so gut wie es mit meinem pochenden Kopf ging auf der Matratze ab und setzte mich auf. Die Umrisse in der Dunkelheit wurden klarer, als die Gestalt näher trat. Ich heulte wieder los, als ich sie erkannte. Es war Ally.

Sie lief mit schnellen Schritten zu meinem Bett, und ich schüttelte den Kopf. Entschlossen schob sie die Decke zurück und schlüpfte aus ihren Schuhen, bevor sie zu mir krabbelte. »Ich bin nicht umsonst über Diegos Balkon auf deinen geklettert, weil du auch nicht auf das zwanzigste Klopfen reagiert hast«, murmelte sie.

Schniefend sah ich sie an, und sie zog mich wortlos in ihre Arme, sodass mein Kopf auf ihrem von der Decke umschlungenen Schoß lag.

»Sorry, aber diesmal kann ich dich nicht alleine lassen … Ich bin mir inzwischen nicht mehr sicher, wozu ihr in der Lage seid …«

Ich war zu fertig, um sie zu fragen, was sie genau meinte. »Heute ist sein Geburtstag …«

Sie nickte. »Ich weiß. Tut mir leid …«

»Hast du … mit ihm gesprochen?« Ich schaute hoch zu ihr, aber sie wich meinem Blick aus, ohne zu antworten. Gott. »Ist er okay?«, wisperte ich. »Hat er Spaß?«

Seufzend strich sie mir eine von den Tränen durchnässte Strähne hinters Ohr. »Komm schon, Liz, das bringt doch nichts …«

Wieder schüttelte es mich. »Sie haben ihn … i-im Fernsehen gezeigt. Wusstest du von der Tour?«

»Hab es gestern erfahren«, gab sie zu. »Es ging schneller, als er erwartet hat. Am ersten September geht es los.«

Ein paar Minuten schwiegen wir beide, während meine Brust sich immer noch zu heftig hob und senkte. Ich umklammerte die Decke unter mir. »Ich will ihn zurück, Ally. Ich weiß, dass er mich nie auf die Art wollte. Aber irgendetwas muss er doch empfinden … Irgendetwas bedeute ich ihm doch, oder?« Verzweifelt versuchte ich Zustimmung in ihrem Gesicht zu finden. Aber da war nichts als Mitleid.

Der Anflug eines traurigen Lächelns, in dem eine seltsame Verzweiflung mitschwang, die ich nicht verstand. »Es wird alles gut.«

Ich schloss die Augen, spürte, wie meine nassen Wimpern auf meiner Haut hafteten, und übergab mich der tiefen unendlichen Leere.

***

August 23rd, 3:00 p.m.

Als ich aufwachte, schien die Sonne in solch einem hohen Winkel durch die Jalousien ins Zimmer herein, dass ich sofort wusste, ich hatte verschlafen.

Schlaftrunken und mit trockenem Mund tapste ich ins Bad und beugte mich stöhnend übers Becken. Ich trank gierig aus dem Wasserhahn, bis mir fast schlecht wurde, und wagte dann einen Blick in den Spiegel. Meine Augen waren rot gerändert und geschwollen, meine Haare hingen absolut unansehnlich herunter. Ohne lange zu überlegen, zog ich mich aus und ließ meine Klamotten auf einen Haufen vor der Dusche zu Boden fallen, bevor ich die Kabine betrat und dampfend heißes Wasser auf meinen schlaffen Körper prasseln ließ. Wuchtartig kam die Erinnerung an gestern Nacht zurück, während ich mich mit wütenden, verzweifelten Bewegungen einseifte und versuchte, mich in Verdrängen zu üben.

Es funktionierte nicht. Nicht dass ich etwas anderes erwartet hatte. Trotzdem kämpfte ich gegen den Schmerz und die Gedanken an Finns Gesicht, seine wunderbar zerstörerischen Worte. Oder daran, dass ich völlig die Nerven verloren und Diego aus dem Apartment geschmissen hatte. Oder daran, wie ich in Allys Armen geschluchzt hatte, weil ich Finn so sehr wollte, dass es mir die Luft abschnürte. Ich hatte übertrieben. Nachts steigerte man sich in vermeintlich schlimme Dinge rein, um dann am nächsten Morgen zu erkennen, wie kindisch und überzogen man sich aufgeführt hatte. Es ist okay, dachte ich wie so oft in den vergangenen Monaten. Nachdem ich aus der Dusche steigen würde, wäre ich ein neuer Mensch und würde das schreckliche Gefühl von gestern abschütteln können. Ich würde mit Ally sprechen und sie beruhigen, und dann würde ich mich bei Diego für mein Verhalten entschuldigen und … Ich konnte den Gedanken nicht zu Ende denken, da sich ein grünes Augenpaar in mein Bewusstsein schob. *Er war dreiundzwanzig geworden …* Das Wasser strömte an meinem Körper herunter, aber ich spürte die Wärme nicht mehr. Ich kniff die Augen zu und fühlte, wie sich etwas anderes mit dem Duschwasser vermischte. Es dauerte eine Weile, bis mir klar wurde, dass ich schon wieder von einem Weinkrampf geschüttelt wurde. Hilflos meinen gottverdammten Gefühlen ausgeliefert, heulte ich los und konnte mich nicht beruhigen. Immer lauter, immer heftiger und schmerzhafter. Die Tatsache, dass niemand bei mir war, verstärkte es. Es war alles umsonst. Jeder Tag, jedes schöne Erlebnis und jeder neue Mensch, den ich kennenlernte. Niemals hatte ich mich einem Menschen so ausliefern wollen. Und jetzt stand ich in der Dusche in meinem Wohnheim auf diesem verfluchten Kontinent und konnte mich nicht kontrollieren, weil er nicht bei mir war. Nach all der Zeit.

Ich schaltete das Wasser ab, wickelte mich in ein Handtuch, glitt auf den Boden, rollte mich auf dem Teppich zusammen und blieb liegen, während ich mich selbst umklammerte. Ich wollte nicht in diese Richtung denken, doch es kam automatisch. In solchen Momenten war nicht mehr viel von Selbstbeherrschung übrig.

Ich vermisste die Hochhäuser Seattles, ich vermisste meine Wohnung, ich vermisste Jenny und Sam und all meine anderen Freunde, ich vermisste das Gefühl, aufzustehen, auf den Balkon zu gehen und die perfekte Großstadt vor mir zu sehen, die gelben Cabs ... London war schön. Aber zur Hölle, es war nicht Seattle.

Und Finn war nicht hier.

Wie hatte ich jemals denken können, dass ich ohne ihn leben konnte? Hier in London, so weit weg von all der Vertrautheit zu Hause, konnte ich mich nicht mehr daran erinnern, wieso ich mich von ihm eingeengt gefühlt hatte. Ich wusste nicht mehr, wie es sich anfühlte, durch die Straßen zu laufen und Schmerz zu fühlen. Mein Verstand wollte mir nicht sagen, wie es war, Finn zu sehen und nichts als Angst zu spüren.

Als die erste Welle von Verzweiflung langsam abschwoll, trat ein krankhaftes Verlangen nach Informationen in den Vordergrund. Ich zwang mich, aufzustehen und in mein Schlafzimmer zu laufen, um meinen Laptop hochzufahren. Währenddessen schlüpfte ich in Unterwäsche, aber kleidete mich nicht vollständig an, da es im Moment viel zu stickig war. Bevor ich mich an meinen Schreibtisch setzen konnte, fiel mir ein Stück Papier auf meinem zerknüllten Kissen auf. Ich trat näher und nahm es in die Hand.

Vergiss die Uni heute, wir haben alle mal unseren Scheißtag. Ruf an, sobald du wach bist, bin in der Stadt unterwegs.
- A

Nachdrücklich zerriss ich den Zettel in viele kleine Streifen, die ich dann in den Mülleimer rieseln ließ. Ich wollte nicht bemitleidet werden. Ich wollte nicht schwach sein. Ich wollte endlich mein verdammtes Leben unter Kontrolle kriegen und aktiv werden. Mir meine Träume erfüllen und nicht dauernd aus Angst und Zwang handeln.

Mein erstbestes Hilfsmittel war das Uni-Forum der UW, das ich seit vielen, vielen Wochen nicht mehr besucht hatte, aus dem einfachen Grund, dass ich mir eingeredet hatte, kein Interesse daran zu haben. Inzwischen wusste ich es besser – natürlich hatte ich Interesse, ich hatte nur zu viel Schiss, was es mit mir anrichten würde. Ich atmete tief durch, verdrängte mein schneller schlagendes Herz und klickte auf seinen Namen, der sofort an einer Seitenleiste aufblinkte. Für einen Moment schloss ich die Augen, als ich das Profilbild sah, das er niemals geändert hatte. Die regendurchnässten Haare und die Gitarre in den Händen.

Ich zögerte und begann dann zu tippen.

Hallo, Finn,
ich hab dich im Fernsehen gesehen und wollte dir viel Glück bei der Tour wünschen. Hoffentlich bist du glücklich und genießt dein Leben in vollen Zügen.

Laut stöhnend las ich die Zeilen vor, um sie dann augenblicklich wieder zu löschen. So ein ausgemachter Schwachsinn. Okay. Neuer Versuch.

Hey,
Ally hat mir von deiner Tour erzählt, und ich dachte, ich melde mich bei der Gelegenheit mal. Ich vermisse dich. Und ich wollte dir noch mal alles Gute zum Geburtstag wünschen. Tut mir leid, dass ich mich nicht früher gemeldet hab, aber ich hatte viel zu tun.

Mit emotionsloser Miene betätigte ich die Lösch-Taste erneut.

Ich hasse alles hier. Und ich nehme jedes Wort zurück. Ich will dich zurück, und ich sterbe, wenn du nicht kommst und mich aus dieser beschissenen Stadt rettest.

»Verdammt«, rief ich und klappte meinen Laptop gewaltsam zu, sodass das ganze Ding gefährlich wackelte. Es war mir egal. Ich stieß mich vom Schreibtisch ab, sprang vom Stuhl auf, lief aufgebracht im Zimmer auf und ab und fuhr mir wütend durch die Haare. Ich konnte mich nicht bei ihm melden. Einerseits gab es nichts, was ich mehr wollte, andererseits machte mich der Gedanke wahnsinnig.

Als ich gefühlt hundertmal kreuz und quer durch den Raum gelaufen war, landete ich wieder rücklings auf meinem Bett und starrte an die Decke. Für einen Augenblick wunderte ich mich, dass es so ruhig war. Normalerweise hörte man deutlich die Gespräche meiner Mitbewohner. Oder ihre Musik. Vor allem Diegos Musik von nebenan … Wieder stöhnte ich gequält auf. Ich war ihm eine Erklärung schuldig. Und wenn ich mich nicht irrte, hatte ich unser Verhältnis nach der Aktion gestern vollständig versaut. Ich hätte auf ihn hören sollen. Freundschaft wäre etwas Schönes gewesen, auch wenn es nichts an dem Scheißdreck in meinem Inneren geändert hätte. Aber ich hatte angefangen, ihn zu küssen, auf Claras Party. In irgendeinem Rausch. Weil es mich krank machte, andauernd alleine zu sein. Und als er mich zurückgeküsst hatte, war es auf seltsame Art verständlich gewesen. Ich hatte ihm Hoffnungen gemacht. Es hätte ein Ende sein können, als er mich gestern Abend auf dem Sofa vorgefunden hatte. Es hätte als kleines Missverständnis durchgehen und wir hätten wieder Freunde sein können. Ich konnte damit umgehen, dass er doch nicht schwul war. Ja, er hatte mich angelogen, und sein Motiv war vollkommen bescheuert gewesen. Aber auch nachvollziehbar. Natürlich störte es mich, dass er mich so gesehen hatte … so kaputt und hilflos, dass ich nie wieder einen Menschen an mich heranlassen würde. Aber vor allem störten mich meine nüchternen Überlegungen zu dieser Nacht. Es war mir irgendwie … gleichgültig. Es berührte mich nicht, es brachte mich nicht durcheinander, so wie gestern. Ich war taub. Alles war wie ausgelöscht und drehte sich nur um eines.

Benommen griff ich nach meinem Handy, das auf dem Nachttisch neben dem Bett lag, und klickte mich durch bis zu den Nachrichten. Ich hatte sie noch alle. Ich brachte es noch immer nicht übers Herz, sie zu löschen. Das war doch eigentlich Beweis genug, und ich hätte früher verstehen müssen, was Finn mir bedeutete. Als ich Toms Namen zwischen all den Nachrichten aufblitzen sah, kam mir eine Idee, die mich in Sekundenschnelle in Aufregung versetzte. Bevor ich es mir anders überlegen konnte, schrieb ich drei Worte und schickte die SMS ab.

Vielleicht war es ein Fehler. Aber es war mir gleich.

Ich starrte auf die roten Leuchtziffern meines Weckers auf dem Nachttisch. So lange, bis sie vor meinen Augen verschwammen. Wieder kamen die Tränen, obwohl meine Augen noch von dem Anfall im Bad brannten. Ich konnte nichts anderes tun, als mich mit der Erinnerung zu quälen. Und es tat auf eine kranke Weise so gut, wieder an Finn denken zu können. Wie wir auf der Wolldecke direkt am Meer uns gegenüber gesessen hatten, meine Hände in seinen. Wie er aus seiner Zeit in Los Angeles erzählt hatte. Wie er mich kurz vor dem Einschlafen an seine Brust gezogen hatte, ohne dass wir Sex miteinander gehabt hatten. Wie ich ihm gesagt hatte, dass er nicht gehen solle ... und er es versprochen hatte.

Ruckartig setzte ich mich auf. Wischte mir mit einer schnellen harten Bewegung über die verschmierten Wangen. Ich dachte weiter, an die letzte Nacht, als seine Mutter angerufen hatte. Als ich ihm beigestanden hatte. Als ich Küsse auf seinem wunderbaren Körper verteilt und versucht hatte, ihm zu zeigen, dass er es wert war. Und mit einem Mal war es wie ein Film, den ich abspielte. Die Worte hallten klar und deutlich in meinem Kopf wider. Ich hatte kein einziges vergessen, nur verdrängt, als er mir all das Glück auf dem Ball genommen hatte.

»Wir schaffen das. Egal, was es ist, ich helfe dir, und wir kämpfen dagegen an. Ich bin hier. Bitte. Ich gehe nicht weg.«

Ich hatte es ihm geschworen. Verflucht noch mal, ich hatte versprochen, ihm zu helfen. Es wiedergutzumachen – irgendwie. An seiner Seite zu bleiben. Er hatte versucht, sich das Leben zu nehmen. Und was tat ich? Ich rannte weg. Wie jedes Mal. Erneut schluchzte ich auf.

Er hat dich nicht gewollt, versuchte mein Unterbewusstsein sich zu rechtfertigen, aber ich schüttelte den Kopf. Er hatte mir gesagt, dass ich das Wichtigste war. Das Schönste.

Er hat dich missbraucht.

Ich liebte ihn.

Stille.

Ich liebte ihn. Und darauf gab es keine Antwort. Keinen Widerspruch, der es außer Kraft setzen konnte. Vielleicht hatte es ihm geholfen, mich wertlos fühlen zu lassen. Vielleicht hatte seine arme gebrochene Seele diese Macht benötigt. Es war gefährlich, in diese Richtung zu denken, gefährlich, es zu akzeptieren. Aber es ging um Finn.

Ich keuchte erschrocken auf, als mein Handy neben mir zu vibrieren begann. Hastig nahm ich es in die Hand und spürte meinen beschleunigten Herzschlag bis zum Hals.

Tom.

Ohne auch nur eine Sekunde zu zögern, nahm ich das Gespräch an. »Danke«, murmelte ich, bevor er irgendetwas sagen konnte. *Danke, dass du anrufst, nachdem ich deinen kleinen Bruder im Stich gelassen habe.*

»Erst mal hallo, Miss«, erwiderte er, und ich wusste, dass er grinste. »Hab mich schon gefragt, wann du dich an den Typen erinnerst, der mit dir feiern gegangen ist, als alles so beschissen war.«

»Danke«, wiederholte ich aus tiefstem Herzen. Ich lief auf den Balkon. Worte konnten nicht ausdrücken, was für eine Erleichterung es war, ihn zu hören. Ich fühlte mich Finn so verflucht nah.

»Wie geht's dir, Liz? Alles okay? Ich nehme nicht an, dass du mich aus einer Laune heraus sprechen wolltest …« Er klang nicht böse. Wochenlang hatte ich keinen Kontakt zu ihm gehabt, weil ich alles aus meinem Leben hatte verbannen wollen, was mich auch nur ansatzweise an ihn erinnerte. Vor allem in den letzten Wochen vor meiner Abreise waren Tom und ich richtige Freunde geworden. Und er schien mir trotzdem keinen Vorwurf zu machen. Aber das würde er noch, das konnte ich mit Sicherheit sagen. Sobald ich mit meinen wirklichen Beweggründen herausrückte. Er deutete mein Schweigen richtig. »Wie schlimm? Auf einer Skala von eins bis zehn.«

»Zwölf.« Ich versuchte, nicht zu schniefen.

»Sag mir, was ich tun kann.«

Verflucht, ich war so ein dummer Mensch. Und er viel zu nett. Das ging mir zurzeit bei den meisten Menschen so. »Es tut mir leid, dass ich mich nicht gemeldet hab. Und dass ich jetzt anrufe und du sofort weißt, dass es nur einen Grund dafür gibt. Es ist so egoistisch und bescheuert und einfach nur …«

»Eliza«, unterbrach er mich. »Glaubst du, dass ich mich aus ganz selbstlosen Gründen freue, mit dir zu sprechen?«

Ich schwieg.

Er seufzte. »Wie wär's, wenn wir das Wichtigste loswerden … Und dann kannst du mich immer noch fragen, wie es so in meinem Leben läuft.«

Das Wichtigste. Er wusste wirklich genau, was ich wollte. Aber ich musste genauso wissen, wie es ihm ging, wenn ich meinen krankhaften Plan in die Tat umsetzen wollte. »Tom?«

»Hm?«

»Wie schlimm ist es bei dir?«

»Ich habe Dates. Ich amüsiere mich, wirklich«, fing er zögernd an. »Manchmal verschwindet Allys Gesicht vollständig, und dann bin ich verflucht glücklich, das kannst du mir glauben. Ich bin nicht der Typ, der einem Mädchen hinterherrennt, wenn er weiß, dass er verloren hat. Es wird noch eine Weile dauern, aber dann war's das, und ich bin frei.«

Ich schloss gequält die Augen. Wie sehr wünschte ich mir, so zu denken. Und wie sehr wünschte ich mir, ihm das nicht alles versauen zu müssen. Aber es war der einzige Ausweg. »Was, wenn ich dir sagen würde, dass du noch nicht verloren hast?«, hörte ich mich flüstern und hasste mich für jedes Wort.

Er hielt inne, das spürte ich. Ich wusste nicht, wie sehr er noch an Ally dachte, aber wenn es auch nur im Entferntesten mit dem zu vergleichen war, was ich gestern Nacht wegen Finn durchgemacht hatte, dann konnte ich mir vorstellen, was ihm jetzt durch den Kopf ging.

Nach einer Weile lachte er. »Du willst mich zerstören, stimmt's?«

»Ich will dir helfen«, widersprach ich. »Ich will ihr helfen.«

»Und lass mich raten, was ich im Gegenzug dafür tun muss.«

»Du kannst es einen Deal nennen.« Ich hatte ständig irgendwelche Deals mit Finn gehabt. *Keine Fragen. Keine Anmache. Keine Gefühle.* Und alle miteinander waren sie gescheitert.

Tom lachte erneut auf. Diesmal klang es trocken. Aber teilweise auch nervös. »Ich hab immer noch meinen Stolz, Eliza.«

Ich atmete tief durch. »Was zählt schon der beschissene Stolz, wenn du Ally zurückhaben kannst?«

Er antwortete nicht auf diese Frage. Stattdessen begann er zu erzählen. »Es geht ihm gut. Wirklich verflucht gut dafür, dass du ihn verlassen hast. Ich hatte Schiss, dass er wieder … egal. Jedenfalls kam sein Manager, Tyler, der Kerl von damals, zurück, und er plant eine Tour im September. Er hat es alles eigenständig organisiert. Finn hängt sich rein, schreibt 'n paar neue Sachen und so. Am Anfang dachten wir, es wäre eine Laune, weil er irgendwas machen muss, um nicht durchzudrehen. Aber er ist … verändert. Glücklicher. Und ich glaube, der Scheiß ist verdammt erfolgreich, er kann hier kaum mehr auf die Straße, ohne überall erkannt zu werden, auch von Leuten, die nicht auf die Uni gehen.«

Ich umfasste mit meiner freien Hand das schwarze Geländer viel zu fest, bis meine Knöchel weiß hervortraten.

»Wir sind gerade aber nicht in Seattle, wir sind übers Wochenende nach L.A. geflogen, um dort seinen Geburtstag zu feiern«, fügte er hinzu.

»Wie war der Geburtstag?«, flüsterte ich.

»Hat vergleichsweise ruhig angefangen. Mit unseren Eltern im Restaurant. Abends sind wir weggegangen und haben ein paar Leute aus alten Zeiten getroffen. Früher fanden sie Finn seltsam, inzwischen ist er der Star schlechthin. Die Welt liebt ihn. Ty hat's gesagt, und niemand hat es geglaubt, bis jetzt. Es ist wirklich krass.«

Es ging ihm gut. Tyler war sein Manager. Vielleicht war er dafür verantwortlich, was er in Interviews sagte. *Hör auf, dich lächerlich zu machen*, zischte die Stimme in meinem Kopf.

»Da ist ein Mädchen gewesen, in Seattle«, hörte ich Tom langsam sagen. »Finn hat sie eingeladen, als er zum ersten Mal wieder aufgetreten ist, im Showbox.«

Nein. Nein, nein, nein, nein, nein, nein.

»Oh, gut«, sagte ich locker. »Das ist gut, oder?« *Er hat ein Mädchen eingeladen. Finn lädt keine Mädchen ein. Er hasst Dates.*

»Ich weiß, das klingt beschissen, Eliza, aber es scheint ihm wirklich gut zu gehen … seit du …«

Irgendetwas Großes, Scharfes in meinem Inneren schien mich umzubringen, als ich seinen Satz vervollständigte. »Seit ich weg bin.«

8. KAPITEL

SIX BILLION PEOPLE, JUST ONE NAME

Eliza

Ich lag immer noch in Unterwäsche auf dem Bett, als die Geräusche von draußen bis zu mir durchdrangen und mir bewusst wurde, dass wieder Leben ins Apartment kam. Um mich herum befanden sich drei verschiedene Teller mit Browniekrümeln, weil ich immer wieder aufgesprungen und in die Küche gegangen war, wo ich mir dann jedes Mal vorgenommen hatte, nur eins dieser göttlichen Teile zu essen.

Tja, jetzt gab es keine mehr.

Es dauerte keine zehn Sekunden, bis meine Türklinke heruntergedrückt wurde. Die Tür schloss sich wieder leise, und ich hörte Absätze auf dem Parkettboden.

»Eliza.« Sie klang nicht entsetzt, also war sie vollkommen auf einen emotionalen Tiefpunkt meinerseits gefasst gewesen. Wie schön.

»Hey, Ally.«

Ich sah sie nicht an, denn ich war mir sicher, mein schlechtes Gewissen stand mir ins Gesicht geschrieben, und sie würde es sofort merken. Und wenn ihr das nicht auffiel, dann sicher meine nicht mehr vorhandene Verzweiflung, die ebenfalls verräterisch war. Tom wusste über alles Bescheid. Die One-Night-Stands, und schlimmer noch – Allys Heulattacke, weil sie ihn vermisste. Wenn sie das herausfand, war ich so gut wie tot. Ich unterdrückte die aufkommende Übelkeit, die ich sicherheitshalber auf die Brownies schob.

»Willst du darüber reden?«, murmelte Alison, während sie die Teller um mich herum einsammelte und ich mich nun doch aufsetzte.

Eigentlich wollte ich nicht, aber wenn ich von meinen bescheuerten Problemen anfing, konnte sie nicht auf den Gedanken kommen, dass ich heimlich mit ihrem Ex Deals schloss, die beinhalteten, dass ich ihre Privatsphäre völlig ignorierte und zur schlechtesten Freundin überhaupt mutierte.

»Hast du mit Diego gesprochen?«, stellte ich vorsichtig eine Gegenfrage und stand vom Bett auf, um zum Kleiderschrank zu laufen und mir ein weites schwarzes Top mit Jeansshorts anzuziehen.

»Ja. Er wirkte normal und hat gefragt, ob bei dir alles okay ist.« Sie zuckte die Schultern, als ich gequält schaute. »Aber das ist doch nicht der Punkt. Willst du nicht über … ihn sprechen?«

Oh, das habe ich gerade. Mit seinem Bruder über eine Stunde lang. Ich weiß bestens über Finns Leben Bescheid.

»Nein.«

»Liz …«, seufzte sie. »Es muss nicht so sein, weißt du. Es gibt noch eine zweite Option, wenn … wenn es dir wieder so wie früher geht, bevor er dir so wehgetan hat.«

Dummerweise war mein Interesse sofort geweckt. »Was meinst du?« So gleichgültig wie möglich band ich mir die Haare zu einem chaotischen Dutt nach oben und betrachtete mich im Spiegel, während ich gespannt auf ihre Antwort wartete.

»Wenn du ihm alles verzeihen kannst und ihn zurückwillst … dann kannst du kämpfen.«

Ich drehte mich in Zeitlupe zu ihr um, als hätte ich mich verhört. »Wie bitte?«

Sie schaute mich erbarmungslos aus ihren großen schönen Augen an. »Du bist ihm immer noch nicht egal. Scheiß aufs Interview. Das ist alles PR-Mist.«

»Ich bin ihm nicht egal«, wiederholte ich spöttisch. »Du hast ja recht.«

Für einen Moment schien sie mit sich zu ringen. »Ich hab nicht nur einmal mit ihm telefoniert«, gab sie dann zu.

Meine Augen verschmälerten sich. »Ach, wenn er doch noch so interessiert an mir ist, wieso schleppt er dann irgendwelche Frauen auf sein Konzert?«

Verdammt.

Ihr Gesichtsausdruck wechselte zu überrascht, und ich verfluchte mich innerlich, während ich gleichzeitig schon nach einer Ausrede für dieses mysteriöse Wissen suchte, als meine Tür ein zweites Mal aufsprang.

»Hey, Ally, ich bin an der Reihe.« Niemand Geringeres als Diego grinste fröhlich von mir zu Alison, als wäre alles in bester Ordnung, und machte eine Handbewegung, dass sie uns allein lassen sollte.

Sie zog die Augenbrauen in die Höhe. »Schon mal was von Anklopfen gehört?«

Ich schluckte. »Ally, wir reden später, ja?«

Diego zwinkerte mir triumphierend zu, und sie verließ augenrollend mit den Tellern in der Hand das Zimmer und schloss sogar die Tür hinter sich.

»Was willst du?«, fragte ich misstrauisch und versuchte, nicht an die Situation auf dem Sofa zu denken. Gut, dass ich mir gerade etwas übergezogen hatte.

Er zog etwas aus seiner Hosentasche. »Dich ins Ballett einladen. Heute Abend, acht Uhr. Ach so, und wenn du davor in mein Zimmer kommst, kann ich dir die Notizen deiner Vorlesung heute geben. Und keine Angst – ich plane, meine Kleidung anzubehalten.«

Den zweiten Teil überhörte ich für den Augenblick. »Ballett?«, erwiderte ich entgeistert.

»Jep. Und du kannst eigentlich nicht Nein sagen, weil ich heute wirklich viel für diese Karten getan habe.«

»Diego …«

»Es ist kein Date«, unterbrach er mich grinsend, da er wohl sofort kapierte, was mich beschäftigte. »Glaub mir, es ist alles andere als ein Date. Ich möchte dir nur etwas zeigen, und anschließend können wir so tun, als hätten wir nie fast gevögelt, und alles wird wieder genau so, wie es am Anfang war.« Er sagte es ganz entspannt, fast so, als würde es ihn belustigen. Ich starrte angestrengt auf meine Füße. »Hm, also ich will dir ja kein schlechtes Gewissen machen«, fuhr er fort, als er merkte, dass ich so bald nichts sagen würde. »Aber du hast mich gestern zuerst geküsst und dann aus unserer Wohnung geschmissen, also … Du bist es mir irgendwie schon schuldig.«

Mein Kopf zuckte hoch, und ich sah, wie er lächelte. Sein Diego-Lächeln, das zeigte, dass er mir nicht böse war. »Ich bin nicht so der Ballett-Mensch, weißt du«, lenkte ich leise ein, plötzlich unbeholfen.

»Warst du schon mal in einer Vorführung?«

Ich schüttelte den Kopf.

»Siehst du. Na, komm.« Er hielt mir die Karten hin.

***

Ich hatte mir geschworen, kein Wort bezüglich Finn zu sagen. Ich wollte mich bei Diego entschuldigen, ihm erklären, dass alles gerade ein bisschen stressig war, dass ich von Beziehungen und Affären die Nase voll hatte und er das nicht persönlich nehmen sollte. Er war verständnisvoll, er würde es mir nicht schwer machen, das hatte er mir jetzt schon mehr als oft bewiesen. Als wüsste er genau, was ich dachte, kam er wenig später in schwarzem Smoking, der ihn älter aussehen ließ, aus dem Haus, hakte mich unter und führte mich zur U-Bahn. Ich selbst trug ein mintfarbenes rückenfreies Kleid, das ich mir von Ally ausgeliehen hatte, dazu goldene Sandalen mit einem kleinen Absatz. Meine Haare fielen in großen Wellen über meinen entblößten Rücken, und neben einem dünnen Lidstrich hatte ich noch etwas Lippenstift aufgetragen.

Die Bahn brachte uns in den Stadtteil Covent Garden, wo sich das Royal Opera House befand, das seinem Namen alle Ehre machte. Ich hatte es schon öfter beim Vorbeifahren gesehen und darüber im Reiseführer gelesen, aber direkt davor zu stehen, war eine ganz andere Sache. Es war gigantisch und schien nur aus weißen verschnörkelten Säulen und Glas zu bestehen, ein Königshaus, das ich alleine unter keinen Umständen betreten hätte. Ich passte nicht in diese Welt. Und eigentlich hatte ich gedacht, auch Diego würde mit seiner unkomplizierten offenen Art nicht in diese majestätische, geradezu erdrückend elegante Atmosphäre passen, aber ich hatte mich getäuscht.

Während ich mit halb offenem Mund über die vergoldeten Wände und schweren Teppiche im Inneren staunte, setzte er beim Einlass ein undurchdringliches professionelles Gesicht auf, das mich vermuten ließ, dass er das hier nicht zum ersten Mal tat. Mochte er Ballett wirklich so sehr? Oder stammte er vielleicht aus einer Familie der alten britischen Adelsklasse, die regelmäßig die Oper und andere stilvolle Kulturereignisse besuchte?

Als wir unsere Plätze – dunkelrote Samtsitze – in einer der vordersten Reihen einnahmen und sich der edle Saal immer mehr füllte, kam mir unwillkürlich der Gedanke, dass das keine besonders preiswerte Vorstellung war. Ich wandte mich von der kunstvoll verzierten Decke ab und sah zu Diego, der mit starrem Gesichtsausdruck auf den Samtvorhang blickte. Misstrauisch kniff ich die Augen zusammen. Es war sehr, sehr ungewöhnlich, dass er nicht mit mir sprach, und das bereits, seit wir losgezogen waren.

»Wie viel kostet so eine Aufführung?«, flüsterte ich, damit unsere Sitznachbarn nichts mitbekamen. Kein Grund, noch deutlicher zu demonstrieren, wie wenig ich hierhergehörte.

Er lehnte sich tiefer in seinen Sitz, sah mich aber nicht an. »Für uns gar nichts.«

Verständnislos lehnte ich mich weiter zu ihm hinüber. »Willst du mir sagen, was das hier alles soll?«

Er zuckte leichthin mit den Schultern, ich bekam immer noch nur sein Profil zu sehen. »Wirst schon sehen.«

»Du bist doch sauer wegen gestern, stimmt's?«

»Nein.« Er wandte mir sein Gesicht zu und lächelte. »Glaub mir, ich will dich nicht bestrafen oder so. Ich will dir wirklich nur etwas zeigen.«

»Etwas?« Ich hatte keine Ahnung, wovon er sprach.

»Jemanden.«

Dabei beließen wir es, bis die Vorhänge rechts und links zur Seite glitten und alles sich verdunkelte. Die Inszenierung hieß

Metamorphosis, wie ich auf den Tickets gelesen hatte, aber ich hatte versäumt, Diego zu fragen, worum es ging. Die Musik setzte ein, und ich versuchte wirklich, mich zu konzentrieren, doch mit einem Mal waren Bilder in meinem Kopf, die nicht hierhergehörten. Empfindungen, die ich verscheuchen wollte. Durch Musik und Lichtspiel entstand eine düstere bedrohliche Atmosphäre, und dann tauchte eine Frau allein auf der Bühne auf, nur ein schmaler Lichtstreifen war auf sie gerichtet. Sie war eine typische Ballerina: schmaler, zerbrechlich wirkender Körper, weißes Kleidchen und Schnürschuhe an den Füßen. Ihre Haut wirkte im Scheinwerferlicht aschfahl und durchsichtig, doch das Auffälligste waren die weißblonden, beinahe silbrigen Haare. Ihr Körper war geduckt, angespannt bis in die Zehenspitzen, auf denen nun ihr gesamtes Gewicht lastete, ihr Kopf gesenkt. Und als sie ihn hob und sich sehr, sehr langsam drehte, sah ich, wie Diego seine Hände, die auf seinen Knien ruhten, zu Fäusten ballte. Sie hatte dunkelrot geschminkte, extrem volle Lippen, helle Augen, und blankes Entsetzen zeichnete sich in ihren Zügen ab, das natürlich zur Show gehörte.

Mein Blick wanderte zurück zu Diego. Er starrte hoch zu ihr. Und ich wusste nicht, ob es Einbildung war, aber irgendetwas sagte mir, dass sie ihn trotz der blendenden Scheinwerfer ebenfalls ansah, direkt in seine Augen, und diesen Kontakt niemals brechen wollte. Seine Lippen verzogen sich langsam wie ihre Bewegungen zu einem Lächeln, das ich noch nie an ihm gesehen hatte. Er löste den Blick keinen Moment lang von ihr. »Stella«, flüsterte er, und ich konnte es nur verstehen, weil die Musik leiser, sanfter wurde.

»Wer ist sie?«, gab ich in derselben Lautstärke zurück, neugierig, weil er eine unerklärliche Verbindung mit ihr zu haben schien, und verwirrt, weil das hier eine völlig andere Seite an ihm war.

»Eine alte Freundin.«

Im selben Augenblick schlug sie die Augen nieder und ließ sich zu Boden gleiten, als weitere Tänzer hinter ihr erschienen. Ich war zu abgelenkt, denn ich hatte Diego noch nie mit solchen Emotionen einen Namen aussprechen hören. Wir sahen weiter zu, aber ich erlebte die Aufführung wie durch einen Schleier. Irgendwann machte es Klick, und ich erinnerte mich an die Schwarz-Weiß-Fotografie von der Tänzerin neben seinem Bett.

»Du bist nicht die Einzige mit einem Geheimnis, weißt du …«

***

Ich ließ mich ins feuchte Gras nach hinten fallen und sah aus meiner liegenden Position, wie sich Diego ein paar Meter entfernte. Mit einem schwachen Lächeln konzentrierte ich meinen Blick wieder auf die halb leere Weinflasche, an der meine Finger hinabglitten, bis sie sie endgültig losließen und ich auch meine Hände im Boden vergraben konnte. Entfernt hörte ich vorbeirasende Fahrzeuge und zirpende Grillen, aber auch Gelächter.

»Wunderschöne Welt«, flüsterte ich und schaffte es irgendwie, nach meinem Handy zu greifen, das erstaunlicherweise direkt neben meinem Kopf lag. Meine Umgebung bewegte sich vor und zurück. Ich versuchte die Sterne zu sehen, während meine Finger unkontrolliert tippten, aber die Bäume nahmen mir die Sicht und tauchten alles in tiefes Mitternachtsblau, beinahe Schwarz. Dunkel wie die Geister der Vergangenheit, die immer neben den Menschen zu schweben schienen. Dunkel wie der Puget Sound nach Sonnenuntergang. Dunkel, alles so dunkel und schön. Ich wusste nicht, wo ich war, welches Jahr wir hatten, ob ich mich in Seattle oder einer anderen Stadt befand … Ich wusste nichts, und es war erleichternd. Das gleichmäßige Tuten an meinem Ohr vermischte sich mit meinem Herzschlag und der pulsierenden Natur, als ein Windstoß über meinen liegenden Körper fegte und die Härchen sich auf meinen Armen aufstellten. Ein Klicken, das Ende des beruhigenden Geräuschs.

»Hallo?«

Ruhig schlug ich meine Augen auf und zeichnete mit meinem Blick Muster in die schwarzen Baumkronen über mir. Das Echo in meinem Kopf setzte ein. »Hallo?«, probierte ich das Wort. Es war eine schöne Stimme ganz nah an meinem Ohr. Geschmeidig, wenn auch mit Rissen.

»Eliza?«

Eliza. Das war ich. Meine Mundwinkel zogen sich hoch, um gleich wieder zu erschlaffen. »Ja …«

Sehr, sehr lange war ich alleine mit bunten Farben und seltenen Bildern. »Ist … etwas passiert? Geht es dir gut?«

Als die Worte den Weg zu meinem Verstand fanden, stieß ich, ohne es zu wollen, ein Lachen aus. Hoch und ungewohnt. Aber es tat gut. »Gut«, wiederholte ich. »Alles gut.«

Ein Räuspern. Es kam mir vertraut vor. »Du bist betrunken, oder? Du hast keine Ahnung, was du da tust.«

Ich nickte und lächelte. »Und du?«

»Weißt du, mit wem du sprichst, Eliza?«

Ich lachte. »Ja.« Ja zu allem, was du sagst. »Ja, ja, ja.«

»Kleine …«

Mein Lachen stoppte abrupt. Ich hielt inne. »So darfst du mich nicht nennen«, nuschelte ich. »Das darf nur einer.«

Die Stimme vibrierte. »Wieso … rufst du an?«

»Ich will umarmt werden, und dass jemand mich an sich drückt. Richtig fest. Warmer weicher Körper. Ich bin so müde.«

Klick. Klick, klick, klick. Meine Hand sank mit dem Telefon zu Boden, und ich sah es noch kurz hell in der Nacht aufleuchten, dann war der Bildschirm schwarz.

Irgendwann war Diego neben mir.

»Kannst du mich umarmen?«, flüsterte ich, und er rutschte ganz nah zu mir, sodass ich meinen Kopf in seine Halsbeuge legen konnte und er mich in seine Arme schloss.

»Alles okay?«

»Ich … ich weiß nicht. Nein.« Ich schüttelte heftig den Kopf, obwohl ich nicht wusste, wieso ich auf einmal dachte, dass etwas sehr Schlechtes passierte. Sehr dunkel. »Bei dir?«

»Nein.«

Ich winkelte meine Beine an, bis sie seine streiften, und drückte fest die Augen zu. »Lenk mich ab. Erzähl mir von … ihr.« Überall Schmerz und Schwärze. Aber alles war besser als das Reißen, das nicht nur durch meine Brust wanderte, sondern durch das ganze Universum. Jeder Schmerz half, solange es nicht meiner war.

»Stella«, flüsterte er, und wie vorhin, als sie auf der Bühne ihre geisterhaften Pirouetten gedreht hatte, spürte ich das Brodeln, das bewies, wie viel Geschichte sich hinter einem Namen befand. Wie wenig Sorgen ich mir machen musste, dass er es zu ernst mit mir meinte. Das weißblonde Mädchen war alles für ihn, und im Vergleich dazu verblasste jede seiner anderen Bindungen. Einschließlich unsere. »Sie hat mich vor einem Jahr verlassen. Ziemlich genau vor einem Jahr, es war auch Ende Sommer … Anfang Herbst …«

Ich wartete, dass er weitersprach, während die Welt um uns herum heftig zu wackeln begann, aber er tat es nicht.

»Wieso?«, hauchte ich schließlich. Meine Lippen befanden sich an seinem Ohr.

»Weil sie zu jung ist, um all den Spaß zu verpassen. Weil ihre Karriere wichtig für sie ist. Und weil sie zu … dunkel für mich ist.«

»Zu dunkel?« Wie seltsam. An irgendetwas erinnerte mich das.

»Zu verstört und gebrochen und seltsam und unberechenbar.«

»Wie …«, fing ich an und konnte es nicht über mich bringen, den Satz zu beenden.

»Wie dein Finn«, seufzte er. »Genau wie er.«

Der Name ließ mich zittern, und Diego presste mich sofort näher an sich. *Ein Jahr,* flüsterten die Blätter zwischen den Grashalmen mir zu. *Dann wirst du auch zwei davon schaffen.*

Der Untergrund bebte so stark, dass ich mich enger an den Körper neben mir und auf die Erde drückte, bis sie mich beide verschluckten.

»Scheiße«, war das erste Wort, das ich herausbrachte, als ich die Augen aufschlug und eine gewaltige Ladung Regentropfen abbekam. Ich schaute hinauf in den grauen, sich immer weiter verdunkelnden Himmel und dachte, es wäre immer noch mitten in der Nacht, aber nach und nach realisierte ich den Straßenlärm und das schmerzhaft laute Geschnatter der Menschen um mich herum.

Das Nächste war ein kurzes Lachen direkt über mir. Ich zwang mich, mich zu konzentrieren, obwohl der altbekannte Holzhammer von innen gegen meine Stirn klopfte. Willkommen zurück, ich hatte ihn schon vermisst. Diego erschien in meinem Blickfeld.

Natürlich sah er makellos aus, wahrscheinlich befand sich kein Tropfen Alkohol mehr in seinem Blut.

»Wo sind wir?«, krächzte ich.

»Hyde Park«, antwortete er prompt und grinste. »Das muss man uns lassen, auch völlig dicht finden wir den schönsten Park der Stadt.« Seine Stimme war so laut, dass ich aufstöhnte und zuließ, dass er mich mit beiden Händen hochzog.

Der Regen ließ nicht nach. Meine Kopfschmerzen ebenfalls nicht. Zudem spürte ich ein Stechen im Bauch. Und gähnende Leere. In meinem Gedächtnis. »Nicht schon wieder.« Ich fluchte. Ich wusste genau, wann ich mich das letzte Mal so gefühlt hatte. *Silvesternacht*. Nun, jetzt war alles circa hundertmal beschissener.

»Filmriss?«, hakte Diego nach und nahm mich bei der Hand, was wahrscheinlich ziemlich gut war, da ich mich sehr unsicher auf den Beinen fühlte.

»Wenigstens bin ich diesmal mit keinem Vollidioten alleine gewesen.«

Er lachte. »Danke.«

»Hab ich etwas sehr Dummes angestellt?«, traute ich mich vorsichtig zu fragen, als wir in der nächsten Metro saßen und Richtung Clerkenwell fuhren. Inzwischen kannte ich mich und meine glorreichen Aktionen, wenn mein Verstand sich stückchenweise verabschiedete.

Nach dem Ballett und nach dem Essen in einer kleinen Imbissbude gegenüber des Opernhauses hatten wir uns aus der schicken Abendgarderobe geschält und waren in bequemer Kleidung und mit zwei Weinflaschen im Schlepptau quer durch die Stadt gefahren. Er hatte mir von Stella erzählt und ich von … Finn.

Gefährliche Richtung.

»Mach nicht so ein Gesicht. Das hast nicht versucht, mich auszuziehen oder so.« Diego schmunzelte. »Ich war kurz weg, weil ich dachte, ich würde mich übergeben, aber du lagst die ganze Zeit über im Gras. Und dann haben wir noch kurz über die Welt abgelästert, bis wir eingepennt sind. Also keine Panik.«

Ich seufzte erleichtert und schlug mir einen Moment später allerdings die Hand vor den Mund, als die U-Bahn für meinen

Zustand ein bisschen zu heftig wackelte. Es rumorte in meinem Magen, aber es verschwand glücklicherweise sofort wieder. Als wir an einem Universitätsgebäude vorbeifuhren, fiel mir ein, dass ich heute noch eine Vorlesung hatte und gestern schon zwei verpasst hatte. Ich sollte mich in nächster Zeit wirklich mehr darauf konzentrieren, auch wenn die Prüfungen erst Mitte Oktober losgingen. Außerdem brachte mir das viel mehr, als sinnloses Betrinken oder in meinem Bett liegen und in schmerzhaften Erinnerungen zu versinken. Mir kam noch ein anderer Gedanke in den Sinn, den ich in meinen Terminkalender eingetragen hatte, zweimal unterstrichen.

»Ich brauche 'nen Job«, sagte ich zu Diego und löste den Blick von der beschlagenen Fensterscheibe, hinter der das Operngebäude jetzt erschien.

»Hm?«

»Am besten abends, mehrmals in der Woche.«

Er hob eine Braue, fragte aber nicht weiter. »Ich kann mal bei Mario fragen, wir können eigentlich immer Hilfe gebrauchen. Der Laden läuft gut.« Diego arbeitete manchmal an den Wochenenden in einem spanischen Restaurant namens Barcelona Tapas, mit dessen Besitzer er über mehrere Ecken verwandt war, weswegen er kommen und gehen konnte, wann er wollte.

Dankbar nickte ich.

Er schien kurz zu überlegen. »Heute ist Mittwoch, richtig? Wenn du nichts zu tun hast, komm doch heute ab neun Uhr mit, dann stellen wir dich mal vor.«

***

Finn

Seattle war ein Kinderspiel gewesen. Zwei Stunden in einer Halle, die sich nach den ersten Songs nicht nur aufheizte, sondern kochte, lichterloh brannte und mein Umfeld in Rauch verwandelte. Die Scheinwerfer waren so grell, die Gesichter der Masse unbedeutend und deshalb, selbst wenn ich es gewollte hätte, nicht zu erkennen. Ich hatte keine große Show geplant, kein allzu aufwendiges Lichtspiel oder künstliche Explosionen im Hintergrund. Der Auftritt war vergleichsweise schlicht, aber einprägsam gewesen, wie Tyler mir direkt bei der After-Show-Party mitteilte. Ein perfekter Auftakt. Perfekt wie mein Äußeres. Perfekt wie alles, was ich berührte. Es war wie immer, weil ich mir meiner Musik und der Wirkung durchaus bewusst war und daher auch keine Nervosität spürte. Gleichzeitig war es so anders, weil ich nicht mehr abweisend war. Ich hatte der Welt unter mir, die zu dem, was ich ins Mikrofon sang, tobte, nicht mehr den Rücken gekehrt. Ich schenkte ihr ein verruchtes Lächeln, bedankte mich mehrmals, brachte sie um den Verstand. So wie es sich gehörte. Jedes Mal bevor ich die Bühne betrat, sah ich mein Gesicht in einem Spiegel in dem Vorbereitungsraum, jedes Mal wusste ich, dass es die richtige Entscheidung gewesen war, die Tour nicht abzusagen, und jedes Mal löste sich meine Vergangenheit in dem Nebel auf, den ich durch die Songs und die schreienden wahnsinnigen Fans dort unten entstehen ließ. Musik war die Erlösung, die mir Tabletten und Alkohol niemals gebracht hatten. Es war wie schlafwandeln, nur deutlicher. Wie fliegen, nur höher. Intensiver. Ich war die Musik. Ich war das pulsierende Bündel Energie unter mir. Die Hitze und der Geruch von Staub, Schweiß und niemals endender Glückseligkeit.

Los Angeles. Krankhafte Paparazzi. Das erste Mal, dass ich überall mit zwei Bodyguards im Schlepptau unterwegs war. Unruhe, wo auch immer ich auftauchte. Meine Eltern besuchte ich kein zweites Mal, die Zeit reichte nicht, und ich wollte es nicht. Nichts sollte mich aus der Illusion reißen.

Chicago. Obwohl ich Angst vor der Stadt und meinen Erinnerungen gehabt hatte, lachte ich, als ich das Konzert gab, diesmal im Freien. Es gab keine Sorgen und keine Gedanken in meinem Kopf, die ich mit damals in Verbindung bringen konnte. Es gab nichts mehr. Ich war nicht das Waisenkind, der Selbstmörder, der Liebeskranke. Nicht einmal an den geschändeten Jungen konnte ich denken. Ich war Finn Westwood, der Mann mit dem Millionenerfolg, dem die Welt zu Füßen lag.

Es drehte sich weiter und weiter, mein Leben schien eine Achterbahnfahrt zu sein, die gerade den höchsten Punkt hinter sich gelassen hatte und nach unten raste, immer tiefer und so viel schneller als jemals zuvor. Tage wurden zu Minuten, Wochen zu kurzen ekstatischen Stunden. Es war kein Glück. Glück konnte nur ein einziger Mensch in mir hervorrufen. Es war eine Prophezeiung, die mir den weiteren Verlauf meines Lebens zeigte. Es war Träumen und es war Sterben, so viel besser, als ich es mir in meinen wildesten Fantasien ausgemalt hatte. Das Einzige, das mich noch an die Realität band, waren die regelmäßigen Telefonate mit Alison. Außer mit ihr sprach ich mit niemandem, nicht einmal mit meinen Brüdern, das ließ ich meinen Manager erledigen. Tyler sorgte dafür, dass niemand mir in die Quere kam. Er flog mit in jede Stadt, zwang mir keine Party und keine Autogrammstunden auf, die nicht absolut nötig für meine ohnehin schon abartig gut verlaufende Karriere waren, und ließ mich in Ruhe, wenn er sah, dass ich nach einem Auftritt nicht in der Stimmung zum Feiern war. Ich schlief wieder nicht. Es war unmöglich, die Augen zu schließen, unmöglich, mich auch nur eine Sekunde dem Ungewissen zu überlassen.

Die Welt liebte mich. Doch in den wenigen Augenblicken, wenn ich mich nicht auf der Bühne drehte und mir den Schmerz in den dunkelsten Liedern aus der Seele schrie, konnte ich mir eingestehen, dass ich sie hasste. Für alles, was sie mir antat. Dafür dass es immer noch kein Ende nahm, dass die einzige Inspiration meiner Musik in meiner persönlichen Hölle lag. Ich war mir nicht sicher, ob meine Fans wussten, wie zerstört und schwarz alles in mir war, oder ob sie annahmen, es handle sich um ein Image, das ich aufrechterhalten wollte. Das Absurde, Kranke war, dass Tyler recht behalten hatte – die Meute war nicht etwa süchtig nach mir, weil ich das vollkommene Gesicht und die passende Stimme dazu hatte. Hauptsächlich vergötterten sie mich, weil dieses *Heruntergekommene, Gequälte* in meinem gesamten Auftreten zu finden war. Ich verkaufte meinen Schmerz, und als Gegenleistung bekam ich ein paar Minuten Seelenfrieden.

Für meine eigene Sicherheit schloss ich vor jedem Gespräch mit

Ally sämtliche scharfen gefährlichen Gegenstände in den Safe in meinem Hotelzimmer, um nicht in Versuchung zu gelangen. Michael drehte durch, weil ich mich nicht meldete, meine Therapie nicht mit einem anderen Psychologen weiterführte, wie er verordnet hatte, doch hier und jetzt war es mir gleichgültig. Ich war zu keiner Maschine mutiert, ich nahm auch keine Drogen mehr. Nicht einmal Scotch rührte ich an. Seit Wochen war ich nüchtern, und alles, was ich sah, war schlichte Illusion. Mein Leben war ein grausamer Film, und ich wusste nicht einmal, ob ich oder die Dämonen in mir die Hauptrolle spielten.

Und dann, inmitten dieses Wahnsinns, kam New York City.

***

Eliza

September 12th, 10:45 p.m.

»Miss Fast-Volljährig, das Telefooon.«

Ich verdrehte die Augen und zupfte zum zehnten Mal an meinen Haaren herum. Es war Viertel vor elf am Abend, und Ally hatte mir befohlen, um Punkt zehn Uhr im »stilvollen Geburtstagsoutfit« die U-Bahn bis zum Waterloo-Bahnhof zu nehmen. Ohne Begleitung. Was ziemlich lächerlich war, da schon wieder keine Menschenseele im Apartment war. Außer Diego. Zugegeben, es kam mir schon sehr komisch vor, dass er der Einzige war, der noch in unserer WG herumrannte, während der Rest sich vor zwei Stunden langsam verabschiedet hatte. Aber ich wollte keine Spielverderberin sein. Auch wenn mir ganz und gar nicht nach Geburtstagfeiern war, hatte ich mich hübsch gemacht. Der gute Wille zählte doch, richtig?

Mein Alltag bestand aus einer Mischung aus Verdrängen und Zeit totschlagen. Diego hatte mir den Job in dem spanischen Restaurant besorgt, und ich arbeitete fünf Abende in der Woche. Die restliche Zeit verbrachte ich damit, darauf zu warten, dass Tom sich meldete – und in tiefe Depressionen zu fallen, wenn er es tat. Ich wusste, dass die Anrufe und Mails früher oder später aufhören mussten. Wir waren schließlich erwachsene Menschen, und ewig ging es nicht so weiter, dass wir uns jedes Detail erzählten, das in Allys und Finns Leben vor sich ging. Doch ich hatte mir fest vorgenommen, dass sich ab heute Nacht alles ändern würde. Schon früher war ich gut darin gewesen, Abmachungen mit mir selbst zu schließen, die mich zum Glück führten oder wenigstens zur lang anhaltenden Zufriedenheit. Ich wollte nicht auf die Informationen durch Tom verzichten, aber ich wollte auch nicht mehr mein ganzes Leben davon abhängig machen.

Ich wandte meine Aufmerksamkeit wieder meinem Spiegelbild zu. Heute trug ich eine neue weiß-goldene Spitzenbluse, die ich mit der schwarzen Lederhose und farblich zum Shirt passenden Stiefeln aus einem Vintage-Shop hier um die Ecke kombiniert hatte. Meine Haare lagen offen auf meinen Schultern, und als ich mich kurz drehte, sah ich, wie lang sie inzwischen geworden waren. Vorne hatte ich sie leicht hochgesteckt, sodass sie weicher fielen und mein Gesicht nicht verdeckten. Bei meinem Augen-Make-up hatte ich auf den üblichen rauchigen Touch verzichtet und nur dezenten flüssigen Eyeliner am Wimpernkranz aufgetragen, um dann mit dunkelrotem Lippenstift meine Lippen extra zu betonen. Perfekt fürs einundzwanzigste Lebensjahr …

»Fleming, wenn du nicht sofort …«

»Ist ja schon gut!«, rief ich und stürmte aus meinem Zimmer ins Wohnzimmer, um das Festnetztelefon in Empfang zu nehmen.

Diego hielt mir den Hörer hin und verschwand mit einem »Bis später« aus der Wohnungstür, nachdem er mir einen anerkennenden Blick zugeworfen hatte. Ich sah ihm hinterher und dachte kurz darüber nach, wie seltsam es war, ihn in schwarzem Jackett zu sehen, da er sonst immer in Jeans und schlichtem T-Shirt herumlief, den Ballett-Abend ausgenommen.

Dann zuckte ich mit den Schultern, als die Tür ins Schloss fiel, und wandte mich dem Anruf zu. Wahrscheinlich war es meine

Mutter, der wieder etwas wahnsinnig Wichtiges eingefallen war, obwohl wir erst vor einer Stunde telefoniert hatten. »Hallo?«

Ich hörte das Atmen am anderen Ende der Leitung und bekam unerklärlicherweise eine Gänsehaut.

»Halloo-ho?« Ich ließ mich auf das Sofa fallen und betrachtete meine pechschwarzen Fingernägel.

»Hallo, Eliza«, erklang dann die ruhige Stimme.

***

Mein Körper wurde zu Eis. Schlagartig. Mein Mund klappte auf und wieder zu. Die erste Reaktion war Abwehr. Ich versuchte mir so schnell wie möglich klarzumachen, dass ich schon wieder fantasierte und aufwachen musste. Weil das nicht die Realität sein konnte. Aber mein Verstand hörte nicht. Es rasten Millionen Gedanken durch meinen Kopf, ohne dass ich sie verhindern konnte. Ohne dass ich daran denken konnte, wie sehr es hinterher wehtun würde, wenn ich wieder alleine war. Es schien so lange her, aber diese Stimme würde ich niemals vergessen. Egal, was geschehen war, egal, wie mein weiteres Leben verlaufen würde. Sie hatte sich in mein Gehirn eingebrannt. Bis zum beschissenen Ende.

Meinem Ende.

Erst wollte ich ihn anschreien. Wie er es wagen konnte, sich zu melden. Dann wollte ich in Tränen ausbrechen und ihm sagen, wie leid es mir tat, dass ich geflogen war.

Ich hasse dich.

Ich will dich jetzt.

Ich werde es mein Leben lang bereuen, nicht bei dir geblieben zu sein, als du mich gebraucht hast.

Sein Atem. Alles, was ich hörte, war sein verdammter Atem.

Und da raste mein Herz los, polterte unregelmäßig in meiner Brust, dröhnte mir so laut in den Ohren, dass es fast das wichtigste Geräusch übertönte. Ich spürte das Adrenalin durch meine Adern fließen. Stärker als alles andere. *Finn*, traf es mich. Oh mein Gott. Das konnte nicht wahr sein. Es war nicht möglich, dass er hier anrief.

»Kleine?«

Ich schloss die Augen, und durch meinen Körper strömten derart fremdartige Empfindungen, dass ich mich an der Sofalehne festhalten musste, um nicht vornüberzukippen. *Kleine.* »Hallo, Finn«, hörte ich mich sagen und fragte mich, woher ich die Beherrschung nahm, wie ein einigermaßen normaler Mensch zu klingen.

Er räusperte sich, und ich bekam eine Gänsehaut. »Störe ich dich gerade?«

»N-nein, ich war nur … ich habe nur gerade … ich …«

Er lachte leise, und ich brach ab. Lauschte dem Klang und spürte dann zu meinem Entsetzen, wie sich auf meinen Lippen ein Lächeln bildete. Das war einer meiner kranken Träume. Ich wusste es. Das war die einzig logische Erklärung. *Es war nicht möglich, dass der Mensch, nach dem ich mich monatelang verzehrte, mich einfach so anrief.*

»Ich weiß, es bringt Unglück, im Voraus zu gratulieren, aber ich werde morgen den ganzen Tag unterwegs sein, also dachte ich, ich lass dich wissen, dass ich deinen Geburtstag nicht vergessen habe.«

»Danke.« Ich flüsterte es, weil ich nicht wollte, dass er das Zittern in meiner Stimme wahrnahm. Er war dran. Gott, er war wirklich am anderen Ende der Leitung.

»Keine Sorge, damit will ich nicht indirekt andeuten, dass ich beleidigt bin, weil du mir an meinem nicht gratuliert hast.« Ich sah sein Grinsen vor mir, und ich konnte nicht anders, als Glück zu empfinden. Pure, unverfälschte Euphorie.

»Sorry«, erwiderte ich und kniff die Augen fester zu, um diesen Moment ganz und gar auszukosten. »Wo bist du gerade?« Die Frage kam über meine Lippen, bevor ich nachdenken konnte. *Als könnte ich jemals bei ihm ernsthaft nachdenken.*

»New York City«, antwortete er. »Ich bin gerade auf meiner Tour, ich weiß nicht, ob du …«

»Ich weiß Bescheid«, fiel ich ihm ins Wort und lachte dann. Losgelöst. Ein bisschen irre vielleicht. Aber das kam dem Wahnsinn schon ziemlich nahe. »Ich kann's nicht fassen, dass du auf Tour bist.«

»Oh, ich auch nicht«, sagte er mit einem leichten Kichern. »Es war eher eine spontane Entscheidung, weißt du? Ein bisschen wie damals, als ich mit der Musik angefangen habe. Sieht so aus, als würde ich nicht so einfach davon loskommen.«

Ich spürte, wie meine Handflächen bei diesen Worten ganz nass wurden und ich das Telefon automatisch fester umklammerte. »Geht's dir gut dabei? Ich meine ... Macht es dir Spaß?«

»Mhh ... Ich mache Fortschritte. Und es ist schwierig, groß über seine Gefühlswelt nachzudenken, wenn du dauernd abgelenkt bist und diese Adrenalinstöße bekommst. Was ist mit dir? Ally hat gesagt, sie wollen dich überraschen?«

Ich lächelte, als wäre es das Einfachste auf der Welt. »Und du bist gerade dabei, es kaputt zu machen. Was hat sie dir gesagt? Schmeißen sie 'ne Mitternachtsparty?«

»Vergiss es, Kleine. Von mir erfährst du kein Wort.«

Das Glück in mir drohte überzulaufen. Meine Mundwinkel schmerzten schon. »Wo bist du gerade?«

»In dieser Hotelsuite, und du kannst dir nicht vorstellen, wie langweilig das auf Dauer wird ...«

Mein Verstand saugte die Informationen gierig auf. Er nahm alles, was er kriegen konnte. »Ach ja, kann ich mir vorstellen ... Muss ein schweres Leben sein, in Luxussuiten zu wohnen, Finn.«

Hotelsuite. Er und ich.

Er lachte. Es war ein richtiges, echtes Lachen. Es ging mir tief unter die Haut und steckte mich an. Und hinterließ das schönste Gefühl seit Wochen in mir. »Die Gesellschaft fehlt ... San Francisco war wenigstens unterhaltsam.«

Entgegen aller Erwartungen zog sich mein Magen auch bei dieser Erwähnung nicht schmerzhaft zusammen. Ich fühlte mich so gut, dass ich weinen wollte. Als seine Stimme tausend Erinnerungen zurückbrachte, war da keine Dunkelheit mehr. »Ich würde dir ja anbieten, einen Abstecher auf meine geheime Geburtstagsparty zu machen, aber ich glaube, deine Fans wären nicht so begeistert.«

»Warst du nicht immer mein größter Fan?«

»Von sich selbst überzeugt wie eh und je, hm?«, erwiderte ich grinsend.

»An deiner Schlagfertigkeit hat sich auch nicht viel geändert. Wie steht's mit London?«

»Die Stadt würde dir gefallen. Regen und viele Orte, um allein zu sein.«

»Und du natürlich.« Mit einem Mal klang er leiser, rauer.

Ich schluckte hart. Es kam mir immer noch vor wie ein Traum, der mich umbringen würde, sobald ich erwachte. Ich merkte mit voller Wucht, dass es mir wirklich egal war, was geschehen war. Es war surreal, dass wir so miteinander sprechen konnten, nach all dem Mist. Surreal und tödlich für mein naives Herz.

Komm zu mir. Sag mir, dass du nur mich willst. Sag mir, dass du mich vermisst hast. Die Worte waren so nah, es wäre so einfach, sie auszusprechen. *Ich liebe dich. Du hattest recht, es ist egal, wie man es nennt, es ändert nichts an der Tatsache.* So … einfach …

»Also, Eliza, ich will dich dann nicht weiter stören … Feier einfach schön rein und genieß deinen Tag, ja?«

»M-hm …« Mein Herz klopfte immer noch unerträglich schnell, und mir war so schlecht. Ich wollte es sagen. Ich wollte es so verdammt sehr.

»Wäre es okay, wenn ich mich melde, sobald ich wieder in Seattle bin?«, vernahm ich seine tiefe unvergleichliche Stimme.

Meine Gesichtszüge entglitten mir. Hoffnung, so stark, dass mir das Atmen schwerfiel, durchzuckte mich. *Du erbärmliches schwaches Mädchen*, schrie mein Unterbewusstsein. »Klar«, hörte ich mich betont locker sagen. »Pass auf dich auf.« *Gott, ich will dich so sehr.*

Er räusperte sich, und es klickte.

Dann war es vorbei.

Minutenlang lauschte ich noch dem monotonen Tuten, das mir zeigte, dass er aufgelegt hatte, bis ich das Telefon von meinem Ohr nehmen konnte. Völlig benommen sah ich mich im Wohnzimmer um und war beinahe schockiert, dass alles noch am selben Platz stand. Dass der Raum sich kein bisschen verändert hatte, während meine ganze Welt innerhalb von wenigen Minuten Kopf stand. Ich blickte hinunter auf meine zitternden Hände und stützte mich am Sofa ab, zog mich hoch und griff nach meiner Tasche, nur um zu merken, dass meine tauben Hände sie nicht richtig zu fassen bekamen. Ich blieb mitten im Raum stehen und schloss die Augen. Schlang beide Arme reflexartig um mich selbst und übergab mich dem Schwindel. Der Übelkeit. Es tat weh. Jeder Teil von mir tat weh, und gleichzeitig spürte ich, wie stille Freudentränen meine Wangen hinabströmten. Für einen kurzen Moment rang ich mit mir, konnte mich nicht entscheiden, was ich fühlen wollte. Was ich überhaupt noch fühlen konnte. Aber als sich die Realität, die unumstößliche Wahrheit, vor all das drängte, was mich gequält hatte, gab es nichts mehr zu entscheiden.

Ich spürte, wie sich ein überglückliches Lächeln über mein ganzes Gesicht zog. »Er hat angerufen«, flüsterte ich, um mich selbst zu überzeugen. »Er hat meinen Geburtstag nicht vergessen.« Egal wie viele Meilen ich zwischen uns brachte, egal mit wie vielen Typen ich etwas anfangen würde. Finn war bei mir. Er wollte sich wieder melden. Er wollte mit mir in Kontakt bleiben.

Im nächsten Augenblick war ich in mein Zimmer gerannt und stürzte mich in voller Montur, in meinem verfluchten Geburtstagsoutfit, aufs Bett, krallte meine Hände rechts und links in die Kissen, drückte mein Gesicht ebenfalls hinein und schrie mir meinen armseligen Leib aus der Seele.

Herzlichen Glückwunsch zum Geburtstag.

***

Ally und Diego halfen mir von beiden Seiten aus der großen Gondel, und als ich wieder festen Boden unter den Füßen hatte, drehte sich alles ein bisschen. Ob es an der wahnsinnigen Höhe oder jetzt schon am prickelnden Champagner lag, konnte ich nicht sicher sagen. Sie hatten mich zum London Eye geführt, für das sie schon Tickets bestellt hatten, und um Mitternacht hatten wir hoch oben über den Dächern der Stadt angestoßen. Ich war mir mit einem Mal der schwindelerregenden Schönheit dieses Ortes bewusst geworden. Er kam mir so inspirierend und friedlich vor. Ungefährlich. Sicher. Aufregend, aber bis zu einem Punkt, an dem es auszuhalten war. Kein panisches Herzrasen. Kein alles überschwemmendes Glück oder Unglück. Ein Ort, um erwachsen zu werden.

Ich lächelte die beiden benommen an. »Volljährig«, flüsterte ich, und wir ließen uns alle drei auf einer Holzbank direkt neben dem Riesenrad nieder, um die Magie des Augenblicks ein bisschen festzuhalten, bevor wir feiern gingen.

Vor einem Jahr war ich voller Lebensfreude von zu Hause ausgezogen, war in die unglaublich tolle WG nach Seattle gezogen und hatte mir geschworen, mein letztes Jahr als Minderjährige in vollen Zügen zu genießen und ein paar Dummheiten zu begehen, um hinterher sagen zu können, dass ich richtig und hundertprozentig gelebt hatte. Ich schaute den vorbeifahrenden Autos zu und fragte mich unwillkürlich, was meine Vorsätze für dieses Jahr waren.

Einundzwanzig. Es änderte nicht viel. Alter war nur eine Zahl, aber tief in mir schlichen sich Zweifel ein. Das quälende Gefühl, dass ich im vergangenen Jahr mehr erlebt hatte als sonst jemand in seinen gesamten Zwanzigern. Dass es vielleicht zu viel gewesen war.

»Eliza?«, fragte Ally halb besorgt, halb überrascht. Diego sah mich nur lächelnd an. Aber ich spürte, dass sein Lächeln Mitleid enthielt, das ich nicht einordnen konnte … oder wollte. »Alles in Ordnung?«

Mein Mund öffnete sich reflexartig, und ich sprach, ohne zu überlegen: »Könnt ihr fünf Minuten hier auf mich warten? Ich muss nur schnell etwas erledigen, dann köpfen wir die zweite Flasche und ihr entführt mich ins Nachtleben, ja?«

Sie nickten sofort, wenn auch einen Hauch misstrauisch.

Ohne eine weitere Antwort abzuwarten, schaute ich mich um und entdeckte augenblicklich zwei rote Telefonzellen an der Ecke zur Hauptstraße. Als ich nach meiner kleinen schwarzen Umhängetasche griff und direkt darauf zurannte, hallten meine Absätze auf dem Pflasterstein wider, und meine Gestalt warf durch die Straßenlaternen gespenstische Schatten auf den großen Platz. Ich lachte wie ein Kind und betrat die Telefonbox, wo ich sofort nach dem altmodischen Hörer griff, nachdem ich etliche Münzen eingeworfen hatte. Jede Sekunde würde mein Handy losgehen. Meine Eltern, Jen, Sam, Tom und all meine anderen Freunde aus Seattle und von früher würden anrufen. Ich war mir sicher, Jenny hatte in Brasilien den exakten Zeitunterschied schon vor Wochen ausgerechnet und wählte in diesem Moment. Meine Finger flogen über die Zahlen, ich musste nicht nach der Nummer schauen, ich hatte sie zu oft nachts angestarrt, als dass ich sie nicht auswendig könnte. Es klingelte, und für den Bruchteil einer Sekunde bekam ich Angst, dass es so unendlich lächerlich war, ihn jetzt schon zurückzurufen. Aber dann klickte es, und meine Gedanken lagen blank. Alles löschte sich aus, wie so oft in der Vergangenheit.

»Finn Westwood«, ertönte die tiefe Stimme, die ich vorhin vor lauter Schreck gar nicht hatte auskosten können.

Ich atmete einen Herzschlag lang tief durch. »Ich bin's. Ich … hier ist …«

»Eliza.«

Himmel. Mein Puls raste, obwohl ich eben noch auf dem London Eye ruhig gewesen war. Es war typisch ich. Es war so klar, dass ich es nicht bei einem wunderbaren Mal hatte belassen können. Wochenlang hörte ich außer durch Tom nichts von ihm, und dann kam alles Schlag auf Schlag. Mir kam der absurde Gedanke, den ich am ersten Abend in San Francisco schon gehabt hatte. *Ich bin nicht verliebt, ich bin süchtig.* »Tut mir leid, dass ich anrufe, ich weiß ja, dass du in New York beschäftigt bist und gesagt hast, du meldest …«

Ein kurzes eindringliches Rauschen unterbrach mich glücklicherweise, bevor ich mich noch lächerlicher machte. Wenn das überhaupt noch möglich war.

Seine Stimme erklang schließlich erstaunlich klar und so sanft, dass ich unwillkürlich schauderte. »Ich habe Zeit für dich.« Und es hörte sich an, als wollte er »immer« hinzufügen. Aber vielleicht war das auch nur die Euphorie des Moments.

»Bist du immer noch im Hotelzimmer?«, flüsterte ich, als hätte ich Angst, jemand würde uns belauschen.

»Auf dem Balkon.« Ich spürte das leise Lächeln in jeder Faser meines Körpers. »Und du, Elizabeth? Es ist nach Mitternacht in England, du hast Geburtstag. Willst du nicht feiern?«

»Ally und ein paar Freunde warten auf mich«, sprudelte es aus mir hervor. Ich stoppte mich nicht. »Ich bin in einer Telefonzelle, mit dem Handy ist der Empfang zu schlecht. Wir ziehen gleich los. Sie haben mich aufs Riesenrad gezerrt, damit ich um Punkt zwölf ganz London von oben sehe.« Inzwischen war es mir endgültig egal, dass ich mich erbärmlich benahm. Es spielte keine Rolle, dass ich ihn an meinem Geburtstag zurückrief, um ihm von mir zu erzählen, als wären wir alte Freunde. Dass ich keinen Gedanken daran verschwendete, hauptsächlich seinetwegen hier zu sein, so weit weg von zu Hause. Alles, was zählte, war seine Stimme. Seine Anwesenheit am anderen Ende der Leitung. Sollte er mich doch für völlig gestört mit gespaltener Persönlichkeit halten. Er war immerhin mitschuldig.

»Versprichst du mir etwas?«, fragte er rau.

Das Donnern in meiner Brust wurde schmerzhaft.

»Wenn du da draußen bist und dich betrinkst und tanzt, dann tu es nicht aus Frust oder weil du irgendetwas ... vergessen willst. Genieße es. Fühle das, was du erlebst, okay, Eliza?«

Ich schwieg. Denn in dieser Sekunde wusste ich, der einzige Grund, aus dem ich hierhergerannt und Finns Nummer gewählt hatte, war, dass ich ihn anflehen wollte, mich zurückzuholen.

»Ich werde dasselbe versuchen«, flüsterte er auf einmal.

Ich konnte nicht mehr, wenn er so etwas in dieser Tonlage sagte. Ich vermisste ihn so verflucht sehr und warf daher meine Bedenken über Bord. »Denkst du, dass ich wegen ... allem nicht mehr fähig sein werde, es zu genießen?«

Seine Stimme brach, als er sprach. »Bist du gerade sehr unglücklich?«

»Nein.« Was für eine dumme, dumme Frage. »Und du?«

»Wir schaffen das, Kleine. Du bist gottverdammte einundzwanzig Jahre alt, das ist die beste Zeit deines Lebens.« Er lachte trocken. »Das kann dir kein Arschloch der Welt nehmen.«

Ich musste fast lächeln. Fast. »Danke.«

Und dann piepte es dreimal – mein Kleingeld war aufgebraucht. Sekunden später war die Leitung tot, und ich ließ den Hörer sinken.

Es gab tatsächlich noch eine zweite Option.

9. KAPITEL

NOT STRONG ENOUGH

Finn

September 15th, noon

»Westwood, mach die gottverdammte Tür auf!«

Es hämmerte zum achthundertsten Mal an der Tür meiner Suite, und ich nippte erst einmal gemütlich an meinem Espresso, bevor ich mich von dem quadratischen Bett mit der extrahohen Matratze erhob und nur mit Jogginghose bekleidet Richtung Tür schlurfte. Auf dem Weg dorthin warf ich zufrieden lächelnd einen Blick aus dem Fenster, von dem aus ich das Empire State Building sehen konnte. Die offensichtlichen Parallelen dieser Suite zu der in San Francisco störten mich nicht im Geringsten – ganz im Gegenteil, ich fühlte mich umso wohler hier.

Jetzt erwartete mich aber natürlich Stress. Ich öffnete die Tür mit einem gewinnenden Lächeln, das gleichzeitig auch etwas entschuldigend aussehen sollte. Immerhin hatte ich mich zwei Tage versteckt.

Tyler sah nicht so aus, als würde er es mir abkaufen. Wutschnaubend lief er an mir vorbei, und die schwere Tür fiel ins Schloss. »Willst du mich eigentlich verarschen?«, fing er mit lauter Stimme an.

Seufzend drehte ich mich um und fuhr mir durchs Haar, das vom Schlaf heillos durcheinander war. »Morgen, Ty.«

Er fixierte mich mit zusammengekniffenen Augen. »Ist dir bewusst, was du angerichtet hast?«

Ich rollte mit den Augen. »Wovon sprichst du? Der Auftritt vorgestern war besser als alle davor, und du hast gesagt, wir müssen erst morgen weiter nach …«

»Ich spreche nicht von deiner beschissenen Karriere«, fuhr er mir aufgebracht dazwischen, und ich horchte überrumpelt auf. »Deine Familie, Westwood, schon mal was davon gehört? Zwei Tage lang hab ich jede Sekunde telefoniert und bin rumgefahren, um dich aufzutreiben, weil alle bei dir zu Hause durchdrehen und davon sprechen, hierherzufliegen.«

»Was?«

»Ich hab keine Ahnung, was bei dir los ist, aber dein Doc oder Dad oder was auch immer hat mir die Hölle heiß gemacht. Ich bin kein Babysitter, du Vollidiot. Es fielen Worte wie Therapie und Selbstmordversuch. Das ist kein verfluchter Scherz, finde ich.«

Ich presste die Lippen aufeinander und setzte mich aufs Bett. »Fuck.«

»Ja«, sagte er und fluchte erneut. »Das kannst du laut sagen.«

Eine Weile schwiegen wir, während ich die letzten beiden Tage Revue passieren ließ und mir bewusst wurde, dass ich wieder ins alte Schema der Verantwortungslosigkeit gefallen war. Ich hatte zwei Tage damit verbracht, mit einer Ich-könnte-die-gottverdammte-Welt-umarmen-Laune und verschiedenen Verkleidungen durch Manhattan zu laufen, damit mich keine Menschenseele erkannte. Ich hatte mein Telefon ausgeschaltet, um die Ruhe zu genießen … den Moment der absoluten Gelassenheit, weil ich mit Eliza gesprochen hatte. Der ganze Schleier, durch den ich die Welt die vergangenen Wochen lang betrachtet hatte, war verschwunden. Allys Erzählungen waren erst in diesem Augenblick, als Eliza mich an ihrem Geburtstag zurückgerufen hatte, richtig zu mir durchgedrungen. Sie hatte das Interview gesehen, in dem ich irgendeinen Mist erzählt hatte, und sie hatte geweint. Sie war zusammengebrochen. Weil sie mich vermisste.

Ich hatte die letzten Tage nicht von Wasser oder Schlaf oder Sauerstoff gelebt. Sondern von der gewaltigen Hoffnung, die tief in mich eingedrungen war und ihr Gift überall verspritzt hatte. Aber mein Verhalten war falsch gewesen, gegenüber all den Menschen, denen ich etwas bedeutete. Wieder einmal.

Ich hob den Kopf und sah zu Tyler rüber. »Es tut mir leid, Mann. Ich werde sofort bei meinen Eltern anrufen.«

Einen Moment starrte er noch mit bewegungsloser Miene geradeaus, dann wandte er sich langsam, als wäre er unsicher, ob ich seinen Blick überhaupt verdiente, zu mir. »Okay, du Trottel. Erzähl mir, was passiert ist. Du hast immer einen Grund, und soweit ich weiß, ist es immer derselbe.«

Ich ließ mich rücklings auf das Himmelbett fallen. Und dann musste ich plötzlich grinsen. »Ich hab sie angerufen.«

Er wartete. »Und? Was zur Hölle hat dir die Kleine erzählt, dass du wieder ausgetickt bist?« Tyler wusste Bescheid darüber, dass ich geplant hatte, Eliza an ihrem Geburtstag anzurufen – immerhin war er derjenige gewesen, der es mir erlaubt hatte. »Wir haben immer noch einen Deal, und ich gedenke immer noch, meinen Part zu erfüllen«, hatte er gesagt, als wir hier gelandet waren. »Ruf sie an. Gratuliere ihr zum Geburtstag.« Ich hatte nicht nachgefragt, woher er das wusste – der Typ wusste so ziemlich alles. Es war ein Wunder, dass ich ihm zwei Tage lang entkommen war.

»Sie hat mich eine Stunde später noch einmal zurückgerufen«, fuhr ich fort und konnte das lächerliche Grinsen, das immer breiter wurde, nicht unterdrücken.

Im nächsten Moment hagelte es Kissen über mir. Ich lachte ihn aus, und obwohl er keine Miene verzog, wusste ich, dass es wieder in Ordnung war. Irgendwie. »Du bist schlimmer als ein testosterongesteuerter Teenager, Alter. Da ruft dich ein Mädchen zurück, und du läufst Amok.«

Ich fuhr mir abermals durch die Haare. »Sie ist nicht nur ein Mädchen.« Und sie hatte mich auch nicht nur einfach so zurückgerufen. Wir sprachen hier immerhin von Eliza, die nichts ohne Grund tat und sturer als eine Horde von Stieren war.

»Ich will ja jetzt nicht sagen *hab ich's dir nicht gesagt*, aber verflucht, ich hab's wirklich drauf. Das macht sie verrückt, wenn du wochenlang nichts von dir hören lässt und sie dann einmal nett behandelst. Du warst doch nett zu ihr, oder?«

Anstelle einer Antwort zeigte ich ihm lachend den Mittelfinger und stand auf, um mir eine Dusche zu gönnen. Danach würde ich sämtliche Familienmitglieder kontaktieren und ihnen versichern, dass es mir nach wir vor fantastisch ging.

»Du bist wirklich krank, weißt du das?«, rief Tyler mir hinterher. »Wenn Miss Fleming wüsste, wie viel Macht sie über dich hat, wären wir beide verloren.«

Ich stieg auf den blank polierten Fliesen aus meiner Jogginghose. »Der Deal steht noch?«, gab ich in der gleichen Lautstärke wie Ty zurück und stellte das Wasser an.

»Jetzt erst recht! Und der nächste Schritt wird dir nicht gefallen, aber du bist mir einiges schuldig.«

Ich wartete, dass sich die richtige Temperatur einstellte, und steckte meinen Kopf aus dem Badezimmer. »Wovon sprichst du?«

Tyler war gerade dabei, sich eine Kippe anzuzünden und auf den großen Balkon neben dem Bett herauszutreten. »Keine Anrufe mehr, bis ich es dir sage.«

»Ich hab Eliza gesagt, ich melde mich«, gab ich zu bedenken und runzelte die Stirn.

»Gut gemacht. Das wirst du auch. In ein paar … Wochen.«

Es entstand eine Pause, in der ich mich fragte, wieso ich ihn gleich noch mal als meinen Manager eingestellt hatte.

»Mach nicht so ein Gesicht, Westwood«, sagte er, obwohl er mir den Rücken zugewandt hatte. »Du vertraust mir doch, oder?«

Ohne zu antworten, schloss ich die Tür hinter mir und stieg unter die Dusche.

Er hatte recht – ich vertraute ihm. Aber ich würde nichts versprechen können. Nicht, wenn es um sie ging.

***

Nachdem ich dafür gesorgt hatte, dass bei meiner Familie wieder Frieden einkehrte, war ich erst mal fertig mit den Nerven und voll mit Schuldgefühlen. Ich hatte absichtlich erst Alex angerufen, da ich ein Feigling war und wusste, dass ich von ihm weder Vorwürfe noch Beschimpfungen hören würde. Er hatte mich in geschäftsmäßigem Ton gefragt, ob es mir gut ginge und wie denn die Tour laufen würde, doch gegen Ende des Gesprächs war auch seine Fassade gebröckelt. »Hör auf, uns zu Tode zu erschrecken, Finn«, hatte er leise gesagt. »Du solltest jetzt besser Mom anrufen.«

Und das hatte ich dann auch schweren Herzens getan. Entgegen meiner Erwartungen war sie nicht völlig aufgelöst gewesen, sondern viel ruhiger als in L.A. Vermutlich hatte Michael sie gebeten, mich nicht emotional zu erdrücken, um es mit seinen Worten zu sagen. Vielleicht dachte er, dass ich Zeit brauchte, um meine Vergangenheit zu verarbeiten, aber ich hatte ihm in den kurzen fünf Minuten, die wir anschließend miteinander telefonierten, erklärt, dass es um Eliza ging. Immerhin war er nicht nur mein Dad, sondern auch mein Therapeut, also musste ich mich vor ihm nicht schämen, wenn ich aufgrund eines Mädchens völlig den Verstand verlor – und das zwei Tage lang. Aber trotzdem ... Die Vergangenheit war nicht verschwunden, nur weil Eliza sie in den Hintergrund gerückt hatte. Die Träume kamen wieder und wieder und brachten die Bilder mit sich, die sich bei Tageslicht in der letzten Ecke meines Gedächtnisses versteckten.

Und deshalb formte sich eine Idee in meinem Kopf, als Tyler mich nach einem Mittagessen bei dem wohl besten Italiener New Yorks und einer spektakulären Paparazzi-Flucht fragte, wie ich die letzten Stunden im Big Apple verbringen wollte. Einerseits hatte ich zwar meine gesamte beschissene Kindheit hier verbracht, andererseits kannte ich berühmte Orte wie den Central Park oder die 5th Avenue nichtsdestotrotz nur von Erzählungen. Mir stand die Welt offen. Ich hatte zwei Bodyguards an meiner Seite, ich war berühmt, und ich hatte verdammt viel Kohle. Nach den Entwicklungen in meinem ... Liebesleben konnte ich mir sogar vorstellen, diese Tatsachen einen Abend lang auszunutzen und mich gehen zu lassen. Spaß zu haben, mit Tyler, dem ich das auch wirklich schuldig war. Doch davor musste ich ein für alle Mal abschließen. Mit der gebrochenen Person in mir, die immer noch nicht ruhig schlafen konnte, weil sie von längst verdrängten Bildern voller Gewalt und Trauer verfolgt wurde.

»Ich will in die Bronx«, antwortete ich Tyler, als wir im Taxi saßen, das uns gerade zum Hotel zurückfuhr.

Verblüfft starrte er mich an. »Nichts für ungut, Junge, ich verstehe ja, dass du noch nie hier warst und dich nicht auskennst, aber meinst du nicht, wir sollten uns eher an Manhattan halten, wenn wir Spaß haben wollen?«

Ich verdrehte die Augen. »Danach können wir meinetwegen hier was trinken gehen – und du darfst sogar aussuchen, wie lange und mit wem. Aber ich muss davor etwas erledigen. Und das geht nur dort.«

***

Eliza

October 28th, 8:30 a.m.

Der Herbstwind wirbelte meine zur Abwechslung mal glatt geföhnten Haare schwungvoll nach hinten, als ich mit gesenktem Kopf durch die orange-braunen Blätter stapfte, die den Gehweg fast vollständig bedeckten. Es dauerte noch ungefähr eine halbe Stunde, bis ich das Vorlesungsgebäude des Goldsmiths College erreichen würde, aber ich bereute es nicht, weder Bus noch U-Bahn genommen zu haben. Es war ein angenehmer Morgen, noch vor neun Uhr, und ich wollte nachdenken. Ein Vorteil dieses Auslandsstudiums war, dass ich nicht immer nur auf einem der vielen Campus der University of London unterwegs war. Es war abwechslungsreich, da es selten vorkam, dass ich sowohl Literatur als auch Psychologie in demselben Gebäude hatte. Heute Morgen war ein Seminar über Persönlichkeitsstörungen dran, was ich als Ironie des Schicksals ansah. Inzwischen fragte ich mich öfter, ob ich überhaupt geeignet für dieses Berufsfeld war oder mich nicht doch lieber vollständig auf die Literatur konzentrieren sollte. Noch vor dem Anfang meines Studiums war mir klar gewesen, dass ich etwas mit Literatur machen wollte, ich hatte jede freie Sekunde geschrieben, entweder Kurzgeschichten oder sogar einmal einen Romananfang, und Bücher regelrecht verschlungen.

Psychologie war deshalb dazugekommen, weil ich es in meinem Jahr als Senior auf der Highschool aus Interesse belegt und unglaublich viel Spaß daran gefunden hatte. Die menschliche Psyche wurde so faszinierend für mich, dass ich viele Nachmittage nur damit verbracht hatte, in der Bücherei dazu zu stöbern oder Filme darüber zu schauen. Vor allem multiple Persönlichkeitsstörungen hatten es mir angetan. Das alles war schlagartig verdrängt worden, als ich dann tatsächlich in Seattle gelandet war. Mein Studium machte mir Spaß, aber ich hatte mich nicht mehr mit derselben Leidenschaft hineingestürzt wie damals, bevor mein Leben so … aufregend geworden war. Aber das war nicht der eigentliche Grund, wieso ich nachdenken musste. Es war inzwischen Ende Oktober. Mehr als sechs Wochen nach meinem Geburtstag. Mehr als sechs beschissene Wochen, seit ich das letzte Mal mit Finn Westwood gesprochen hatte. Jeden Morgen wachte ich auf, jeden Morgen tapste ich ins Badezimmer, schaute mir im Spiegel in die Augen und fragte mich, ob ich ihn anrufen sollte. Jeden Morgen, so auch heute, schüttelte ich den Kopf und versuchte, mich von der Stille nicht herunterziehen zu lassen. Ich war nicht wütend auf ihn. Ich war gerade nicht einmal verzweifelt. Ich hatte in der Nacht meines einundzwanzigsten Geburtstags eine Entscheidung getroffen, und danach richtete ich mich. Ich hatte mir meine Frage, ob ohne ihn alles wieder normal werden konnte, selbst beantwortet – niemals. Wir kriegen das hin, hatte er gesagt, und ich war mir nicht sicher, wie er es genau gemeint hatte. Es gab kein Verdrängen mehr und auch keine Ablenkung. Dafür hatte ich jetzt einen Plan. Meine einzige Chance, das wieder zurechtzubiegen, bestand darin, zu kämpfen. Ich hatte ihn zurückgerufen und ihn wissen lassen, dass er mir nicht egal war. Und wenn er sich nicht meldete, dann bedeutete das vermutlich, dass er noch nicht so weit war und Zeit brauchte.

Zeit, die ich ihm geben wollte.

Weder Ally noch Tom oder gar Jen und Sam hatte ich erzählt, dass wir miteinander gesprochen hatten. Ally dachte wahrscheinlich, ich hätte endlich mit ihm abgeschlossen. Tom dagegen reagierte immer verwirrt, wenn ich ihm von Alison am Telefon erzählte, das Gespräch aber schnell beendete, bevor er über seinen Bruder sprechen konnte. Ich wollte nicht mehr Finns persönliche Stalkerin sein und über jeden seiner Schritte Bescheid wissen. Ich war mir meiner Entscheidung unter anderem auch deswegen so sicher, weil ich von Tom erfahren hatte, dass Finn sich in der letzten Zeit von ihm und seiner restlichen Familie distanziert hatte. Tom zufolge ließ Tyler sie alle paar Tage wissen, dass es Finn gut ging, er aber hart arbeiten musste, um an der Spitze des Ruhms zu bleiben. Ich wollte dabei ganz bestimmt kein Störfaktor sein. Zugegeben, ich hatte auch riesigen Schiss. Denn mit jedem Tag wurde der Gedanke, dass ich Finn endlich sagen musste, was ich fühlte, präsenter und ließ sich schwerer ignorieren. Manchmal, wenn ich abends im Bett lag, schlichen sich Fantasien in meinen Kopf, kleine unrealistische Szenen, die jedes Mal eine Überleitung für meine Träume waren. Aber sie lösten ein Gefühl in mir aus, das ich nicht ausschalten wollte, ein leichtes Flattern in meinem Magen, das sich erst mit der Dusche und dem ersten Kaffee am Morgen vertreiben ließ. Nervosität. Vorfreude. Angst. Ich war nicht dumm. Ich wusste, meinetwegen würde er niemals alles stehen und liegen lassen und herfliegen, nur wenn ich etwas aussprach, das er vermutlich schon geahnt hatte. Aber immerhin hatte er mich angefleht, nicht zu gehen. Mit Tränen in den Augen. Ich schluckte hart bei der Erinnerung und musste dann an Allys Worte nach meinem Zusammenbruch denken. *Du bist ihm immer noch nicht egal.* Vielleicht war ich naiv, aber im Moment fragte ich mich, ob es möglich war, dass sie recht hatte.

***

Der Begriff »Borderline« (Grenzlinie) bezeichnet eine Persönlichkeitsstörung, in der sich die Symptome der Krankheit weder klar dem Bereich der Zwangsvorstellungen noch den Psychosen zuordnen lassen. Häufige Auslöser für die Krankheit sind neben genetischen Veranlagungen Erfahrungen mit sexueller Gewalt und Vernachlässigung, die insbesondere in der Kindheit der Betroffenen stattfinden.

Ich schaute von meinem Laptopbildschirm auf und setzte meinen Kaffeebecher ab, als sich ein Mädchen mit blonden kinnlangen Haaren zu mir an den Tisch im Seminarraum setzte. Sie schaute mich freundlich an.

»Hey, ich bin Amelie. Du hast Borderline, oder?«

Wir waren nach einer kurzen Einführung unseres Dozenten in verschiedene Gebiete zum Thema Persönlichkeitsstörung eingeteilt worden, zu denen wir in Partnerarbeit bis zur nächsten Woche eine Präsentation vorbereiten sollten.

»Eliza«, stellte ich mich vor und nickte lächelnd. »Willst du mitmachen?« Ich hatte sie heute zum ersten Mal gesehen, aber sie schien ziemlich interessiert, denn sie hatte Professor Warner schon zu Beginn des Seminars mit Fragen gelöchert.

»Gerne.« Sie packte ihren Laptop aus und stellte ihn neben meinen. »Kennst du dich mit dem Thema aus?«

»Nicht so richtig«, sagte ich. »Ich dachte, ich google den Begriff erst mal, um eine Vorstellung davon zu bekommen, was genau gemeint ist, bevor ich mir die Literatur anschaue.«

»Guter Plan«, erwiderte sie zustimmend nickend.

Ich scrollte auf der Seite weiter nach unten zu den Auswirkungen auf die erkrankte Person. Die einzigen Vorstellungen, die ich darüber hatte, hatten etwas mit Selbstverletzung und Stimmungsschwankungen zu tun. Bilder von diversen Kinofilmen wie *Girl, Interrupted* erschienen in meinem Kopf, aber mehr wusste ich auch nicht.

Für den an der Borderline-Persönlichkeitsstörung Erkrankten sowie für dessen soziale Umgebung bestehen viele Belastungen. Vor allem im zwischenmenschlichen Bereich hat die beschriebene Instabilität des Selbstbildes und der Emotionen schwerwiegende Auswirkungen. Oft wird der Partner zunächst auf einen Podest gehoben und glorifiziert, nur um kurz daraufhin vollkommen abgewertet zu werden. Der Erkrankte befindet sich auf einer schmalen Gratwanderung zwischen Liebe und Hass, Schwarz und Weiß.

Ich blinzelte und fühlte mich plötzlich seltsam, was ich aber ignorierte, indem ich hastig weiterlas.

Auch die wiederholt vorkommende Angst vor Einsamkeit und der damit verbundene Anspruch an den Partner, ständig verfügbar zu sein, ist eine starke Beeinträchtigung für die sozialen Beziehungen und führt in vielen Fällen zu deren Abbruch. Störend wirken sich ebenso die Neigung zu Wutausbrüchen sowie die extrem ausgeprägte Emotionalität in Bezug auf Kritik aus.

Mein Herzschlag beschleunigte sich, und so langsam dämmerte mir, was los war. Trotzdem wollte ich mich immer noch nicht ablenken lassen, indem ich dumme Vergleiche anstellte.

Eine große Rolle für die physische Gesundheit nimmt auch die Neigung der Erkrankten zur Selbstverletzung ein. Dies kann durch exzessiven Alkohol-, Drogen- oder Medikamentenmissbrauch, riskantes Verhalten im Straßenverkehr oder auch durch impulsive Handlungen wie z.B. eine bewusst eingefädelte Schlägerei deutlich werden. Auch die aktive Selbstverstümmelung durch z.B. Zufügen von Brand- oder Schnittverletzungen bis hin zur Selbsttötung kommt nicht selten vor.

Ich starrte die Worte an und las sie erneut. War ich verrückt und das hier nur ein dummer Zufall? Benommen schüttelte ich den Kopf. *Oft wird der Partner zunächst auf einen Podest gehoben und glorifiziert, nur um daraufhin vollkommen abgewertet zu werden*, wiederholte ich stumm.

»Du … bist unglaublich.« Meine erste Begegnung mit Finn. Er hatte mich angesehen, als wäre ich ein Engel. Eine Erlösung. Schon damals hatte ich mich gefragt, wieso er gerade mich ausgewählt hatte. Ich konnte richtig hübsch aussehen, wenn ich wollte, aber er war ein Gott, während ich ein gewöhnliches Mädchen war. Das waren keine Minderwertigkeitskomplexe, das war einfach die schlichte Wahrheit. *»Du bist alles, Eliza. Das Schönste.«*

… zwischen Liebe und Hass, Schwarz und Weiß.

Wie er mich gemieden hatte. Wie er mich angebrüllt hatte, als ich ihn provoziert hatte. Wie er ausgerastet war, als seine Mutter ihn angerufen hatte. Wie er mich voller Hass auf dem Maskenball angesehen hatte.

»Sag mir einen gottverdammten Grund, warum ich nicht gehen sollte.«

»Weil ich dich liebe.«

Weil ich dich liebe. *Liebe.*

Sein Blick vor dem Sex, der so viel mehr als bloße Leidenschaft ausdrückte. Alles, was ich immer in den Hintergrund geschoben hatte, weil ich wusste, ich würde nicht damit klarkommen.

Borderline. Bis hin zur Selbsttötung.

Verdammt.

***

3:00 p.m.

Mit den Nerven am Ende lief ich durch unsere unerklärlicherweise offen stehende Apartmenttür, nachdem ich mit dem Aufzug nach oben gefahren war. Ich wollte nie wieder ein Psychologieseminar haben, nie wieder eine Präsentation mit jemandem wie Amelie vorbereiten, die zu Beginn ja ganz nett gewesen war, aber sich schließlich als immer weiter meckernde Zicke entpuppte, der man rein gar nichts recht machen konnte. Aber vor allem wollte ich nicht auf etwas stoßen, das der Schlüssel zur Diagnose meiner Ex-Affäre sein könnte. Natürlich konnte ich mir nicht sicher sein, ob das stimmte, aber es gab verräterisch viele Parallelen. Dennoch brachte es mich kein Stück weiter. Es führte nur dazu, dass ich den Kopf immer wieder gegen die Wand schlagen wollte.

Ich hatte mit dem Gedanken gespielt, Ally anzurufen und sie zu fragen, ob sie diese Borderline-Störung bei Finn als realistisch ansah, aber ich hatte zurzeit das Gefühl, als stünde etwas Unüberwindbares zwischen uns, also hatte ich mich dagegen entschieden und war fürs Abendessen einkaufen gegangen – Shrimps in Knoblauch-Wein-Soße mit Bandnudeln –, da ich diese Woche an der Reihe war.

Ally und ich waren seit meinem Geburtstag kaum mehr zusammen einkaufen gewesen oder abends weggegangen, und obwohl wir uns beide scheinbar wie immer verhielten, war etwas anders als sonst. Klar, wir hatten beide viel mit der Uni zu tun und ja auch sonst andere Freunde, aber früher hatten wir das doch auch hingekriegt. Ich wollte sie immer darauf ansprechen und tat es dann doch nicht, teils aus schlechtem Gewissen, weil ich immer noch mit Tom über sie sprach, und teils weil es einfacher war, das unterbewusste Gefühl zu verdrängen und eine heile Welt vorzuspielen. Aber heute wollte ich keine Distanz mehr, auch keine unsichtbare. Es war Freitagabend, mein Tag war anstrengend gewesen, und ich brauchte meine beste Freundin.

Ich kickte meine schwarzen Lederstiefel von den Füßen und lief ins Wohnzimmer, um von dort aus in die Küche zu gelangen und die Lebensmittel abzustellen. Auf der rotbraunen Ledercouch erwartete mich ein unerwartetes Bild – ausnahmsweise schien vollkommener Frieden in unserer WG zu herrschen: Ally, Clara, Hannah und Joe hatten sich alle unter eine Decke gekuschelt und schauten sich *Grey's Anatomy* an. Nur John und Diego fehlten.

Ich warf ein allgemeines »Hallo« in die Runde und wollte schon weiterlaufen, als die Szene wechselte und die Space Needle bei Nacht auf dem großen Bildschirm erschien. Ich seufzte tief. Ich hatte ganz vergessen, dass die Serie in Seattle spielte.

Ally lächelte mir zu. »Heimweh?«

»Ich doch nicht«, gab ich wehmütig zurück und riss mich vom Anblick meiner Lieblingsstadt los, da jetzt sowieso wieder Patrick Dempsey im Arztkittel erschien.

In der Küche öffnete ich den Kühlschrank und räumte die Einkäufe rein, als ich hörte, wie sich der Perlenvorhang hinter mir bewegte.

»Sag mal, hast du heute Abend Zeit?« Es war Ally.

Ich richtete mich auf. »Klar.«

Sie grinste mich an. Beinahe verlegen. »Ich hab das Gefühl, wir machen kaum mehr was miteinander.«

»Ich auch«, stimmte ich zu und war irgendwie froh, dass sie es auch bemerkt hatte. »Gehen wir nach dem Abendessen Cocktails trinken und ein bisschen … reden?« Ich konnte ihr vielleicht nicht von meinem Hochverrat erzählen, aber es würde schon eine enorme Entlastung sein, das mit Finn zu erzählen. Und vielleicht sollte ich auch von den Anrufen an meinem Geburtstag sprechen. Das würde helfen, nicht durchzudrehen und mir eine zweite Meinung einzuholen.

Hinter uns tauchte Hannah auf. »Klasse, nehmt ihr uns mit?« Sie räumte zwei Kakaotassen in die Spülmaschine, aus dem Wohnzimmer war Werbung zu hören.

Ally grinste und antwortete, bevor mir eine gute Ausrede einfiel. »Sorry, aber ich glaub, wir zwei müssen mal alleine raus.«

Hannah sah keineswegs beleidigt aus, sondern so, als würden wir ihr einen riesigen Gefallen tun. »Noch besser, Joe hat gefragt, ob wir euch nicht mitnehmen sollen, wenn wir heute Abend ein bisschen feiern gehen, aber wenn ich mit ihm alleine bin …« Sie lächelte verschwörerisch.

»Sag bloß, du hast es immer noch nicht hingekriegt, ihm zu sagen, dass du auf ihn stehst«, flüsterte Ally neben mir lachend, damit er im Wohnzimmer nichts mitbekam. Ich hatte ja auch so meine Vermutungen mit den beiden gehabt, aber offensichtlich wusste Alison noch ein bisschen mehr.

Hannah zuckte mit den Schultern. »Ich warte eben auf den passenden Augenblick.«

»Klar. Du bist nur ein Schisser.«

Sie verdrehte die Augen, grinste aber. »Wir werden ja sehen.«

»Was macht Clara heute eigentlich?«, fragte ich, und genau in dem Moment betrat diese ebenfalls die Küche.

»Hab ein Date«, nuschelte sie und drückte sich vorbei an die Spüle, wo sie uns den Rücken zukehrte.

»Ist es derselbe geheime Typ, den du seit Wochen triffst, aber nie mit hierherbringst?«, stichelte Hannah jetzt, offenbar froh, dass die Aufmerksamkeit nicht mehr auf sie gerichtet war.

»Geht dich gar nichts an«, antwortete Clara, aber ich sah in der Spiegelung des Küchenfensters, wie sie errötete.

Ich lächelte gequält. Wie wunderbar, dass alle glücklich verliebt waren. Ally fing meinen Blick auf, während sie sich ihre Haare zu einem Dutt drehte, und wir mussten beide automatisch losprusten, weil wir den gleichen, fast schon angeekelten Gesichtsausdruck draufhatten. Und als die beiden uns verdutzt anschauten und wir noch mehr lachen mussten, wusste ich, dass ich auf sie zählen konnte.

***

October 31st, 9:00 p.m.

Ich hatte mich in eine Goth-Braut verwandelt. Es gab jetzt nichts mehr daran zu leugnen. Halb kritisch, halb freudig über das Ergebnis betrachtete ich mich im beschlagenen Spiegel des Aufzuges, der uns in die WG nach unten führte. Hannah hatte mir ein schwarzes Korsett-Oberteil geliehen, das ich mit meinem kurzen engen Rock und transparenten Strumpfhosen kombiniert hatte. Meine Augen waren schwärzer als die Nacht und so übertrieben geschminkt, dass ich im Kontrast dazu nicht nur wie gewöhnlich blass, sondern kalkweiß aussah. Ally hatte mir noch künstliche Vampirzähne aufschwatzen wollen, aber dafür hatte ich mich dann doch zu alt befunden. Sie war mein Gegenstück, ebenfalls ganz in Schwarz gekleidet und geschminkt, dazu dunkle weinrote Lippen. In der leicht verzerrten Spiegelung hätten wir beinahe Schwestern abgeben können. Ich grinste sie an, und sie erwiderte mein Lächeln.

Seitdem wir vorgestern zusammen draußen gewesen waren, ging es mir definitiv besser. Wir hatten über nichts Besonderes gesprochen, ich hatte nicht mal von Finn erzählt, sondern einfach die Zeit genossen, da es mich ein bisschen an früher in Seattle erinnerte … auch wenn Jen fehlte.

Aber jetzt war Halloween an der Reihe. Zu Beginn hatte ich wirklich überhaupt keine Lust auf diesen Feiertag gehabt, den ich auch letztes Jahr nicht groß gefeiert hatte – mit einem Eimer Popcorn und *Friends*, da ich noch ziemlich erkältet gewesen war –, aber dann war Diego heute Morgen mit riesigen Girlanden ins

Wohnzimmer unseres Apartments spaziert und hatte verkündet, dass es hier im East Central zu Halloween eine Tradition gab: Alle sieben WG-Türen blieben offen, die Fenster wurden mit schwarzen Tüchern verdunkelt, überall künstlich betriebene Kerzen aufgestellt und die Gänge des gesamten Gebäudes in eine Art Geisterbahn zum Durchlaufen verwandelt. Jedes Apartment diente einer anderen Art Unterhaltung – wir waren für die Drinks zuständig. Zugegeben, ich hatte mich mitreißen lassen, es klang lustig, auch wenn ich so meine Bedenken hatte, was passieren würde, wenn alle betrunken in unserem Apartment landen würden, da wir ja den Alkohol ausschenkten. Diego hatte mich beschwichtigt und gemeint, ich könnte meine Schlafzimmertür auch abschließen, wenn ich keine Lust auf ungebetene Gäste in meinem Bett hatte.

Im Moment gingen Ally und ich erstmals heute Abend auf Erkundungstour – wir wollten wissen, was die anderen Apartments so zu bieten hatten. Die Aufzugstüren sprangen mit einem Pling auseinander, sie hakte sich bei mir ein, und wir liefen beide in den düsteren Flur hinaus. Wenige Sekunden später stieß sie neben mir einen spitzen Schrei aus und verlor das Gleichgewicht. Da ich meine Aufmerksamkeit auf die laute Musik gerichtet hatte, die von einer Ecke weiter weg erklang, traf es mich völlig unvorbereitet, und wir machten beide Bekanntschaft mit dem Boden, der, wie sich herausstellte, bedeckt mit tausend Reiskörnern war. Wie lustig. In dem Augenblick erschienen über uns eine Fackel, ebenfalls künstliches Licht, und gedämpftes Gelächter.

»Na, ihr Hübschen, wer hat euch denn auf dem Boden vergessen?«

Wir schauten gleichzeitig auf – es war Diego, im Schlepptauch mit zwei Blondinen, die um die Wette kicherten und, obwohl sie im Gegensatz zu uns standen, einen weitaus unzurechnungsfähigeren Eindruck als wir machten.

Er half uns hoch, und ich zog grinsend eine Braue nach oben. »Was hast du denn für …« Ich warf einen Blick auf die bunten zerrissenen Klamotten der Mädchen. »… Hexen aufgegabelt?«

»Kein Neid, bitte«, antwortete er lachend und deutete hinter sich. »Drüben gibt's Snacks. Aber passt auf, wenn ihr ins Apartment kommt, werdet ihr erst mal von links und rechts gepackt und in ein Schlafzimmer verschleppt, also bleibt schön zusammen, um andere Aktionen zu verhindern.«

Er verschwand mit seinen Begleitungen, und Ally warf mir einen belustigten, aber auch überraschten Blick zu. »Seit wann ist der denn so drauf?«

Ich zuckte mit den Schultern und dachte unwillkürlich an Stella. »Nehme an, er ist erfolgreich in der Verdrängungs-Phase angekommen.«

Wir schafften es tatsächlich ohne unerwünschte Zwischenfälle zum Buffet, wo uns Clara mit einem Schönling an ihrer Seite zuwinkte.

Ally und ich holten uns beide einen glasierten Erdbeerspieß und machten uns dann schnell wieder vom Acker, als zwei als Sensenmann verkleidete Gestalten uns ins Visier nahmen und näher kamen.

»Hier lebst du gefährlich«, stellte Ally lachend fest, als wir uns vorsichtig am Geländer zum nächsten Apartment hangelten. Die Tür war angelehnt, aber es strömte ein süßlich riechender Rauch hervor. Darüber war ein Tuch gespannt, auf das mit roter Farbe *Fantasy* gepinselt war.

Ich wechselte einen Blick mit Ally. »Ähm, entweder haben die das da drinnen in einen Strip-Club verwandelt …«

»… oder sie sind dabei, Sandwiches zu verdrücken«, beendete sie meinen Satz kichernd. »Oder beides.«

Wir schoben uns vorsichtig am Tuch vorbei und warfen einen Blick in den Raum. Alles war dunkel, bis auf eine leuchtende Kugel in der Mitte des Raums, um die mehrere sitzende Gestalten auf großen Kissen versammelt waren.

»Hi!«, rief Alison gut gelaunt in die Runde und zog mich ins Apartment, obwohl ich nicht besonders Lust hatte, mit einer Meute kiffender Studenten meinen Abend zu verbringen. Aber wir wollten ja nur mal die Lage checken. »Was macht ihr so?«

Da keiner der Anwesenden aussah, als würde er uns antworten, lief ich einfach weiter zum Balkon. Von hier aus erkannte ich, dass der Geruch nicht durch Joints erzeugt wurde, sondern durch mehrere Räucherstäbchen, die auf der Fensterbank vor sich hin qualmten. Allerdings war ich nicht die Einzige, die Lust auf frische Luft gehabt hatte. Ein Kerl in schwarzem Kapuzenmantel drehte sich zu mir um. Er hielt einen roten Plastikbecher in der einen und eine Zigarette in der anderen Hand. Sein Gesicht war kaum mehr als ein Schatten.

»Guten Abend, Schönheit«, hauchte er mit rauchiger Stimme, die mir unbekannt war, und ich warf ihm nur einen Blick zu, der ihm signalisieren sollte, dass ich auf keinen Flirt aus war.

»Was macht ihr hier?«, fragte ich mit neutraler Stimme.

»Die im Wohnzimmer lassen sich die Zukunft aus der Hexenkugel voraussagen«, sagte der Fremde, und ich sah sein Grinsen unter der Kapuze. »In ein paar Schlafzimmern kannst du dich massieren lassen und im anderen … Tja, das weiß ich nicht so genau. Alle, die bisher rein- und wieder rausgegangen sind, sahen ziemlich zufrieden aus.«

Massieren. Aha. Insgesamt hörte sich das nicht so an, als würde ich hier die Nacht verbringen wollen. Am besten schnappte ich mir so schnell wie möglich wieder Ally und verschwand nach oben zu ein paar bekannteren Gesichtern.

»Darf ich deinen Namen wissen?«, flüsterte Mr. Kapuze neben mir.

»Eliza«, antwortete ich gelangweilt und machte Anstalten, wieder nach drinnen zu gehen, doch da bewegte er sich so, dass er zwischen mir und dem Ausgang stand. Ich hielt kurz inne und schätzte ab, ob es Zufall war oder er mich wirklich daran hindern wollte, ins Zimmer zurückzugehen.

Er hielt mir eine Hand hin. »Hallo, Eliza, ich bin Eric.«

Super. Ich rollte mit den Augen und schüttelte ihm die Hand, in der Hoffnung, er würde mich anschließend in Frieden lassen.

Und tatsächlich trat er sofort zur Seite. »Hoffentlich sieht man sich heute noch.«

Ich machte, dass ich wegkam. Aber als ich wieder durch die Balkontür trat, stand da nirgendwo eine blonde Schönheit mit Smokey Eyes. Ally war doch nicht etwa ohne mich abgehauen?

Ich überlegte, ob es klug war, mich in den Zimmern umzusehen. Irgendwie kam mir die Sache gleich weniger lustig vor, wenn ich alleine durch dunkle unbekannte Räume irrte. Klar, wir befanden uns immer noch im Studentenwohnheim, aber die Eingangstür unten stand offen, wie ich vorhin gesehen hatte. Und es war ein Plastik-Grabstein mit der Aufschrift *Hereinspaziert* daneben angebracht worden, also theoretisch konnte kommen, wer wollte. Trotzdem wollte ich nicht einfach so gehen, wenn Ally sich in einem der Räume befand, also tapste ich langsam in den Flur und schaute durch jeden Türspalt, den ich sehen konnte. »Ally?«, rief ich in einer Lautstärke, die ich als mittelmäßig und noch nicht hysterisch einstufte.

Ich bekam einen halben Herzanfall, als eine Hand mit schwarzem Lederhandschuh nach mir griff und mich in eines der Zimmer zog. So langsam regte es mich auf, dass wirklich jeder eine Maske zu tragen schien. Diese war ziemlich lächerlich, mit blutunterlaufenen Augen, aber trotzdem sah ich das Gesicht dahinter nicht, was ich beunruhigend fand.

»Soso, du hast Dornröschen verloren«, krächzte die Gestalt. Auch dieser Raum war vernebelt, aber der Geruch war definitiv … würziger.

Na klasse, also kifften sie doch. Ich sah schemenhaft noch ein paar andere Leute auf dem Boden und dem Bett sitzen, aber erkennen konnte ich niemanden.

»Wie wär's, wenn du uns Gesellschaft leistest? Dein hübsches Gesicht sieht viel zu verkrampft aus.«

Ich befreite mich aus dem Griff und machte auf dem Absatz kehrt, ohne zu antworten. Meine Vorfreude auf die Party hatte sich in das Gegenteil verkehrt. Ich entschied, dass ich genug Zeit in diesem stickigen Loch verbracht hatte, und stolperte wieder nach draußen in den Hausflur des East Central, wo ich mein Handy hervorholte und Allys Nummer wählte. Die Mailbox ging dran. »Hab dich verloren, sag Bescheid, wo du bist, wenn du das hörst«, sprach ich genervt nach dem Signalton und machte mich auf die Suche nach einem Aufzug, der mich nach oben in mein Apartment bringen würde. Ich hatte keine Lust mehr, die anderen Räume zu erkunden.

Wie nicht anders zu erwarten war, wurde ich kurz vor meinem Ziel schon wieder abgefangen. Dieses Mal von einem Typen, der als Mumie verkleidet war und mich gegen die Hauswand neben den Aufzug drückte. Ich war viel zu beschäftigt damit, richtig wütend zu werden, als dass ich mir ernsthafte Sorgen machte.

»Lust, mit mir aufs Zimmer zu gehen?«, raunte die Mumie, und ich stieß sie von mir weg.

»Sind heute nur Vollidioten unterwegs?«, rief ich ärgerlich und sah zu meiner Erleichterung, wie sich der Typ schwankend zurückzog, als ich den Aufzugknopf drückte. Als sich die Türen vor mir öffneten, rannten mich mindestens zehn betrunkene Studenten beinahe um, die in absoluter Partystimmung *This Is Halloween* grölten. Fluchend fragte ich mich, warum ich nicht die paar Treppenstufen genommen hatte, aber wer wusste, welche tollen Überraschungen dort auf mich gewartet hätten.

Oben angekommen checkte ich zuerst, ob Ally ein Zeichen von sich gegeben hatte, aber mein Handydisplay war unverändert. Ich brauchte einen Moment, um mich zu orientieren, bis ich das brennende Licht sah und wusste, dass ich im richtigen Apartment angekommen war. Aber drinnen wartete kein vertrauter Anblick auf mich: Das Wohnzimmer, das wir heute Nachmittag größtenteils ausgeräumt hatten, um Platz für unsere improvisierte Bar zu schaffen, war nicht wiederzuerkennen. Überall lagen umgekippte Plastikbecher, und irgendjemand hatte ein Radio mitgebracht, aus dem lautstarke Musik dröhnte, zu der sich ein paar angetrunkene Kürbisse im Halbdunkeln bewegten. Das würde morgen ein wunderbarer Putztag werden. Kopfschüttelnd ging ich auf die Theke zu, wo ich Joe entdeckte. Vor lauter Freude, ein bekanntes, normales Gesicht zu sehen, hätte ich ihn fast umarmt.

»Hier ist ganz schön was los, was?«, sagte er grinsend.

»Geile Party«, antwortete ich mit triefendem Sarkasmus. »Hast du Ally gesehen?«

»Nope, aber ich kann dir ’nen Drink anbieten. Ach ja, und ich soll dir ausrichten, dass du um Mitternacht auf den Balkon von Apartment 4 kommen sollst – es wartet eine Überraschung auf dich.«

Ich nahm seufzend den Becher entgegen, den er mir, ohne meine Antwort abzuwarten, reichte. Was soll's, dachte ich mir und kippte die Flüssigkeit runter. Wäre es nicht Joe gewesen, der mir das Zeug anbot, hätte ich es niemals angenommen – die Party kam mir immer zweifelhafter vor. »Von wem sollst du mir das ausrichten?«

»Von einem schwarz gekleideten Typen, dessen Gesicht ich nicht sehen konnte.«

»Oh Gott, ich bin umzingelt von Schwachköpfen!«, rief ich und verließ das Wohnzimmer, um in mein Zimmer zu gehen und dort auch den restlichen Abend zu verbringen. Als ich die Klinke runterdrücken wollte, fiel mir wieder ein, dass ich ja abgeschlossen hatte. Und dann fiel mir noch etwas siedend heiß ein – Ally hatte meinen Schlüssel. Ich hatte keine Handtasche bei mir gehabt, nur mein Handy in der Hand, deshalb hatte ich ihr den Schlüssel gegeben. »So ein Dreck«, schimpfte ich vor mich hin und lief wieder in die entgegengesetzte Richtung, aber ich hütete mich, noch einen Blick ins Wohnzimmer zu werfen. Dann würde mir eben nichts anderes übrig bleiben, als nach draußen zu gehen und im Garten vor dem Haus zu warten, bis sich die Lage wieder beruhigte.

Am Hauseingang standen rechts und links zwei schwarz gekleidete Kerle, die den Eindruck machten, als wären sie Türsteher. Hastig lief ich halb ums Gebäude zu den Bänken, die einen Halbkreis bildeten. Dort hatten wir in meiner ersten Woche in London gegrillt. Die Bäume warfen im Dunkeln noch weitere Schatten auf mich, sodass mich hier keiner sehen würde. Perfekt. Ich lehnte mich zurück und schloss die Augen, blendete den Lärm von den Balkonen über mir aus und konzentrierte mich auf den Wind, der wehte. Sofort entspannte ich mich.

Aber nach einer Weile wurde mir klar, dass ich keine drei, vier Stunden hier bleiben konnte, ohne zu erfrieren, immerhin hatten wir Ende Oktober. Außerdem war ich zwar leicht sauer auf Ally, dass sie verschwunden war, aber ein Teil von mir machte sich trotzdem ein wenig Sorgen. Wer wusste schon, was da noch so für Gestalten umherirrten. Ich umarmte mich selbst, um der Kälte ein bisschen zu entkommen, aber es half nicht, also stand ich auf und begann, im Kreis umherzulaufen. Ein Gedanke schlich sich in meinen Kopf, ohne dass ich es verhindern konnte. Ich hatte ihn ja beinahe erwartet. Es war immerhin schon fast zwei Tage her, dass ich nicht an ihn gedacht hatte. *Was würde Finn tun, wenn er mich jetzt sehen könnte?* »Ach, verdammt«, murmelte ich. Ich wusste ganz genau, was er tun würde. Er würde auf der Bank vor mir sitzen, ein Bein locker auf seinem Knie abgelegt, und mir amüsiert zusehen, wie ich im Kreis lief und mich über die Leute da drinnen aufregte. Und dann würde er »Komm her« sagen, mich auf seinen Schoß ziehen und mich fragen, ob ich mit ihm abhauen wollte.

Ich zog mein Handy hervor. Dieser Abend war komplett im Eimer – er schrie geradezu nach einer dummen, unbedachten Aktion. Ally hatte sich natürlich immer noch nicht gemeldet. Ich drückte die grüne Taste und klickte mich durch bis zu seinem Namen. Mein Guthaben war fast aufgebraucht. Aber das war jetzt wirklich egal.

Es läutete dreimal, dann schaltete sich die Mailbox ein, und mir wurde in dieser Kälte heiß, obwohl es sich nur um eine Aufnahme seiner Stimme handelte. »Ich habe gerade keine Zeit, den Anruf entgegenzunehmen. Sprich mir auf die Mailbox, ich rufe zurück, sobald ich kann.« Es piepte, und ich erstarrte, atmete aber hektisch weiter und merkte, dass alles aufgezeichnet wurde – inklusive meiner Anrufnummer. Also konnte ich genauso gut etwas sagen.

»Ich … muss mit dir reden«, begann ich. »Ich will dich etwas fragen.« Ich legte auf und merkte, wie sich mein ganzer Körper verspannte, diesmal vor Aufregung. Natürlich wollte ich Finn etwas fragen, schon seit Wochen. Und jetzt hatte ich mich endlich getraut, es überhaupt ins Gespräch zu bringen. Seine US-Tour war zu Ende, soweit ich wusste. Er müsste in Seattle sein und studieren, also würde er die Nachricht früher oder später abhören müssen. Bevor ich mir den Kopf so richtig darüber zerbrechen konnte, wie ich Finn beibringen sollte, dass ich ihn zurückwollte, hörte ich eine bekannte Stimme in meiner Reichweite.

Ich glitt wieder auf die Bank, drehte mich um und sah Alison. Voller Erleichterung riss ich meine Augen auf und wollte schon um die Bäume herumgehen und zu ihr laufen, als ich merkte, dass sie gereizt mit jemandem am Telefon sprach. Nach kurzem Überlegen folgte ich ihr trotzdem, bis ich so nah war, dass ich die Worte verstehen konnte, und erstarrte.

»Nein, Finn, ich hab sie noch nicht gefunden! Nein, hör auf. Wir sind immer noch im Wohnheim, hör auf, so rumzuschreien. Ich bin mir sicher, es geht ihr gut, und wenn du mich nicht alle zwei Sekunden anrufen würdest, könnte ich auch versuchen, Kontakt zu ihr aufzunehmen.«

Oh Gott. Ich blieb einen Moment stehen, dann machte ich einen Schritt nach links, sodass ich wieder im Schatten der Bäume stand und problemlos weiter zuhören konnte.

»Ich hab dir doch gesagt, es ist nur eine Halloween-Party! Ja, das letzte Mal war sie mit so einem Typen auf dem Balkon. Nein. Komm runter.« Sie seufzte, und ich hielt die Luft an. Alles in mir war angespannt. Finn rief Alison an, um zu fragen, wo ich war und was ich tat? Mein Herz hämmerte so laut, dass ich Angst hatte, sie würde mich bemerken.

Ihre Stimme war weniger genervt, als sie nach einer Weile wieder sprach. »Sie ist nicht mit ihm ins Bett gegangen, glaub mir. Ich hab's dir doch gesagt, sie hatte seit Diego mit niemandem was, und das wird sie auch nicht. Sie will nur dich, und das wird sich so schnell nicht ändern.«

Alles begann sich zu drehen. *Ich hab's dir doch gesagt …* Ich nahm kaum wahr, wie sie ein paarmal »Ja« murmelte und schließlich auflegte. Mir wurde heiß und wieder kalt, und dann spürte ich plötzlich nur noch Wut. Sekunden später verließ ich mein Versteck und trat direkt hinter sie. »Hallo, Ally.« Meine Stimme bebte, und sie drehte sich blitzschnell um.

Ihr Mund öffnete sich erschrocken und schloss sich wieder, als sie meinen Blick sah.

»Wieso …«, begann ich, ohne zu wissen, was ich zuerst schreien sollte. »Seit wann … Das ist doch nicht dein Ernst!«

»Eliza, ich …«, stotterte sie. Ein paar Strähnen hatten sich aus ihrer Hochsteckfrisur gelöst, und sie sah im Schein der Straßenlaterne gespenstisch aus. »Mist, ich wollte nicht, dass du …«

»Dass ich mitkriege, wie du Finn erzählst, dass ich immer noch verrückt nach ihm bin?«, ergänzte ich mit leiser, drohender Stimme.

»Oder wie du ihm jedes Detail aus meinem Leben preisgibst?« Sie schaute mich stumm an, immer noch entsetzt. Sie schien zu geschockt zu sein, um etwas zu sagen. Ich war so sehr in Rage, dass ich nicht mehr aufpasste, was ich sagte, und auch nicht daran dachte, was ich so alles verbockt hatte. Was saß ich hier und machte mir überhaupt Gedanken, wie ich mich ihm nähern konnte? Wenn er doch sowieso schon alles wusste? »Wie lange geht das schon? Ich such den ganzen Abend nach dir, und du vergnügst dich mit Finn am Telefon? Du hast ihm von Diego erzählt? Ich fass es nicht! Nach allem, was er getan hat? Klar, ich hab Tom auch einiges erzählt, aber FINN?« Erst als ich ihren Gesichtsausdruck sah, wurde mir bewusst, was ich soeben von mir gegeben hatte.

»Du hast WAS?«

Ich schluckte. »Er war verzweifelt und ich war verzweifelt, und da …«

Wir standen im Garten, in dieser Scheißkälte, und starrten uns beide fassungslos an. Ein Cabrio mit ein paar Typen fuhr auf der Straße neben uns vorbei, und sie pfiffen uns hinterher, aber weder Alison noch ich lösten den Blick voneinander.

»Was hast du Tom erzählt?«, hauchte sie beinahe tonlos.

Es gab nur eine Antwort darauf. Ich zögerte eine ganze Weile, bis ich es einfach nicht mehr fertigbrachte, zu schweigen. »Alles.«

In dem Moment merkte ich, wie surreal diese Situation war. Und was für ein Miststück ich war, ihr etwas vorzuwerfen, das ich genauso getan hatte.

Sie schien sich sammeln zu müssen. Und dann sagte sie etwas, was mich schaudern ließ. »Ich auch.«

Es war, als würden in meinem Kopf im Zeitraffer alle Momente der letzten Monate abgespielt werden. Mein Gott. Als Finn mich an meinem Geburtstag angerufen hatte, hatte er da schon über alles Bescheid gewusst? Meine Wut war verraucht, genauso schnell wie sie gekommen war. Ich fühlte mich unter Schock.

Ohne uns abzusprechen, liefen wir zur Bank und setzten uns.

»Eliza …«, flüsterte Ally. »Weißt du, was das bedeutet?« Ihre Mundwinkel zuckten plötzlich, und ich fragte mich, ob sie betrunken war, weil sie hier und jetzt lächeln konnte, aber dann machte es Klick. Langsam, ganz langsam wurde mir bewusst, was sie da am Telefon gesagt hatte. Was das bedeutete.

»Wie … lange redest du schon mit ihm über mich?«, brachte ich irgendwann hervor.

»Kurz vor seinem Geburtstag hat es angefangen«, murmelte sie leise. »Und bei dir?«

Ich lachte auf. Das Geräusch tat weh. »Kurz danach. Das ist doch krank.«

»Wie oft?«

»Fast jeden Tag.«

»Ach du heilige Scheiße.«

Wir starrten uns an, wussten nicht, ob wir lachen oder schreien sollten.

»Wie konntest du …«, fing sie an.

»… das vor mir verheimlichen?«, ergänzte ich, und zu meinem Entsetzen brachen dann die Tränen aus ihren hellen Augen hervor.

Ohne auch nur einen winzigen Moment zu zögern, nahm ich sie in den Arm.

»Eliza«, schluchzte sie. »Es tut mir so leid.«

Ich schüttelte benommen den Kopf, unfähig, irgendwas zu erwidern.

»Wir haben so viel Zeit verschwendet …«

Ich konnte nicht weinen, obwohl sich ein riesiger schmerzhafter Kloß in meinem Hals gebildet hatte. Noch immer vernebelte mir der Schock die Sinne. Finn Westwood hatte sich seit Wochen jeden Tag nach mir erkundigt, während ich ihm seine Ruhe hatte geben wollen. *Wenn du nicht alle zwei Sekunden anrufen würdest,* hatte Ally am Telefon gesagt. *Hör auf, so rumzuschreien.*

Man schrie nicht, wenn einem etwas egal war. Man regte sich nicht auf, wenn man jemanden aus seinem Leben gestrichen hatte. *Er will mich*, brüllte irgendetwas in mir, bevor ich diesen tödlichen Gedanken zurückhalten konnte. *Er will mich immer noch.* Und obwohl eine kleine Stimme versuchte, mich zur Vernunft zu rufen, war da nichts als Hoffnung in mir. Es würde wehtun. Oh, ich würde leiden, da war ich mir sicher. Ich drückte Allys zitternden Körper – oder war ich es, die zitterte? – an meinen.

Noch nie hatte ich mich so sehr auf den Schmerz gefreut.

***

November 5th, 10:00 a.m.

Ich reichte Alison ihre kleine Reisetasche und seufzte tief, als sie dem Busfahrer ihr Gepäckstück gab, das er im roten Doppeldeckerbus verstaute. Wir standen draußen auf dem kleinen Hof vor dem East Central. Kurz ließ ich meinen Blick über die Bank schweifen, auf der ich mich vor der schrecklichen Halloween-Party versteckt und dann Ally mit Finn am Telefon belauscht hatte.

»Bist du dir sicher, dass du in der Stimmung dafür bist?«, fragte ich sie ein letztes Mal. Sie würde mit ein paar Kommilitonen über das Wochenende nach Brighton rüberfahren, eine Stadt an der Küste, wo irgendein bekannter Professor eine einmalige Lesung halten würde, die sie auf keinen Fall verpassen wollte.

In Wahrheit schien es ihr gut zu gehen, während ich nicht in der Stimmung dafür war, alleine gelassen zu werden. Klar, ich hatte noch Diego und meine anderen Mitbewohner, aber in den vergangenen Tagen hatten Ally und ich praktisch jede freie Sekunde miteinander verbracht. Sie war wieder zu hundert Prozent meine beste Freundin geworden. Das, was uns für immer hätte auseinanderbringen sollen, weil wir das Vertrauen zwischen uns mehr als je zuvor missbraucht hatten, hatte uns enger zusammengeschweißt als je zuvor. Sie hatte mir jedes Detail ihres Gesprächs mit Finn erzählt, und ich hatte das Gleiche getan.

»Tom liebt dich«, hatte ich am Ende zusammengefasst und sie fast wieder zum Weinen gebracht.

»Finn dich doch auch«, war ihre geflüsterte Antwort gewesen. Ich hatte den Blick abgewandt. Ich konnte nicht daran denken, konnte mir, egal wie viel geschehen war, nicht erlauben, an diese Worte zu glauben. Mir war bewusst, dass ich mich wochenlang geirrt hatte, aber das … Das ging immer noch zu weit. Das war eine unsichtbare Grenze, die ich nicht überschreiten konnte. Wir hatten lange überlegt, was zum Teufel wir jetzt tun sollten, dann hatten wir uns irgendwann darauf geeignet, dass wir das Spiel vor beiden weiterspielen würden, bis wir beide … bereit waren und wussten, wie es weitergehen sollte.

Ich hatte die Nachricht auf Finns Mailbox gründlich bereut. Er rief mich jeden Tag an, und jedes Mal drückte ich mit zitternden Fingern auf die rote Taste. Ich konnte das jetzt nicht. Ich benahm mich feige, das wusste ich, aber ich war nicht in der Lage, nach allem, was ich erfahren hatte, seine Stimme zu hören. Es würde ja doch nichts ändern. Ich würde sowieso nur dasitzen und so lange schluchzen, bis es ihm zu dumm wurde und er wieder auflegte.

Ally lächelte traurig und drückte mich an sich. »Guck nicht so bedrückt, am Montag bin ich wieder da.«

»Wie soll ich es schaffen, zwei Tage lang keinen Mist zu bauen?«

Sie kicherte. »Du rufst mich einfach an, sobald auch das kleinste Problem auftritt. Dann lösen wir das planmäßig.«

Ich seufzte noch mal und gab sie frei, da die meisten Studierenden im Bus schon ihre Plätze eingenommen hatten. »Die Abmachung gilt noch, richtig?«

Sie wusste sofort, wovon ich sprach, und nickte. »Wir verhalten uns so, als wäre alles beim Alten.«

Einen kurzen Augenblick lang meinte ich, so etwas wie Verzweiflung in ihrem hübschen Gesicht zu sehen, aber dann verflog es wieder. »Pass auf dich auf.«

Sie stieg in den Bus, ich zog meine Strickjacke enger um mein Pyjamaoberteil und lief wieder zurück zum Gebäude. Auf dem Weg nach oben schaute ich in den Briefkasten für unser Apartment und nahm sämtliche Prospekte und Briefe mit. Oben tippte ich das Passwort ein, zog meine Schuhe aus und lief ins Wohnzimmer, das wir inzwischen – nach drei Tagen Putzen und Aufräumen, einigen Nervenzusammenbrüchen und Beteuerungen von Diego, dass er die Party zum ersten Mal so schlimm erlebt hatte – wieder in den ursprünglichen Zustand befördert hatten. Ich wünschte John, der gerade aus der Tür kam, einen guten Morgen, was er geflissentlich ignorierte, und schaute dann achselzuckend die Post durch, in der Hoffnung, vielleicht einen optimistischen Brief aus Brasilien darunter zu entdecken, aber das Einzige, was ich vorfand, war ein weißer Briefumschlag mit der Aufschrift *Elizabeth Fleming* – handgeschrieben. Seltsam. Kein Absender, keine Briefmarke, nicht einmal meine Adresse. Jemand musste hergekommen sein und den Brief persönlich eingeworfen haben. Ich warf die restliche Post auf unseren Wohnzimmertisch und riss den Brief auf dem Weg in mein Zimmer neugierig auf. Der Umschlag landete auf meinem Schreibtisch, und ich setzte mich mit dem Inhalt – einem weißen, ebenfalls handbeschriebenen Post-it – auf meine Bettkante.

Morgen Abend, 8:00 pm.
87 Turnmill St, London EC1M

Verwirrt drehte ich den kleinen Zettel um, aber das war alles. Die Schrift war dieselbe wie auf dem Umschlag, mit Tinte geschrieben, unordentliche Druckbuchstaben. Einen Moment starrte ich noch auf das Geschriebene, in der Hoffnung, mir würde etwas dazu einfallen, dann ließ ich es fallen und stand wieder auf, um mir in der Küche einen Kaffee zu machen.

Das war wirklich seltsam. Mein erster Gedanke war, dass sich jemand einen Scherz erlaubte. Mein zweiter, dass Diego etwas damit zu tun hatte. Mit »Morgen Abend« war ganz sicher Sonntag gemeint, denn jeden Morgen lag unsere Post auf dem Wohnzimmertisch, und gestern war der Brief noch nicht im Postfach gewesen. Ich startete die Kaffeemaschine und blickte nachdenklich nach draußen auf die Straße. Als das Gerät vor mir piepte und ich zusah, wie die braune Flüssigkeit langsam in meine Tasse floss, stellten sich mit einem Mal meine Nackenhaare auf, und ich bekam eine Gänsehaut, die ganz langsam über meinen ganzen Körper kroch. Ich hielt noch einen Augenblick inne, dann drehte ich mich um und lief ins Wohnzimmer. Nahm unser Festnetztelefon in die Hand und wählte Toms Nummer. Es klingelte gefühlt zwanzigmal, bis er den Anruf entgegennahm und zur Begrüßung etwas Unverständliches in den Hörer nuschelte.

»Tom, hast du Zeit?«, fragte ich sofort und konnte meine Aufregung nicht verbergen.

Ein lautes Stöhnen folgte. »Eliza. Hast du zufällig auf die Uhr geschaut?«

Automatisch wanderte mein Blick zur Wanduhr über dem Fernseher. »Wir haben zwanzig nach zehn, was … oh.« Shit. Zeitverschiebung. In Seattle war es zwanzig nach zwei in der Nacht. »Tut mir leid«, murmelte ich zerknirscht, aber das nervöse Flattern verschwand trotzdem nicht.

»Ja, ja, schon gut«, seufzte er verschlafen. »Was gibt's?«

Ich holte tief Luft. »Weißt du, was Finn am Wochenende vorhat?«

Er schwieg kurz. »Er ist gestern aus … wo auch immer zurückgekommen. Er will morgen mit Alex ins Fitnessstudio, glaub ich … Und dann hat er irgendwas von Prüfungen erzählt.«

Mein Umfeld verschwamm für einen Moment vor meinen Augen. So ähnlich fühlte es sich wahrscheinlich an, wenn einem der Boden unter den Füßen weggezogen wurde. Ich setzte mich in Zeitlupe auf den Sessel hinter mir und schluckte hart. Du dummes, dummes Mädchen, dachte ich bitter.

»Bist du noch dran?«, nuschelte Tom heiser.

»Schlaf weiter, sorry für die Störung«, erwiderte ich monoton und legte den Hörer auf die Gabel, ohne eine Antwort abzuwarten. Ich ließ mich tief in das Leder sinken und kniff die Augen zusammen. Ich würde niemals dazulernen. Ich würde nie kapieren, dass Hoffnung für Idioten war. Und dass meine geheimsten Wünsche und Fantasien nur in meinem Kopf existierten, nicht in der wahren Welt da draußen. Es tat weh, obwohl es nur ein lächerlicher Gedanke gewesen war. Es war ein Stich, der sich durch meine Brust zog. Wie hatte ich auch nur eine Millisekunde annehmen können, dass … ach, verdammt.

***

November 6th, 7:00 p.m.

»Was hast du schon zu verlieren?«

»Einen Sonntagabend.«

»So ein Scheiß, Liz, was ist denn deine Alternative? Wie gestern in deinem Bett liegen und lesen? Oder Serien schauen und unseren ganzen Schokoladenvorrat aufbrauchen?«

Ich stöhnte nachdrücklich. Es war fies von Diego, mich an den gestrigen Abend zu erinnern. Ich hatte eben keine Lust gehabt, mit ihnen ins Londoner Hard Rock Café zu gehen, wo anscheinend die Party schlechthin abgegangen war. Ich hatte mich gehütet, sie zu begleiten; Erinnerungen dieser Art konnten mir wirklich gestohlen bleiben. Aber ich war selbst schuld – wenn ich Diego von dem mysteriösen Brief erzählte, musste ich wohl mit seiner Reaktion klarkommen. Er war der Meinung, es würde sich um ein ungelöstes Rätsel handeln, das wir unbedingt näher erforschen sollten.

»Ich hab morgen Uni.«

Er legte den Kopf schief. »Hast du nicht.«

Hatte ich wirklich nicht. Mist. »Ich bin wirklich nicht in der Stimmung, und ich seh scheiße aus und …«

»Eliza«, seufzte er. »Wir fahren kurz dort vorbei, und anschließend spendier ich dir so viele Shots, wie du möchtest. Die Adresse liegt mitten im Kneipenviertel.«

Misstrauisch beäugte ich ihn. »Du hast gesagt, du bist pleite.«

Er hob theatralisch die Arme. »Siehst du, was ich für dich auf mich nehme? Bist du denn gar nicht neugierig, was sich hinter der Nachricht verbirgt?«

»Nein.« Das war ausnahmsweise keine Lüge – meine Neugier hatte sich verflüchtigt, sobald klar geworden war, dass kein grünäugiger Herzensbrecher dahintersteckte. Im Nachhinein war mir auch bewusst geworden, dass nichts auf Finn hingewiesen hatte. Seine Handschrift war viel geschwungener, und außerdem war es nicht seine Art, mir romantische Botschaften zu schicken. Seine Art war es, vor meiner Haustür aufzutauchen und mir zu sagen, dass er mich … stopp. Das war alles sinnlos. Ich tat mir mit solchen Gedanken nur noch mehr weh.

Diego zuckte mit den Achseln. »Schön, dann bleib hier.« Er schnappte sich den Post-it mit der Adresse, der auf dem Wohnzimmertisch vor mir gelegen hatte, lief in den Flur zum Kleiderhaken und griff nach seiner Jacke.

»Was tust du?«, rief ich ihm leicht verunsichert hinterher, als er schon die Tür geöffnet hatte.

»Ich löse das Rätsel. Viel Spaß mit deinem Film.«

Und dann fiel die Tür hinter ihm zu. Das war doch jetzt nicht sein Ernst.

John, der auf dem Sofa mir schräg gegenüber saß und *Sturmhöhe* las, hüstelte trocken. »Du wirst ihn doch wohl nicht alleine das Rätsel lösen lassen …«

Ich stand auf. »Seit wann kannst du überhaupt reden?«, giftete ich ihn an und rannte dann angepisst in mein Zimmer, wo ich in meine dunkelroten Springerstiefel stieg und den langen schwarzen Cardigan von meiner Stuhllehne nahm, bevor ich zur Haustür lief. Nicht zu fassen, dass Diego es so einfach geschafft hatte. Aber ich konnte einfach nicht zulassen, dass er mit der Adresse abhaute.

Es war stockdunkel, als ich die Straße entlangrannte, um Diego einzuholen, und der Wind wehte mir direkt ins Gesicht, sodass ich schon nach wenigen Sekunden fröstelte. Ich trug zwar die kuschelige Jacke und die Stiefel, aber darunter nur eine transparente Spitzenstrumpfhose und ein ärmelloses schwarzes Kleid. Wir hatten schon November, verdammt. Wie war die Zeit so schnell vergangen? Einerseits kam es mir vor, als wäre es Jahre her, dass ich in Seattle in meiner Wohnung mit Ally und Jen gelebt hatte und morgens die zehn Minuten zur UW gelaufen war, andererseits erinnerte ich mich an jedes Detail, zum Beispiel an die Zeit vor San Francisco. Und dann kam es mir wieder so weit weg vor, das Gefühl von Angst, weil man eine Grenze überschritt. Hätte ich gewusst, was alles passieren würde, wie aussichtslos es war, sich monatelang gegen Finns Zuneigung zu wehren, dann hätte ich mich von Anfang an in seine Arme geworfen. Es hätte keine Rolle gespielt, dass er mich nachts zu sich gezogen hatte, nachdem wir nicht einmal Sex gehabt hatten. Oder dass er mich auf der Beerdigung seines Onkels dabeihaben wollte. Oder dass er meine Hand hielt, wenn wir durch die Straßen liefen und er mich beim Singen anschaute, als wäre jedes Wort für mich bestimmt. Zur Hölle, wenn ich gewusst hätte, wo ich in einem Jahr sein würde, wie verzweifelt ich wäre, dann hätte ich nach unserem ersten Zusammentreffen nicht gezögert – ich hätte sofort mit ihm geschlafen. Das Leben war zu kurz für Stolz und Engstirnigkeit. Finn hatte mich doch vom ersten Moment an fasziniert, ich hätte es genauso gut zugeben können. Vielleicht wäre alles anders gelaufen. Vielleicht … Wenn er gespürt hätte, dass ich ihn wirklich und hundertprozentig an meiner Seite brauchte, hätte er das mit uns niemals beendet. Oder nie einen solchen Hass auf mich gehabt, dass er mir in einer Nacht alles genommen hätte. Vielleicht … Vielleicht würde ich dann jetzt nicht in London durch die Straßen rennen und ihn mit jeder Faser meines Körpers vermissen.

Noch immer benommen von den Schatten der Vergangenheit, sah ich Diego, wie er gerade dabei war, in einen Doppeldeckerbus zu steigen. Trotzdem folgte ich ihm, ohne zu zögern. Er bemerkte mich erst, als ich mich neben ihn auf den Sitz fallen ließ und der Bus losrollte.

Leise lächelnd betrachtete er mich. »Ich kenne dich doch, du sagst nicht Nein zu einem kleinen Abenteuer.«

»Es ist nicht das Abenteuer«, murmelte ich. »Ich komm nur nicht mit mir selbst klar.«

Er zögerte kurz, dann legte er einen Arm um mich, ohne auf meine Worte zu antworten. Wahrscheinlich spürte er, dass ich im Moment kein Mitleid oder einen Aufheiterungsversuch brauchte.

»Was würdest du anders machen, wenn du alles noch mal erleben könntest?«, fragte ich ihn nach einer Weile.

Er sah mich an. »Hm?«

»Mit Stella.«

Sein Blick wurde erst hart und dann unglaublich verletzlich. »Ich hab keine Ahnung. Ich weiß nicht, was ich falsch gemacht habe. Vielleicht … hab ich ihr zu viel gegeben, verstehst du?«

Ich nickte, obwohl ich nichts verstand. Bei mir war es nie zu viel gewesen, nur zu wenig. Zu wenig Nähe. Zu wenig Vertrauen. Zu wenige Worte.

Der Bus war bis auf einen Rentner und zwei tuschelnde Teenager leer, sonntags um diese Zeit schien niemand unterwegs zu sein. Nach sechs Haltestellen stand Diego auf und zog mich mit sich nach draußen.

»Irgendeine Idee, wer dahinterstecken könnte?«, fragte er mich, während er sich die Straßenschilder ansah und dann entschieden eine Richtung einschlug.

»Ich hab auf dich getippt«, entgegnete ich wahrheitsgemäß.

Er grinste, und ich betrachtete neugierig die Gasse, in der wir uns befanden. Wohnhäuser mit winzigen Balkonen und mit Graffiti beschmutzten Wänden reihten sich an leer stehende Studios mit Schaufenstern, die so verstaubt waren, dass man kaum einen Blick dahinter werfen konnte. Als ein streunender Hund ganz nah an mir vorbeilief, erschrak ich mich und wäre beinahe in ein Dornengebüsch gestolpert. Die Dunkelheit tauchte alles in ein unheimliches Grau, konnte aber trotzdem nicht die Trostlosigkeit dieses Orts verstecken.

»Du hättest mir doch Bescheid gesagt, wenn ich meine Knarre hätte mitnehmen sollen?«, murmelte ich sarkastisch, als wir an einer brennenden Straßenlaterne vorbeikamen – die restlichen, die den ganzen Gehweg entlang aufgereiht waren, funktionierten nicht.

Er lachte mich aus. »Komm schon, das macht doch Spaß. Was wäre eine Großstadt ohne zwielichtige Ecken?«

Nach geschätzten fünf Minuten sah die Lage auch schon besser aus. Auf einmal kam Licht ins Dunkle, und auch die etwas beunruhigende Stille wurde durch Menschenlärm und gedämpfte Musik aus verschiedenen Läden ersetzt. Außerdem schien die Straße breiter zu werden. Innerhalb von zehn Metern bemerkte ich drei Irish Pubs, zwei Hot-Dog-Buden und ein Tanzlokal mit dem originellen Namen Let's Dance.

Dann blieb Diego plötzlich stehen und deutete auf einen Hauseingang auf der gegenüberliegenden Straßenseite, der sich zwischen einer kleinen Pianobar und einem China-Restaurant befand. »Hier müsste es sein.«

Na schön, so langsam wurde ich neugierig. Außerdem stieg mir der Geruch von gebratenem Gemüse in die Nase, als wir die Straße überquerten und den Eingang betraten.

»Danach holen wir uns was zu essen«, flüsterte ich Diego zu und hakte mich bei ihm ein.

»Wieso flüsterst du?«, gab er in der gleichen Lautstärke zurück.

»Das ist aufregend.« Ich kicherte, meine Laune hatte sich innerhalb von Sekunden gebessert. Ich fühlte mich wieder unternehmungslustig und war gespannt, was sich hinter dem dunklen Gang befand. Und vor allem wer. Wenn ich so darüber nachdachte ... Vielleicht war es doch Diego, der mir den Brief geschickt hatte? Er hatte mich mit einer erstaunlichen Sicherheit zur Adresse geführt, und außerdem traute ich es ihm zu, dass er extra irgendwas vorbereitet hatte, um mir eine Freude zu bereiten.

Bevor ich aber weitergrübeln konnte, standen wir schon am Eingang einer großen Lagerhalle, und ich wurde kurz durch die neue Umgebung abgelenkt. Von drinnen erklang jetzt lauter Bass, der schon hier den Boden vibrieren ließ, obwohl man von draußen kaum ein Geräusch vernahm. Ich bemerkte, wie mehrere Grüppchen an uns vorbei in das große Gebäude strömten und ein Türsteher ihre Ausweise kontrollierte, aber nicht besonders ernst aussah – es schien so, als würde er die Gäste kennen, denn er lachte mit ihnen und umarmte sogar ein paar von den Leuten. Diego warf mir einen vielsagenden Blick zu, und wir traten auf ihn zu.

»Guten Abend, die Herrschaften«, begrüßte uns der Kerl mit heiserer Stimme, zündete sich eine Zigarette an und fragte erst dann freundlich nach unseren Ausweisen.

Diego holte seinen hervor, und in dem Moment fiel mir auf, dass ich mal wieder keine Tasche mitgenommen hatte. Ich hatte doch nicht mit einem Clubbesuch gerechnet. Verdammt.

»Ich hab meinen vergessen«, sagte ich zerknirscht zu dem Typ.

Er betrachtete mich eine ganze Weile kritisch, dann grinste er und entblößte eine Reihe schneeweißer Zähne. »Du siehst volljährig aus, Baby, und außerdem steh ich hier mehr zur Dekoration. Viel Spaß da drinnen.« Er winkte uns weiter, und bevor ich ihn mit meiner Verblüffung dazu bringen konnte, seine Meinung zu ändern, zerrte mich Diego schnell ins Innere des Ladens.

»Das hast du nur geschafft, weil du so heiß bist«, rief er mir ins Ohr, da die dröhnende Musik jegliche normale Kommunikation von diesem Augenblick an unmöglich machte. Ich verdrehte lachend die Augen und versuchte, mich ein bisschen umzusehen, was gar nicht so einfach war. Eine riesige Menschenmenge versperrte mir die Sicht. Auf Zehenspitzen entdeckte ich gerade so eine Bar links von mir, wo sich die meisten Leute aufhielten und um einen Drink kämpften. Direkt vor uns schien sich eine etwas breitere Erhebung des Bodens zu befinden, wo ein Typ mit Mikro an einem Lautsprecher rumhantierte. Die Atmosphäre war ziemlich düster, es waren nur ein paar rot leuchtende Scheinwerfer an der Decke angebracht.

»Und jetzt?«, schrie ich Diego zu.

Er beugte sich zu mir, damit ich ihn verstehen konnte. »Ich schlag vor, ich geh uns Drinks besorgen, und du schaust dich ein bisschen um. In fünf Minuten treffen wir uns dann …« Er ließ seinen Blick durch den Raum wandern und deutete dann nach rechts, wo auf einer staubigen Tür ein Zettel mit der Aufschrift *Toiletten* befestigt war. »Dort, okay?«

Ich zuckte mit den Achseln und nickte dann. Besonders umschauen können würde ich mich nicht, aber es musste inzwischen acht Uhr sein, vielleicht würde ja eine mysteriöse Gestalt mit einem weiteren Brief vor mir auftauchen, in dem sich die nächste Adresse befand. Ich kämpfte mich bis zu den Toiletten durch und lehnte mich daneben an die kalte Wand, verschränkte die Arme und beobachtete ein bisschen die Menschen, die sich an mir vorbeidrückten und irgendwie versuchten, weiter nach vorne zu kommen – aus welchem Grund auch immer. Ich schaute den meisten direkt ins Gesicht, aber keins davon kam mir auch nur im Entferntesten bekannt vor.

Meine Aufmerksamkeit wurde nach vorne gelenkt, als die Musik urplötzlich verstummte und der Typ, ganz in Schwarz gekleidet, das Mikrofon an die Lippen führte. »Willkommen im Inside. Bedankt euch bei allen, die euch heute Abend hierhergeführt haben. Ich habe nämlich gleich zu Beginn eine kleine Überraschung für euch …« Er ließ ein lautes, raues Lachen hören, das durch den ganzen Raum hallte. »Bitte begrüßt unseren ersten Gast.« Er machte eine einladende Bewegung, und dann erloschen schlagartig alle Lichter an der Decke.

Ein Raunen ging durch die Menge, ich hörte aufgeregtes Geflüster direkt vor mir. »Cassy wird mich hassen, dass wir ohne sie reingegangen sind, aber was kann ich dafür, wenn der Türsteher sie nicht reinlässt … Sorry, aber ich kann ihn doch nicht ihretwegen verpassen …«

Ich stutzte einen Moment. Der Türsteher hatte ihre Freundin nicht reingelassen? Ging er etwa wirklich nach Aussehen vor? Ich war kurz davor, die Mädchen aus Neugier nach weiteren Details zu fragen, als wieder Musik einsetzte. Ein leises Geigenspiel, vermischt mit Takten, die mir irgendwoher bekannt vorkamen, löschte jedes Gespräch aus und breitete sich aus.

Nach wenigen Sekunden riss ich meine Augen geschockt auf, als meine Erinnerung einsetzte, aber dann passierte etwas, das sogar diese verräterisch bekannte Musik in den Hintergrund stellte. Ich hatte keine Zeit zu reagieren, mich irgendwie darauf vorzubereiten. Es schlug wie ein Blitz ein. Der Stromschlag schien mich ganz benommen zu machen, meine Sinne vollständig zu vernebeln. Die flüsternde Stimme eines Mannes. Meine Augen, eben noch vor Überraschung geweitet, fielen ganz von alleine zu. Es war sowieso alles dunkel.

»Das erste Lied ist nicht von mir.« Ein kurzes kehliges Auflachen. »Ich hab es zum ersten Mal vor fast genau einem Jahr gesungen, und ich möchte es heute gerne noch einmal singen. Für die einzige Frau, die ich jemals an mich herangelassen habe … und die mir das Herz aus der Brust gerissen hat.«

Schlagartig war überall gleißendes Licht, ich spürte die grausame Helligkeit durch meine geschlossenen Lider und konnte nicht anders, als sie zu öffnen. Diego war neben mir, ich bemerkte ihn, doch ich sah ihn nicht. Ich sah auch nicht die Menschen vor der Bühne, die gebannt diesen Worten lauschten, die nicht echt sein konnten. Ich fiel durch meinen Schleier und stand in einer Lagerhalle. Tausend Scheinwerfer waren auf die Gestalt dort oben gerichtet. Die Musik wurde unerträglich laut.

»Wenn das nicht Liebe ist, Kleine …«
Stille.
Stille, die die Luft zwischen uns zu zerreißen drohte.
»… was dann?«
Und dann brach alles zusammen, und ich sah ihn. Ich sah ihn nur Meter entfernt auf der Erhebung, wie er direkt in das Licht starrte, ohne etwas zu erkennen, und das Mikrofon mit seinen großen weißen Händen umklammerte, eine Sekunde bevor das Lied einsetzte.
»I'm not strong enough to stay away, can't run from you …«
Die Halle explodierte und ich mit ihr.
Heute war der sechste November.

10. KAPITEL

THE END IS WHERE WE BEGIN

Finn

November 5th, 4:30 p.m.

Ich legte den Kugelschreiber neben dem Prüfungsbogen ab und lehnte mich tief durchatmend zurück, bevor ich mein Schreibzeug in meinen Rucksack packte und aufstand, während sich der Saal zu leeren begann. Himmel, ich war Millionär und bekannter Rockstar, da war es schon ein bisschen ironisch, dass ich wochenlang gelernt hatte, nur um dieses Semester mit einem ordentlichen Schnitt zu schaffen. Aber Bildung geht natürlich vor, dachte ich und verdrehte die Augen. Wenn das keine Bestnote gab, dann wusste ich auch nicht mehr. Ich hatte mir den Arsch für diese Prüfung aufgerissen, nicht weil mir Musikgeschichte so wahnsinnig viel Spaß machte, sondern weil ich das mir selbst, der Uni und auch meinen Eltern schuldig war. Außerdem hatte ich ansonsten nicht viel zu tun. Tyler rief mich fast täglich an, um mir mitzuteilen, was sich Neues tat, wie weit ich es in den Charts nach oben geschafft hatte und für welche Awards ich nominiert war, aber ansonsten konnte man mein Leben nach dem Rausch der Tour und vor allem New York fast schon als ruhig bezeichnen. Klar, die Paparazzi hatte ich nach wie vor am Hals, und inzwischen kam es peinlicherweise nicht selten vor, dass Leute mitten auf dem Campus zu mir kamen, nur um mich um ein Autogramm oder ein Foto zu bitten. Ich ließ alles mit einem gequälten Lächeln über mich ergehen, nicht so wie früher, wo ich höchstwahrscheinlich den Abflug gemacht hätte, wenn das Wort Berühmtheit auch nur ansatzweise mit mir im Zusammenhang aufgetaucht wäre.

Es ging mir ganz gut, wirklich. Michael war zufrieden mit mir, vor allem nach den neuesten – oder mittlerweile schon etwas älteren – Erkenntnissen in Sachen Vergangenheit. Und ich war auch ... nun ja, vielleicht nicht zufrieden, aber definitiv ruhiger. Natürlich hatte ich immer noch Schlafstörungen, aber so langsam schien mir bewusst zu werden, dass diese nicht ausschließlich an Eliza lagen.

Ich war tatsächlich in die Bronx gegangen, und nach drei Stunden vergeblicher Suche und nervenaufreibender Fragerei war eine Frau, die gerade Wäsche mitten auf der Straße aufgehängt hatte, vor mir stehen geblieben und hatte mich angestarrt, als sei ich der Teufel in Person. Irgendetwas an ihrem Blick hatte mich sofort stutzig gemacht. Klar, die meisten Menschen betrachteten mich etwas länger als gewöhnlich, aber das hatte wohl mit meiner Berühmtheit oder meinem Aussehen zu tun, nicht weil sie mich persönlich kannten. Die Frau, die sich später als Leighton vorstellte, hatte mich aber bei meinem Geburtsnamen gerufen, und mein Herz hatte zu rasen angefangen wie sonst nur bei einer Person.

»Du bist Gallagher, oder?«, hatte sie mit tiefer Raucherstimme gekrächzt. Wie sich herausstellte, erinnerte sie sich wirklich an mich.

Erneut hatte ich mich gefragt, wie meine Erinnerung von damals einfach ausgelöscht werden konnte. Weder ihr Gesicht noch ihr Name sagten mir etwas. Nur Bilder einer schummrigen Pianobar waren in meinem Kopf aufgetaucht, als ich wie ein Wahnsinniger durch die Straßen gelaufen war. Ich wusste, hier irgendwo musste sie sein, aber wahrscheinlich hatte sie längst dichtgemacht. Ich erinnerte mich nicht an den Namen des Ladenbesitzers, der mir beigebracht hatte, Klavier zu spielen, als ich mich nachts aus dem Drecksloch geschlichen hatte, aber ich hatte genau seine buschigen Augenbrauen und sein zerknittertes Gesicht vor Augen, das sich immer erhellt hatte, wenn ich die richtige Taste berührte. Michael und ich hatten in unseren Sitzungen nie rausgefunden, wie lange ich Kontakt zu ihm gehabt hatte, aber es mussten mehrere Monate gewesen sein, denn als ich später als Teenager bei Kathryns Eltern zum ersten Mal die Tasten eines Klaviers unter meinen Fingern gespürt hatte, waren die Bewegungen wie von selbst zurückgekehrt.

Ich hatte gegen den Wunsch angekämpft, die Frau an den schmächtigen Schultern zu packen und anzuschreien, sie solle mir alles erzählen, was sie wusste. Und auf der anderen Seite wollte ich so schnell wie möglich wieder abhauen. Sie hatte von alleine angefangen zu sprechen. Viel wusste sie nicht, aber es reichte aus, sowohl Leere als auch eine gewisse Befriedigung zu empfinden, obwohl ich mich von ihrer heruntergekommenen Gestalt seltsam abgestoßen gefühlt hatte. Nicht, weil ich kein Mitleid hatte und so kaltherzig war, sondern weil mich ihr gesamtes Aussehen an eine Zeit erinnerte, an die ich lieber nicht denken wollte.

»Der Drecksladen ist nachts abgebrannt, schon vor Jahren.« Sie hatte gelacht, aber es war ein verzweifelter Laut gewesen, eine Mischung aus Schmerz und Schadenfreude. »Ein paar der Kids haben es nach draußen geschafft, aber Robinson und Sidney hat's erwischt. Keine Ahnung, ob es Brandstiftung war, die Bullen kümmert es nicht, solange der Dreck hinterher beseitigt wird.«

Ich hatte nicht nachgehakt – die Art, wie sie die zwei Namen aussprach, ließ mich ahnen, um wen es ging. Hastig hatte ich mich bei ihr bedankt, die anzügliche Einladung zu ihr ins Haus höflich abgeschlagen und war mit meinen Bodyguards so schnell wie möglich aus diesem Stadtteil verschwunden. Ich freute mich nicht – Freude war ein absolut unpassender Ausdruck für die gesamte Situation dort, aber die Begegnung war wie ein schillernd roter Schlussstrich für mich gewesen. Bis heute war das Wort Missbrauch nur in meinen Träumen vorgekommen und das auch nur stark reduziert. Ich litt nicht jede Sekunde, und ich war in der Lage, ein normales Leben zu führen. Im Augenblick vielleicht zu normal.

Ich lief quer über die Studentenparkplätze hinter dem Universitätsgebäude und entriegelte meinen Porsche mit einem Knopfdruck, bevor ich einstieg und beim Ausparken die Fenster herunterließ. Schon aus Gewohnheit checkte ich das Display meines Handys, nur um zum wohl hundertsten Mal an diesem Tag enttäuscht zu werden. Ally meldete sich seit dem 31. Oktober nicht mehr bei mir. Und als wäre das nicht schon schlimm genug, hatte sich Eliza nun auch vollständig von mir abgewandt. Ich zählte inzwischen nicht mehr mit, wie oft ich ihre Mailboxnachricht aus jener Nacht abgehört hatte.

Ich will dich etwas fragen.

Gott, ich kannte diesen Tonfall. Und bis zu diesem Moment hatte ich jeden Tag Angst gehabt, sie endgültig zu verlieren, weil ich Volltrottel mich tatsächlich an Tylers Deal gehalten und sie nicht angerufen hatte. Wochenlang. Trotzdem hatte sie sich gemeldet. Trotzdem wollte sie noch mit mir sprechen. Aber irgendetwas war passiert, das alles verändert hatte. Das sie dazu brachte, jeden meiner Anrufe wegzudrücken. Ich vermutete, dass es etwas mit Ally zu tun hatte. Es trieb mich in den Wahnsinn. Gestern war ich noch mit Tom unterwegs gewesen und hatte mit dem Gedanken gespielt, mich ihm anzuvertrauen. Dann aber war mir wieder in den Sinn gekommen, dass er immer noch nicht über Alison hinweg und meine Aktion ein ziemlicher Verrat war. Es blieb mir also nichts anderes übrig, als zu warten. Geduld zu haben.

Ich schlug mit der Faust gegen das Lenkrad und fing mir einen entsetzten Blick von einer alten Frau ein, die neben mir in einem VW an der Ampel stand. Demonstrativ drehte ich das Radio auf und stöhnte dann, als meine eigene Stimme Sekunden später durchs Fahrzeug und nach draußen dröhnte. Alles war eine beschissene Sackgasse. Ich drehte mich im Kreis. Und ich hatte wirklich keine Lust mehr, meine Zeit zu verschwenden. Die Ampel sprang auf Grün, und ich gab Gas, wurde immer schneller, ließ das Tempolimit weit hinter mir … Es war ein Kick, und es war kindisch, aber ich fühlte mich irgendwie befreit, als ich mit schnurrendem Motor durch Seattle raste. Ich lachte über jeden Fahrer, der mich wütend anhupte, und drehte dann das Radio noch lauter, obwohl ich bezweifelte, dass irgendein anderer Sänger seine eigene Musik zum Spaß hörte.

Mitten während meiner Höllenfahrt hämmerte My Chemical Romance los, und ich schmiss das Telefon auf den Beifahrersitz, nachdem ich den Lautsprecher betätigt hatte. Es war Ty.

»Westwood!«, raunzte er ungehalten ins Telefon. »Wo bist du?«

Ich drehte die Musik leiser. »Gerade dabei, mir einen Strafzettel einzufangen«, rief ich gut gelaunt und bremste mit quietschenden Reifen vor der nächsten Ampel, die gerade auf Rot gesprungen war, während ich dem Kerl, der mir im Rückspiegel einen Mittelfinger für mein waghalsiges Überholmanöver zeigte, ein schiefes Lächeln spendierte.

»Westwood«, wiederholte er drohend. »Beweg deinen Prachtkörper sofort nach Hause.«

Ich grinste breiter, meine Laune war plötzlich wirklich gut – es war alles so abgefuckt, dass ich wieder darüber lachen konnte. Stimmungsschwankungen, flüsterte eine innere Stimme, aber ich ignorierte sie. »Darf ich mir davor noch ein Eis kaufen, Mom?«

Es trat eine kurze Pause ein – ich kannte diese Stille. Ty schien mit sich zu ringen, ob er einfach auflegen oder mich doch lieber beschimpfen sollte.

Ich beschloss, dass ich genug Mist von mir gegeben hatte. »Seit wann bist du wieder in der Stadt?«, fragte ich. Am Wochenende hatte er noch aus L.A. angerufen.

»Heute Morgen. Wir müssen dringend reden. Heute war doch deine letzte Prüfung, richtig?«

»M-hm …« Ich hatte es mir abgewöhnt, jedes Mal zu fragen, woher zum Teufel er über jedes noch so private Detail in meinem Leben Bescheid wusste – er war immerhin mein Manager.

»Gut. Schaffst du es in einer Stunde, deine Koffer zu packen?«

Verwundert kniff ich die Augen zusammen. »Wozu sollte ich packen?« Hatte ich mal wieder irgendeinen wahnsinnig wichtigen Interviewtermin verpasst?

»Das wirst du schon sehen.«

Jetzt war ich neugierig geworden. Das schaffte wirklich nur er. »Spuck's schon aus.«

»Na schön.« Und auf einmal lachte er und hörte sich gar nicht mehr angepisst an. »Aber mach mich nicht dafür verantwortlich, dass du gleich einen Unfall bauen wirst, weil deine Nerven blank liegen.«

»Hä?«

»Wir fliegen in Englands Hauptstadt, Romeo. Und zwar noch heute Nacht. Genug abgequält.«

Ich schwieg. Ich schwieg so lange, bis mir bewusst wurde, dass ein riesiges Hupkonzert hinter mir ertönte, weil die Ampel schon lange auf Grün gesprungen war. Aber ich rührte mich nicht. Ich schwieg einfach weiter und zählte die Regentropfen, die jetzt vom Himmel auf die Scheibe vor mir tropften und in Schlieren daran hinabliefen.

»Westwood?«

Wie in Trance fuhr ich weiter, obwohl ich alles verschwommen sah. »Wenn du mich verarschst …«, fing ich an und brach ab.

Er ging erst gar nicht auf mich ein. »Hör auf rumzuheulen und komm her. Wir haben einen straffen Zeitplan, ich hab die Tickets kurzfristig gekriegt, und wenn wir uns nicht beeilen, war's das.«

Mein Wagen kam ins Schlenkern, und weiteres Hupen und Schreie von draußen folgten. *Scheiße, reiß dich zusammen*, schrie mich die Vernunft an, und ich zwang mich, auf den Verkehr zu achten, während explosionsartige Stöße durch meinen Körper fuhren.

»Sag mal, du baust jetzt nicht irgendeinen Mist, oder?«, erklang Tylers Stimme, der halb mitzukriegen schien, was hier los war.

Mein Blick fiel auf die vertraute Umgebung. 1st Avenue. »Ich bin in zehn Sekunden da«, hörte ich mich sagen.

Dann drückte ich das Gaspedal durch.

***

Eliza

November 6th, 8:30 p.m.

Finn stand auf der Bühne erhöht über der Menge und somit auch über mir. Er war wirklich und wahrhaftig hier. Plötzlich verstand ich zum ersten Mal seit unserem Kennenlernen vor einem Jahr, was er damit gemeint hatte, als er mir mit Verzweiflung in den engelsgleichen Augen prophezeite, dass ich nie wieder aus dieser Hölle herauskommen würde. Die Lichter der Scheinwerfer tanzten auf seinem Körper, so hastig, als hätten sie Angst, sich an der Perfektion zu verbrennen. Die Menschen um mich herum starrten gebannt zu diesem wahr gewordenen Wunder hoch, bewegten sich zur Musik, tanzten, ließen sich gehen. Ich spürte alles, was geschah, ich hörte die Songzeilen aus seinem Mund, ich sah seine geschmeidigen Bewegungen, seine zerrissenen Jeans, die gold glänzenden wirren Haare und wie er die Augen schloss, als er mit einer Leidenschaft, die ich nur allzu gut kannte, erneut zum Refrain überging.

In dem Augenblick, in dem ich mich fragte, wieso er mich jemals überhaupt nur ein zweites Mal angeschaut hatte, wieso ich diejenige gewesen war, die er an sich herangelassen hatte, wurde mir bewusst, dass ich alles aufgegeben hatte und jetzt genauso gut die letzte Fantasie zulassen konnte. Ich hatte keinen eigenen Willen mehr, keine Selbstachtung. Ich stand einfach hier, mit erhobenem Haupt, während ich mein Bestes tat, um nicht zu blinzeln und so auch nur den Bruchteil einer Sekunde seinen Anblick zu verpassen. Die Tränen brannten wie Salz auf einer Wunde, sie sammelten sich in meinen Augen, doch ich ließ nicht zu, dass sie überliefen. Ich würde alles für diesen Menschen tun. Es war mir gleich, ob ich zu einem Spielzeug mutiert war, in diesem Moment mehr denn je, zu einer Figur in seinen perfiden Plänen, die am Ende, wenn er genug hatte, schachmatt gesetzt und vom Feld geräumt wurde, als hätte es sie nie gegeben. Wie weit konnte Selbstaufgabe gehen? Wie naiv konnte man sein, all das über sich ergehen zu lassen und trotzdem mehr zu wollen?

Das war keine Liebe, das war krank.

Ich war keine unabhängige volljährige Frau, die sich vor ein paar Monaten mit Händen und Füßen gegen ein bisschen Bindung gewehrt hatte. Ich war seine Eliza, sein Mädchen. Das willenlose Ding, das sich in den Proberaum hatte führen lassen. Das einen Scheiß auf all die Dunkelheit gab, auf jeden Moment voller Qual, einzig und allein durch ihn ausgelöst. *Das ihm das Herz aus der Brust gerissen hatte.* Ich bekam keine Luft mehr, Lichtpunkte tanzten vor meinen Augen, aber sie hatten inzwischen nichts mit der Deckenbeleuchtung zu tun.

Mir war nicht ganz klar, an welchem Punkt Diego entschieden hatte, einzugreifen und mich mit aller Kraft aus der Halle zu zerren, aber ich konnte ihm nicht verständlich machen, wie dankbar ich war. Ich wurde von einem Anfall geschüttelt, wie im schlimmsten aller Albträume, wie bei einem Krampf, und im Sekundentakt überfiel meinen Körper stoßartig eisige Kälte. Alles wurde schwarz und dann wieder blendend weiß. Aber jedes Mal, wenn mein Bewusstsein sich verabschieden wollte, zog mich etwas oder jemand wuchtartig zurück in eine Realität, die ich nicht mehr als meine bezeichnen wollte … oder konnte.

»Atmen«, befahl mir Diego immer wieder, bis das Wort zu mir durchdrang und ich gehorchen konnte.

Ich sah Bildfetzen, kurzes Einblenden von Gerüchen und Geräuschen, wie die Musik, die immer leiser wurde, das Gras unter meinen Stiefeln, die Nacht, immer schwärzer, mit immer weniger Lichtern, die sie zerstörte. Irgendwann, nach etlichen Minuten von Stille, die nur durch meine keuchenden Atemzüge unterbrochen wurde, merkte ich, dass wir draußen außerhalb der Lagerhalle standen, viele Meter entfernt, weit weg von den Kneipen und Imbissen, in einer Seitengasse, an irgendeine Hauswand gelehnt, im Schatten des schmutzigen Gebäudes. In Sicherheit. Ich zwang mich zur Konzentration. Diego befand sich direkt vor mir, die Hände auf meinen Schultern, bereit, mich jeden Moment zu stützen, sollte ich endgültig aufgeben und mich dem reinen Nichts überlassen.

»Ich … will … zurück.« Ich hatte keine Ahnung, wie diese Worte aus meinem Mund kamen, woher ich überhaupt die Kraft nahm, etwas Derartiges auszusprechen.

»Eliza.« Pure Fassungslosigkeit in seiner Stimme. »Wir müssen weg hier. Und zwar so schnell wie möglich.«

»Nein.« Ich schüttelte den Kopf, und jetzt flogen die Tränen doch.

»Eliza!«, schrie er mich an. Und dann: »Scheiße!« Er ließ meine Schultern los, aber nur, um mich ganz zu umfassen und an sich zu drücken.

Der Damm brach vollständig. Ich schluchzte und keuchte und weinte und klammerte mich an ihm fest.

»Verdammt, es tut mir leid, dass ich dich hergebracht habe«, hörte ich ihn zwischen meinen Weinkrämpfen. »Wenn ich gewusst hätte, wenn ich … Gott, Eliza, was ist da drinnen passiert?«

Ich schaffte es nach einer Ewigkeit, den Kopf von seiner Schulter zu heben. Er sah mir direkt in die Augen, immer noch benommen, entgeistert. Ich schüttelte nur immer wieder den Kopf. »Finn, Finn, Finn, Finn …« Ich wiederholte seinen Namen so lange, bis er in meinen Ohren keinen Sinn mehr ergab.

Ein Taxi kam. Keine Ahnung, ob Diego es gerufen hatte, aber ich bezweifelte, dass in dieser Gegend zufällig eines vorbeifuhr. Als wir im Inneren saßen, drehte ich mich zu ihm, während ich mir mit den Ärmeln meiner Jacke über die Augen wischte.

»Wusstest du davon?«

»Was?«

Ich dachte an seine Reaktion vor wenigen Stunden, als er mich um jeden Preis dazu hatte bringen wollen, mitzukommen. Aber ich sah in diesem Moment auch sein Gesicht, und das war Antwort genug.

»Nein«, murmelte er, nachdem er meine Frage verstanden hatte. »Ich hab doch nicht mal kapiert, was los ist, bis ich dich gesehen hab, wie du dort standest und ihn angestarrt hast, als wäre er eine Erscheinung. Klar, ich kenne sein Gesicht aus dem Fernsehen, aber bis ich deine Reaktion gesehen hab … « Er brach ab.

Ich schlug die Augen nieder, richtete sie auf meine verkrampften Finger. »Wieso ist er hier?« Die Worte waren nicht an ihn gerichtet, es war eher eine verzweifelte Zusammenfassung meiner Gedanken.

»Liz, ich hab keine Ahnung, wie er tickt, aber das, was er da von sich gegeben hat … Scheiße, die Leute sind ausgerastet. Der Typ ist überall in den Medien. Ich würde es als ziemlich eindeutige Geste bezeichnen.«

»Geste?«, hauchte ich entsetzt.

Ich konnte nicht daran denken, was das bedeutete. Ich konnte doch nicht einmal richtig fassen, dass die letzten Minuten wirklich passiert waren, wie sollte ich mich da nach dem Warum fragen? Oder danach, was folgen würde, wenn ich morgen früh aufwachte und merkte, dass es alles nur ein Traum gewesen war? Nein, ich konnte nicht mehr so tun, als würde ich halluzinieren. Ich war nicht geisteskrank. Ich war bei vollem Verstand.

Und ich hatte soeben miterlebt, wie mir Finn Westwood in aller Öffentlichkeit seine Liebe gestanden hatte.

***

Ich hatte keine Ahnung, wie ich in dieser Nacht Schlaf finden sollte. Stundenlang wälzte ich mich in meinem Bett, während ich immer und immer wieder Revue passieren ließ, was sich im *Inside* ereignet hatte. Irgendwann zwischen seinem Gesicht, seinen schwarzen Klamotten und seiner Reibeisenstimme tauchte ich in einen unruhigen Schlaf, aus dem ich nur wenige Minuten später wieder gerissen wurde.

Die Leuchtziffern auf meinem Handydisplay zeigten 4:32 a.m. an, als ich es letztendlich nicht mehr aushielt und mich aus meinem viel zu warmen Bett quälte. Ich schaltete die Nachttischlampe ein und ließ meine Tür angelehnt, damit ich ein wenig Licht hatte, während ich in die Küche tapste. Meine Finger bebten, als ich den Kühlschrank öffnete und eine geschlossene Packung Orangensaft hervorholte. Ich schüttelte einmal kräftig und schraubte dann den Verschluss auf, um ein paar große Schlucke direkt aus dem Tetrapack zu nehmen. Die eiskalte Flüssigkeit floss meine Speiseröhre hinab, und ich fröstelte, aber der vertraute Geschmack schien meinen Magen für den Moment zu beruhigen. Mein Blick wanderte aus dem Fenster, weg von der unbarmherzigen Dunkelheit hinter den zur Seite geschobenen Vorhängen. Ich lehnte mich über die Theke und öffnete es, sodass augenblicklich eine kalte Brise ins Apartment wehte. Es hupte ein Auto, und irgendwo hörte ich ein gedämpftes Lachen. Die Lichter der Straßenlaternen blinkten abwechselnd, und ich betrachtete die vertrauten Zebrastreifen auf der Straße, an denen niemals jemand hielt. Ein roter Doppeldeckerbus ohne jegliche Passagiere fuhr vorbei. Mein Herz schlug unregelmäßig. Ich trank noch einen Schluck, schmeckte die Säure der Orange. Meine Augen schlossen sich, als mich der nächste Windzug traf.

London. Du wunderschöne, alles zerstörende Stadt.

Mit der Packung in der Hand schlich ich zurück in mein Zimmer, leise, um niemanden aufzuwecken. Was würde ich dafür geben, jetzt zu Ally ins Zimmer zu gehen und ihr von Finns Auftritt zu erzählen. Sie ging nicht an ihr Handy, obwohl ich dreimal angerufen hatte. Ich wollte so gerne mit ihr besprechen, was jetzt zu tun war. Sie hatte schon damals immer eine Lösung parat gehabt, vor allem wenn es etwas mit Finn zu tun hatte. *Unter anderem hat sie sich hinter deinem Rücken mit ihm abgesprochen und dabei geholfen, dich nach San Francisco zu schleppen*, verhöhnte ich mich selbst.

Ich ließ mich rücklings auf mein zerwühltes Bett fallen. Sie hatte auch hinter meinem Rücken mit ihm telefoniert, während ich halb verreckt war. Aber im Endeffekt war auch San Francisco zur schönsten Woche überhaupt geworden. Und jetzt … war er hier. Bei mir. In derselben verdammten Stadt. Himmel, dieses Mädchen wusste genau, was sie tat, das musste man ihr lassen.

Plötzlich stutzte ich. Es war doch ein ziemlich großer Zufall, dass sie übers Wochenende fortfuhr und dann plötzlich Finn hier auftauchte. Aber wieso gerade jetzt? Bis ich herausgefunden hatte, dass sie mit ihm den gleichen Deal wie ich mit seinem Bruder hatte, war ihr nie in den Sinn gekommen, ihn einzuladen. Ich fuhr mir wütend durch die Haare und sprang wieder auf. Wahrscheinlich machte ich mir nur etwas vor. Finn war allein wegen seiner Karriere hier und seine Worte nur PR-Mist. London war eine wichtige Stadt für die Musikindustrie, es war sogar sehr realistisch, dass er nach den USA hier in Europa weitertourte. Ich lebte immer noch in der Vergangenheit, wenn ich dachte, dass sich alle Spielchen von damals wiederholen würden. Natürlich brauchte ich ihn immer noch, und natürlich drehte ich durch, wenn ich daran dachte, wie er das Lied gesungen hatte. Doch es gab keine Chance auf ein glückliches Ende, denn im Gegensatz zu damals, bevor wir nach San Francisco gefahren waren, waren jetzt wirklich schlimme

Dinge passiert, Dinge, die es unmöglich machten, dass wir jemals wieder normal miteinander umgehen könnten. Ich würde mich nie wieder heulend an ihn klammern, um danach, immer noch in seinen Armen, von Lachkrämpfen geschüttelt zu werden, weil alles so perfekt war und wir einen Weg gefunden hatten. Damals waren nicht diese krankhaften Gefühle im Spiel gewesen. Oder vielleicht doch … Und ich hatte es nur nicht kapiert. Aber das spielte keine Rolle. Es war Monate her.

Und trotzdem ist er jetzt hier. Ja. Trotzdem war er hier.

Ich ging in die Hocke und ließ mich schließlich ganz auf den Boden nieder. Wie hatte Tom mich anlügen können? Wie hatte Ally mich alleine lassen können? Wie hatte ich nicht in der Sekunde, in der ich die Lagerhalle betreten hatte, realisieren können, dass es genau ein Jahr her war? Ein ganzes beschissenes Jahr. Damals war in mir Vorfreude gewesen, als ich nachts nach unserer Begegnung eingeschlafen war. Neugier auf alles, was folgen würde, obwohl ich zuerst nicht an ein Wiedersehen geglaubt hatte. Jetzt lief ich innerlich Amok beim Gedanken daran, dass wir uns in ein und demselben Raum aufgehalten hatten. Hatte er gewusst, dass ich kommen würde? Hatte er fest damit gerechnet? Was zur Hölle war sein genauer Plan, was hatte er erreichen wollen?

Fragen über Fragen. Und keine einzige Antwort.

Ich starrte vor mich in die Dunkelheit, bis draußen eine Kirchenglocke ertönte und ich beschloss, dass ich es nicht mehr aushalten konnte, alleine mit all diesem Mist zu sein. Ich setzte mich ins Wohnzimmer, wählte Jennys Nummer in Brasilien, nachdem ich ausgerechnet hatte, dass es bei ihr kurz nach Mitternacht war. Sie hatte sofort Zeit für mich, und ich war so erleichtert und vermisste sie in diesem Moment so sehr, dass ich am liebsten noch mal geweint hätte.

Flüsternd begann ich jedes Detail zu erzählen, an das ich mich erinnern konnte.

***

November 7th, 11:30 a.m.

Als mich das laute Vibrieren meines Handys unsanft weckte, fühlte ich mich, als wäre ich soeben erst eingeschlafen. Stöhnend streckte ich einen Arm aus meinem Bett und tastete blind nach dem Teil, um zu schauen, wer anrief, und es anschließend in die nächste Ecke zu pfeffern. Es war Wochenanfang, ich hatte keine Uni, und ich war gestern sehr, sehr spät …

Ohmeingottgestern.

Augenblicklich setzte ich mich auf und öffnete die Augen, ignorierte meinen pochenden Schädel und griff nach dem Handy, während mein Herzschlag sich gleich verdoppelte, als sich die Bilder von gestern Abend in meinen Kopf schlichen.

Mario, zeigte mein Bildschirm an. Ich drückte die Augen wieder zu und seufzte. Mein Chef, der Besitzer von Barcelona Tapas. An einem Montagmorgen, verdammt. Trotzdem nahm ich den Anruf entgegen, denn die Übelkeit, die sich langsam, aber sicher in meinen Magen schlich und von Aufregung zeugte, würde mich sowieso nicht wieder einschlafen lassen, das wusste ich aus Erfahrung.

»Hallo«, krächzte ich ins Handy und räusperte mich für einen zweiten Versuch. »Hi, Mario.«

»Elizabeth, wo steckst du? Wollten wir nicht deine Arbeitszeiten für diesen Monat besprechen?« Er klang nicht genervt, sondern beinahe belustigt.

»Äh …« Mist, ich hätte gestern ins Restaurant gehen sollen, das hatte ich total verpennt. *Kein Wunder*, wisperte mein Unterbewusstsein.

»Wir können's auch verschieben, wenn du einen Kater von gestern hast.« Ich runzelte die Stirn. Wieso Kater? Er schien mein Schweigen ganz richtig als Verwirrung zu deuten. »Hab vorhin mit Diego gesprochen, er hat gesagt, ihr wart noch weg …«

Ich schluckte und wünschte, es wäre ein Abend mit zu viel Alkohol gewesen. Dann hätte ich wenigstens eine Ausrede für all den Mist in meinem Kopf. Schließlich riss ich mich zusammen und beschloss, dass ich die Ablenkung genauso gut entgegennehmen konnte – solange Ally nicht kam, würde ich eh zu nichts zu gebrauchen sein. »Nein, nein. Ich … Ähm, gib mir dreißig Minuten, dann bin ich da.« Schnell umziehen, schminken und einen Kaffee reinschütten, das würde ich schaffen, zumal der Laden nur zehn Minuten zu Fuß von hier entfernt war. Je stressiger alles war, desto weniger Zeit hatte ich, mich mit den offensichtlichen Dingen zu beschäftigen.

»Kein Ding, lass dir Zeit. Wenn du Lust hast, kann ich dir auch Frühstück machen, die meisten Leute kommen eh erst in ein, zwei Stunden zum Mittagessen.«

Ich lächelte, weil Mario so nett zu mir war. Musste wohl in der Familie liegen – Freundlichkeit, so ausgeprägt, dass man manchmal schon misstrauisch werden konnte. »Vielen Dank.«

Wir beendeten das Gespräch, und ich bemühte mich, auf die Beine zu kommen. Duschen würde ich auf später verschieben müssen, also weckte ich mich nur mit einem Schwapp eiskaltem Wasser in mein Gesicht auf, bevor ich mit einem Blick in den Spiegel über dem Waschbecken entschied, dass ich offene Haare heute vergessen konnte. Daher band ich sie zu einem hohen Zopf, sodass die Locken wenigstens ansatzweise schön fielen. Ich putzte mir im Eilverfahren die Zähne, fragte mich, wieso meine Augen so verdammt rot waren, und griff nach Wimperntusche und Puder. Außerdem Eyeliner – schwarzer Lidstrich half immer. Während ich automatisch die gewohnten Bewegungen ausführte, beobachtete ich mein verschlafenes Gesicht. Ich sah aus wie immer, ein bisschen überlasteter vielleicht, aber im Prinzip völlig gewöhnlich – blasse Haut, dunkle, zu große Augen mit einem leichten Schatten darunter. Der Anblick war mir vertraut, aber etwas war anders. Irgendwas im Braun meiner Augen schien sich verändert zu haben – als wäre ein bestimmtes Funkeln in den letzten Monaten erloschen und jetzt wieder entfacht worden. Nur minimal erkennbar, aber für mich ein Detail, das mich durcheinanderbrachte. Und dann, als ich gerade das helle Puder auf meiner leicht geröteten Nase verteilte, passierte plötzlich etwas mit mir.

Im ersten Moment wusste ich nicht, was ich da tat, aber dann fügte sich alles. Meine Mundwinkel zogen sich gleichzeitig nach oben, meine Augen kniffen sich leicht zusammen, und alles schien zu … strahlen. Ich stellte das Make-up am Waschbeckenrand ab und versuchte, normal zu schauen – keine Chance. Es war wie ein Drang, den ich nicht kontrollieren konnte. Mein Spiegelbild grinste mich immer breiter an, und mit einem Mal konnte ich herauslesen, was mein Unterbewusstsein mir da sagen wollte.

Ich war glücklich.

Erschrocken wandte ich mich vom Spiegel ab. Das war doch vollkommen widersprüchlich. Das war verrückt. Dumm. Wie um alles in der Welt konnte ich …

Kopfschüttelnd lief ich zurück ins Zimmer und trat vor meinen Kleiderschrank. Und da war wieder dieses bescheuerte Grinsen, während ich meinen BH am Rücken schloss und in einen dunkelvioletten gemütlichen Pullover schlüpfte, bevor ich mir meine zerrissene helle Lieblingsjeans überzog. Es ließ sich nicht vertreiben, als ich Handy und Schlüssel in meine kleine Umhängetasche schmiss. Auch nicht, als ich in meine Stiefel stieg und die Balkontür zum Lüften öffnete. Es begleitete mich durchgehend auf dem Weg ins Wohnzimmer, wo Diego und Hannah gerade synchron Bacon und Rührei in sich reinschaufelten, während der Fernseher lief, auf den sie beide gebannt starrten.

Diego schaute als Erster hoch. Ungläubig streifte sein Blick meine gut gelaunte Erscheinung. Aber seltsamerweise sagte er nichts, sondern schaute wieder zurück auf den Flatscreen. Ich verdrehte die Augen, ließ mich aber nicht beirren, als ich weiter in die Küche ging. Eigentlich fand ich es auch gut, dass er mich nach der letzten Nacht nicht behandelte, als wäre ich in Watte verpackt.

Auf halber Strecke wurden meine Glieder schlagartig schwer, als ich die Stimmen erfasste, die aus dem Lautsprecher tönten. Rückwärts lief ich zurück und blieb wieder neben den beiden am Sofa stehen, mein Blick auf das bewegte Bild geheftet, das mir viel zu bekannt vorkam.

»… and it's killing me, when you're away, and I wanna leave and I wanna stay …«

FINN WESTWOOD IN ENGLAND EINGETROFFEN!
GEHEIMES KONZERT AM GESTRIGEN ABEND
SCHOCKIERENDE ENTHÜLLUNG ÜBER SEIN LIEBESLEBEN!

Die eingeblendeten Schlagzeilen unter dem Mitschnitt seines Auftritts hörten gar nicht mehr auf. Mit offenem Mund stand ich da und kämpfte mit mir selbst, hatte keine Ahnung, worauf ich zuerst achten sollte.

»Oh mein Gott!«, quietschte Hannah. »Finn ist hier in der Stadt?«

Ich fragte mich erst gar nicht, wieso sie das interessierte, obwohl ich nie etwas davon mitbekommen hatte, dass sie auf seine Musik stand. Ich war zu sehr damit beschäftigt, Diego mit Blicken zu erdolchen, um ihm verständlich zu machen, dass er jetzt auf keinen Fall den Mund aufmachen sollte. Aber das war überhaupt nicht nötig, die Moderatorin, die jetzt anstelle der Bilder vor einem pinkfarbenen Hintergrund erschien, nahm die ganze Arbeit selbst in die Hand.

»Der 23-Jährige, der quasi über Nacht zum Rockstar wurde, ist sicheren Quellen zufolge gestern Abend in einem kleinen Club in Clerkenwell, London aufgetreten. Anscheinend handelte es sich um eine spontane Aktion, die nichts mit seiner Tour zu tun hatte. Sämtliche Fragen werden zurückgewiesen, sein Manager verweigert jegliche Äußerung, doch das scheint angesichts des skandalösen Auftritts von gestern überhaupt nicht mehr von Bedeutung. Finn Westwood war in vergangenen Interviews offenbar nicht ganz ehrlich – aber seht selbst.«

Ich wusste, dass es besser wäre, den Blick jetzt abzuwenden, aber ich konnte nicht.

Sein Gesicht in Großaufnahme zu sehen war ein weiterer Schock, weil er so unecht aussah. Sein Auftreten war selbstsicher, geplant. Jeder Zentimeter an ihm schrie geradezu nach immensem Erfolg. Das war nicht der Finn, in den ich mich damals … verliebt hatte. Das war der Weltstar mit der Wahnsinnsstimme, der sich seiner Wirkung zu hundert Prozent bewusst war. Und doch waren es dieselben Worte, die er ins Mikrofon sprach.

Wieder wurde ich von dem Text abgelenkt, der unten durchs Bild lief.

GROSSE LIEBE IN LONDON! WER IST DIE MYSTERIÖSE HERZENSBRECHERIN?

Jetzt tauchte eine weitere Aufnahme auf, und ich fühlte, wie mir jegliche Farbe aus dem Gesicht wich. Es war ein Foto von mir im Regen vor dem Pike Place Market – das Profilbild, das Jenny von mir geschossen hatte und das ich im Uni-Forum hochgeladen hatte.

»Ach, du Scheiße«, sprach Clara, die plötzlich neben mir stand, meinen Gedanken aus.

Ich riss mich los und erkannte, dass inzwischen meine gesamte WG im Wohnzimmer hinter mir stand und abwechselnd mich und den Fernseher anstarrte.

Klar, sie waren alle nicht dumm. Sie kannten die Einträge im Uni-Forum, sie waren in Seattle weder blind noch taub gewesen. Und Leute wie John schienen eins und eins schnell zusammenzählen zu können.

Hatte verflucht noch mal niemand heute Uni? Und mussten alle hier sein – außer Ally?! Mein Puls raste inzwischen, aber ich würde jetzt niemandem einen weiteren Grund geben, über mich zu reden. So überzeugend, wie ich konnte, lächelte ich schwach in die Runde und trat den Rückzug an, indem ich zur Garderobe lief, meine Lederjacke vom Haken riss und mit einem fröhlichen »Tschüss« aus dem Apartment flüchtete.

Ich entschied mich gegen den Aufzug und nahm die Treppe, die mir sicherer erschien. Vielleicht, weil ich hier das Geländer zum Festhalten hatte. Meine Finger klammerten sich an das kalte Metall mit der abblätternden dunkelgrünen Farbe, während ich in Rekordgeschwindigkeit mehrere Stufen auf einmal auf dem Weg nach unten nahm. Erleichterung machte sich in mir breit, als ich das Erdgeschoss erreichte und die Tür ansteuerte. Gleichzeitig stöberte ich in meiner Tasche nach dem Handy und den Ohrstöpseln, daher war mein Blick nach unten gerichtet, als ich die Tür mit der Schulter öffnete und ins Freie trat.

Was sich als gewaltiger Fehler herausstellte.

Ich hatte nicht die geringste Chance, mich auch nur im Mindesten darauf vorzubereiten, als ein Höllenlärm vor meinen Augen losbrach, den ich zuerst nicht einordnen konnte. Schreie, grelle Blitze, Getrampel. Mein Kopf ruckte hoch, und ich erstarrte. Unzählige Menschen standen vor mir, nein, kämpften, um nach vorne zu gelangen. Ich hörte unzusammenhängende Rufe und dazwischen meinen Namen, ich sah Kameras, Mikrofone und Aufnahmegeräte. Der ganze Hof vor dem East Central war überfüllt.

Meine erste Reaktion war nicht Überraschung, sondern Angst. Echte Panik, weil ich vollkommen allein war – ungeschützt vor dieser aggressiven Meute, die einen durchaus gewaltbereiten Eindruck machte. Noch berührte mich keiner von ihnen. Aber sie waren nur noch Zentimeter von mir entfernt. Oh Gott, was passierte hier? Ich zwang mich, nicht die Nerven zu verlieren und genau hinzuhören, um ihre Rufe aufzuschnappen. *Situation einordnen, Plan aufstellen, handeln.*

»Elizabeth, sind Sie Finn Westwoods Geliebte?«

»Können Sie uns erzählen, wie …«

»Beantworten Sie die Frage: Lieben Sie sich?«

»Wie fühlt es sich an, die Auserwählte eines …«

»… Millionen … in aller Öffentlichkeit … mehr über Aufenthalt? … Liebe?«

Schlag auf Schlag. Sobald der erste Schrei verklungen war, wurde ein nächster lauter. Ich rührte mich nicht. Ich starrte all diese fremden Gesichter an, sah die Gier in ihren stumpfen Blicken, die Kaltblütigkeit, mit der sie die Linsen auf mich richteten und ohne jegliche Scheu den Auslöser mehrere Male hintereinander drückten. Klack. Klack. Klack. Dazwischen die Rufe. Sie kamen immer näher. Wie die Tiere auf der Lauer. Und ich war das ahnungslose Opfer.

Mein Gehirn schaltete sich wieder ein, und ich griff hinter mich, presste die Tür, die sich noch nicht vollständig hinter mir geschlossen hatte, wieder auf, gerade so weit, dass ich hindurchschlüpfen konnte. Mit aller Kraft schmiss ich mich von innen dagegen – sie knallte zu, aber ich sah und hörte die Monster immer noch, die Tür war aus dünnem Glas, und auch sie hatten noch einen recht guten Blick auf meine geschockten Züge.

Stolpernd floh ich ein zweites Mal an diesem Morgen, dieses Mal in den dunklen Schutz des Treppenhauses. Auf den Stufen ließ ich mich nieder und versuchte verzweifelt, mein immer schneller klopfendes Herz zu beruhigen.

Und dann, von einem Moment auf den anderen, kam die Wut. Ich erhob mich fluchend, zerrte mein Handy hervor und wählte Allys Nummer. Natürlich ging wieder nur die Mailbox ran.

»Komm sofort zurück«, brüllte ich außer Atem, während ich die Treppen wieder nach oben rannte. »Hier ist die Hölle los!«

11. KAPITEL

WHERE BROKEN HEARTS MEND AND START TO BEAT AGAIN

Eliza

November 7th, 11:15 p.m.

Ich entriegelte die Toilettenkabine und atmete tief durch, wie immer, wenn ich wieder einmal dabei war, mich zu überzeugen, dass mein Leben perfekt war. Dann ging ich zu den an der schwarzen Marmorwand aneinandergereihten Waschbecken, über denen ein länglicher Spiegel hing, in dem ich mein Äußeres beim Händewaschen betrachten konnte. Als ich fertig war, öffnete ich meine Handtasche, zog meine Lippen nach und versuchte ein Lächeln, das von meinen übermüdeten Augen ablenken sollte, während ich die Blicke einer Blondine neben mir ignorierte. Ich würde zurück zur Tanzfläche gehen und Diego sagen, dass ich nach Hause musste. Es war nett von ihm gewesen, dass er mich nach meiner Spätschicht noch eingeladen hatte, um ein bisschen die Anspannung loszuwerden, aber die Leute, mit denen wir unterwegs waren, kannte ich größtenteils nicht, auch wenn sie ganz freundlich wirkten. Es war schon spät, und ich fühlte mich nicht sicher. Immer war da dieses Gefühl von etwas Ungewissem, und ich war noch erschlagen von letzter Nacht und heute Morgen. Ich konnte mir so viel einreden, wie ich wollte, dass ich es verarbeitet hatte und jetzt damit klarkam, dass Finn hier war, in London, der Stadt, die so gar nichts mit ihm zu tun hatte. Es waren im Moment keine positiven Gefühle in mir, nur Angst, Verzweiflung und unendliche Erschöpfung. Ich wollte ins Bett … schlafen, bis Ally kam und mir sagte, was ich tun sollte. Die bescheuerten Paparazzi waren nur ein Problem, hinzu kam auch noch, dass ich keine Ahnung hatte, was als Nächstes auf dem Programm stand. Gerade jetzt wurde ich wieder wütend. Finn Westwood war sicher nicht ohne einen ausgefeilten Plan hierhergekommen. Er konnte manipulieren, das war mir nur zu gut bewusst.

Dummerweise kam mir bei diesem Gedanken ein Abschnitt meiner Präsentation über Borderline wieder in den Sinn. Ich fluchte leise. Hör auf, dich reinzusteigern, redete ich mir in Gedanken gut zu. *Er ist nicht hier. Alles ist gut.*

Aber dann war da noch die andere Seite in mir, die – wie ich gemerkt hatte – öfter zum Vorschein kam, wenn ich müde war. Wenn ich mich nach Wärme und Vertrautheit sehnte ... Scheiße. Da hatte ich mir etwas eingebrockt – mein Herz klopfte wieder schneller, und ich spürte die Nervosität aufflammen, die die Müdigkeit verdrängte. Allein die Möglichkeit, ihn im Laufe der nächsten Tage persönlich anzutreffen ... von Angesicht zu Angesicht. Verdammt. Meine dummen Fantasien waren zwar von Schock gelähmt, aber trotzdem vorhanden. Ich riss mich vom Anblick meines inzwischen glühenden Gesichts los und wollte zur Tür laufen, als sie schwungvoll aufsprang. Ich hörte, wie die Frau hinter mir scharf nach Luft schnappte. Das Nächste, das ich wahrnahm, waren meine ungesteuerten Bewegungen. Wie ich ein paar Schritte nach hinten stolperte, bis mein Rücken gegen ein Waschbecken stieß. *Verdammt.*

Finn stand in der Tür, hielt sie mit einer ausgestreckten Hand offen und starrte mich an. Himmel, er war es wirklich. Es war wie ein schlechter Film. Ich konnte mich nicht einmal mit einer Halluzination meines Gehirns herausreden – die Situation war zu real, zu ... greifbar. Obwohl gleichzeitig alles schien, als würde es an mir vorbeiziehen, genau wie gestern Nacht, als er auf der Bühne gestanden und diese Worte gesungen hatte. Ich wünschte mir, hier und jetzt in ein schwarzes Loch zu fallen und zu sterben. Für immer mit diesem Anblick in meinen Gedanken. Dann wollte ich die Augen schließen, um nichts mehr sehen zu müssen, um endlich zu erkennen, dass ich träumte. Ich konnte nicht. Ich musste meinen Blick auf alles richten, das ich die letzten Monate nur erfinden konnte. Ein schwacher Abklatsch der grausam schönen Realität. Er trug die vertraute schwarze Lederjacke und Blue Jeans ... Levis, das wusste ich. Sein weißes Hemd blitzte locker unter der Jacke hervor. War er schon damals so muskulös gewesen? An seiner Hand sah ich den Silberring, den er nie abnahm. Schwarze zerrissene Sneaker, keine Designerschuhe.

Ich wusste nicht, wie ich es schaffte, in sein Gesicht zu sehen. Aber als ich es tat, war mir, als würde meine Welt zusammenbrechen, nur um wieder zu einem Ganzen zu werden. Augenblicklich fühlte ich den Schmerz. Ich fühlte ihn, als mein Blick auf grüne brennende Augen traf, auf die schmale Nase, die zusammengepressten Lippen. Die Haare. Mein Gott, seine Haare. Kein Millimeter hatte sich verändert. Ich spürte die tausend Messerklingen, die mein Inneres zerschnitten, die über die Wunden fuhren, so lange, so fest, bis mir schwindelig wurde. Alles, was ich aufsaugte, als wäre es der längst benötigte Sauerstoff, spielte sich wahrscheinlich nur in Bruchteilen von Sekunden ab. Ich wandte mich ab, als es zu viel wurde. Als der Schmerz überzulaufen drohte. Mein Blick hielt sich am regelmäßigen Muster der weißen Fliesen fest, die im Kontrast zur schwarzen Wand standen. Jede weitere Bewegung meines Körpers – zusammenbrechen oder wegrennen – war undenkbar. Es war wie das Eis, das sich in Albträumen in Sekundenschnelle um die ohnehin schon erstarrten Glieder legte. Oder wie die Flammen eines immer größer werdenden Feuers in einem verschlossenen Zimmer.

»Würdest du mir einen Gefallen tun und draußen warten?«, flüsterte die samtweiche Stimme.

Ich versuchte, meinen Kopf zu heben, um die Situation zu erfassen. Wir waren zu dritt hier. Die restlichen Kabinen standen offen. Und die Blondine schien sich aus ihrer Starre zu erholen, denn sie lief auf die Tür zu. Ich blinzelte so heftig, dass es mir fast die Tränen in die Augen trieb, als ich sah, wie sie die Damentoilette verließ und sich die Tür hinter ihr schloss. Ohne Widerspruch oder Argwohn. Sie fragte nicht einmal nach dem Warum. Aber so war es mit Finn Westwood, flüsterte eine klägliche Stimme in meinem Kopf. So würde es immer sein. Einmal mit der Wimper zucken, und alles lag vor ihm. Als ich bemerkte, dass er mich immer noch anstarrte, fing ich an zu zittern und fand inmitten dieser surrealen Parallelwelt meine Stimme wieder.

»Verschwinde«, krächzte ich, so laut es meine Beherrschung zuließ. Meine Blicke, die über seinen gesamten Körper fuhren, um keine Regung zu verpassen, straften meine Worte Lügen. Ich blieb wieder bei seinem Gesicht hängen und war gefangen. Es war so lebensmüde, so unglaublich falsch, mit ihm alleine in einem Raum zu sein. Monate. Es war verfluchte Monate her.

Er machte einen Schritt auf mich zu, blieb aber stehen, als er meine immer größer werdende Panik sah. Mir wurde bewusst, was er dachte. Ich sah es in seinem Blick. Er dachte, ich hatte Angst vor ihm … wegen damals. Natürlich hatte ich Angst. Aber dafür gab es nur einen Grund, und der hatte nichts mit diesem schrecklichen Maskenball zu tun.

Ich fürchtete mich vor dem Danach. Vor dem Moment, wenn er weg war, und ich spürte, wie alles stehen blieb. Die Zeit, dieser Club, mein gottverdammtes Herz.

»Ich … ich dachte, wir könnten miteinander sprechen, wie während der … Telefonate.« Seine Stimme war nun kaum mehr als ein Flüstern. »Ein paar Dinge klären.«

Und in dem Augenblick, als sein Blick bei diesen Worten ganz weich wurde, da ging endlich ein Ruck durch meinen Körper, und ich war wieder Eliza Fleming. Ich richtete mich aus meiner gebrochenen Stellung auf und reckte das Kinn, während pure, unverfälschte Wut durch meine Adern floss. Wie konnte er es wagen, mit mir zu sprechen? Nachdem er diese zerstörenden Sätze vor versammelter Presse von sich gegeben hatte, nachdem er mich bloßgestellt und unsere Vergangenheit mehr denn je zu seinen Gunsten missbraucht hatte. *Not Strong Enough.* Er hatte verflucht noch mal *Not Strong Enough* gesungen, nachdem er von Liebe gesprochen hatte. In der Öffentlichkeit. Woraufhin mich Reporter bis vor die Haustür verfolgten. Ich hasste ihn. Ich hasste ihn mit jeder Faser meines Körpers.

»Das war, bevor du diesen Bullshit vor der ganzen Welt von dir gegeben hast«, fauchte ich, und meine Stimme bebte vor Zorn.

Er starrte mich noch eine Sekunde intensiv an, dann veränderte sich sein gesamter Gesichtsausdruck, und ich sah eine schwache Spiegelung meiner Gefühle darin. Im nächsten Augenblick erfüllte sein trockenes, sarkastisches Lachen den Raum, das so schön war, dass ich ihn gleich noch mehr hasste. »Ah … Wie ich sehe, hast du dich kein bisschen verändert.« Er kam einen weiteren Schritt näher, fast schon drohend. »Immer noch dasselbe Mädchen, das denkt, es wüsste besser als ich, was ich fühle.«

Einen kurzen Moment bröckelte meine Fassung, weil er so ohne Weiteres auf unsere letzte richtige Begegnung zu sprechen kam. Aber ich verlor mich nicht in der Erinnerung, wie er geweint und mich voller Verzweiflung ein letztes Mal geküsst hatte. Denn das Wort Liebe entfachte eine Explosion in mir, die nicht mehr zu stoppen war. Alles, was ich je zu ihm hatte sagen wollen. Alles, was zwischen uns gestanden hatte, die ganze verfluchte Zeit über. Ich konnte nicht mehr schweigen. Ich konnte gar nichts mehr. Finn war hier. Und das war vielleicht meine einzige Chance.

»Was du fühlst …«, wiederholte ich mit leiser, beinahe sanfter Stimme. Auch ich ging einen weiteren Schritt auf ihn zu. Ich sah, wie er hart schluckte, doch ich ließ mich nicht beirren. »Willst du mir erklären, was das genau für Gefühle sind, Finn, die dich dazu gebracht haben, mit mir Schluss zu machen, obwohl ich alles für dich getan hätte und dich angefleht habe, mich nicht zu verlassen?« Ein weiterer Schritt. Kaum mehr ein halber Meter war zwischen uns. »Komm schon, sag's mir«, flüsterte ich. »Ich bin unglaublich neugierig, was du gefühlt hast, als du mich anschließend auf dieser Fensterbank genommen hast, ohne mir auch nur ein einziges Mal in die Augen zu schauen.«

Er schreckte vor meinen Worten zurück, als wären sie Folterinstrumente. Und dann sah ich etwas in seinem Gesicht, in seinem viel zu perfekten Gesicht, das ich nicht sehen wollte. Schmerz, egal wohin ich sah. Schmerz, doppelt, ach was, dreifach so schlimm wie meiner.

Ich klammerte mich an meiner Handtasche fest und lief an ihm vorbei zur Tür. Raus hier. Solange ich noch konnte. Ich spürte bereits, wie der Damm langsam brach, wie ich mich in wenigen Sekunden draußen in der Dunkelheit zusammenkauern und schluchzen würde, bis ich nicht mehr atmen konnte.

»Es tut mir leid.« Es waren kaum Worte, so leise klang dieser Satz durch den Raum, aber er war genug, um mich an Ort und Stelle festzuhalten.

»Fahr zur Hölle.« Meine Stimme brach von der Anstrengung, nicht in Tränen auszubrechen.

»Es tut mir leid«, wiederholte er rau, als würde auch er mit etwas kämpfen, doch fester als zuvor.

Ich hörte die Schritte, die von hinten auf mich zukamen, viel zu spät. Meine Augen fielen zu. Meine Hände wurden an meinen Körper gedrückt. Ich wehrte mich im ersten Moment, aber er presste sich an mich, sein rasendes Herz an meinem Rücken, seine Hände von hinten auf meinen, so fest, dass ich mich nicht mehr bewegen konnte. Stromschläge fuhren millionenfach durch meinen Körper. *Oh Gott, lass mich das überleben.* Ich presste meine Lider noch fester zusammen. *Oder nein ... Lass mich hier sofort zugrunde gehen. In seinen Armen.*

»Es tut mir leid.«

»Lass mich los, verdammt.«

»Es tut mir leid.« Fast ein verzweifelter Schrei.

Ich wurde herumgewirbelt, direkt an seine Brust. Ich stand jetzt mit dem Rücken zur Tür, die sich niemals wieder zu öffnen schien. »Fass mich nicht an.« Unerklärlicherweise sah ich zu ihm hoch. So nah. So nah wie noch nie in meinem Leben.

»Hör mir einen Moment zu.« Er beugte sich zu mir, wir waren auf gleicher Höhe. So nah, wiederholte ich in Gedanken und erzitterte. Zu nah. Und gleichzeitig viel zu weit weg. Unsere Nasenspitzen berührten sich. Ich konnte nicht mehr atmen. »Es tut mir leid, Eliza.« Seine Augen waren dunkel, und da hörte ich zum ersten Mal wirklich, was er sagte. »Es tut mir leid.« Er flüsterte. »Hast du den Brief gelesen?«

Ich schwieg – ich konnte meine Lippen nicht teilen. Das war der nächste Schock. Sein Brief. Er fuhr mir mit einer Hand übers Haar, schon wieder so unendlich zärtlich. Mein Gehirn speicherte die

Berührung für später ab, meine Nervenenden fingen Feuer. *Das erlebst du nicht wirklich, Eliza. Das ist alles Illusion.*

»Es tut mir leid, was ich dir angetan habe.« Er schluckte erneut, es schien ihn eine unglaubliche Kraft zu kosten. »Ich will nur wissen, ob es vorbei ist. Sag mir, dass du mich nie wieder anschauen kannst, und ich packe meine Koffer, und du siehst mich nie wieder. Sag mir, dass ich dir egal bin, und ich lasse dich für immer in Ruhe. Ich schwöre es dir.«

Ich riss mich los. Seine Wimpern waren so dunkel, sie warfen Schatten unter die flüssigen Smaragdaugen. Es gab keine Beherrschung mehr. Es gab kein Falsch und kein Richtig. Und trotzdem brachte ich es irgendwie fertig, die nächsten Worte auszusprechen, sie ihm entgegenzuschleudern, während er mich benommen anstarrte.

»Du bist krank.«

Seine Mundwinkel zuckten traurig. Ich spürte seinen warmen Atem über mein Gesicht streichen, als er sprach. »Ich weiß. Ich bin in Therapie.«

In meinem Kopf begann sich bei seinen Worten alles zu drehen. Bevor ich umkippen konnte, versuchte ich es mit einer Lüge. »Du hast nicht wirklich gedacht, dieser Brief würde irgendetwas ändern.«

Ich öffnete die Tür, schlug sie hinter mir zu und wollte den Flur entlangrennen. Meine Handflächen waren schweißnass, Adrenalin pumpte durch meinen Körper, aber ich fühlte keinen Schmerz. Nicht mehr. Alles war taub, und gleichzeitig spürte ich die Risse, die er innerhalb von wenigen Minuten in mir verursacht hatte. Ich wollte weinen, und ich wollte lachen. Ich wollte jetzt sofort weglaufen, mich vor die nächste U-Bahn schmeißen, und gleichzeitig kämpfte ich mit dem Verlangen, die Tür hinter mir wieder zu öffnen und ihm um den Hals zu fallen. Aber da war etwas, das mich stoppte, durcheinanderbrachte. Ich blinzelte und zwang mich, aus meiner eigenen Welt herauszukommen. Es dauerte einige Momente, aber dann kapierte ich, dass sich vor den Damentoiletten eine Schlange gebildet hatte. Menschen, größtenteils Frauen, die mich unverhohlen anstarrten. Ich war mir sicher, dass sie nicht alle auf die Toilette mussten und höflich draußen gewartet hatten, bis unser Gespräch beendet war. Sie sahen aus, als hätten sie sich eben noch lautstark unterhalten. Mein Anblick hat sie verstummen lassen.

Wie in Zeitlupe strich ich mir die Locken zurück, die mir ins Gesicht gefallen waren, als Finn mich an sich gedrückt hatte. Ich verharrte einen Moment so, dann verdrehte ich die Augen und zwängte mich an den Leuten vorbei. »Aber ansonsten habt ihr keine Probleme, oder?«

Absurderweise erinnerte mich das Szenario an damals in der UW, als die ersten Gerüchte angefangen hatten. Und noch bescheuerter war es, dass ich bei dem Gedanken, dass sich das alles zu wiederholen schien, fast grinsen musste. Ich war total gestört.

Wie viel größer die Dimensionen inzwischen waren, wurde mir erst so richtig bewusst, als ich, nachdem ich mich auf der Tanzfläche kurz vergeblich nach Diego umgeschaut hatte, zum Ausgang lief und dort abermals am Weitergehen gehindert wurde. Es erwartete mich im wahrsten Sinne des Wortes ein Blitzlichtgewitter. Ich wurde geblendet, vor meinem Gesicht befanden sich Dutzende Kameras und Smartphones. Wieder einmal.

»Elizabeth Fleming! Wollen Sie sich endlich zu Finn Westwoods Liebeserklärung äußern?«

»Wie konnten Sie ihn nur gehen lassen?«

»Miss Fleming, wenn Sie wollen, können wir in ein näher gelegenes Café gehen und ein etwas privateres Gespräch führen?«

»Sie lieben ihn doch, richtig?«

Nachdem die erste Überraschung abgeklungen war, fühlte ich etwas Seltsames in mir anwachsen, während ich mit diesen lächerlichen Fragen bombardiert wurde. Bevor ich das Gefühl richtig identifizieren konnte, brach das Gelächter schon aus mir hervor, und ich konnte mich nicht mehr halten. Ich lachte all diese fremden gierigen Paparazzi vor mir aus, und es machte mir nicht einmal etwas aus, dass unzählige Kameras auf mich gerichtet waren. Ich hatte mich nicht für das Zusammenbrechen entschieden – die Presse würde morgen nicht voller Bilder von mir sein, wie ich auf dem Gehweg in London saß und wegen ihres großen Finn Westwood schluchzte. Ich hatte sie verwirrt, das sah ich ihnen in dem grellen Licht jetzt deutlich an. Und einige blickten mich wissend an – als wären sie sicher, dass ich auf Drogen war. War ich ja auch irgendwie. Ich lachte erneut. Finn hatte mich umarmt. Er hatte sich entschuldigt. Er wollte wissen, ob er mich in Ruhe lassen sollte.

Und dann, mitten in meinem wahnwitzigen Kichern, kam mir eine Idee. Wieso sollte nur er derjenige sein, der mir mit bescheuerten Äußerungen bei seinen Konzerten das Leben schwer machte und die Paparazzi auf den Hals schickte?

Ich versuchte, mich zusammenzureißen, und strahlte die Meute vor mir an. »Ach, kommt schon, Leute«, sagte ich grinsend und drückte mich an ihnen vorbei. »Ich bin doch uninteressant. Fragt doch lieber Finn selbst. – Er ist gerade in den Frauentoiletten gesichtet worden.« Ich deutete auf den Clubeingang hinter mir und hörte, wie eine neue Welle von Aufregung in die Truppe kam.

Ohne auf ihr weiteres Geschrei zu achten, hob ich am Straßenrand die Hand, um ein Taxi anzuhalten. Als ein schwarzes Fahrzeug vor mir hielt, warf ich noch einen letzten Blick hinter mich und sah, wie sie gerade dabei waren, allesamt den Laden zu stürmen. Lachend nannte ich dem Fahrer die Adresse des East Central und lehnte mich in den Sitz zurück, während ich mein Handy hervorzog. *Pass auf, mit wem du dich anlegst*, tippte ich und versendete die Nachricht an Finn, bevor ich es mir anders überlegen konnte.

Mein Blick wanderte nach draußen, und als Londons Straßen an mir vorbeirasten, spürte ich etwas in mir, das ich schon längst verloren geglaubt hatte. Ich lächelte idiotisch vor mich hin, während ich mir jede Einzelheit ins Gedächtnis rief. Seine Augen, seinen Mund, seinen unvergleichlichen Duft. Seine Nähe. Die Wärme, nach der ich mich so lange verzehrt hatte und die mir Diego mit noch so vielen Umarmungen niemals vollständig hatte geben können.

Meine ganze Wut war verflogen, sie war oberflächlich gewesen, denn sein Anblick erinnerte mich immer noch daran, wie ich mich in Seattle gefühlt hatte. Aber jetzt gab es keine Bedrängung mehr, keine Panik vor seinen unvorhersehbaren Handlungen.

Ich wollte ihn. Ich wollte ihn ganz.

Mein Handy piepte, und mein Puls begann erneut zu rasen.

Aber die Nachricht war nicht von Finn. Sie war von Alison: *Bin zurück. Wir reden, sobald du hier bist.*

***

Finn

November 7th, 11:45 p.m.

Ich musste einfach lachen, als die glänzend schwarze Harley unter mir zu vibrieren begann und Tony mit mir hinter ihm auf dem Ledersitz losbrauste. Weg von der kreischenden Menschenmenge und den grellen Lichtern. Und auch von Brian, der sie alle miteinander in Schach hielt, während wir abhauten, bevor die Situation vollständig eskalierte. Für ein paar Sekunden schwankten wir, dann reihte sich Bodyguard Nummer eins tadellos in den Verkehr ein. Ich war froh, dass man mein Lachen in dem Motorenlärm nicht hören konnte – denn ich hörte nicht auf. Ich warf den Kopf in den Nacken, obwohl wir uns auf offener Straße befanden und ich keinen Helm trug – dafür war bei der Flucht leider keine Zeit gewesen –, und lachte so sehr, dass mein ganzer Körper bebte. Das war mein erstes Zusammentreffen mit den gestörten Reportern gewesen, das mir Spaß gemacht hatte. Denn in dem Moment, als ich aus meiner Starre in der Damentoilette in diesem Club aufgewacht war, da mein Handy eine neue Nachricht anzeigte, war schlagartig all der Schmerz von mir abgefallen, den Elizas Worte ausgelöst hatten.

Sie hatte das Feuer eröffnet. Sie hatte mich herausgefordert, und das konnte nur eins bedeuten – es war noch nicht vorbei für sie. Ob es an Rachegelüsten oder schlichtem Hass lag, war mir gerade egal, solange sie nur mit mir sprach. Mir ihre Wut signalisierte und mich spüren ließ, dass unsere Geschichte nicht beendet war. Denn solange sie mich hasste, war ich ihr wenigstens nicht gleichgültig. Hass war gut. Hass bedeutete Leidenschaft, innere Zerrissenheit. Hass bedeutete, ich war immer noch in ihren Gedanken. Ich wusste, dass ich nach wie vor Panik in ihr auslöste. Natürlich war mir klar, dass ich auch noch immer schlecht für sie war. Zeit änderte nichts an den offensichtlichen Umständen. Da konnte mir Ally noch so oft erzählen, dass Eliza meinetwegen tagelang geweint hatte. Ich war mir sicher, das lag hauptsächlich an dem, was vor ihrer Abreise in Seattle passiert war, nicht daran, dass sie mich brauchte.

Ich bin unglaublich neugierig, was du gefühlt hast, als du mich anschließend auf dieser Fensterbank genommen hast, ohne mir auch nur ein einziges Mal in die Augen zu schauen.

Mein Grinsen gefror zu Eis, als ich mir ihre exakten Worte wieder ins Gedächtnis rief. Die Straße vor mir verschwamm. Alles, was ich Eliza angetan hatte, konnte nicht vergessen werden. Fast war ich über ihre heftige Reaktion erleichtert gewesen. Es war so … gerecht, dass sie mir nicht glaubte. Und trotzdem war ich wütend geworden, obwohl ich sie in diesem Augenblick so sehr verstanden hatte. Ich wollte sie schütteln, weil sie nicht sehen konnte, was ich für sie empfand. Obwohl ich selbst dafür verantwortlich war. Sie war durchgedreht, als ich sie in der Toilette überrascht hatte. Zu Beginn hatte es mich für ein paar grauenvolle Minuten an den Maskenball erinnert … und an ihre Reaktion auf mich danach. Ich musste akzeptieren, dass ein Teil von ihr immer dieses Monster in mir sehen würde. Doch dann hatte sich die Situation verändert. Da war keine undurchdringbare Mauer mehr in ihrem Blick, kein Eis. Vielleicht war aber auch einfach nur die Fantasie mit mir durchgegangen, weil ich sie zum ersten Mal nach so langer Zeit wiedergesehen hatte. Aber irgendetwas sagte mir, dass sich etwas verändert hatte … Für den Bruchteil einer Sekunde hatte ich in meinem Rausch gedacht, sie würde mich küssen. Schnell verdrängte ich diesen lächerlichen Gedanken wieder. Wunschdenken. Trotzdem war auf meine Frage, ob sie verzeihen konnte, keine Antwort gekommen, das hatte ich sehr wohl gemerkt. Ich erwartete jetzt nichts von ihr. Ich hatte sie völlig überrumpelt, sicherlich hatte sie in den Nachrichten mehrmals meinen vollkommen übertriebenen Auftritt von gestern mitbekommen. Gott, ich hatte wirklich dick aufgetragen. Aber andererseits war ich zum ersten Mal in aller Öffentlichkeit ehrlich gewesen, seit meine Karriere richtig ihren Lauf genommen hatte. Keine Spielchen mehr, keine vorgefertigten Sätze von Tyler.

»Geh da raus und tu genau das, was sie am allermeisten umhauen wird. Du kennst sie, Westwood. Ich nicht. Für die Einzelheiten bist allein du verantwortlich. Und denk immer daran, egal was du sagst, egal wie du singst und dich gibst – spätestens morgen früh wird es überall in den Medien sein.«

Das war der Grund gewesen, wieso ich mich für *Not Strong Enough* entschieden hatte. Ich war mir nicht ganz sicher, ob Eliza sich an das genaue Datum von damals erinnerte. In der Zeit, in der wir noch … irgendwie zusammen gewesen waren, hatte sie es erwähnt. Aber das war auch nicht der Punkt. Der Song passte perfekt zu unserer Situation, weil ich mein Leben halbwegs auf die Reihe gekriegt hatte und jetzt mit dem wirklichen Kampf um Eliza beginnen konnte.

Erst jetzt merkte ich, dass wir von der Hauptverkehrsstraße in eine Seitengasse abgebogen waren und Tony jetzt mit gedrosselter Geschwindigkeit fuhr. Mein Lächeln kehrte zurück. Die Umgebung war so fremd, und gleichzeitig hatte sie etwas seltsam Vertrautes, weil mir jeder Atemzug hier in London vermittelte, dass das qualvolle Warten endlich ein Ende hatte. Ich war kaum zwei Tage hier, und schon hatte ich es geschafft, mit Eliza zu sprechen. Alleine. Das war mehr, als ich mir erhofft hatte. In ihrer Nähe zu sein und einen Weg zu finden, um all den Scheiß wiedergutzumachen, auch wenn sie mir nie wieder vertrauen würde. Es ging nicht um Tylers Versprechen, dass ich sie zurückbekommen würde. In erster Linie ging es darum, Eliza zu beweisen, dass meine Abschiedsworte wahr gewesen waren. *Und um deine krankhafte Sucht nach ihr zu befriedigen*, murmelte eine leise Stimme in meinem Kopf.

London war so anders als Seattle oder vergleichbare Städte in den Staaten. Mein erster Eindruck war, dass hier die gleiche Mischung unterschiedlicher Kulturen und Lebensarten herrschte wie in den USA, aber irgendwie … vorsichtiger. Kleiner. Als würden die Menschen hier alles mehr schätzen und bedächtiger damit umgehen. Sofort erkannte ich den Reiz dieser Großstadt, obwohl ich kaum mehr als den Blick aus meinem Hotelzimmer und die wenigen Straßen in diesem Stadtteil gesehen hatte. Ich konnte mir vorstellen, dass Eliza hier glücklich war. Ein zufriedenes Leben führte.

Aber Himmel, für zwei Jahre? Hatte sie denn wirklich kein Heimweh? Abgesehen von mir und all den Sorgen, die ich ihr bereitet hatte, wollte sie nicht das vertraute Gefühl zurückhaben, irgendwo zu Hause zu sein? Richtig zugehörig zu sein? Ich bremste mich ein wenig, als mir klar wurde, dass ich keine Ahnung hatte, ob das nicht auch hier für sie zutraf. Nur weil ich Seattle inzwischen als mein Zuhause ansah, bedeutete das nicht, dass es bei ihr genauso war. Vielleicht wollte sie ja noch länger als geplant hierbleiben. Ich schluckte und schob diesen Gedanken weit weg von mir, aber da kam das Motorrad unter mir auch schon zum Stehen.

Ich sah auf und fand mich auf dem Hinterhof des Hotels wieder. Nur wenige Meter entfernt stand Tyler und näherte sich uns mit seltsamem Gesichtsausdruck. Umständlich stieg ich von der Harley.

»Okay, also erst mal – wieso zur Hölle trägt er keinen Helm?«, stresste er Tony an.

Ich verdrehte die Augen. Willkommen im Kindergarten.

Ty wandte sich mir zu. »Und jetzt zu dir, du hoffnungsloser Vollidiot.« Er schien nicht richtig wütend zu sein, aber trotzdem ein wenig geladen. »Was fällt dir ein, einfach abzuhauen und dich der Presse schutzlos auszuliefern?«

»Oh bitte.« Ich winkte genervt ab. Tony und Brian waren sofort zur Stelle gewesen, als ich sie angerufen hatte, während ich mich in einer Toilettenkabine versteckt hatte, um nicht totgetrampelt zu werden. »Ich musste etwas … klären. Woher soll ich denn wissen, dass das kleine Biest die Paparazzi auf mich hetzt?« Ein Grinsen umspielte meine Lippen, als ich das Wort fast schon liebevoll aussprach. Sie war immer noch verdammt gut. Emotional zerrüttet und geladen mit all den negativen Gefühlen für mich – und dann trotzdem solch eine Aktion. Wahrscheinlich waren diese Trottel zuerst auf sie losgegangen. Bei dem Gedanken spürte ich Wut gemischt mit Überraschung. Sie konnten doch unmöglich Eliza mit mir in Verbindung gebracht haben?

»Woher wusste ich nur, dass du wieder meinen schön durchgeplanten Ablauf in den Sand setzen wirst?«, fragte mich Ty mit einem resignierten Seufzen, während wir durch den Hintereingang ins Hotel liefen, damit wir in der Lobby nicht auf neugierige Gesichter trafen, sondern unbemerkt in unsere Suiten gelangen konnten.

»Ich glaub, ich brauch dich nicht mehr«, versuchte ich einen Scherz und bekam einen tödlichen Blick ab, der mich auflachen ließ. »Eliza hat mit mir gesprochen«, erzählte ich ihm. »Gut, es waren größtenteils Beschimpfungen, aber das ist doch schon mal ein erster Schritt, oder?«

Plötzlich musste er auch grinsen. »Lass mich raten, du hast sie aufgespürt und ihr in diesem Club aufgelauert, als sie auf die Toilette gegangen ist?«

»Jep.«

»Meinst du nicht, sie kriegt irgendwann noch richtig Schiss vor dir, wenn du so was bringst?«

»Ach, weißt du, ich glaub, so langsam hat sie sich an meine kranken Aktionen gewöhnt.« Es war so einfach, locker darüber zu reden. Scherze zu machen. Es nicht so ernst zu nehmen, wie es tatsächlich war. All die Schuld und die Probleme wogen weniger, seit ich hier in London war.

»Na gut, dann kann ich dir ja jetzt auch erzählen, dass sie dich gestern Abend live gesehen hat.«

Ich hatte gerade den Aufzugknopf nach oben drücken wollen, als ich mitten in der Bewegung erstarrte.

Er grinste mir fröhlich zu. »Ja, ja, ich weiß, ich hätte dir Bescheid sagen sollen, aber seien wir mal ehrlich – hättest du gewusst, dass sie nur ein paar Meter von dir entfernt steht, hättest du es doch voll vermasselt.«

»Tyler …«, begann ich drohend, während sich meine Gedanken überschlugen. Was redete er da? »Wie zum Teufel …«

»… sie zufällig genau um die richtige Zeit in dieser Halle gelandet ist? Hmm … Vielleicht hat sie ja – ebenfalls rein zufällig, versteht sich – einen Tag vorher einen Brief mit der Adresse erhalten.« Er drückte auf den Knopf, da ich nicht mehr in der Lage dazu war. Ich starrte ihn nur an. Die Türen glitten auseinander, er zog mich mit sich und lachte. »Bevor du fragst – ja, das habe ich geplant, seit ich die Tickets sicher in unseren Händen wusste.«

Es dauerte eine ganze Weile, bis ich den ersten Schock verarbeiten konnte. »Woher willst du wissen, dass sie da war?«, fragte ich tonlos.

»Der Türsteher ist ein Kumpel von mir. Ich hab ihn beauftragt, sie um jeden Preis reinzulassen und mir sofort Bescheid zu sagen, wenn sie kommt.«

Deshalb war es also so einfach gewesen, derart kurzfristig einen Gig zu bekommen. Trotzdem kapierte ich nicht, wie das alles passieren konnte, ohne dass ich etwas gemerkt hatte. »Du konntest nicht sicher sein, dass sie kommt.«

»Nein«, stimmte er mir zu. »Aber es war einen Versuch wert. Sie hätte früher oder später sowieso mitbekommen, was du abgezogen hast.«

Er hatte recht. »Du bist ein Arschloch, weil du es mir nicht gesagt hast«, erwiderte ich mit benommener Stimme. Wir waren im sechsten Stock angekommen, wo sich unsere Zimmer befanden. Ein Zimmermädchen lief uns entgegen und schaute schnell zu Boden, als mein Blick sie flüchtig streifte.

Tyler lachte. »Ich nehme an, du wolltest dich bedanken und fragen, wieso du so einen Kerl wie mich überhaupt verdient hast. Also, gern geschehen.«

»Sie hat alles mitbekommen?«

»Bis zu dem Moment, als so ein Typ sie nach draußen geschleppt hat, weil sie aussah, als würde sie zusammenbrechen.«

Ich sagte gar nichts mehr, bis ich bei der richtigen Tür angekommen war. In meinem Kopf überschlugen sich die Ereignisse der letzten Stunden. Ich musste unbedingt mit Alison sprechen.

***

November 8th, 3:00 a.m.

Wie groß war dieses beschissene Gebäude eigentlich? Ich legte den Kopf in den Nacken und ließ meinen Blick über die Wand gleiten – es sah ganz danach aus, als wäre es vierstöckig. Im gedämpften Licht der vereinzelten Straßenlaternen und der von Zeit zu Zeit vorbeifahrenden Autos hatte ich allerdings kaum eine gute Sicht darauf, vor allem, weil ich nirgendwo einen Weg zur Rückseite des Wohnblocks finden konnte.

Ich stand seit guten zwanzig Minuten in einer Art Hof mit ein paar Büschen und zwei Bänken, die locker als Schauplatz der Anfangsszene einer Stephen-King-Verfilmung durchgehen könnten, so verlassen und ruhig, wie es hier aussah, und wartete auf ein Lebenszeichen. Die Eingangstür hatte ich zwar schon ausfindig gemacht, aber ich hatte am Telefon schwören müssen, nicht zu klingeln, bis sie herunterkam. Seufzend fuhr ich mir durch mein unordentliches Haar und schlug den Kragen meiner Lederjacke hoch. Das war also das East Central House. Elizas Wohnheim. Der Ort, an dem sie lebte. Mein Mund fühlte sich trocken an, als ich die Fenster absuchte, natürlich ohne Erfolg. Ich hatte keine Ahnung, wo sich ihr Zimmer befand und ob es überhaupt auf dieser Seite des Hauses lag. Seltsam war, dass kaum irgendwo Licht brannte. Okay, es war nachts mitten in der Woche, aber trotzdem – Studenten schliefen doch nie, oder?

Ich starrte auf den Bildschirm meines Handys, wartete und lief unruhig auf und ab. Einerseits fühlte ich mich hellwach, angesichts dessen, dass ich … so nah war. Andererseits war da Erschöpfung, die meinen Schädel pochen und meine Glieder schwer werden ließ. Ich hatte gestern nach dem Auftritt kaum geschlafen und vorher im Flugzeug hierher sowieso nicht. Es war mein erster Flug nach Europa gewesen, und schon allein deswegen hatte ich mich nur schwer entspannen können. Unbewusst schloss ich die Augen und nahm jedes noch so kleine Geräusch wahr. Das Krächzen einer Krähe. Das leise Knattern eines Oldtimers. Das Rascheln der Büsche im aufkommenden Wind. Mein Herzschlag. »Ich bin hier, Kleine«, hörte ich mich in die Nacht flüstern. »Ich war es schon immer.«

Der Moment verging so schnell, wie er gekommen war, als ich plötzlich Schritte auf dem Asphalt vernahm und hastig wieder meine Lider öffnete. Ich drehte mich in die Richtung, aus der das Geräusch gekommen war.

Eingangstür.

Eine Weile sahen wir uns einfach an, sie in einem viel zu großen Parka, unter dem ihr Schlafanzug zum Vorschein kam, ich immer noch in denselben Klamotten, in denen ich Eliza vor Stunden überrascht hatte.

Dann zog sich mit einem Mal ein Grinsen über ihr Gesicht, und sie lief auf mich zu, schüttelte ungläubig den Kopf und umarmte mich schließlich stürmisch.

»Ich fass es nicht«, murmelte sie immer wieder.

Ich lachte, weil es sich so gut anfühlte, so vertraut, eine Person von damals bei mir zu haben. Eine Freundin. »Hi, Ally.«

Sie sah aus wie immer. Blond und schlank und schön. Tom würde mich töten, wenn er wüsste, dass ich hier an seiner Stelle sein konnte und sie umarmte.

Ich hatte Alison förmlich angebettelt, herkommen zu dürfen. Zuerst hatte sie mir nicht geglaubt, dass ich hier war, was mich ehrlich gesagt irritierte – ich hatte mein Gesicht heute schon auf mehreren Bildschirmen und Zeitschriftencovern gesehen, aber das war ihr offenbar entgangen. Doch dann hatte schließlich ihre Neugier gesiegt. Wir ließen uns los.

»Hab ich dich geweckt?«, fragte ich grinsend.

»Nein, du Idiot! Ich hab die letzten zwei Stunden mit Eliza gesprochen – rate worüber.« Sie musterte mich mit ihren großen hellen Augen, die schon in Seattle diesen Blick gehabt hatten – misstrauisch, weil sie sich nicht sicher war, wie schädlich ich tatsächlich für ihre beste Freundin war, und dann wieder voller Vertrauen, dass ich das Richtige tun würde. »Seit wann bist du hier? Wie … was … Ich meine, bist du vollständig verrückt geworden?«

Erneut musste ich lachen, diesmal um die tobenden Emotionen in meinem Inneren zu überspielen, weil sie ihren Namen erwähnt hatte. »Ich bin gestern angekommen, dann aufgetreten und … Das weißt du doch bestimmt.« Sie hatte mit Eliza gesprochen. Die

Kleine lag höchstwahrscheinlich oben in ihrem Bett. Wenn sie das Fenster öffnete, hörte sie vielleicht sogar meine Stimme. Verflucht noch mal. »Mich interessiert eher, wieso du so erstaunt warst, zu hören, dass ich in der Stadt bin. Ich meine, ich werde durchgehend von Reportern verfolgt und …«

»Ich war übers Wochenende in Brighton«, fiel sie mir aufgeregt ins Wort und fuhr sich durch die Haare. »Und da komme ich zurück, und alle sind am Durchdrehen. Weißt du, wie viele verpasste Anrufe ich heute Morgen auf meinem Handy hatte? Dreiundzwanzig!« Es klang nicht vorwurfsvoll, es klang beinahe … belustigt. Als wäre es richtig. Als würde jetzt das Leben wieder losgehen.

Kopfschüttelnd hakte sie sich bei mir unter und führte mich gedankenverloren Richtung Gebäude, während meine Gedanken wieder rasten. Wollte sie, dass ich mit nach oben kam? War es möglich, dass ich … Gott, ich benahm mich so lächerlich. *Reiß dich zusammen, Westwood, ihr werdet euch nur kurz unterhalten, und dann wirst du wieder abhauen. Keine große Sache.*

»Sie hat mir jedes Detail erzählt, Finn, ich … woah. Du machst keine halben Sachen, was?«

»Wieso hat sich Eliza nicht mehr bei mir gemeldet, Ally?«, fiel ich ihr ins Wort, weil ich es nicht mehr aushielt. »Sie hat mir auf die Mailbox gesprochen, und dann … Wieso hast du dich nicht mehr gemeldet?«

Eine ganze Weile schwieg sie. Dann kramte sie ihren Schlüssel hervor und wandte mir ihr Gesicht wieder zu. »Sie hat von unserem Deal erfahren.«

Meine Augen weiteten sich. Sie wusste also, dass ich … Scheiße.

»Sie ist total ausgerastet, weil sie gehört hat, wie ich bei dieser dämlichen Halloween-Party mit dir gesprochen hab. Und dann …« Ally fing an zu kichern, und ich schaute sie perplex an. *Was war daran lustig?* »… dann ist ihr aus Versehen herausgerutscht, dass sie keinen Deut besser war, die ganzen Monate über.«

Alison schloss die Eingangstür auf, und ich trat mechanisch ein, doch ich war zu abgelenkt, um richtig wahrzunehmen, dass wir gerade auf dem Weg ins Apartment waren, wo sich Eliza befand.

»Was willst du damit sagen?«, hakte ich nach.

»Ach, nur dass dein großer Bruder täglich mit ihr telefoniert hat. Aus den gleichen Gründen wie wir.«

»WAS?«

»Scht!«, zischte sie, aber wahnsinniges Vergnügen blitzte in ihren Augen auf. »Du weckst das ganze Haus auf.«

Mir blieb keine Zeit, mich darüber zu wundern, wieso sie so einen unglaublich glücklichen Eindruck machte, obwohl es ihr wochenlang mindestens genauso beschissen wie mir ergangen war. Ich merkte kaum, wie wir in den Aufzug stiegen. In meinem Kopf war nur ein Gedanke: *Eliza hat sich regelmäßig nach mir erkundigt.* Und dann, nachdem der Schock einigermaßen verklungen war: *Wir fahren direkt in ihre Wohnung.*

»Schläft sie?«, flüsterte ich. Ich würde mich jetzt nicht mit all den nötigen Fragen aufhalten – wir hatten später oder morgen mehr als genug Zeit, über alles zu sprechen, was geschehen war. Ich würde Ally nicht ausquetschen, damit sie mir alles verriet, was Eliza in den letzten Stunden gesagt und getan hatte. Ich war nicht mehr meilenweit entfernt und machtlos. Ich war hier, in London. Es gab nur eine einzige Sache, die ich tun wollte.

Die Aufzugtüren sprangen schon nach wenigen Sekunden auseinander. »Vergiss es«, flüsterte sie mir zu, als wir in den dunklen Flur traten. Es war ja klar, dass sie wusste, was ich wollte. Wonach ich mich buchstäblich verzehrte.

»Ich werde sie nicht belästigen, ich schwöre es dir. Ich will nur …« Ja, was wollte ich eigentlich? Himmel, sie hatte meinen Brief gelesen. Und es hatte nichts geändert. Schlagartig war die Nervosität verschwunden und wurde durch tiefe Verzweiflung ersetzt. Was dachte ich mir eigentlich? Was zum Teufel wollte ich tun, wenn ich wieder die Chance hatte, mit Eliza zu sprechen?

»Sie schläft sowieso«, raunte mir Ally zu. »Ich glaube, für heute reicht es an Überraschungen, Finn. Weißt du, wie sehr sie vorhin durch den Wind war?«

»Sie hasst mich, stimmt's?« Ich war das größte Arschloch dieser Welt. Ich hatte sie in dem lächerlichen Glauben, groß Eindruck schinden zu können, vollkommen überfordert.

Ally lachte trocken und blieb vor einer Tür stehen. »Hörst du mir überhaupt zu? Sie hat mit Tom telefoniert, um zu wissen, wie es dir geht. Sie ist die ganze Zeit über genauso wahnsinnig geworden wie du.«

Ich schluckte hart und starrte auf ihre Hand, die nicht wieder nach dem Schlüssel griff, sondern etwas in ein schwarzes Gerät eintippte.

»Wir haben hier Passwörter«, flüsterte sie schmunzelnd. »Jede WG hat ihr eigenes, damit nicht jeder ein- und ausgehen kann.«

Ich achtete kaum auf ihre Worte. Die Tür sprang auf, und ich hielt unbewusst die Luft an.

Sie fing meinen Blick auf. »Geh schon rein.«

Ich gehorchte und wartete im Inneren erst gar nicht, bis meine Augen sich an die Dunkelheit gewöhnten. Ein etwas größerer Raum befand sich direkt vor mir, aber das spielte keine Rolle. »Bitte …«, fing ich an, als die Tür hinter uns mit einem leisen Klick zufiel, und Ally seufzte eindringlich, während sie sich die Schuhe auszog.

»Sie schläft, Finn. Was …«

»Lass sie mich sehen. Bitte.« Ich hörte mich an wie ein Junkie, der um seinen nächsten Schuss bettelte. »Nur fünf Minuten, und dann bin ich weg, versprochen. Ich … bitte.«

»Das ist total gruselig«, zischte sie im Flüsterton. »Du kannst doch nicht da reingehen und sie beim Schlafen beobachten.«

»Ich bau keinen Scheiß, Ally. Bitte. Ich tu alles, was du sagst, nur bitte lass mich da rein.«

Sie starrte mich eindringlich an, obwohl sie wohl nur meine Umrisse erkennen konnte. Sekunden vergingen, es wurde unerträglich. Dann: »Okay. Aber das war der letzte Gefallen. Ab morgen gibt es keine Spielchen mehr. Ich will sie nie wieder hintergehen.«

»Okay«, wisperte ich und konnte nicht fassen, dass Ally es mir erlaubte. Benommen nahm ich wahr, wie sie mich am Jackenärmel fasste und nach links in einen dunklen Flur führte. Sie kam schon nach wenigen Metern zu stehen, und ich stolperte etwas nach hinten, plötzlich erfüllt von Panik. Sie griff nach der Türklinke und drückte sie in Zeitlupe herunter. Die Tür knarzte leicht, als sie sich einen Spalt öffnete.

Nach einem kurzen Blick ins Innere trat Alison zurück. Sie beugte sich leicht zu mir. »Fünf Minuten. Keine Sekunde länger. Danach kommst du ins Wohnzimmer, und wir trinken was.«

Und dann war sie verschwunden. Ohne einen weiteren Moment meiner kostbaren Zeit zu verschwenden, schlüpfte ich durch die Tür und schloss sie vorsichtig hinter mir. Ich wandte mich um. Automatisch glitt mein Blick nach vorne, wo durch eine Balkontür helles Mondlicht ins Zimmer schien. Alles war in milchiges Silber getaucht. Ein Kleiderschrank, ein Schreibtisch, eine weitere Tür … das Bett direkt neben mir.

Mein Herz machte einen Satz.

Die kleine Gestalt war zusammengerollt, sie lag ganz auf der rechten Seite des Betts, ihre Arme fest um ein Kissen geschlungen. Meine Mundwinkel zuckten, und ich spürte, wie sich wohlige Wärme in mir ausbreitete. Die vertrauten dunklen Locken ringelten sich wild um ihre Schultern und umrahmten das blasse Gesicht. Himmel, sie reichten ihr bis auf die Hüften. Ihre Bettdecke hatte sie im Schlaf von sich gestrampelt, sie lag zusammengeknüllt am Ende des Betts.

Reflexartig ging ich in die Knie, beugte mich über sie. Eliza … mein wunderschönes Mädchen. Jetzt, ohne die schwarze Schminke und die roten Lippen von vorhin, wirkte sie so unglaublich verletzlich. Ihr Gesichtsausdruck war verzweifelt, unruhig. Ich schnappte leise nach Luft, als sich ihre Finger bewegten und sich noch fester in das Kissen krallten.

Bevor ich darüber nachdenken konnte, streckte ich eine Hand aus und fuhr mit dem Zeigefinger über ihre Wange. Eine federleichte Berührung, aber mir wurde ganz anders.

»Wenn du jetzt aufwachst … «, flüsterte ich in die Stille der Nacht, beendete den Satz aber nicht. Sie rührte sich schon nicht mehr.

Das war alles, wonach ich mich monatelang gesehnt hatte. Dieser zur Kugel gerollte kleine Mensch hier war der Grund für mein Durchhaltevermögen. Ich war um die halbe Welt gereist, hatte innerhalb weniger Wochen mehr Städte und Menschen gesehen als in meinem bisherigen Leben, und nie, niemals hatte ich mich so gefühlt wie in diesem Augenblick.

Vollkommen. Ruhig. Schwerelos.

Ich war angekommen.

12. KAPITEL

DÉJÀ-VU

Eliza

November 8th, 10:30 a.m.

Der Geruch von frischem Kaffee und Gebackenem weckte mich nur wenige Minuten, bevor mein Wecker losging. Seufzend drehte ich mich auf die andere Seite, hielt die Augen aber geschlossen, um noch den letzten gemütlichen Moment auszukosten, bevor ich aufstehen musste, um in der Kälte, die sich morgens angesichts der Jahreszeit inzwischen immer im Zimmer sammelte, schnell den Weg bis zur dampfend heißen Dusche zurückzulegen.

Ich fühlte mich ausgeschlafen, bemerkte ich nach einigen Sekunden überrascht, obwohl ich gestern mit Ally noch bis in die Nacht geredet hatte. Meine Mundwinkel zuckten leicht bei der Erinnerung. Es war so … angenehm, sie wieder hier zu haben. Sie war nur zwei Tage weg gewesen, aber es war mir wie eine Ewigkeit vorgekommen. Was nicht zuletzt an Finn lag. Ich musste jetzt richtig lächeln, und da meine Sinne noch etwas benebelt waren, musste ich mich auch nicht groß nach dem Grund danach fragen. Ich hatte Ally sofort geglaubt, als sie mir sagte, dass sie keine Ahnung von Finns Plänen gehabt hatte. Mit je einer großen Tasse Kakao hatten wir auf ihrem Bett gesessen, sie hatte mir ruhig zugehört und mich nur unterbrochen, um mir in meinen Beschimpfungen beizupflichten oder nach Details zu fragen.

Ich kniff die Augen ein bisschen fester zu und verlor mich im Gefühl von einer großen Hand in meinen Haaren. Von festen, durchtrainierten Armen um meinen Körper.

Willkommen im Paradies.

Oder in der Hölle. Ich zwang meine Lider gewaltsam auf und stützte mich auf einem Kissen ab, um vom Bett zu klettern. Ich musste mich beherrschen. In meiner jetzigen Verfassung wäre ich ein viel zu leichtes Opfer. Und immer noch hatte ich keine Ahnung, wie ich mich Finn gegenüber tatsächlich verhalten sollte. Mir war aber durchaus bewusst, dass ich mich nicht in seine Arme schmeißen sollte. Ich würde es nicht aushalten, wenn er mich zurückwies. Und auch Alison hatte mir geraten, es langsam angehen zu lassen. Keine Feindseligkeit. Ich würde meinen Fehltritt von gestern vergessen. Ich würde ihn nicht mehr anschreien. Es war gut gewesen, einmal alles rauszulassen, aber jetzt musste ich den Tatsachen ins Auge blicken. Und bevor ich nicht herausgefunden hatte, wieso er hier war, konnte ich nichts entscheiden. Ich hatte mich vor langer Zeit damit abgefunden, dass wir Geschichte waren, das konnte ich nicht so einfach vergessen, auch wenn mein Körper und meine dämlichen Fantasien mir ganz andere Dinge signalisierten. Ich würde mich endlich benehmen wie ein erwachsener Mensch mit Prinzipien.

Nach der Dusche ging es mir noch besser – meine Gedanken waren klar, ich fühlte mich sauber und einfach wohl in meiner Haut. Zufrieden wickelte ich mich in ein weißes Handtuch und ließ die Badezimmertür offen, damit der Dampf entweichen konnte. Auf meinem Bett hatte ich mir schon mein Outfit zurechtgelegt, in das ich hastig schlüpfte, um nicht vor Kälte anzufangen zu zittern. Da ich Stimmen von draußen hörte und ein leichtes Hungergefühl verspürte, beschloss ich, erst frühstücken zu gehen und mich anschließend für die Uni fertig zu machen, zu der ich in einer Stunde fahren musste.

Weil Ally wieder hier war, fühlte es sich nicht mehr so anstrengend an, den neugierigen Blicken auszuweichen, die mich seit den Nachrichten gestern Morgen verfolgten. Ich fuhr noch einmal mit dem Handtuch durch meine feuchten Haare, verteilte ein wenig Sprühkur in den Spitzen und trat dann in den Flur, wo der Geruch nach Gebäck stärker wurde. Jetzt erst fiel mir auf, dass die Tür nur angelehnt war. Hatte ich gestern vergessen, sie hinter mir zu schließen? Normalerweise hasste ich es, bei offener Tür zu schlafen …

Bevor ich mir weitere Gedanken machen konnte, kam mir Diego mit einem seltsamen Gesichtsausdruck im Flur entgegen.

»Guten Morgen. Hast du Muffins gebacken?«, begrüßte ich ihn lächelnd, aber er nickte nur kurz und trat dann näher zu mir, als würde er nicht wollen, dass irgendjemand mitbekam, was er sagen würde.

»Ähm. Ich weiß nicht, ob du da reingehen willst.«

»Ins Wohnzimmer?«, fragte ich verwirrt und hielt kurz inne. Lief etwa wieder etwas im Fernsehen, das mit Finn zu tun hatte? Na ja, darüber würde ich mich zwar nicht freuen, vor allem nicht in Anwesenheit der restlichen WG, aber nach dem ersten Schock kam ich jetzt irgendwie damit klar. Ich erwartete es fast schon.

»Vertrau mir.«

»Wieso? Was ist los?« Ich war noch verwirrter, als er nach meinem Arm griff und mich zurück in mein Zimmer schob. Er schloss die Tür hinter uns. »Hallo! Diego! Willst du mir bitte erklären, was …«

Er drehte sich zu mir und seufzte. »Er ist hier.«

»Wer?«

»Er.«

»Spielen wir jetzt Spielchen?«

»Er – Finn Westwood«, setzte er nachdrücklich nach.

»Wie bitte?« Mir blieb die Luft weg. »Was meinst du mit: Er ist hier?«

»In unserem Apartment«, antwortete er, erneut seufzend.

Ich flippte nicht aus. Ich bekam auch kein Herzrasen. Ich schüttelte einfach einmal kurz den Kopf und rief mich innerlich zur Vernunft. Ich musste hart bleiben, koste es, was es wolle. »Na schön, dann ist er halt hier«, murmelte ich achselzuckend und wand mich von Diego ab, damit er meinen Gesichtsausdruck nicht sah – ich wusste nicht genau, was er darin finden würde.

Ich lief ins Bad und begann mich zu schminken, betont lässig. Dabei hörte ich durch die offene Tür, wie sich Diego auf meine Matratze setzte.

»Und, wer hat ihn reingelassen?«

»Also ich war's nicht«, war seine leicht sarkastische Antwort.

Ich erschien kurz im Türrahmen und warf ihm einen bösen Blick zu. »Was ist das denn für ein Ton, glaubst du etwa, ich würde ...«

»Quatsch.« Er hob beschwichtigend die Hände. »Ich meine nur, na ja, es wird nicht besonders schwierig für ihn gewesen sein, jemanden zu überreden, ihn reinzulassen. Er ist doch ... beliebt.«

»Er ist ein richtiges Arschloch, oder?«

»Mhh ... Ich kenne ihn nicht besonders gut.«

»Danke für deine Unterstützung«, sagte ich trocken und betrachtete mein fertiges Werk im Spiegel. Jetzt spürte ich doch ein minimales Zittern in mir.

Ich steckte den Föhn in die Steckdose und begann, meinen Haaransatz zu trocknen, während sich die Spitzen schon kräuselten. Mein alter Verdrängungsmechanismus kam wieder zum Vorschein – mir einfach jegliche Gedanken verbieten, die in eine gefährliche Richtung gingen. Mich ablenken bis zum Gehtnichtmehr. Als ich fertig war, verließ ich das Bad wieder und stellte fest, dass Diego immer noch da war. Ich fühlte mich dabei seltsam erleichtert. Als müsste ich eine verdammt schwierige Situation nicht vollkommen alleine meistern.

»Wie seh ich aus?«, rutschte es mir heraus, und er hob eine Braue, betrachtete mich dann kurz von oben bis unten und grinste.

»Gut, wie immer.«

Ich rollte mit den Augen, fühlte mich aber von Minute zu Minute nervöser. Ich wollte nicht wie immer aussehen. Ich wollte besser aussehen – fantastisch. Atemberaubend.

Er stand auf und gab mir einen freundschaftlichen Stups. »Du siehst besser als gut aus. Jetzt musst du nur lächeln und deine kalte Maske aufsetzen, dann kann dir dieser ... Kerl nichts anhaben.«

Ich lachte, obwohl ich innerlich durchdrehte.

Wir verließen mein Zimmer, und mich überkam Panik. Ich fühlte mich, als würde ich auf direktem Wege meiner Hinrichtung entgegenlaufen. Aber das war natürlich kompletter Schwachsinn. Ich würde mich an meinen Vorsatz halten. Es war alles in Ordnung.

Nur einen Meter vor der Ecke, hinter der das Wohnzimmer lag, vernahm ich ein tiefes, raues, altbekanntes Lachen, erstarrte mitten in der Bewegung und zerrte Diego ebenfalls zurück. Scheiß auf die Vorsätze.

»Du musst mir helfen«, flüsterte ich ihm eindringlich ins Ohr und umklammerte mit meinen inzwischen eiskalten Fingern sein Handgelenk.

Er sah mich fragend an.

»Wir sind zusammen«, wisperte ich, völlig gefangen im Klang von Finns Lachen.

»Was?«

»Du bist mein Freund, verstanden! Spiel einfach mit!«

So viel zu reifer Mensch. Ich wusste, dass es lächerlich war. Kindisch. Unnötig. Aber ich konnte nicht einfach … ich … Es ging nicht. Ich brauchte eine Sicherheit. Ich musste wissen, wie er reagierte. Und ich brauchte diese Macht, nur für einen Moment. Er war in meiner beschissenen Wohnung. Ich konnte ihm nicht schon wieder die Führung überlassen. Ich hatte ihn ja vorgewarnt – er wusste nicht, mit wem er sich da anlegte.

Plötzlich lächelte Diego. Er befreite sich aus meinem Klammergriff und legte mir locker einen Arm um die Schultern. »Na dann – los geht's, Baby.«

Als Erstes fiel mir seltsamerweise Ally auf. Sie saß ganz links auf einem der Sofas und kicherte so losgelöst, dass ich mir für einen Moment nur die Frage stellen konnte, was zur Hölle passiert war, dass ich meine beste Freundin seit ihrer Ankunft in London noch nie so glücklich erlebt hatte. Ihre blonden Haare fielen ihr heute in leichten Wellen auf den Rücken, und ihre Augen strahlten, betont durch eine hellblaue Bluse. Doch es dauerte kaum eine Sekunde, bis ich das Gesamtbild erfasste und von ihrem offensichtlichen Glück abgelenkt wurde.

Hannah saß auf dem Boden vor dem mittleren Sofa, mit dem Rücken zum Fernseher und ein paar Pancakes auf einem Teller neben ihr. John saß ganz rechts, in einer ungewohnt gelassenen Pose mit dem Anflug eines Grinsens im Gesicht und einem Blaubeermuffin in der Hand. Und in der Mitte … unübersehbar … der Stoff, aus dem meine Träume gemacht waren. Finn trug dunkle Jeans und ein schlichtes weißes T-Shirt, das locker saß. Allerdings betonten die kurzen Ärmel seine Armmuskeln. Die fröhliche Atmosphäre, die eben noch geherrscht hatte, gefror zu Eis, als Diego und ich den Raum betraten.

Ally sah augenblicklich schuldbewusst zu mir hoch, Hannah starrte zwischen Finn und mir hin und her, und selbst John schaute leicht erschrocken drein, als wüsste er nicht, wie wir reagieren würden.

Ich fing Finns Blick auf, der offensichtlich zuerst den Arm um meine Schultern registrierte, bevor er mein Gesicht traf. Für den Bruchteil einer Sekunde bildete sich eine steile Falte zwischen seinen perfekt geschwungenen Augenbrauen, bevor ein falsches Lächeln seine Lippen umspielte und er sich erhob. »Guten Morgen.« Er wandte sich an Diego und ignorierte mich, was mich total aus dem Konzept brachte. »Ich bin Finn Westwood, schön, dich kennenzulernen.«

Diego grinste ihn fröhlich an, er war wie immer die gute Laune in Person. Ich wunderte mich, dass die beiden sich nicht schon vorhin getroffen hatten. Oder wann war dieser Vollidiot eigentlich gekommen? »Diego Álcarez.«

Er hielt ihm doch tatsächlich eine Hand hin. Finn schlug ein und blickte nun auch zu mir. »Hi, Eliza. Wir beide kennen uns ja.«

Mein Lächeln hätte zuckersüßer nicht sein können, während in mir das pure Chaos herrschte. Da war es mir allemal lieber, wenn er mit Diego sprach und mir nicht direkt in die Augen schaute … hellgrün. Ich konnte nicht länger als einen Herzschlag hineinschauen. »So ein Zufall, dich hier anzutreffen.«

»Ally hat mich …« Es erklang ein eindringliches Räuspern aus Allys Richtung, und er verstummte.

Ich blinzelte und hielt mich gerade noch davon ab, die Lippen fest zusammenzupressen. *Verräterin.* Oh, das würde noch Stress geben, darauf konnte sie sich verlassen.

»Oh … ähm. Ich wollte Kaffee machen. Wer will noch Kaffee?«, versuchte Finn sich aus der Situation zu retten und fuhr sich unbewusst durch die Haare, sodass ich für den Augenblick alles um uns herum vergaß. Er sah so unschuldig aus. Unsicher. Ich merkte, wie ich ihm hinterherstarrte, als er in unserer Küche verschwand und Hannah sich gleichzeitig mit geröteten Wangen erhob, um ihm zu helfen. John murmelte etwas von »Badezimmer« und machte sich ebenfalls aus dem Staub. Ally stand auf und näherte sich mir vorsichtig.

»Wenn du Hannah weiterhin mit Blicken erdolchst, kommt es vielleicht nicht so glaubhaft rüber, dass wir ein Paar sind«, sagte Diego grinsend, und ich riss mich los, um Alison böse anzufunkeln.

»Bist du wahnsinnig?«, zischte ich mit gesenkter Stimme.

»Er hat versprochen, sich zu benehmen! Und ich wollte ihn ja heute früh wieder wegschicken, aber dann ist Hannah aufgewacht und hat darauf bestanden, ihn mit uns frühstücken zu lassen. Was soll ich denn da machen?«

Ich stutzte und sah sie scharf an. »Heute früh? Wann ist er gekommen?«

»Äh ... weiß nicht mehr so genau ...«

»Alison Eisenberg ...«, begann ich drohend, denn ich kannte diesen Gesichtsausdruck – sie biss nervös auf ihre Unterlippe und wich meinem Blick aus.

»Schon gut, schon gut. Er kam so gegen drei, und dann haben wir kurz geredet, und ich hab ihm angeboten, auf dem Sofa zu übernachten, weil es so spät geworden ist.«

»Auf dem Sofa«, wiederholte ich hilflos und dachte daran, wie ich seelenruhig zwei Zimmer weiter geschlafen hatte. »Ich fass es nicht.«

»Tut mir leid, ehrlich.«

»Wieso hast du mich nicht geweckt?«

Sie sah mich mit großen Augen an. »Wolltest du mit ihm sprechen?«

»Selbstverständlich nicht!« Verdammt, was redete ich da? Glücklicherweise kam in dem Moment der Kaffee, und Diego zog mich schnell neben sich aufs Sofa, damit wir nicht so auffällig wirkten.

Finn stellte eine Kanne auf dem Wohnzimmertisch ab und beugte sich deshalb kurz hinunter, sodass ein kleines Stück seiner karierten Boxershorts sichtbar wurde. Ich hielt die Luft an, ohne es richtig wahrzunehmen. Seine Jeans war hinten leicht ausgeblichen, und es sah einfach so unendlich … sexy aus. Wie zum Teufel konnte ich in solch einer Situation an so etwas denken? Ich hielt das nicht aus. Vor allem nicht, als er sich gleich daraufhin umdrehte, mich kurz eindringlich betrachtete, während eine honigfarbene wirre Haarsträhne in seine Stirn fiel, und dann direkt neben Diego und mir Platz nahm. Natürlich nur Zentimeter von mir entfernt. Ich spürte, wie sich die kleinen Härchen auf meinen Armen aufrichteten, als die Couch durch sein Gewicht leicht gesenkt wurde, und krempelte schnell die Ärmel meines Pullovers runter. Mir war heiß. Ich spürte die Hitze überall – in meinen Fingerspitzen, meiner Magengrube, in meinen Wangen … Wenn ich jetzt zufällig mein linkes Bein bewegte … Oh Gott, daran durfte ich nicht denken. Seelenruhig schenkte er die heiße Flüssigkeit in Tassen, die Hannah aus der Küche brachte, und reichte sie Ally und Diego, bevor er seine Konzentration auf mich richtete. Reflexartig wandte ich den Blick ab, ohne es überhaupt gewollt zu haben. Verdammt, ich benahm mich wie ein ängstliches Mädchen. Aber das innere Flattern war zurück, tausendfach verstärkt durch seinen Blick, den ich brennend heiß auf mir zu spüren meinte. Das ist keine Angst, wisperte mein Unterbewusstsein. Das sind Schmetterlinge.

»Möchtest du eine Tasse, Eliza?«, fragte er leise. Immer noch fixierte er mich, das Gefühl verließ mich nicht.

Nein. Ich möchte dich. Ich sprang auf. »Mist, ich hab vergessen, dass die Vorlesung heute früher beginnt! Ich nehm den Kaffee mit, ja?«

Ich vermied es, ihm in die Augen zu schauen, und lief in mein Zimmer, um meine Tasche zu holen und so schnell wie möglich abzuhauen, bevor irgendjemand noch etwas sagen konnte.

Das war doch nicht zu glauben. Gestern schrie ich ihn an, forderte ihn heraus, und heute kriegte ich es nicht einmal richtig hin, ihn eifersüchtig zu machen. Verflucht sei Ally, dass sie ihn reingelassen hatte. Scheiße, ich war noch nicht bereit. Ich griff nach meiner Umhängetasche und schlüpfte in schwarze Schnürschuhe, während ich überlegte, was ich tun konnte, um noch irgendetwas zu retten. Mir blieb nichts anderes übrig. Sie hatten sich doch sowieso alle gegen mich verschworen – sobald ich weg war, ging das Gelächter wieder los, wie man deutlich hören konnte. Wenn ich mich nicht irrte, hörte ich sogar Diego heraus. Und John, Mr. Schlechte Laune in Person, war plötzlich furchtbar gut gelaunt, sodass ihn nicht einmal Allys Anwesenheit störte. Außerdem – was fiel Hannah ein, Finn anzustarren, als wäre er der Messias? Oh, ich verfluchte sie alle miteinander.

Als ich zurück ins Wohnzimmer lief, waren sie immer noch am Lachen. Nur Diego schaute zu mir und hob leicht grinsend eine Braue. »Willst du dich nicht verabschieden, Schatz?«

Ich musste gegen meinen Willen schmunzeln. Genau das hatte ich vorgehabt. Es war doch noch nicht alles verloren. Mit schnellen Schritten lief ich von hinten um die Couch herum, beugte mich über Diego, nahm sein Gesicht in die Hände und drückte meinen Mund ohne zu zögern auf seinen.

***

Automatisch schaute ich vorsichtig nach rechts und links, als ich aus dem Gebäude trat. Die Luft war rein, soweit ich es einschätzen konnte, also traute ich mich ins Freie, wo es inzwischen nieselte. Ich konnte meinen eigenen Atem sehen, als ich erleichtert die Luft ausstieß. Es war über Nacht eindeutig ein paar Grade kälter geworden. Ich zog die Schultern hoch und senkte meinen Kopf, um dem eiskalten Wind so wenig Angriffsfläche wie möglich zu bieten, als ich die Straße überquerte und den vertrauten Weg zur U-Bahn-Haltestelle einschlug. Die Ampel vor mir sprang auf Grün, und ich setzte mich in Bewegung, mit einem absolut schlechten Gefühl im Bauch. Innerhalb von wenigen Minuten war meine Stimmung umgeschlagen. War ich denn schon so sehr durchgedreht, dass ich nicht mehr schätzen konnte, was ich hatte? Finn saß in meinem Apartment – und ich haute ab. Weiß Gott, wann wir uns wiedersahen. Ich hatte verfluchte Monate gewartet, und jetzt war er hier. Ich musste den Dreck endlich ernsthaft überdenken. Oder das mit dem Denken vollständig lassen und mich von meinen Gefühlen leiten lassen. Innerhalb eines Jahres hatte ich eine Hundertachtziggradwende hingelegt, aber mein altes Ich lauerte immer noch in einer Ecke. Eine Ladung Regenwasser ergoss sich über mir, als ich unter einem Ahornbaum vorbeilief und der Wind gerade besonders stark wehte. Fluchend hielt ich die Hände über den Kopf und beschleunigte meine Schritte. Und plötzlich war da jemand hinter mir.

»Du erkältest dich noch.«

Blitzschnell drehte ich mich in die Richtung der Stimme. Ich blieb stehen, konnte einfach nicht anders. Ich kniff die Augen zusammen und fixierte den Gehweg hinter uns – Finn war alleine hier. Regentropfen perlten von seinen Lippen ab, und er trug nun einen grauen UW-Pullover über seinem Shirt, die Kapuze über den Kopf gezogen, unter der goldbraune Haarsträhnen hervorkamen.

Ich bekam weiche Knie. Vielleicht konnte er wirklich Gedanken lesen. Vielleicht erwischte er mich deshalb hier, weil meine Stimmung wieder eine völlig andere Richtung eingenommen hatte. Ich blickte zu ihm hoch, hilflos, nervös. Kein bisschen zornig.

»Ich bin Kälte und Regen gewohnt«, war meine geistreiche Antwort. Meine Stimme klang viel zu leise und viel zu brüchig. Sie verriet genau, was in mir vorging, sofern das nicht schon mein Blick erledigte. Ich musste ein offenes Buch für ihn sein. Wahrscheinlich wusste er deshalb, wie er mich ködern konnte. Ich musste wieder an Not Strong Enough denken. Und gleichzeitig spürte ich eine riesengroße Erleichterung, weil er mir hinterhergelaufen war. Weil er sich nicht hatte verschrecken lassen. Danke, dachte ich und wusste, dass ich mich niemals überwinden und das aussprechen könnte. Zum Teufel, das war doch alles noch neu für mich. Vor allem wenn er so plötzlich überall war, wo ich mich befand.

Seine Mundwinkel zogen sich leicht nach oben. »Darf ich dich begleiten?«

»Zur Uni?«, hakte ich verblüfft nach und zog eine Braue nach oben.

»M-hm.«

Finn Westwood will mich zur Uni begleiten. Einfach so. »Was willst du da machen?« Ich stellte unwichtige Fragen, um ihn noch ein bisschen länger anstarren zu können. Es fiel mir immer noch schwer, den Augenkontakt durchgehend zu halten, aber es war jetzt besser. Ich musste mir nur immer wieder in Erinnerung rufen, dass ich das alles schon mit ihm durchgemacht hatte. Okay, eigentlich bewirkte dieser Gedanke genau das Gegenteil, wenn ich an den Anfang unserer ... Beziehung dachte. Es war damals so neu und aufregend gewesen. Und jetzt? Ich verlor mich in seinem tiefen Grün und musste ein Lächeln unterdrücken. Es hatte sich kein bisschen verändert. Es war immer noch neu. Und aufregend allemal.

»Dir Gesellschaft leisten.« Und mit diesen Worten beugte er sich ein wenig vor und wischte mir mit dem Daumen über die Wange, wo gerade ein Regentropfen gelandet war. Sein Duft, vermischt mit dem Geruch nach frischem Regen, umgab mich augenblicklich. Dann grinste er plötzlich und trat zurück, bevor ich die Empfindung richtig auskosten konnte. »Oh sorry, ich wollte dir nicht zu nahe treten. Dein Freund könnte ja was dagegen haben.«

Ich verkniff mir ein weiteres Grinsen. Es war so unglaubwürdig, gestern noch so emotional zu reagieren, ihn zu verfluchen, und jetzt vor Vergnügen beinahe zu platzen. »Er vertraut mir voll und ganz«, spielte ich mit, denn jetzt war ich mir sicher – ich hatte es noch nicht vollständig versaut.

»Na dann.« Finn biss sich auf die Lippe, ließ mich mit seinem Blick immer noch nicht los. »Also, was ist, lässt du mich mitgehen?«

Ich zuckte die Achseln und setzte mich wieder in Bewegung. Lief ihm mit Absicht voraus, damit er mein breites Lächeln nicht sehen konnte.

Wir betraten die U-Bahn-Station, nahmen die überfüllte Rolltreppe neben dem Underground-Symbol nach unten und waren plötzlich dazu gezwungen, ganz nah nebeneinander zu stehen, zwischen einem Teenager mit XXL-Kopfhörern und einem Kerl in grauem Business-Outfit. Ungefähr bei der Hälfte traute ich mich, in Zeitlupe mein Gesicht zu wenden, um zu sehen, was Finn tat. Wir hatten kein Wort mehr miteinander gewechselt, und ich wusste nicht, ob er einfach schwieg, weil er es bereute, mir gefolgt zu sein, oder ob er sich innerlich über meine Unsicherheit lustig machte. Wieder dachte ich daran, dass ich endlich handeln musste. Er ist hier, wiederholte ich immer wieder lautlos. *Er steht direkt neben dir.* Unsere Arme berührten sich. Mein Blick traf direkt auf sein belustigtes Augenpaar. Scheiße, wie lange beobachtete er mich schon?

Er lachte. »Du solltest deinen Blick sehen, Eliza.«

Ich wollte etwas entgegnen, aber da waren wir schon unten angekommen, und ich stolperte.

Hastig schlang er seinen Arm um meine Hüften, und ich hielt schon wieder die Luft an. Seine Kapuze rutschte ihm von den Haaren, und er lachte erneut. »Geht's?«

Die Leute liefen eilig an uns vorbei, ein paar warfen uns neugierige Blicke zu – ich nahm mal an, dass es weniger mit mir zu tun hatte –, und Finn schaute fragend auf mich hinab, während ich schwieg, um so lange wie möglich unzurechnungsfähig zu erscheinen, damit er seine Hand nicht von meiner Taille nahm.

Seine Lippen fielen mir ins Auge. Auf seinem Kinn befanden sich ein paar goldfarbene Bartstoppeln. Genau so, wie ich es mochte. Ich starrte zurück in seine Augen und versuchte den verzweifelten Wunsch zu unterdrücken, ihn hier und jetzt zu mir herunterzuziehen und zu küssen. Sekunden vergingen, und ich hörte die U-Bahnen auf den Gleisen losfahren, die regelmäßigen Signale, wenn ein neuer Zug ankam, das vertraute zischende Geräusch, wenn die Türen aufsprangen, um Passagiere einsteigen zu lassen. *Lass mich nie, nie wieder los.*

»Eliza?«, fragte Finn grinsend und entblößte eine Reihe perfekter Zähne. »Möchtest du vielleicht etwas anderes tun als Bahnfahren?«

Ich spürte seine Hand immer noch auf mir. Es war natürlich Einbildung, aber ich meinte, seine Körperwärme durch den Pullover zu spüren. Sein Kommentar erinnerte mich so verflucht stark an früher. Irgendwann schüttelte ich unwillig den Kopf. »Wir sollten uns beeilen, die Vorlesung beginnt bald.« Ich drehte mich um und sah auf den Leuchttafeln, dass meine Bahn genau in diesem Moment einfuhr. »Mist«, fluchte ich und rannte los, ohne mich nach ihm umzuschauen.

Natürlich hielt er mühelos mit mir Schritt, und wir schafften es nur wenige Sekunden, bevor sich das Fahrzeug wieder in Bewegung setzte, zwischen die sich gerade schließenden Türen ins Innere der Bahn zu gelangen. Hier war es genauso brechend voll wie draußen auf der Treppe. Finn hielt sich an einer letzten freien Stange fest und blickte zu mir, als wollte er sich vergewissern, dass ich auch einen festen Stehplatz hatte. Mir blieb in dem Getümmel nichts anderes übrig, als meine Finger um dieselbe Stange zu schließen, nur Zentimeter von seinen entfernt. Während mein Herz im unregelmäßigen Takt schlug, trafen sich unsere Blicke schon wieder.

»Worum geht's in der Vorlesung?«, fragte er ein wenig außer Atem. »Literatur oder Psychologie?«

»Psychologie«, antwortete ich schnell, bevor ich mich wieder mit zu langem Schweigen und Starren blamieren konnte, und mir lief es mit einem Mal eiskalt über den Rücken. Mit Persönlichkeitsstörungen waren wir doch durch, oder? Das wäre ein Spaß, mit ihm in einer Vorlesung über Menschen mit Borderline zu sitzen. Ärgerlich schüttelte ich den Kopf. Ich hatte doch keine Ahnung, ich stellte nur Vermutungen an, und außerdem ging es mich einen Dreck an. Während ich hier mit ihm stand, war es sowieso total lächerlich, dass ich jemals an so etwas gedacht hatte. Allein die Möglichkeit war so surreal.

»Gefällt's dir nicht?« Er lächelte, und es zerriss mich innerlich, zu sehen, wie unverständlich schön er war.

»Hm?«

»Du siehst unzufrieden aus. Gefällt dir das Thema nicht, das ihr durchnehmt?«

Ich konnte ihn weiter anstarren. Oder ihm die Wahrheit sagen. Oder die alte Eliza raushängen lassen. »Das interessiert dich doch nicht wirklich.«

Bevor er etwas erwidern konnte, fuhr die Bahn abrupt nach links, und er stolperte unwillkürlich nach vorne, sodass seine Finger suchend über die Stange fuhren, bis sie direkt über meinen lagen.

Vielleicht wäre ich zurückgezuckt, aber ich wurde genau in dem Moment gegen die Trennwand hinter mir gedrückt. Er fand sein Gleichgewicht nicht wieder und rutschte ab, wurde direkt hinterhergeschleudert. In letzter Sekunde konnte er sich mit einer Hand an der Tür abstützen, bevor er vollständig an meinen Körper gepresst werden konnte.

»Sorry«, nuschelte er, machte aber keine Anstalten, wieder seinen gewohnten Platz einzunehmen, als die U-Bahn wieder geradeaus fuhr. »Wann hab ich dich das letzte Mal etwas gefragt, wenn es mich nicht interessiert hat?«

Er hatte recht. Aber das spielte jetzt sowieso keine Rolle. Ich wich seinem intensiven Blick aus und starrte auf das Logo unserer Universität in Seattle auf seiner Brust, das jetzt so unglaublich nah schien. Und dann wurde alles um uns still und das Verlangen in mir so groß, so drängend und verzweifelt, dass ich ihm ohne Vorwarnung beide Arme um den Hals schlang, ohne davor noch einmal in seine Augen zu blicken. Ich vergrub mein Gesicht an seiner Schulter und atmete zitternd aus.

Er verspannte sich schlagartig. Ob es die Überraschung oder die Abneigung war, konnte ich nicht einordnen – es war mir in diesem Moment gleich, denn ich wurde von einer Wucht meiner Emotionen getroffen, die ich so nicht erwartet hatte. Das hier war nicht wie gestern in den Toiletten. Für mich jedenfalls nicht. Ich spürte sein Herz schlagen, ich spürte die Hitze, die von ihm ausging, den Duft, der mich an … zu Hause erinnerte. Und mittendrin bekam ich Panik, dass ich etwas ganz, ganz Falsches tat. Für ihn.

Doch dann waren seine Hände an meinem Rücken, und er zog mich mit einer einzigen sicheren Bewegung fest an sich. Sein warmer Atem fuhr über meine Wange, als er sein Gesicht in meine Haare drückte. Er grub seine Finger in den Stoff meines Pullovers, und ich bekam eine Gänsehaut. Es war die Art von Hitze, die über meinen Körper kroch und eine wohlige Wärme hinterließ. Vertrauen. Verbundenheit. Liebe?

Scheiße, das war besser als ein Alkoholrausch oder Sex oder tanzen.

Für einen winzigen Moment fragte ich mich, was er empfand, wieso sein Herz immer hastiger an meinem pochte und weshalb seine Arme so fest um meinen Körper geschlungen waren, als wolle er mich nie wieder gehen lassen. Ich erlaubte mir nicht, weiterzudenken. Ich erlaubte es nicht, Hoffnung zu empfinden. Das Glück, das mich gerade von Kopf bis Fuß ausfüllte, war ohnehin zu viel. Mehr konnte ich nicht aushalten. Nicht jetzt. Also presste ich mich an ihn, worauf er sofort mit einem festeren Druck seiner Arme reagierte, gab mich allein diesem Gefühl hin und betete, dass diese Fahrt ein ganzes Leben andauern würde.

***

Meine Knie waren immer noch butterweich, als ich aus dem Vorlesungssaal trat und den Hauptausgang mit Finn an meiner Seite ansteuerte. Ich hatte gerade anderthalb Stunden einen Vortrag über Intelligenzdiagnostik gehört, psychische Störungen waren mit keinem Wort erwähnt worden, aber inzwischen war ich mir sicher, dass es keinen Unterschied gemacht hätte. Irgendwie hatte ich es geschafft, mir Notizen zu machen und gleichzeitig kein einziges Wort richtig wahrzunehmen, das die Professorin dort vorne gesprochen hatte, weil in meinen Gedanken wieder und wieder das Gefühl von Finn an meinem Körper gewesen war.

Finn zog sein blinkendes Handy aus der Hosentasche, während er mir gleichzeitig die Glastür aufhielt. Ich trat ins Freie und wurde Sekunden später wieder zurückgerissen.

»Verfluchte Scheiße«, zischte er, und ich sah erschrocken zu ihm. Das waren die ersten Worte, die er seit zwei Stunden gesprochen hatte, und er klang verdammt wütend. Er hielt mein Handgelenk umklammert und wollte mich wieder nach drinnen ziehen, aber zu viele Studierende strömten ins Freie, also blieb ihm nichts anderes übrig, als mitzulaufen.

»Was ist los?«

»Diese beschissenen …« Er ließ mein Handgelenk los, legte mir einen Arm um die Schultern und drückte mich beschützend an seine Seite. Ich keuchte leise, während mein Magen wieder Samba tanzte. »Tyler hat mir gerade geschrieben. Der Campus ist belagert von diesen gottverdammten Paparazzi.«

»Oh Gott.« Ich hatte durch das ganze Gefühlschaos total vergessen, dass wir noch mehr Probleme hatten. »Was machen wir jetzt?«

Finn strebte schon den Hinterausgang an, aber plötzlich fühlte ich mich, als wären alle Blicke auf uns gerichtet. Studierende blieben stehen, starrten uns unverhohlen an, tuschelten, hielten ihre Kameras auf uns gerichtet … Moment mal. Das waren todsicher keine Studierenden.

»Verdammt!« Panisch sah ich mich um – wir schienen umzingelt.

Rechts von uns, nur wenige Meter entfernt, befand sich das Tor, das auf die öffentliche Straße führte, aber davor standen drei Reporter. Und sie sahen aus, als würden sie gerade Weihnachten und ihren Geburtstag gleichzeitig erleben. *Ein gefundenes Fressen. Finn Westwood mit der Frau, für die er nach London geflogen ist, Arm in Arm auf dem Campus ihrer Universität.* Diese Vollidioten. Seit wann hatten sie eigentlich Zutritt zu einem privaten Universitätsgelände?

Finn gab neben mir ein Geräusch von sich, das nach einer Mischung aus Knurren und entnervtem Stöhnen klang, und nahm langsam den Arm von meinen Schultern.

»So, dumm gelaufen. Hast du eine Idee, Kleine? Ich nämlich nicht.«

Ich starrte feindselig zu den Menschen hinüber, bis ich merkte, wie sich ein Grinsen auf meinen Lippen bildete. Genauso unerwartet wie gestern vor dem Spiegel. Genauso krank und unerklärlich. Aber es wirkte. »Gib mir deine Hand«, wisperte ich und spürte seinen ungläubigen Blick auf mir ruhen.

»Was …«

»Wir rennen einfach zum Tor, von dort aus können wir direkt runter zu den U-Bahnen und dann abhauen.«

Plötzlich musste auch er grinsen. »Was soll's. Einen Versuch ist es wert.«

Und dann spürte ich, wie er seine Finger mit meinen verschränkte. Unsere Zuschauer schienen über diese abrupte Reaktion genauso überrascht zu sein, aber ich hatte keine Zeit, ihnen länger als einen kurzen Moment in die Gesichter zu schauen. Ich wurde von Finn mitgezogen. Wir rannten, ohne zurückzublicken, das Klicken der Handykameras hinter uns lassend.

Allerdings wurde uns schnell klar, dass wir keine Chance hatten, zur U-Bahn-Haltestelle zu gelangen – der einzige Weg, der nicht von irgendwelchen Schaulustigen versperrt wurde, führte direkt über die viel befahrene Straßenkreuzung. Zwischen Fahrzeugen, deren Tempolimit offensichtlich über 80 lag.

Finn zögerte nur eine halbe Sekunde lang. Er warf mir einen schnellen Blick zu. »Wag es nicht, meine Hand loszulassen«, rief er mir über den Lärm des Verkehrs zu, als wäre ich ein kleines Kind, und rannte dann zusammen mit mir los, nur um zwei Meter später mitten auf der Straße zu stoppen, einen winzigen Augenblick, bevor ein Wagen an uns vorbeiraste. Der Fahrer schrie unzusammenhängende Flüche aus seinem heruntergelassenen Fenster, aber bevor ich sie verstehen konnte, kam schon das nächste Auto. Wir wiederholten die Prozedur drei-, viermal, mein Herz schlug bis zum Hals, ich krallte meine Finger in seine Hand, bis wir schließlich den sicheren Gehweg erreicht hatten und unsere Schritte wieder beschleunigten, ohne nach rechts und links zu schauen.

Ich kannte die Gegend hier ziemlich gut – wir waren nur fünf Minuten von Camden Town entfernt, und dort gab es so viele Sehenswürdigkeiten, Touristen und kleine versteckte Gassen, dass uns niemand finden würde. Und trotzdem ließ ich ihn führen. Ich wollte nicht in die sichere Innenstadt, wo wir uns trennen und er in sein Hotelzimmer abhauen würde. Nicht, wenn ich die Chance hatte, mit Finn zu sprechen. Ach was, es wäre mir auch egal, wenn wir uns weiterhin anschweigen würden. Ich wollte einfach meinen restlichen Tag damit verbringen, mit ihm durch die Stadt zu rennen, um die Reporter abzuhängen, die jetzt schon weit hinter uns lagen. Seltsam, wie ich ihnen plötzlich dankbar für ihr Auftauchen war. Meine Hand in seiner und der kühle Wind in meinem Gesicht fühlten sich so gut an, so richtig, dass ich nicht einmal mehr wusste, wo wir uns befanden. Es gab hier viele Bäume am Straßenrand und alte Wohnhäuser mit verschnörkelten Balkons, aber kaum Menschen auf der Straße. Wir rannten einfach weiter, durch die orangefarbenen Blätter, und bogen wieder und wieder in irgendwelche kleineren Straßen ein, während der Regen wieder einsetzte. Diesmal schneller, heftiger.

Irgendwann merkte ich, wie wir beide lachten. Keine Ahnung, wer angefangen hatte, vermutlich ich, weil ich mich in diesem Moment so frei fühlte. Aber ich konnte nicht mehr aufhören, und Finn ging es genauso. Zwischen unseren hastigen Schritten drehten wir gleichzeitig die Köpfe zueinander, und unsere Blicke trafen sich. Sein unglaublich helles Grün sprühte so viel Lebensfreude aus, dass ich einen Stich in der Magengrube spürte. Ich lachte trotzdem weiter. Und dann stolperte er plötzlich und ich mit ihm, weil unsere Blicke nicht auf dem Weg, sondern auf unserem jeweiligen Gegenüber lagen. Wir fielen wie in Zeitlupe zu Boden und wurden von weiteren Lachkrämpfen geschüttelt. Ich realisierte am Rande, dass wir vor einem verlassenen Eingang zu einem heruntergekommenen Wohnblock gelandet waren. Vor uns lag ein kleiner Spielplatz mit einer einzigen trostlosen Schaukel, die im starken Wind mit quietschenden Angeln hin- und herschwang. Er ließ meine Hand los und hielt sich den Bauch, während er mich nicht aus den Augen ließ. Es war exakt so wie damals in San Francisco auf dem Bett. Und doch war alles anders. Weil damals die Dinge geklärt gewesen waren und jetzt Millionen ungesagte Worte zwischen uns standen. Aber das Lachen war noch immer ein Waffenstillstand, ein stilles Einverständnis, dass ein Teil von uns gleich geblieben war. Dass wir auf eine verrückte Art und Weise noch immer dieselben Menschen wie vor vielen, vielen Monaten waren.

Mittendrin verebbte Finns Lachen plötzlich, seine Züge wurden erschrocken, ängstlich. »Eliza …«

»Was ist los?«, presste ich hervor und schaute mich schnell um, besorgt, dass wir doch nicht alleine waren.

Ich blickte zu ihm zurück, und als er eine Weile nichts anderes tat, als mich wortlos anzustarren, spürte ich endlich die nassen Spuren auf meinen Wangen und hörte die Geräusche, die in regelmäßigen Abständen aus meiner Kehle drangen und so gar nicht positiv klangen. Verdammt, ich heulte. Ich heulte wirklich. Geschockt presste ich beide Hände auf den Mund, um die Laute zu ersticken, aber es funktionierte nicht. Ich kämpfte gegen den Kummer an, der so schnell eingetreten war, als hätte jemand einen Schalter umgelegt. Als wäre ich innerhalb von Sekunden über die unsichtbare Grenze gegangen. Er ließ mich nicht los, es war wie eine Schlinge, die sich immer enger zog. Es ging nicht einfach wieder weg. Schluchzend erwiderte ich Finns Blick, unfähig, etwas anderes zu tun, als vor und zurück zu schaukeln und zu versuchen, zu verstehen, was hier passierte. Mit mir. Mit uns.

Finn streckte eine Hand aus, machte Anstalten, näher zu kommen, aber ich schüttelte zwischen dem Beben meinen Kopf. Wenn er mich jetzt berührte, war es aus. Von einem kühlen Kopf konnte ich mich dann verabschieden. Ich musste mich sammeln. Ich musste die Beherrschung zurückgewinnen, herausfinden … ich musste …

»Wie … kann … das sein?«, brachte ich hervor, ohne zu wissen, woher ich die Worte nahm. Energisch wischte ich mir mit dem Ärmel meines Pullovers über mein Gesicht. Atmete tief ein und wieder aus. Ich schüttelte erneut den Kopf, betrachtete sein verstörtes schönes Gesicht mit leicht verschwommenem Blick. »Wie kannst du plötzlich hier sein?«, flüsterte ich und fühlte mich wie die größte Psychopathin. Im Gegensatz zu mir war er wirklich normal. »Wie kann es sein, dass ich monatelang nicht … dass wir nicht reden und dann … bist du da, direkt neben mir …«

Er schlug meine Warnung in den Wind und kam näher, krabbelte auf dem kalten Asphalt direkt vor mich, bis er die Hände rechts und links neben meinen angezogenen Knien ablegen konnte.

»Nein«, murmelte ich leise und wusste selbst nicht, wieso. »Nein, hör auf.«

Er hörte nicht auf. Er streckte eine Hand aus und ließ seinen Finger ganz langsam über meinen Wangenknochen wandern. Von oben bis unten. Er lächelte mich an. »Willst du, dass ich dich in Ruhe lasse?«, wiederholte er die Frage von gestern Abend, diesmal sanfter.

Ich sah ihn nur an. Das reichte für uns beide aus. Sein Lächeln vertiefte sich, aber es wirkte auf einmal traurig. Er ließ seine Hand weiter nach unten wandern und legte seine Finger seitlich auf meinem Hals ab. Behutsam.

»Wieso bist du nach London gekommen?«, fragte ich, denn das war etwas, was ich endlich klären musste.

Seine Augen verengten sich leicht, aber es sah nicht böse aus – lediglich überrascht. Ich konnte jetzt wieder klar sehen, weinte nicht mehr. Ich war zu konzentriert auf die Empfindung an meinem Hals. Er schwieg eine Weile, dann kicherte er plötzlich. Ich beobachtete ihn misstrauisch. »Willst du die Wahrheit oder etwas, womit du normal weiterleben kannst?«

Ich nahm seine Hand weg und rollte mit den Augen. Und einfach so war die Spannung verflogen. »Wieso sollte ich nicht mit der Wahrheit leben können?«

Er biss sich auf die volle rote Unterlippe, neigte leicht den Kopf und betrachtete mich durch diese schwarzen seidenen Wimpern. »Wieso hast du mich vorhin in der Bahn umarmt?«

»Ich hab zuerst gefragt«, protestierte ich, während mir unter seinem Blick abwechselnd heiß und kalt wurde.

»Und ich will dir einen Deal anbieten«, erwiderte er grinsend.

»Oh nein!«, rief ich sofort aus. »Mit dir mache ich nie wieder einen Deal!« Und das war mein voller Ernst. Obwohl etwas in mir bei seinen Worten zu kribbeln anfing.

Er lachte. »Ich beantworte dir fünf Fragen. Ganz egal, welche. Und du musst mir nur diese eine beantworten.«

»Nein.« Ich versuchte seinem festen Blick auszuweichen, aber so schwierig es vorhin gewesen war, ihn anzusehen, so unmöglich war es jetzt, wegzuschauen.

»Wenn du Nein sagst, meinst du dann wirklich, dass du es nicht willst?«, fragte er ironisch.

»Ich …«

Sein Gesicht sah mit einem Mal bestürzt aus. »Tut mir leid.«

»Was?«

»Ich wollte nicht … ich …« Er rang sichtlich nach Worten und sah dabei so … gottverdammt liebenswert aus. »Es sollte nicht so klingen, als würde ich deinen Willen untergraben wollen.«

Wir sahen uns an, und ich wusste, dass wir an dasselbe dachten. Ich seufzte. Und dann sagte ich etwas, worauf ich sehr stolz war. Und was zu hundert Prozent der Wahrheit entsprach. »Es ist okay. Ich hab dir … Du weißt schon, es ist okay für mich.« Nichts rechtfertigte sein Handeln in der Fed Hall, das wusste ich. Aber ich wusste auch, dass er in diesem Moment nicht er selbst gewesen war.

Er starrte mich unverhohlen an, und seine Augen wurden zu einem dunklen Gewitterwald. »Was meinst du mit: Es ist okay?«

»Ich hab es hinter mir gelassen. Die ganze Sache. Ich hab dir …« *Sag es einfach, Eliza.* Ich räusperte mich und sah nun doch weg. »Ich hab dir verziehen.«

Es entstand eine geisterhafte Stille. Nichts als der Wind, der die Blätter in den Bäumen rascheln ließ, war zu hören. Es war kalt hier auf dem harten Boden. Aber plötzlich war es in mir noch kälter.

»Küss mich.«

Schlagartig sah ich wieder zu ihm hoch. »Was?«

Seine Augen brannten. »Danach vergessen wir die Vergangenheit und müssen uns nicht mehr seltsam benehmen, wenn wir uns über den Weg laufen. Dann ist die Spannung weg. Dann können wir Freunde werden. Wenn du möchtest. Ohne Hintergedanken. Dann lasse ich das ganze Thema ruhen. Es wird keine dramatischen Auftritte mehr geben. Ich bringe dich nicht in dumme Situationen vor deinen neuen Freunden hier. Ich werde mich nicht mehr danebenbenehmen, versprochen.« Meine Kehle fühlte sich staubtrocken an. Und zur gleichen Zeit stand sie in Flammen. Ich schluckte hart. Punkte begannen vor meinen Augen zu tanzen. »Ein Kuss, Eliza. Um abzuschließen.« Seine Mundwinkel zuckten. »Bist du nicht neugierig, ob es sich immer noch so anfühlt wie früher?«

Nein, ich bin nicht neugierig. Ich würde nur sterben, um es herauszufinden.

»Und dann?«, krächzte ich heiser. »Du willst mir ernsthaft sagen, nach einem Kuss hörst du auf?« Meine Stimme verlor sich im Geräusch des leisen Nieselregens. Ich war wahnsinnig, überhaupt zu diskutieren. Ich war wahnsinnig, immer noch hier mit ihm zu sitzen. Lebensmüde.

»Ich schwöre es dir. Und du führst.« Jetzt lächelte er richtig. »Danach wird alles gut. Ich fasse dich nie wieder an.« Er schien irgendwas über mein Gesicht zucken zu sehen, denn er fügte »Gegen deinen Willen« hinzu.

Ich schwieg, wollte nachdenken, doch da waren keine Gedanken in meinem Kopf. Nur bunte Blitze – ein heilloses Durcheinander. »Ich kriege fünf Antworten und muss dir keine Frage beantworten«, sagte ich schließlich mit erstaunlich fester Stimme. »Und du hältst dich an all das, was du gesagt hast.«

Seine Gesichtszüge entglitten ihm völlig. Und da erkannte ich, dass er nie ernsthaft damit gerechnet hatte, dass ich auf sein Angebot eingehen würde. Fast hätte ich gelächelt. Aber die Panik vermischt mit immenser, in rasendem Tempo wachsender Nervosität machte jede weitere Regung unmöglich.

»Schließ die Augen«, flüsterte ich und konnte nicht fassen, was ich da sagte. *Was ich im Begriff war, zu tun.*

Er gehorchte sofort. Und das machte mir noch mehr Angst.

»Gib mir deine Hände.« Ich brauchte Halt. Es ging nicht nur um den Körperkontakt – ich brauchte etwas, woran ich mich festklammern konnte, wenn ich die Nerven verlor. Was mit hoher Wahrscheinlichkeit jeden Augenblick passieren würde.

Er setzte sich aufrecht hin, während er beide Hände nach mir ausstreckte. Seine Knie waren jetzt genau wie meine eingezogen. Ich tastete langsam nach seinen Fingern und ließ zu, dass sie sich langsam um meine schlossen. Ich beugte mich vor, um ihm näher zu sein. Ich durfte jetzt nur nicht zu viel denken, sonst würde alles schiefgehen. Seine Hände waren ebenso kalt wie meine, und ich sah, wie seine geschlossenen Lider zuckten, sich aber nicht öffneten, egal, wie lange ich darauf starrte. Ich führte seine Arme um meinen Oberkörper herum, legte sie um meine Taille und beugte mich dann selbst vor, um sein Gesicht zwischen die Hände zu nehmen. Für den Bruchteil einer Sekunde schloss ich die Augen. Ich verstand es nicht. Ich verstand gar nichts mehr. Trotzdem stoppte ich meine Bewegungen nicht. Es war zu lange her. Und das Durcheinander in meinem Inneren zu heftig. Ich schlug meine Augen wieder auf und sah sein Gesicht direkt vor mir. Kaum mehr ein Zentimeter trennte uns. Vorsichtig fuhr ich mit dem Zeigefinger über sein Kinn und spürte, wie seine Atmung sich beschleunigte. Passend zu meinem rasenden Puls. Es fühlte sich ein wenig kratzig an, aber diese Tatsache ließ mich lächeln, weil es so vertraut war. Ich sah die Regentropfen auf seinem Gesicht und fühlte das kühle Nass auf meinem, im Kontrast zu seinem warmen Atem, den ich jetzt ganz genau spürte. Ich wollte es so unbedingt tun. Und gleichzeitig wollte ich es nicht, weil es zu viel auf einmal war. Eine Berührung für heute hätte ausgereicht, um mich nachts schlaflos in meinem Bett liegen zu lassen. Aber das hier … Das war gefährlich. *Es ist vielleicht deine einzige Chance. Das ganze Leben ist gefährlich.* Ich neigte meinen Kopf. Meine Lider fielen zu.

Kühle Lippen. Nur der Hauch einer Berührung. Meine Hand glitt in seine Haare, und das war es. Es schien mir, als würde gerade jetzt wieder der Regen einsetzen, unbarmherzig auf uns niederprasseln, beinahe schmerzhaft, während mein Mund auf seinen traf und sich nicht sanft, sondern drängend zu bewegen begann. Ich krallte mich an ihm fest, und ich spürte, wie auch seine Finger sich in den Stoff meines Oberteils gruben. Seine Lippen hielten meinem Druck mühelos stand, als er den Kuss erwiderte. Unsere Lippen teilten sich nicht. Wir küssten uns gierig, aber nicht alles verzehrend. Leidenschaftlich, doch immer noch unschuldig. Es dauerte kaum fünf Sekunden. Mittendrin wurde mir bewusst, was Finn da tat. Abrupt lösten wir uns voneinander und schlugen zeitgleich die Augen auf. Er gab uns die Chance auf einen Neubeginn. Ein Kennenlernen, wie es von Anfang an hätte sein sollen. Es würde anders sein, dieses Mal. Denn ich würde wissen, was es bedeutete, wenn mein Herz wie jetzt raste. Wenn ich unter seinem Blick weich wurde und die ganze Welt stehen blieb. Ich würde mich von Neuem in diesen Menschen verlieben. Und diesmal würde es richtig sein.

Er ließ mich los und richtete sich mit einem schiefen Lächeln auf, bevor er eine Hand ausstreckte, um mir ebenfalls hochzuhelfen. Ich nahm sie, ohne zu zögern. Inzwischen war ein wahrhaftiger Sturm ausgebrochen. Der Wind peitschte mir die Haare ins Gesicht, und ich strich sie mir mühevoll zurück, um seine Augen aufblitzen zu sehen.

»Sieht so aus, als hätten wir nun doch einen Deal«, stellte er schmunzelnd fest und zog sich seinen Uni-Pullover mit einer geschmeidigen Bewegung über den Kopf. Mitten im Regen.

Ich starrte ihn an und fand meine Sprache wieder. »Was zur Hölle tust du da, Finn?«

Seine Brust vibrierte vor Lachen. »Dir meinen Pullover geben. Du zitterst. Was hast du denn gedacht?«

***

Ein schwarz glänzender Geländewagen hielt vor uns, und die Fahrertür öffnete sich, während der Motor noch lief. Eine Gestalt lief um den gigantischen Wagen herum, und ich erkannte ihn erst, als er direkt vor uns stand. Pechschwarze Haare, stechend blaue Augen und eine Menge Tattoos auf der Haut, die unter seinem hervorgeschobenen Ärmel sichtbar wurden. Nicht einmal der schwarze Eyeliner fehlte. Ich machte große Augen, denn obwohl Finn ihn erwähnt hatte, war es trotzdem eine Überraschung, ihn zu sehen. Tausend Erinnerungen zuckten durch meine Gedanken.

Tyler grinste breit zwischen mir und Finn hin und her. »Westwood«, begann er und fuhr sich über die Lippen. »Ich möchte ja nicht wieder wie deine Mutter klingen, aber du hättest dich früher melden können.«

Finn wollte etwas erwidern, aber Tyler wandte sich schon mir zu. Er musterte mich für einen Augenblick prüfend, dann lachte er. »Elizabeth Fleming. Du weißt nicht, was für eine Freude es ist, dich zu sehen.« Und dann trat er vor und drückte mich an sich, und ich konnte nicht anders, als ebenfalls zu grinsen.

»Hey.«

Ich hörte Finn neben uns stöhnen, aber es klang nicht allzu ernst. »Jetzt geht das wieder los …«

Kichernd ließ ich seinen Manager los.

»Netter Pullover, den du da trägst, Darling«, sagte Ty, wobei er einwandfrei den britischen Akzent imitierte, und hielt mir die hintere Autotür auf. »Wie lange hattet ihr vor, euch im Regen zu verstecken?«

Ich rechnete damit, dass Finn sich neben ihn auf den Beifahrersitz begab, aber er ging wortlos um das Auto herum und nahm neben mir auf der geräumigen Rückbank Platz.

Tyler stieg wieder vorne ein und beobachtete uns kurz durch den Spiegel. »Wie zum Teufel habt ihr es eigentlich geschafft, vom Campus wegzukommen?«

»Frag nicht«, antwortete Finn lachend, und ich warf ihm einen Seitenblick zu. Er wirkte wirklich verdammt glücklich.

Er hatte Tyler eine Nachricht mit dem Namen der Straße, in der wir uns befanden, geschickt, nur Sekunden nachdem wir uns voneinander gelöst und ich mir tatsächlich seinen Pulli übergezogen hatte. Natürlich nicht, ohne vorher ordentlich zu protestieren – aber ohne Erfolg. Er hatte mir versichert, dass er nicht fror, obwohl er lediglich ein Shirt trug – das nebenbei bemerkt durch den Regen ein wenig durchsichtig geworden war, sodass ich seine Brustwarzen erahnen konnte –, und ich war drauf und dran gewesen, ihm mitzuteilen, dass mein Zittern nicht von Unterkühlung, sondern von einem viel zu kurzen Kuss stammte. Aber schließlich hatte ich nicht mehr widerstehen können. An dem Teil haftete Finns konzentrierter, ganz persönlicher Geruch, und er strömte mir augenblicklich in die Nase, sobald ich den Kopf nur ganz leicht zur Seite drehte.

»Alles in Ordnung?«, fragte Finn leise, als Tyler zielsicher durch die Straßen fuhr und sich dann auf der Hauptstraße zügig in den Verkehr einreihte.

Ich überlegte. Es fühlte sich so an, als wäre derselbe Wind, der draußen wütete, durch meinen Kopf gewirbelt und hätte dort ein vollkommenes Durcheinander hinterlassen. Jetzt saß ich plötzlich im Auto mit Tyler und ihm – wie vor langer Zeit in San Francisco –

und musste mich zusammenreißen, um nicht auf Finns Mund zu starren. Es war alles so neu. Von einem Tag auf den anderen stand meine Welt wieder kopf. Und in mir befand sich nichts als Verwirrung und Verlangen. Ich musste lächeln. »Jap. Was macht ihr heute noch so?« Ich hatte noch fünf Fragen offen. Das hatte ich nicht vergessen. *Und das ist natürlich der einzige Grund, warum du dich erkundigst.*

Tyler ließ vorne ein weiteres Lachen hören. »Lust, mit uns feiern zu gehen?«

»Halt die Klappe«, sagte Finn trocken. Und dann zu mir: »Ally wollte mir ein bisschen die Stadt zeigen, wenn sie Zeit findet, hat sie gesagt ... du könntest doch ... ich meine, nur wenn du willst und Zeit hast ...«

»Eliza, der Kerl dreht völlig durch.« Tyler zwinkerte mir durch den Spiegel zu, und ich lachte, während ich meinen Blick nicht von Finn nahm. Er sah verlegen aus, überspielte es aber, indem er die Augen verdrehte.

»Ich muss heute Abend arbeiten«, erwiderte ich zögerlich.

»Klar«, sagte er schnell. »Ich ...« Sein Handy piepste in seiner Hosentasche, und er zog es hervor. »Von Ally. Sie ...« Verwirrt runzelte er die Stirn. »Hm, das war's wohl, sie hat keine Zeit.«

Genau in dem Moment spürte ich mein eigenes Telefon in der Tasche vibrieren und kramte es ebenfalls hervor. Ally. Seltsam.

Kann ich heute Abend in dein Restaurant kommen? Wir müssen was besprechen. x, A.

»Sieht so aus, als wärst du gerade meinetwegen versetzt worden«, murmelte ich.

Er beugte sich wie selbstverständlich zu mir herüber, um mitzulesen, und ich sank tiefer in den Ledersitz unter mir, als ich sein Kinn auf meiner Schulter spürte.

Bloody hell, würde Diego sagen. Das war's dann wohl mit meinem Fünf-Minuten-Fake-Freund.

***

Ich schüttelte meine Locken und band sie zu einem hohen Zopf, bevor ich mir vor dem Mosaik-Spiegel den schwarzen Rock glatt strich und die dunkelrote ärmellose Bluse hineinsteckte. Mein Arbeitsoutfit. Ich befand mich im Barcelona Tapas, und meine Schicht würde gleich anfangen. Diego war mit mir gekommen und nahm draußen schon Bestellungen auf. Ich hatte den Verdacht, dass er gar nicht gebraucht wurde – draußen war für die Uhrzeit ziemlich wenig los –, sondern einfach nur neugierig auf meinen Tag war und deshalb auch hergekommen war. Ich hatte nicht viel gesagt, nachdem Tyler und Finn mich vor dem East Central abgesetzt hatten. Es war praktisch unmöglich. Jeder, der mir im Apartment oder draußen auf dem Flur über den Weg lief, starrte mich an wie eine Außerirdische, und ich fühlte mich, als stünde ich sekündlich unter Beobachtung. Sie warteten alle darauf, dass ich irgendetwas sagte, trauten sich aber nicht, von sich aus zu fragen. Unter normalen Umständen hätte es mich aufgeregt. Aber im Moment war ich zu sehr mit mir selbst beschäftigt, um auf irgendjemanden sauer zu sein. Nicht mal Stephanie, die mich vorhin gefragt hatte, ob ich nicht mit ihr Kaffeetrinken gehen wollte, hatte mich wütend gemacht. Ich war einfach grinsend weitergegangen.

Ich verließ die Mitarbeitertoiletten und machte mich auf den Weg in die Küche, wo die Köche schon an der Arbeit waren, auch wenn zwei von ihnen – Charles und Joey – nur gelangweilt in der Ecke standen, da es nicht viel zu tun gab. Sie nickten mir freundlich zu und deuteten auf die zwei fertigen Teller mit Taco-Salat auf der Theke. »Tisch Nummer zwei.«

Zufrieden registrierte ich, dass sie mich normal behandelten. Die ganze Stadt war also noch nicht vom Finn-Westwood-Virus infiziert. Ich schnappte mir die Teller und lief ins Innere des Restaurants, wo Diego mir mit einem Tablett entgegenkam.

»Hier ist ja der Teufel los«, sagte ich ironisch, und er grinste.

»Umso mehr Zeit, mir von deinem Tag zu erzählen.«

Hatte ich's doch gewusst.

Ich brachte den Gästen mit einem Lächeln ihr Essen und sah mich in dem bunten Restaurant um, wo überall verschiedene Topfpflanzen herumstanden und Bilder von Barcelona an den

Wänden hingen. Die Tische aus dunklem Holz waren parallel angeordnet – heute waren nur zwei besetzt. An der breiten Bar saß noch ein Paar, das stumm in seine Drinks schaute, aber ansonsten war keine Menschenseele zu sehen. Es war ganz gut, denn so hatte ich mehr Zeit, um nachzudenken und später mit Ally zu sprechen, wenn sie vorbeikam. Außerdem sollte ich mit Diego vielleicht noch den Kuss von heute Morgen klären.

Den Kuss … Ich spürte etwas in mir auf und ab hüpfen, als ich an eine einsame Straße im Regen dachte. Hastig schüttelte ich den Kopf.

Nach einer halben Stunde Abwasch und Herumalbern in der Küche hörte ich schließlich Schritte und lauter werdende Gespräche von draußen – die Stammgäste kamen. Vielleicht war auch Ally dabei? Ich würde sofort nachsehen gehen – im Augenblick musste aber ich an den brutzelnden Pfannen stehen und auf das Essen aufpassen, die anderen waren für eine Raucherpause in den Hinterhof gegangen. Ich rührte ein bisschen im bunten Gemüse herum und ließ es zu, dass meine Gedanken zu Finn wanderten. Mhhh …

»Fleming! Tisch fünf, Bestellung aufnehmen!«, holte mich Marios hektische Stimme aus meinen kaum angefangenen Tagträumen zurück. Er jonglierte gerade drei Teller auf seinem Unterarm und schaute sich fluchend nach seinen Köchen um.

Seufzend drehte ich die Temperatur runter, schnappte mir meinen Notizblock und folgte ihm durch die Metalltür, während sich in meinem Kopf weiterhin die Fantasien überschlugen. Finn und ich in der Bahn, er und ich auf dem Boden zwischen den Herbstblättern … er und ich in meinem Zimmer im East Central. In meinem Bett. Gott, seine Arme um meinen Körper. Wie konnte es sein, dass all das im Bereich des Möglichen war?

»Willkommen im Barcelona Tapas, was darf es für Sie sein?«, ratterte ich herunter und fühlte mich unglaublich gut, denn allein die Erinnerung stellte Dinge mit mir an, die … Argh, es war unbeschreiblich, wie sehr er mich nach den Ereignissen heute einnahm.

»Das weißt du doch ganz genau, Elizabeth.«

Mein Kopf ruckte hoch. *Nun, jetzt brauchst du dich wenigstens nicht mehr zu fragen, wann ihr euch wiederseht*, erklang eine kleine Stimme in meinem Kopf höhnisch.

Finn saß vor mir. Ich hatte so sehr an ihn gedacht, dass ich ihn glatt übersehen hatte. Ach du Scheiße. Er hatte sein Shirt durch ein dunkelgrün glänzendes Hemd eingetauscht, das seine Augen vorteilhaft hervorhob, und saß an einem Zweiertisch. Schelmisch grinste er zu mir hoch. Konnte man an einer Überdosis Finn sterben? Ich bekam einen Hustenanfall – das war wohl Antwort genug.

Er stand auf und nahm seine Lederjacke von der Stuhllehne. »Sorry«, sagte er. »Aber dein kleiner Brite meinte, der beste Weg, um dich zu erwischen, ist, wenn ich so tue, als würde ich etwas bestellen wollen.«

»Willst du nicht?«, fragte ich und hob eine Braue. Mein kleiner Brite. Es gab offenbar keinen Grund, die Dinge mit Diego zu klären.

»Nein«, erklärte er grinsend. »Darf ich dir in der Küche helfen?«

Er wartete meine Antwort nicht ab, sondern nahm meinen Arm und führte mich zurück in den Gang. Ich warf nervöse Blicke Richtung Mario, aber er schien mit den Neuankömmlingen beschäftigt zu sein. Diego sah uns in die Küche laufen und zwinkerte mir zu.

Ich lachte und ließ die Maske endgültig fallen. »Ich meine, nicht dass es schon lächerlich genug ist, aber kann nicht wenigstens Diego so tun, als sei er mein Freund?«, murmelte ich, und Finn betrachtete mich amüsiert.

Wir befanden uns nun alleine in der Küche. Ich warf den Block auf die Theke und sah nach dem Essen in der Pfanne. Überflüssig, aber ich musste so tun, als ob ich beschäftigt war, um ihn nicht die ganze Zeit anzustarren und wie irre anzulächeln. Das war heute das zweite Mal, dass er mir hinterherlief.

»War trotzdem ein netter Versuch«, sagte er grinsend.

»Idiot«, erwiderte ich reflexartig und bekam das Lächeln nicht aus dem Gesicht, was er nicht sah, da ich ihm den Rücken zugewandt hatte.

»Ach, komm schon! Du wusstest doch, dass Ally mich über jedes Detail in deinem Leben aufgeklärt hat. Und selbst wenn nicht – Eliza Fleming legt sich keinen Halbwüchsigen mit einem seltsamen Akzent zu, der sie Schatz nennt.«

Ich drehte mich um und verschränkte die Arme. Er wirkte, als hätte er verdammt viel Spaß. »Danke, dass du es ansprichst, das sollten wir noch besprechen.«

»Dass du mich eifersüchtig machen wolltest?« Er lächelte und legte den Kopf schief.

»Dass du mich gestalkt hast!«

Er kam ein paar Schritte auf mich zu, bis er so nah stand, dass ich hochschauen musste. Oh-oh, gefährliche Richtung. Ich legte kurzerhand meine Handflächen auf seiner Brust ab und schob ihn ein Stück zurück. Und wieder fragte ich mich, wieso sein Oberkörper immer so unerträglich warm war. Und durchtrainiert. Und gleichzeitig weich.

»Du wolltest mich nicht anfassen, erinnerst du dich?« Ein bisschen Widerstand musste ich hier schon noch leisten, bevor ich ihm endgültig um den Hals fiel.

»Kleine.« Seine Mundwinkel zogen sich schon wieder nach oben. Er hob eine Braue. »Mein Bruder und du, wie oft hattet ihr Kontakt in den vergangenen Monaten? Und worum drehten sich eure Gespräche?«

Ich schnappte erschrocken nach Luft. Ally, diese ... diese ...! Das war doch wohl nicht ihr Ernst!

Er feixte. Idiot.

»Keine Ahnung, was dir Ally erzählt hat, aber Tom hat sie vermisst, und ich war nur eine gute Freundin für ihn, also ...«

»Soso«, unterbrach er mich und senkte dann die Stimme. »Und du hast kein einziges Mal an mich gedacht?«

Ich wollte etwas antworten, aber irgendwie war mein Mund auf einmal ziemlich trocken. Wir sahen uns an, und es wurde plötzlich lodernd. Eine geheime Kommunikation. Leidenschaft ... Feuer.

»Sieh mal einer an. Ist das Finn Westwood?«, erklang eine Stimme hinter uns, und ich bemerkte, dass wir nicht mehr alleine in der Küche waren. »Und ist das verbranntes Gemüse in der

Pfanne?« Meine Kollegen standen direkt neben uns und betrachteten amüsiert das Geschehen – Finn und mich, wie wir uns mit Blicken auffraßen.

Diego kam direkt hinterher. »Oh hey, Finn, wie ich sehe, habt ihr euch gefunden.«

Ich murmelte eine Entschuldigung Richtung Joey und drückte mich vorbei, um zu Diego zu gelangen, während alle Kollegen sich bei Finn vorstellten – so viel dazu, dass hier eine wiedererkennungsfreie Zone war.

»Danke vielmals für deine großartige Unterstützung«, sagte ich sarkastisch, und Diego kicherte, bevor er sich meinen Block schnappte und dann kurz zu mir herunterbeugte.

»Ich weiß nicht, ob es dir schon jemand gesagt hat, Liz«, flüsterte er mir ins Ohr. »Aber er sieht dich an, als würde er jeden Moment sein Leben für dich geben, wenn du es verlangst. Da konnte ich nicht weiterspielen.« Er gab mir einen freundschaftlichen Klaps, und ich zog eine Grimasse, dann verschwand er wieder ins Restaurant.

»… deinem Mädchen Gesellschaft leisten willst, kannst du ein bisschen mithelfen. Mario stört es sicher nicht, wenn der große Westwood aushilft«, schnappte ich auf und wandte augenblicklich den Kopf. Charles warf Finn schon eine Schürze zu.

Meine Augen weiteten sich. »Finn, hast du heute nicht noch eine Menge zu tun?« Er sah aus, als hätte ihm jemand gerade das größte Geschenk überhaupt gemacht. *Er will die ganze Zeit über in deiner Nähe sein.*

Grinsend sah er zu mir. »Glaubst du, ich wäre hier, wenn ich keine Zeit hätte? Aber hey, wenn *mein Mädchen* was dagegen hat, gehe ich wieder.«

Ich verdrehte die Augen.

»Komm schon, Elizabeth, warst du nicht schon hart genug zu ihm?«, kam es von Joey.

Die anderen lachten, und Finn stellte sich zu mir, während der Rest sich wieder dem Kochen widmete. Sie hatten alle keine Ahnung, aber sie schauten die Nachrichten, und … Sie hatten recht.

»Ich kann abhauen, Eliza«, sagte er leise. »Wenn es zu viel ist.«

»Also wenn du echt nichts Besseres zu tun hast, als in der Küche auszuhelfen, kann ich dir auch nicht mehr helfen.«

Er kicherte und machte sich dann tatsächlich an die Arbeit und begann, die Geschirrspülmaschine auszuräumen.

»Lasst ihn bloß nicht an den Herd, Jungs«, rief ich, während ich ungläubig beobachtete, was er da tat. »Er kann nicht einmal ansatzweise kochen.«

»Sagt die, die das Gemüse abgefackelt hat.«

»Ich war abgelenkt!«

»Ich weiß.« Finn zwinkerte mir zu.

Zum Teufel, wann hatte ich das letzte Mal so viel Spaß gehabt? Mir blieb nichts anderes übrig, als ihm zu helfen, bis ich eine andere Aufgabe bekam. Nicht dass es mich störte. Ich musste einfach grinsen, als ich sah, wie er versuchte, zwei unterschiedlich große Teller aufeinanderzustapeln. »Du hast noch nie Geschirr eingeräumt, oder?«

»Natürlich«, sagte er eine Spur zu überzeugt, und ich lachte ihn aus.

Eine Weile räumten wir schweigend die Maschine aus, bis Mario reinkam und erst erstaunt auf Finns Anwesenheit reagierte, aber dann sagte, Diego habe schon eine Menge von ihm erzählt, und es sei ihm eine Ehre, ihn kennenzulernen.

»Ach du Scheiße«, murmelte ich leise zu mir selbst und schloss die Geschirrspülmaschine wieder, da wir fertig waren. Finn musste wirklich nichts tun, alle waren begeistert von ihm. Und ich konnte es wirklich niemandem verdenken. Er war umwerfend. Ich schaute ihn mit hochgezogenen Augenbrauen an, als Mario wieder ging.

»Was kann ich dafür, dass die Welt in mich verliebt ist?«, fragte er grinsend. »Einschließlich Diego.«

Es war das erste Mal, dass er seinen Namen aussprach, und ich merkte, dass ein seltsamer Unterton in seiner Stimme mitschwang. War er möglicherweise doch ein wenig eifersüchtig geworden?

»Jetzt wo du's sagst. Am Anfang hat er mir gesagt, dass er

schwul ist. Vielleicht war das doch keine Lüge … mhh …« Ich tat, als würde ich überlegen, und er sah mich verständnislos an, bis ich lachte. »Du bist ein Idiot, Westwood.«

»Meine Rede. Wann bist du hier fertig?« Er leckte sich über die Lippen. Er hatte sich wirklich kein Stück verändert.

»Um elf.«

»Gehst du mit mir essen?«

»Nein.« Ich war ebenfalls immer noch dieselbe. Oberflächlich jedenfalls. In mir tanzte alles. Finn wollte mit mir essen gehen.

»Komm schon.« Dieser flehende Blick … Mir wurde schon wieder ganz anders.

»Ally wollte vorbeikommen«, erinnerte ich ihn und gratulierte mir innerlich zu dieser überzeugenden Ausrede.

»Das heißt, wenn Ally nicht wäre, würdest du mit mir essen gehen?«

»Nein.«

»Hey, Liz, ich glaub, heute kannst du schon früher gehen«, rief Diego im Vorbeigehen. »Draußen ist immer noch nicht so richtig was los.«

Finn lächelte triumphierend. »Irgendwie fange ich an, ihn zu mögen.«

»Weißt du, ich finde es ganz wunderbar, dass du dich in meinem Freundeskreis wohlzufühlen scheinst. Aber wag es nicht, sie wieder alle gegen mich aufzubringen.«

»Wieder?«

»Tu nicht so, als wärst du unschuldig.«

Und du tu nicht so, als würdest du nicht mit ihm essen gehen wollen.

Er beendete unser Gespräch einfach, indem er mich bestimmend aus der Küche schob. Ich versuchte erst gar nicht, mich zu wehren. Es gab sowieso nichts zu tun.

»Tu dir keinen Zwang an, Finn, natürlich darfst du mich vom Arbeiten abhalten!«, rief ich mit einem ironischen Lächeln.

Er erwiderte nichts, sondern führte mich mit schnellen Schritten nach draußen, ohne auf meinen nun doch aufkommenden Protest zu hören.

Was hatte er vor? Und wieso lachte er plötzlich nicht mehr? Wir liefen durchs Restaurant, vorbei an den Tischen und der Bar, aus dem Hauptausgang. Rechts von der Tür blieb er stehen, direkt neben der Stehtafel, auf der die aktuellen Gerichte zu lesen waren. Er griff nach meinen Schultern und drückte mich leicht gegen die rot-grau gekachelte Wand neben den verglasten Wänden des Restaurants. *Was tut er da?*

Frustriert sah er mich an, und ich versuchte vergeblich, aus seinem Gesichtsausdruck schlau zu werden. »Du irritierst mich.«

Wie bitte?! »Ähm, du bist derjenige, der mich gegen die Wand vor meinem Arbeitsplatz drückt, nicht andersherum.« Auch das hatte ich schon einmal erlebt. Vor dem Hard Rock Café, damals, als Finn nichts als Hass für mich übriggehabt hatte.

Ich fröstelte und war mir nicht ganz sicher, ob es an der eisigen Kälte oder seinen Händen auf meinen nackten Armen lag.

»Hast du Angst vor mir?«, fragte er unvermittelt, ohne auf meinen Kommentar einzugehen.

Ich hatte immer noch keine Ahnung, was dieser plötzliche Stimmungsumschwung sollte. Aber irgendwas sagte mir, dass er gerade keine Spielchen spielte. »Nein.«

»Bin ich dir egal? Hasst du mich? Gestern hast du mich doch gehasst, oder? Ich meine, was …«

»Finn«, unterbrach ich ihn. Das sah ihm alles gar nicht ähnlich, so durchzudrehen. »Was ist los?«

Er schüttelte verzweifelt den Kopf. »Wieso wehrst du dich nicht gegen meine Berührung?«

Erstaunt sah ich ihn an. War es nicht offensichtlich, dass ich nichts dagegen hatte, wenn er mich anfasste? Himmel, wir hatten uns heute geküsst. Und seit wann stellte er solche Fragen?

»Ich hab dir heute Morgen gesagt, dass wir Freunde sein können«, fuhr er fort, immer noch frustriert. »Und jetzt verfolge ich dich hierher und … Gott, willst du mich nicht anstressen, dass ich mich gefälligst an den Deal halten soll?«

»Du hast mich verarscht?«, fragte ich perplex.

»Nein! Ich hab es wirklich so gemeint. Ich wollte nicht … Ich will dich nicht überfordern. Aber du hast mich geküsst. Wieso …

verdammt. Früher hättest du mir schon längst eine runtergehauen und gesagt, ich soll zur Hölle fahren. Gestern warst du so. Damit hab ich gerechnet. Aber heute … Mache ich irgendetwas falsch? Du kannst es mir sagen, ehrlich, ich … Sag es mir, bitte.«

Ich prustete los, als ich verstand. Er erkannte mich nicht wieder, weil ich nett zu ihm war. In dem Augenblick wurde mir bewusst, dass er trotz allem, was Ally ihm über mich erzählt hatte, keine Ahnung hatte, was in mir vorging. War er denn tatsächlich so blind, um nicht zu sehen, dass ich ihm vollständig verfallen war?

»Wieso lachst du?«, wisperte er.

Ich beruhigte mich wieder ein wenig. »Wieso bist du nach London gekommen?«, wiederholte ich meine Frage von heute Morgen. Ich konnte ihm keine Antwort auf seine Frage geben. Denn die einzig richtige wäre: »Weil ich in dich verliebt bin und du es immer noch nicht kapierst.«

Er ließ sich glücklicherweise ablenken. »Du meinst die Frage wirklich ernst, was? Ich dachte vorhin, du spielst mit mir. Was hast du gedacht, dass ich Lust auf Urlaub hatte?«

Natürlich. Ich hatte gewusst, dass es um seine Karriere ging. Nur passte das nicht mit seiner Antwort von heute zusammen. Dachte er etwa, ich hatte mir eingebildet, er war meinetwegen hergekommen? Na schön, der Gedanke hatte sich in meinen Kopf geschlichen, aber so naiv war ich dann letztendlich doch nicht.

»Aber … Nirgendwo stand, dass du eine Europatour planst. Und was ist eigentlich mit deinem Studium?« Mir schnürte sich die Kehle zu, als mir bewusst wurde, dass das bedeutete, er würde bald weiterreisen.

»Eliza.« Er schüttelte erneut den Kopf, diesmal entgeistert. »Du hast wirklich kein Wort geglaubt, das ich dir gesagt habe, oder?«

Ich wollte verstehen, was er meinte, aber irgendwas in mir schien blockiert zu sein. Es fühlte sich an, als würde ich etwas unglaublich Wichtiges verpassen. Es war zum Greifen nahe, und trotzdem kam ich nicht darauf. Irgendwas lief schief. Irgendwas … Ich gab das Denken auf und versank einfach in seinem brennenden tiefen Grün.

Bis uns eine bekannte Stimme unterbrach. »Perfekt, dass wir euch beide erwischen, dann können wir uns das doppelte Erzählen sparen.«

Finn und ich wandten die Köpfe und … erstarrten.

Vor uns stand Ally und schaute neugierig und ziemlich erstaunt zwischen uns hin und her. Aber das war nicht der Grund, wieso wir uns beide nicht von der Stelle bewegten. Langsam nahm Finn die Hände von meinen Schultern.

Ally war nicht allein.

Ich blinzelte. »Was zum …«

»Tom?«

13. KAPITEL

FADE INTO YOU

Finn

November 8th, 6:30 p.m.

»*Words are meaningless*«, flüsterte ich vor mich hin, bevor ich das kleine Lederbuch schloss, in das ich vor Jahren diese Songtextzeile geschrieben hatte, und mich in Boxershorts über meinen Koffer beugte, den ich auf das quadratische Bett meiner Suite gehievt hatte. Hemden, Shirts, zerrissene Jeans, polierte italienische Schuhe, Rasierschaum – fürs Aufräumen hatte es zeitlich nicht mehr gereicht. Ich grinste in mich hinein. So langsam gewöhnte ich mich an dieses Leben aus dem Koffer. Es war nicht mehr der Rausch der Musik oder des neuen Orts, der mir Abwechslung verschaffte. Ich benötigte keine Ablenkung mehr, wie vor einigen Monaten. Alles, was ich brauchte, war hier, in meiner Nähe, in diesem Moment nur wenige Blocks von mir entfernt.

Ich holte ein relativ knitterfreies grünes Hemd hervor und zog es mir über, während meine Gedanken zurück zu heute Morgen wanderten. Es war wie ein Flashback gewesen, zurück in die alten Zeiten, als alles noch unkompliziert und verdammt interessant gewesen war. Kein allzu großes Drama, kein Hass, keine dunklen Gefühle oder Abgründe, in die ich mich begeben musste. Nachdem ich Eliza gestern Nacht beim Schlafen beobachtet hatte, hatte sich alles in mir gewehrt, die Wohnung zu verlassen. Mir war bewusst, dass ich nicht bis zum Sonnenaufgang an ihrem Bett sitzen konnte – obwohl das mein größter Wunsch gewesen war –, aber es war unmöglich gewesen, zurück ins Hotel zu fahren. Deshalb hatte ich Ally im Wohnzimmer so lange mit irgendwelchen belanglosen Dingen zugetextet, bis ihre Augen beinahe zugefallen waren. Ich musste zugeben, ich war ein Meister der Manipulation, ich hatte nicht einmal betteln müssen – sie hatte mir erlaubt, bei ihnen zu übernachten, unter der Voraussetzung, dass ich morgens sofort wieder abhaute, bevor Eliza aufwachte. Das Überraschende war, dass ich sofort weggepennt war, obwohl ich vorher sogar mit dem Gedanken gespielt hatte, wieder in Elizas Zimmer zu schleichen, sobald Alison schlief. Ich war mir bewusst, dass ich total gestört war. Aber es hätte mich nicht davon abgehalten, denn diese Tatsache war nun wirklich nichts Neues mehr für mich. Der Schlaf war über mich gekommen, ohne dass ich es kontrollieren konnte. Das erste Mal seit langer Zeit traumlos. Es war ungewohnt, die Erschöpfung zu spüren, wenn ich die Augen schloss. Das Gefühl, langsam der Wirklichkeit zu entgleiten, war fremd. Einschlafen war ein Leben lang qualvoll für mich gewesen, doch in diesem Studentenwohnheim schien es plötzlich das Einfachste auf der Welt. Natürlich war es lächerlich, wenn ich mir einbildete, dass es allein an ihrer Anwesenheit lag. Wahrscheinlich war auch teilweise die körperliche Unruhe der letzten Tage mitschuldig, aber trotzdem. Das letzte Mal, dass ich so geschlafen hatte, war im Frühling in San Francisco gewesen.

Ich musste wieder lächeln, als ich daran dachte, wie dieses blonde Mädchen – Hannah, wenn ich mich recht erinnerte – eine halbe Herzattacke bekommen hatte, als sie mich auf dem Sofa ihres Wohnzimmers liegend aufgefunden hatte. Ally hatte mir gestern erzählt, dass sie und ein anderer Typ aus der WG ebenfalls aus Seattle kamen, während der Rest aus England stammte. Der Rest. Ich zog den Reißverschluss meiner Jeans hoch und knöpfte sie zu, bevor ich mich mit einem Espresso in der Hand, den der Zimmerservice eben gebracht hatte, in einen cremefarbenen Sessel vor der offenen Balkontür fallen ließ. Diego, wiederholte ich abschätzig in Gedanken, das war sein Name. In wenigen Sekunden, während ich mich gut mit John, Hannah und Ally unterhalten hatte, war die Erinnerung an all die Telefonate zurückgekommen. Eliza und dieser … Typ in London unterwegs, stundenlang, während er ihr die Stadt näherbrachte. Bei irgendeinem Karneval hatte er sie versucht zu küssen oder so. Und sie war durchgedreht, weil er ihr vorher erzählt hatte, dass er schwul war. So ein Vollidiot. Wenn man jemanden nicht so verführen konnte, musste man eben lügen. Ich schnaubte. Am schlimmsten war es für mich gewesen, als Ally mir erzählt hatte, dass er sie beinahe flachgelegt hatte. Ich wollte, ich konnte nicht daran denken, wie sie auf seinem Schoß saß oder er sie aufs Bett drückte oder … zum Teufel. Ich hatte kein Recht, so zu denken, sie gehörte mir nicht. Und dennoch … Tief in mir wusste ich, dass ich ihn hassen würde, ganz egal, wie dieser Diego aussah oder was er sagte. Äußerlich hatte ich aber nichts durchblicken lassen. Ich hatte entschieden, meine Taktik zu ändern, als er mit Eliza im Arm ins Wohnzimmer gekommen war, obwohl ich ihm liebend gern eine reingehauen hätte. Aber da ich wusste, dass es mich erstens kein bisschen weiterbrachte, ich zweitens Alison versprochen hatte, brav zu sein, und drittens Eliza mich auf ewig hassen würde, setzte ich ein perfektes Lächeln auf und zeigte mich von meiner besten Seite. Ich hatte von Anfang an gewusst, dass sie nicht wirklich mit ihm zusammen war. Allein der Versuch war lächerlich, denn ich wusste alles über Elizas letzte Wochen. Nun, trotzdem hatte sie mich rasend gemacht, als sie ihn geküsst hatte. Denn sie kannte mich. Sie wusste genau, wie sie mich treffen konnte, genau wie ich wusste, was ihr am meisten zusetzte.

Ich nahm einen letzten Schluck aus der kleinen weißen Tasse und genoss das Gefühl, wie das Koffein langsam in meinen Körper floss. Für den restlichen Verlauf des Tages hatte ich keine Worte. Es ließ sich verflucht noch mal nicht beschreiben, was ich empfunden hatte, als sie mich in der U-Bahn an sich gedrückt hatte, als wir miteinander gesprochen und sie mich auf dem kalten Herbstboden geküsst hatte. Vergessen war Diego oder ihr Hass von gestern Abend oder alles, was monatelang zwischen uns gestanden hatte. Ich schloss die Augen, ließ zu, dass das Hotelzimmer vor mir verschwand, und betrank mich an der Erinnerung. Doch mein klingelndes Handy erlaubte mir nicht, dass ich den Tagtraum vertiefte. Seufzend erhob ich mich und lief zum Doppelbett, wo ich es neben den Koffer gelegt hatte. Laura rief an.

Ich nahm das Gespräch an. »Hey, Mom.«

»Hallo, Finn.« Sie klang irgendwie seltsam. »Wie geht es dir?«

»Alles super hier«, antwortete ich und musste grinsen, weil das ausnahmsweise mal die Wahrheit war. »Gibt es irgendein Problem?«

Sie hustete leise. »Ach, Problem würde ich es nicht nennen, ich dachte nur mal, ich frage dich, ob du weißt, wo dein Bruder steckt?«

Ich runzelte die Stirn. »Alex?« Das letzte Mal, als wir telefoniert hatten, hatte er irgendwas von einem Wochenendtrip mit Kristina erzählt.

»Oh, nein, mit Alex habe ich gestern Abend telefoniert, er war mit Kristina unterwegs und hat ihre Eltern getroffen, es ist alles so perfekt!«

Ich schmunzelte. »Fang jetzt bloß nicht wieder mit deinen Hochzeitsplänen an … Also, was meinst du? Wo sollte Tom sein?«

»Das frage ich mich auch. Alex ist bei ihm vorbeigefahren, und er war nicht dort. Und ich dachte, vielleicht weißt du Bescheid, ihr unternehmt doch öfter was zusammen.«

»Normalerweise schon, aber … Ich bin gerade nicht in Seattle.«

Sie stockte. »Wo bist du? Ist deine Tournee nicht schon vorbei? Hat sich etwas Neues ergeben?«

»Nicht ganz«, murmelte ich, und auf einmal war es mir unangenehm. »Ich bin vor zwei Tagen nach London geflogen.«

Eine ganze Weile war lediglich Schweigen am anderen Ende der Leitung zu hören. Ich dachte daran, wie viel Schmerzen und Sorgen ich ihr bereitet hatte, seit Michael und sie mich adoptiert hatten. Sie hatte mich nie verurteilt, auch wenn sie einige schlimme Dinge von mir wusste. Es war wirklich an der Zeit, ehrlich zu sein. Das war das Mindeste, was ich im Gegenzug für ihre Zuneigung und ihr Vertrauen tun konnte.

Ich holte tief Luft. »Es ist wegen Eliza. Sie ist hier, und sie war die ganze Zeit über in meinen Gedanken. Schon als ich bei euch in L.A. war und als … damals diese Sache in Seattle passiert ist. Sie ist der Grund für alles, Mom, und ich bin hier, um es ihr zu beweisen.«

***

Eliza

November 8th, 10:00 p.m.

Unbewusst krallte ich meine Hand in Finns Unterarm. Es war so unrealistisch, was sich vor uns abspielte. Autos fuhren mit blinkenden Scheinwerfern vorbei, und ein Pärchen hinter uns betrat das hell erleuchtete Restaurant, aus dem der warme, vertraute Essensgeruch strömte, aber ich konnte nur mit offenem Mund dastehen und seinen Bruder Hand in Hand mit meiner besten Freundin anstarren. In Toms dunklen Locken hatten sich genau wie in Allys blonder Mähne etliche funkelnde Regentropfen gefangen, so als wären sie wie Finn und ich heute Morgen stundenlang im Regen rumgerannt.

»Hi, Eliza, hey, kleiner Bruder«, sagte Tom grinsend, und ich sah, wie sich exakt das gleiche Lächeln in Alisons Gesicht widerspiegelte.

Mein Blick blieb an ihr hängen. Dieses Strahlen. Diese unterschwellige Euphorie, die mir schon gestern aufgefallen war. Ihr regelmäßiges Verschwinden.

»Ihr … du … Ich fass es nicht, Ally!«, rief ich empört. »Seit wann ist er hier?«

»Hier in London oder in Brighton?«, antwortete Tom mit Unschuldsmiene an ihrer Stelle. Mein Kopf ruckte zu ihm. Meine Augen weiteten sich, während mir auffiel, dass dieser Typ hier vor mir genau der war, den ich vor über einem Jahr als Allys festen Freund kennengelernt hatte. Keine Bitterkeit in seiner Stimme, kein grauer Schatten über seinem optimistischen Gesicht. Die Telefonate schienen so weit weg. Es war nicht so, dass er sich wegen Allys Trennung völlig hatte hängen lassen, aber so, wie er jetzt war, das war der echte Tom Westwood.

Ally stieß ihn in die Seite. »Jetzt überfordere doch nicht wieder alle. Wir haben gesagt, wir wollen es langsam angehen.« Sie klang streng, aber als er eine Augenbraue hob, musste sie grinsen.

»So langsam, wie du es angegangen bist, als du mich gesehen hast, Baby?«

Ach, du Scheiße. Ich wusste nicht, was schockierender war: die Tatsache, dass Tom hier war – schon seit mehreren Tagen –, oder dass sie miteinander umgingen, als wären sie nie getrennt gewesen. In wenigen Tagen hatten sie es geschafft, Monate voller One-Night-Stands, Liebeskummer und einem riesigen Krach zu überbrücken. Oder war das nur mein erster Eindruck?

Finn räusperte sich, und sie unterbrachen ihren geradezu peinlich intimen Blickkontakt. Ich sah ebenfalls zu ihm, er schien wahnsinnig amüsiert zu sein.

»Ich bin fast schon enttäuscht, dass du mich nicht eingeweiht hast. Aber hey, wenigstens rasten Mom und Dad zurzeit nicht mehr meinetwegen aus.«

Tom lachte auf und trat einen Schritt nach vorne, um seinen Bruder zu umarmen. »Tu nicht so, als hättest du mir erzählt, dass du rübergeflogen bist.«

Ich ließ Finn schnell los, wohl auch, weil mir trotz der ganzen Überraschung auffiel, wie Ally mit wissendem Blick auf meine Hand an seinem Arm schaute. Ich trat zu ihr, sie betrachtete mich jetzt mit einer Mischung aus Nervosität aufgrund meiner Reaktion und ... Glück.

»Ihr seid ... also ...?«, brachte ich hervor, und sie hakte sich kichernd bei mir ein.

»Ja. Aber wir dachten, wir besprechen das lieber, wenn deine Schicht vorbei ist.«

»Ist sie hiermit!«, erwiderte ich. Diego hatte mir selbst gesagt, dass ich früher gehen konnte. Nur dass das hier der Grund sein würde, hätte ich nie erwartet.

»Und ich dachte auch, dass du alleine sein wirst.«

»Ähm ja ... Finn kam vorbei, weil wir ...« Verdammt, Ausrede, ich brauchte eine Ausrede! »Wir mussten noch was wegen heute Morgen besprechen.«

»Heute Morgen?«, hakte sie sofort interessiert nach. Ihr letzter Stand war immerhin, wie ich Diego geküsst hatte und aus dem Apartment geflohen war.

Na klasse, Eliza. »Ja, weil … Gott, ist doch egal, Tom ist hier, ihr habt so viel zu erzählen! Ich geh nur kurz meinem Chef Bescheid sagen und meine Jacke holen, dann gehen wir was trinken!«

Bevor ich aber wieder reinging, breitete Tom seine Arme aus, und ich ließ mich in eine herzliche Umarmung ziehen.

»Ich glaub's nicht, dass du hier bist«, murmelte ich.

»Ich auch nicht, glaub mir«, erwiderte er lachend, und wir ließen uns los. Er legte Ally einen Arm um die Schultern und flüsterte ihr etwas zu.

Schnell ergriff ich die Gelegenheit und hastete durch die Eingangstür ins Innere. Das war doch so absurd! Und gleichzeitig merkte ich, wie sich ein Lächeln auf meinen Lippen bildete. Ich fand Diego in der Küche, während er gerade verschiedene Tapas auf der Theke anrichtete. Er grinste, als er mich sah.

»Na, alles in Ordnung bei euch da draußen?«

Ich stieß die angehaltene Luft durch meine Zähne. »Glaub schon.«

»Tu nicht so, als würdest du innerlich gerade keine Party schmeißen, Darling.«

Ich musste einfach lachen, es ging nicht anders. »Ich muss früher los, glaubst du, das ginge? Und es ist nicht seinetwegen.«

»Aber klar doch.« Diego spießte eine grüne Olive auf ein Holzstäbchen und hielt sie mir hin. »Kein Problem, ich krieg das schon selbst hin.«

Ich biss sie ab und kaute lächelnd. »Danke«, nuschelte ich. »Du bist der Beste.«

»Lass das nicht Finn hören, sonst springt er mir noch an die Gurgel.« Er zwinkerte mir zu, und ich schubste ihn leicht.

»Hör sofort auf, ich hab gesagt, es hat nichts mit ihm zu tun! Außerdem hat ihn das heute Morgen auch nicht interessiert«, verteidigte ich mich. Was ja auch der Wahrheit entsprach. Dass wir uns anschließend geküsst hatten, erwähnte ich natürlich nicht.

»Aber nein, das hat ihn völlig kaltgelassen«, erwiderte er ironisch und holte einen weiteren sauberen Teller hervor. »Deshalb hat er dich den ganzen Abend nicht aus den Augen gelassen.«

»Sein Bruder ist hergeflogen. Er ist gerade draußen«, lenkte ich ihn ab. »Erinnerst du dich, als du mich damals bei dem ersten Barbecue gefragt hast, ob Ally einen Freund hat, als sie mit John rumgeknutscht hat?«

Er sah mich verblüfft an und lachte dann laut los. »Sag mir nicht, Ally und du habt euch in zwei Brüder verguckt, und beide sind nach London geflogen, um euch zurückzuholen!«

Ich musste trotzdem grinsen. »So ungefähr, ja. Nur dass sie schon ein Jahr mit ihm zusammen war und er die Liebe ihres Lebens ist.«

»Und Mr. Rockstar ist natürlich nur eine deiner flüchtigen Bekanntschaften.«

»Okay, das reicht, ich hau ab!«, rief ich und gab ihm einen Kuss auf die Wange, bevor ich aus der Küche rannte.

Sein Lachen begleitete mich, als ich meine Jacke von der Garderobe riss, mich von meinem Chef verabschiedete, der wirklich nichts dagegen einzuwenden hatte, dass ich ging, und dann wieder zu Ally, Tom und Finn nach draußen gehen wollte. Ich erinnerte mich an Halloween, als ich angenervt draußen auf der Bank gesessen und mich gefragt hatte, wie es sein würde, wenn Finn bei mir wäre. Und Tom und vielleicht auch Sam und Jenny. Und jetzt war ich wie in alten Zeiten mit ihnen auf dem Weg in eine Bar.

Seattle war zu mir gekommen.

Idiotisch lächelnd lief ich zum Ausgang. Ich wollte die Glastür aufstoßen, als ich merkte, wie dagegengedrückt wurde, und meinen Kopf hob. Es war Finn, der mich mit einem schiefen Lächeln ansah, sodass ich automatisch losließ und er hereinkommen konnte.

Er schlüpfte durch die Tür. »Sie knutschen rum.« Sein halb belustigter, halb irritierter Tonfall ließ mich ebenfalls lächeln.

»Es ist, als hätte jemand die Zeit zurückgedreht, oder?«, rutschte es mir heraus, und er nickte.

»Als wären sie nie getrennt gewesen«, ergänzte er leise. Wir schwiegen verlegen, bis er sich schließlich räusperte. »Also, ich wollte dich eigentlich nur fragen, was ich tun soll.«

Ich hob fragend den Kopf.

»Wie ich dich vor ihnen behandeln soll.«

»Ähm …«

»Soll ich dich behandeln, als würden wir uns hassen, als wären wir befreundet, als hätten wir uns heute Morgen geküsst, als hätte ich Lust, mit dir die Nacht zu verbringen …«, zählte er grinsend auf, und ich schnappte nach Luft.

»Wag es nicht«, zischte ich und bezog mich damit auf den letzten Teil, wobei ich mich fragte, was zur Hölle er mit *Nacht verbringen* sagen wollte. Mir kam der Gedanke, dass Ally und Tom nicht die Einzigen waren, die sich benahmen, als wären sie nie getrennt gewesen, aber ich schob ihn hastig von mir.

»Also Hass?«, mutmaßte er voller Amüsement in den grün blitzenden Augen.

»Nein!« Himmel, wenn wir damit anfingen, würde es enden wie zuvor – mit niederschmetterndem Sex. Mein Magen schlug Purzelbäume, und ich stöhnte auf. Das war doch nicht zum Aushalten! Ich musste endlich aufhören, mich aufzuführen, als wären wir Finn und Eliza vor einem Jahr.

Verdammt, wir waren in London. Wir hatten uns wieder und wieder wehgetan. Und alles war so durcheinander und aussichtslos, dass ich wahnsinnig war, auch nur ansatzweise in diese Richtung zu denken. Trotzdem – plötzlich musste ich an einen Moment in der Vergangenheit denken. Als wir in dem Literaturseminar Romeo und Julia analysiert hatten. Ich hatte so dermaßen Panik vor Finn gehabt, dass alles andere in den Hintergrund rückte. Ich war mir zu hundert Prozent sicher gewesen, mich nie wieder von Finn anfassen lassen zu können. Und jetzt waren all diese Gefühle weg. Nicht verdrängt – sondern verschwunden. Niedergebrannt. Es war, als hätten sie nie existiert. Ich sah den Raum in der Federation Hall vor mir, die Fensterbank, den kalten Boden. Und da war kein Schmerz in mir. Das reine Nichts. Ich war doch nicht mehr ganz normal.

»Eliza?«, fragte er vorsichtig und holte mich aus meiner Erinnerung zurück. Ich sah ihm in die Augen und spürte wieder diese gottverfluchten Schmetterlinge.

»Weißt du was, Finn?« Ich drückte die Tür auf, um wieder

nach draußen zu gehen. »Behandle mich so, wie du es möchtest. Das mit den Regeln und den Deals hat noch nie funktioniert.«

»Ich …«, hörte ich ihn hinter mir sagen und wandte kurz den Kopf.

»Du?«

Für einen Moment erschrak ich, als ich die Wucht seiner Emotionen in seinem Gesicht wiederfand, doch dann wischte er sie mit einem Schulterzucken fort und zwinkerte mir zu.

»Einverstanden. Jetzt müssen wir uns sowieso erst mal um unser neu vereinigtes Traumpaar kümmern.«

Er hatte recht. Ally und Tom lehnten an der Wand, an der wir vor einer halben Stunde noch heftig diskutiert hatten. Und sie sahen aus, als würden sie kein Problem damit haben, es zu treiben, sollten wir sie nicht bald unterbrechen. Tom stand mit dem Rücken zur Wand, mit einer Hand umfasste er Allys Hüfte, die andere wanderte weiter nach unten, während sie drauf und dran war, ihm die Jacke von den Schultern zu reißen. Sie küssten sich, als würde ihr Leben davon abhängen. Also entweder war das eine verdammt gute Show, oder sie waren so ekstatisch, wieder zusammen zu sein, dass alles andere unbedeutend wurde. Ich konnte nicht anders, als mich zu freuen, auch wenn ich gespielt genervt die Augen verdrehte, als ich in meine Jacke schlüpfte und mit Finn einen eindeutigen Blick wechselte. Wir standen nun direkt vor den beiden, und immer noch schienen sie nichts von der Außenwelt mitzubekommen. Okay, langsam wurde es peinlich, zuzusehen.

»Leute!«, rief ich, und sie schreckten auseinander, schwer atmend. »Seid ihr euch sicher, dass ihr mit uns reden wolltet und nicht alleine hierbleiben …«

Tom trat breit grinsend einen Schritt zurück, während Ally sich leicht verlegen über die Lippen fuhr.

»Quatsch, lasst uns gehen.« Aber sie sah aus, als meinte sie genau das Gegenteil.

Liebe. Fast hätte ich spöttisch geschnaubt und damit wie vor einem Jahr reagiert. Doch dann fiel mein Blick auf Finn, der sich lächelnd durch die Haare fuhr und seinem Bruder auf die Schulter klopfte.

Benommen hakte ich mich bei Alison unter und ließ mich die Straße entlangführen. Alles auf Anfang. Und dieses Mal mit Gefühlen, die sich nicht mehr leugnen ließen.

***

Zehn Minuten später saßen wir in einer Bar namens The Pipeline, die auf der Strecke an einer Straßenecke und ganz in der Nähe meines Arbeitsplatzes lag. Der Laden war relativ groß, und das leuchtende Schild war mir abends auf dem Nachhauseweg schon öfter aufgefallen, genau wie die charakteristische Depeche-Mode-Musik, die auch draußen noch zu hören war. Die Wände waren über und über mit alten Werbeplakaten von Auftritten verschiedener größtenteils unbekannter Bands bedeckt, künstlicher Rauch quoll hinter der sich quer an der Wand windenden Bar hervor, und nahezu jeder Tisch um uns herum und jeder Hocker dort oben war besetzt. Hinter dem Barkeeper, der einen Hut, Dreitagebart und mehrere Piercings in Ohren und Lippen trug, war der im Halbdunkeln rot schimmernde LED-Schriftzug mit dem Barnamen in einer runden Wandvertiefung angebracht. Im ersten Moment erinnerte es mich hier drinnen zwar an das Hard Rock Café in Seattle, aber dafür war es auf den zweiten Blick zu … verrucht. Es war hier nicht nur auf heruntergekommen getrimmt, es war tatsächlich alt – der Sitzbezug unserer Zweiersofas sah abgewetzt aus, und den schwarzen Mahagoni-Tisch vor uns zierten etliche Kratzer. Im Gegensatz zum Howl at the Moon, mit dem ich automatisch jede Bar verglich, konnte ich hier drinnen nicht nur Studierende erkennen. Die meisten um uns herum waren am Lachen und Rauchen, und auch Tom, der zusammen mit Ally, Finn und mir am Vierertisch gegenüber saß, zückte seine Zigarettenschachtel. Zu meiner Überraschung sagte sie nichts, sondern grinste mich nur gut gelaunt an, bevor sie auch dem Kellner zulächelte, der unsere Drinks brachte. Ich warf einen Blick nach links – Finn hatte mich zuerst auf die Sitzbank gelassen, sodass ich innen saß – und beobachtete, wie er die Bierflasche an den Mund führte und dabei den Kopf wandte, als er merkte, wie ich ihn anstarrte.

»Also«, begann Ally und unterbrach so unseren Blickkontakt. »Sollen wir auf die Nachos warten oder wollt ihr, dass ich gleich erzähle?«

Augenverdrehend nahm ich einen Schluck aus meinem Strohhalm und schluckte. »Fang an, Ally.«

»Na gut … Es ging an Halloween los … als ich mit dir telefoniert hab …« Sie sah zu Finn. »… und Eliza uns belauscht hat.«

Peinliche Stille breitete sich aus, als ich daran dachte und mir bewusst wurde, wie absurd es war, dass er jetzt direkt neben mir saß. Und das alles wusste.

»Ähm, ja. Genau. Ihr wisst ja, was los war. Wie alles aufgeflogen ist und so. Jedenfalls wurde mir klar, dass …«

Tom legte ihr einen Arm um die Schultern und drückte sie glücklich an sich. »Ihr wurde klar, dass es verdammte Zeitverschwendung ist, so zu tun, als wüsste sie nicht genau, wie sehr ich sie zurückwill. Also hat sie mich noch am selben Abend angerufen, und ich hab den Flug gebucht.«

Finn setzte hustend seine Flasche ab. »Du hast einfach so den Flug gebucht?«

»Tu nicht so, als hättest du nicht dasselbe getan«, antwortete Tom.

»Stimmt«, mischte ich mich nun auch ein. »Ohne es davor mit mir abzusprechen.«

Finn drehte sich vollständig zu mir um, und ich zuckte innerlich unter seinem Blick zusammen. Es war die reinste Folter, wenn er sich allein auf mich konzentrierte. Und irgendwie verdammt heiß, wie er eine Braue hob und mich mit leicht schräg gelegtem Kopf taxierte. »Muss ich dich daran erinnern, dass du eine Nachricht auf meiner Mailbox hinterlassen und anschließend wochenlang meine täglichen Anrufe ignoriert hast?«

Oh. Mist.

»Eine Mailboxnachricht?«, quietschte Ally. »Etwa auch an Halloween?«

»Bevor ich herausgefunden hab, dass du ihm alles über mein Leben erzählt hast!«, verteidigte ich mich hastig.

»Oh, ich bitte dich«, sagte Finn grinsend. »Tu nicht so unschuldig, du hast mich genauso gestalkt.«

»Bisschen schwer, dich nicht zu stalken, wenn du jeden Tag in den Nachrichten bist!« *Ha, geniales Argument.*

»Du würdest lieber sterben, als es zuzugeben, was?«

»Es gibt nichts zuzugeben. Und jetzt lass uns endlich hören, wie die beiden sich wiedergefunden haben.« Ich drehte mich wieder zu Ally und Tom, die uns beobachteten, als wären wir ein unglaublich spannender Film. »So«, sagte ich. »Wie geht's weiter?«

»Uninteressant«, murmelte sie und lachte dann plötzlich auf. »Mir kommt's so vor, als müsstet ihr so einiges erzählen.«

»Wie kommst du darauf?«, sprachen Finn und ich wie aus einem Mund, beide mit alarmiertem Tonfall.

»Ach Gott, ist das süß, jetzt reden sie auch noch gleichzeitig!«, rief Tom und brach in schallendes Gelächter aus.

»Fahr zur Hölle«, sagte Finn, aber ich sah, wie seine Mundwinkel zuckten.

Ich war einfach nur sprachlos und griff schnell nach meinem Getränk. In dem Augenblick kamen unsere Nachos, und mich durchfuhr eine riesige Erleichterung, da alle abgelenkt wurden. Aber dann war ich plötzlich selbst nicht mehr bei der Sache, als mein Blick zufällig auf Allys Hand fiel, während sie einen der Tortilla-Chips in die Chilisoße tunkte. Ihre Nägel leuchteten wie so oft in hellem Korallrot, doch das war nicht das, was mich stutzen ließ. An ihrer schmalen kleinen Hand, an der sie so gut wie nie Ringe trug, funkelte ein Diamant in der schummrigen Beleuchtung.

Ich vergaß zu atmen.

Ein Diamantring … schmal, silbern und ziemlich neu. Ich wusste genau, dass er neu war. Sie trug niemals Ringe. Erst recht nicht solche. *Ach, du liebe Scheiße.* Ich streckte meine Hand aus, griff über den Tisch und hob ihre in die Höhe. Das Ding sah aus wie der klassische, in allen Kitschfilmen vorkommende … Verlobungsring.

»Alison Eisenberg«, flüsterte ich entsetzt. »Was hast du getan?«

***

»DU BIST WAS?«, kreischte Jennys verzerrte Stimme durch die Laptop-Lautsprecher. Ihr Webcambild auf dem Bildschirm zeigte sie, wie ich sie in Erinnerung hatte: Ihre roten ungebändigten Locken flogen in alle Richtungen, als sie ungläubig den Kopf schüttelte, und ihre blauen Augen leuchteten selbst durch die schlechte Skype-Qualität. Im Hintergrund war eine offene Balkontür zu sehen, durch die gleißender Sonnenschein fiel.

»Verlobt«, antwortete Alison kichernd neben mir und schüttete die restliche Flüssigkeit in ihrer Champagnerflöte herunter. Tom hatte uns eine Flasche spendiert, bevor Finn und er uns vor zwanzig Minuten abgesetzt hatten.

Ich ließ mich – ebenfalls kopfschüttelnd – nach hinten fallen. Wir saßen in Allys Zimmer auf ihrem Bett, sie hatte ihren aufgeklappten Laptop auf ihrem Schoß, während ich – zappelig, wie ich war – im ganzen Zimmer herumsprang und nur auf dem Bett auftauchte, um zu sehen, dass Jen genauso ausrastete. Ich hatte eine augenblickliche Skype-Session verordnet, weil wir meiner Meinung nach alle zusammen sein mussten, um ein derartiges Ereignis zu besprechen. Und Jennifer hatte in Brasilien alles stehen und liegen lassen – sie trug nur ein leichtes Strandkleid, da sie gerade eine Runde geschwommen war –, als ich ihr eine Nachricht mit dem Inhalt *Hochzeit im Anmarsch – Skype! JETZT!* geschickt hatte. Fassungslos beobachtete ich Alison, wie sie bestens gelaunt das filigrane Glas auf ihrer Kommode abstellte und mit dem Daumen verträumt über ihren Ring fuhr. Das Einzige, was ich bis jetzt aus ihr herausbekommen hatte, war, dass es passiert war, als sie und Tom sich heimlich in Brighton getroffen hatten.

»Wie zur Hölle!«, ging das Geschrei am anderen Ende der Welt wieder los, und ich setzte mich auf.

»Du bist einundzwanzig Jahre alt!«, warf ich immer noch schockiert ein.

»Meine Mom hat meinen Dad mit neunzehn geheiratet«, erklärte Ally unbeschwert grinsend.

»Das war in den Achtzigern! Du lebst im einundzwanzigsten Jahrhundert!«, kam es von Jen. Sie strich sich aufgeregt die Locken hinter die Ohren und nahm einen großen Schluck von einem exotisch aussehenden Drink, der neben ihr stand.

»Und du hast mit Tom Schluss gemacht, gerade weil er dir einen Heiratsantrag gemacht hatte«, fügte ich hinzu. Ich erinnerte mich nur zu gut daran, wie aufgewühlt Ally gewesen war. Und geschockt.

Aber sie ging erst gar nicht auf unsere Einwände ein. »Verrückt, was? Wie schnell sich alles ändern kann, wenn man erst mal realisiert, was man wirklich im Leben will …«

Jen und ich tauschten einen langen besorgten Blick über die Webcam. Dann begann sie vorsichtig zu sprechen, ein bisschen beherrschter. »Süße … ich verstehe, dass du wieder glücklich bist, Tom bei dir zu haben, und ich hab dir auch gesagt, wie froh ich bin, als er zu dir geflogen ist, aber …«

Ich schnappte empört nach Luft, als ich kapierte, was sie da sagte. »Woher wusstest du das?«

»Ups«, sagte Ally und beugte sich vor, um mehr Champagner in ihr Glas einzuschenken, während sie mir einen zerknirschten Blick zuwarf, sodass die Hälfte danebenging.

»Oh, du wusstest das nicht? Wir haben telefoniert …«

»Frechheit!«, rief ich. »Und mir sagen, dass du auf einem Uni-Trip bist!« Ich war nicht ernsthaft beleidigt, ich machte mir eigentlich viel zu viele Sorgen, da mein Blick wieder auf ihren Diamanten fiel.

Sie reichte mir das Glas, um mit einem Taschentuch die Sauerei zu beseitigen, und ich nahm kurzerhand einen großen Schluck.

»Also«, legte Jennifer erneut los, als wir alle wieder saßen. »Es ist gut, dass ihr wieder zusammen seid. Liz und ich wussten beide, dass Tom der Richtige ist. Ihr habt euch bestimmt ausgesprochen, oder?«

»Jep. Und dazwischen Sex gehabt. Und dann geredet. Und dann wieder Sex.« Ally biss sich schmunzelnd auf die Lippen.

Ich konnte nicht anders, ich musste trotz meiner Zweifel mit ihr lachen, sie sah einfach so ekelhaft glücklich aus, dass es geradezu ansteckend war.

»Okay. Das ist jetzt knapp eine Woche her, richtig?«, murmelte Jen, und ich ahnte, worauf sie hinauswollte.

»Kann es sein … dass du die Dinge überstürzt?«, fragte ich Ally zaghaft. »Ich weiß, du liebst ihn und alles, aber … Du warst vor ein paar Monaten echt abgeneigt. Vielleicht war es nur die Wucht der Gefühle, als du ihn nach so langer Zeit wiedergesehen hast … Ich meine, das kann schon ziemlich überwältigend sein.«

»Du weißt, wovon du sprichst?«, antwortete Alison kichernd, und Jen musste ebenfalls grinsen.

»Du bist als Nächste dran, Miss Fleming, nur dass du's weißt!«

»Mein Punkt ist«, fuhr ich fort, während ich so tat, als hätte ich sie nicht gehört. »Du solltest dir Zeit lassen, bis du endgültig Ja sagst. Das hat Tom auch verdient.« Mal abgesehen davon, dass ich es mir absolut nicht vorstellen konnte, dass sie jetzt heiraten würden.

Alison verschränkte die Arme hinter ihrem Kopf und lehnte sich gegen ihr Bettgestell. »Weißt du, prinzipiell stimme ich euch ja in allem zu … mit dem kleinen Einwand, dass ich nicht diejenige war, bei der die Entscheidung lag.«

»Was meinst du?«

»Na, *ich* hab ihn gefragt!«

»WAS?«, riefen Jen und ich erneut.

»Ich hab ihn gefragt, ob er mich heiraten will«, wiederholte Ally, und ihr Grinsen zog sich inzwischen über ihr ganzes Gesicht, sodass ihre Schönheit fast zu überwältigend wurde. »Ich bin zwar nicht in die Knie gegangen, aber ich hab ihm davor eine ziemlich lange Rede gehalten. Und er war zuerst der gleichen Meinung wie ihr, dass ich es nur tue, weil ich Angst habe, ihn noch einmal zu verlieren. Oder weil wir gerade erst wieder zusammengekommen sind. Aber das war nicht der Grund. Und das ist er immer noch nicht. Ich liebe diesen Mann, und er liebt mich. Für immer.«

Ich stöhnte auf. »Du arme Irre.« Aber dann musste ich sie einfach in den Arm nehmen.

Jenny starrte Ally einfach nur an, bewegungslos, obwohl die Verbindung jetzt einwandfrei war und ihr Webcambild auch nicht ruckelte.

In dem Moment hörte ich von draußen das Klingeln unseres Haustelefons und erinnerte mich gleichzeitig daran, dass so gut wie alle schliefen. Ich sprang mit einem »Bin gleich zurück!« vom Bett auf und rannte so leise ich konnte durch den dunklen Flur, um ins Wohnzimmer zu gelangen. Mein Kopf brummte von Allys Worten. Ich konnte es mir einfach nicht vorstellen. Wir kannten uns seit anderthalb Jahren, und auch wenn das kein ganzes Leben war, auch wenn manche Freundschaften schon im Kindesalter angefangen hatten, war ich mir sicher, sie trotz der vergleichsweise kurzen Zeit zu hundert Prozent zu kennen. Vor allem hatte ich gedacht, dass wir beide uns hier in London in der gleichen Situation befanden. Beide getrennt von dem jeweiligen Typen, der unser gesamtes letztes Jahr geprägt hatte, und wir beide mussten nun damit zurechtkommen, dass diese Typen hier aufgetaucht waren. Es war doch nur natürlich, dass ich uns miteinander verglich. Sie war meine beste Freundin. Und jetzt erzählte sie mir so etwas! Ich schüttelte den Kopf über mich selbst, als ich spürte, wie ich hysterisch kichern musste, bei dem Gedanken an Alison in einem weißen Kleid. Das war doch der reine Wahnsinn.

Im Wohnzimmer angekommen, tastete ich im Dunkeln nach dem Kabeltelefon und nahm es vom Hörer. »East Central House, hallo?«

»Elizabeth? Guten Abend, können Sie mir bitte Elizabeth Fleming ans Telefon holen? Sie wohnt doch hier, oder? Elizabeth Jane Fleming, bitte, können Sie mich verstehen?«

Ich rollte mit den Augen. »Hey, Mom, ich bin's. Kein Ding, du darfst mich gerne immer so vor meinen Mitbewohnern blamieren.«

»Elizabeth!«, rief sie in den Hörer, und ich gluckste, während ich mich aufs Sofa schmiss und die Beine auf dem Wohnzimmertisch übereinanderschlug.

»Ja, Mutter. Ich kann dich klar und deutlich hören, und du brauchst nicht zu schreien.«

»DU BIST IM FERNSEHEN!«, machte sie in derselben Tonlage weiter, ohne mich zu beachten.

Ich biss mir auf die Unterlippe. *Oh, verdammt.*

»Und in irgendwelchen Artikeln, und Goootttt, dein Vater hat mich gerade angerufen, und es ist alles so …«

»Mal ganz langsam«, versuchte ich, sie zu beruhigen. »Weißt du, worum es in diesen Schlagzeilen ging?« *Ha, ha, heute besonders scheinheilig?*

»Wieso hast du mir nicht erzählt, dass Finn Westwood so eine Berühmtheit ist?«

»Ähm, das war er bis vor Kurzem gar nicht«, erklärte ich wahrheitsgemäß.

»Und wieso weiß ich nicht, dass er dir bis nach London gefolgt ist und in aller Öffentlichkeit gesagt hat, dass er dich liebt?«

Na gut, ich werde Klartext reden müssen, dachte ich halb grinsend, halb nervös. Ich atmete tief durch und ließ mich tiefer ins Leder unter mir gleiten. Das würde zweifellos ein langes Gespräch werden.

***

Als ich endlich im Bett lag, war es nach zwei Uhr, und ich hatte schon längst mit der Möglichkeit abgeschlossen, morgen früh fit und ausgeschlafen in der Vorlesung zu sitzen. Na ja, auch egal, ich lebte schließlich nur einmal. Nach einem langen Gespräch mit meiner Mom, das größtenteils daraus bestanden hatte, dass ich sie beruhigte und versprach, keine Drogen zu nehmen (»Diese Rockertypen, da weiß man nie! Auch wenn er damals in Seattle wie ein anständiger junger Mann aussah, du kannst nicht vorsichtig genug sein«), hatte Sam mir eine Nachricht geschickt und gefragt, ob ich mit ihm telefonieren wollte. Wir hatten in den letzten Wochen so selten Momente gefunden, in denen wir beide genügend Zeit hatten, dass ich ohne Weiteres zugesagt hatte. Ich war durch das Telefonat, Allys Ankündigung und auch Toms plötzliches Auftauchen so aufgekratzt, dass ich sowieso nicht schlafen konnte. Außerdem tat es gut, einem Außenstehenden noch mal alles schildern zu können. Er hatte mir zugehört, ab und zu mal Finn beschimpft und dann wiederum meine Situation mit den ganzen Reportern ausgelacht, und zum Schluss hatte er mich ohne Umschweife gefragt, ob ich nicht wieder nach Hause kommen wollte. Das war typisch Samuel.

Nun drückte ich mein Gesicht seitlich ins Kopfkissen und schlang meine Arme unter der Decke um Finns Pullover, der hier herumgelegen hatte. Sein Geruch haftete nur noch leicht daran, aber wenn ich wie jetzt meine Augen schloss und mich konzentrierte, war er ganz nah. Es war mir nicht einmal mehr peinlich. Ich war ein abhängiges Mädchen, das Wärme und Zuneigung wollte – was für ein Klischee. Trotz allem war es schön hier. Der Mond fiel schräg in mein Zimmer und hinterließ eine Spur bis hin zum Fuß meines Betts. Draußen tröpfelte leiser Regen, und der Wind rauschte in regelmäßigen Abständen an den Fenstern vorbei. Ich spürte meine Lider schwerer werden, und dann kam der Augenblick, in dem ich meinen Gedanken freien Lauf ließ und meine Atemzüge tiefer wurden. Mein Fuß zuckte und stieß an die Wand, als irgendwann zwischen grünen Augen und weichen Himmelbetten mein Handy auf dem Fußboden vibrierte. Seufzend ließ ich meinen angefangenen Traum davongleiten und tastete mit einer Hand blind danach, bis ich es zu fassen bekam und mir vor die Augen hielt. Mir entwich ein Stöhnen, als ich sah, dass kaum zehn Minuten vergangen waren, seit ich ins Bett gegangen war. Na super, ich war soeben eingeschlafen, und jetzt bekam ich eine SMS. Ich blinzelte, um mich an die verstörende Helligkeit des Displays zu gewöhnen, und klickte auf Nachricht öffnen. Sie war von Finn. Ich riss meine Augen auf.

Schläfst du schon?

Mein dummes Herz begann nervös zu flattern, als ich mich auf einen Ellbogen abstützte und ein wenig aufsetzte. 2:26 a.m. Und er schrieb mir.

Ja!, tippte ich und drückte auf Senden. Ich konnte nicht verhindern, dass ich lächeln musste. Auf die eine oder andere Minute kam es jetzt auch nicht mehr an. Außerdem war ich gar nicht so müde. Oh Wunder.

Mein Handy vibrierte, und ich klickte hektisch auf dem Display herum.

Sorry.

Ich verdrehte die Augen. Das war ja mal so was von typisch. Wollte er einfach Small Talk führen? Oder mich etwas Bestimmtes fragen? Immerhin waren wir vorhin unterbrochen worden, als wir uns draußen unterhalten hatten. Und da war noch das ungeklärte Thema der Mailboxnachricht. Okay, es gab mit Sicherheit nicht nur eine ungeklärte Sache.

Sekunden später vibrierte es schon wieder, diesmal länger. Ich hielt mir das Telefon direkt vors Gesicht und starrte es erschrocken an.

Er rief mich an. Oh, verflucht noch mal, wieso rief er jetzt an?

Energisch drückte ich auf das grüne Telefonsymbol. »Hallo?«, fragte ich, als wüsste ich nicht ganz genau, wer dran war.

»Hey ... Wenn ich dich schon aufgeweckt habe, muss ich es doch auch ausnutzen, was meinst du?«

»Woher willst du wissen, dass du mich aufgeweckt hast? Vielleicht bin ich wach und will nur nicht mit dir sprechen?«, entgegnete ich. Er klang entspannt. Als würde er in seinem schönen, teuren Hotelzimmer auf dem Bett liegen und die Aussicht auf London genießen. Vielleicht würde er leise Guns N' Roses lauschen und ein halb gefülltes Scotchglas zwischen seinen Händen balancieren. Aber wahrscheinlich ging meine Fantasie wieder mit mir durch.

»Du nimmst nicht ab, wenn du nicht reden möchtest, Kleine«, murmelte er. »Das hast du noch nie gemacht.«

»Was willst du, Westwood?«

Er lachte leise, und ich musste wieder grinsen.

»Ich war bis vor ein paar Minuten mit Tom unten in der Hotelbar, und wir haben geredet ... über all das. Und ich wollte dich eigentlich nur nach deiner Meinung fragen.«

»Deshalb rufst du mich um halb drei in der Früh an?«

»M-hm«, antwortete er noch immer lachend. »Und weil ich nicht genug haben kann. Also, was meinst du? Du hast bestimmt mit Ally geredet, oder?«

Er konnte nicht genug haben.

Er konnte nicht genug von mir haben.

»Ja«, sagte ich betont gleichgültig und gähnte gleich noch demonstrativ. »Sie kommt mir vor wie auf Drogen. Also, na klar, Glück und so weiter, das ist mir schon öfter aufgefallen die letzten Tage, aber das?«

»Ich kenne Tom, aber das ist echt ein bisschen krass«, stimmte Finn mir zu. »Aber er meint es ernst. Er zieht das zu hundert Prozent durch, das kann ich dir garantieren. So wie er gerade darüber gesprochen hat … Ich mach mir nur Sorgen wegen Ally.«

»Ich auch. Obwohl es ja ihre Idee war.«

»Hmmm … Also soll ich es ihm nicht ausreden?«

»Als könntest du das«, erwiderte ich mit einem Kichern. »Ich hab auch vorhin versucht, auf Ally einzureden, aber keine Chance. Ich glaube, die schweben jetzt erst mal auf ekelhaft rosaroten Wolken.«

Er lachte mit mir und verstummte dann irgendwann.

Ich sagte ebenfalls nichts, hörte nur seinem gleichmäßigen Atem zu. Er hatte ganz sicher nicht angerufen, um über Toms und Allys Hochzeitspläne zu sprechen. Das wurde mir so langsam klar.

»Der Tag war seltsam, oder?«, sagte ich schließlich leise.

Er schwieg noch eine Weile, bis er dann sagte: »Du meinst, weil alles so … normal war?«

»Ja. Beziehungsweise … normal ist relativ«, gab ich zu bedenken. »Ich hab vorhin eine Stunde damit verbracht, meiner Mom zu versichern, dass ich okay bin. Rate wieso, Mr. Rockstar.«

Er lachte mir rau ins Ohr. »Das tut mir wirklich leid …«

»Also, komm schon, Finn, sag mir, wieso du wirklich angerufen hast«, flüsterte ich plötzlich, nachdem ich mir einen Ruck gegeben hatte.

»Ich hab dich vermisst«, kam die ebenfalls leise Antwort, und ich schloss die Augen, während ich seinen Pulli an mich presste. »Ich weiß, dass ich das nicht sagen soll … weil das verwirrend ist. Und du immer noch wütend bist, auch wenn du heute aus irgendeinem Grund nett zu mir warst, obwohl ich es nicht verdiene.«

»Hast du den Eindruck, ich will nicht, dass du solche Dinge sagst?«, wisperte ich.

»Nein. Und das treibt mich in den Wahnsinn.«

Meine Mundwinkel zogen sich so sehr nach oben, dass ich es in jeder Zelle meines Körpers spürte. »Sag's mir einfach.«

Er holte tief Luft. Als er sprach, klang er unglaublich verunsichert. »Ich bin froh, hergekommen zu sein. Das war die beste Entscheidung, die ich seit Monaten getroffen hab, weißt du? Es tut gut, dich zu sehen. Und ich weiß nicht, was es ist, das mich immer noch glauben lässt, wir könnten irgendwann wieder ...«

Ich wollte ihn bei mir haben. Jetzt sofort. Ich wollte ihm sagen, dass ich das mit dem befreundet sein lächerlich fand und er mich einfach in den Arm nehmen sollte.

»... wie früher miteinander umgehen. Aber ich will dir Zeit geben. Und ich will nicht, dass du dich von mir bedrängt fühlst, so wie heute Morgen, als ich einfach bei euch Frühstück gegessen hab und ...«

»Finn«, unterbrach ich ihn, und er wurde sofort still. »Das hier, dass du mich anrufst, das erinnert mich so sehr an früher.«

»Als wir an Weihnachten telefoniert haben ...« Auf einmal konnte ich sein Lächeln heraushören. »Damals war alles noch so unkompliziert. Obwohl ich schon immer Mist gebaut hab, das hat sich bis heute nicht geändert.«

»Ich bin auch froh«, flüsterte ich, ohne auf seinen Kommentar einzugehen.

»Wieso?«

»Weil du ... hier bist.«

Das Schweigen, das sich dieses Mal ausbreitete, dauerte länger an. Und es war friedlicher. Ich kuschelte mich enger in meine Decke, bis ich ihn leise seufzen hörte.

»Okay, pass auf ... Wie wäre es, wenn wir am Wochenende rausgehen? Mit Tom und Ally. Und mit deinen Freunden ... oder alleine. Und bis dahin ordnen wir ein paar Dinge in unsere Köpfen.«

Ich wollte nichts ordnen. Ich wollte mich mit ihm in seinem Hotelzimmer einsperren und es nie wieder verlassen. Aber das, was er sagte, klang vernünftig. Die restliche Woche sollte ich mich auf die Uni konzentrieren. Und vielleicht war es ganz gut, wenn wir nicht jeden Tag überall gemeinsam fotografiert wurden. Vielleicht brauchten wir ein bisschen Ruhe, bevor wir weitermachten.

»Klingt gut.«

»Dann lasse ich dich jetzt schlafen. Und wenn du etwas brauchst ... Melde dich einfach, ja?«

»M-hm …«

»Ich werde jetzt auflegen …«

»Tu das«, sagte ich verschlafen. Das Handy entglitt beinahe meinen Fingern. Ich war so müde. Und es war so gemütlich.

»Schlaf gut.«

»Hmhmmm …«

»Vielleicht sollte ich doch nicht auflegen. Hast du was dagegen, wenn ich dir zuhöre, bis du eingeschlafen bist?«

»Stalker«, nuschelte ich.

»Nur, wenn es um dich geht …«

Und dann war ich plötzlich in einer anderen Welt.

14. KAPITEL

WHERE MY DEMONS HIDE

Eliza

November 11th, 11:00 p.m.

Freitagnacht.

Ally und ich waren vor knapp zwei Stunden losgezogen, um zu feiern, denn verdammt, wir hatten wirklich einen Grund dazu. Okay, nicht nur einen. Ich konnte nicht genau sagen, wie wir es geschafft hatten, aber im Moment befanden wir uns in einem schottischen Pub, inmitten einer Bachelorette-Party, auf der die Braut abhandengekommen und innerhalb von zwanzig Minuten von Ally persönlich ersetzt worden war, die jetzt mit Partykrone und einer Flasche Malt Whiskey in der Hand auf den Schultern von irgendeinem Typ durch die Bar getragen wurde, während die Freundinnen der Braut, die mindestens ebenso betrunken waren, *I Don't Need A Man* schmetterten – eine noch nicht ganz so alkoholisierte Brautjungfer hatte mir den Songtext auf eine Serviette geschrieben, aber ich war zu sehr damit beschäftigt, Fotos von Alison zu schießen und auf unsere Taschen aufzupassen. Außerdem verschickte ich Nachrichten an Jen, die ihren Spaß an meiner detaillierten Beschreibung des Abends hatte. Außer zwei Gläsern Sekt hatte ich nichts getrunken. Ich hatte mir vorgenommen, auf Alison aufzupassen, und ich durfte morgen unter keinen Umständen einen Kater haben – es war Samstag. Aber Himmel, ich hatte auch so schon genug Spaß. Es war zu gut, beobachten zu können, wie sie sich gehen ließ, auch wenn ich keine Ahnung hatte, wer diese Leute waren. Kichernd gab ich Ally einen High Five, als sie gerade an dem Tisch vorbeikam, auf dem ich saß. Die Stimmung war wirklich genial, denn es war so schicksalhaft gewesen, dass gerade wir beide hier gelandet waren, wo sie sich vor einer Woche tatsächlich verlobt hatte. Es sah ganz so aus, als hätten die Mädels den Laden gemietet, denn ich sah keine anderen Gäste hier, mit Ausnahme des Kerls, der Ally herumtrug – seinem Smoking nach zu urteilen, gehörte er zum Team, was mich beruhigte. Ich trug ein neues dunkelrotes Minikleid. Über dem glänzenden unteren Stoff lag eine feine Schicht aus Spitze. Es passte ebenfalls zu meiner Laune. Ich fühlte mich schön. Und ich war vollgepumpt mit Vorfreude, auch wenn ich mich fragte, wie lange es dauern würde, bis die wahre Braut auftauchen und uns rausschmeißen würde. Ich grinste. Dann würde ich einfach Finn als Verstärkung anrufen. Und Tom, für Ally. Zwar würde das nicht unserer Abmachung entsprechen, aber in einer Stunde war sowieso Wochenende, wie mir die große Uhr über der Bartheke zeigte. Alles war mit einem Mal so einfach. Die letzten Tage waren so schnell an mir vorbeigeflogen, dass ich kaum eine Gelegenheit bekommen hatte, Finn zu vermissen. Uni. Lernen. Lesen. Mit Diego und den anderen herumalbern – Tom saß inzwischen jeden Morgen bei uns im Wohnzimmer, und wenn nicht, war auch Allys Bett leer. Mein Leben war gerade wieder dabei, sich vollkommen zum Guten zu wenden.

Ich schloss für einen Moment meine Augen und genoss einfach das Gefühl von vollkommener Zufriedenheit, bis ich mein Telefon in meiner Tasche auf meinem Schoß vibrieren spürte. Ich öffnete sie und kramte es hervor. Es war eine unbekannte amerikanische Nummer, die mich anrief.

Achselzuckend nahm ich das Gespräch an. »Hallo?«, rief ich, um den Lärm zu übertönen, und hielt mir das freie Ohr zu.

»Elizabeth … du musst … Finn … sofort …«

»WAS?«, schrie ich und erhob mich mit unseren Taschen in der Hand, während ich mich bis zum Ausgang durchkämpfte, damit ich meinen Anrufer verstehen konnte. Er klang männlich, ziemlich verzerrt, aber seinen Namen hatte ich trotzdem nicht verstanden.

Eine rothaarige Frau wollte mich auf den Tresen ziehen, aber ich schüttelte sie hastig ab und seufzte erleichtert, als ich an der richtigen Tür angelangt war. Nach einem letzten Blick zu Ally, um mich zu vergewissern, dass sie für ein paar Minuten alleine zurechtkam, trat ich ins Freie. Der Pub lag direkt in einer belebten Einkaufsstraße, aber es war hier auf jeden Fall ruhiger als drinnen.

»Hallo?«, sagte ich erneut.

»Hier ist Tyler«, sprach die Stimme erneut. »Ich hab dir einen Wagen vor die Bar geschickt. Du bist doch noch in dieser Bar, vor der sie dich vor einer Stunde fotografiert haben, oder? Du musst sofort herkommen.«

Langsam erfasste ich die Situation. »Was ist passiert?«

»Er … Er schreit abwechselnd nach seiner Mutter und nach dir, und da ich keine Ahnung habe, wo sie steckt, solltest du zum Hotel fahren. Jetzt.«

Mein Herz blieb fast stehen. »Was ist passiert?«, wiederholte ich und spürte, wie meine Stimmung gewaltsam und ohne Vorwarnung ins Gegenteil kippte. Angst war plötzlich alles, was ich benennen konnte.

»Wenn ich das wüsste, verflucht noch mal, müsste ich dich nicht anrufen!«

Ich zuckte zusammen. »O-okay, ich … Ich komme. Was für ein Wagen? Wer …«

»Westwoods Chauffeur, er wird deinen Namen kennen und Bescheid sagen. Nur komm einfach so schnell du kannst. Und kein Wort zu niemandem. Ich kümmer mich um den Rest.«

Die Verbindung wurde unterbrochen, und ich starrte für einen Augenblick bewegungslos vor mich hin, beobachtete die gut gelaunten Passanten, die von der Kälte in die nächste Bar liefen und ausgelassen lachten.

Irgendwann riss ich mich zusammen, nahm mein Handy vom Ohr und suchte mechanisch Toms Nummer heraus.

***

Die Tür fiel hinter mir zu, und ich atmete schwer, es tat weh, kratzte in meinem Hals, saugte die Luft schmerzhaft aus meinem Körper. Ich war innerlich nüchtern wie noch nie, nur mein Kopf pochte ein wenig. Es war nie so egal gewesen. Zitternd vor Kälte und Anstrengung, weil ich die Treppen nach oben gerannt war, ohne mich auf die Suche nach einem Aufzug zu machen, sah ich mich um und versuchte, die Situation zu erfassen. Das Hotelzimmer erinnerte mich optisch zwar kein bisschen an San Francisco, doch die Atmosphäre, das Gefühl, das mich augenblicklich überkam, stimmte überein. Ein leerer Koffer lag auf einer cremefarbenen Couch. Ich sah zerknitterte Shirts und lose Blätter aus einem Ringbuch. Notizen. Auf dem Glastisch davor befand sich ein halb leeres Whiskyglas. Ich durchquerte mit schnellen Schritten den Raum, den ich anhand der weichen Sofas und des Flachbild-TVs als Wohnzimmer identifizierte, und gelangte zur weiß polierten Schiebetür. Dahinter war kein Laut zu hören. Zwei-, dreimal atmete ich noch tief durch, obwohl es weiterhin schmerzte. Tylers Worte drehten sich in meinem Kopf, und ich konnte nicht klar denken, das Geschehen nicht einordnen, nicht verstehen, wie ich eine Sekunde mit Ally feiernd durch die Straßen ziehen und in der nächsten wie eine Wahnsinnige in Minikleid und hochhackigen Stiefeln durch die Lobby eines Nobelhotels rennen konnte, während draußen die Reporter immer wieder auf die Auslöser ihrer gigantischen Kameras drückten. Dabei war ich schon längst von zwei schwarz gekleideten Typen, die beide Bodybuilder hätten sein können, ins Innere und somit aus der Gefahrenzone gezogen worden. Es waren mehr geworden, mehr als vor meiner Haustür, sogar mehr als auf dem Campus.

Tyler hatte mich wortlos am Arm gepackt und in den richtigen Flur gebracht. Ich war zu aufgewühlt, um ihn irgendetwas zu fragen. Sobald Tom in dem Pub aufgetaucht war und ich ihm eine Ausrede aufgetischt hatte, war ich in den Wagen gestiegen, den Tyler mir geschickt hatte. Der Fahrer hatte mit einem Blick gewusst, wer ich war. Die ganze Fahrt über hatte ich mit der Übelkeit gekämpft. Ich war so panisch wie schon lange nicht mehr.

Ich griff mit meinen Eisfingern nach der Schiebetür und öffnete sie. Im Gegensatz zu dem Zimmer hinter mir brannte hier kein Licht, ich bemerkte nur einzelne Strahlen durch eine breite Balkontür, die gerade so ausreichten, um mich sehen zu lassen, was gesehen werden musste. Finn saß auf dem dicken Teppichboden am Fuß eines riesigen Betts, seine Umrisse konnte ich genau ausmachen. Ich hatte seine Anwesenheit gespürt, bevor ich die Tür aufgestoßen hatte. Ich roch ihn überall. Das Gefühl war nicht zu beschreiben, doch es bereitete mir eine Gänsehaut. Eines seiner Beine war angewinkelt, das andere ausgestreckt, bewegungslos wie eine perfekte Skulptur, in Richtung Balkon. Keine Schreie, kein Wimmern. Gar nichts.

Meine Beine trugen mich zu ihm, ohne dass ich es ihnen befehlen musste. Ich stellte mich direkt vor ihn, fühlte etwas wie Erleichterung durch mich zucken, als ich seine Augen geöffnet vorfand, und glitt auf die Knie.

»Finn.« Meine Stimme klang sicher. Fest.

Die Schiebetür rastete geräuschvoll hinter uns ein. Es war so dunkel. Sein Kopf wandte sich nur Millimeter. Er blickte mir direkt in die Augen, doch ich konnte seine nicht ausmachen, die Beleuchtung reichte nicht aus, sie waren zu zwei tiefen, schwarzen Löchern geworden. Ein Geräusch, das einem Röcheln ähnelte, erklang aus seiner Kehle. Es sollte wohl ein heiseres Lachen sein. »Mein kleines Mädchen und ihr reines, unschuldiges Herz … gekommen, um mich zu retten«, nuschelte er.

»Ich bin kein kleines Mädchen mehr«, erwiderte ich, und jetzt zitterte meine Stimme. Ich versuchte, mir nicht anmerken zu lassen, dass ich es wirklich mit der Angst zu tun bekam, er schien nicht nur betrunken, sondern völlig unzurechnungsfähig. »Ich bin hier, um dir zu helfen.«

»Raus aus meinem Zimmer.« Er flüsterte die Worte nur, doch dadurch wurden sie nur noch ausdrucksstarker. Drohend.

Ich hatte keine Angst um mich. Sondern um ihn. Ich war hier, weil ich alles geben wollte. Und wenn er meine Hilfe nicht annahm, würde ich ihn zwingen. Hastig richtete ich mich wieder auf, ich wusste, so konnte ich nichts bewirken, und tastete mich an der Wand neben dem Bett entlang, bis ich einen Schalter fand und ihn umlegte. Licht durchflutete die Suite, und er knurrte. Sofort wollte ich wieder zurückkehren, vor ihm auf den Boden sinken, aber da stützte er sich schon schnaubend an der Matratze ab und erhob sich schwankend. Als wir voreinander standen, wurde mir wieder bewusst, wie groß er war. Und wie wenig ich etwas gegen ihn mit Gewalt ausrichten konnte. Ich hob den Kopf, um ihn zu fixieren, ihn mit meinen Augen an Ort und Stelle zu fesseln und … erschrak.

Die Beleuchtung war nicht das Problem gewesen – es war kaum mehr etwas von dem hellen Grün seiner Augen übrig. Stumm starrte ich ihn an … Gott, ich kannte mich nicht aus mit diesem … Zeug. Ich wusste nicht, was … Aber seine Pupillen waren nicht normal.

»Was hast du genommen?«, brachte ich hervor, und diesmal lachte er wirklich auf, bevor er sich rücklings aufs Bett fallen ließ und vor mir sitzen blieb. Ich dachte an die Nummer, die Tyler in meinem Handy abgespeichert hatte. Ich dachte an Tom. Und dazwischen an den Notruf.

Scheiße. Nicht durchdrehen.

Finn hatte Mühe, seine Augen offen zu halten. »Schau mich nicht so geschockt an, Baby. Du hast keine Ahnung, was ich getan habe, während ich auf Tour war.«

Ich atmete tief durch. »Du nimmst keine Drogen, Finn.«

Bevor ich die Situation erfassen konnte, legte sich bei ihm der Schalter um. Vorbei war seine passive Phase. Mit einem Satz war er wieder auf den Beinen und packte mich an den Schultern, drängte mich so weit nach hinten, bis ich hart gegen eine Tür stieß. Die Klinke bohrte sich unsanft in meine Rippen. Ich hielt mich an seiner Jacke fest, innerlich vorbereitet auf das, was geschehen würde. Doch er presste seine Lippen nicht gegen meine, obwohl unsere Nasenspitzen sich schon berührten. Seine Finger drückten sich tiefer in meine Haut, während er begann, mich anzubrüllen. »Warum? Weil DU es sagst? Ich will deine Hilfe nicht! Ich will dich nicht hier haben. Ich will, dass du gehst und alles, was ich dir gesagt habe, aus deinem Kopf streichst! Ich habe mich geirrt, ich bin nichts für dich. *Ich hätte nie herkommen sollen.*«

Eine Hand gab mich frei, und er schlug mit der Faust gegen das Holz direkt neben meinem Kopf, sodass alles vibrierte und ich entsetzt nach Luft schnappte, während der Schmerz des Aufpralls nachklang. Mein Herz pochte so schnell, dass es wehtat, aber ich spürte keine Angst. Es war pures Adrenalin, das mich durchfloss.

»NEIN!«, schrie ich zurück. »Vergiss es! Das machst du nie wieder mit mir! Du wirst mir nie wieder die schönsten Dinge der Welt zuflüstern, um sie dann in einem Atemzug wieder zurückzunehmen. ICH LASSE MICH NICHT VERTREIBEN! Du hast gesagt, du liebst mich. Du hast vor mir beschissene Tränen geweint, und jetzt willst du meine Hilfe nicht?« Ich stieß ihn von mir, schwer atmend.

Er öffnete den Mund, seine Augen, die immer noch aus bodenloser Tiefe bestanden, blitzten vor Zorn. »Ich bin nicht normal, Eliza. Du kannst dich bei mir auf nichts verlassen. Wenn ich sage, ich will dich, kann das einen Moment später heißen, dass ich dich hasse. Ich bin das Schlimmste, was dir je passieren konnte. Und du hast nicht auf mich gehört … Ich hab dich doch so oft gewarnt …« Seine Stimme verlor sich im Nichts. Er schwankte.

»Hör auf. Du … Du kannst mich nicht abschrecken.« Ich streckte eine Hand wieder aus, um ihn zu stützen, doch er schlug sie weg.

»Ich hab es GENOSSEN«, fiel er mir mit harter Stimme ins Wort. »Auf dem Maskenball. Als ich … als ich dir wehgetan hab. Es war das einzig Richtige in dem Moment. Ich habe Stärke gespürt. Sicherheit. Ich … wollte es. Ich wollte dich zerstören.«

Sekunden verstrichen. Die Tür hinter mir war plötzlich nicht mehr hart und gefährlich. Sie bot mir Halt. Jeder normale Mensch würde spätestens jetzt verschwinden. Doch ich ließ nicht zu, dass seine Worte mich zum Zusammenbruch brachten. Ich weinte nicht einmal. Ich war nicht aus Mitleid hergekommen oder weil ich Lust auf ein kleines Abenteuer in meinem ach so langweiligen Leben hatte. Es gab nur einen einzigen Grund. Und deshalb gab es jetzt kein Zurück mehr.

Ich schluckte und schaute ihm tief in die Augen. »Ich weiß, dass das nicht stimmt, Finn, und ich lasse mich von dir nicht mehr wegschubsen. Du hast Angst, und du tust alles, um die Menschen aus deinem Leben zu vertreiben, die dir nahestehen. Aber ich werde hierbleiben. Völlig egal, was du sagst oder tust. Völlig egal, wie sehr du mir womöglich noch wehtust.«

Sein ganzer Zorn verrauchte. Ich sah seine vernebelten, aber immer noch schönen Züge erschlaffen. Sein Blick lag auf mir, und seine Brust hob und senkte sich noch schneller als meine. Er trat einen weiteren Schritt zurück und schüttelte verzweifelt den Kopf. »Nein, Eliza«, flüsterte er, und ich hörte etwas in ihm brechen. Er lief zum Bett, setzte sich und vergrub das Gesicht in seinen Händen. Sein ganzer Körper krampfte sich zusammen. »Nein, nein, nein«, wiederholte er immer wieder, dazwischen erklangen trockene Schluchzer.

Ich betrachtete ihn voller Qual, wusste nicht, was ich tun sollte, um noch irgendetwas zu retten. Vielleicht hatte er recht, vielleicht hätte ich nie herkommen sollen. Es brach mir das Herz. Auch wenn ich wusste, dass er im Augenblick nicht er selbst war, es war die Hölle, ihn so zu sehen. Weil ich mir nicht anders zu helfen wusste, näherte ich mich erneut. Ich griff nach seinen Handgelenken, sanft, aber dann bestimmt, als er mich abzuschütteln versuchte. Seine ganze Kraft schien verschwunden zu sein, ich konnte mühelos den Griff verstärken.

»Schau mich an«, murmelte ich leise, und er hob in Zeitlupe den Kopf.

Er sah gequält aus. »Mach das Licht aus, bitte …« Sein Blick war so flehend, dass ich ihn kurzerhand losließ und zum Lichtschalter lief. Es kam mir plötzlich auch zu grell hier drinnen vor. »Und … Kleine …« Es war die pure Erschöpfung, die in seinen Worten mitschwang. Im Bruchteil einer Sekunde war ich wieder neben ihm, fand mich im Dunkeln zurecht und ließ mich auf dem Bett nieder. »Geh«, wisperte er und wandte sein Gesicht meinem zu. Seine Finger krallten sich zwischen uns ins Laken.

»Nein.«

Er stöhnte. »Wenn du noch das kleinste bisschen Selbstachtung übrig hast, geh. Bitte. Tu es für dich.«

»Ich hab keine mehr«, erwiderte ich in der gleichen Tonlage und spürte nun doch, wie mir die Tränen in die Augen schossen.

»Baby …«

Mit einem Mal war er es, der sich um mich kümmerte. Eine Hand strich mir leicht übers Haar, doch die Berührung war so schnell verschwunden, wie sie gekommen war.

»Was ist mit dir passiert?«, fragte er. Er klang noch immer nicht ganz wie er selbst, und doch wusste ich mit einer unleugbaren Sicherheit, was er meinte. *Was ist passiert, dass du dich nicht mehr wehrst? Dass du bei mir bleibst, obwohl du doch eigentlich Angst vor mir hast?*

Der Raum verschwand vor meinen Augen, ich fühlte nur noch das heiße Salzwasser meine Wangen hinabgleiten. Und ich hörte seine abgehackten Atemzüge, die mir Sorgen bereiteten. Trotzdem, in all dem Unglück, in der Dunkelheit, dem Schmerz und der Ohnmacht, durchfuhr mich das Gefühl, nicht alleine zu sein.

»Ich liebe dich.«

Die Worte waren erstickt von meinen Tränen, doch er stockte, atmete plötzlich nicht mehr. Auch seine Finger hielten still und entspannten sich.

Scheiße, dachte ich. *Scheiße, Scheiße, Scheiße.* Ich hatte nicht nachgedacht, mein Kopf war wie leer gefegt. Ich hatte nur das ausgesprochen, was ich empfand. In diesem lächerlichen Augenblick zwischen Panik und Sorge.

Sein Oberkörper fiel zurück in die Kissen. Dort blieb er bewegungslos liegen, seinen Blick auf die nun in Schwarz getauchte Wand über ihm geheftet. Kein Wort kam ihm über die Lippen. Die Grenze war endgültig überschritten, und normalerweise wäre ich nun um mein Leben gerannt. Weit, weit weg von hier und den drei Worten, die nichts und alles bedeuteten. Doch ich blieb und tastete in der Dunkelheit nach ihm. Schlagartig tauchte er wieder zwischen den Kissen auf und legte seine Handflächen an meinen Rücken, fuhr nach oben, strich leicht über meine Schultern, meine Arme …

»Du kannst nicht …«, begann er flüsternd, aber schien sich nicht überwinden zu können, weiterzusprechen. »Niemand hat mich je … verflucht … Kleine …«

»Ich bin hier.« Ich drehte mein Gesicht leicht zu ihm und fühlte seine Bartstoppeln. Seinen heißen Atem. Er war so nah.

»Kannst du … mich … festhalten?« Seine Stimme klang dumpf, doch ich ließ es mir nicht zweimal sagen. Ich drehte mich ganz um und kam ihm entgegen, bettete seinen Kopf in meinem Schoß und legte meine Arme um seine. Er kniff die Augen zusammen. Sein Atem ging wieder schwer.

Eine Weile verharrten wir so, bis er leise zu flüstern begann. »Bitte lass mich nicht alleine. Bitte geh nicht schon wieder …«

»Ich geh nicht weg«, versprach ich ihm und hielt ihn fester. »Ich bin bei dir, ich geh nie wieder weg.«

»Adam war alleine, die ganze Zeit über … Du bist gegangen … bitte, wieso … Wieso hast du uns alleine gelassen … wieso …«

Ich hielt inne, spürte, wie keine Tränen mehr nachkamen. *Adam?* »Finn … was …«, begann ich langsam, aber er sprach weiter, als würde er mich nicht mehr hören.

»Er hat dich so sehr gebraucht, Mom, er … Er hat geschrien, die ganze Zeit über, und sie haben ihn ausgelacht. Er war doch noch ein Kind. Bitte, wieso … Bitte geh nie wieder weg, ich hab doch sonst niemanden mehr …«

Mein gesamter Körper verkrampfte sich, während ich ihm die Haare mechanisch aus der Stirn strich und andauernd »Ich geh nicht weg« murmelte.

Mom. Er sprach zu seiner Mutter. Er war in einer anderen Zeit, einer anderen Welt. Gott, was passierte hier? Eine Sekunde hatte er mich noch angesehen, als wüsste er genau, wer ich war, und in der nächsten … Ich fühlte, wie meine Finger in seinen Haaren bebten.

Heftig zuckte ich zusammen, als sich im nächsten Augenblick die Tür ruckartig zur Seite schob und Tyler erschien. Hinter ihm brannte das Licht und drang ins Schlafzimmer.

»Eliza, bist du in Ordnung?«, flüsterte er, und ich konnte einen Blick auf sein Gesicht werfen, bis er zu uns ins Dunkle trat. Es sah übermüdet aus … und voller Sorge.

»Ich schon.« Meine Stimme brach.

Er schaltete ein kleines Licht neben dem Bett an, und sein Blick ruhte auf Finn in meinen Armen, bevor er sich hastig im Raum umsah und dann etwas vom Boden hinter mir aufhob. Einen Moment später war er wieder neben uns und hielt mir meinen Mantel hin.

»Hier. Steh auf.«

»Nein«, raunte ich heiser. »Ich lass ihn nicht alleine.«

»Komm bitte einen Augenblick mit ins Nebenzimmer, Eliza. Glaub mir, ich weiß, was ich tue.«

»Vergiss es«, wiederholte ich und wandte mich wieder Finn zu, dessen Augen jetzt geschlossen waren. Nichts deutete darauf hin, dass er auch nur ein Wort verstand, das gesprochen wurde. Er schien sich in meiner Umarmung ein wenig beruhigt zu haben und atmete jetzt normaler.

»Ich habe gerade mit seinem Psychologen am Telefon gesprochen«, redete Ty eindringlich auf mich ein. »Du musst mir jetzt vertrauen.«

Reflexartig fuhr mein Kopf hoch. Wen meinte er? Finns Vater? Wir tauschten einen Blick, und ich sah Tyler an, dass er es ernst meinte. Obwohl alles in mir sich dagegen wehrte, nahm ich meine Hände von Finn und ließ es zu, dass sein Kopf in die Kissen rutschte. Er stöhnte leise.

»Eine Sekunde«, flüsterte ich und erhob mich so langsam ich konnte. »Dann geh ich wieder zu ihm.«

***

Ich sah zu, wie Tyler ein Glas im Badezimmer füllte, während ich unruhig auf der Couch neben dem Koffer saß. Wieder und wieder hörte ich die Worte in meinem Kopf. *Er war doch noch ein Kind. Adam. Mom. Ich hab doch sonst niemanden mehr.*

»Wenn du nicht sofort mit mir sprichst, geh ich zurück zu ihm«, zischte ich, als Tyler mir das Glas in die Hand drückte und ich gleichzeitig einen Blisterstreifen darin entdeckte.

Ich erstarrte, als ich an seine Augen dachte. »Er hat was genommen.«

»Ich weiß.«

»Du WEISST ES?«, schrie ich und stand ruckartig auf, wobei etwas Wasser auf den Teppich schwappte.

Er schloss kurz die Augen, atmete tief durch, während ich durchdrehte. »Zu viel MDMA, glaub ich. Aber das ist nicht der Punkt.«

Das war nicht der Punkt?

»Auf der Tour … hat er … schon öfter …«

»Nein«, schnitt er mir das Wort ab. »Ich bin mir hundertprozentig sicher. Und jetzt hör mir zu.« Er griff mit beiden Händen nach meinen Schultern. »Ich hab mit Michael Westwood telefoniert. Ich soll Finn eine Tablette hiervon geben. Damit er einschlafen kann.«

»Du … WAS? Du kannst nicht … nein. Er wird sicher nicht noch mehr von dem Dreck nehmen. Er … NEIN!«

»Eliza, komm runter! Sein verdammter Therapeut hat es angeordnet. Er braucht das Zeug. Er muss sich jetzt beruhigen.«

»Er hat sich beruhigt«, wisperte ich. »Ich kann bei ihm bleiben, die ganze Nacht. Ich kann hier schlafen, ich bin einfach die ganze Zeit da, dann ist er ruhig.«

Tyler seufzte und strich mir leicht über den Rücken. »Dr. Westwood hat auch dazu etwas gesagt. Ich hab ihm erzählt, dass du bei ihm bist. Er hat ausdrücklich angeordnet, ich soll dich da rausschaffen.«

Mir entglitten meine Gesichtszüge. »Wieso?«

»Weil er in seinem jetzigen Zustand unzurechnungsfähig ist.«

»Er ist nicht …«

»Du meidest den Blickkontakt, du zitterst; und du hast offensichtlich Angst. Hör auf, dich selbst für dumm zu verkaufen. Es tut mir leid, dass ich dich hergeholt habe, aber ich bin durchgedreht. Ich wusste nicht, was ich tun sollte, denn er ist zu allem fähig. Hat er dir wehgetan?«

»Nein. Finn würde mir nie wehtun«, entgegnete ich heftig und voller Überzeugung.

»Ich pass auf ihn auf. Es wird immer jemand in der Nähe sein. Aber du musst jetzt hier weg. Ich spendier dir unten einen Kaffee, okay?« Tylers Stimme war sanft, ungewohnt von einem Menschen wie ihm.

Trotzdem hob ich nicht den Blick. »Es kann gefährlich sein,

wenn Finn das Zeug nimmt. Er weiß nicht, was er tut. Du hast gesagt, er hat es noch nie davor genommen, woher soll er dann …«

»Er nicht, aber ich. Es wird ihn nicht umbringen«, fiel er mir plötzlich hart ins Wort. »Ich schwöre dir, es passiert ihm nichts. Bitte bring ihm jetzt diese verdammte Pille und das Wasser, damit er Ruhe finden kann.«

Ich nahm ihm die Tabletten aus der Hand und lief mit schnellen Schritten zurück ins Schlafzimmer, wo Finn zitternd und zusammengekauert im Bett lag.

Nicht heulen, wiederholte ich innerlich immer wieder und setzte mich auf die Kante. Ich sah jetzt jedes Detail, die Tür zum Rest der Suite war vollständig aufgeschoben. Tiefe Augenringe zeichneten sich unter seinen geschlossenen Augen ab, die Wimpern bebten. Sein Shirt hatte sich am Hüftknochen nach oben geschoben, die blasse Haut seines festen, mit Muskeln durchzogenen Bauchs kam zum Vorschein, aber jetzt wirkte es nicht verführerisch auf mich. Nur verletzlich.

»Finn …« Ich griff nach seiner zuckenden Hand und spürte, wie er nur Sekunden später den Druck meiner Finger erwiderte.

Er schlug die Augen auf. »Eliza.«

Erleichterung durchströmte mich, so stark, dass es mir wieder die Tränen in die Augen trieb. Seine Mundwinkel zogen sich minimal nach oben, er lächelte mich schwach an.

»Baby …«, murmelte er wie vorhin, während er jetzt mein Gesicht betrachtete, als wäre es eine Offenbarung. »Ich würde sterben für dich.«

Ich zwang mich, durchzuatmen und nicht zu weinen. Das waren nur die Drogen. Oder seine Krankheit. Eine Sekunde Hass, dann das Gegenteil, er hatte es selbst gesagt. Das war nicht er selbst. »Ich hab dir was gebracht, damit du schlafen kannst.«

Ohne zu zögern setzte er sich auf und schlang seine Arme um meine Mitte. Ich starrte ihn an, verständnislos. Ich hatte keine Ahnung, womit ich rechnen musste. Ob das Dr. Jekyll oder Mr. Hyde war. Aber ich wusste, dass ich mich niemals gegen seine unmittelbare Nähe wehren könnte, ganz egal, ob er high oder betrunken oder nüchtern war. Er zog mich mit einer unerklärlichen Kraft auf seinen Schoß, fuhr mit den Lippen einen kurzen Moment über meine Stirn und nahm mir dann das Glas aus der Hand. Wortlos reichte ich ihm die Tablette, und er schluckte sie, bevor er den Inhalt in einem Zug runterkippte. Seine freie Hand rieb vorsichtig, mit sanftem Druck, über meinen Rücken, er streichelte mich unaufhörlich, und ich bekam unter dem kurzen Kleid eine Gänsehaut, doch es war nicht unangenehm. Eine wohlige Wärme machte sich in mir breit.

»Hier.« Er gab mir das leere Glas, und ich stellte es auf den Boden.

Ich hörte nichts von Tyler, und ich war sowieso nicht bereit, jetzt aufzustehen und ihn zu verlassen. Finn hielt mich immer noch fest. Ich zog meine Beine an und schlang ihm meine Arme um den Hals, sodass wir uns halb liegend, halb sitzend umarmten.

»Ich werde es nie bereuen, nach London gekommen zu sein. Du bist alles, was ich brauche. Was ich mein ganzes Leben gebraucht habe.«

»Schht«, machte ich, denn ich wollte nicht, dass er Dinge sagte, die er später bereuen oder zurücknehmen würde. Ich wollte jetzt einfach nur seine Wärme spüren. Doch er hörte mich nicht.

»Ich weiß, dass ich dir immer wieder wehtue, glaub mir, ich muss jeden Tag mit dem Schmerz klarkommen. Es tut mir so leid. Aber ich kann nicht gehen. Du machst mich lebendig. Und ich werde kämpfen. Ich werde kämpfen, um dich glücklich zu machen. Vielleicht endet es wieder im Chaos, vielleicht hasst du mich endgültig, weil ich dir nicht das gebe, was du willst. Aber ich gebe nicht auf. Du bist alles … du bist …« Seine leise gemurmelten Worte verloren sich in einem erschöpften Seufzen. Sein Kopf wurde schwerer, bis er auf die Matratze sank.

Nach einigen Minuten war ich mir sicher, dass Finn in die andere Welt übergegangen war. Ich hoffte so sehr, dass er von schönen Dingen träumte. Oder von gar nichts. Einfach seine Ruhe hatte. Langsam löste ich mich aus seiner Umarmung, um ihn richtig betrachten zu können. Ich wollte an Finns Leben teilhaben. Ich wollte bleiben. Und er wusste jetzt, dass ich ihn liebte. Ich war mir sicher, das hatte er schon lange gewusst. Der Unterschied war, dass ich es nicht bereute, es laut ausgesprochen zu haben.

Unter den Tausenden Gründen, ihm nicht zu vertrauen, hatte ich mir den herausgesucht, der *Ich würde sterben für dich* wisperte.

***

November 12th, 1:30 p.m.

Gähnend knöpfte ich meine Jeans zu und schlüpfte in einen rostbraunen weichen XXL-Pullover. Zehn Stunden Schlaf und trotzdem unausgeschlafen – ein Samstag, wie er eigentlich nicht sein sollte. Ich klappte meinen Laptop auf und band meine Haare zu einem unordentlichen Dutt nach oben, während er hochfuhr. Anschließend machte ich mein Bett und versuchte etwas Ordnung in das Chaos in meinem Zimmer zu bringen. Psychologiewälzer stapelten sich auf dem Boden vor meinem Bett auf *Französische Literatur des 19. Jahrhunderts* und zwei Thrillern, die ich beide noch nicht fertig gelesen hatte, obwohl ich das Genre liebte. Eine leere Teetasse und alte Fotos von Seattle, die Jen mir gemailt und ich ausgedruckt hatte, lagen neben einem Collegeblock und einem Notizbuch verstreut auf meinem Schreibtisch. Die Krönung waren aber die Kleidungsstücke, die quer über meinen Schreibtischstuhl geschmissen worden waren, als ich gestern nichts Passendes zum Anziehen gefunden hatte. Stöhnend machte ich mich an die Arbeit.

Ich hatte gerade Ally zusammen mit Clara in der Küche angetroffen, als ich mir einen Kaffee kochen wollte. Sie sah ziemlich verkatert aus, hatte aber angeboten, noch vor dem Mittagessen mit mir in den Supermarkt zu gehen, da ich heute mit dem Einkauf an der Reihe war. Unauffällig hatte ich sie gemustert und entschieden, dass ich mir keine Sorgen wegen gestern machen musste – als Tom Ally abgeholt hatte, damit ich zu Finn ins Hotel fahren konnte, war sie schon völlig hinüber gewesen. Ihren Freund – pardon, Verlobten – allerdings hatte ich gestern Nacht noch vor der Haustür beim Rauchen angetroffen, als ich nach einem Kaffee im Hotelbistro mit Tyler nach Hause gekommen war.

Tom hatte nur gefragt, ob alles okay war, wollte mich wahrscheinlich absichtlich nicht bedrängen, aber ich war mir sicher, dass er Bescheid wusste. Er war ja nicht dumm. Trotzdem schien er Ally nichts davon erzählt zu haben, was mich einerseits wunderte, aber andererseits auch eine riesengroße Erleichterung war. Ich wollte das, was geschehen war, erst mal für mich behalten. Wenigstens, bis ich mit Finn darüber gesprochen hatte. Bei dem Gedanken spürte ich leichte Übelkeit in mir aufkommen.

Wahrscheinlich ging er jetzt sowieso auf Abstand. Auch wenn wir vor ein paar Tagen ausgemacht hatten, uns am Wochenende – also heute – zu treffen. Aber jetzt war sowieso alles anders. Ich würde es verstehen. Das war schon immer seine natürliche Reaktion gewesen, nachdem er mir etwas von sich offenbart hatte. Aber diesmal war er nicht der Einzige, der seine Schwäche gezeigt hatte.

Nervös faltete ich meine Kleidung zusammen und setzte mich dann, sobald der Stuhl freigeräumt war. Ich startete meine selbst zusammengestellte Playlist, lauschte Rise Against und checkte mein E-Mail-Postfach. Es blinkte schon gleich rot auf und kündigte mir zwei neue Mails an. Eine Nachricht war von meiner Mom und eine von einer gewissen Andrea Hastings. Der Name sagte mir etwas, aber ich konnte ihn nicht richtig einordnen, schaute daher zuerst nach, was meine Mutter geschrieben hatte.

Hallo Elizabeth,

ich hoffe, dir geht es gut, und die Situation hat sich, seit wir das letzte Mal telefoniert haben, normalisiert.
Ehrlich gesagt mache ich mir immer noch ein wenig Sorgen, wenn ich Bilder von dir in Zeitschriften sehe. Aber als mich Carol (eine Nachbarin von uns) gestern gefragt hat, was das denn für ein hübscher junger Mann ist, mit dem man dich zurzeit überall sichtet, war ich schon etwas stolz. Egal, was ist, ich stehe natürlich voll und ganz hinter dir. Es klang für mich so, als wäre es endgültig vorbei mit dir und Finn, als du dich entschieden hast, nach England zu gehen. Habt ihr euch zufällig wiedergetroffen?

Wie geht es Alison, sie hat sich doch auch von ihrem Freund getrennt?
Du wirst mir eines Tages die ganze Geschichte erzählen müssen, Schatz.
Aber der eigentliche Grund, wieso ich dir schreibe, ist ein anderer. In ein paar Wochen ist Weihnachten, und da du noch sehr lange im Ausland studieren willst, würde ich mich freuen, wenn du über die Feiertage nach Washington fliegen würdest. Es wäre so schön, dich bei uns zu haben. Das Flugticket (hin und zurück) wäre das Weihnachtsgeschenk von deinem Vater und mir an dich.
Überleg es dir und melde dich bald wieder!

Liebe Grüße, Mom

Ich musste breit grinsen, als ich fertig gelesen hatte. Ich störte mich nicht einmal an der Erwähnung von Finn – es war ja klar, dass die Neuigkeiten aus London irgendwann mal auch in Washington die Runde gemacht hatten, und nach ihrem Anruf wusste ich sowieso Bescheid. Am allermeisten freute ich mich über das Angebot für Weihnachten. Sofort dachte ich daran, wie ich mit Ally zurückfliegen konnte und dann in Seattle Sam, Jenny, Kristina und all die anderen wiedersehen würde. Mein Magen überschlug sich freudig, als ich mir ausmalte, wieder durch die vertrauten Straßen und über den Campus der UW laufen zu können. Nur ein Satz in der Mail stimmte mich nachdenklich – da du noch sehr lange im Ausland studieren willst … Ich musste mir eingestehen, dass ich überhaupt keinen Gedanken mehr daran verschwendet hatte. Bald war das Semester vorbei, und Ally würde zurück in die USA ziehen. Tom würde mit ihr gehen, und Finn … Mein Herz pochte heftiger, aber diesmal war es nicht die Aufregung, sondern die Angst. Auch Finn würde bald wieder weg sein. Wenn nicht schon früher als Alison und Tom. Und nach den Feiertagen? Meine Kehle schnürte sich zu.

Hastig beschloss ich, später zu antworten, nachdem ich mich damit auseinandergesetzt hatte, und klickte weiter zur nächsten Mail von Miss Hastings.

Sehr geehrte Miss Fleming,

in Kürze haben Sie das erste Ihrer vier Auslandssemester an der University of London absolviert. Da Sie sich für das restliche Studium angemeldet hatten, bitte ich Sie, das Formular zur Verlängerung Ihres Aufenthalts, das Sie im Anhang finden, auszufüllen und mir bis zum 14. November zuzusenden. Sollte ich bis zu diesem Datum keine Antwort von Ihnen erhalten, wird Ihr Aufenthalt in Großbritannien als beendet angesehen. In diesem Fall setzen Sie Ihr Studium an der University of Washington, Seattle, USA am 10. Januar fort.
Bei weiteren Fragen können Sie sich an mich wenden oder die Homepage der Universität besuchen.

Herzliche Grüße

A. Hastings

Meine Finger krallten sich ineinander, während ich die Buchstaben auf meinem Bildschirm so intensiv anstarrte, als würde ich erwarten, dass sie sich veränderten. Miss Hastings – die Auslandsstudium-Betreuerin, die ich damals angeschrien hatte, als ich Finns Name auf der Teilnehmerliste entdeckt hatte. Natürlich. Meine Angst war mit einem Mal verschwunden, obwohl mein Herz jetzt noch schneller raste.

Im nächsten Augenblick flog meine Tür auf, und ich fuhr auf dem Stuhl herum. Ally kam mit einem Handtuchturban und rotem Bademantel herein und warf sich grinsend auf mein frisch gemachtes Bett.

Ich ließ mich dankbar ablenken. »Was ist denn mit dir passiert?«, fragte ich. Immerhin hatte sie vor zehn Minuten noch völlig fertig mit strähnigem Haar und zugekniffenen Augen am Wohnzimmertisch gesessen.

»Tom ist gekommen. Er war kurz bei Finn im Hotel, und sie haben irgendwas Wichtiges besprochen. Jedenfalls soll ich dich fragen, ob du Lust auf einen Karaoke-Abend hast.«

»Du willst heute schon wieder feiern gehen?«

»Na ja«, antwortete sie lachend. »Wir müssen es ja nicht wieder so übertreiben. Ich dachte eigentlich an ein bisschen singen und tanzen, und anschließend gehen wir zu Tom ins Hotel und bestellen uns chinesisches Essen.«

»Ich will nicht eure Zweisamkeit stören«, lenkte ich leicht ironisch ein, während ich im Grunde natürlich nur wissen wollte, ob Finn auch dabei war. »Ich meine, ich kann euch natürlich stundenlang beim Rummachen zuschauen, aber …«

Sie warf eines meiner Kissen nach mir. »So schlimm sind wir auch wieder nicht.«

»Ihr doch nicht!« Ich hüstelte übertrieben und musste lachen. »Meine Mom hat mir übrigens 'ne Mail geschrieben und gefragt, wie es dir wegen der Trennung geht. Ich bin echt gespannt, was sie sagt, wenn ich ihr erzähle, dass ihr euch verlobt habt …«

»Das klingt so unrealistisch«, sagte Ally, aber dabei starrte sie so verträumt an die Decke, dass ich ihre Worte unmöglich negativ auffassen konnte. Einen Moment lang ließ ich ihren Anblick auf mich wirken. Sie sah aus, als könnte sie jede Sekunde platzen vor Glück. »Ich weiß nicht, was passiert ist, Eliza«, murmelte sie. »Dass ich mir so sicher bin. Dass sich jeder Tag wie der beste meines Lebens anfühlt.«

»Schatz!«, brüllte eine wohlbekannte Stimme aus dem Wohnzimmer, und ich kicherte.

»Also ich finde, es ist nicht zu überhören, was passiert ist.«

Eine Minute später hörte ich Gelächter aus dem Flur, und Tom stand im Türrahmen. »Oh, hier bist du.«

»Hi, Baby.«

Er gab ihr einen Kuss und sah dann zu mir. »Hey, Liz. Alles klar?«

»Bestens«, antwortete ich lachend. Das stimmte sogar. Es tat gut, sie zusammen zu sehen.

Er ließ sich neben Ally fallen. »Und, wie sieht's mit heute Abend aus?«

Sie sah zu mir. »Ach ja, das wollte ich noch sagen. Du wirst nicht mit uns alleine sein. Das halbe Studentenwohnheim wird anwesend sein. Sieht so aus, als würde das mit dem Freundegewinnen in den Westwood-Genen liegen …«

Sie beugte sich zu Tom, und ich wandte seufzend den Blick ab. Immer noch hatte ich keine Antwort auf meine dringendste Frage.

»Übrigens hab ich dir Finn mitgebracht, Eliza«, sagte Tom wie nebenbei, als ich aufstand und in die Küche laufen wollte. »Er wartet im Treppenhaus.«

Ich erstarrte.

»Er will was mit dir besprechen. Er hat gesagt, es ist sehr, sehr wichtig, und ich soll alles in meiner Macht Stehende tun, damit du positiv auf ihn gestimmt bist, bevor ihr redet.« Er grinste mich an, aber ich war schon aus der Tür.

Ich lief in den Flur, riss die Wohnungstür auf ... Und dort stand er. Mit dem Rücken zu mir. Zu seinen Füßen der Koffer, den ich gestern in der Suite gesehen hatte, und ein Rucksack. Sofort drehte er sich um, als er das Klicken der Tür vernahm. Er trug seine Lederjacke und darunter dieses am Ausschnitt zerrissene Designershirt, das ihn so unglaublich attraktiv aussehen ließ und mich an alte Zeiten erinnerte. Unsere Blicke trafen sich, und in meinem Inneren löste sich ein riesiger Stein. Seine Augen funkelten dunkelgrün, die Pupillen waren normal groß.

Dem Himmel sei Dank.

»Hey«, sagte ich mit einem Lächeln, und er erwiderte es vorsichtig, bevor er einen kleinen Schritt näher zu mir trat.

»Wir müssen reden.«

Ich schluckte hart, aber in dem Augenblick kam Stephanie kichernd mit ihrer nervigen Freundin vorbei und machten Anstalten, sich zu uns zu stellen.

»Hallo, Eliza, hi, Finn«, flötete sie.

Ich unterdrückte eine Beleidigung. »Lass uns reingehen«, sagte ich leise zu Finn, und er schulterte nickend seinen Rucksack, bevor er nach dem Koffer griff.

Unsere zwei Zuschauerinnen bekamen kugelrunde Augen.

»Hey, Stephanie«, rief ich deshalb überfreundlich, während ich Finn die Tür aufhielt, damit er in die Wohnung kommen konnte. »Du weißt ja, normalerweise würde ich mich liebend gern ein wenig mit dir unterhalten, aber wie du siehst, hab ich Besuch.«

Sie starrte mich überrascht an. Ihre Freundin lachte nervös auf.

»Nicht vergessen, es im Uni-Forum zu posten!« Mit diesen Worten schlug ich die Tür hinter mir zu. »Diese bescheuerten ...«, begann ich angepisst, aber Finn schüttelte nur grinsend den Kopf.

»Lass es. Sie sind es nicht wert.«

»Jede Wette, dass sie über dich hergefallen wären, hätte ich dich nicht reingeholt.«

Er stellte seinen Koffer ab, und ich steuerte mein Zimmer an. Vielleicht war es ganz gut, wenn Ally und Tom in unserer Nähe waren, dann würde Finn nicht sofort mit dem pikanten Thema anfangen.

Er hat sein Gepäck dabei, frohlockte mein Unterbewusstsein. *Wenn das mal nicht bedeutet, dass ihr euch ein wenig öfter über den Weg laufen werdet ...*

Oder dass er London verließ.

Oh mein Gott. Ich fühlte, wie sich alles in mir zusammenkrampfte.

»Danke, dass du mich gerettet hast«, sagte Finn völlig ernst hinter mir und holte mich in die Gegenwart zurück.

Ich betrat mit tobenden Gefühlen mein Zimmer, das leer war – die zwei hatten ihre Aktivitäten wohl auf Alisons Zimmer verlegt. *Mist.* Ich nahm wahr, wie Finn die Tür hinter uns schloss.

»Alles okay?«, fragte er leise, als ich mich nicht umdrehte, sondern aus meinem Fenster nach draußen starrte. Es wehte ein starker Wind, und leichter Regen hatte eingesetzt.

Wie in Zeitlupe wandte ich mich um. »Wieso hast du deinen Koffer dabei?« Meine Stimme klang nicht ansatzweise so schwach, wie ich mich fühlte.

Er räusperte sich. »Darüber wollte ich mit dir sprechen. Ich ... also ... Es ist gestern etwas passiert.« Automatisch schlang ich die Arme um mich. Ich begann zu frieren. »Ich hab dir erzählt, dass ich in Therapie bin«, fuhr er fort. »Das hat bisher immer mein Adoptivvater übernommen – Michael. Das ist wahrscheinlich nichts Neues für dich, aber ich hab wirklich ernsthafte Probleme. Schon in Seattle, schon davor, nachdem ich mit siebzehn versucht hab, mich umzu… du weißt schon. Aber jetzt, während der Tour, ging es mir besser. Und hier sowieso. Es war wie damals in Seattle, als plötzlich alles ausgelöscht wurde.« Er atmete tief durch, und ich konnte nichts anderes tun, als ihn anzustarren. So viel hatte er in nüchternem Zustand noch nie von sich preisgegeben, außer vielleicht damals in San Francisco, als wir zum ersten Mal am Strand übernachtet hatten. Es schien ihn unglaubliche Überwindung zu kosten. Und ich hatte niemals damit gerechnet, dass er nach dem, was passiert war, zu mir kam und von sich aus darüber zu sprechen begann. »Wenn du willst, dass ich aufhöre zu reden, sag es mir«, sagte er auf einmal mit einem seltsamen Ton in der Stimme.

Ich schüttelte augenblicklich den Kopf. »Sprich weiter, bitte.«

»Okay.«

Er setzte sich zögerlich auf mein Bett. »Gestern hatte ich einen Albtraum. Es war die Erinnerung an früher, vermischt mit dem Gedanken an dich. Und ich weiß, das klingt jetzt lächerlich und unvorstellbar, aber das hat ausgereicht, um mich durchdrehen zu lassen. Ich hab … ziemliche Scheiße gebaut, glaube ich. Irgendwas genommen. Ich bin heute Morgen aufgewacht und wusste nicht richtig, was passiert ist. Filmriss oder so. Tyler hat gesagt, dass er meinen Dad angerufen hat, und das hab ich dann auch getan. Ich hab ihm das mit dem Traum erzählt und wie ich ausgetickt bin, und er ist der Meinung, dass es nicht gut für mich ist, wenn ich alleine in einem Hotel schlafe.«

Mit wenigen Schritten war ich ebenfalls am Bett und ließ mich darauf sinken. »Filmriss«, wiederholte ich benommen.

»Es ist nicht so schlimm«, versuchte er mich zu beruhigen, weil er meinen Gesichtsausdruck falsch deutete. »Mir geht's gut.«

»Du hattest eine Überdosis Ecstasy«, flüsterte ich. »MDMA, um genau zu sein.«

»Wie bitte?«

Ich schüttelte hart den Kopf. »Rede weiter.«

»Ich wollte dich fragen, ob ich hier übernachten kann.«

Ich schwieg. Kurz fühlte ich eine überwältigende Erleichterung, dann war alles in mir wie ausgelöscht. Ich betrachtete sein schönes Gesicht, das keinen einzigen Schaden von gestern Nacht davongetragen hatte und fragte mich, wie es möglich war, dass er … dass er sich nicht erinnerte. Und irgendwann stand ich auf und baute mich regelrecht vor ihm auf. »Ja, Finn, du kannst hier schlafen. Du kannst auch in diesem beschissenen Bett übernachten, und zwar SO LANGE DU WILLST«, rief ich aufgebracht.

Er sah mich ängstlich an. »Es tut mir leid, Eliza, ich wollte dich nicht überfordern, ich kann auch … ich dachte nur …«

»Sei einfach ruhig«, fiel ich ihm ins Wort. »Du hast keine Ahnung. Du weißt nichts mehr. Du erinnerst dich an rein gar nichts?«

»Was meinst du?«, fragte er leise, das pure Unverständnis in seinen gottgleichen Augen.

»Du müsstest mich nicht einmal fragen. Du wüsstest es. Nach allem, was … nach gestern …«

Jetzt wurde er ungeduldig und stand auf, stellte sich direkt vor mich. »Was zum Teufel meinst du?«

»Ich war da. Ich war die ganze Zeit bei dir, und … Du weißt es nicht mehr.«

Schock durchzog seine Züge, und er raufte sich ungläubig die Haare. »Du warst da?« Ich schüttelte den Kopf und wollte mich abwenden, doch er nahm mein Gesicht grob zwischen die Hände und zwang mich, ihn anzusehen. »Was ist passiert?«

»Nichts. Lass es. Es ist egal.«

»Was ist passiert, Eliza?«, donnerte er.

Ich krallte mich an seinem Jackenkragen fest. »Ich bin gekommen, du hast mich angeschrien, ich hab dir gesagt, dass ich mich von dir nicht mehr vertreiben lasse, egal, wie sehr du mir noch wehtun wirst, und du hast mir gesagt, es wäre besser gewesen, du wärst nie nach London gekommen«, zählte ich mit zitternder Stimme auf. »Und dann hast du gesagt, dass ich alles für dich bin und dass du kämpfen willst. Aber dass sich das alles in einer Sekunde wieder ändern kann, weil du krank bist.«

Er ließ mich los, als hätte er sich verbrannt. Die Stille, die sich zwischen uns ausbreitete, war so unerträglich laut, dass es mir körperliche Schmerzen bereitete. »Was meinst du damit, du lässt dich nicht mehr vertreiben, egal, wie sehr ich dir wehtue?«, hauchte er fassungslos.

Ich starrte angestrengt auf den Boden unter uns, um nicht die Beherrschung zu verlieren. »Ich wollte dir helfen. Weil du … weil du gesagt hast …« Er wartete, bis ich weitersprechen konnte. »Du hast gesagt, du hast es genossen, was du mit mir auf dem Maskenball gemacht hast.« Ich hörte das regelmäßige Ticken seine Armbanduhr, so leise war es.

»Oh Gott«, raunte er schließlich heiser.

Er trat zur Seite, lief zum Balkon und fuhr sich abermals durch die Haare, heftiger. Ich betrachtete seinen Rücken, seinen gesamten Körper, wie er sich in Rage bewegte. Und ich wusste, dass ich nicht wütend sein konnte. Nicht ernsthaft. Nicht, wenn er wirklich keine Ahnung hatte.

»Finn, bitte. Du kannst hierbleiben.«

Er fuhr herum, durchquerte mit zwei Schritten wieder das Zimmer, bis er bei mir war. »Bist du wahnsinnig?«

»Nein. Ich will alles wissen. Ich will, dass du mir erzählst, wieso du so bist und was passiert ist.«

Verzweifelt schüttelte er den Kopf. »Was bin ich für ein niederträchtiges, widerliches Arschloch. Ich wollte dich fragen, ob du mit mir Mittagessen gehen willst, damit ich dir aus meiner Vergangenheit erzähle. Ich dachte, wir können neu anfangen, und ich kann diesmal alles besser machen. Und du … Du warst gestern da, und ich hab dich wie Dreck behandelt. Wieder einmal.«

»Das ist meine Sache«, fauchte ich. »Wenn ich sage, du kannst bleiben, dann kannst du das.«

»Ich zerstöre dich. Das ist kein Spiel mehr wie damals. Das ist keine kleine Sache.« Seine Stimme bebte vor Leidenschaft und Emotionen, die ich nicht einordnen konnte.

Und plötzlich traf es mich. Ich schaute ihm direkt ins Gesicht und konnte das Gefühl benennen, das ich dort fand. Es war Wut vermischt mit Sorge. Um mich. Zusammen mit allem, was Tyler mir gestern gesagt hatte, fügte es sich zu einem Ganzen. »Wieso bist du nach London gekommen?«, fragte ich ruhig, ohne auf seine Frage einzugehen.

»Wie zur Hölle kommst du jetzt darauf?«

»Es ist nicht wegen deiner Karriere, oder? Das hat überhaupt nichts mit irgendeiner Europatour zu tun.«

»Wieso … Bist du bescheuert?«, knurrte er. »Warum sollte ich wegen meiner gottverdammten …« Ich lachte laut auf, und er verstummte sofort. »Kannst du mir erklären, was verflucht noch mal zum Lachen ist?«, fuhr er mich an.

Jetzt war ich es, die abbrach. »Sag es mir. Sag mir, wieso du hier bist«, verlangte ich und spürte, wie heißkalte Stöße mich durchfuhren. Es fühlte sich neu an. Überschwemmend.

»Deinetwegen«, antwortete er schlicht, während immer noch die Wut in seinen Augen glitzerte. »Glaubst du, ich verpasse zum Spaß meine Vorlesungen, oder was? Denkst du ernsthaft, ich würde hier Urlaub machen, weil mir gerade ein bisschen langweilig ist?«

Mühsam versuchte ich, die Explosion in meinem Inneren zurückzudrängen. Es war nicht nur die Tatsache, dass Finn es aussprach. Sondern dass ich ihm glaubte. Alles bekam einen völlig neuen Sinn. Wie durch einen Schleier sah ich die vergangenen Tage und die letzte Nacht an mir vorbeiziehen.

Er deutete mein Schweigen schon wieder falsch. »Ich kann dir nicht beschreiben, wie leid es mir tut«, fing er abermals an. »Ich werde sofort abhauen. Du musst kein schlechtes Gewissen haben. Ich nehme den nächsten Flug zurück nach Seattle. Du brauchst dich zu nichts verpflichtet zu fühlen. Ich krieg das mit meinen Problemen irgendwie hin, am besten fliege ich sofort nach L.A. Es tut mir leid, dass ich dich mit reingezogen habe, dass du das gestern Nacht miterleben musstest …«

Die Euphorie in mir verflüchtigte sich so schnell, wie sie gekommen war. »Das ist alles, was du mir zu sagen hast?«

»Es tut mir leid, Eliza. Es tut mir leid, dass ich immer wieder an dir zerre und dich vom Leben abhalte. Ich … Ich hab gedacht, ich kann anders sein.«

Wir starrten uns bewegungslos an, und sein Gesichtsausdruck sah so endgültig aus, dass ich den Verstand verlor. Er wollte den nächsten Flug nach Seattle nehmen. Nachdem ich vor einer Sekunde erfahren hatte, dass er meinetwegen hier war.

Den Teufel würde er tun.

»DU VOLLIDIOT!«, schrie ich ihn an, und er zuckte angesichts meiner unerwartet heftigen Reaktion zusammen. »Wie wär's, wenn du mir erklärst, was gestern passiert ist? Wie wär's, wenn wir von vorne anfangen und über die Dinge sprechen, die das alles so verflucht schwer machen? Du hast mir so oft vorgeworfen, immer wegzurennen, wenn es hart wurde, und jetzt willst du exakt dasselbe tun!«

Er kam einen Schritt auf mich zu, die Verzweiflung wich wieder dem Zorn. »Ich bin nicht gut für dich!«, knurrte er. »Ich renne nicht weg, ich lasse dich frei.«

»So ein Bullshit! Du hast mich schon am Anfang gewarnt, und ich hab dich ignoriert! Es ändert nichts daran, ob du nun gut oder schlecht für mich bist. Es ist meine Entscheidung, also halt endlich die Klappe!«

»SAG MAL, BIST DU SO NAIV ODER TUST DU NUR SO? Ich. Zerstöre. Dich. Jede Minute, in der wir etwas miteinander zu tun haben, ist pures Gift für dich. Du gibst deinen ganzen Stolz und deine Würde auf, für was? Damit ich für den Bruchteil einer Sekunde meinen Schmerz vergesse? Das ist krank. Das werde ich nicht zulassen. All das, was du mir vorgeworfen hast, als du mich zum ersten Mal hier gesehen hast, ist wahr. Nichts, was ich dir erzähle, kann rechtfertigen, was ich dir angetan habe. NICHTS. Du kannst nicht … ich … Ich werde jetzt gehen«, schloss er und drängte sich an mir vorbei, um zur Tür zu gelangen.

Vielleicht erwartete er, dass ich ihn jetzt gehen ließ, dass ich wortlos mit ansah, wie er alles aufgab und verschwand. Es wäre sogar verständlich, denn mit meinem widersprüchlichen Verhalten hatte ich ihm nie klargemacht, wie sehr ich ihn wollte. In meinen Gedanken wirbelte alles durcheinander. *Ich hab dir vor ein paar Stunden gesagt, dass ich dich liebe. Du wirst jetzt ganz sicher nicht abhauen.*

Und dann dachte ich nicht mehr, ich handelte einfach so, wie mich die Wut trieb. Ich griff auf die einzige Möglichkeit zurück, die mir noch blieb. Und die schon immer unsere Kommunikation gewesen war, wenn Worte versagten. Wenn es nichts mehr zu sagen gab. Ja, sie hatte gleichzeitig auch alles zerstört. Aber ich war hier, um es wieder in Ordnung zu bringen. Mit aller Kraft griff ich nach seinem Arm und hinderte ihn somit am Weiterlaufen.

Er war zu überrascht, um etwas dagegen auszurichten, obwohl ich niemals so stark wie er war. Automatisch drehte er sich halb in meine Richtung, öffnete den Mund, vermutlich, um mich wieder anzubrüllen, aber da prallte ich schon vollständig gegen ihn, und er stolperte nach hinten gegen die Tür. Wir mussten einen Höllenlärm veranstalten – erst mit dem Gebrüll und jetzt hiermit, aber es war mir so egal. Sein Rucksack rutschte zu Boden, und Millionen kleine Stromschläge fuhren durch meinen Körper, als er mich reflexartig an meinen Hüften festhielt, damit ich wegen der Wucht des Aufpralls nicht hinfiel.

Seine schönen Augen weiteten sich, und er stöhnte auf, als er mein Vorhaben erkannte. »Eliza …«

Ich antwortete nicht. Es gab wirklich nichts mehr zu sagen. Leidenschaftlich krallte ich mich in seinen Haaren fest und presste meinen Mund auf seinen. Als sei es das Natürlichste auf der Welt. Und das war es im nächsten Augenblick auch. Denn er ergab sich in dem Moment, in dem er spürte, dass das hier kein Mitleid und keine Erniedrigung war. Ich wusste sofort, dass er mich verstand. Ich wusste, dass ich das Richtige tat, indem ich ihm beweisen konnte, was wirklich zwischen uns zählte. Trotzdem spürte ich seine Verzweiflung durch den Kuss, denn er umschlang mich nicht vorsichtig, sondern fest, mit schnellen, ungezügelten Bewegungen.

Seine Lippen blieben geöffnet, und ich spürte seine heiße, raue Zunge, während das Blut durch meine Adern rauschte und mein Herz so schnell gegen meine Brust hämmerte, dass es wehtat. Er schmeckte so viel besser, als ich mich erinnern konnte, so viel intensiver als Dienstagmorgen. Es war süß und herb zugleich. Männlich, vermischt mit seinem sauberen Duft, der mich rasend machte. Ich drückte mich so fest ich konnte gegen ihn, während mich Wellen der Erregung stoßartig durchfuhren. Ich brauchte das so sehr. Schon beim ersten Mal war es so gut zwischen uns gewesen, dass meine Knie wie auch jetzt weggeknickt waren, aber im Moment steigerte es sich noch um das Hundertfache. Weil ich ein halbes Jahr auf ihn verzichtet hatte, weil ich überhaupt auf echtes körperliches Vergnügen mit einem anderen Menschen verzichtet hatte und ... weil es Finn war. Als Reaktion auf meinen durch das Verlangen schwächer werdenden Körper beugte er sich vor, während er mich unentwegt weiterküsste, und zog mich richtig in seine Arme, hob mich hoch und dirigierte uns zum Bett.

Wir knutschten so wild rum, dass er sein Gleichgewicht nicht halten konnte und wir übereinander aufs Bett fielen. In voller Montur rutschten wir weiter nach hinten, bis wir beide vollständig darauf lagen, er über mir, und machten unterdessen nicht einmal Pause, um Luft zu holen. Meine Beine schlangen sich sofort um seine Mitte, als hätten sie noch nie etwas anderes getan. Meine Fersen schoben seine Jacke und sein Shirt nach oben, und ich konnte die glatte Haut seines Rückens spüren, auf der sich meine Füße verschränkten. Er hielt mich eng an seine Brust gedrückt. Als würde ich zu ihm gehören. Als wollte er mich beschützen. Ich nahm alle Details gleichzeitig auf – das aufkommende Donnern von draußen, das Gefühl seiner weichen Haare zwischen meinen Fingern, sein Körpergewicht auf mir, sein feuchter drängender Mund.

Man könnte meinen, es sei zu viel. Monatelang nichts und jetzt alles Schlag auf Schlag. Aber das Leben war keine gleichmäßige, friedliche Fahrt durch ein sicheres Gebiet. Es war ein Höllentrip, mal quälend langsam in den schmerzhaftesten Zeiten, dann wieder rasend schnell, wenn das ganze Glück überzulaufen drohte. Und begraben unter dem schönsten Mann der Welt war ich mir bewusst, dass ich nichts daran ändern würde, selbst wenn ich könnte. Keuchend löste er sich von mir und machte Anstalten, zurückzuweichen, doch ich drückte ihn mit meinen Beinen so fest an mich, dass er keine Chance hatte und seinen Kopf ergeben an meinem Hals vergrub. Ich spürte seine Lippen auf meiner pulsierenden Haut, seinen abgehackten warmen Atem ...

»Ich lass dich erst los, wenn du schwörst, nicht zu fliegen«, flüsterte ich außer Atem und merkte, wie sein Herzschlag genauso schnell wie meiner trommelte.

»Kleine ...«, seufzte er so rau, dass ich eine Gänsehaut bekam.

Aber ich blieb standhaft. »Vergiss es. Bevor du es mir nicht versprichst, kannst du den Rest vergessen.«

Eine Weile lagen wir einfach da, versuchten, uns wieder unter Kontrolle zu bringen, was bei dieser Nähe unmöglich war.

»Wie kannst du mich küssen, nachdem ich dir gestern gesagt habe, dass …«

»Ich kenne dich jetzt schon ziemlich lange«, unterbrach ich ihn immer noch leicht keuchend, wohl wissend, worauf er schon wieder anspielte. »Es ist nicht das erste Mal, dass du irgendeinen Mist erzählst, den du später wieder zurücknimmst.«

»Wie kannst du das aushalten?«, flüsterte er, und sein Mund bewegte sich beim Sprechen an meinen Lippen. Ich schauderte leicht.

»Ich will dich kennenlernen«, gab ich zu und spürte sofort, wie er stutzte.

»Du hast mich verflucht und gehasst und dir gewünscht, ich würde niemals wieder in deine Nähe kommen, Eliza.«

»Das Gleiche könnte ich dir vorwerfen«, erwiderte ich unbeeindruckt.

»Ich hab dir wehgetan.«

»Ach, komm schon, ich hab dir auch wehgetan! Na und, wir sind Menschen und machen Fehler.«

»Was zur Hölle ist mit dir passiert?«, wiederholte er seine Frage von letzter Nacht.

Ich liebe dich, Arschloch. Das ist passiert. »Bin erwachsen geworden«, erwiderte ich stattdessen grinsend.

»Das ist kein Scherz«, zischte er.

Entnervt verlagerte ich mein Gewicht, sodass wir uns auf dem Bett drehten und ich mich nun über ihm befand. Ich setzte mich leicht auf und stützte mich mit den Handflächen rechts und links von seinem Kopf ab. Ich spürte, wie sich in seinen unteren Regionen etwas regte und er als Reaktion darauf eine Hand in mein Kissen krallte. Nicht ablenken lassen, redete ich mir gut zu, während die Hitze mir ebenfalls zwischen die Beine schoss.

»Ich will dich kennenlernen«, wiederholte ich, diesmal mit mehr Nachdruck. »Kannst du das irgendwie in deinen sturen Schädel kriegen?«

Er schüttelte, ohne zu zögern, den Kopf. »Du willst mich nicht kennenlernen. Ich hab dein Vertrauen missbraucht. Und das nicht nur einmal. Du bist zudem angepisst, weil ich dir hinterhergeflogen bin und so eine Szene in der Öffentlichkeit gemacht habe.«

»Finn«, fauchte ich. »Ich hab dir gerade etwas sehr Wichtiges gestanden, und es hat mich große Überwindung gekostet.« Lüge – gestern hatte ich etwas weitaus Schlimmeres gesagt, und es war mir mühelos über die Lippen geglitten. »Also hör auf, mir so einen Scheiß zu erzählen, du weißt, du kannst sowieso nichts an meiner Meinung ändern.«

»Ich bin schlecht für dich.« Er starrte mit zusammengekniffenen Augen zu mir hoch.

»Wenn du das noch ein Mal sagst, zieh ich mich aus und nötige dich, mit mir zu schlafen.« Ich bewegte mich zur Verdeutlichung ein bisschen auf ihm, und er nahm seine Unterlippe fest zwischen seine Zähne. Allein beim Zusehen wollte ich schreien. Nicht auszudenken, wenn er dasselbe bald mit mir anstellte …

Seine Erregung wuchs. Ich spürte es genau. Aber obwohl ich genauso am Durchdrehen war, war das der einzige Weg, damit er mir richtig zuhörte.

»Ich weiß, du kannst es dir nicht vorstellen, aber ich hätte verdammt Lust drauf. Hinterher kannst du mir dann so oft du willst erzählen, wie schlecht du tatsächlich bist.«

»Geh von mir runter«, presste er hervor, mühsam beherrscht.

»Versprich mir, dass du nirgendwo hingehst.«

»Eliza«, grollte er, und ich verdrängte den Gedanken, dass es verdammt erotisch war, wenn er meinen Namen so aussprach. Ich hatte diesen Tonfall ganz vergessen.

»Versprich's mir!«

»Na schön«, rief er. »Du hast es geschafft! Geh jetzt runter, oder ich …«

»Ich will es von dir hören, sonst bleib ich hier den ganzen Tag sitzen. Heute ist Samstag, weißt du«, redete ich betont fröhlich drauflos. »Ich hab den ganzen Tag frei … keine Vorlesungen, kein Prüfungsstress …«

»Ich könnte dich auch einfach runterschmeißen«, zischte er.

Sofort beugte ich mich tiefer über ihn, bis es ihn in den Wahnsinn trieb.

»Verdammt«, gab er von sich und presste die Augen zu.

Ich war inzwischen so weit, mich zu fragen, ob ich das mit dem Reden vielleicht lassen sollte. »Tun wir's einfach«, murmelte ich so leise, dass er mich kaum verstehen konnte.

Seine Lider flogen wieder auf. »Was?«

Ich warf ihm einen lodernden Blick durch die Wimpern zu, den er voller Verlangen erwiderte, doch dann packte er mich, als hätte er soeben eine Eingebung gehabt, und hob mich von sich herunter. Ich protestierte, konnte mich aber in dem Rausch nicht mehr wehren.

»Ich verspreche es dir«, sagte er, als er genug Abstand zwischen uns gebracht hatte. »Ich fliege nicht zurück. Auch wenn ich mich qualvoll umbringen werde, wenn ich dir noch einmal wehtue.«

Ich wollte etwas erwidern, doch da ging die Tür hinter uns auf.

»So, mir reicht's, ihr seid imstande, euch die Köpfe einzuschlagen, wenn nicht bald jemand eingreift und … oh.«

Es war natürlich Ally, und ich betete inständig, dass sie nicht die ganze Zeit vor der Tür gestanden und gelauscht hatte. Tom erschien gleich hinter ihr. Ich schaute schnell zu Finn, der gut einen halben Meter von mir entfernt saß, seine Haare waren zwar meinetwegen ziemlich durcheinander, aber da er praktisch jeden Tag so rumlief, fiel es nicht weiter auf.

Hastig sprang ich auf, um jegliche Beweise von dem, was passiert war, zu vertuschen. »Wir streiten nicht, wir haben lediglich ein wenig diskutiert und sind auch zu einem Ergebnis gekommen«, sagte ich mit arglosem Lächeln.

»Ach ja?«, fragte Alison misstrauisch. Tom musste sich hinter ihr ein Grinsen verkneifen, als sein Blick auf seinen Bruder fiel – warum auch immer.

»Ja«, entgegnete ich. »Finn wird eine Weile hier übernachten.«

Ich drängte mich an ihnen vorbei in den Flur. Mir war soeben wieder eingefallen, dass ich einen Einkauf zu erledigen hatte.

Überraschte Stille breitete sich hinter mir aus, und mein Lächeln vertiefte sich.

»Ach, übrigens«, rief ich im Gehen über die Schulter. »Ich komm heute Abend mit. Aber nur, wenn mir wieder ein Song gewidmet wird.«

15. KAPITEL

GHOSTS OF THE PAST

Finn

November 12th, 2:00 p.m.

Vielleicht war ich endgültig durchgedreht. Vielleicht war es diesmal kein Scherz mehr, kein *gerade noch so die Kurve gekriegt.* Vielleicht hatte ich mir mit den Drogen den Rest gegeben und befand mich jetzt auf einem Trip.

Ich starrte auf die Balkontür und sah die Regentropfen, die von außen in Schlieren daran hinabflossen. Schwachsinn, dachte ich. Das war nicht passiert. Aber woher sollte ich von Drogen wissen, wo ich doch vor wenigen Stunden noch mit pochendem Schädel in meinem Hotelbett gelegen hatte, als Tom vorbeigekommen war und Tyler mir vorgeschlagen hatte, meinen Dad anzurufen? Ich ließ mich zurückfallen und stöhnte laut auf, als der Geruch der Bettwäsche in meine Nase stieg. Elizas Geruch. Es war nicht möglich, dass ich in ihrem Zimmer lag. Richtig?

»Ich bin ein Psychopath und habe mir eingebildet, was gerade passiert ist«, sagte ich laut, denn das hatte mir Michael vor einer Weile mal beigebracht – wenn die Grenze zwischen Realität und Illusion verschwamm, einfach durchatmen und die wenigen Tatsachen aussprechen, derer man sich sicher war. Welch Ironie, dass meine einzige Sicherheit im Moment meine verstümmelte Psyche war.

Ich spürte eine Bewegung neben mir. Alison ließ sich neben mich fallen, während mein Bruder auf der anderen Seite neben mir Platz nahm. Ja richtig, sie waren auch noch da.

»Was ist denn passiert?«, fragte sie kichernd, und er grinste mich genauso gut gelaunt an.

»So, wie er aussieht, etwas … Unwahrscheinliches.«

»Sie …«, begann ich und brach wieder ab. Reden war schlecht. Meine Stimme krächzte. Ich schloss die Augen und nahm einen tiefen Atemzug. Selbst die Luft schmeckte nach ihr. Und nach aufgestauter Hitze. Verfluchte Scheiße.

Monatelang war ich in seltsamen Zuständen gewesen. Nachts war es am schlimmsten, so wie gestern dieser beschissene Traum. Ich bekam noch immer eine Gänsehaut, wenn ich daran dachte, wie Elizas Körper immer leichter in meinen Armen geworden war … wie sie um Hilfe gebettelt hatte. Wie sich die Erinnerung an meinen Bruder und an all die grausamen Dinge, die man mir angetan hatte, mit der Erinnerung an sie vermischte. Vor einer guten Stunde hatte ich mich trotzdem noch normal gefühlt. Als würde ich die Dinge meistern können – Schritt für Schritt. Und ich war hierher ins Studentenwohnheim gekommen, um bei Eliza anzufangen. Michael hatte recht, es war nicht gut, zu lange alleine zu sein. Aber dann … Ich stand abrupt vom Bett auf.

»Sieht so aus, als würden wir heute Abend in eine Karaokebar gehen«, sagte Tom und verschränkte die Arme. »Ich würde mal sagen, du suchst dir einen Song aus, bei dem alle Mädels weiche Knie kriegen, und haust sie vom Hocker. James Blunt oder so.«

Ich sah entgeistert zu ihm. Wie konnte er über heute Abend reden, als wäre soeben nichts passiert? »Verdammt«, murmelte ich und fuhr mir mit der rechten Hand durch meine Haare, dachte an ihre kleinen Finger darin, nur wenige Minuten zuvor. Und dann, ohne dass ich irgendetwas tun konnte, musste ich plötzlich grinsen. Es zog sich über mein ganzes Gesicht, und mein Körper fing an zu pochen – überall.

Ally sprang vom Bett und klopfte mir auf die Schulter. »Das wird schon, Finn. Wenn Eliza findet, dass du hier übernachten darfst, kann es nur gut weitergehen. Ich werde mal nach ihr sehen, wir wollten noch für die nächsten Tage Lebensmittel einkaufen.« Sie lief aus der Tür.

Eine Weile schauten Tom und ich uns nur wortlos an, bis er auflachte. »Hast du einen Geist gesehen, Kleiner?«

Das kam dem schon ziemlich nahe. In dem Augenblick wusste ich, dass ich das alles nicht einfach schlucken konnte. Ich musste reden. Sonst würde ich den Verstand verlieren. »Wenn ich dir etwas erzähle, wirst du schwören, kein Wort zu sagen? Nicht zu Ally, nicht zu Alex oder Dad?«, antwortete ich langsam.

Er zuckte die Schultern. »Okay. Hat es was mit gestern Nacht oder heute Morgen zu tun?«

Wir hatten uns vorhin noch ein bisschen unterhalten, bevor ich hergekommen war. Er wusste, dass ich gestern wieder eine Art Anfall gehabt hatte, und er war derjenige gewesen, der mich überredet hatte, mit zum East Central zu kommen und Eliza zu fragen, ob ich hierbleiben konnte.

»Auch«, erwiderte ich nickend.

»Na dann, schieß los.«

»Sie hat mich geküsst.«

»Nicht schlecht.« Er grinste.

»Du verstehst nicht«, knurrte ich. »Sie … Hölle, das gestern war nicht nur ein Albtraum. Ich hab was genommen, und sie ist gekommen. Sie war da, und ich hab sie wie Dreck behandelt.«

Sein Lächeln gefror. Ich erinnerte mich daran, wie ich nach dem Maskenball und der … Sache in meinem Badezimmer im Auto gesessen und Wort für Wort alles Michael erzählt hatte, während Tom dabei gewesen war. Auch wenn er mich immer normal behandelte, er kannte meine andere Seite.

»Hast du sie … angefasst?«, wollte er vorsichtig wissen.

Ich war ihm dankbar für die Wortwahl. An das andere konnte ich nicht denken, ich würde ausrasten. Ich schüttelte den Kopf. »Nein. Soweit ich weiß, kam es nicht dazu. Sie hat mich gerade angeschrien, sie war verdammt wütend, weil ich mich nicht mehr erinnere.« Ich holte Luft. »Sie hat gesagt, sie lässt sich nicht mehr vertreiben, egal, wie sehr ich ihr wehtue.« Es auszusprechen, machte es so real, dass ich den Schmerz noch einmal fühlte. Das Verlangen verschwand, und ich ballte die Fäuste.

Tom schaute betroffen zu mir. »Ach du Scheiße … Was hast du gemacht?«

»Ihr gesagt, dass ich gehen werde. Den nächsten Flug nehme

und aus ihrem Leben verschwinde. Ich würde es tun, Tom. Ich würde sie gehen lassen, mir wäre es so egal, ob ich daran verrecke. Aber sie hat gesagt, sie lässt mich nicht gehen. Sie will mich hier haben. Das ist so krank, wie sie …«

»Hör auf, dich reinzusteigern«, unterbrach er mich trocken.

Ich sah ihn wütend an, lief nun schon wieder in ihrem Zimmer auf und ab. »Du verstehst schon, was ich dir gerade sage, oder?«

»Es ist richtig beschissen, was damals gelaufen ist, darüber brauchen wir nicht zu diskutieren. Aber du bist kein Arschloch, und du wolltest ihr nicht absichtlich wehtun. Und verflucht noch mal, du hast es bereut, was auf diesem Ball passiert ist. Du hast Fehler gemacht, aber jetzt bist du hier und Eliza auch. Du hast ihr gestern nicht wehgetan, du hast es nicht noch einmal getan, also reiß dich zusammen und zeig ihr, wieso du wirklich hier bist.«

Ich stieß die angestaute Luft durch die Zähne. »Wer garantiert mir oder vor allem ihr, dass es nicht noch einmal passiert?«

»Du liebst sie, du Penner.«

»Ich hab sie damals genauso geliebt«, erwiderte ich heftig. »Hat mich auch nicht davon abgehalten.«

»Du kannst nicht gehen. Sie braucht dich. Sie wollte dich die ganze Zeit über.«

»Ich sollte es tun.«

»Du wirst gefälligst beweisen, dass du ein echter Kerl bist, und alles tun, um sie glücklich zu machen. Ich hab es auch geschafft.«

Unwillkürlich ließ ich mich ablenken. »Du willst heiraten. Das kannst du nicht ernsthaft vergleichen.«

Er grinste wieder. »Ich sage ja auch nicht, du sollst in die Knie gehen und um ihre Hand anhalten. Fang mal mit heute an. Hier und jetzt. Wolltest du nicht mit ihr Mittagessen gehen und ihr ein paar Dinge erklären?«

Ich seufzte. »Keine Ahnung … ja. Aber ich hab Schiss, irgendwas Schlimmes zu tun, wenn ich mich gehen lasse.«

»Sieh es mal so, Finn – damals, ganz am Anfang, als ihr nur gevögelt habt und du dich langsam, aber sicher in Eliza verguckt hast, ohne es selbst zu merken, da hast du ihr auch nicht wehgetan. Solange ihr zusammen wart, ging es gut. Du bist durchgedreht, klar, aber du drehst regelmäßig durch.« Er lachte, und ich schüttelte den Kopf, musste aber auch beinahe schmunzeln. »Sie kennt diese abgefuckte Seite an dir. Und sie will dich trotzdem hier haben. Rede mit Dad. Wenn's sein muss, ruf ihn jeden Tag an, ich nenn dich auch nicht Weichei, alles klar. Du kannst den Mist in deinem Kopf ernst nehmen und gleichzeitig mit ihr zusammen sein. Warte doch mal ab.«

Ich dachte über seine Worte nach. Es stimmte, was er sagte. Ich hatte sie nie ernsthaft verletzt, als wir zusammen gewesen waren. Auch wenn ich grundsätzlich ein Arsch gewesen war.

»Wann hat sie dich eigentlich geküsst?«, fragte er neugierig. »Gestern?«

»Nee, daran erinnere ich mich doch nicht. Sie ist über mich hergefallen, als ich gesagt hab, dass ich sie gehen lasse.«

Er lachte, und diesmal fiel ich mit ein. Die Situation war zu absurd.

»Du kriegst das schon hin. Du musst nur mal nett sein.«

Ich verdrehte die Augen. »Danke für den Tipp, Tom.«

Sein Blick fiel auf etwas hinter mir, und ich wandte mich um, um nachzusehen, was sein Interesse geweckt hatte.

Elizas Laptop stand aufgeklappt auf dem Schreibtisch, der Bildschirmschoner war zu sehen. Es war eine Animation, bei der es unaufhörlich über den Dächern der Stadt regnete. Seattle war zu sehen. Die Space Needle bei Nacht.

Tom hatte recht. Ich musste es wenigstens versuchen.

***

Eliza

»Jetzt noch Nudeln, Eier, Schokolade … und das war's, oder?« Ich ließ meinen Blick über den gefüllten Einkaufswagen wandern.

Ally nickte zustimmend und unterdrückte ein Gähnen – sie war immer noch nicht ganz fit. Wir waren fast fertig, und so langsam begann mein Magen zu knurren, vor allem, weil wir vor dem Kühlregal standen und ich noch kein Frühstück, geschweige denn Mittagessen gehabt hatte. Aber das würde ich direkt nachholen, sobald die Einkäufe zu Hause abgeladen waren. John hatte uns seinen Audi ausgeliehen, was bedeutete, dass wir in knapp zehn Minuten zurückfahren konnten. Aber mein Bauch kribbelte nicht nur vor Hunger, wenn ich an unser Apartment dachte.

Ich konnte mir nicht vorstellen, dass Finn ernsthaft dort übernachten würde, auch wenn ich diejenige gewesen war, die es vorgeschlagen hatte. Ich konnte mich nur nicht ganz entscheiden, ob ich das nervöse Kribbeln positiv deuten sollte, wenn ich daran dachte, wieso er hier in London war, oder negativ, wenn Bilder von gestern Nacht wieder in meinem Kopf auftauchten. Adam. Seine Mutter. Die Tatsache, dass er Momente hatte, in denen er mich hasste. Meine vernünftige Seite würde ihm wohl recht geben – er war tatsächlich nicht gut für mich, wenn man all den Scheiß in Betracht zog. Aber wann hatte ich mich darum gekümmert, was richtig oder falsch war? Es war auch nicht richtig gewesen, Sex mit David zu haben, um meine Gefühle für Finn zu töten. Oder den Kontinent zu verlassen, nachdem er mir das Herz gebrochen hatte. Abgesehen von dem ganzen Durcheinander musste ich mich außerdem mit den Mails von meiner Mom und von Miss Hastings auseinandersetzen. Und das war ganz sicher nicht der Augenblick, um wichtige Entscheidungen zu treffen.

»Also«, sagte Ally, als wir uns in die Schlange vor der Kasse einreihten, und drehte ihre blonde Mähne zu einem Knoten in den Nacken. »Wann sagst du Finn, dass du ihn liebst?«

»Was?« Ich tat, als hätte ich sie nicht verstanden, und schob den Wagen weiter.

»Hm. Du hast recht. Fangen wir mit einer leichteren Frage an«, redete sie munter weiter. »Du fliegst zurück nach Seattle.«

Ich hustete und beugte mich vor, um die Lebensmittel auf das Fließband zu legen, wobei meine Haare nach vorne fielen und ich daher Ally nicht anschauen musste. »Das war keine Frage.«

»Stimmt. Das war eine Feststellung. Weil es diesbezüglich nichts zu diskutieren gibt.«

Ich sah nun doch auf. »London gefällt mir.«

Sie verdrehte die Augen. »Ja, Wahnsinnsstadt, Superlebensgefühl, und der Akzent ist zum Niederknien. Wir fliegen am Dreiundzwanzigsten nächsten Monat.«

»Ich studiere zufällig hier.« Ich funkelte sie böse an.

»Ich auch. Ein Semester.«

»Ich hab mich für's restliche Studium angemeldet.«

»Zufällig weiß ich, dass es noch nicht verpflichtend war, Kleine.«

»Wie ich sehe, wirkt der Restalkohol noch«, zischte ich und wandte mich ab, um das Bargeld aus meiner Hosentasche zu ziehen. Wir waren an der Reihe, und ich ignorierte ihre Blicke, während die Kassiererin unser Zeug übers Band zog. Ungeduldig trommelte ich mit den Fingern am Rand des Ladentischs herum. Ich wollte nicht mit Ally diskutieren. Ich wollte, dass sie mich in Ruhe ließ, bis ich selbst entschieden hatte, was ich wollte.

Sie trat neben mich und stieß mich leicht in die Seite. »Sorry, Liz. Aber ...«

»Kein aber«, unterbrach ich sie und blickte in ihr trotz der durchgemachten Nacht perfektes Gesicht.

Sie nahm das Wechselgeld entgegen, während ich lächelnd unsere Sachen zurück in den Wagen warf.

»Fünf Pfund und ein Penny, bitte sch...«

Ich sah auf, als das Mädchen hinter der Kasse nicht weitersprach. Auch Ally sah sie mit fragendem Blick an, doch die Kassiererin starrte nur mich an und errötete.

»Du ... du ... Bist du Eliza Fleming?«

Ich erstarrte und hoffte, dass ich mich verhört hatte. Das Schicksal war heute wirklich nicht gut auf mich zu sprechen.

Alison reagierte am schnellsten, indem sie der jungen Frau den Beleg aus der Hand riss und mich Richtung Ausgang schob. »Sie meinen diese komische Tussi, die was mit Westwood hat? Meine Freundin sieht ihr unfassbar ähnlich, was?«

Ich atmete geräuschvoll aus, als wir draußen auf dem Parkplatz standen und die Einkäufe in den Kofferraum luden. »Das ist doch komplett bescheuert«, murmelte ich und legte eine Packung Walkers Chips auf ein Sixpack Dosenbier. Mein Magen knurrte hörbar.

Daneben waren etliche Tiefkühlpizzen zu sehen – wir waren, seit wir in London in der WG lebten, mehr denn je zu den typischen Studierenden mutiert. »Ich kann wirklich keinen Schritt mehr machen, ohne erkannt zu werden, und dabei hab ich nicht mal Sex mit Finn.«

Ally gab ein Husten von sich. »Vielleicht solltest du es tun, so nach dem Jetzt-erst-recht-Prinzip.«

Ich lachte trocken auf und ordnete die Lebensmittel so, dass wir noch möglichst viel Platz für den Rest hatten. »Er wäre nicht so begeistert davon …«

»Wie meinst du das?«

Ich wischte mir eine Strähne aus dem Gesicht. »Finn ist der Meinung, er ist schlecht für mich. Dabei frage ich mich, was er eigentlich will. Erst erzählt er mir, er sei nur meinetwegen hergekommen, und im nächsten Atemzug darf ich mir anhören, dass es besser wäre, wenn ich mich von ihm fernhalten würde.«

»Mhhh … Er macht sich Sorgen um dich, wegen allem, was er dir schon angetan hat. Aber gleichzeitig kann er nicht anders, weil du ihm so viel bedeutest. Das ist irgendwie romantisch …«

»Oh Gott, hör mir auf mit dem Mist«, stöhnte ich und schlug die Tür des Kofferraums zu, woraufhin ich mit einem Mal einen ziemlich guten Blick darauf hatte, wer vorne bewegungslos neben dem Wagen stand.

Ich starrte ihn an.

Ally trat angesichts meiner verdächtigen Reaktion neben mich und begann zu kichern. »Noch mal hallo, Finn und … Schatz, was machst du denn hier?«

Die zwei Westwoods kamen lässig zu uns gelaufen, während Tom deutlich entspannter aussah, als hätte er seinen Bruder zu irgendwas überredet.

»Wir waren rein zufällig in der Gegend und haben uns gefragt, ob wir nicht …«, begann er grinsend, doch Finn fiel ihm mit einem leisen Seufzen ins Wort.

»Eliza, würdest du mit mir Mittagessen gehen?« Er fixierte mich mit einem unbeschreiblichen Blick und biss sich leicht auf die Unterlippe. War das Nervosität?

Für einen kurzen Augenblick hatte ich keine Ahnung, was ich sagen sollte. Alles hatte ich nach unserem Gespräch vorhin erwartet, aber nicht das. Er suchte meine Nähe? Er wollte es? Himmel.

Alison stieß mir leicht in die Rippen.

Ich räusperte mich. Das war meine Chance. Ich durfte es auf keinen Fall kaputt machen, wenn sich seine Einstellung schon geändert hatte. »Äh, klar, worauf hast du Lust?«

»Asiatisch?«

Ich nickte überschwänglich und musste lächeln. Ich war zu ihm durchgedrungen. Ich hatte es nicht vollständig versaut.

Vorsichtig, als wäre er sich noch immer nicht hundertprozentig sicher, zogen sich seine Mundwinkel nach oben, und er erwiderte mein Lächeln. Dann deutete er hinter sich zu ein paar parkenden Autos. »Okay, lass uns gehen.«

Ich übergab Ally den Schlüssel für Johns Auto und nickte Tom und ihr zerstreut zu, bevor ich Finn über den Parkplatz folgte. Ich hatte keine Ahnung, wohin das führen würde. Aber ich war verflucht hungrig.

Eine halbe Stunde später betraten wir das Chinarestaurant irgendwo am Stadtrand, nachdem sich Finns Bodyguards – ich würde mich niemals an ihren Anblick gewöhnen, vor allem nicht nach gestern Nacht – rechts und links am Eingang positioniert hatten. Zwar hatten wir bis jetzt keine Reporter gesichtet, aber das Risiko eines weiteren Auflaufs wollte wohl niemand eingehen. Wir waren mit Finns Mietwagen, einem schwarzen BMW, hergefahren worden und gerade noch rechtzeitig zum Mittagsbuffet gekommen. Die angenehme Wärme und der köstliche Essensgeruch schlugen uns sofort entgegen. Das Restaurant war ziemlich groß, aber nicht besonders voll, und von den Leuten, die an den hübschen kleinen Holztischen saßen, schien sich keiner um unsere Ankunft zu kümmern.

Ein Kellner begrüßte uns mit einem Lächeln. Auch er sah nicht so aus, als würde er meine Begleitung erkennen. »Einen Zweiertisch?«

Finn nickte neben mir. »Etwas weiter hinten, wenn es möglich ist.« Er lächelte höflich zurück, und ich betrachtete sein perfektes Profil, während mein Herz schneller klopfte.

Auf der Fahrt hierher hatten wir nicht viel gesprochen. Er hatte mir nur erzählt, dass Tyler ihm den Laden empfohlen hatte, weil man hier meist unerkannt essen konnte und das Buffet fantastisch schmeckte. Ich hatte sowieso die meiste Zeit damit verbracht, ihn anzustarren, wenn er gerade wieder aus dem Fenster geschaut hatte. Meine Gedanken drehten sich nur darum, wie wir zusammen auf meinem Bett lagen. Außerdem sah ich es als gutes Zeichen, dass er mit mir reden wollte. Auch wenn ich nervös war. Und zum ersten Mal, seit ich erfahren hatte, dass er sich an nichts von gestern erinnern konnte, war ich irgendwie erleichtert. Nicht über sein Blackout, natürlich nicht. Er sah zum Glück wieder zurechnungsfähig aus. Ich war trotz allem froh, dass er sich nicht an mein Geständnis erinnerte. Es war der falsche Zeitpunkt gewesen. Es war zu viel. Wir mussten erst ein paar Sachen klären. Wir wurden zu einer Eckbank geführt und bestellten unsere Getränke, bevor der Kellner verschwand und ich begann, mich aus meiner Jacke zu schälen. Eine Sekunde später spürte ich seine Bewegung hinter mir und musste lächeln. Finn half mir, das Kleidungsstück auszuziehen, und als ich mich umdrehte, reichte er es mir.

»Danke.«

»Immer wieder gerne.«

Ich biss mir auf die Unterlippe, musste aber trotzdem weiterlächeln. Seine Miene war unergründlich, als er selbst seine Lederjacke auszog und über die Stuhllehne hängte. Ich verfolgte jede seiner Bewegungen.

Schließlich hob er seinen Blick. »Nur damit ich mich darauf einstellen kann … Wirst du mich heute den ganzen Tag anstarren?«

Wahrscheinlich sollte ich jetzt peinlich berührt reagieren. Aber es war einfach unglaublich, dass wir zusammen zu Mittag aßen, nach dem, was gestern passiert war. Ich war zu glücklich, um verlegen zu sein. Außerdem hatten wir uns geküsst. Schon wieder.

»Ich hab mir nur gedacht, wenn schon keine kreischenden Mädchen hier unterwegs sind, muss ich die Rolle des Fangirls übernehmen.«

Er verdrehte die Augen. »Lass uns was zu essen holen.« Und mit diesen Worten wollte er sich umdrehen, schien es sich dann aber anders zu überlegen. Er griff nach meiner Hand und zog mich zum Essensbuffet. Unsere Finger verschränkten sich miteinander, als hätten sie nie etwas anderes getan. Ich drehte meinen Kopf leicht zur Seite, damit er das Grinsen nicht sah, das sich bestimmt über mein ganzes Gesicht zog. Ich liebte seine Hände. Ich liebte es, wenn er meine bestimmend in seinen festhielt, sodass ich sie ihm nicht entziehen konnte. Er schien nicht darüber nachzudenken, genau wie früher tat er es unterbewusst, leichthin, als würde es nichts bedeuten. Oder als würde es alles bedeuten.

***

Ich schob meinen halb leeren Teller von mir und stöhnte, während ich mich nach hinten lehnte. »Ich kann nicht mehr.«

Finn grinste mich schief von der Seite an. »Du hast kaum was gegessen, Kleine.«

Ich schnaubte und schnappte mir mein Glas. Das Essen hier war wirklich gut. Am liebsten mochte ich die Wan-Tan-Taschen und gebratene Nudeln mit heller Erdnusssoße. Aber ich hatte mir wohl ein bisschen zu viel vom Buffet geholt. »Du kannst den Rest haben.« Ich setzte mein Glas ab und sah ihn aufmerksam an.

Er wirkte ruhiger als sonst. Dachte er daran, was für ein Gespräch uns bevorstand? Er machte nicht den Eindruck, als würde er es bereuen, hier mit mir zu sitzen. Immerhin war das Mittagessen seine Idee gewesen. »Es gibt noch Nachtisch. Und Sushi«, bemerkte er.

»Vielleicht später. Du könntest mich ja … ablenken, damit ich die erste Ladung verdauen kann.«

Sein Kopf ruckte zu mir. Wir saßen nebeneinander auf der Eckbank, und wenn er mir wie jetzt direkt in die Augen schaute, war die Nähe überwältigend. »Wann soll ich dich eigentlich zurückbringen?«

»Du willst mich wieder loswerden, was?«

Er lächelte. »Eigentlich wollte ich wissen, wie viel Zeit ich für meine Geschichtsstunde einplanen soll.«

»Von mir aus den ganzen Tag. Und nachts können wir weitermachen, während die anderen in der Karaokebar sind. Obwohl ...« Ich tat, als müsste ich ernsthaft überlegen. »Dann kann ich dich nicht singen hören.«

Wir sahen uns lange an, und irgendwann lächelte er nicht mehr. Ich wusste nicht, ob ich es war, die näher an ihn heran rutschte, aber plötzlich war der Abstand zwischen uns kaum mehr da. Er ließ seine Stäbchen auf seinen Teller fallen und legte seine Hand auf die Lehne hinter mich. Ich spürte, wie sein Arm mich streifte. Unsere Blicke trafen sich, fest miteinander verbunden.

»Eliza ...«, murmelte er. »Es gibt viel, was du nicht weißt. Und ich hab keine Ahnung, wie ich das alles erzählen soll.«

»Du kannst von vorne beginnen. Und dann schauen wir, wie weit wir kommen.«

»Es war nicht gut, dass du mich geküsst hast«, erwiderte er leise, und ich sah ihn mit großen Augen an, erstaunt über den Themenwechsel. »Ich kann mich auf nichts anderes konzentrieren, wenn du so nah bist.«

Mein Blick wanderte zu seinen Lippen, während es mich heiß durchfuhr. Bedeutete das, er wollte es wieder tun?

»Du weißt, dass ich adoptiert worden bin.«

Ich sah wieder in seine Augen und nickte. Na gut, alles andere würden wir auf später verschieben. »Kathryn hat es mir damals erzählt«, antwortete ich zögerlich. Ihr Name war bestimmt immer noch ein gefährlicher Punkt.

Doch jetzt sah er ganz ruhig aus. Auch er nickte. »Das mit Kathryn ... Das war viel später. Da war der größte Schaden schon angerichtet worden.« Er wandte seinen Blick ab, und es sah fast so aus, als würde er in einer anderen Zeit verschwinden, wie gestern Nacht. Mit dem Unterschied, dass er mich dieses Mal mitnahm. »Ich bin in New York aufgewachsen. Meine Mutter, Julia

Gallagher, hat mich ausgesetzt, sobald ich geboren war. Ich hab keine Ahnung, wer sie ist. Ich kenne nur ihren Namen und weiß, dass sie noch minderjährig war, als sie mit mir schwanger wurde. Später stellte sich heraus, dass ich nicht ihr einziges ungewolltes Kind war. Aber meine Erinnerung setzt erst ein, als ich so fünf, sechs Jahre alt war. Ich hab mit einer Horde anderer in den Slums gelebt, wir sind täglich betteln gegangen. Ich hatte einen kleinen Bruder, der später dazukam, keine Ahnung, ob er nun wirklich mein leiblicher war, aber wir sahen uns ziemlich ähnlich. Er gehörte zu mir, und ich hab aufgepasst, dass er über die Runden kam. Ein oder zwei Jahre blieben wir dort, ich kann dir im Nachhinein nicht sagen, wie zum Teufel wir es geschafft haben. Die meisten haben den Winter nicht überlebt. Aber später hat man mir gesagt, dass ich ein Talent fürs Überleben habe. Was für eine Ironie …« Finn lachte kurz auf, es klang hart und bitter. »Wir durften niemandem vertrauen. Ein paar hängten sich an Ältere oder schlossen sich einfach so zusammen, und es gab eine Art Kleinkrieg, der die ganze Zeit über herrschte. Der ganze Abschaum war versammelt. Angst war tabu, denn ein Feigling konnte nicht mithalten. Es wurden Schläge verteilt, und wenn man nicht aufpasste, wurde man totgeprügelt. Ich hab aufgepasst. Aber Adam nicht.« Er starrte immer noch geradeaus, sodass er meinen Gesichtsausdruck nicht sehen konnte. Die Worte sprudelten so schnell aus ihm hervor, dass ich mich konzentrieren musste, um alles mitzubekommen. Seine Stimme klang emotionslos. Leer.

Inzwischen saß ich nicht nur ganz starr da, sondern spürte auch langsam die Kälte, die meinen Körper emporkroch und mich von innen auffraß. Adam. Sein kleiner Bruder.

»Er war einen Kopf kleiner als ich und hatte keine Chance. Als ich eines Abends nicht in der Nähe war, haben sie ihn überwältigt. Die normalen Leute da draußen gaben ihm immer besonders viel, wenn er bettelte, er sah so unschuldig und hilflos aus. Die Jungs aus der Gang haben ihm das Geld abgenommen, und als er versucht hat, sich zu wehren, haben sie ihn zum Verstummen gebracht. Als ich ihn fand, hat er noch geatmet. Scheiße, da war so viel Blut. Aber es war so kalt. Wir hatten Ende Januar, und es gab keine Möglichkeit, ihm zu helfen. Ohne sein Erbetteltes konnte ich ihm gerade noch ein wenig Wasser kaufen. Als die Sonne aufging, war er tot. Und ich bin ausgerastet. Ich hatte selbst Hunger und Durst, aber in meinem Kopf drehte sich alles nur noch darum, diese elenden Geschöpfe zu finden und zur Strecke zu bringen. Ich war noch ein Kind, und ich hatte keine Ahnung, wahrscheinlich wäre ich selbst dabei draufgegangen, es wäre mir egal gewesen. Ich hab mich oft gefragt, wie es wäre, einfach zu verschwinden. Aber dann kam William. Er hat mich erwischt, als ich mich hinter der Baracke versteckt hab, um den richtigen Moment abzuwarten. Ich dachte am Anfang, er sei einer von ihnen. Er war ein paar Jahre älter als ich … und stärker. Er hat mich mit Gewalt davon abgehalten. Ich weiß nicht, wieso er mir geholfen hat. Er schien zu niemandem zu gehören. Wir haben Adam begraben, obwohl wir einen ganzen Tag lang gebraucht haben, um einen geeigneten Ort zu finden. Und dann kamen Monate, in denen wir zusammen auf Beutetour gingen. Wir haben immer zusammengearbeitet. Wenn wir nicht gebettelt haben, haben wir die anderen beklaut. Und wir wurden nie erwischt. Der Gedanke an Adam hat immer wehgetan, aber mir ging es trotzdem besser. Ich musste nicht mehr so oft hungern. Und ich hatte jemanden zum Reden. Jemanden, der verstand.« Er seufzte leise. »Bis auch er verschwand.«

Ich traute mich kaum, zu blinzeln. Ich betrachtete den Mann vor mir und fragte mich, wie ich ein Jahr lang hatte glauben können, ihn zu kennen.

Er befeuchtete seine Lippen mit der Zungenspitze und fuhr fort. »Eines Tages irgendwann im Sommer hat sich ein Kerl zu mir an den Straßenrand gesetzt, als ich gerade meine Sachen gepackt hab, um mir einen Platz zum Schlafen zu suchen. Ich war ziemlich beeindruckt. Er war erwachsen und trug einen Anzug. Seine Haare sahen gekämmt aus, und er roch nach irgendeinem Zeug, das ich noch nie zuvor gerochen hatte. Er hat mir zuerst ein paar Fragen gestellt. Wie ich heiße und so. Ob ich alleine bin. Und schließlich hat er mich gefragt – ich weiß noch genau, wie er es formuliert hat –, ob ich nicht Lust hätte, dieses Drecksloch zu verlassen. Ich sei doch viel zu schade dafür. Ich war verzweifelt und einsam.

Nach William wusste ich nicht mehr, was ich tun sollte. Jede Abwechslung war mir willkommen, obwohl ich keiner Menschenseele mehr vertrauen wollte. Ohne zu zögern hab ich zugesagt. Er hat mich in ein Heim gebracht, wo ich mir das Zimmer mit mehreren Jungs geteilt hab. Aber es war ein echtes Zimmer. Mit einem Bad, fließendem Wasser, Strom und zwei Mahlzeiten pro Tag. Ich dachte, ich bin im Paradies. Natürlich war ich ein Vollidiot. Ohne Gegenleistung gab es so einen Luxus nicht …«

Minuten vergingen, doch er sprach nicht weiter. Ich bemerkte, dass wir inzwischen fast die einzigen Gäste waren. Auch die Kellner hielten sich im Hintergrund, als würden sie ahnen, dass wir diese Privatsphäre brauchten. Mein Blick verharrte auf meiner Serviette vor mir und ich versuchte, mir ein Bild davon zu machen, was Finn mir erzählte. All das hatte sich vor vielen, vielen Jahren abgespielt, und trotzdem war es jetzt so präsent, weil es ihn in seiner Entwicklung so sehr geprägt hatte. Ich stellte mir vor, wie er alleine und ohne richtige Kleidung am Straßenrand saß. Verlassen von seiner Mutter, seinem Bruder, seinem Freund. Ich sah ihn vor mir, gestern auf dem Bett. Am liebsten hätte ich auf der Stelle mitten in diesem Restaurant zu heulen angefangen. Denn irgendetwas in meinem Inneren sagte mir, dass der schlimmste Teil noch nicht vorüber war. Ich spürte seine Finger unter meinem Kinn und schaute auf. Sein Blick war weich, die Bitterkeit war verschwunden.

»Hey, alles okay?«

Ich nickte hastig.

»Vielleicht reicht das für den Augenblick, oder?«, sagte er mit einem halbherzigen Lächeln.

»Du kannst weitererzählen. Ich kann das verkraften«, sagte ich und wandte mich ab, um abwesend in meinem Teller herumzustochern und gleichzeitig eine Ausrede zu haben, damit ich ihm nicht in die Augen schauen musste.

»Ich denke, das ist vorerst genug. Ich will dir nur noch eine Sache sagen, dann gehen wir uns Nachtisch holen. Ty meinte zu mir, ich dürfte nicht gehen, ohne die Rumkugeln probiert zu haben.«

Ich betrachtete das bunte Gemüse vor mir und erwiderte nichts. Das Essen lag mir noch schwerer im Magen. Denn jetzt empfand ich nicht nur Mitleid und Trauer. Ich hatte Finn im Stich gelassen. Ich hatte nie gefragt, wie es ihm ging. Klar, damals war mir alles scheißegal gewesen und ich hatte nur für den Moment gelebt. Keine Lust auf Bindungen gehabt. Aber das war keine Rechtfertigung. Vielleicht hätte ich ihm helfen können. Vielleicht wäre dann alles nie so weit gekommen, auch wenn ich nichts an seinen Kindheitserlebnissen ändern konnte.

»Unsere letzte Nacht in San Francisco …«, ertönte seine raue Stimme neben mir. »… als ich mit Laura gesprochen hab. Sie hat mich angerufen, um mir zu sagen, dass Miss Gallagher sie gefunden hat und sich mit mir in Verbindung setzen wollte. Deshalb bin ich ausgerastet. Deshalb hab ich das mit uns beendet. Wochenlang hatte ich nicht mehr an all den Dreck aus der Vergangenheit gedacht, und dann kam mit einem Schlag alles hoch. Ich wollte dir das nicht antun. Ich wusste, du wolltest dich nie damit befassen.«

Sekundenlang saugte ich seine Worte auf, bis ich verstand. Seine biologische Mutter hatte sich nach Jahren gemeldet. Es war unerwartet gewesen. Wir hatten in San Francisco so viel Spaß gehabt, und dann war seine Welt von einem Moment auf den anderen in sich zusammengebrochen. Ich schluckte den Kloß, der sich in meinem Hals gebildet hatte, herunter und zwang mich, aufzusehen. »Ich hätte um dich kämpfen sollen.«

Seine Augen brannten, als auch er schwer schluckte, ohne mich aus den Augen zu lassen. Er hob seine Hand und schob mir eine Locke hinters Ohr. »Scheiß auf den Nachtisch. Lass uns bezahlen und zurückfahren.«

***

»Zum East Central, 115 Lever Street in Clerkenwell«, teilte Finn seinem Chauffeur mit, als wir wieder im Wagen auf der Rückbank saßen. Es sollte mich wohl nicht wundern, dass er die Adresse auswendig konnte.

Er drehte sich wieder zu mir, schien einen Moment lang zu überlegen und rutschte dann von seinem Sitz in die Mitte, sodass wir direkt nebeneinander saßen. Ich schaute nach vorne und ließ meinen Kopf auf seine Schulter fallen, woraufhin er mir sofort einen Arm um die Schultern legte.

»Woran denkst du?«, fragte er mich.

»Ich weiß nicht … an alles. Daran, was für ein egoistisches Miststück ich war.«

Er hielt inne, sein Körper versteifte sich, warum auch immer. »Was …«

»Ich weiß nicht, ob du dich noch daran erinnerst, aber ich hab dir in San Francisco versprochen, alles mit dir durchzustehen. Ich hab dich im Stich gelassen. Und nachdem du mir das alles erzählt hast, ist mir nur noch mehr klar geworden, wie bescheuert ich bin.«

»Eliza.« Er sprach meinen Namen gefährlich ruhig aus. »Du kannst nicht ernsthaft …«

Er wurde unterbrochen, als die Beifahrertür vorne aufgerissen wurde, genau in der Sekunde, in der der Chauffeur den Wagen ausgeparkt hatte und im Begriff war, loszufahren. Die Gestalt stieg ein, zog die Tür hinter sich zu und drehte sich nach hinten, während unser Fahrer nun endgültig Gas gab.

»Westwood. Eliza.« Es war Tyler. Er nickte uns zu und warf Finn eine zusammengerollte Zeitung in den Schoß. »Schön, euch wieder vereint zu sehen. Wir haben ein Problem.«

Finn faltete sie auseinander. Die Titelseite sprang uns förmlich entgegen.

Finn Westwood psychisch labil?

Ein Insider packt aus.

Verlässlichen Quellen zufolge sind die Songtexte des Aufsteigers doch nicht so weit hergeholt wie vermutet. Der Rockstar (23) soll Jahre in einer psychiatrischen Klinik in Los Angeles, Kalifornien, verbracht haben, bevor er mit dem Gesang anfing und in die Stadt des endlosen Regens zog. Ist das womöglich der Grund für das Beziehungsfiasko mit Elizabeth Fleming (21)? Mehr auf Seite 3.

Die Bilder waren nicht besser.

Entsetzt hielt ich die Luft an, als ich mich selbst auf dem Cover erkannte. Das Foto war zwar verschwommen, aber trotzdem war zu erkennen, dass ich in Tränen aufgelöst war. Es brauchte nicht lange, bis mir klar wurde, dass es von dem Abend stammte, als Finn hergekommen war und *Not Strong Enough* gesungen hatte. Ganz super. Zusammen mit der dramatischen Überschrift und einer Abbildung von Finn daneben, die ihn ganz in Schwarz im Schatten der Bühne zeigte, ergab das natürlich einen ganz neuen Sinn. Diese Arschlöcher.

Er schnaubte neben mir. »Idioten. Was glauben sie, damit zu erreichen?«

»Ich frag mich eher, wer dieser Insider ist. Jeden Tag wird irgendein Dreck erzählt, aber das hier ist anders«, warf Tyler von vorne ein, während ich bis zu Seite drei blätterte und schnell den Artikel überflog. Am Anfang kamen sie auf den Beruf von Michael Westwood und die mysteriöse Verbindung zu sprechen, und gegen Ende wurde von einem Augenzeugen berichtet, der Finn Westwood beobachtet hatte, wie er einen Kommilitonen in der Universitätskantine »krankenhausreif« schlug. Meine Kinnlade klappte herunter, als ich mich tiefer über das Blatt beugte.

Er fiel mehrere Male durch unberechenbares Verhalten auf. Die meisten hatten Angst vor ihm, nur die Mädels hat er mit seinem vermeintlichen Charme bezirzt, bevor er sein wahres Gesicht zeigte. Eine Freundin hat mir von sadistischen Neigungen beim Sex erzählt. Sie war nach einer Nacht mit Finn Westwood völlig verängstigt.

Ich hatte keine Ahnung, ob ich lachen oder schreien sollte. Geschockt riskierte ich einen Blick zu Finn, der mit versteinerter Miene zu Ende las. Ich beobachtete, wie er seine Augenbrauen zusammenzog und seine Lippen fest aufeinanderpresste.

Tyler räusperte sich. »Das ist alles ziemlich beschissen, ja, aber wir haben noch eine Chance.«

»Was gibt es noch zu diskutieren?«, knurrte Finn. »Das meiste, was sie schreiben, stimmt doch.«

Jetzt wurde ich auch wütend. Ich wandte mich zu Finn und zwang ihn, mich anzusehen. »Bist du wahnsinnig?«

»Nein, Eliza, du bist wahnsinnig, weil du dich immer noch mit mir abgibst. Was ist das für ein Bild hier vorne?« Er blätterte wieder vor und schmiss mir das Titelblatt auf den Schoß, bevor er wieder auf den anderen Sitz rutschte und somit Abstand zwischen uns schaffte. »Ist das nicht der ultimative Beweis?«

Ich stöhnte auf. Seine Einstellung hatte sich seit heute Morgen nicht geändert, auch wenn er mir aus seiner Vergangenheit erzählt hatte.

»Das hat überhaupt gar nichts mit dem zu tun, was diese Penner schreiben. Das war am sechsten November, als du aufgetreten bist.«

»Wieso hast du geweint?«, wollte er wissen. Seine Augen glichen zwei schwarzen Kohlestücken.

»Vielleicht weil ich dich vermisst habe?«, rief ich aufgebracht. »Was glaubst du denn? Etwa weil ich so sehr Schiss vor dir hatte?«

Wir funkelten uns an, bis Tyler uns unterbrach. »Kommt mal runter, Leute. Westwood, hör auf, dich in Selbstmitleid zu baden. Das bringt niemandem was. Eliza, halt dich mal einen Moment lang zurück. Ihr müsst mir zuhören. Es gibt einen Weg, damit umzugehen, auch wenn ich noch nicht weiß, ob wir damit ein Eigentor schießen. Aber wir können nicht einfach nichts tun, sonst macht das schneller die Runde, als wir bis drei zählen können.«

»Ich dachte, die Welt liebt mich, weil ich so abgefuckt bin«, kam es von Finn. Seine Stimme triefte vor Sarkasmus.

»Abgefuckt ist eine Sache. Gewalttätig und unzurechnungsfähig eine andere.«

»Er ist verflucht noch mal nicht gewalttätig!«, fauchte ich.

Finn strafte mich mit einem Todesblick. »Wen willst du hier eigentlich überzeugen?«

»Verdammt noch mal!« Ich hatte genug. Dann würde ich eben wieder meine Taktik ändern müssen. »Du weißt ja inzwischen, was für Dummheiten ich begehe, wenn du so einen Scheiß von dir gibst«, sagte ich leise, und als er mir einen kurzen zornigen Blick zuwarf, beugte ich mich einfach vor und drückte meinen Mund auf seinen. Tyler, der vorne saß und uns aber immer noch zugewandt war, hatte ich längst verdrängt. Heute Morgen hatte ich Erfolg damit gehabt. Jetzt vielleicht auch.

Augenblicklich reagierte Finn, indem seine Hände vorschnellten und meine Oberarme umfassten, um mich wegzudrücken, aber ich stemmte mich mit aller Kraft dagegen. Es würde nur eine Frage der Zeit sein, bis er sich befreite, also legte ich alles, was ich konnte, in diesen Kuss. Meine Finger wanderten in seine Haare, ich drückte mich an ihn, und da ich nicht angeschnallt war, saß ich binnen Sekunden beinahe schon auf seinem Schoß. Entweder benahm ich mich wie ein verrückter, aufdringlicher Groupie und das hier war die peinlichste Aktion seit Langem, oder … es funktionierte.

16. KAPITEL

LIKE AN ADDICTED TO COCAINE

Finn

Diese Frau war doch nicht mehr bei Sinnen. Die Ausgeburt der Hölle saß neben ihr, dazu ein öffentlicher Artikel über mich und meinen kranken Charakter, in dem ihr noch einmal detailliert vor Augen geführt wurde, wie gestört ich war, und ich hatte ihr den halben Dreck von damals erzählt … Und was tat sie?

Ruhig bleiben, dachte ich und schloss für einen Moment die Augen, was sich als fataler Fehler erwies. Wir rasten über die Straße, rechts von mir war wie heute Morgen das Tröpfeln des endlosen Regens an der Fensterscheibe zu hören, und Eliza … Gottverflucht, sie küsste mich einfach.

Meine Lippen teilten sich, ungewollt, konnte man meinen, aber was für ein Schwachsinn – natürlich wollte ich es. Ich durfte trotz allem nicht wie vorhin reagieren, ich konnte nicht … Scheiße. Ihre Hände befanden sich schon in meinen Haaren, und sie rutschte immer näher. Dieses kleine Biest.

Mit letzter Beherrschung drückte ich sie einen halben Meter von mir weg. Sie stöhnte leise, ließ ihre Finger, wo sie waren, und starrte mich an, ihre glänzenden Lippen leicht geöffnet, ihre Locken fielen ihr über die Schultern, ihre Augen waren leicht aufgerissen. Ich biss mir fest auf die Unterlippe, um mich von dem rasenden Verlangen abzulenken. Ich wollte sie hier und jetzt. Zum Teufel, ich war so erbärmlich. Ich musste mich von ihr fernhalten, und was tat ich stattdessen?

»Babe, du kannst Gedanken lesen«, erklang es belustigt von vorne, und wir sahen beide zu Tyler, der sich bestens zu amüsieren schien. »Na, das ist genau die Chance, die ich meinte«, sagte er grinsend. »Ihr müsst sie ablenken. Euch so skandalös wie möglich benehmen. Das ist das Einzige, was sie von deiner Vergangenheit ablenken wird – deine Affäre mit der Frau, die dir dein Herz gebrochen hat.«

»Was?« Elizas Hände rutschten ab, ruhten jetzt auf meinen Schultern, wo sie mich nicht weniger verrückt machten.

»Das wird niemals funktionieren«, erwiderte ich.

»Oh doch, das wird es. Das hier ist ein einziger Artikel, sie haben zufällig ins Schwarze getroffen, und klar, wenn du in nächster Zeit von der Bildfläche verschwindest, werden sie es aufbauschen bis zum Gehtnichtmehr, und dann steht dein Image als abgedrehter Psycho. Aber wenn du für genügend Abwechslung sorgst …« Er fuhr sich triumphierend über die Lippen.

»Ich zieh sie nicht da rein.«

»Sie sitzt zufällig neben dir und trifft immer noch eigene Entscheidungen, Idiot«, kam es von links.

Ich beschloss, Eliza zu ignorieren, woraufhin sie ihre Finger in meinen Nacken gleiten ließ. »Elizabeth Fleming«, raunte ich mit drohender Stimme. »Lass den Scheiß.«

Sie stockte kurz wegen meines Tonfalls, sprach dann aber trotzig weiter. »Hör auf, dich so aufzuführen. In San Francisco wolltest du auch, dass ich deine Presse-Freundin bin.«

»Das kannst du nicht vergleichen.«

»Wieso nicht? *Du* bist gekommen, *du* wolltest mich zurück.«

»Sie hat recht, Alter.«

»Ty, halt dich da raus. Du siehst in dieser ganzen beschissenen Geschichte nur den Vorteil meiner Karriere. Du darfst sie nicht beeinflussen, sie hat keine Ahnung …«

»Den Vorteil deiner Karriere. Na sicher.« Er lachte trocken auf und hielt sich an seinem Sitz fest, als wir die Ausfahrt nahmen und in die Kurve gingen. »Wenn mir alles andere am Arsch vorbeigehen würde, hätte ich dich in Seattle studieren lassen, damit du deinen verdammten Abschluss machen kannst und in ein paar Monaten mit 'nem neuen Album auf Tour gehst. Mit Sicherheit hätte ich dir kein Ticket nach London besorgt oder gestern deine Ex angerufen, als du mal wieder die Nerven verloren hast. Krieg dich ein, Westwood.«

Ich starrte ihn an. »*Du* hast sie angerufen?« Ich hatte angenommen, dass ich sie im Rausch kontaktiert hatte, so wie früher schon einmal.

»Wer sonst, der Weihnachtsmann?«

Ich begann, ihn mit wahllosen Beschimpfungen anzubrüllen, während er nur die Augen verdrehte. Ich konnte es nicht fassen. Irgendwie war ich an Drogen gekommen, hatte mich volllaufen lassen und was weiß ich was getan, und er rief Eliza an? Ich war so sehr in Rage, dass ich alles um mich vergaß. Eliza versuchte, auf mich einzureden, aber ich stand erst am Anfang. Ich rastete völlig aus. Zum ersten Mal, seit ich hier war, bröckelte der Egoismus in mir so richtig, und ich begann, unter die Oberfläche zu sehen. Scheißegal wie gut es mir in ihrer Gegenwart ging, ich zerstörte sie mit jeder Minute mehr. Ich hätte ihr kein Wort aus meiner Kindheit erzählen sollen. Sie würde es falsch verstehen. Sie würde denken, ich konnte darüber sprechen, weil ich geheilt war. Aber das war total widersprüchlich. Sie war gestern dagewesen. Sie musste doch wissen, dass ich immer noch der Wahnsinnige von damals war.

Schwer atmend packte ich sie an den Schultern. Ich musste es mit Vernunft versuchen. »Egal, was ich dir erzählt hab, es ändert nichts an dem, was ich bin, Eliza.«

Sie hatte den Mund schon zu einer Antwort geöffnet, doch sie klappte ihn wieder zu, als sie meine Worte hörte.

»Du meinst, ein Rockstar und Millionär?«, murmelte Tyler, der sich inzwischen wieder umgedreht und das Beifahrerfenster runtergelassen hatte. Pfeifend schaute er nach draußen, wo London an uns vorbeiflog.

Ich biss die Zähne zusammen. Ich würde mich nicht mehr provozieren lassen. Ich musste Eliza überzeugen. Dieses Mal richtig.

Sie seufzte. »Du hast es immer noch nicht verstanden.«

Keine Ahnung, wovon sie sprach. Aber dasselbe könnte ich ihr wohl auch sagen. »Kleine …«, versuchte ich es erneut. Ich senkte meine Stimme, damit nur sie mich verstand, und brachte unsere Gesichter ein wenig näher. »Du kannst keine Erwartungen an mich haben. Ich werde dich enttäuschen. Und das ist es, was wir vermeiden müssen.«

»Ich hab keine Erwartungen an dich. Du wolltest mir das von früher erzählen. Das war deine Idee. Wenn du es bereust, dann …«

»Ich bereue es nicht«, fiel ich ihr seufzend ins Wort. »Aber da ist so viel mehr. Und du behandelst mich, als wäre alles in Ordnung. Du wirst dich da wieder vollständig reinstürzen und …«

Tyler drehte vorne demonstrativ das Radio auf, als wäre ihm das Ganze doch zu intim.

»Ach, das ist es?« Ihre Augen funkelten, die goldenen Pünktchen in dem Braun schienen zu tanzen. »Du hast Schiss, dass ich deine Worte von dieser Lagerhalle ein bisschen zu ernst nehme und mich in etwas hineinsteigere? Nun, um das mal klarzustellen: Du hast keinen Grund, dir Sorgen zu machen. Ich weiß, dass das Publicity war.«

Schlagartig war mein Kopf leer, die Argumente ausgelöscht. Was wollte sie damit sagen? *Na was wohl, Trottel*, ertönte eine Stimme in meinem Inneren. *Du bist wohl nicht gerade das, was man als glaubwürdig bezeichnen würde.* Mit einem Schlag dachte ich nicht mehr darüber nach, wie schlecht ich für sie war oder was ich ihr mit meiner ständigen Anwesenheit antat. Ein einziger Gedanke formte sich und nahm alles ein: Sie hatte keine Ahnung, dass ich sie verdammt noch mal liebte. Was dachte sie, wieso ich ihr sonst all das erzählt hatte? Und dann wurde mir bewusst, dass ich ihr all das schon einmal gesagt hatte. Nein, nicht gesagt. Geschrieben. Sie hatte keinen blassen Schimmer. Von gar nichts. *Du hast nicht wirklich gedacht, der Brief würde etwas ändern*, hörte ich sie sagen. Ich würde mein Klavier in Seattle darauf verwetten, dass sie ihn nicht gelesen hatte. Aber was hatte ich erwartet … An ihrer Stelle hätte ich ihn längst verbrannt.

In diesem unpassendsten aller Augenblicke merkte ich, wie der Wagen langsamer wurde. Ein Blick nach draußen zeigte mir, dass wir uns längst in Clerkenwell befanden und das Wohnheim ansteuerten. Aber das war nicht das Problem, im Grunde war es gut, dass wir endlich alleine sein und diese Diskussion in ihrem Zimmer weiterführen konnten. Nur, dass die Seitenstraße überfüllt mit Menschen war, die jedes Auto unter die Lupe nahmen, um ihre Beute auf gar keinen Fall zu verpassen. Offensichtlich hatte es nicht einmal einen halben Tag gedauert, bis sie herausgefunden hatten, dass ich nicht mehr in meinem Fünf-Sterne-Hotel in der Innenstadt anzutreffen war. Ich beugte mich vor und warf einen schnellen Blick in den Rückspiegel. Tony und Brian fuhren direkt hinter uns. Auch Eliza beugte sich vor, um eine bessere Sicht zu haben. Für den Moment schien sie auch vergessen zu haben, worüber wir soeben gesprochen hatten.

Mein Manager drehte das Radio wieder ab, ließ sein Fenster hochfahren und rieb sich die Hände. »Der Spaß beginnt. Aber ihr verlasst den Wagen nicht, bevor die zwei bei uns sind.«

»Und was machen wir dann?«, fragte Eliza.

Er drehte kurz den Kopf und zwinkerte ihr zu. »Klappe halten und ins Haus laufen. Sorry, Sweetheart, aber wenn Romeo sich querstellt, kann ich nichts machen.«

Ich verdrehte die Augen und wandte mich ab.

»Ich könnte dich auch einfach wieder küssen«, murmelte sie stur.

»Viel Spaß«, entgegnete ich sarkastisch. »Dann beschwer dich aber nicht, wenn sie dir im nächsten Artikel Nötigung anhängen wollen.«

Unser Fahrer bremste, und das Gemurmel, das durch die Scheiben erklang, wurde zunehmend lauter. Sie hatten uns entdeckt. Keine Minute später wurde die Tür neben mir aufgerissen, und Brian nickte mir zu, während Tony auf der anderen Seite Eliza zu Hilfe kam.

»Auf in den Kampf«, murmelte ich und setzte mein arrogantestes Grinsen auf, als ich aus dem BMW stieg.

»Sorry, keine Fragen heute, Leute!«, rief Tyler mehrmals, und obwohl ich mich nicht umdrehte, sondern auf direktem Weg durch den Hof zum Hauseingang des Backsteingebäudes geführt wurde, war ich mir sicher, dass er den Reportern sein freundlichstes Lächeln präsentierte. Er hatte das tausendmal besser drauf als ich. Mein Blick galt lediglich Eliza ein paar Meter von mir entfernt, die sich ein, zwei nervöse Blicke nach hinten nicht verkneifen konnte. Die Meute war größer geworden, und durch den verdunkelten Himmel erschien mir das Blitzgewitter heute nur noch greller. Unterdessen schnappte ich ein paar Fragen auf, die sich natürlich vor allem auf Eliza bezogen. Abwechselnd schleuderten sie uns provokante Bemerkungen zu, mal an sie gerichtet, mal an mich, und wieder musste ich mich zusammenreißen. Klar, es gehörte zum Job. Aber ich war nie der Mensch gewesen, der diese Wahnsinnskarriere mit dem entsprechenden Medienrummel gewollt hatte. Außerdem ging es nicht mehr nur um mich. Ich dachte an alles, um das ich mich im Moment kümmern musste. Die Uni war extrem schlecht auf mich zu sprechen, ich hatte keine Ahnung, ob sie mich bei meiner Rückkehr rausschmeißen würden, Michael hatte mich seit heute Morgen gefühlt hundertmal angerufen, was ich geflissentlich ignorierte, da er sicher über gestern Nacht oder meine unzähligen versäumten Vorlesungen sprechen wollte, ich war nicht über meine eigene Misshandlung hinweg, was ich erst vor wenigen Stunden herausgefunden hatte, und Eliza tat so, als wäre alles beim Alten. Und dann hatten die Paparazzi den Nerv, mich zu fragen, ob ich mich zu meinem Privatleben und meiner Vergangenheit äußern wollte. Ich fühlte, wie ich mich verkrampfte und stehen blieb, ohne dass ich richtig darüber nachdachte. Wir waren beinahe an der Tür, Eliza direkt vor mir, während Ty hinter uns Small Talk mit den Aasgeiern führte.

»Was ist?«, raunte Tony.

Ich kniff die Augen zusammen und drehte mich um. Er trat automatisch neben mich. Die Auslöser der Kameras waren jetzt noch lauter zu hören.

»Kannst du sie in Schach halten?«, gab ich zurück.

»Höchstens fünf Sekunden. Die rennen dich über den Haufen, wenn du nicht sofort weiterläufst.«

Fünf Sekunden waren genug. Auf meinen Lippen bildete sich ein selbstgefälliges Grinsen. »Baby?«, rief ich über das Geschrei hinweg und wandte den Kopf zu Eliza. Sie war ebenfalls wie erstarrt und schaute nun abwechselnd zu mir und den in Aufregung versetzten Reportern. Ich streckte eine Hand nach ihr aus. »Komm her.«

Die Emotionen, die in mir explodierten, waren nicht in Worte zu fassen, als sie nicht den Bruchteil einer Sekunde überlegte, sondern sofort zu mir gelaufen kam. Sie schaute zu mir hoch und grinste mich an. »Was hast du vor, Rockstar?«

Hinter uns war die Hölle los, Tyler war zu überrascht, um zu handeln, meine Bodyguards drängten sich zu ihm, um so viele wie möglich am Weiterlaufen zu hindern. Aber das schienen sie nicht vorzuhaben. Nicht jetzt, wo wir ihnen den Artikel des Jahres verschaffen würden.

»Mein Image wahren.«

Ich nahm ihr Gesicht zwischen die Hände und beugte mich hinunter. Der Wind wehte den Duft ihrer Haare in meine Nase.

»Du wusstest noch nie, was gut für dich ist«, flüsterte ich und presste meine Lippen auf ihre.

***

Der Schweiß lief an meinen Schläfen herunter, während ich meine Arme zum gefühlt hundertsten Mal in die Höhe stemmte, um das verdammte Gewicht nach oben zu befördern. Hoch … runter … hoch … runter. Ich achtete nicht auf die Leute, die neben mir trainierten, mein Blick lag stur auf der Glaswand des gigantischen Studios, das einzige Geräusch war mein abgehackter Atem vermischt mit dem gedämpften Ton des Flachbildfernsehers neben mir. Der Musiksender, der die ganze Zeit über lief und sich wohl auch nicht verändern ließ, hatte bereits zwei Songs von mir abgespielt, aber ich bildete mir ein, niemand würde es bemerken, solange ich nur meinen Plan weiterverfolgte. Gewichte stemmen, bis auch noch das kleinste bisschen Adrenalin in meinem Körper getötet war. Meine Beine hatte ich schon ausreichend mit dem Laufband außer Gefecht gesetzt. Je größer die Anstrengung, desto besser. Die glorreiche Idee, ein Fitnessstudio aufzusuchen, war mir gekommen, als die Bilder in meinem Kopf nach dem Kuss vor dem Studentenwohnheim nicht mehr aufzuhalten gewesen waren. Sport war nach der Musik schon immer meine beste Waffe gegen krankhaften Selbsthass und allgemeine Überforderung gewesen.

Körperliche Anstrengung, um mich wieder auf das Wesentliche konzentrieren zu können. Eigentlich war Tom in jeglicher Hinsicht mein Lebensretter. Er war es gewesen, der mich zum Singen gebracht hatte, und er hatte mich auch zum ersten Mal in sein Fitnessstudio geschleppt. Tja, jetzt war ich hier. Auf den Gedanken hätte ich schon früher kommen können, wäre ich nicht anderweitig ziemlich beansprucht worden. Es war nicht besonders schwer gewesen, ein geeignetes Studio zu finden, zumal Tyler ein wandelnder London-Guide zu sein schien. Er hatte mich alleine »gehen lassen«, unter der Bedingung, ich würde mich später abholen lassen, bevor die Paparazzi wieder Wind davon kriegten und angesichts der Ereignisse des Tages völlig ausrasteten. Das Problem war nur, dass sich mein beschissenes Hirn überhaupt nicht mit dem Gespräch mit Eliza beim Mittagessen oder meinen vielen anderen Problemen beschäftigte.

Sex. Das war alles, woran ich denken konnte. Seit Stunden. Mit jedem Atemzug, mit jedem Schweißtropfen auf meiner erhitzten Haut. Guter, alles verzehrender, ungehemmter Sex. Mit dieser einen Frau, die mir mein Leben im Moment zur Hölle machte. Zugegeben, ich war selbst dafür verantwortlich, dass ich nach einer halben Ewigkeit zu einem notgeilen Arschloch mutiert war. Ich hätte es besser wissen müssen, als ich sie letzte Woche zum ersten Mal wieder geküsst hatte. Nur hatte ich nie im Leben angenommen, nach Monaten wieder so drauf zu sein. Eine Zeit lang, Anfang dieses Jahres, war es fast schon zur Normalität geworden. Ich war ein Kerl wie jeder andere gewesen, der täglich Sex haben wollte. Und dann, als sie gegangen war, war das Bedürfnis wie ausgelöscht gewesen, wie damals, vor meiner Ankunft in Seattle. Psychischer Defekt übertragen auf meinen Körper. Ich hatte es akzeptiert. Ich wollte niemanden außer Eliza anfassen.

Nun … Jetzt war sie wieder in meiner Nähe. Und es war gutgegangen, wirklich, obwohl ich mich immer noch nicht unter Kontrolle hatte oder wusste, wie es weitergehen sollte, wenn ich ihr täglich das Herz brach. Es hatte mir gereicht, sie einfach ansehen zu können. Ihre Hand zu halten. Wie ein verfluchtes Weichei. Aber natürlich hatte ich auch das akzeptiert, ich würde alles akzeptieren, um mich endlich wieder lebendig zu fühlen. Es war gut. Unschuldig, aber erfüllend. Wieso also konnte ich nicht ein einziges Mal dabei bleiben? Was zum Teufel sollte ich mit diesen Szenen in meinem Kopf anfangen? Gegen die Wand. Auf den Boden. Nackte Haut auf meiner. Lange Locken zwischen meinen Fingern. Lang gezogenes Stöhnen. Aufbäumen. Fingernägel in meinem Nacken. Nach Verlangen schmeckende, heiße Luft.

Verdammter Dreck.

Ich knurrte und drückte meine Arme durch, während ich die Augen qualvoll zukniff. Das konnte doch nicht wahr sein. Ich hatte kein Recht darauf, Sex haben zu wollen. Das letzte Mal hatte ich Eliza praktisch dazu gezwungen. Das letzte Mal … Oh Gott, das war im April gewesen. Wir hatten Mitte November. *Heilige Scheiße.* Tief durchatmen, versuchte ich mich innerlich zu beruhigen, was total schwachsinnig war, da ich durch die Anstrengung sowieso schon wie ein Irrer nach Luft schnappte. Wieso, wieso zur Hölle musste sie mich auch anfassen? Wieso? Wieso küsste sie mich, als würde sie mich wie damals wollen? Wieso schickte sie mich nicht endlich zum Teufel?

Richtig – weil das die schlimmste Strafe für mich war. Deshalb würde ich auch heute Abend zu diesem Mist gehen. Deshalb würde ich weiterhin in ihrer Nähe bleiben, leiden und so tun, als wäre unsere Freundschaft okay. Ich hatte ihr vorgeworfen, so zu tun, als wäre nichts gewesen, als wäre alles beim Alten, und was tat ich?

Ich war vergewaltigt worden. Ich hatte Drogen genommen und Eliza erzählt, dass ich sie praktisch hasste und es genoss, sie zu verletzen.

Es half nichts. In diesem Augenblick war es mir wirklich egal. Frustriert stellte ich das Gewicht hinter meinem Kopf ab, löste meine Finger von der Stange, wischte mir mit meinem Handtuch über die triefende Stirn und verließ das Studio.

London glich einem schwarzen Meer mit funkelnden Lichtspiegelungen darin, als ich nach draußen trat und mich auf den Weg in mein Hotelzimmer machte, um zu duschen. Keine Reporter in Sicht – vermutlich dachten sie, ich würde jetzt vierundzwanzig

Stunden am Tag im East Central verbringen. Natürlich hätte ich auch dorthin gehen können, schließlich hatte ich von mir aus heute Morgen einen meiner Koffer dort gelassen, in der Absicht, nicht mehr im Hotel schlafen zu müssen. Aber ich brauchte jetzt diese Stunde alleine für mich, um mir klar zu werden, was zum Teufel ich eigentlich wollte. Es war so kalt, dass ich meinen eigenen Atem sehen konnte, aber an meinem Körper schienen die eisigen Temperaturen einfach abzuprallen. Ich trat in den Hintereingang und drückte auf den Pfeil nach oben, woraufhin die Metalltüren augenblicklich auseinanderglitten. Natürlich. Der Aufzug war nur für mich reserviert. Ich hatte gerade keine Lust, mit Tyler oder Tom oder meinem Dad zu sprechen. Obwohl ich Letzteres in nächster Zeit tun musste, da ich es als meine Pflicht ansah, ihn und auch Laura zu beruhigen. Aber im Moment wollte ich einfach nur in die Suite, mich umziehen und einen Schluck Whiskey zu mir nehmen. Wirklich nur einen Schluck, ich würde es todsicher nicht mehr übertreiben. Bevor ich das tat, hatte ich außerdem vor, meine beachtliche Tablettensammlung, die ich vorsichtshalber nicht zu Eliza mitgenommen hatte, genauer unter die Lupe zu nehmen und jeden Dreck, bei dem es sich nicht ganz klar um Antidepressiva handelte, schnellstmöglich zu entsorgen. Ich hatte keine Ahnung, woher ich die ganzen Pillen hatte. Irgendwann vor London, vermutlich während der Tour, waren sie mir zugesteckt worden. Es war mir wirklich egal, von wem und wieso, ich wollte das Zeug nur loswerden.

Die Türen sprangen auseinander, und ich lief auf direktem Weg in die Suite. Als auch deren schwere Tür hinter mir zufiel, begann ich, mich meiner Kleidung zu entledigen, während ich ins Bad lief. Natürlich nicht, bevor ich mich überzeugt hatte, dass Tyler nicht wieder zufällig hier war. Ich zog mir das Shirt über den Kopf und schmiss es hinter mich, stieg aus meiner Jogginghose und den Boxershorts und schob die Glaswand der Dusche beiseite, bevor ich den Hahn aufdrehte. Mein Blick fiel auf den länglichen Spiegel neben mir. Zweifellos war ich in Topform. Objektiv betrachtet würde wohl kaum jemand Nein zu mir sagen. Meine Haut glänzte immer noch von der Anstrengung, und ich zwang mich, nicht daran zu denken, mit welcher Anstrengung ich mir viel lieber die Zeit vertrieben hätte. Oder wieso ich mir darüber Gedanken machte, ob ich immer noch in der Lage war, jemanden ins Bett zu kriegen.

Ich stieg unter die Dusche und griff nach dem Duschgel, wobei mein Blick auf meinen ausgestreckten Arm fiel. Die längliche Narbe von damals war noch immer nicht verschwunden. Blass und unauffällig zog sie sich über meinen Unterarm, bereit, mich jedes Mal aufs Neue daran zu erinnern, was für ein Vollidiot ich war. Es hielt mich trotzdem nicht davon ab, das Eine zu begehren, das ich unter keinen Umständen haben durfte.

***

Eliza

10:50 p.m.

»Wenn du sie weiterhin so anstarrst, könnte sie auf den Gedanken kommen, du bist ein Stalker«, flüsterte ich Diego zu und nahm kichernd einen Schluck von meinem Longdrink.

Wir saßen alle in einer Reihe auf einem langen dunklen Ledersofa in der Karaokebar Lucky Voice, während der Rest mit Singen, Bowlen – wie sich herausstellte gab es im Untergeschoss eine Bahn – oder Trinken beschäftigt war. Ich saß zwischen John und Diego und beobachtete Ally bei ihrer Interpretation von *We Are Young*. Tom lenkte sie die ganze Zeit über mit mehrdeutigen Blicken ab, was wirklich niemandem entging, außer vielleicht Diego, der seinen Blick seit einer guten Stunde nicht von einer kleinen Blondine an der Bar wenden konnte, die sich auch schon öfter verwirrt und zuletzt geschmeichelt nach ihm umgedreht hatte.

»Ich observiere, ich starre nicht«, gab er trocken zurück.

Augenrollend gab ich ihm einen kleinen Schubs. »Was spricht dagegen, ihr einen Drink auszugeben?«

Er wandte mir sein Gesicht zu und hob die Augenbrauen. »Ernsthafte Antwort? Ich bin zu wenig betrunken, und bis jetzt kam noch nicht das richtige Lied.«

John hüstelte neben mir und nippte an seinem Getränk. Mir fiel die bernsteinfarbene Flüssigkeit in seinem eckigen Glas auf. Scotch. »Wenn ich du wäre, würde ich nicht zu lange warten. Sobald Finn Westwood hier auftaucht, wird sie dich keine Sekunde länger anschauen.«

»Danke für deine aufmunternden Worte, Kumpel …«

Sofort sah ich zu meinem Nebenmann, der mich fröhlich angrinste. »Bin ich im Unrecht?«, fragte John.

»Er ist auch nur ein Mensch«, murmelte ich und schaute wieder weg. Das war jedenfalls das, was ich mir einzureden versuchte. Seit Finn mich nach dem Kuss alleine gelassen hatte, seit ich nicht wusste, was er entscheiden würde, bis ich ihn wiedersah. Sein Koffer befand sich zwar noch in meinem Zimmer, aber das brachte dann auch nichts mehr, wenn er den ganzen Tag lang mit Zweifeln verbracht hatte.

Eigentlich hatte ich gute Laune. Solange ich nicht daran dachte, dass Finn jedes Mal gleich reagierte, wenn er mich wieder einmal zu nah an sich herangelassen hatte, wie heute Mittag im Chinarestaurant. Mit Distanz. Und das beim Mittagessen war kein kleiner Ausrutscher gewesen, das war eine ganze Menge. Feige, wie ich war, hatte ich es größtenteils verdrängt. Ich hatte mich davon abgehalten, Tom oder Ally nach ihm zu fragen, ich wollte nicht nerven, wenn er alleine sein wollte. Im Auto hatte ich es übertrieben. Aber ich war wieder an einem Punkt angekommen, an dem ich spürte, wie die Angst an mir nagte.

Er hat dich vor versammelter Mannschaft geküsst.

Das war für die Presse. Er hat im Auto deutlich gemacht, dass er nicht will.

Meinst du, als er deinen Namen gestöhnt hat? Oder als er gesagt hat, dass er nicht gut für dich ist, was bedeutet, dass er Gefühle für dich hat?

Ich presste meine Handflächen gegen die Schläfen. Das würde doch nie ein Ende nehmen. Es würde jedes Mal aufs Neue ein Hin und Her sein. Ohne Gewissheit, ohne irgendeinen Halt. Er wollte mich, er wollte mich nicht. Er kam nach London, er wollte wieder gehen. Ich konnte das natürlich alles auf seine vermeintliche Störung schieben. Es klang lächerlich, seit er hier war. Obwohl alles passte. Aber ich war genauso unbeständig. Ich war vor ihm hierher geflohen, und inzwischen würde ich alles tun, um ihn am Gehen zu hindern.

»Grenze«, flüsterte ich vor mich hin und kippte die restliche Flüssigkeit in meinem Glas runter. »Borderline.«

Die hatte es noch nie gegeben.

Ich bemerkte, dass Ally mit dem Lied fertig war und nun von Tom auf den Armen herumgetragen wurde. Wie eine Braut. Gott, die zwei waren unglaublich. Unglaublich kitschig und verknallt.

»Alison will tatsächlich heiraten«, sagte John mit einem leisen Lachen.

Überrascht beobachtete ich, wie er sich die dunklen Haare gelassen aus dem Gesicht strich. »Das stört dich nicht?« Nachdem sie ihn zweimal abserviert hatte, hatte er sie schließlich monatelang ignoriert.

»Ich habe diese Frau noch nie so glücklich gesehen, also nein, es stört mich nicht. Sie verdient ihr Märchen. Sie ist einzigartig.«

Er nippte an seinem Scotch. Ich betrachtete ihn und fühlte mich unangenehm an etwas erinnert. »Seit wann sind alle hier so … fürsorglich?«, rutschte es mir heraus.

Diego und John sahen mich gleichermaßen belustigt und überrascht an.

»Ich mein's ernst!«, rief ich aus. »Was soll das? Wo sind diejenigen hin, die kämpfen und mit allen Mitteln versuchen, es auf die Reihe zu kriegen?«

In dem Augenblick ertönte lauter Bass von vorne, und ich wandte mein Gesicht automatisch der Musik zu.

»Wenn man vom Teufel spricht …«, erklärte Diego neben mir mit einem zynischen Grinsen.

»Every time we lie awake after every hit we take, every feeling that I get, but I haven't missed you yet …«

Der große Bildschirm hinter dem Sofa zeigte das Musikvideo und den passenden Songtext genau wie bei den vorherigen Stücken an, aber ich achtete gar nicht darauf. Ich kannte das Lied sowieso auswendig.

Finn stand auf der kleinen runden Fläche vor dem Display, aber sein Blick streifte es ebenfalls nicht, während seine raue Stimme die Karaokebar erfüllte. Sein Blick lag auf mir.

Ich schluckte hart. Da verbrachte ich meine Zeit damit, mich über meine Probleme aufzuregen, und bekam nicht einmal seine Ankunft mit. Er trug trotz der Kälte draußen nur ein weißes T-Shirt mit schwarzem Aufdruck, dazu helle, verwaschene Jeans und abgetragene Lederboots. Mir fiel auf, dass seine Haare noch wilder als heute Morgen wirkten und in dem Licht der abwechselnd blinkenden Lichter an der Wand viel heller als sonst aussahen. Ich sah nur noch, wie Ally mir zuzwinkerte, bevor sie von Tom die Treppen ins Erdgeschoss heruntergetragen wurde. Alle anderen Leute in der Bar verharrten, um Finn zu lauschen. Selbst der Barkeeper hörte auf, Drinks zu mixen.

Dann knipste jemand ein Licht bei mir aus, und ich konnte mich nur noch auf ihn konzentrieren.

»Every roommate kept awake by every sigh and scream we make …«

Scheiße. Ein Teil von mir hasste ihn dafür, dass Three Days Grace immer uns gehören würde. Ihm. Mir. Die Verzweiflung. Die Erinnerungen … Ich sah meine alte WG vor mir, mein altes Zimmer. Wie ich mir die Hand vor den Mund gepresst hatte, um meine Lust nicht herauszuschreien und die gesamte Nachbarschaft aufzuwecken.

Er sah mir direkt ins Gesicht, hielt das Mikro fest umklammert und biss sich auf die Unterlippe, bevor er weitersang. Ich hielt seinem Blick stand. Diesen Augenblick – er am Mikrofon, ich gefesselt von seiner Stimme – hatte ich schon so oft durchlebt. Und trotzdem war es anders. Er schloss seine Augen und schrie sich seinen Leib geradezu aus der Seele. *»I … hate … everything about you.«* Mein Atem stockte, denn ich wusste ganz genau, was jetzt folgte. Er trat einen Schritt nach vorne, ein paar Mädchen raunten, lachten oder gaben laute Seufzer von sich, doch er beachtete sie nicht. Er schlug die Augen wieder auf. *»Why do I love you?«*

Mein Puls raste. Ich spürte, wie Diego zur Seite rutschte und Platz für Clara machte, die sich mit einem kleinen Lächeln neben mich setzte. Benommen schaute ich zu ihr, als hätte man mich gerade aus einem Traum geweckt.

»Hab das Bild von heute Mittag im Internet gesehen«, sagte sie so laut, dass ich es trotz der Musik verstehen konnte.

Ich nickte irritiert. Wer nicht? Mein Blick glitt zu Finn, der mich immer noch mit seinem durchbohrte, und wieder zurück zu ihr.

»Ich glaube, du solltest ihm eine Chance geben.«

Ich stöhnte auf, was sowieso in den nächsten Zeilen unterging. »Weißt du was?«, murmelte ich dann, wahrscheinlich hörte sie mich gar nicht. »Ihr habt alle recht.«

Mit diesen Worten erhob ich mich, strich meinen schwarzen Rock und das Spitzenoberteil glatt und lief geradewegs auf ihn zu. Seine Augen weiteten sich für einen kurzen Moment, doch er sang weiter. Direkt vor ihm blieb ich stehen. Er hatte Parfüm aufgetragen. Und ich würde ihm die Kleidung von seinem Körper reißen, wenn das so weiterging.

»Gib mir das Mikro«, rief ich in sein Ohr und ging anschließend sofort wieder auf Abstand, um nicht den Verstand zu verlieren.

Seine perfekten Lippen formten sich zu einem »Wieso?«, doch ich nahm ihm das Teil schon aus der Hand und konzentrierte mich auf die Hintergrundmusik.

»Every time we lie awake after every hit we take …«, wiederholte ich die zweite Strophe und versuchte, den abschätzigen Blicken von Finns Fanclub keine Beachtung zu schenken. War ja irgendwo auch nachvollziehbar. Wer wollte schon mir zuhören, wenn dieser Gott hier zur Auswahl stand? Ich hatte noch nie in meinem Leben vor so vielen Menschen gesungen, und außerdem war es nicht besonders von Vorteil, dass ausgerechnet Finn Westwood unmittelbar vor mir seine Reibeisenstimme zum Besten gegeben hatte. Aber hier ging es nicht um mein nicht vorhandenes Talent, hier ging es darum, ihm etwas zu beweisen. Wenn er einen

halben Tag verschwinden und mir dann diese verwirrenden Songs um die Ohren hauen konnte … tja, dann konnte ich das auch. Verzweiflung herausschreien konnte nicht so schwer sein, zumal ich das Lied unzählige Male unter der Dusche performt hatte. Meine Stimme war viel zu hoch für den Song, aber das machte nichts. Ich sah, wie Diego grinsend einen Daumen in die Luft streckte und Clara und John irgendetwas Aufmunterndes riefen. Sogar Hannah grinste, und es sah nicht einmal so aus, als würde sie mich lächerlich finden, auch wenn ihr Blick sofort wieder zu Finn wanderte, um ihn anzuschmachten.

Er starrte mich zuerst entgeistert an, doch dann zuckten seine Mundwinkel plötzlich, und er ließ sich rückwärts aufs Sofa fallen, ganz vorne, wo ihm sofort Platz gemacht wurde.

»I hate everything about you, why … do I love you?« Die Frage ging mir mühelos über die Lippen, auch wenn ich ihn nicht richtig ansehen konnte, sondern stattdessen das abstrakte Wanddesign mir gegenüber betrachtete. Ich hasste ihn nicht. Oder vielleicht doch. Ein bisschen. Aber ich wusste sehr wohl, wieso ich ihn liebte. Auch wenn es keinen Sinn ergab und absolut dämlich war.

Der Song ging zu Ende, und ein paar nette Menschen klatschten im Hintergrund. Ich lächelte halb, obwohl ich wieder ein komisches Gefühl in der Magengrube hatte. Aus den Augenwinkeln sah ich, wie jemand Finn ansprach und er den Kopf wandte. Ich schaute ihn immer noch nicht direkt an. Ich beschwerte mich, dass niemand mehr hartnäckig war, und was passierte? Plötzlich war er da. Als wäre er in meinem verdammten Kopf. Aber wem machte ich etwas vor? Ich würde niemals gegen ihn gewinnen, schon gar nicht, wenn er es darauf anlegte, mich zu verwirren. Zudem hatte ich mich jetzt also noch blamiert.

Seufzend gab ich das Mikrofon an Stephanie und ihre Freundinnen ab, die mich allesamt mit diesem Ich-hoffe-du-verbrennst-in-der-Hölle-Blick musterten. Der sarkastische Kommentar blieb mir ausnahmsweise im Hals stecken, ich hatte andere Sorgen. Ich schlenderte quer durch den Raum hinters Sofa und zur Bar, wo ich mich auf einen äußeren Hocker setzte. Die Leute, die neben mir saßen, gehörten glücklicherweise nicht zu meinen Bekannten von der Uni. Der Barkeeper lächelte mich wissend an. Immer diese Kerle hinterm Tresen, die alles zu wissen glaubten. Unweigerlich musste ich an Lucas im Howl at the Moon denken. Gott, das waren noch Zeiten gewesen …

»Wodka«, sagte ich trocken, bevor ich es mir anders überlegen konnte. Das letzte Mal, dass ich dieses Teufelszeug getrunken hatte, hatte ich mir anschließend die Seele aus dem Leib gekotzt. Ich wollte aber jetzt etwas Starkes. Etwas, das mir half, Finn in die Augen zu schauen. Oder zu vergessen, mit was für einer Überzeugung er die Zeilen gesungen hatte. Oder wie ich mich bloßgestellt hatte.

»Einen Caipirinha, bitte. Und setzen Sie den Wodka auf meine Rechnung.«

Ich wandte den Kopf und starrte ihn an. Finn. Er war hinter mich getreten und hatte eine Hand leicht auf meinem Rücken abgelegt. Ich spürte die Berührung durch mein transparentes Oberteil genau.

»Hi«, sagte er. »Du hast mir die Show gestohlen.«

Automatisch lehnte ich mich an ihn. Ich konnte es nicht beeinflussen, es passierte einfach. Benommen beobachtete ich das Lächeln, das sich über sein Gesicht zog. »Seit wann trinkst du Cocktails?«, brachte ich irgendwie hervor.

»Der ist für dich. Sorry, aber ich kann dich keinen puren Wodka trinken lassen.«

»Ach ja?«

Wir sahen uns an. Er zuckte die Schultern, rückte wie unterbewusst ein wenig näher. »Du könntest mir vorwerfen, dass ausgerechnet ich dir vorschreiben will, was du zu tun und zu lassen hast. Das würde ich sogar verstehen. Aber ich würde einen Streit in Kauf nehmen. Tu mir den Gefallen und trink das nicht, Eliza, okay?«

Ich musste lächeln, und meine Befangenheit verschwand, während ich seinen brennenden Blick auf mir mit jeder Körperzelle spürte. »Wahrscheinlich sollte ich tatsächlich mit dir streiten. Aber ich hab gerade wirklich viel mehr Lust auf den Caipi.«

Sein Lächeln war umwerfend.

Wie auf Knopfdruck stellte der Barkeeper unsere Drinks vor uns auf den Tresen. Er lächelte nur höflich, bevor er sich an die Leute neben uns wandte, vermutlich wollte er keinen Kommentar riskieren, solange Finn neben mir stand. Ich nahm einen Schluck durch den breiten schwarzen Strohhalm und schloss genießerisch die Augen. Ich liebte diese Zusammenkunft von Rum, Limette und braunem Zucker. Schon immer. Und Mr. Westwood wusste das natürlich. Sein Kichern ließ mich wieder aufschauen.

»Du bist mir nicht böse«, stellte ich fest und fuhr mir mit der freien Hand durch die Haare. Ich fühlte mich plötzlich verdammt gut.

»Ich hab mir meinen Frust abtrainiert«, erklärte er grinsend. Langsam fuhr er mit der Hand meinen Rücken nach oben … und wieder runter. Ein Blick zu den anderen auf der Couch genügte, um mir zu zeigen, dass er mal wieder dabei war, einen Skandal auszulösen. Es war mir schon lange nicht mehr so egal gewesen. Wobei … Nein, das stimmte nicht ganz. Es war mir nicht egal. Ich genoss es.

Ich drehte meinen Kopf so, dass ich mit den Lippen beinahe sein Ohr streifte. »Dir ist bewusst, dass uns alle beobachten?«, murmelte ich, während Bilder von ihm in einem Fitnessstudio durch meine Gedanken zuckten.

»Oh ja …«

Es fühlte sich so gut an, sich so nah zu sein. Seine Wärme zu spüren.

»Ich war dir übrigens nie böse. Ich wusste nur nicht, wie ich mit dem ganzen Scheiß umgehen soll.«

Ich blinzelte. »Und jetzt weißt du es?«

Er wandte seinen Kopf in meine Richtung. Seine Finger lagen jetzt nicht mehr flach auf mir, er hielt mich fest. »Nein. Aber ich habe entschieden, dass du nichts dafür kannst.«

»Danke.«

Er erwiderte nichts. Sein Drink blieb unberührt, er verharrte genau so, wie er gerade war. Sein Gesicht nur Zentimeter von meinem entfernt. Wir starrten uns an. Sekunden verstrichen, und es hörte einfach nicht auf. Diese wunderbaren hellgrünen Augen.

Dieser perfekte Mann … Es war nicht zu fassen, dass ich eben noch Angst gehabt hatte, ihn anzuschauen. Jetzt konnte ich mich nicht mehr von ihm lösen. Es war wie ein Bann, ein mächtiger Fluch, der für immer auf mir lastete. Und anscheinend auch auf ihm, denn auch er konnte sich nicht losreißen. Langsam rieselte eine Gänsehaut über meinen Rücken, und ich schluckte schwer. Meinetwegen könnte der Raum jetzt in Flammen aufgehen. Die ganze Bar. Ich biss mir auf die Unterlippe. Mir war so unerträglich heiß.

»Hör auf damit«, raunte Finn, und die Heiserkeit in seiner Stimme machte mich nur noch mehr an.

»Womit?«, hauchte ich und merkte, dass sich der Abstand zwischen uns schon wieder verringert hatte.

»Mich mit diesem Blick zu … Verdammt, Eliza, das endet nicht gut …«

Oh Gott, er machte mich fertig. »Das sagst du nicht zum ersten Mal …«

»Vielleicht solltest du endlich hören.« Seine Hand verschwand von meinem Rücken, und ich fürchtete schon, er würde zurückweichen, als er in meinen Nacken griff.

»Gehen wir«, flüsterte ich. »Bitte, lass uns einfach gehen.«

Ich blinzelte, und dann ließ er mich los. Mist, verdammter, ich hatte es versaut. Und dabei schien jetzt wirklich jeder Teil meines Körpers in Flammen aufzugehen. Vor allem der untere.

Er griff nach seinem Glas, ohne mich aus den Augen zu lassen, und kippte die klare Flüssigkeit in einem Zug runter. Kurz verzog er das Gesicht, dann trat er einen Schritt zurück. »Warte hier. Beweg dich nicht, ja?«

Ich nickte, während er ein paar Scheine aus seiner Jeans zog und auf den Tresen knallte. War es möglich, dass er …

»Nicht weglaufen …« Mit diesen Worten drehte er sich um und durchquerte den Raum mit eiligen Schritten, bis er bei der Treppe angekommen war.

Ich tastete nun auch nach meinem Glas, klammerte mich mit zitternden Fingern daran fest. Ich wollte ihn. Nein, ich brauchte ihn. Es war unerträglich, und ich würde platzen vor lauter angestauten Emotionen. Erdrückenden Sexgefühlen. Was tat er jetzt? Würden wir tatsächlich gehen? Obwohl er heute Mittag noch so ablehnend gewesen war? Ich hörte nichts als das Blut, das unerträglich laut in meinen Ohren rauschte. Und was machten eigentlich Tom und Ally? Was dachten die anderen hier von mir? Aber halt, das war mir ja egal. Ich kniff die Augen zusammen. Finn. Finn überall. Absurderweise erinnerte ich mich ausgerechnet jetzt an die Mail meiner Mutter. Und an die von Ms. Hastings.

Da hast du deine Antwort, wisperte eine kleine sarkastische Stimme in meinem Kopf. *Von London aus kannst du ihn nicht verführen, wenn er zurück nach Hause fliegt.*

Mein Herzschlag verdoppelte sich, obwohl ich mich fragte, wie das überhaupt möglich war. Ich fühlte mich so lebendig. Und nervös. Bereit für alles und trotzdem voller Ängste. Es war so einfach. Nur ein Wort, eine Bewegung. Eine Berührung. Ein Schritt nach vorne. Vielleicht wieder in den Abgrund. Aber jetzt war es ohnehin zu spät.

Ich würde mich nicht mehr umdrehen.

***

»So, Leute, wie ihr wisst, werde ich diesen Traum von Mensch in Kürze heiraten, und das ist ein Grund zum Feiern, oder? Die meisten von euch werden mich wohl nicht kennen, ich bin Tom Westwood aus Seattle und … ach, scheiß drauf: DRINKS FÜR ALLE!«

Sprachlos sah ich zu, wie Tom mit dem Mikro in der Hand den Arm um Alisons Schultern legte – sie waren zusammen mit Finn wieder in den ersten Stock vom Lucky Voice gekommen –, während ein paar unserer Kommilitonen vorne jubelten und irgendein dramatischer Song auf dem Bildschirm auftauchte.

Ally wandte ihr Gesicht für den Bruchteil einer Sekunde in meine Richtung und zwinkerte mir verschwörerisch zu, bevor sie die große Flasche Champagner nahm, die ihr vom Barkeeper gereicht wurde. Einige schauten verwundert durch die Gegend, wussten wohl nicht, ob sie es für einen Scherz halten sollten, aber als Tom begann, unzählige Champagnergläser auf dem Tisch vor den Sitzgelegenheiten zu verteilen, schienen wohl auch die letzten Zweifel weggewischt.

Finn schaffte es, sich in dem Ansturm, der nun losbrach, zu mir durchzukämpfen.

Ich starrte ihn eine ganze Weile an, bis ich meine Stimme wiederfand. »Ich – ich hol meine Jacke, okay?«, rief ich ihm ins Ohr. Das war nämlich die einzige Erklärung, die mir realistisch vorkam – ein Ablenkungsmanöver, damit er und ich unbemerkt abhauen konnten. Draußen würden die Paparazzi zweifellos warten, aber wir sollten ja sowieso kein Geheimnis mehr daraus machen.

Er hielt mich am Arm fest, als ich mich Richtung Ausgang bewegen wollte. Ruckartig zog er mich zurück, direkt an seinen Körper. Mein Atem stockte, meine Nervenenden standen schon wieder unter Strom. »Ich hab eine bessere Idee. Vertraust du mir?« Sein Blick ruhte auf etwas hinter mir, und er löste sich erst davon, als ich nicht antwortete. Ich war zu beschäftigt damit, zu realisieren, dass das alles gerade wirklich passierte und ich ihn in Kürze für mich alleine haben würde. Vielleicht in meinem Zimmer. Auf meinem Bett ... Heilige Scheiße. »Baby?«

Ergeben schaute ich zu ihm hoch und biss mir, ohne es zu wollen, auf die Unterlippe. Es war so sexy, wie das Haar ihm vorne in die Stirn fiel. Wie seine Augen funkelten. Wie sein Shirt perfekt an seiner Brust anlag und ich seine Armmuskeln sehen konnte. Er sah mir tief in die Augen, wartete offensichtlich auf eine Antwort.

»Ja.« Natürlich vertraute ich ihm, hätte ich ihn sonst angefleht, wir sollten abhauen?

Er griff nach meiner Hand und drehte mich um, schob mich nach vorne, neben den Bartresen. Dahinter war niemand zu sehen, der Typ war mit Drinksverteilen beschäftigt, und alle Leute, die auf den Hockern gesessen hatten, waren entweder aufgestanden, um sich ihren Anteil zu sichern, oder beobachteten Ally und Tom, die strahlend für Aufmerksamkeit sorgten.

»Siehst du den Eingang in der Wand?«, flüsterte er mir ins Ohr.

Ich blinzelte. Hinter dem Tresen und den Regalen mit Alkohol und anderen Zutaten war tatsächlich eine Öffnung zu sehen. Ich beugte mich ein wenig vor. Waren das Treppen? Offenbar ein Lagerraum … Meine Beine schienen aus Gummi zu bestehen.

»Lauf.«

Ich krallte meine Finger in seine Hand, während ich seinen Worten automatisch Folge leistete. Er schob mich mit der freien Hand weiter nach vorne, doch ich stolperte fast über meine Beine. Aber dann hatten wir die Schwelle übertreten und fanden uns auf grauen Steintreppen wieder, die nach unten führten. Noch waren wir nicht vollständig außer Sichtweite der Leute, aber ich drehte mich nicht mehr um, sondern hastete mit ihm hinter mir immer weiter nach unten. Irgendwann, als wir ungefähr bei der Hälfte der Stufen angekommen waren, hielt er mich zurück und drückte sich an mir vorbei. Er drehte sich um, sodass er genau vor mir auf der unteren Stufe stand, und griff nach meinen Händen. Wir ließen uns nicht aus den Augen, als ich mich nach unten führen ließ. Er lief rückwärts, langsamer als zuvor.

»Wie damals …«, murmelte ich und drehte innerlich durch vor freudiger Erwartung.

Sein Blick wurde starr. Wir waren unten angekommen. Er kam wieder näher und drängte mich in eine Ecke neben dem Fuß der Treppe, zwischen irgendwelchen Getränkekästen. Meine Atemzüge klangen stoßartig in der Stille, die nur entfernt von der Musik oben gestört wurde. Ich lehnte mich gegen die Wand. Einen Augenblick später ließ er meine Hände los, nur um mit seinen Fingern über meinen ganzen Körper zu fahren.

»Mhhh …« Meine Lider flackerten und fielen zu.

»Eliza.«

»Nicht … aufhören …«

»Eliza«, wiederholte er, und an seiner Stimme konnte ich erkennen, dass er sich im gleichen Zustand wie ich befand. Doch irgendetwas hielt ihn zurück. »Bitte, ich muss wissen …« Er brach ab, obwohl seine Hände immer noch nicht stoppten. Seine langen Finger fuhren über meine Hüften, meinen Bauch, glitten weiter nach oben und verharrten dort.

Ich erzitterte und schlug die Augen mit letzter Beherrschung auf. »Was ist?«, brachte ich hervor und erkannte den Konflikt in seinem schönen Gesicht.

Er schluckte hart und sah in seiner Verzweiflung so jung aus. So … liebenswert. Er beugte sich etwas vor. »Darf ich?«, flüsterte er, beinahe schüchtern.

Eine weitere Welle von Gefühlen überschwemmte mich, diesmal lag es nicht nur daran, dass ich seinen Körper unbedingt nötig hatte.

Er fragte mich um Erlaubnis. Weil er keine Grenze überschreiten wollte. Weil er unsicher war und nicht gegen meinen Willen handeln wollte.

»Ja«, keuchte ich und fuhr ihm durch die Haare. »Du darfst.«

17. KAPITEL

DECISIONS, DECISIONS

Eliza

November 13th, 1:00 a.m.

»Gefällt dir das?«

Er fuhr mit den Lippen meine Halsschlagader entlang, während seine Hände meinen Rücken nach unten wanderten.

Stöhnend griff ich in seine Haare, klammerte mich fest, zog daran. »Hmmmh …« Ich zwang ihn, seinen Kopf zu heben, um meinen Mund mit seinem zu verbinden. Für eine Sekunde schlug ich meine Augen auf und sah seine geschlossenen Lider ganz nah, als seine Zunge auf meine traf. Das war im wahrsten Sinne des Wortes das Paradies. Mein Magen machte einen Satz. Ich zog ihn näher zu mir, presste mich fest an seinen Körper, während er mich wieder und wieder gegen die Wand drängte. Sein Körper war eng an meinen gedrückt, ich spürte jeden Muskel, jede pulsierende Bewegung.

»Eliza …«

»Ich will dich«, nuschelte ich an seinen Lippen. Ich wusste, dass das auf Gegenseitigkeit beruhte. Ich spürte seine Erregung, ich spürte ihn genau, und es trieb mich in den Wahnsinn. Nichts kam mir richtiger vor, nichts hatte ich mehr nötig in diesem Moment. Vielleicht würde es nur zehn Minuten dauern, bis jemand hier nach unten kam, aber das war genug. Ich brauchte es jetzt. Puren Sex. Genau das, was vor nicht allzu langer Zeit unmöglich erschienen war. Alles erschien mir inzwischen möglich. Scheiß auf den Stolz und die Angst. Wir mussten es tun. Ich wollte seine Hände auf mir, ich wollte ihn in mir. Das letzte Mal war so falsch gewesen, wir mussten es endlich richtig machen.

Überrascht sah ich ihn an, als er den Kuss unterbrach und ein kleines Stückchen zurückwich. Seine Hände lagen noch immer auf meinem Hintern, waren kurz davor, unter den Rock, den er automatisch nach oben geschoben hatte, zu gleiten.

»Sag mir, was anders ist.« Raue, heisere Stimme. Von Lust verdunkelt. Er machte den Eindruck, als wollte er sich gewaltsam auf irgendetwas Wichtiges konzentrieren, das nichts mit unseren vereinten Körpern zu tun hatte. Was zur Hölle könnte wichtiger sein?

»W-was?«, stammelte ich und versuchte aus seinen lodernden Augen schlau zu werden.

»Was hat sich verändert?«, raunte er eindringlich. »Wieso willst du mich?«

Ich ließ von seinen Haaren ab und schlang ihm einen Arm um den Hals. »Ich wollte dich schon immer, Finn«, murmelte ich leise.

Sein Gesichtsausdruck wurde hart, wie eben auf den Stufen. »Das stimmt nicht. Du hast gesagt, es ist wie damals. Wie kann es gleich sein?«

Ich sah ihn an. »Du meinst den Maskenball.«

Er erwiderte meinen Blick. »Wo ist jetzt der Unterschied?«

Ich schüttelte den Kopf, dann zwang ich mich, ihm eine ehrliche Antwort zu geben. Ich schloss die Augen und redete einfach drauflos. »Du gibst mir das Gefühl, besonders zu sein. Du berührst mich, um mir Vergnügen zu bereiten. Mindestens genauso viel Vergnügen, wie du selbst empfindest. Du siehst mir in die Augen. Du küsst mich. Das hast du alles nicht gemacht, als … Du weißt, was ich meine. Du hast mich heute gefragt, ob es okay ist, aber das hättest du nicht tun müssen. Schau mich an. Du musst doch spüren, dass es okay ist. Genau wie beim ersten Mal im Howl at the Moon. Da hast du auch nicht gegen meinen Willen gehandelt.«

Eine ganze Weile sagte er nichts. Ich schlug die Augen auf und sah, wie er langsam nickte. »Wir werden heute Nacht keinen Sex haben, Eliza.«

Entgeistert starrte ich ihn an, als er seine Finger von mir nahm und zurücktrat. »Was?«

Er musste unerklärlicherweise grinsen. »Schhht, Baby, du willst doch nicht, dass unser Versteck auffliegt.«

»Was meinst du, wir werden keinen Sex haben?«, keuchte ich. »Und wieso grinst du?«

»Ach, komm schon, kannst du nur an das Eine denken? Glaubst du, ich habe keine anderen Qualitäten außerhalb des Betts?«

Das konnte nicht sein Ernst sein. »Arschloch. Du hast mich hier nach unten gezogen, und du willst es genauso wie ich. Also lass es uns tun, bevor es zu spät ist und jemand kommt.«

»Du hast recht. Ich will es genauso. Weißt du, als ich gesagt hab, ich war trainieren, um mich abzureagieren, war das der Hauptgrund.« Sein Lächeln verschwand urplötzlich. »Ich will dich so sehr, dass es mir körperliche Schmerzen bereitet, Elizabeth.«

»Was spricht dagegen?«, hauchte ich und fuhr mit den Fingern über seine Bauchmuskulatur. Seine Hand schnellte sofort vor und hielt meine fest.

»Du bist nicht bereit.«

Mit blitzenden Augen beugte ich mich näher. »Ich bin nicht bereit? Soll ich dir zeigen, wie verdammt bereit ich bin?«

Er schmunzelte schon wieder und legte den Kopf leicht schief. »Denk nach, Schönheit. Was passiert, wenn wir es jetzt tun?«

»Keine Ahnung?« Frustriert warf ich die Hände in die Luft. »Ich bin vielleicht nicht mehr dauererregt wie ein hormongesteuerter Teenager?«

»Dauererregt«, flüsterte er mit einem dunklen Unterton. »Soso.«

»Finn«, knurrte ich.

Jegliches Amüsement fiel von ihm ab. Er trat wieder direkt vor mich, sodass ich hochschauen musste, und nahm mein Gesicht zwischen seine Hände. »Du willst Sex, Eliza? Du willst, dass wir anfangen, uns stundenlang diesem Verlangen hinzugeben, bis wir unseren eigenen Namen nicht mehr wissen? Das klingt alles verdammt gut, oder? Aber was ist mit all dem Dreck, was ist damit, was ich dir am Flughafen gesagt habe? Was ist mit meinem beschissenen Brief, den du todsicher nie gelesen hast?« Es fühlte sich an, als würde mein Herz stehen bleiben. Überrascht riss ich die

Augen auf. Er seufzte. »Schau mich nicht so an, ich bin doch nicht dumm.«

Bewegungslos starrte ich ihn an. Was er mir am Flughafen gesagt hatte … Ich öffnete den Mund, wollte etwas sagen, doch meine Stimme versagte.

Langsam strich er über meine Wange. »Und ich bin auch noch nicht bereit.«

Nein. Das war er nicht. Nicht nach gestern, nach den Drogen, nach seiner Vergangenheit, die offensichtlich noch nicht verarbeitet war.

»Und … Was machen wir jetzt?«, fragte ich, als ich wieder sprechen konnte.

Sein Lächeln war so strahlend, dass es beinahe den gequälten Gesichtsausdruck darunter verborgen hätte. »Wir gehen mit Tom, Ally und den anderen Spaß haben. Wollten wir uns nicht noch was zu essen besorgen? Ich weiß nicht, wie's dir geht, aber ich sterbe vor Hunger.«

***

3:40 a.m.

Unfassbar. Wir waren so nah gewesen, um dann doch wieder kehrtzumachen. Natürlich waren Finns Argumente berechtigt, aber im Moment war das andere Bedürfnis stärker. Ich rollte mich auf meinem Bett zusammen und stöhnte leise.

Finn hatte mich gut gelaunt wieder nach oben gezogen, wo der Barkeeper wieder zu beschäftigt gewesen war, um sich darum zu kümmern, was wir taten. Wir hatten unseren Plan, auf Toms Hotelzimmer zu gehen und Chinesisch zu bestellen, verworfen und waren stattdessen in eine Pizzeria in Clerkenwell gefahren. So gut wie alle aus dem Wohnheim waren mitgekommen, nur Diego war spurlos verschwunden, da er sich in der Zeit, in der Finn und ich in unserer eigenen kleinen Welt gelebt hatten, an die Kleine von der Bar rangetraut hatte. Es war lustig und angenehm gewesen, mit allen zu lachen und köstliche Ravioli und riesige Pizzen zu genießen, aber jetzt lag ich alleine in meinem Bett. Es war kalt, und ich war schlafloser denn je. Ich warf das Kissen beiseite und schlug meine Bettdecke zurück. Ein Blick auf mein Handy sagte mir, dass es kurz vor vier war, was mich laut seufzen ließ. Das ganze Apartment schlief sicher. Ally und Tom waren sofort in ihrem Zimmer verschwunden, als wir kurz nach eins nach Hause gekommen waren, und Finn hatte mir mit einem unbestimmten Lächeln eine gute Nacht gewünscht, bevor er seinen Koffer ins Wohnzimmer getragen hatte, um mir keine Unannehmlichkeiten zu bereiten. Super Sache. Echt. Ich hatte bis zuletzt gehört, wie er sich mit John in der Küche unterhalten hatte. Inzwischen sollte wohl auch er schlafen. Auf einem der Sofas im Wohnzimmer. Ally war offensichtlich beschäftigt, und nicht einmal Diego könnte ich aufwecken, da er heute Nacht in einem fremden Bett schlief, wie er mir per SMS mitgeteilt hatte. Ich würde mir nur einen Tee machen, sagte ich mir. Aber natürlich konnte ich mir nichts vormachen – ich war eine kleine Stalkerin, die den schönsten Mann der Welt beim Schlafen sehen wollte.

Die Kälte des Laminats unter meinen nackten Füßen war unangenehm, als ich hastig zu meinem Kleiderschrank tapste, um mir etwas zum Drüberziehen herauszuholen. Mein Schlafanzug bestand lediglich aus einer karierten dünnen Stoffhose und einem dreiviertellangen grauen Shirt, und das war ohne die Wärme meiner Bettdecke definitiv zu kalt für diese Jahreszeit. Trotz meiner heißen Fantasien und Erinnerungsfetzen. Ich öffnete die Schranktür und stellte mich auf die Zehenspitzen, um das oberste Fach zu erreichen, wo ich meine Pullover aufbewahrte. Das Mondlicht, das durch die Balkontür fiel, reichte aus, damit ich mir einen Überblick verschaffen konnte. Ich vergaß in letzter Zeit sowieso, die Rollläden herunterzukurbeln, es wurde schon so früh dunkel. Meine Finger griffen nach dem erstbesten weichen Stoff, den sie zu fassen bekamen, und ich zog den Pullover hervor. *Oh.* Grinsend faltete ich ihn auseinander. Finns Unipulli. Ich hatte wohl zufällig vergessen, ihn zurückzugeben. Ich schlüpfte hinein und vergrub meine Nase darin, um den Duft in mich aufzunehmen, der nur noch minimal wahrzunehmen war. Okay, ich war bereit.

Im Flur war es noch kälter als in meinem Zimmer, und ich versuchte mich zu beeilen, aber gleichzeitig nicht zu viel Lärm zu machen. Außerdem wollte ich auf das kleinste Geräusch aus dem Wohnzimmer achten, um mich zu wappnen. Aber als ich um die Ecke lief, empfing mich nicht wie erwartet noch mehr Dunkelheit. Ein Laptop – Finns Laptop – stand auf dem Wohnzimmertisch und zeigte ein Standbild auf dem Display – die Außenansicht einer Bar war zu sehen, die mir nur allzu bekannt war: Das Central Perk. Ich blieb wie angewurzelt stehen. Er schaute mitten in der Nacht *Friends*? Wieso zum Teufel hatte ich nichts gehört? Und wo steckte er eigentlich? Es war lediglich eine zusammengeknüllte Decke auf dem Sofa zu sehen. Und ein leeres Wasserglas neben seinem aufgeklappten Notebook.

Mein Herzschlag beschleunigte sich – das würde langsam zur Gewohnheit werden. Er war also irgendwo hier unterwegs und würde bald wiederkommen. Ich lief auf Zehenspitzen in Richtung Küche und schob den Perlenvorhang beiseite. Ich wollte mich gerade nach dem Wasserkocher umschauen und dabei entscheiden, ob ich es riskieren sollte, das Licht anzuschalten, als unsere Eingangstür klickte und kurz darauf einrastete. Ohne nachzudenken stieß ich die angestaute Luft aus. Sekunden verstrichen. Und dann hörte ich ein Kichern.

»Hallo?«, flüsterte Finn aus dem Wohnzimmer.

Ich überlegte für den kürzesten aller Momente, ob ich schweigen und mich verstecken sollte. Dann verwarf ich den Gedanken wieder und legte zwei Finger auf den Lichtschalter neben mir. Drückte ihn herunter und schluckte. »Ich … Ich will mir nur Tee machen«, rief ich leise und kniff die Augen kurz zu, um der schonungslosen Helligkeit zu entkommen. Schnell öffnete ich den Schrank mit den verschiedenen Teesorten, nahm mir die oberste Packung Earl Grey raus und wollte nach dem Zucker greifen, als es hinter mir leise klimperte. Der Perlenvorhang.

»Ich bin euer Gast, nicht andersherum. Du musst dich nicht rechtfertigen, wieso du mitten in der Nacht noch rumläufst.«

Ich fuhr herum. Finn lehnte entspannt im Türrahmen. In Jeans und … Das war's auch schon. Kein verdammtes Shirt. War er wahnsinnig? Das Grinsen in seinem Gesicht war ein Kontrast zu der Ernsthaftigkeit, die in seiner Stimme mitklang.

»Wo warst du?«, fragte ich schnell, um von meinen hungrigen Blicken abzulenken. Ich hatte diesen wie perfekt gemeißelten Oberkörper schon viel zu lange nicht mehr gesehen. Seine Muskeln sahen unter der glatten Haut stählern aus, doch ich wusste, sie fühlten sich weich an, wenn man mit den Fingerspitzen darüberfuhr.

»Draußen.«

»So?« Ich deutete auf seine nackte Brust und wandte mich dann um, holte eine Tasse aus dem Schrank und gab zwei Löffel Zucker hinein, während das Wasser zu köcheln begann.

Er trat näher. »M-hm. Mir tat die Abkühlung ganz gut.«

»Keine Angst vor Reportern?«, hakte ich nach und nahm einen Teebeutel aus der Packung.

Er kicherte, und mir fuhren Schauer über den Rücken, weil er kaum mehr einen halben Meter hinter mir stand. »Ich soll doch einen Skandal anzetteln … Was ist eigentlich mit dir? Wieso schläfst du nicht?«

Ich drehte mich um, stützte mich mit den Handflächen auf der Theke hinter mir ab und hievte mich hoch. So verschaffte ich mir einen besseren Überblick, und er konnte mich nicht so leicht aus dem Konzept bringen. Na ja, das war eine Lüge … Ein Lächeln umspielte seine Lippen, als er den Blick hob, um mich zu fixieren.

»Dreimal darfst du raten, wieso ich nicht schlafen kann«, murmelte ich und griff nach dem Wasserkocher, um das heiße Wasser in meine Tasse zu gießen. »Wieso bist du halb nackt? Ich dachte, das ist nur Diegos Hobby. Was hast du draußen gemacht? Und warum schaust du nachts *Friends*?«

»Eine ganze Menge Fragen …« Seine Augen wurden auf einmal schmal. »Diego läuft halb nackt rum?«

Oh, das gefiel ihm natürlich nicht. Unwillkürlich grinste ich in mich hinein. Ich stellte das Gerät ab und griff nach der Tasse. »Am Anfang zumindest … als er versucht hat, mir weiszumachen, er sei schwul und überhaupt nicht auf was Sexuelles aus. So hat er die Hemmschwelle gesenkt, weißt du. Vertrauen aufgebaut …«

Seine Reaktion fiel genau so aus, wie ich es mir erhofft hatte. Er biss die Zähne zusammen.

Eine Weile schwiegen wir. Ich rührte gedankenverloren in meinem Tee. Er ging zum Kühlschrank, holte eine Wasserflasche heraus, lief ins Wohnzimmer und kam mit dem Glas zurück, um es an der Theke direkt neben mir aufzufüllen. Plötzlich hob er den Blick. Solange ich hier saß, waren wir auf fast gleicher Höhe.

»Als du ihn nach dem Frühstück geküsst hast, bin ich durchgedreht«, flüsterte er, seine Stimme war heiser, sein Blick hielt mich gefangen. »Als Ally mir am Telefon davon erzählt hat, wie er dich … Gott, ich musste mich davon abhalten, mein Hotelzimmer in Stücke zu schlagen. Ich wollte ihn umbringen. Wahrscheinlich ist er ein netter Kerl, aber jedes Mal, wenn ich ihn ansehe, muss ich mich zusammenreißen.«

Ich biss mir auf die Unterlippe, konnte mein Lächeln aber trotzdem nicht verbergen. Das Gefühl war nicht zu beschreiben, das mich durchfuhr, wenn er so etwas sagte. Wenn er eifersüchtig wurde. Ich hatte es doch gewusst. Es war ihm nicht gleichgültig. Aber durfte ich mir erlauben, das alles nicht nur als egoistisch und besitzergreifend anzusehen? Sondern vielleicht als … Interesse? Oder echte Eifersucht, basierend auf … Okay, so weit konnte ich nicht denken.

»Das findest du lustig?«, knurrte er leise, und ich grinste nun wirklich.

»Er will nichts von mir. Er steht vielleicht nicht nur auf Männer, aber er hat mich nie so gesehen, wie du denkst.«

Finn machte einen Schritt in meine Richtung und schob meine Knie leicht auseinander, um sich dazwischen vor mich zu stellen. Ich stellte den Tee ab und fühlte die wohlige Hitze in mir aufsteigen.

»Glaub mir, Eliza, ich kann besser als du beurteilen, als was dich Männer ansehen. Ich bin selbst einer.«

»Du willst also sagen, alle haben nur das Eine im Sinn?«

»Offensichtlich nicht alle«, sagte er und verkniff sich ein Lächeln.

Ach ja – Finn wollte ja keinen Sex mit mir. Aber bei der Erwähnung von Diego fiel mir noch etwas anderes ein. Ich senkte den

Blick. »Tu nicht so … was war denn mit dieser … kleinen heißen Blonden in Seattle?«

Kurz entstand eine Pause, dann griff er mit einer Hand unter mein Kinn und zwang mich, ihn anzusehen. Seine hellen Augen glühten. »Gar nichts. Ich hab nicht … Da war nichts.«

»Mia hieß sie, oder?«, fuhr ich flüsternd fort. »Hast du sie nicht auf eins deiner Konzerte eingeladen?«

Er ließ mein Kinn los, nur um mit beiden Händen in meinen Nacken zu greifen und sich näher zu mir zu beugen. »Eliza. Ich hab sie nicht angefasst. Da. War. Nichts.«

Ich schüttelte den Kopf, hin- und hergerissen. »Du musst mir das nicht erklären! Das ist okay, du bist mir nichts schuldig, wir sind nicht zusammen oder …«

»Lass den Scheiß«, unterbrach er mich, mit einem Mal wütend.

Ich schaute ihm überrascht ins Gesicht. »Was?«

»Hör auf, so zu tun, als wäre das unwichtig. Hör auf, dich exakt wie damals zu verhalten. Es ist nicht wie am Anfang. Ich … wir … Das hier, das bedeutet jetzt etwas.« Er nahm seine Hände von mir, trat zurück und fuhr sich frustriert durch die Haare.

Damals … Damals hätte ich mich wohl über seine Worte aufgeregt. Aber jetzt wusste ich, dass er recht hatte. Irgendwie. »Ich weiß …«, wisperte ich. »Ich … empfinde das auch so. Es bedeutet für mich auch etwas. Ich will nur nicht, dass du dich verpflichtet fühlst, es ist damals so beschissen zu Ende gegangen, und wir haben es nicht wieder hingekriegt. Ich will nicht, dass du denkst, ich erwarte etwas von dir.«

Er musterte mich und seufzte. »Du erwartest nichts von mir? Das stimmt doch nicht, Eliza. Du hast sehr wohl Erwartungen. Du willst nicht wieder wie Dreck behandelt werden. Du willst … Du willst, dass ich nett zu dir bin, oder?«

Ich lächelte. »Definiere nett.«

Auch er musste ein wenig grinsen, bevor er wieder ernst wurde. »Ich habe auch Erwartungen an dich. Ich würde lügen, wenn ich das Gegenteil behaupten würde. Ich will nicht, dass du wieder was mit ihm … Ich will dich nicht teilen, auch wenn ich noch nicht weiß, was das hier ist, weil das alles so verflucht kompliziert ist. Kannst du damit klarkommen?«

Ich nahm jedes seiner Worte tief in mich auf, konzentrierte mich auf dieses schlagartige Hochgefühl und nickte. Eine Sache würde ich aber noch klarstellen müssen. Vielleicht war es ein Triumph, wenn er eifersüchtig reagierte, aber das ging dann zu weit.

»Finn?«

»Kleine?«

»Ich hatte nie Sex mit Diego.«

Ein, zwei Sekunden starrte er mich wortlos an, dann wandte er sich ab und griff nach seinem vollen Glas, aber mir entging sein umwerfendes Lächeln trotzdem nicht, obwohl er es zweifellos zu verbergen versuchte. Als er es wieder absetzte, war ich erneut gefangen in seiner Perfektion. Sein Rücken war so geschmeidig, so sehnig und durchtrainiert …

»Wenn ich dich jetzt zum Sofa trage und für den Rest der Nacht nicht mehr loslasse, wirst du dich beschweren?«

Ich schaute auf. »Meinst du, wir sind bereit dafür?«, stichelte ich.

»Keine Ahnung«, erwiderte er grinsend. »Aber mein Psychologe meint, es tut mir nicht gut, alleine zu schlafen. Wie genau das zu interpretieren ist, bleibt mir überlassen.«

Ich konnte gerade noch nach meiner Teetasse greifen, da hatte er mich schon von der Theke herunter und in seine Arme gehoben. In seine entblößten starken Arme, wohlgemerkt.

Kurz darauf lagen wir auf der hinteren Couch an der Wand, da ich das mittlere Sofa sofort abgelehnt hatte. Dort war damals die Sache mit Diego gewesen, und ich wollte den Moment nicht zerstören, auch wenn es im Grunde keine große Sache war und Finn sowieso nichts davon wusste. Sein Laptop lag so auf meinem Schoß, dass wir beide eine gute Sicht auf den Bildschirm hatten, und wir hatten je einen Kopfhörer im Ohr, um keinen Lärm zu machen. Wir schauten die Folge, in der die Freundesgruppe auf spektakuläre Weise herausfand, dass Chandler und Monica zusammen waren. Meine Beine lagen ausgestreckt über Finns auf der Sofalehne, und ich lehnte halb an seinem Körper, weil einer von uns sonst herunterfallen würde. Die Decke teilten wir uns ebenfalls.

Ich konnte mir im Moment wirklich nichts Besseres vorstellen. Mein Kopf an Finns Brust, sein Arme locker um mich gelegt, in seiner Hand hielt er meine Tasse, aus der wir abwechselnd tranken.

»Ich steh auf das Zeug«, murmelte er in mein Ohr, das nicht verstöpselt war.

»Original englischer Tee – ursprünglich aus China«, antwortete ich und musste dann ein Grinsen unterdrücken, obwohl ich die Szene in der Folge genau wie jede andere auswendig kannte.

Er lachte ebenfalls.

Leicht drehte ich mich und schaute zu ihm hoch. »Kennst du die Folge nicht?«

Er schüttelte den Kopf. »Ich hab mir das nur ab und zu bei dir im Apartment angeschaut.«

Plötzlich fiel mir ein unerwarteter Geruch auf, und ich drängte mich etwas enger an ihn. »Hast du geraucht?«

Er biss sich auf die Unterlippe. »Erwischt«, sagte er dann mit einem Achselzucken und nahm den Ohrstöpsel heraus.

Verwundert blickte ich ihm in die Augen. »Wieso? Du rauchst doch auch sonst nicht, oder?«

»Nope. Außer in Notfällen. Stress oder Verzweiflung oder … bei gewissen Bedürfnissen.« Ich hob eine Braue, er schob mir grinsend eine Locke hinters Ohr. »Du weißt schon, Baby. Wenn ich mich nachts in dein Bett schleichen und böse Dinge mit dir anstellen will.«

Mein Atem stockte, und mein Ohrstöpsel fiel nun auch heraus. »Finn …«

»Hmm?«

»Hör auf, mich wahnsinnig zu machen. Das ist nicht fair.«

»Stimmt. Tut mir leid.« Sein Blick löste sich trotzdem nicht von mir. Ich zwang mich, den Kopf wieder zu drehen und nach vorne auf den Laptop zu starren, auch wenn ich nichts von der Serie mitbekam. Ich spürte seine Körperwärme dicht an mir, seinen weichen, einladenden, festen Körper.

Nach einer Weile merkte ich, wie er sich nach vorne beugte, sein Kinn auf meiner Schulter abstützte und mich näher an seine Brust zog. Ich schloss die Augen und seufzte. Das hier bedeutete etwas.

Für heute Nacht würde ich keine Fragen mehr stellen. Denn ich fühlte mich genauso, wie er es beschrieben hatte – bedeutungsvoll. Als wäre das hier ... echt.

Kein Sex, aber ... Wärme.

Wir fingen eine neue Episode an. Zwischen ersticktem Lachen und beruhigender Nähe spürte ich irgendwann, wie meine Augen zufielen. Ich kämpfte erst gar nicht dagegen an. Seine leicht vibrierende Brust unter mir war das Letzte, das ich wahrnahm, bevor ich in einen tiefen Schlaf sank.

***

Finn

Als ich meine Augen aufschlug, hatte ich für einen kurzen Moment keinen blassen Schimmer, was los war. Wo ich mich befand. Wie viel Uhr wir hatten. Um genau zu sein, hatte ich auch keinen Plan, in welcher Stadt ich mich befand. Chicago, Seattle, New York ... Zu oft hatte ich den Standort gewechselt. Ich blinzelte und spürte ein Gewicht auf mir. Gleichzeitig fiel mir auf, dass ich seit einer gefühlten Ewigkeit schon nicht mehr so ahnungslos aufgewacht war. Normalerweise behielt ich immer den Überblick. Mein Gehirn arbeitete tadellos, ich war zu jeder Zeit zurechnungsfähig. Meine Arme waren um einen warmen, weichen Körper geschlungen ... der auf mir lag. Auf einem schmalen Sofa. In einer WG, in der ich seit gestern ebenfalls wohnte. Mit einem Schlag kam alles zurück, und ich hob ein wenig den Kopf, um an mir herunterzuschauen.

Eliza lag eingekuschelt auf mir, ihre Beine eingezogen, seltsam verschränkt mit meinen – schwer zu sagen, wie wir das in der Nacht geschafft hatten –, ihre Hände auf meiner Brust zu kleinen Fäusten geballt. Ich fing an zu grinsen und schob eine lockige Strähne beiseite, die ihr ins Gesicht gefallen war. Sie seufzte leise im Schlaf. Ihre dunklen Haare wellten sich auf der Decke, die uns beide mehr oder weniger bedeckte. Mein Laptop stand zugeklappt auf dem Wohnzimmertisch vor uns, daneben ein Glas und eine Tasse. Ich erinnerte mich dunkel, wie ich das Ding heruntergefahren hatte, als ich gemerkt hatte, wie sie abdriftete. Ich zog sie näher an mich und spürte, wie mein Grinsen breiter wurde. Ich hatte wirklich gute Gründe, stolz auf mich zu sein.

Erstens – Eliza war in meinen Armen eingeschlafen und schien sich verdammt wohlzufühlen. Zweitens – ich war gestern auf dieser Party erschienen und hatte es nicht vollständig versaut. Ha, gut umschrieben. Es war verflucht noch mal perfekt gelaufen. Denn ich war ihr nahegekommen, ohne – und das war Grund Nummer drei – sie zu verführen und an dieser Wand dort unten zu vögeln. Ach ja, und um dem Ganzen noch eins draufzusetzen, trug sie meinen Pullover. Das versprach eindeutig ein guter Tag zu werden. Es war selten, dass ich morgens mit dieser Laune aufwachte, also konnte ich das mit ziemlich großer Sicherheit sagen. Andererseits war es auch selten, dass die schönste Frau überhaupt morgens auf mir lag. Meine Gedanken wanderten augenblicklich zu dem dunklen Raum gestern. Genau wie jetzt hatte sich ihr heißer Körper gegen meinen gepresst. Einladend … Sie hatte Spitze getragen. Schwarze Spitze und einen engen kurzen Rock, der sich perfekt an ihren Hintern geschmiegt hatte. Oh verdammt, vielleicht war es nicht gut, wenn ich ausgerechnet jetzt daran dachte.

Ich versuchte, unsere Position ganz langsam zu verändern, damit wir nicht mehr direkt aufeinanderlagen – sprich, damit mein Unterleib nicht gegen ihren gepresst war und sie davon aufwachte, dass ich mich nicht beherrschen konnte. Natürlich brachte es nichts, außer dass ich durch die Reibung nur noch … williger wurde. Scheiße. Ich schloss die Augen für eine Sekunde und atmete tief durch. Jetzt nur nicht die Nerven verlieren …

»Mhhhhh …«

Klasse, Westwood. Jetzt hast du sie aufgeweckt. Ich blinzelte, während sie nun auch die Augen aufschlug und sich verschlafen auf mir zu bewegen begann. Mein ganzer Körper versteifte sich augenblicklich, was aber wirklich nichts mehr brachte. Ich war heiß auf sie. Und jetzt wusste sie es auch.

»Baby«, brachte ich leise hervor. »Würde es dir etwas ausmachen, dich nicht an mir zu reiben?«

Sie legte ihre Handflächen auf meiner nackten Brust ab und stützte sich leicht darauf ab, um mich besser sehen zu können. Pure Benommenheit machte sich auf ihrem Gesicht breit. »Was?«, fragte sie heiser und räusperte sich.

»Hör auf, dich zu bewegen. Das ist … zu viel Druck. Reibung. Du verstehst.«

Sie stoppte ihre Bewegung, immer noch verwirrt. »Wie viel Uhr haben wir? Ist alles okay bei dir?« Ich hob die Brauen, und plötzlich grinste sie. »Oh.« Ihr Blick wanderte an unseren verschlungenen Körpern herab. Meine Erektion drückte sich fordernd gegen ihren Schoß, was ihr offenbar erst jetzt voll bewusst wurde. »Oh …«, wiederholte sie und schlang ihre Arme um meinen Hals. »Was machen wir denn da?«

Ich ignorierte den Teil in mir, der mit Freuden auf ihr kleines Spiel eingehen wollte, und packte sie an den Hüften, um sie von mir zu schieben. Im selben Moment wurde irgendwo im Apartment eine Tür zugeschlagen, und es ertönten Schritte auf dem Parkett, die sich dem Wohnzimmer näherten.

Elizas Gesichtsausdruck wechselte von amüsiert zu geschockt. »Shit, wenn uns jemand so sieht …«, flüsterte sie, vor Schreck gelähmt.

Die Schritte wurden lauter. Ich drückte ihren Kopf an meine Brust und zog die Decke über sie. Die Sicht auf unsere Couch war halb verdeckt von den anderen Sitzgelegenheiten. Eliza kicherte leise unter der Decke.

»Scht«, zischte ich grinsend und beobachtete gespannt den Flur.

Es war John. Er nahm seine Jacke vom Haken und warf einen kurzen Blick ins Wohnzimmer. »Hey, Mann«, sagte er, als er mich entdeckte, und unterdrückte ein Gähnen. »Wenn ich du wäre, würde ich noch vier, fünf Stunden pennen. Scheißjob … und das an ’nem Sonntag …«

»Morgen«, erwiderte ich gut gelaunt und fuhr wie zufällig mit einer Hand über die Decke, woraufhin Elizas Hände sich verkrampften. Meinen pochenden Unterleib konnte ich soweit ganz gut ausblenden. John war mir irgendwie von Anfang an sympathisch gewesen. »Was musst du machen?«

»An der Tanke arbeiten. Ich kündige den Mist, sobald ich das Geld fürs Semester zusammenhab …«

Geldprobleme … Ich hatte keine Ahnung, wie ich darauf reagieren sollte.

Aber er schien es eilig zu haben, er griff schon nach der Türklinke. »Geh und kriech zu der Kleinen ins Bett. Man sieht sich.«

Mit diesen Worten war er aus der Tür, und Eliza prustete erneut unter der Decke los.

Ich schob sie zurück, um ihr Gesicht sehen zu können, und musste ebenfalls grinsen. Ihre Wangen hatten einen hübschen Rotton angenommen, und ihre Augen leuchteten. Gott, wieder einmal so perfekt.

»Was meinst du, hat er recht?«, fragte ich lächelnd.

»Aber so was von. Würden Sie mir die Ehre erweisen und bei mir einziehen, Mr. Westwood?« Sie biss sich auf die Unterlippe und streckte eine Hand aus, um mir durch die Haare zu fahren.

Es fühlte sich unbeschreiblich an. Anstelle einer Antwort setzte ich mich auf und nahm sie dabei mit. Ich beugte mich vor und küsste ihre Stirn. Ich war so ein Klischee. Ihr Lächeln wurde strahlender, und da wusste ich, es war mir gleich. Solange ich sie so sah, spielte nichts anderes eine Rolle.

Eine Minute später liefen wir in ihr Zimmer. Hinter den anderen Türen war alles still, alle schienen zu schlafen. Wir hielten uns an den Händen, unter meinem Arm klemmte mein Laptop. Den Koffer würde ich später holen. Verdammt noch mal, Eliza wollte mich wirklich immer noch in ihrer Nähe. In ihrem Bett rutschte ich absichtlich an den Rand, damit wir nicht wieder ineinander verschlungen lagen. So konnte ich sie besser beobachten. Und meine Chancen steigern, meinen Vorsatz nicht zu brechen. Ich half ihr, die Decke über uns auszubreiten, und sie legte sich auf die andere Hälfte, seufzte zufrieden und schaute mich an. Ich wandte mich ihr zu. Draußen war es noch dunkel, aber ihr Gesicht war trotzdem gut sichtbar.

Sie grinste schon wieder. »Danke.«

Ich warf ihr einen fragenden Blick zu.

»Dafür, dass du nicht wegrennst.«

»Wieso sollte ich?«

»Na ja … nach allem, was du mir gestern erzählt hast. Du tendierst dazu, mich von dir zu stoßen, wenn ich dir zu nahekomme.« Den letzten Teil flüsterte sie.

Ich griff unter der Decke nach ihrer Hand und verschränkte unsere Finger miteinander. »Ich bin für dich hierhergekommen, erinnerst du dich? Ich benehme mich manchmal wie der letzte Volltrottel, aber … Ich geh nicht mehr weg.«

»Auch nicht, wenn du denkst, dass du schlecht für mich bist?«, wisperte sie.

»Auch dann nicht. Ich dachte, das hätte ich gestern klargemacht … Ich habe eine Entscheidung getroffen. Und ich werde mich von nun an daran halten.« Jedes Wort entsprach der Wahrheit. Gestern war ich noch voller widersprüchlicher Gefühle gewesen, jetzt war da nur noch eine entspannte Ruhe in mir. Ich wusste, was ich wollte. Ich wusste, was ich tun musste, um es zu halten.

»Okay.« Ihr Lächeln war zurück. Sie schloss die Augen. »Ich bin müde … aber es gibt noch so viel …«

»Schlaf«, unterbrach ich sie. »Wir haben den ganzen Tag Zeit. Du hast Wochenende – ruh dich aus.«

»Du gehst nicht weg.« Es war eine Anweisung.

Ich grinste in mich hinein. »Nein, Ma'am.«

Nach einer Weile wurden ihre Atemzüge tiefer, und ich ließ ihre Hand vorsichtig los, um sie nicht aufzuwecken.

Ich brauchte jetzt eine kalte Dusche.

***

Mit Elizas Handtuch um die Hüften geschlungen lief ich ins Wohnzimmer, um meinen Koffer zu holen. Sie schlief noch. Am Tageslicht, das inzwischen das ganze Zimmer durchflutete, störte sie sich offenbar nicht. Meine Haare waren triefend nass, und ich hoffte, dass ich nicht Hannah antraf – das Mädchen schien ein bisschen zu sehr angetan von mir zu sein –, aber das Wohnzimmer war leer, obwohl der Fernseher lief. Schnell schnappte ich mir das Gepäckteil und wollte mich wieder aus dem Staub machen, als der Perlenvorhang sich teilte und Diego aus der Küche trat. Er grinste mich fröhlich an und steckte sich ein Stück Grapefruit in den Mund. Grapefruit. Wie Laura, wenn sie eine neue Diät ausprobierte.

»Guten Morgen, Finn.«

Wieso zur Hölle war er immer so freundlich? »Morgen.« Ich nickte knapp.

»Ich war gerade bei der Bäckerei um die Ecke, also wenn ihr Lust auf Bagels habt, sie sind noch warm.«

Ähm … Wollte er mich provozieren? *Klar, Finn, so kann man Höflichkeit natürlich auch bezeichnen.*

Ich seufzte und entschied, dass ich ihn vielleicht falsch eingeschätzt hatte. »Danke.« Aber ich würde trotzdem nicht einfach … nett werden. »Ich wollte nur noch mal klarstellen, das mit Eliza …«, begann ich und griff nach dem Henkel des Koffers. Ich hatte ehrlich gesagt keine Ahnung, was genau ich ihm sagen wollte – von *wag es nicht, sie jemals wieder anzufassen* bis zu *danke, dass du ein guter Freund für sie warst* war so ziemlich alles dabei –, aber er fiel mir auch schon ins Wort.

»Wir hatten nie was. Nicht so, wie du denkst. Sie hat immer nur dich gewollt. Und ich hab auch die eine oder andere unvollendete Geschichte. Also entspann dich, ja?«

Ich schaute auf, und wir betrachteten uns eine Minute mit bewegungslosen Mienen.

Auf einmal lachte er. »Komm schon, Westwood, hör auf, so zu gucken. Bist du wirklich so besitzergreifend, oder hast du immer noch Schiss, dass sie dich verlässt?«

Meine Züge wurden hart. Er hatte keine Ahnung, wovon er sprach. Oder vielleicht doch. Wie auch immer, er ging mir auf die Nerven. Ich öffnete den Mund, doch er winkte ab.

»Lass es gut sein. Du hast heute Nacht bei ihr geschlafen, oder? Geh zurück ins Zimmer, schau sie dir an, achte darauf, wie ihre Augen leuchten, sobald du den Raum betrittst. Achte auf die

Kleinigkeiten. Wie sie sich entspannt, wenn du in der Nähe bist, selbst wenn es unterbewusst ist. Diese Frau ist dir zu hundert Prozent verfallen, und es war wohl die beste Idee von dir, hier rüberzufliegen. Schätze dein Glück, zerstör's dir nicht durch unangebrachte Eifersucht.« Etwas in seinem Tonfall ließ mich meinen genervten, sarkastischen Kommentar herunterschlucken. »Ach ja, und vielleicht solltest du dir was anziehen, wenn du nicht willst, dass der Rest der WG in Ohnmacht fällt.« Er grinste und ließ sich auf das mittlere Sofa fallen.

Ich wandte mich zum Gehen, hob aber noch eine Braue. »Ich habe gehört, ich bin nicht der Einzige, der öfter ohne Shirt rumläuft.«

Er lachte. »Ich darf so etwas.«

»Interessante Masche, übrigens«, sagte ich trocken.

Er zuckte die Achseln und verschränkte die Füße auf dem Fernsehtisch vor sich. »Vielleicht ist es ja keine Masche.«

Woah.

»Keine Angst, ich steh schon nicht auf dich«, hörte ich ihn ironisch murmeln und verdrehte die Augen.

In Elizas Zimmer schloss ich die Tür, versicherte mich mit einem Blick aufs Bett, dass sie immer noch schlief, und ließ das Handtuch fallen. Ich öffnete den Reißverschluss des Koffers, klappte die Öffnung nach oben und kramte nach frischen Boxershorts.

»Du willst mich umbringen, oder?«

Ich erstarrte. Ahh, das kleine Biest konnte schauspielern.

Plötzlich musste ich grinsen, schnappte mir die karierte Unterwäsche und erhob mich betont langsam, drehte mich dann um, sodass ich direkt am Fuß ihres Betts stand. Nackt. Sie hatte sich auf den Rücken gedreht, hielt ein Kissen umklammert und starrte mich jetzt mit offenem Mund an. »Guten Morgen, Eliza.« Ich fischte das Handtuch von der Matratze und rubbelte mir damit durch die Haare, während ich hörte, wie sie nach Luft schnappte. »Dein Mitbewohner steht auch auf Männer«, klärte ich sie mit einem leichten Lächeln auf. »Möglicherweise bin ich nicht der Einzige, der sich um Konkurrenz Sorgen machen muss …«

Sie erwiderte nichts, ihre Augen waren kugelrund geworden.

Achte darauf, wie ihre Augen leuchten … Ja, klasse, ich hatte auch nichts an, natürlich starrte sie da.

»Hat es dir die Sprache verschlagen, Babe?« Ich stieg in die Shorts und zog sie mir an.

Sie blinzelte und fing sich. Fuhr sich mit ihren kleinen Fingern beinahe wütend durch die zerzausten Locken und setzte sich auf. Sexhaare. Mhh … »Nein. Arschloch. Hat es nicht. Ich hab nur eine Frage: Wirst du hier öfter nackt sein, wenn wir zusammenwohnen?«

»Keine Ahnung, willst du das?«, neckte ich sie und zog mir ein schwarzes Longsleeve über. Ich krempelte die Ärmel hoch und legte den Kopf schief.

Ihre Augen blitzten. »Das fragst du nach gestern ernsthaft?«

Wir sahen uns an. Ich wusste, ich sollte nicht. Ich wusste, es war falsch … und egoistisch … und … Fuck.

Mit schnellen Schritten lief ich ums Bett herum auf ihre Seite, und sie reagierte sofort, indem sie sich auf die Knie setzte und mir entgegenkam. Ich packte ihre Hüften, zog sie an mich, und sie nahm mein Gesicht zwischen die Hände. Unsere Münder prallten aufeinander, und ich hielt mich erst gar nicht mit unschuldigem Küssen auf, sondern zwang ihre Lippen mit der Zunge auseinander und presste Eliza an meinen Körper.

Sie stöhnte leise in meinen Mund … Und dann flog die Tür neben uns auf. *Scheiße.*

»Na, SIEH MAL EINER AN!«

Wir lösten uns voneinander, und Eliza stieß einen unwilligen Seufzer aus, bevor sie die Situation erfasste und panisch wurde. Es war mein werter Bruder, dessen Timing schlechter nicht hätte sein können.

Ich ließ ihre Taille los und trat zurück. »Tom, spar dir deinen Kommentar. Das war nur …«

»… ein freundschaftlicher Kuss, versteh schon.« Er nickte scheinheilig.

Eliza warf sich zurück in die Kissen und zog ihre Bettdecke über den Kopf. »Lasst mich in ein schwarzes Loch fallen und niemals wieder auftauchen!«, hörten wir ihre gedämpfte Stimme.

Tom kicherte. »So schlecht küsst er, Liz?«

Die Decke wurde ans Ende des Betts geschleudert, und sie pustete sich eine Strähne aus dem Gesicht. »Nein, Tom, er küsst wie ein Gott, das ist das Problem.« Sie sprang auf den Boden und drückte sich an meinem Bruder vorbei in den Flur. »Sonst noch jemand Lust aufs Frühstück?«

Oh gut. Offenbar hatte sich ihre Einstellung geändert, und wir würden uns nicht mehr verstecken müssen. Wie ein Gott also, mhh, gut zu wissen. Ich erwiderte Toms Grinsen, bis mir einfiel, dass ich keinen Sex mit ihr haben durfte. Sollte. Whatever. Frühstück ... Nahrung ... Grundbedürfnis. Eines, das nichts mit nackten, sich aneinander reibenden Körpern zu tun hatte. Diese Gentleman-Seite an mir brachte wirklich beschissene Konsequenzen mit sich.

Ich griff nach meinen schwarzen Levi's. »Gehen wir frühstücken ...«

***

Eliza

»Nächster Halt: London Bridge. Für Verbindungen nach Stanmore, Stratford und Wembley Park bitte umsteigen.«

Ich bückte mich nach meiner Tasche, die ich während der Fahrt auf den Boden gestellt hatte, und trat mit unzähligen anderen Passanten auf die Plattform, als die Türen mit einem Zischen auseinandersprangen. Mit zügigen Schritten bahnte ich mir meinen Weg bis zu den Rolltreppen. Meine Schicht im Barcelona Tapas war zu Ende, und eigentlich sollte ich schon längst im East Central sein, wo alle einen Netflix-Abend veranstalten wollten, aber stattdessen hatte ich vorgegeben, eine Stunde länger arbeiten zu müssen, um das hier zu tun. Ich hatte einen genauen Plan, und ich hatte absichtlich niemandem davon erzählt, weil es meine eigene Entscheidung sein sollte. Ohne äußere Einflüsse.

Der ganze Tag war mehr als gut gewesen. Die Spannung zwischen Finn und mir war die meiste Zeit über auszuhalten, nur wenn ich ihn aus Versehen mit der Hand streifte oder ihm ein bisschen zu lange in die Augen sah, drehte ich innerlich durch. Trotzdem hatte ich akzeptiert, dass wir nicht miteinander schlafen würden. Es war besser so, er hatte recht. Das bedeutete aber nicht, dass ich mir Momente wie heute Morgen in meinem Bett und auf dem Sofa nicht wünschte. Mittags war Ally reingekommen und hatte gefragt, ob wir Lust auf eine Stadtführung hatten, extra für die zwei Westwoods. Unsere britischen Mitbewohner hatten sich dazu bereit erklärt, und ich hatte Finn überredet, obwohl er bei der Erwähnung von Diego nicht besonders erfreut aussah. Ich musste dabei lächeln, denn es war so typisch, dass er immer noch nicht darüber hinwegkam, obwohl er jetzt offiziell wusste, dass wir nie Sex gehabt hatten. Es war schön gewesen, die Sehenswürdigkeiten abzuklappern ... ein bisschen im Hyde Park und an der Themse spazieren zu gehen und den immer noch milden Novembertag zu genießen. Es war vor allem schön, weil ich mich so losgelöst und glücklich fühlte. Weil es inzwischen normal war, einen entspannten Tag mit Finn Westwood zu verbringen, ohne dass er durch irgendwelches Drama unterbrochen wurde. Später, während ich im Restaurant gearbeitet hatte, hatte ich Zeit gehabt, darüber nachzudenken. Es richtig zu realisieren. Und deshalb musste ich es jetzt tun. Ich konnte keinen weiteren Tag abwarten, auch wenn es eigentlich keinen Unterschied machte.

Ich hatte mir diesen Ort an der London Bridge ausgesucht, weil ich die Aussicht von oben liebte, sie nicht so von Touristen belagert wurde wie die Tower Bridge und mich hier garantiert niemand suchen würde. Aber bevor ich auf die Brücke ging, musste ich mir erst einmal ein ruhiges Café suchen. Diego hatte mir das Cosmo empfohlen. Es war mir wichtig, dies allein zu tun. Hinterher musste ich mir sicher sein, dass ich aus eigenem Antrieb so gehandelt hatte. Dass ich es wirklich wollte und niemand anderen dafür verantwortlich machen konnte. Außerdem war der Ort hier wunderschön. London bei Nacht war umwerfend, fast so sehr wie Seattle.

Ich überquerte die Zebrastreifen vor mir und lächelte. Das war genau der Punkt. Diese Stadt war im Grunde perfekt. Tausend interessante Plätze, Läden, Menschen, so viele neue Dinge zu entdecken. Ich war jetzt einige Monate hier und kannte London immer noch nicht wirklich. Es gab noch so viel zu entdecken, und vermutlich würde ich nach zwei Jahren immer noch nicht alles gesehen haben. Mein Leben hier war in mancher Hinsicht sogar einfacher geworden, weil mich an der Uni nicht jeder kannte. Es gab keinen Klatsch im Uniforum über mich, wo über jeden meiner Schritte berichtet wurde. Ich musste über mich selbst lachen, als ich darüber nachdachte. Okay, hier war es natürlich viel schlimmer geworden, seit Finn aufgetaucht war und mich ins Rampenlicht gezogen hatte. Aber es machte mir wirklich nichts aus, es gehörte irgendwie dazu. Ich hatte mich daran gewöhnt, dass die Welt bei seinem Anblick ausrastete, und das würde vermutlich nie anders sein, egal in welcher Stadt wir uns befanden. Aber ich war ihm so dankbar dafür, dass er mir die Augen geöffnet hatte. Ich wusste jetzt, dass ich London liebte … Aber es war nicht mein Zuhause. Und das würde es niemals sein. Finn Westwood war nicht der einzige Grund dafür, dass ich in diesem Moment auf dem Weg ins Café war, um in aller Ruhe meiner Mom eine Mail mit einer Zusage für Weihnachten und Miss Hastings eine Absage wegen der weiteren Semester in London zu schicken. Er war der Auslöser dafür, dass ich mir sicher war, zurück nach Seattle fliegen zu wollen – und zwar nicht nur über Weihnachten, sondern dauerhaft. Und noch etwas wusste ich genau: Ich sagte nicht nur Ja zu einer Stadt, sondern auch zu ihm. Es spielte keine Rolle, dass ich noch nicht alles über ihn wusste, dass es immer noch dunkle Orte in seiner Vergangenheit gab, an die er mich noch nicht mitnehmen konnte … Ich wollte diese Reise mit ihm antreten. Ich wollte das Risiko eingehen, und ich wollte mich jetzt für ihn entscheiden, damit er wusste, dass nichts, was er zu mir sagte, meine Meinung ändern würde. Es hieß, man sollte keine Entscheidungen treffen, wenn man traurig, und keine Versprechungen machen, wenn man glücklich war. Doch jetzt, während ich nachts auf Londons Straßen unterwegs war, Three Days Grace in meinen Ohren dröhnte und ich einfach die gesamte Weltbevölkerung umarmen könnte, spürte ich die Gewissheit ganz genau.

Ich war bereit.

Seattle. Meine geliebte Regenstadt. Dort hatte alles seinen Anfang genommen. Dort wartete mein echtes Leben.

Ich hatte mich lange genug gegen mein Schicksal gewehrt.

18. KAPITEL
THESE LITTLE WONDERS

Eliza

Hi, Mom,
wie schön, von dir zu lesen …
Glaub kein Wort, das du in den Medien über Finn liest! Du hast recht, ich dachte damals auch, dass es vorbei ist. Finn ist nicht zufällig nach London gekommen, er ist hergeflogen, weil er mich wiedersehen wollte. Flipp jetzt nicht aus! Es ist nicht so, wie du denkst. Okay, vielleicht doch. Aber das ist ja auch nicht der Punkt: Ich wollte dir nur sagen, dass ich zurück nach Seattle fliege und mit Dad und dir in Shelton feiern werde. Ach ja, und … Ich werde kein Ticket für den Rückflug benötigen, ich habe beschlossen, dass zwei Jahre einfach zu lang sind.
Mach dir keine Sorgen um mich, bald erzähle ich dir alles, und es liest sich in irgendwelchen Zeitschriften hundertmal dramatischer, als es wirklich ist!

Kuss, Eliza

P.S.: Ally ist mit Finns Bruder verlobt …

Ich leerte meinen Cappuccino und lächelte wie irre vor mich hin. Mit einem Klick auf Senden besiegelte ich mein Schicksal. Der letzte Satz würde sie wahrscheinlich richtig aus den Socken hauen und mit viel Glück ein bisschen von ihrer verrückten Tochter ablenken. Die Absage-Mail an Ms. Hastings war schon abgeschickt.

Meine Mundwinkel taten schon weh, aber ich konnte nicht mit dem Grinsen aufhören. Ich freute mich so verdammt sehr. Ich sprang von dem hölzernen Hocker am Fenster und wollte mein Handy schon wegstecken, als eine neue Nachricht aufblinkte.

Sie war von Sam und beinhaltete nur eine kurze Frage: *Hast du gerade Zeit zum Telefonieren?*

Augenblicklich tippte ich eine Antwort. Mein Brücken-Spaziergang würde warten müssen.

***

December 1st, 5:30 p.m.

Ich rannte die letzten Schritte zum Backsteingebäude, so eilig hatte ich es, der unmenschlichen Kälte zu entkommen. Das Wetter war vor wenigen Tagen abrupt umgeschlagen. Die zwei, drei Paparazzi, die mich dabei fotografierten, ignorierte ich geflissentlich. Das war inzwischen fast zur Gewohnheit geworden. Tyler hatte recht behalten – die Klatschspalten waren voll mit Bildern von Finn und mir. Zu jeder Tages- und Nachtzeit. Kein einziges Wort mehr zu seiner Vergangenheit.

Die letzten Tage hatte Finn mich immer zum Campus begleitet, auch wenn er nicht mehr wie am Anfang in die Vorlesung kam. Er musste seine Zeit auch dazu nutzen, zu lernen, um das nachzuholen, was er in Seattle verpasste. Das tat er meistens in meinem Zimmer, wo ich ihn dann nachmittags mit aufgeklapptem Laptop und zerstreuten, vollgeschriebenen Blättern fand. Ich konnte es nicht fassen, dass er das durchzog. Dass er ohne Angst vor den Konsequenzen einfach Hals über Kopf aus den USA abgereist war. *Was er nicht alles für dich tun würde …*, wisperte mein schlechtes Gewissen. Ich hatte es bis jetzt nicht über mich gebracht, mit ihm darüber zu sprechen. Über die Tatsache, dass ich es unglaublich fand. Und dass ich mich schlecht dabei fühlte, obwohl ich ihn gleichzeitig niemals gehen lassen würde. Oder auch, dass das bald nicht mehr nötig sein würde. Über gewisse Dinge sprachen wir nicht. Seit dem Sonntag, als wir mehr oder weniger ausgemacht hatten, dass wir schauen würden, wie sich das alles entwickelte, war eine ganz neue Ära angebrochen. So fühlte es sich jedenfalls für mich an. Morgens frühstückten wir zusammen mit den anderen im Apartment. Tom und Ally waren entweder auch mit am Start, oder sie schliefen bei Tom in der Hotelsuite. Dann ging ich in die Uni, während Finn lernte, und anschließend leistete er mir Gesellschaft im Restaurant. Die wenigen Abende, an denen ich frei gehabt hatte, waren wir in der Gruppe rausgegangen. Mal Cocktails trinken, mal durch die Stadt schlendern und die ersten Weihnachtslichter in der Oxford Street bewundern. Es war so surreal, dass wir schon den ersten Dezember hatten. Dass sich bald die Weihnachtsstimmung vollständig ausbreiten würde, dass schon Geschenke gekauft werden mussten und man besinnlich zusammensitzen würde. Und dass es nur noch wenige Wochen bis zum Dreiundzwanzigsten waren. Nicht einmal Ally wusste von meiner Entscheidung, nach Seattle zurückzukehren. Um ehrlich zu sein, war es für mich leichter, mich erst mal nur für mich dem ganzen Glück hinzugeben.

Ich schlief jede Nacht in Finns Armen ein. Natürlich war mir klar, dass wir uns auf dünnem Eis bewegten. Früher oder später mussten wir miteinander reden. Über alles. Trotzdem war ich froh, dass mich niemand drängte. Finn sprach kein gefährliches Thema an, und auch Alison ließ mich in Ruhe. Wenn sie uns aneinandergekuschelt auf dem Sofa sitzen sah, grinste sie mich an und tat einfach so, als wäre alles ganz normal. Meine Mitbewohner verhielten sich inzwischen genauso: Clara war höflich wie immer, Hannah hielt sich mit ihren offensichtlichen Anmachversuchen zurück und widmete sich lieber Joe, dem das Ganze ziemlich egal zu sein schien, John verstand sich überraschend gut mit Finn, Diego gab ab und zu einen zweideutigen Kommentar ab, aber wenn er in der Nähe war, fand ich es sowieso am interessantesten, Finns Reaktion zu analysieren. Er behandelte ihn gleichgültig, aber wenn ich genau aufpasste, sah ich den einen oder anderen bösen Blick. Ich musste grinsen. Besitzergreifend wie eh und je. Es war unnötig, zu leugnen, dass mir das irgendwie gefiel.

Ich wartete, bis die Aufzugtüren sich öffneten, da ich mich zu erschöpft fühlte, um die Treppen zu benutzen, auch wenn es nur ein Stockwerk war. Meine Beine fühlten sich wackelig an, und ich zitterte am ganzen Körper, trotz Strickschal, mehrerer Jacken und Lederhandschuhen. Es war wirklich, wirklich kalt.

Etwas hatte sich verändert. In der Uni war es mir schwergefallen, mich auf den Vortrag über False Memories zu konzentrieren. Ständig kritzelte ich auf meinem Block herum, und meine Gedanken wanderten zu Dingen, die ich vergessen wollte, aber nicht konnte und durfte. In knapp drei Wochen würde ich Europa verlassen und zurück nach Seattle fliegen. Ally würde mit Tom zusammenziehen, wenn sie ihre verrückten Pläne wirklich in die Tat umsetzten. Jenny würde, sobald sie aus Brasilien zurückkam, sicher auch keinen Abstand zu ihrem Freund haben wollen … Kurz gesagt: Ich brauchte dringend eine Wohnung. Nie im Leben konnte ich mir etwas Eigenes leisten. Ich musste so langsam anfangen, mich über Wohnheime der UW zu informieren. Natürlich gab es da noch jemanden, den ich fragen könnte. So, wie es gerade zwischen uns stand, sah ich meine Chancen, im Hochhaus in der 1st Avenue übernachten zu können, gar nicht mal so schlecht. Aber ich hatte diesen Gedanken sofort wieder verworfen. Ich würde den Teufel tun und Finn nach allem, was er für mich getan hatte, um einen Gefallen bitten. Mein schlechtes Gewissen wuchs ohnehin schon minütlich. Außerdem würde das alles durcheinanderbringen. Es würde viel zu sehr an alte Zeiten erinnern, und das durfte nicht passieren.

Ich schulterte meine Tasche, als ich oben angekommen war, und gab das unglaublich kreative Passwort Gingerbread ein, damit sich die Wohnungstür öffnete. Davon hatten wir übrigens schon zwei Packungen im Schrank – Diego hatte sich als absoluter Weihnachtsfan geoutet und uns sogar schon gefragt, wer mit ihm einen Tannenbaum aussuchen wollte. Ich fuhr mir durchs Haar und stieg aus meinen Stiefeln, während die Tür hinter mir ins Schloss fiel. Mir fiel auf, dass sich meine Stirn ungewohnt heiß anfühlte, obwohl mich das bei meinen Eisfingern wahrscheinlich nicht wundern sollte. Als ich mich aus meinem Mantel geschält hatte, warf ich einen Blick ins Wohnzimmer, aus dem gedämpfte Musik und ein Flüstern zu hören war. Clara lag mit einem dunkelhaarigen, braun gebrannten Typ auf der Couch vor dem laufenden Fernseher, der offenbar nur als Ausrede diente, damit sie rumknutschen konnten.

»Oh … Hi, Eliza!«, rief sie verlegen, als sie durch das Zufallen der Tür hellhörig geworden war.

Ich nickte nur mit einem leichten Lächeln und wollte weiter in mein Zimmer, da ich einerseits nicht stören wollte und mich andererseits plötzlich sehr nach meinem Bett sehnte.

»Das … Das ist Eric«, stellte sie mir ihren Freund vor, während sich ihre Wangen röteten. Himmel, sie trafen sich seit knapp einem Monat, wieso war ihr das peinlich?

»Hey«, sagte ich freundlich, und er streckte die Hand grinsend aus, sodass ich doch hinlaufen musste.

»Nett, dich kennenzulernen, Eliza.«

Wir schüttelten einander kurz die Hände. An irgendwen erinnerte er mich. Der Arm, der um Claras Schultern geschlungen war, sah zwar beschützend aus, aber es lag etwas in Erics Lächeln, das mich stutzen ließ. Na ja, auch egal, es war ihre Sache.

»Viel Spaß noch, ich werd mal nach den anderen sehen«, murmelte ich und trat den Rückzug an. Nach den anderen, klar.

Um mir selbst zu beweisen, dass ich nicht nur wegen Finn hier war, lief ich an meiner geschlossenen Tür vorbei und klopfte drei Meter weiter an Alisons. Ein unbestimmtes Seufzen erklang von der anderen Seite. Ich hob eine Braue.

»Vögelt ihr?«, fragte ich gerade so laut, dass sie mich hören konnte.

Toms tiefes Lachen ertönte. »Komm rein, Liz.«

Ich verdrehte die Augen und öffnete die Tür. Er lag in Jogginghose und Pullover in ihrem Bett, über dem Allys Lichterkette funkelte. Die Deckenbeleuchtung war ausgeschaltet, und ansonsten war es recht dunkel. Ich hörte Wasserrauschen aus ihrem Bad, also stand sie wahrscheinlich unter der Dusche.

»Was machst du?«, fragte ich Tom und hielt mich am Türgriff fest, als eine heiß-kalte Welle durch meinen Körper fuhr. So ein Mist, es verschwand nicht. Vertrug ich den Wechsel der Jahreszeiten nicht, oder was?

Er schaute zu mir hoch, grinste leicht und hob sein Smartphone hoch. »Hab versucht, meinen Eltern beizubringen, dass ich heiraten werde.«

Ich riss die Augen auf. »Und?«

»Hab lieber eine Diskussion über Finn angefangen. War leichter und hat sie abgelenkt.«

»Feigling. Bekommst du etwa kalte Füße?«

»Ha! Von wegen.« Er richtete sich auf, beugte sich übers Bett auf die linke Seite und fischte ein Magazin vom Boden. Brautmode. »Mein Mädchen kann sich nicht zwischen Weiß und Crème entscheiden«, bemerkte er grinsend. »Und ich fürchte, ich bin keine große Hilfe. Ich hab ihr gesagt, sie soll in Dunkelrot gehen, weil sie darin am heißesten aussieht.«

»Ich glaube ich nehm's euch bis zum letzten Moment nicht ab, dass ihr das macht«, entgegnete ich, lehnte mich gegen den Türrahmen und fuhr mir noch einmal über die Stirn.

»Mein Bruder und du ... Das passt einfach. « Tom zwinkerte mir zu, und ich seufzte genervt, obwohl mir der Satz gefiel. Sehr gefiel. Viel zu sehr gefiel.

»Ja, ja. Wo ist er?«

»Wollte was mit Tyler abklären, er hat aber gesagt, er kommt heute Abend zurück und hilft beim Kochen.« Wir mussten beide loslachen. »Finn scheint das mit dem WG-Leben ernst zu nehmen«, sagte Tom. »Oder sagen wir's so: Er schreckt wirklich vor nichts zurück, um dich zu beeindrucken. Auch wenn er dich bei dem Versuch vermutlich vergiften würde.«

Ich machte kopfschüttelnd einen Schritt zurück. »Sag deiner Verlobten, wenn sie was braucht, bin ich nebenan, okay?«

Er lachte noch einmal auf, und ich ging in mein Zimmer und schmiss dort meine Tasche auf den Stuhl, bevor ich mit einem zufriedenen Seufzen auf mein Bett kletterte und mich unter die Decke kuschelte. Ich nahm mein Handy aus meiner Jackentasche und ließ The XX laufen. Hmm ... schon besser. Ich versuchte, meine kühlen Finger aufzuwärmen. Ich würde hier liegen bleiben, bis Finn kam. Und dann würde ich ihn überreden, mir Gesellschaft zu leisten. Morgen hatte ich zwar keine Vorlesung, aber ich wollte trotzdem nicht rausgehen. Es war kalt und ungemütlich und voller nerviger Reporter. Außerdem pochte mein Kopf jetzt wirklich. Mit einem letzten Blick auf Finns Jeans, die über meine Stuhllehne hing, und seinen geöffneten Koffer auf dem Fußboden schloss ich lächelnd die Augen. Wir wohnten in einem Apartment. In einem Zimmer. Okay, es waren nur noch drei Wochen, aber davon würde ich jede Minute genießen. Ich hatte mir vorgenommen, übers Wochenende ein paar ernsthafte Gespräche mit meinen Freunden und meinen Eltern zu führen, aber heute wollte ich mir keine Sorgen mehr über die Zukunft machen.

Meine Welt war gerade trotz meines Schwächeanfalls perfekt.

***

Ich schlug die Augen auf und schlang die Arme unter der Decke um mich selbst. Zitternd versuchte ich einen Blick auf meinen Wecker zu werfen, wollte mich aber auf keinen Fall von der Matratze lösen. Es war draußen stockdunkel, so wie inzwischen auch in meinem Zimmer. Ich fühlte mich, als hätte ich höchstens dreißig Minuten geschlafen. Mein Kopf dröhnte, und meine Hände waren eiskalt.

»Eliza!«, ertönte eine Stimme von draußen. War das Diego? »Was macht sie denn? Ist sie wieder rausgegangen? Ist sie in Ordnung?«

Ich seufzte leise. Das war nicht Diego.

»Kleine?«, kam es nun lauter, die Tür war aufgegangen, und Licht aus dem Flur fiel in einem breiten Streifen aufs Bett.

»H-mm ...« Ich kniff schnell die Augen zusammen.

»Verdammt«, fluchte er und trat hastig ins Zimmer, bevor er die Tür wieder schloss. »Hab ich dich aufgeweckt?«

»Mir ist kalt«, gab ich heiser zur Antwort, und einen Moment später spürte ich auch schon, wie sich die Matratze neben mir senkte.

»Mach mal Platz.« Er schob mich leicht zur Seite und legte sich neben mich, bevor er die Decke anhob. Er drehte sich zu mir, griff mit einem Arm unter meinen Oberkörper, sodass ich mit dem Gesicht an seiner Brust lag, und fasste mit der freien Hand nach meiner Hüfte, um mich noch näher an sich zu ziehen.

Ich presste mich so nah ich konnte an ihn, und dieses Mal hatte es wirklich nichts mit Sex zu tun – ich wollte einfach nur gewärmt werden. Und er war immer so … heiß.

»Was ist denn mit dir passiert?«, raunte er in mein Haar und fuhr mit kreisenden Bewegungen über meinen Rücken.

Ahh, das tat so gut … »Keine Ahnung. In der Uni konnte ich mich nicht richtig konzentrieren, und irgendwie wurde mir hier dann schwindelig …«, beschrieb ich ihm die Situation. »Wie viel Uhr ist es eigentlich? Was machen die anderen?«

»Kurz vor sieben. Ich bin gerade gekommen und … ähm … Sie haben Spaß in der Küche.« Er lachte. »Ich wollte eigentlich beim Kochen helfen, aber …«

»Aber du dachtest, das ersparst du uns allen lieber«, sagte ich schwach und grinste.

»Hey, ich kann wunderbare Omeletts machen, Fräulein!«

Ich hob leicht den Kopf und sah hoch, direkt in seine Augen. »Nachdem du eine halbe Stunde mit deiner Mom telefoniert hast, um sie um Rat zu fragen, damit ja nichts anbrennt«, sagte ich kichernd.

»Undankbares Ding«, erwiderte er lächelnd und beugte sich dann vor. »Was dagegen, wenn ich deine Lippen aufwärme?«

»Wie kommst du denn jetzt darauf?«

»Keine Ahnung. Ich will dich nur küssen.«

Zufrieden schloss ich die Augen, was wohl Aufforderung genug war. Leicht legte er seinen Mund auf meinen und küsste mich langsam, bevor er zurückwich und dann den nächsten schnellen Kuss auf meinen Lippen platzierte. Bevor ich reagieren konnte, war er schon wieder weg.

»Finn«, murmelte ich.

»Mhh?«

»Du küsst mich nicht richtig.« Ich öffnete die Augen und sah ihn in der Dunkelheit grinsen.

»Madame steht nicht auf zärtlich, hm?«

»Was ’ne Neuigkeit … Seit wann stehst du denn drauf?«

»Wenn ich jetzt sagen würde, ich nehme alles, was ich kriegen kann …«, begann er.

»Dann wären wir beide nackt«, rutschte es mir heraus.

Er musste schon wieder lachen. »Wie wär's damit: Ich verspreche dir einen richtigen Kuss … und dafür lässt du mich dich heute Nacht mitnehmen?«

»Machst du Witze? Hier, fühl mal!« Ich griff nach seiner Hand und legte sie auf meiner lodernden Stirn ab. »Ich kann heute nirgendwo mehr hingehen.«

Er setzte sich mit einem Ruck auf, und da ich an ihn geklammert war, wurde ich automatisch mitgezogen. Ich gab einen unwilligen Laut von mir. Was sollte das denn werden?

»Ich hatte soeben eine absolut unschlagbare Idee«, sagte er und löste eine Hand von mir, um sich nach dem Lichtschalter zu strecken. Schon wurde das Zimmer erleuchtet.

»Argh! Was tust du?«, fuhr ich ihn an.

Er sah mir gezielt in die Augen. »Vertrau mir, Elizabeth.«

»Seit wann nennst du mich eigentlich wieder so?«, erwiderte ich genervt und zog die Brauen zusammen.

Mit dem Daumen fuhr er über meine Unterlippe und legte den Kopf schief. Sofort fiel meine Arroganz von mir ab, und ich musste schlucken. Ja, mein Kopf dröhnte immer noch, und eigentlich wollte ich nur schlafen, aber … Er spielte mal wieder unfair. »Seit du wieder scharf auf mich bist«, gab er grinsend zur Antwort.

Ich öffnete den Mund, um mich zu rechtfertigen – was wollte ich eigentlich sagen, er hatte ja recht … –, aber er legte seinen langen Zeigefinger auf meine Lippen.

»Gib mir nur die Chance, dir meinen Plan darzulegen, anschließend kannst du dich wieder hier verkriechen. Wenn du es denn noch willst.«

»Was …«, nuschelte ich unter seiner warmen Haut.

»Nein. Hör zu, Eliza. Wir fahren in mein Hotel. Ich hab eine riesige Badewanne. Würde es fast schon als Whirlpool bezeichnen. Du entspannst dich solange du möchtest, ich lasse uns Essen bringen – was auch immer du willst, versprochen – und versorge dich mit Tee und einem riesigen weichen Bett, und morgen früh bist du wieder so gut wie neu.«

Ich starrte ihn an.

Er zog seine Hand zurück. »Okay, jetzt darfst du reden.«

»Whirlpool?«, wisperte ich, und er nickte.

»Mit Massagefunktion, soweit ich das richtig verstanden habe.«

Jetzt war ich es, die den Kopf schief legte und ihn eingehend musterte. Schnell Pro-und-Kontra-Liste abarbeiten. Das Hotel war der Wahnsinn – natürlich, schließlich gab es nur das Beste vom Besten für Mr. Finn Westwood. Solange er bei mir war, konnte ich sowieso nicht sofort wieder einschlafen, und wenn ich ehrlich war, war mein Magen auch ziemlich leer. Nicht zu vergessen, dass eine ganz andere Atmosphäre entstand, wenn wir gemeinsam in einem großen King-Size-Bett lagen … wie damals … Andererseits: Die anderen kochten gerade was. Ich hatte wenig Lust, durch die Kälte zu laufen, geschweige denn Opfer der vielen noch immer herumlungernden Paparazzi zu werden. Und – der wichtigste der negativen Aspekte – dieses Hotel brachte nicht sehr erfreuliche Erinnerungen mit sich.

»Danke für das Angebot, vielleicht ein anderes Mal.«

Er riss die Augen auf, und ich musste fast grinsen. »Wie bitte?«

Ich ließ mich zurück in die Kissen fallen und verschränkte die Arme, während ich ihm zublinzelte. »Ich bin müde, Finn! Es ist arschkalt, und … das letzte Mal, als wir beide in diesem Hotelzimmer waren, hast du …«

»Oh.« Seine Züge erstarrten. Das hatte er wohl vergessen. »Tut mir leid, ich … habe nicht daran gedacht.«

Ich verdrehte die Augen. Ich meinte doch gar nicht sein Verhalten mir gegenüber. Sondern vielmehr mein Verhalten. Vor allem die drei unglaublich lächerlichen Worte, an die er sich dem Himmel sei Dank nicht mehr erinnerte.

Er schwieg. Ich sah ihm förmlich an, wie der Hass erneut in ihm aufstieg – ich kannte ihn inzwischen gut genug, um das sagen zu können. Früher hatte ich es als Wut gedeutet. Wut auf seine Ohnmacht, auf meine Naivität … Aber inzwischen wusste ich, dass mehr dahintersteckte. Er quälte sich damit, weil er – so dumm das klang – mich beschützen wollte. Vor sich selbst.

Ich seufzte tief. »Na schön, wir gehen. Aber wenn ich auf dem Weg vom Taxi in die Suite umkippe, wirst du mich tragen müssen! Außerdem darfst du meinen Mitbewohnern erklären, wieso wir nicht zum Essen bleiben.«

Er lächelte fast, unterdrückte es aber dann. »Wenn es dir unangenehm ist, mit mir dort alleine zu sein, müssen wir nicht …«

»Finn Westwood!«, unterbrach ich ihn, schwang meine Beine über den Bettrand und stand schwungvoll auf. »Wenn du willst, dass ich mit meinem Scheiß aufhöre, von wegen wir bedeuten uns doch sowieso nichts, dann wirst du diesen Mist auch lassen müssen. Diese ständigen Zweifel.« Ich schloss die Augen, als ein kurzer Schwindelanfall mich einholte, und streckte reflexartig meine Hand aus, um irgendwo Halt zu bekommen.

Er sprang auf und schlang seine Arme um meine Taille, bevor ich umknicken konnte. »Shit, was mache ich nur mit dir?«

Ich schaute zu ihm auf und nutzte gleich die Gelegenheit, um meine Finger in seine Haut zu krallen. »Bring mich in deine Luxushütte«, antwortete ich mit einem schwachen Lächeln.

»TELEFON!«, rief Ally zur selben Zeit von draußen. »Wer geht ran?«

Finn rollte mit den Augen. »So eine Wohngemeinschaft ist schon was Feines, hm?«

Lachend griff ich nach der Türklinke und ging ins Wohnzimmer. Finn blieb neben mir, den Arm fest um meine Schultern gelegt. Alison lag mit hinter dem Kopf verschränkten Armen auf der Couch, und Joe, der auf dem Boden saß, versuchte, mit seinen ausgestreckten Zehenspitzen den Telefonhörer zu erreichen. Aus der Küche war die Dunstabzugshaube zu hören, während Tom lautstark mit Diego über die unterschiedliche Beschaffenheit von Steaks diskutierte.

»Hey, Süße, Finn hat dich also wach gekriegt!«, sagte Ally grinsend, als sie uns entdeckte. »Wie geht's dir?«

Ich schob ihre Beine ein wenig zur Seite und ließ mich neben sie aufs Sofa fallen. »Geht so, was zur Hölle ist da drinnen los und …«

»Nicht, dass es mich etwas angehen würde«, fiel mir Finn stirnrunzelnd ins Wort. »Aber wieso geht niemand ans Telefon?«

Ich kicherte. Genau das hatte ich auch gerade fragen wollen.

Diego kam aus der Küche gelaufen und grinste fröhlich in die Runde. »Geh du doch ran, Rockstar«, sagte er gut gelaunt und biss von der Käsestange in seiner Hand ab. »Oh, hey, Liz, alles klar?«

Ich musste ebenfalls grinsen und konnte aus den Augenwinkeln sehen, wie Finns Augen schmal wurden, bevor er tatsächlich nach dem Hörer griff. »Westwood«, meldete er sich, vermutlich ohne nachzudenken.

»Wer auch immer dran ist«, sagte Ally lachend. »Er ist jetzt wahrscheinlich für den Rest seines Lebens geschockt.«

»Ähm, genau, East Central«, verbesserte er sich, und ich beobachtete ihn gespannt.

Einen Moment scannte ich ihn von oben bis unten ab, da ich dazu noch keine Gelegenheit gehabt hatte. Er trug eine schlichte schwarze Hose und einen cremefarbenen Strickpullover. Umwerfend. Schlichtweg … atemberaubend perfekt.

Er hob eine Hand, um sich durchs Haar zu fahren. »Ja, Sir.«

»Sir?«, meldete sich nun auch Joe mit ungläubiger Stimme vom Boden. »Was ist denn mit dem los?«

Finns Gesicht war eine perfekte glatte Maske geworden. Nur ein seltsames Funkeln in seinen Augen verriet ein Wechselspiel von Emotionen. »Ich garantiere Ihnen, ich …« Sein Gesprächspartner ließ ihn offensichtlich nicht ausreden. »… natürlich. Sie ist hier.«

Er wandte sich zu mir und hielt mir den Hörer hin, während ich ihn überrascht ansah. *Ähm?*

»Dein Dad«, sagte er und musste dann plötzlich grinsen, als sich meine Augen weiteten, während Joe, Diego und Ally in Lachen verfielen. *Ach du Scheiße.* Finn hielt die Sprechmuschel zu, seine Mundwinkel zuckten ebenfalls. »Er ist … geladen. War wohl keine so gute Idee, dass ich rangehe. Woher kennt er eigentlich meinen Namen, hast du oft über mich gesprochen?« Sein Grinsen wurde breiter, ich wurde nur panischer.

»Ja, WOHER kennt er wohl deinen Namen?« Ich presste den Hörer gegen mein Ohr. »Hi, Dad!«, rief ich so enthusiastisch wie möglich, begleitet von schallendem Lachen neben mir.

»Eliza? Liz? Was geht hier vor?«

»Alles ist super hier, ehrlich! Sorry, dass ich mich so lange nicht gemeldet hab, aber die Uni, das ganze …«

»Eliza!«, unterbrach er mich. Oh-oh, er war wirklich selten so drauf. »Was tut dieser … Mann an eurem Telefonanschluss?«

»Dad, er ist Student wie wir alle und macht nur Urlaub mit seinem Bruder.« Ich versuchte, alle Hintergrundgeräusche auszublenden.

»Urlaub?«, wiederholte er trocken, seine Stimme klang zumindest ruhiger. »Ich bin wirklich kein Mensch, der die Kulturspalte der Tageszeitung liest, aber … Ich habe das eine oder andere Mal mit deiner Mutter telefoniert.«

Danke, Mom – echt! »Ach ja? Dann weißt du ja, dass alles wunderbar ist und du dir keine Sorgen machen musst.«

»Eliza.« Ich hörte ihn tief durchatmen. »Sei ehrlich: Hat er dir wieder wehgetan?«

Das war wirklich ein wahnsinnig tolles Gespräch, das man unbedingt neben seinen Mitbewohnern und Finn führen sollte. »Nein, Dad. Es geht mir gut, und du wirst dich bald selbst davon überzeugen können!«

»Wie meinst du das?« Er klang äußerst misstrauisch.

Ich verdrehte die Augen. »Ich komme über die Feiertage zurück. An Weihnachten werde ich wie üblich in Shelton sein, und dann wirst du es mit eigenen Augen sehen, dass es mir noch nie besser ging!«

Totenstille am anderen Ende der Leitung. Es dauerte eine Weile, bis ich mir bewusst wurde, dass nicht nur mein Vater schwieg. Es war urplötzlich ruhig geworden im Wohnzimmer.

Ich sah auf, traf auf Finns Blick … Und dann wurde ich mir mit voller Wucht bewusst, was ich da eben gesagt hatte.

Heilige Scheiße. Jetzt war es raus.

***

»Einen schönen Abend noch, Mr. Westwood ... Miss Fleming.«

Finn stieg durch die Tür, die sein Chauffeur uns geöffnet hatte, auf den Bürgersteig vor dem Hoteleingang und streckte eine Hand aus, um mir rauszuhelfen. »Danke gleichfalls, Tony.«

Ein, zwei Blitzlichter empfingen uns, aber ich stellte mit Erleichterung fest, dass offenbar nicht auf uns speziell gewartet worden war. Finn wurde hier nicht mehr regelmäßig erwartet, dem Himmel sei Dank. Ich wickelte meinen Schal fester um meinen Hals und drückte mich eng an seine Seite, als er mich die drei breiten Treppenstufen nach oben dirigierte. Die Kälte bemerkte ich nur unterbewusst, ich war viel zu beschäftigt damit, jedes Detail meiner Umgebung aufzusaugen. Das letzte Mal hatte ich nur am Rande die weißen verschnörkelten Marmorsäulen und die funkelnden Lichter darüber wahrgenommen. Die kleinen Tannenbäume rechts und links von der Tür, der Kronleuchter, der in der Vorhalle direkt über den Glastüren hing ... Ich war viel zu abgelenkt gewesen. Rasend vor Sorge um Finn. Jetzt war die Situation anders. Ich achtete auf all diese Dinge, weil ich vollkommen entspannt in seinem Arm war. Ich musste zugeben, auch die frische Luft tat meinem Kopf gut. Und die vorbeirasenden Taxis und Doppeldeckerbusse brachten mich einfach immer zum Lächeln. Na schön, zusätzlich wollte ich mich auch davon ablenken, zu sehr über meine Dummheit nachzudenken. Es wunderte mich wirklich, dass Finn noch nichts dazu gesagt hatte.

Nachdem ich vor einer halben Stunde das Telefonat beendet hatte, war ich in mein Zimmer geflüchtet, um Unterwäsche, Waschzeug und Pyjama in meine große Umhängetasche zu packen. Übernachtungsparty. Ich musste grinsen. Ally war mir natürlich hinterhergerannt und hatte mich mit offenem Mund angestarrt. Ich hatte ihr einen flüchtigen Kuss auf die Wange gegeben und war mit dem Versprechen, ihr morgen alles zu erklären, zurück ins Wohnzimmer gegangen. Dort hatte ich allen einen schönen Freitagabend gewünscht und Finn nach draußen geschleift. Er hatte keine Miene verzogen, nur ein einziges Mal während der Fahrt meinte ich in der verregneten Scheibe zu sehen, wie er gelächelt hatte.

Die Tür wurde uns selbstverständlich von einem uniformierten

Hotelbediensteten aufgehalten, der Finn freundlich zunickte und mir einen neugierigen Blick zuwarf. *Mh, vielleicht hätte ich doch noch etwas Make-up auflegen sollen. Oder meine verstrubbelten Locken kämmen sollen. Na ja, egal.* Finn ließ von meinen Schultern ab, um nach meiner Hand zu greifen, als wir die Lobby durchquerten und auf direktem Weg über den dicken goldenen Teppich zu der weißen Marmortreppe liefen. Im ersten Stock gab es nämlich die Aufzüge, wie ich wusste. Eine junge Frau in einem Hosenanzug kam uns mit einer Aktentasche entgegen, und hinter ihr liefen zwei Angestellte in weißen Blusen und schwarzen Stoffhosen. Ja, ich war definitiv underdressed.

»Ich hab vergessen, dass ich hier nicht einfach mit Sweatshirt und abgenutzten Doc Martens herumlaufen sollte …«, murmelte ich vor mich hin.

»Du kannst rumlaufen, wie auch immer du willst, Babe«, sagte Finn mit arrogantem Blick, und ich lachte.

»Ach ja, stimmt, mein Freund ist ja berühmt, da kümmert es niemanden …«

Er biss sich auf die Unterlippe. »Freund, hm?«

Ich wich seinem Blick aus und drückte auf den Pfeil nach oben, da wir inzwischen vor den Aufzügen standen.

Damals war er es gewesen, der mir gesagt hatte, dass wir der Sache zwischen uns keinen Namen geben mussten. Doch jetzt war es irgendwie … unausweichlich geworden. Wie sollte ich ihn denn bitte sonst bezeichnen? Bekannter? Guter Freund? Ex-Affäre? Eigentlich war er nur Finn für mich. Die dunkle Aura, die ihn umgab, war nicht verschwunden, aber verblasst. Er behandelte mich wie … ja, wie seine Freundin. Zumindest stellte ich es mir so vor, die Freundin von jemandem zu sein. Es war ja nicht so, dass ich direkt Erfahrungen damit hatte. Und, Hölle, es gefiel mir. Das Gefühl war … wie nach einem langen stressigen Tag zu Hause anzukommen. Oder wie der kurze Augenblick, in dem man wusste, man würde jede Sekunde einschlafen. War ich gerade ernsthaft dabei, mich in einen solchen Menschen zu verwandeln? Der Sicherheit und Wärme wollte, Geborgenheit und … Woah, ich musste mal einen Gang runterschalten. Kein Grund, es zu übertreiben. Wir kamen uns ein bisschen näher, ja, aber ich führte noch immer keine Beziehung. Jedenfalls keine, die mit *Bis dass der Tod uns scheidet* vor dem Altar endete. À la Ally und Tom. Ich schüttelte den Kopf über mich selbst und fing Finns belustigten Blick auf. Wir befanden uns alleine in dem Aufzug, der sich gerade mit einem Ruck in Bewegung setzte.

»Jede Wette, du hast gerade über die Definition von Freund nachgedacht.« Er prustete los, als ich ihn erschrocken ansah.

Die Türen sprangen auseinander. Diesmal war ich es, die vorauslief. Die Suite befand sich kaum drei Schritte vor uns in einem leeren Gang. Die Wände waren in Pastelltönen gestrichen und mit ein paar Gemälden geschmückt. Er hielt mühelos Schritt und griff kurz vor der Tür mit einer Hand in meinen Nacken, um mein Gesicht zu sich zu drehen.

Ich stockte, als er näher kam. Hinter mir ertönte ein Klicken – er hatte offenbar seine Karte vor das Elektrogerät gehalten. Er machte einen Schritt nach vorne, sodass ich automatisch nach hinten stolperte. So weit, bis wir uns vollständig in der Suite befanden, woraufhin die Deckenbeleuchtung anging.

»Geht's dir besser, Eliza?«, flüsterte er, und ich spürte seinen warmen Atem auf mir.

Ich ließ meine Tasche auf den Boden gleiten und legte meine Hände an seiner Brust ab. »Fantastisch«, hauchte ich und regte mich auf, dass ich hier in übergroßem Pulli und kein bisschen hergerichtet stand. Ich war in seinem verdammten Hotelzimmer. Für die ganze Nacht. Sollte sich mein Kopf wieder drehen und ich Schwindelanfälle bekommen, konnte ich mir jedenfalls nicht mehr sicher sein, ob es an meinem schwachen Immunsystem oder schlichtweg an ihm lag.

»Soll ich dir ein Bad einlassen?« Er lächelte mich schief an, ließ seine Hand in meinem Nacken und griff mit der anderen nach meiner Hüfte.

Ich fuhr mir mit der Zungenspitze über die Lippen. Ich konnte mich ja immer noch ausziehen, wenn ich ihn schon nicht mit aufreizender Kleidung verführen konnte. »Vor allen Dingen sollst du mit mir baden.«

Sein Lächeln verstärkte sich. »Ich fürchte, du hast mein Angebot falsch verstanden. Ich hab dich hergebracht, damit du deine Ruhe hast. Ein bisschen entspannen kannst … die Welt um dich vergessen, du weißt schon …«

Ich sah ihn von unten durch meine Wimpern an, versuchte, ihn eindringlich zu fixieren. »Ich weiß, wie ich mich noch entspannen könnte.«

Sein Blick wurde glühend. Es entstand ein elektrisches Flirren in der Luft zwischen uns. Dann beugte er sich vor und zog mich näher an sich. Er presste seinen Mund auf meinen, und ich kam ihm sofort entgegen.

»Mhhh …« Die potenzielle Grippe, die sich anzubahnen schien, war mir inzwischen relativ egal. Mein ganzer Körper fing zu jubilieren an. Konnte es sein, dass wir …? Durfte ich mir erlauben, auch nur ansatzweise in diese Richtung zu denken?

Ich durfte, wie sich herausstellte.

Er fuhr mit den Händen meinen Rücken entlang, stoppte kurz und griff dann unter meinen Hintern, um mich mit einem Ruck hochzuheben. Gott, das war unglaublich. Ich spürte seine drängende Zunge an meinen Lippen und öffnete sie augenblicklich. Ein leises Stöhnen drang aus meiner Kehle, als ich ihm die Beine um die Mitte schlang und er mich Richtung Schlafzimmer trug. Meine Finger krallten sich in seinen Haaren fest, zogen ihn näher, immer näher. Wir küssten uns so lange, bis ich nicht mehr atmen konnte. Irgendwann merkte ich zwischen lautem Keuchen und innerer Hitze, dass wir vor einem großen schlichten, aber unglaublich teuer aussehenden Badezimmer standen. Das Licht war auch hier automatisch angegangen. Er ließ mich langsam wieder auf meine Füße herunter und griff mit schnellen Bewegungen nach dem Stoff meines Pullovers, um ihn mir über den Kopf zu ziehen. Ich ließ es bereitwillig geschehen, während ich versuchte, meine Atmung wieder unter Kontrolle zu bekommen.

»So, den Rest darfst du selbst ausziehen«, sagte er und gab mir einen schnellen, harten Kuss, bevor er zurücktrat. »Ich bin schließlich ein Gentleman.«

»Was genau meinst du jetzt?«, fragte ich misstrauisch.

»Ich lasse dich baden. Wenn du fertig bist, wird dich das Essen erwarten – du musst mir noch sagen, was du willst –, und anschließend können wir eine Netflix-Serie schauen.«

»Du willst mich verarschen.«

»Nein.« Seine Mundwinkel zuckten.

»Finn«, jammerte ich, knöpfte meine Jeans auf und schob sie mir umständlich von den Hüften. »Wieso tust du mir das an?«

»Alles nur zu deinem Besten«, rief er voller Überzeugung und musste lachen.

Allerdings entging mir nicht, dass er trotz seines betont lockeren Tons ein paar weitere Schritte zurücktrat. Er schaffte also Abstand zwischen uns. Idiot. Ich stieg aus der Hose und bemerkte, dass ich einen meiner schlichten schwarzen Hipster-Slips trug. Mist, nicht mal Spitze.

»Also, was willst du essen?«, fragte er grinsend und fuhr sich durchs Haar.

»Gar nichts, du kannst mich mal.«

Er kicherte, und ich zog mir provozierend das Shirt aus, wobei ich auch das enge Top darunter gleich mitnahm. Mit Genugtuung nahm ich wahr, dass sein Lachen verebbte. Ich warf ihm einen Blick zu und merkte, wie er mich von oben bis unten musterte. *Sehr schön.*

»Wie lange ist es her, dass du Sex hattest, Finn?«, fragte ich leise und versuchte meiner Stimme einen möglichst verruchten Ton zu verleihen.

Sein Blick zuckte sofort zurück zu meinen Augen, und mir wurde schlagartig bewusst, dass ich die Antwort auf diese Frage wirklich nicht wissen wollte. Verdammt, ich war so bescheuert. Irgendwie hatte ich mit mir selbst ausgemacht, dass es nur natürlich war, dass er was mit anderen Frauen gehabt hatte. Klar war ich nicht scharf drauf, darüber nachzudenken. Ich glaubte ihm, dass er diese … Mia in Seattle nicht angefasst hatte. Aber ich war nicht so naiv, anzunehmen, da wäre auch ansonsten nichts gelaufen. So dumm es klang, Finn war ein heißer, abgefuckter Mann, der durch die Staaten gereist war. Es gab wenige, die ihn nicht wollten, da war ich mir sicher.

Hastig drehte ich mich um und trat auf die riesige, leicht erhöhte Badewanne zu. Dahinter war ein gigantisches Fenster zu sehen, aus dem man eine gute Sicht auf die Themse hatte. Ich drehte den Hahn voll auf, woraufhin dampfendes Wasser in die Wanne sprudelte. Eine Weile starrte ich nur auf den Wasserstrahl. Hinter mir war nichts mehr zu hören, vielleicht war er gegangen. Hoffentlich war er gegangen.

»Zehnter April.«

Ich erstarrte. »Was?«

»Ich hatte das letzte Mal am zehnten April dieses Jahres Sex.« Er räusperte sich. »Mit dir.«

Automatisch fuhr ich herum. »Du hast – was?«

Seine Miene war hart, doch plötzlich funkelten seine Augen. »Es überrascht dich?«

»Du … hattest das letzte Mal … mit mir?«

»Falls man es als Sex bezeichnen kann.« Das Funkeln verschwand.

Ach, du Scheiße. »Das ist mehr als ein halbes Jahr her!«, entfuhr es mir.

»Ich weiß.« Er besah mich mit einem merkwürdigen Blick. »Was ist mit … dir?«

Ich konnte ihm keine Antwort geben. Ich konnte nur mit schnellen Schritten den Abstand zwischen uns überbrücken und ihm aus einem Impuls heraus um den Hals fallen. Mir war nur am Rande bewusst, dass ich nur noch Unterwäsche trug. Er schlang seine Arme ohne zu überlegen um mich. Ich drückte meine Nase an seinen Hals und atmete tief seinen Geruch ein. »Kein einziges Mal seitdem?«, flüsterte ich wieder. Ich musste mich einfach vergewissern.

»Kein verfluchtes Mal«, bestätigte er, und seine Stimme klang jetzt heiser. »Nicht nach dem, was ich dir angetan hab. Nicht nach dem, was du mit mir angestellt hast.«

Zitternd atmete ich aus und kniff die Augen zu. Ich wollte für immer so stehen bleiben. Diese Empfindung auskosten. Seine Worte … seine Nähe.

Vielleicht war ich letzten Endes wirklich einer dieser Menschen geworden.

***

Mir war unendlich heiß, als ich die Badezimmertür öffnete und barfuß auf den dicken Teppich trat. Ich trug nur die Unterwäsche, die ich mitgenommen hatte, und darüber einen weißen Bademantel, der wohl zur Hotelausstattung gehörte. Das Bad war fantastisch gewesen, aber ich fühlte mich, als würde ich jede Sekunde explodieren. Es war, als wäre mein Körper von oben bis unten mit einer benebelnden Substanz umhüllt. Und es war warm. Sehr warm. Ich war erschöpft, satt und völlig zufrieden. Meine Haare waren nass und dufteten nach der Shampoo-Probe des Hotels, und ich sehnte mich gerade nach dem riesigen Bett, das sich kaum zwei Meter von mir entfernt befand. Nur die kleine Nachttischlampe brannte, der Rest des Zimmers war in eine entspannende Dunkelheit getaucht. Es fehlte nur noch eine einzige Sache, um alles perfekt zu machen.

»Finn?«, fragte ich und lief in den Wohnbereich der Suite, doch dort war es stockdunkel. Wo war er? Wie lange hatte ich in der Wanne gedöst, nachdem er mir ein leckeres Sandwich gebracht hatte und dann sofort wieder aus dem Bad verschwunden war? Ich wollte weiterlaufen, aber mein Blick fiel durch die geschlossenen Balkontüren, und das Bild, das sich mir bot, fesselte mich so sehr, dass ich stehen blieb.

Millionen kleine funkelnde Lichter tanzten dort unten um die Wette. Sie bewegten sich hektisch, als hätten sie Angst, man könnte sie zu fassen bekommen und für immer einsperren. Weiß, orange, rot, fast golden … Und trotz der Dunkelheit lag ein silbriger Schleier über dem Palace of Westminster und der Spitze des Big Ben daneben. Ich stellte mich auf die Zehenspitzen, gefangen in der Perfektion des Augenblicks. Weiter hinten konnte ich, wenn ich mich konzentrierte, die Umrisse des charakteristischen Riesenrads sehen. Es kam mir vor, als wäre es ein halbes Jahrhundert her, seit ich das letzte Mal dort gewesen war. An meinem einundzwanzigsten Geburtstag. Seit Finn mich angerufen hatte … und ich ihn. Damals war ich so voller Verzweiflung gewesen. Damals … Ich verdrehte die Augen über mich selbst. Es war kaum drei

Monate her. Ich hätte zu diesem Zeitpunkt alles für dieses eine Lebenszeichen getan. Mein gesamtes Universum drehte sich um Finns Stimme. Ich war innerlich verreckt bei dem Gedanken daran, wie viele Meilen uns trennten. Ich spürte, wie ich eine Gänsehaut bekam, ohne es mir richtig erklären zu können. Es war nur so, dass ich gerade wirklich verdammt glücklich war. Mich so lebendig fühlte. Die Tage waren keine Verschwendung mehr. Ich drohte vor Glück zu explodieren, wenn ich ihn ansah. Wenn er mich berührte oder einfach nur neben mir saß. Wenn ich von der Uni kam und ihn vollkommen entspannt in dem Apartment antraf.

»Eliza.«

Ich riss mich von dem Anblick los und drehte mich langsam um. Er war aus der Dunkelheit getreten und fixierte mich mit einem unergründlichen Blick.

»Hi.« Ich lächelte und deutete auf die verglasten Türen. »Die Aussicht ist unglaublich.«

Er erwiderte nichts, sondern lief an mir vorbei zum Bett, wo er sich langsam niederließ. Ich schluckte schwer und versuchte, aus seinem Gesichtsausdruck schlau zu werden. »Komm«, murmelte er und streckte eine Hand nach mir aus, woraufhin ich einen Schritt auf ihn zutrat.

»Was hast du gemacht, während ich im Bad war?«, fragte ich ihn leise.

Seine Hände wanderten an meine Hüften, wobei der Bademantel leicht verrutschte. »Geschrieben.«

»Worüber?«

Er fuhr sich mit der Zunge über die Lippen, und seine Augen glühten durch die dunklen Wimpern. »Was glaubst du denn, Prinzessin?« Er zog mich noch näher und fuhr fort, ohne meine Antwort abzuwarten. »Hast du das vorhin ernst gemeint?« Eine Hand machte sich an dem Knoten auf Bauchhöhe zu schaffen. Mir wurde noch heißer, und das Einzige, das in meinem Blickfeld scharf war, war sein Gesicht unter mir. Mir war wieder ein wenig schwindelig. Es fühlte sich jetzt an, als hätte ich zu viel getrunken.

»Was?«, hauchte ich.

»Dass du zurückfliegst …« Er zog das Frotteeband auseinander.

»Ja.«

Seine Finger verharrten für den Augenblick auf mir. »Wieso?« Er biss sich auf die Unterlippe. Der Bademantel stand jetzt offen, und er hatte eine gute Sicht auf mich in meiner Unterwäsche. Sein Blick lag jedoch auf meinem Gesicht.

Verdammt, was hatte er vor? Ich würde sterben, wenn er mein Verlangen verdoppeln und mich dann wieder abweisen würde. Gleichzeitig musste ich mich dazu zwingen, zu denken. Seine Frage zu beantworten. »Ich vermisse … Seattle. Und meine Familie. Sam, Jenny …« Meine Stimme versagte, als er eine warme Hand auf meiner nackten Haut ablegte.

»Hmmm … Hast du eine Ahnung, was du mit mir machst?«, murmelte er.

Meine Lider fielen zu. Seine Stimmlage hatte sich verändert. Ich kannte ihn, ich wusste, dass er etwas zu verbergen versuchte. Erleichterung … oder Hoffnung. Nur konnte ich mich im Moment wirklich nicht damit befassen. Ich war wie elektrisiert. Es war dunkel, es war warm, ich fühlte mich nicht ganz zurechnungsfähig … Und er berührte mich. Verflucht, ich trug nur Unterwäsche. »Bitte«, flüsterte ich unzusammenhängend und lehnte mich seiner Hand entgegen.

»Erinnerst du dich daran, was ich dir vorhin versprochen habe?«

Ich stöhnte nur leise, seine Finger hatten mehr Stoff beiseitegeschoben, der Mantel rutschte mir auf einer Seite schon über die Schultern.

»Einen richtigen Kuss, Kleine.«

»Ich … Ich dachte, den hast du mir schon gegeben.«

»Oh nein. Vorhin habe ich dich geküsst, wie ich dich früher geküsst habe. Jetzt möchte ich es so tun, als wärst du der einzige Mensch auf der Welt. Ich finde, du verdienst dir eine Belohnung, oder?«

»Belohnung?«, stammelte ich und tastete mich seinen Hals entlang, um Halt zu finden.

»M-hm … Du gibst mir alles, Eliza. Du lässt mich dich jede Nacht in meinen Armen halten. Nach allem, was ich dir angetan habe, siehst du mich immer noch mit diesem Blick an. Du solltest mich zum Teufel schicken … Stattdessen bist du hier. Sag mir, wie soll ich mich jemals revanchieren?«

Ich wollte etwas erwidern, doch er kam mir wieder zuvor. Mit einem Ruck hob er mich aufs Bett, rollte mich zur Seite und presste mich mit seinem Körper in die Kissen. Er war über mir. Ich spürte den Stoff seiner Jeans an meinem nackten Bein, doch er achtete darauf, nicht vollständig auf mir zu liegen, indem er sich mit einem Ellbogen neben meinem Kopf auf einem der Kissen abstützte. Oh Gott, das war so gut … Als sich unsere Blicke in der Dunkelheit begegneten und er sein Gesicht meinem näher brachte, durchfuhr mich der Gedanke so abrupt, dass ich meine Finger automatisch fester in seinen Pullover krallte. *Er hat die ganze Zeit über mit keiner anderen Frau geschlafen.*

Unsere Lippen trafen aufeinander. Seine Hand wanderte in meinen Nacken. Die Berührung war sicher, aber gleichzeitig auch vorsichtig, wie er mit dem Daumen über meine Haut strich und sich dem Kuss mit dem gesamten Körper hingab. Ich fühlte mich begehrt, erregt, erschöpft und unter Strom, alle Empfindung gleichermaßen intensiv. Ein, zwei Minuten machte er weiter mit seiner bittersüßen Qual, indem er sich immer wieder gegen mich presste und dann wieder zurückwich, dann lösten wir uns außer Atem voneinander.

Ich wollte ihn. Jetzt. In diesem Bett.

»Ich werde dich heute Nacht überall küssen, Elizabeth«, raunte er mit belegter Stimme, und mich durchfuhren kleine helle Blitze. »Jeden verfluchten Zentimeter deines perfekten Körpers. Wenn du etwas dagegen einzuwenden hast … Sag es mir jetzt.«

Ich bekam zu wenig Sauerstoff. Ich starrte ihn an, spürte, wie sich ein Kribbeln in mir breitmachte. Ohne mir die Gelegenheit zu geben, mich mit seinen Worten auseinanderzusetzen, senkte er seine Lippen auf meine Haut, die in Flammen aufzugehen schien. Er küsste mich auf meinen Hals, wanderte weiter nach unten und rutschte ein bisschen zur Seite, während er nach meinen Händen griff und meine Finger auf der Matratze mit seinen verschränkte. Ich war dankbar, dass er mir etwas zum Festhalten gab, denn ich war kurz davor, den Verstand zu verlieren. Er kniete über mir, sein Oberkörper gebeugt, und war nun bei meinem Dekolleté angelangt. Seine Zungenspitze zeichnete eine sanfte Spur auf mir, und ich erbebte. Ich war im Himmel. Ich spürte, wie mir die Feuchtigkeit zwischen die Beine schoss, und wand mich bei dem Gedanken, dass er bald dort ankommen würde.

»Halt still, Baby …«

Eine Hand trennte sich von meiner und griff hinter meinen Rücken, wo sie nach nur wenigen Sekunden den Verschluss meines BHs ertastete und die Häkchen voneinander löste. Das Stöhnen, das mir dieses Mal entfuhr, war unkontrollierter und lauter. Diese Gefühle waren mir so vertraut, obwohl ich sie seit Monaten nicht mehr so intensiv wahrgenommen hatte. In seiner Nähe schämte ich mich nicht für sie. Ich ließ sie einfach frei.

»Gott, Finn«, keuchte ich, als seine Lippen über meine entblößten Brüste fuhren und er zu saugen begann. Das war so wie früher. Das war verdammt noch mal genau so.

Plötzlich gab er auch meine andere Hand frei und fuhr damit meinen Oberschenkel entlang, bis er oben angelangt war und seine Finger in die Innenseite glitten, wo ich beinahe zu explodieren schien. Er zwang mich, ihm direkt in die Augen zu sehen, als er mit den Fingern unter meinen Slip fuhr.

»Ich werde dich nicht bereuen lassen, dass du mitgekommen bist …«

Ein Ruck durchfuhr mich, und ich bog meinen Rücken durch. Keuchend, brennend vor Leidenschaft. Er küsste mich erneut, diesmal neben meinen Bauchnabel, und zwischendrin erzählte er mir, wie wunderschön er mich fand. Ich konnte nicht fassen, dass das hier wirklich passierte. Es fühlte sich nicht an wie die grausame Realität, die ich diesen Sommer über kennengelernt hatte. Es fühlte sich an wie ein traumgleicher, hemmungsloser Winter. Wie letztes Jahr. Wie zu Beginn. Es war niemals zur Gewohnheit geworden, wie Finn mich berührte. Wie er seine langen Finger zwischen meine Beine wandern ließ … wie er meinen Namen raunte, während diese pulsierende Lust in mir immer erdrückender wurde. Oh … verflucht … noch mal. Ich kniff die Augen zusammen, spürte den Schweiß an meinem Körper. Meine Hüften drückten sich ihm automatisch entgegen.

»Mehr?«, fragte er an meiner erhitzten Haut.

Ich wimmerte.

»Willst du mehr, Eliza?«, wiederholte er lauter, und ich versuchte verzweifelt, mich zu beruhigen.

»Mach …«, brachte ich hervor. »Bitte …« Ich stöhnte erneut auf. Hinter meinen Lidern explodierte ein bunter Farbstrudel. Am Rande meiner Beherrschung nahm ich wahr, wie er sein Gesicht wieder meinem zuwandte und mich hart küsste, während er mich mit seinen Fingern wieder und wieder zum Durchdrehen brachte. Doch plötzlich verschwand seine Hand, und der Stoff meiner Unterwäsche war wieder da. *Ach du heilige …*

»Nein!«, keuchte ich außer Kontrolle und riss die Augen auf. »Bitte … bitte … Finn …«

»Schhht … Ich bin doch kein Arschloch.« Auch er atmete schwer, aber darauf konnte ich nicht achten. Er griff mit beiden Händen nach dem Slip und schob ihn herunter. Ich beobachtete ihn benommen. Was hatte er vor? Er war noch immer vollständig angezogen. Meine Finger wanderten zu seiner Jeans, und ich versuchte, an den Reißverschluss zu kommen, doch er hielt mich zurück. Mit einem leichten Kopfschütteln nahm er meine Finger in seine Hände und führte sie wieder nach hinten in seine Haare. Dann griff er unter meinen Körper und hob mich leicht hoch, nur um mich in der Mitte des Betts wieder auf der Matratze niederzulassen. Mein Atem kam stoßweise und viel zu laut. Das Geräusch erfüllte den ganzen Raum. Langsam wanderten seine Finger meine Hüften hinab, bis sie an meinem Hintern angekommen waren. Er grub seine Finger leicht in meine Haut, und in meinem Bauch fingen die Sexgefühle wieder zu toben an.

»Spreiz sie ein wenig«, hauchte er so leise, dass ich ihn beinahe nicht verstand, und dann küsste er die empfindliche Innenseite meines Oberschenkels.

Seufzend gehorchte ich ihm und zitterte bei dem Gedanken,

was er tun würde. Er begann, mich überall zu küssen, seine weichen Lippen fuhren über meinen Bauch, zu meinen Brustwarzen und dann wieder abwärts, bis seine Zunge meine pochende Mitte berührte. Alles, was zuvor Sinn ergeben hatte, löste sich auf in Schall und Rauch. Hitzewellen entstanden in meinem Inneren, bäumten sich auf, überschwemmten mich nahezu. Seine Zungenspitze drang immer tiefer, bevor sie sich wieder zurückzog und mich damit um den Verstand brachte. Er nahm einen Finger dazu und streichelte mich erst sanft, dann mit erhöhtem Druck. Der Raum verschwand um mich herum, als er den perfekten Rhythmus fand und ich mich in einer Spirale aus flimmernder Hitze, Lust und absoluter Glückseligkeit fallen ließ. Das wohlige Gefühl steigerte sich, das Feuer glühte immer intensiver, bis ich vollkommen losgelöst nur noch seinen Namen stöhnen konnte, bevor mich der Höhepunkt überrollte, heftiger, so viel heftiger, als ich ihn vom letzten Mal in Erinnerung hatte.

Ich zog an seinen Haaren und versank in einer Welt, in der es kein Falsch und kein Richtig gab.

***

December 2nd, 4:30 p.m.

Es dämmerte draußen schon, als ich aufwachte und die Daunendecke von meinem Körper strampelte. Ich gähnte und setzte mich auf, realisierte, dass ich alleine war, und ließ mich wieder nach hinten fallen. »Mhhhh …«, seufzte ich zufrieden und drehte mich auf die andere Seite, bereit, mich wieder meinen Träumen zu überlassen. Nach einer Weile wich die Benommenheit ein wenig, und ich schlug erschrocken meine Augen auf. *Finn. Hotelzimmer. Gestern Nacht … oh.* Ich drehte mich auf den Rücken, legte die Handflächen auf meinen Bauch und atmete tief durch. Ich fühlte mich extrem ausgeschlafen und fit. Und zwischen meinen Beinen kribbelte es. »Oh Gott«, flüsterte ich und merkte gleich darauf, dass ich meinen Slip trug und darüber ein weiß-blau gestreiftes Hemd. Offenbar war das Finns Werk gewesen. Ich lugte über den

Bettrand und entdeckte meinen BH neben meiner Umhängetasche und den Springerstiefeln auf dem Boden.

»Finn?«, rief ich mit erhobener Stimme, aber ich bekam nur Stille als Antwort. War das jetzt ein gutes oder ein schlechtes Zeichen, dass er nicht da war? Ich spürte, wie die Hitze meinen Körper emporkroch, bei dem Gedanken daran, wie und wo er mich berührt hatte. Soweit ich das richtig einordnen konnte, war ich direkt danach eingeschlafen. Gott … Es kam mir so vor, als hätte ich einen Film gesehen, nicht selbst die Hauptrolle darin gespielt.

Ich sah mich um und entdeckte ein weißes Tablett mit einer Porzellankanne und Pancakes mit Erdbeeren darauf. Erdbeeren. Ich musste kichern. Wir hatten Dezember! Zu meiner Enttäuschung hatte Finn keine Nachricht hinterlassen, aber ich entschied, dass das Frühstück definitiv ein gutes Zeichen war. Wie spät war es eigentlich?

Ich stand auf und lief ins Badezimmer. Beim Händewaschen grinste ich meinem Spiegelbild zu, das aussah, als hätte ich mich mit einem heißen Kerl stundenlang in weißen Laken gewälzt, was ja auch zutraf. Ich spritzte mir ein bisschen von dem kühlen Wasser ins Gesicht und hörte meinen Magen grummeln. Von den Kopfschmerzen war gar nichts mehr zu spüren.

The Sharpest Lives hämmerte draußen los, und ich runzelte die Stirn. Seit wann vergaß Finn sein Handy? Oder hieß das vielleicht, dass er gleich wiederkommen würde? Ich lief wieder ins Schlafzimmer, aus dem der Klingelton ertönte, und blickte mich suchend um, bis ich das Handy auf einem kleinen Beistelltisch fand. Toms Name leuchtete auf dem Display auf. Achselzuckend drückte ich auf die grüne Taste und hielt mir das Handy ans Ohr. Es würde Finn wohl kaum stören, wenn ich ranging. Ich kam gar nicht dazu, etwas zu sagen, da erklang schon eine Stimme am anderen Ende der Leitung.

»Süße, wie lange willst du eigentlich noch schlafen?« Es war Ally.

»Hey«, erwiderte ich grinsend und lief zurück zum Bett, um mir das Tablett mit dem Essen zu holen.

»Bist du gerade erst aufgewacht? Wie geht's dir?«

»Jep. Super. Ich frühstücke jetzt.« Demonstrativ steckte ich mir eine Erdbeere in den Mund. Lecker.

»Frühstück?«, rief sie aus. »Eliza, wir haben fast fünf!«

Ups. Ich hatte wohl ein bisschen zu gut und ausgiebig geschlafen. Woran das wohl lag. Ich schluckte den letzten Bissen runter.

»Woher wusstest du eigentlich, dass ich rangehe? Das ist immerhin Finns Handy …«

»Er steht direkt neben mir. Willst du ihn sprechen oder soll ich dir erst den heutigen Plan erklären?«

Mein Magen machte einen Satz. Mit einem Mal war ich mir nicht so sicher, wie ich mich verhalten sollte. »Ähm … erst den Plan.«

Sie kicherte. »Du klingst plötzlich nervös. Also, hör zu, im Wohnzimmer der Suite hängt eine weiße Kleiderhülle … Und darunter stehen Pumps. Lauf mal hin und sag Bescheid, ob du sie siehst.«

Überrascht leistete ich ihren Worten Folge und sah das von ihr Beschriebene sofort. Hatte sie das vorbeigebracht oder hing es dort schon seit gestern? Ich konnte mich beim besten Willen nicht erinnern. Und Himmel, ich hatte wirklich, wirklich tief geschlafen …

»Okay, ich stehe davor«, informierte ich sie. »Was soll ich damit?«

»Anziehen, Baby, was sonst! Und wenn du gegessen hast, gehst du runter in die Lobby, sagst deinen Namen und lässt dich zur Limo bringen, die dich zu uns bringt.«

»Was?« Ich starrte entgeistert vor mich hin, griff nach der Hülle und zog den Reißverschluss auf. Es war ein grau-silbernes ärmelloses Cocktailkleid aus festem, teuer aussehendem Stoff. In meiner Größe selbstverständlich. »Woher … ich meine … Wo seid ihr überhaupt und was machen wir?«, stammelte ich, während ich in die Knie ging, um die Schuhe unter die Lupe zu nehmen. Bordeauxfarben, aus Wildleder. Mindestens Zehn-Zentimeter-Absatz.

»Ich war gestern ein wenig mit Tom shoppen, während ihr euch in Finns Hotel verkrochen habt«, erklärte sie lachend. »Gefällt's dir?«

»Ally, was soll das alles?«, fragte ich, ohne auf ihre Frage einzugehen.

»Wohltätigkeitsveranstaltung, mit Sektempfang. Finn gibt ein paar Autogramme und so.« Sie machte eine Pause. »Hast du's ihr etwa nicht erzählt?«, erklang ihre Stimme dann etwas gedämpft, als würde sie in eine andere Richtung sprechen. Dann rauschte es kurz, und im nächsten Moment war Ally nicht mehr dran.

»Eliza? Alles okay? Hast du gegessen?«

Automatisch schloss ich die Augen, als ich Finns Stimme hörte. »Mir geht's gut … Danke für das Frühstück.«

»Ist dir nicht schwindelig?«

Oh Mann, er war wirklich besorgt. Das war irgendwie … liebenswürdig. »Nein, wirklich, es ist alles in Ordnung«, versicherte ich ihm. »War wahrscheinlich nichts Ernstes.«

Er schwieg kurz, dann räusperte er sich, und ich hörte seine Schritte auf dem Asphalt. Er schien sich von den anderen zu entfernen. »Mein Mädchen hat also gut geschlafen, ja?«, flüsterte er dunkel.

Eine Gänsehaut bildete sich auf meinen Armen. »Oh ja, das habe ich«, murmelte ich zurück. »Dank dir …«

Er lachte leise. »Ich habe gestern Nacht wirklich genossen, Miss Fleming, wie steht es mit Ihnen?«

Ich hustete nur verlegen.

»Und ich bin jederzeit für eine Wiederholung zu haben«, fuhr er fort, und mein Herz setzte einen Schlag aus.

Ich atmete tief durch und biss mir fest auf die Unterlippe. »Sehen wir uns gleich?«, fragte ich dann, obwohl ich am liebsten weiter mit ihm geflirtet hätte. Bilder von mir in meinem alten Zimmer in Seattle rasten durch meine Gedanken.

»Brian wird dich fahren«, unterbrach er meine Erinnerung. »Die ganze Veranstaltung wird nicht lange dauern, höchstens zwei Stunden. Später können wir ins Kino, wenn du möchtest …«

Kino. Begeistert schnappte ich mir das Kleid und begann, mit der freien Hand sein Hemd aufzuknöpfen, das ich trug. »Klingt toll.« Ich konnte selbst hören, wie aufgeregt das klang, und er offensichtlich auch, denn er lachte.

»Okay, Baby. Dann bis gleich. Ich werde die Minuten zählen.« Es klickte, und er war weg.

Ich zog mich um und aß zwischendrin die Pancakes. Ich hatte den halben Tag verschlafen, und trotzdem versprach er, göttlich zu werden. *Und Finn wollte eine Wiederholung …* Und wir würden vielleicht ins Kino gehen. Und ich durfte mir jetzt ein hübsches Kleid anziehen und der Welt da draußen zeigen, wie glücklich ich war.

Himmel, ich liebte mein Leben.

***

Eine Stunde später saß ich in einer weißen Limousine und hatte Finns Chauffeur überredet, mich noch kurz beim East Central abzusetzen, bevor wir weiterfuhren. Ich musste mich schminken, immerhin war das eine öffentliche Veranstaltung, und außerdem war mir in meiner ganzen Euphorie ein Gedanke gekommen, der sich so leicht nicht vertreiben ließ.

»Ich brauche höchstens fünf Minuten«, versprach ich Brian, als er an der Straße vor dem Hof meines Studentenwohnheims hielt und ich aus dem Fahrzeug stieg, bevor er die Gelegenheit hatte, mir die Tür zu öffnen.

»Lassen Sie sich Zeit, Miss«, rief er mir hinterher, aber ich rannte natürlich trotzdem. Ich kramte den Schlüssel aus meiner Jackentasche, schloss auf und hastete die Treppenstufen hoch. Heute fühlte ich mich wirklich gut. Das gestern war also wahrscheinlich nichts Schlimmes gewesen, Gott sei Dank. Außerdem war ich stolz auf mich, dass ich in den Absätzen so gut rennen konnte.

Im Apartment angekommen, lief ich geradewegs in mein Zimmer. Ich schmiss Wimperntusche, Eyeliner, Puder und einen Taschenspiegel in meine Tasche, stellte dann fest, dass ich vielleicht doch eine kleinere und schickere nehmen sollte, und räumte wieder um. Ich sprühte mir ein wenig Parfüm in meine Locken, die erstaunlicherweise wirklich gut lagen, und schritt dann langsam zu meinem Bett, wo ich in die Hocke ging und mich zwang, schnell zu handeln, bevor ich mich umentschied. Mit beiden Händen zog ich den vorderen Koffer hervor und klappte ihn auf. Ich schluckte schwer, als ich das zusammengerollte Papier sah. Eine Weile starrte ich einfach darauf, dann griff ich nach dem zerrissenen Brief und steckte ihn in meine Jackentasche. Ich stand auf und schob den Koffer mit der Spitze meiner neuen Pumps wieder zurück. *Siehst du, Eliza, war doch gar nicht so schwer.* Mit einem etwas mulmigen Gefühl in der Magengegend lief ich hinaus, schloss die Tür hinter mir und verließ die Wohnung.

Brian stand inzwischen vor der Limo und hielt mir die Tür mit einem höflichen Lächeln auf, als ich am Wagen ankam.

»Wo genau fahren wir eigentlich hin?«, fragte ich ihn, als wir beide saßen und er den Motor startete.

»Heron Tower, Miss.«

Hm … Das war irgendein edler Wolkenkratzer im Business-Viertel, soweit ich wusste. Ich schaute aus dem Fenster, während wir losfuhren, und zählte innerlich bis zehn. Dann gab ich mir einen Ruck und holte den Brief aus meiner Tasche. Erst jetzt fiel mir auf, wie dick die zwei Hälften des Umschlags waren. Finn hatte mehrere Seiten vollgeschrieben. Vielleicht war dies nicht der passende Moment dafür, aber ich wollte es endlich wissen. Nichts mehr sollte zwischen uns stehen. Ich war gerade so glücklich, ich konnte es aushalten, was auch immer Finn geschrieben hatte. Ich kannte ihn jetzt besser als damals, als ich Seattle verlassen hatte. Ich würde damit umgehen können. Entschlossen holte ich die beiden Hälften aus dem Briefumschlag, strich sie glatt und fügte sie auf meinem Schoß so zusammen, dass ich das eng beschriebene, aus einem Buch herausgerissene Papier lesen konnte.

June 21st

Eliza,

ich will dir mit gutem Gewissen in die Augen sehen können und mich verabschieden. Ich will, dass du glücklich bist, und ich will, dass du morgen nach London fliegst und dein Leben genießt.

Jeden Atemzug. Und vor allen Dingen will ich, dass du mich vergisst. Ich will nicht einmal von dir gehasst werden, auch wenn es einfacher wäre, ich möchte nicht, dass du irgendein Gefühl für mich übrighast, egal wie negativ. Das ist der Grund, wieso ich dir das hier schreibe. Weil ich mich nicht vor dich stellen und das aussprechen kann. Es würde mich umbringen. Weil ich ein egoistisches Arschloch bin, das dich mit jeder Faser seines Körpers will. Ich weiß, ich habe kein Recht dazu. Ich habe mich von dir getrennt, auch wenn wir nie eine richtige Beziehung geführt haben. Aber das stimmt nicht, Kleine. Ich kann mir nicht vorstellen, wie etwas richtiger sein kann. Echter.

Aber ich kann dir nicht mein verdammtes Herz ausschütten, solange ich mich nicht zuerst entschuldigt habe. Es kommt mir lächerlich vor, das so zu schreiben. Weil ich weiß, dass es niemals ausreichen wird, kein Wort, keine nette Geste. Nichts kann das entschuldigen oder rechtfertigen, was in der Federation Hall in diesem beschissenen Zimmer passiert ist. Es tut mir leid. Es tut mir so leid, Eliza. Ich wollte das nicht. Ich wünschte, ich könnte dir eines Tages die ganze Geschichte erzählen, damit du verstehst, wie es so weit kommen konnte, aber das wird nicht passieren. Du hast es verdient, endlich von mir losgelassen zu werden. Ich möchte nur versuchen, dir etwas zu erklären, auch wenn du mich wahrscheinlich gerade zur Hölle schickst, wo ich hingehöre. Ich würde es verstehen, wenn du das nicht lesen willst und das Papier einfach zerreißt. Aber falls du weiterlesen möchtest … Ich denke, ich bin dir mindestens das schuldig.

Du weißt, ich wurde adoptiert. Und ich habe versucht, mir das Leben zu nehmen. Ich weiß nicht, wer meine Mutter ist, aber ich weiß, dass ich einen Bruder hatte. Er ist gestorben, als ich noch jünger war, bevor ich in ein Heim kam. Mein bester Freund hat es auch nicht überlebt. Ich erinnere mich noch genau an die beiden, auch wenn ich kaum sieben Jahre alt war. Meine Erinnerung wird mit den Jahren verschwommener. Michael, mein Adoptivvater, ist gleichzeitig mein Psychologe, und wir haben oft darüber gesprochen. Wir wissen beide nicht, was in den Jahren passiert ist, bevor ich zu Kathryns Familie kam. Irgendetwas in

mir blockiert jeglichen Gedanken daran, es muss etwas Schlimmes sein.
Ich möchte nicht dein Mitleid erregen oder so einen Scheiß, ich will dir damit nur zeigen, dass ich nicht normal bin. Dass das nicht nur so dahergesagt war. Ich bin kaputt, von innen zerstört. Mit mir stimmt etwas nicht. Ich weiß, das wolltest du früher nie wissen. Das war unser Deal – keine Fragen. Keiner mischt sich in das Leben des anderen ein. Aber es ist nicht so wie früher. Ich hab dich durch meine Hölle gezogen, ich hab dir wehgetan und zugelassen, dass du Teil meines Schmerzes wirst. Das tut mir so unendlich leid. Ich hätte es nie so weit getrieben, hätte ich damals gewusst, dass du mir so nahekommen wirst.
Aber vielleicht ist das gelogen. Denn vielleicht hätte ich dich trotzdem nicht gehen lassen. Weil ich dich gebraucht habe. Und verdammt, ich brauche dich immer noch. Deshalb darfst du diesen Brief erst öffnen, wenn du das Land verlassen hast. Weil das, was ich dir hiermit sagen werde, selbstsüchtiger ist als jedes Wort zuvor. Und weil es trotzdem die Wahrheit ist.
Ich liebe dich. Du hast mich glücklich gemacht, mehr, als ich es mir je erhofft habe, aber das ist nicht alles. Ich weiß, du willst nichts von diesem Mist wissen, aber ich kann nicht anders, Eliza. Ich liebe dich wirklich. Alles an dir. Es ist keine verfluchte Phase, die vorübergeht, keine Einbildung. Ich habe diese Worte noch nie zu jemandem gesagt und sie ernst gemeint. Ich habe darüber genauso wie du gedacht. Ich weiß, ich habe dir gesagt, ich bin nicht dazu fähig, zu lieben. Aber wie willst du es anders beschreiben, wenn mein armseliges Herz jedes Mal durchdreht, sobald ich dich nur ansehe? Wenn ich mich in San Francisco nachts dagegen gewehrt habe, einzuschlafen, um dir zuzusehen und zu hören, wie du im Traum meinen Namen flüsterst? Erinnerst du dich daran, als wir draußen auf den Straßen zu Depeche Mode getanzt haben? Deine Locken sind geflogen, dein Gesichtsausdruck war so losgelöst, und ich konnte nur wie der letzte Idiot dort stehen und dich anstarren. Ich glaube, das war der Moment, in dem mir so richtig bewusst wurde, was mit mir passierte. Es ist okay, wenn du mich dafür hasst. Wir haben uns geschworen,

dass genau das nicht geschieht. Aber trotzdem ist das die einzige Sache, für die ich mich niemals entschuldigen kann. Denn du hast mich lebendig gemacht, mein Mädchen. Da wird nie eine andere sein. Vielleicht sehen wir uns nie wieder, ein Teil von mir würde es sich für dich wünschen.
Ich wollte nur, dass du das weißt. Ich werde dich niemals vergessen.

Finn

19. KAPITEL

ONE FOR THE MONEY, TWO FOR THE SHOW

Eliza

December 2nd, 6:00 p.m.

Ich rieb mir mit den Handrücken zum fünften Mal über die Wangen, die sich schon entzündet anfühlten. So ein Dreck. Der Kloß in meinem Hals wollte sich nicht auflösen, egal wie viel Salzwasser mir die ganze Zeit übers Gesicht strömte. Es war eher so, dass er mit jeder Minute, in der ich auf der Rückbank der Limousine saß und vor mich hinstarrte, größer wurde. Ein kleiner Trost war, dass ich noch kein Make-up aufgetragen hatte, das verschmiert werden konnte. Wir fuhren nicht mehr, es war wohl inzwischen eine halbe Stunde vergangen, seit Brian am Straßenrand angehalten hatte. Er sprach kein Wort, irgendwann hatte er die schwarze Trennwand zwischen uns hochgefahren, nachdem er mir ein Taschentuch gereicht hatte. Draußen war der Teufel los, aber die Scheiben des Fahrzeugs waren getönt. Niemand wusste, dass ich hier war. Niemand sah mich.

Ich strich über die Buchstaben und fühlte, wie eine weitere Träne unter Tausenden an meinem Kinn heruntertropfte, direkt auf das Blatt, neben meinen Namen in dieser geschwungenen vertrauten Schrift. Das, was ich hier in den Händen hielt, war der Beweis für meine eigene grenzenlose Dummheit. Hätte ich diesen Brief vor einem halben Jahr im Flugzeug gelesen, hätte ich ihn entweder vollständig zerrissen oder mich aus dem nächstbesten Fenster in die Tiefe gestürzt. Aber zweifellos hätte ich nicht an die Wahrheit dieser Worte geglaubt. Keinen Herzschlag lang. Ich wäre der Meinung gewesen, dass Finn mir mit seinem Verhalten keine Wahl gelassen hatte. Ich hätte ihn gehasst, und vielleicht hätte ich damit abgeschlossen.

Seine Worte am Flughafen … Sie waren nichts gewesen. Ich hatte nicht gedacht, dass er mir absichtlich damit wehtun wollte, ich hatte nur angenommen, dass er so verzweifelt war, so gefangen in seinem Schmerz, dass er um keinen Preis mehr alleine sein wollte. Deshalb hatte er sie ausgesprochen. Nicht, weil sie Realität waren. Alles in seiner Welt war verdreht, wieso sollten also genau diese drei Worte einen Unterschied machen? Liebe? Was war das schon! Eine Illusion, etwas, das wir beide in der kurzen Zeit sicher nicht aufgebaut haben konnten. Was hatten wir schon übereinander gewusst? Jetzt war mir klar, dass es nicht das war, was am Ende zählte. Es war so bedeutungslos, wie lange man sich wehrte. Wenn es passte, passte es. Und wir beide … Finn und ich, wir waren perfekt gewesen. Wir waren beide nicht bereit gewesen, beide voller Angst und Zweifel, wenn auch aus verschiedenen Gründen. Wir hatten uns jeden Tag gestritten, hatten ein Drama aus jeder Kleinigkeit gemacht, uns in alles reingesteigert und dabei ignoriert, dass unsere Angst schon Beweis genug für unsere Liebe war. Es hatte damals nichts gebracht, als er sich von mir getrennt hatte, und es hatte auch nichts gebracht, als ich nach London geflohen war.

Wir waren echt gewesen. Schon immer.

Ich ließ unsere gemeinsamen Momente Revue passieren. Bei mir hatte es erst später angefangen, dass ich ihn nicht nur als diesen heißen Kerl sah. Aber immerhin noch bevor wir das erste Mal miteinander geschlafen hatten. Vielleicht im Krankenhaus, als Ally den Unfall gehabt hatte. Vielleicht, als er mich anschließend in seine Arme gezogen hatte. Er hatte mich wohl schon von Anfang an als etwas Besonderes gesehen. Ich war eine Ablenkung gewesen. Ich hatte ihm geholfen, zu vergessen. *Du hast mich lebendig gemacht.* Aber das, was er schrieb … was er mir da zu erklären versuchte … Das hatte niemals in meine Gleichung gepasst. Das hatte ich nie verdrängt, ich hatte schlichtweg nicht damit gerechnet und es für möglich gehalten. Auch nicht, als sich der Hass in krankhaftes Vermissen und grenzenloses Verlangen verwandelt hatte. Auch nicht die ganze vergangene Woche über, als er so … rücksichtsvoll gewesen war.

Auch nicht gestern Nacht.

Ich hatte wieder angefangen, ihm zu vertrauen. Ich hatte ihm auch ohne mit der Wimper zu zucken geglaubt, als er mir vor ein paar Tagen gesagt hatte, dass wir etwas bedeuteten. Ich wusste auch, dass er mich nicht mehr verletzen würde. Und ich hatte ohne Weiteres akzeptiert, dass er meinetwegen hierhergeflogen war. Ein seltsames Geräusch bahnte sich den Weg durch meine Kehle, und es dauerte eine Weile, bis ich merkte, wie zwischen den Tränen ein verrücktes Lachen hervorbrach.

Ich liebe dich. Ich liebe dich wirklich, Eliza. Alles an dir.

Ich war so bescheuert. Was sollte er denn sonst für einen Grund haben, jede Nacht bei mir zu sein und sich so zu verhalten?

In San Francisco … Gott, damals hatte er schon …? Ich dachte an den Augenblick, den er im Brief beschrieben hatte. *Enjoy The Silence* in dröhnender Lautstärke auf der Straße vor diesem Club. Natürlich erinnerte ich mich. Und vor allem hatte ich nicht vergessen, was unmittelbar danach geschehen war – er hatte mich ignoriert. Und dann … Dann hatte er mir zum ersten Mal etwas auf dem Klavier vorgespielt, und wir hatten am Strand übernachtet. *Heilige Scheiße.* Ich schlug eine Hand vor den Mund, um die Laute zu ersticken.

Er hatte es mir in diesem Brief geschrieben, um es mir nicht persönlich zu sagen. Weil er dachte, dass es zu egoistisch war, so zu empfinden und mich mit diesen Worten zu verunsichern. Er entschuldigte sich, weil er … so etwas für mich fühlte.

»Komm schon, Finn, sag es mir. Sag mir einen gottverdammten Grund, warum ich nicht gehen sollte.«

»Weil ich dich liebe.«

Es war sein verdammter Ernst gewesen. Er hatte dagegen angekämpft und es mir in seinen Abschiedsworten geschrieben, um der Versuchung zu widerstehen und mich nicht anzuflehen, bei ihm in Seattle zu bleiben. Und dann war er doch auf dem Flughafen aufgetaucht. Er hatte seine Panik zurückgedrängt und war in allerletzter Sekunde gekommen. Wie in einem klischeehaften Film. Nur dass das hier kein Film war – das war unsere verfluchte Geschichte. Eine Geschichte, die niemals geendet hatte. Er hatte sich vor mich gestellt und mir diese Worte ins Gesicht gesagt, während ihm Tränen über die Wangen gelaufen waren. Zur Hölle, er hatte geweint, und ich hatte es trotzdem nicht kapiert.

Wenn das nicht Liebe ist, Kleine … was dann?

Jetzt heulte ich wieder, stützte meine Arme auf meinen Knien ab und vergrub das Gesicht in meinen Händen. Ja, du blindes, dummes Mädchen, WAS SOLL ES DENN SONST SEIN?

Er liebte mich.

Finn Westwood liebte mich.

Und gleichzeitig gab es diese Seite an ihm, die mich manchmal hasste. Die ihn dazu getrieben hatte, mir wehzutun. Aber darüber war ich hinweggekommen. Er würde es mir erklären, wir würden so lange darüber sprechen, bis ich es verstand. Alles, was er mir gesagt hatte, als er betrunken und vollgepumpt mit Drogen gewesen war, entsprach der Wahrheit. Meine ganze Welt ergab überhaupt keinen Sinn mehr. Oder vielleicht war es das Gegenteil: Mit einem Mal entstand ein Gesamtbild, das sich die ganze Zeit über hinter einem Schleier von Naivität und Selbstzweifeln verborgen hatte.

Ich glaubte ihm.

Und ich hatte keine Ahnung, wie ich damit umgehen sollte.

***

»Ähm … Brian?«, rief ich leicht verunsichert. Die schwarze Trennwand war immer noch hochgefahren, und ich hatte keine Ahnung, ob er mich hören konnte.

Ich hatte mich im Schnellverfahren geschminkt, und dafür sah es gar nicht mal so schlecht aus. Aber dunkelroter Lippenstift war schon immer die beste Möglichkeit gewesen, wenn man es eilig hatte und trotzdem besonders aussehen wollte. Er lenkte hoffentlich vom Rest ab. Meine Wimpern hatte ich extra lange getuscht, den Lidstrich ein wenig breiter als gewöhnlich gezogen, aber das brachte auch nicht viel, vor allem im grellen Scheinwerferlicht würde man sehen, dass ich geheult hatte. Egal, ich würde einfach so überzeugend wie möglich lächeln.

»Miss Fleming?«

Mit einem surrenden Geräusch fuhr die Trennwand herunter. Mein erster Versuch. Ich zwang meine Mundwinkel, sich zu heben und Finns Bodyguard, Chauffeur … was auch immer anzulächeln, der sich zu mir umgedreht hatte.

»Ich wäre bereit, nach draußen zu gehen. Und … könnten Sie vielleicht … nicht erwähnen …«

»Ich werde kein Wort hierüber verlieren.« Sein Lächeln war professionell, und ich spürte Erleichterung.

»Danke …«, murmelte ich.

Schon wenige Sekunden später schlug er seine Tür vorne zu und öffnete meine. »Sie haben nichts verpasst«, versicherte er mir und streckte eine Hand nach mir aus, um mir auf den Bordstein zu helfen. »Sie warten alle noch im Eingangsbereich des Gebäudes. In etwa fünf Minuten werden sie erst nach draußen gehen, um sich fotografieren zu lassen.«

Verwirrt schaute ich ihn an. »Woher …«

»Mr. Westwood hat mich informiert.«

Ich nickte hastig und sah mich um. Wir standen in einer Reihe mit vielen Wagen, allesamt groß, schnittig und größtenteils schwarz glänzend. Mehrere Menschen in Abendgarderobe liefen an uns vorbei, in Richtung des funkelnden Wolkenkratzers. Die Häuserreihen davor bildeten einen starken Kontrast zu der modernen Architektur, es waren historische Gebäude mit verschnörkelten Rundbögen und Säulen. Auf der anderen Straßenseite konnte ich sogar ein Schild mit der Aufschrift *Library* entziffern, sie schien jedoch wie ausgestorben. Neben den Straßengeräuschen hörte ich das eine oder andere Klicken eines Kameraauslösers, als ich die Schultern straffte und neben Brian herlief. In wenigen Minuten würde ich Finn sehen. Vor versammelter Mannschaft. Zum ersten Mal kamen mir richtig Zweifel, was mein Timing anging, dass ich den Brief endlich gelesen hatte, aber ich wischte sie mit einem ärgerlichen Kopfschütteln weg. Wenn nicht jetzt, wann dann? Irgendwie würde ich es schaffen, mich normal zu verhalten. Irgendwie …

Als wir ein paar Meter gegangen waren, wurde ich mir bewusst, dass uns einige Reporter jetzt schon im Visier hatten. Sie standen hinter dem Absperrband, das zwischen der Straße und dem verglasten Erdgeschoss des Towers angebracht war. Ein paar Security-Leute bewachten das Ganze, und mir wurde mulmig zumute. Ich spürte Brians Schulter, die mich von den Menschen abschirmte, und war dankbar für diesen Schutz, auch wenn ich ihn nicht kannte und mich unter anderen Umständen unwohl gefühlt hätte.

»Die Einladung, bitte«, wurde ich in barschem Ton von einem Kerl in Schwarz am Eingang aufgefordert.

Ich öffnete erschrocken den Mund, aber Brian übernahm schon. »Sir.« Er lachte höhnisch auf, und ich beobachtete verwundert, wie seine ganze Höflichkeit verschwand. »Wissen Sie, wen Sie vor sich stehen haben?« *Ähm.* Ich hob leicht die Brauen. Er sagte es, als wäre ich der Chart-Stürmer Nummer eins, nicht mein … nicht Finn.

Der Typ betrachtete mich gelangweilt von oben bis unten, sagte aber nichts und machte auch keine Anstalten, uns vorbeizulassen.

»Sagt Ihnen der Name Westwood etwas? Ja? Nun, das hier ist seine Begleitung, und wenn Sie nicht sofort beiseitetreten …«

Mir wurde das Ganze von Sekunde zu Sekunde peinlicher. »Schon okay«, unterbrach ich ihn schnell. »Ich ruf einfach Finn an und …«

Ein kurzes Kopfschütteln von Brian ließ mich verstummen, da mir außerdem gerade eingefallen war, dass ich sein Handy bei mir trug. Was soll's, dann würde ich eben Tom anrufen, irgendwer würde kommen und mich holen.

»Das kann jeder behaupten«, entgegnete der Mann, warf aber nervöse Blicke in die Richtung der Reporter, die auf einmal wie verrückt Fotos schossen.

»Lassen Sie sie durch«, erklang es von der anderen Straßenseite.

Ich schaute auf, plötzlich wie gelähmt. Natürlich war er es.

Finn war über die Straße zu uns herübergelaufen, zur großen Freude der Paparazzi. Es ging ein Raunen durch die Menge, doch ich hatte keine Zeit, mich länger darauf zu konzentrieren. Er trug ein graues offenes Jackett mit passender Anzughose, in die er sein weißes Hemd gesteckt hatte. Er hatte sich rasiert und sah hier in der Helligkeit der Blitzlichter unwahrscheinlich jung aus. Seine goldenen Haare funkelten, seine Augen fixierten mich.

»Sie gehört zu mir«, fügte er etwas leiser hinzu, und bevor der Aufseher reagieren konnte, trat er vor, griff nach meiner Hand und nickte Brian mit einem dankbaren Blick zu. Er lächelte gegen die Blitzlichter an, und ich tat es ihm automatisch nach, obwohl ich an nichts anderes als an das Gefühl seiner Finger an meinen denken konnte. Mein Herzschlag beschleunigte sich um das Dreifache, während wir zum Heron Tower liefen. Zwei weitere Türsteher standen neben den Drehtüren aus Glas, die ins Gebäude führten. Finn verstärkte seinen Griff und zog mich hinein. Ich konnte von hier aus schon den Innenbereich sehen. Weiße längliche Sofas, Menschen in Smokings, in Cocktailkleidern. Eine Rolltreppe, die nach oben führte, und Glas … so viel Glas. In der Mitte stand ein riesiges Aquarium. Ich versuchte, mich mit aller Macht darauf zu konzentrieren und nicht zu sehr an all die Worte in meinem Kopf zu denken, aber ich versagte.

»Hey«, murmelte Finn, und seine Stimme war so … so sanft, dass es mir Schauer über den Rücken jagte.

Ich wagte es nicht, aufzusehen. Unbewusst lehnte ich mich näher an ihn, obwohl ein großer Teil von mir mehrere Schritte nach hinten stolpern wollte. Er lächelte leicht und zog mich dann wortlos zu einem der Sofas, neben ein älteres Paar. Ich setzte mich neben ihn, schlug nervös die Beine übereinander und ließ meinen Blick erneut durch den Raum schweifen.

»Ist alles in Ordnung, Eliza?«

Unsere Oberschenkel waren aneinandergepresst. *Oh Gott.* Ich zwang mich, zu nicken. Gleich würde er wieder nach draußen gehen müssen … für die Fotos. Gleich würden Tom und Alison auftauchen.

Finn beugte sich zu mir und hielt inne, als er nur Millimeter von meinem Gesicht entfernt war. Seine Nasenspitze streifte mich, und ich holte tief Luft. Scheiße, das würde härter werden, als ich erwartet hatte. Erinnerungen an gestern Nacht … vermischt mit diesen Worten. Langsam legte er mir beide Händen in den Nacken … Und ich kapitulierte.

Unsere Lippen drückten sich fest aufeinander, und er ließ wieder von mir ab, jedoch ohne mich freizugeben. Ich schloss die Augen. Er legte seine Stirn gegen meine. Tausend Empfindungen rasten durch meinen Körper, so schnell, dass keine einzige fassbar war. Ich wollte ihn zu den Toiletten schleifen und mich gegen die Wand pressen lassen. Ich wollte so hart von ihm angefasst werden, dass ich nicht mehr wusste, wo vorne und hinten war. Oh verflucht, eigentlich wollte ich mich nur verstecken.

Ich schob ihn mit beiden Händen zurück und merkte im selben Moment, dass Tyler vor uns stand. Ebenfalls im Anzug, was ungewöhnlich für ihn war. Schnell stand ich auf und löste mich aus Finns Griff.

»Hey«, begrüßte ich seinen Manager lächelnd, während ich mich wie das allergrößte Miststück fühlte.

Er grinste zurück. »Umwerfendes Kleid, Elizabeth.« Dann wandte er sich Finn zu, der sich nun auch vom Sofa erhob. »Westwood, auf geht's, die sind draußen am Ausrasten.«

Benommen folgte ich den beiden zu einem hinteren Ausgang, und plötzlich war auch Ally neben mir, drückte mich im Gehen hastig an sich und fragte mich, wie es mir ging. Ich fühlte mich, als würde mein Kopf jeden Augenblick explodieren. Ich konnte nur nicken und lächeln, dann spürte ich schon den Windzug, und wir waren wieder draußen. Reiß dich zusammen, wiederholte ich stumm wie im Auto. Reiß dich zusammen, du dummes Ding.

Die Meute schrie, die Apparate klickten. Wir befanden uns jetzt auf der anderen Seite des Gebäudes, dort war ein schwarzer Teppich auf der Straße ausgelegt worden. Kreischende Fans befanden sich hinter einem weiteren Absperrband, und ich nahm wahr, dass auch andere Berühmtheiten neben uns ins Freie traten, auch wenn ich keines der Gesichter lang genug betrachtete, um es einordnen zu können. Ich sah wieder zu dem unmenschlich schönen Mann vor mir, und mit einem Mal wollte ich wieder in Tränen ausbrechen.

»Finn«, murmelte ich, und es flatterte in meinem Bauch, als er sich genau in dem Augenblick umdrehte. Hatte er mich gehört?

Er blieb stehen und ließ eine blonde, kunstvoll geschminkte Frau im Pelzmantel mit ihrem Begleiter vor. Ich tastete nach seiner Hand und drückte sie einmal fest, während ich in seinen vor Sorge verdunkelten Augen versank. Er verstand gar nichts. Aber das tat ich ja selbst nicht.

»Wollt ihr wieder vor den Kameras rummachen?«, erklang es neben uns von Tyler. »Dann geht weiter nach vorne, direkt vor die Sperre.«

Wir ignorierten ihn beide. Zum ersten Mal heute traute ich mich, Finn richtig anzusehen. Ich schluckte hart, und ohne dass ich es verhindern konnte, sammelten sich die Tränen in meinen Augen. Ich hasste mich dafür. Ich hasste mich so sehr für diese Schwäche.

Er reagierte verwirrt, zog mich wieder an sich ran, und ich wusste, es beobachteten uns tausend Augen. Nur konnte ich sie nicht fühlen.

»Was ist los?«, fragte er mit gesenkter Stimme.

Ich schüttelte den Kopf. Räusperte mich und schenkte ihm ein ironisches Lächeln. »Geh dich fotografieren lassen, Finn. Sie wollen Autogramme. Sie warten wahrscheinlich schon den ganzen Tag.«

Er hatte keine andere Wahl, als mich gehen zu lassen. Tyler nahm ihn bestimmend am Arm, wahrscheinlich ahnte er, dass ich gerade dabei war, uns alle vor der Presse zu blamieren, und führte ihn von mir weg auf die Straße, den Teppich entlang. Sie hatten eine Leinwand aufgestellt, vor der sich die wichtigen Personen ablichten ließen, bevor sie ihre Unterschriften gaben.

Eine Hand griff nach meiner, und ich drehte meinen Kopf. Alison. Sie lächelte mir aufmunternd zu, schön wie eh und je. »Nervös? Wir sind jetzt berühmt.« Kichernd stieß sie mir in die Seite, und ich merkte, wie auch ich lächelte. Es war gut, dass sie hier war. Es war normal. Egal, was sich alles änderte, sie blieb für immer meine beste Freundin. »Was meinst du, wollen sie uns auch fotografieren?«, flüsterte sie mir zu, als wir uns vors Absperrband trauten, hinter Finn, Tyler, Tom und den anderen.

Die Antwort kam prompt, als die Paparazzi aufgeregt in unsere Richtung deuteten. *Das hier ist seine Begleitung …* Ja, ich war Finns Begleitung. Das Anhängsel. Ich versuchte den Gedanken zu vertreiben und richtete meinen Blick wieder auf ihn. Mit einem umwerfenden Grinsen und zwei Bodyguards an seiner Seite stand er vor seinen Fans und unterschrieb alles, was sie ihm hinhielten. Ich sah ihn laut lachen, als ihm ein Mädchen irgendetwas zurief. Ihre Freundinnen waren außer sich vor Aufregung, dass er so nah war. Er schien so glücklich. Ab und zu fuhr er sich durch die Haare, nickte. Lächelte. Das hier war nicht der dunkle, verstörte Einzelgänger, der er früher gewesen sein musste. Das war ein Weltstar. Selbstsicher, ein klein wenig arrogant und höllisch attraktiv. Alle wollten ihn. Alle verzehrten sich nach dem Menschen mit der dunklen, rauen Stimme, die von Schmerz, Verlust und der Hölle auf Erden sang. Er hatte so viel Scheiße in seiner Kindheit erlebt, Dinge, denen er selbst jetzt keinen Namen geben konnte, weil sie zu schlimm waren.

Inzwischen wusste ich auch, was er damals im Krankenhaus gemeint hatte, als er mir immer wieder eindringlich gesagt hatte, dass ich nicht den Verstand verlieren durfte, weil es schlimmer werden würde. Er hatte es gelebt. Das war sein Leben gewesen. Voll mit Trauer und Tod. Mit Dingen, die ein kleiner Junge niemals sehen und fühlen sollte. Und trotzdem war er es, der mir diese Worte geschrieben hatte. Irgendetwas in ihm hatte nicht aufgegeben, das Gute in mir zu sehen und sogar so weit zu gehen, Gefühle für mich zu entwickeln.

Und ich war die, die schon immer alles zerstört hatte. Weil ich nicht mit Emotionen umgehen konnte oder weil ich zu stur dafür war. Ich – die nie echte Probleme gehabt hatte – war das größte Hindernis für ihn und für uns. Es war nämlich kein kleines Spiel mehr, in dem ich nur an mich selbst denken konnte. Es ging hier auch um ihn, seine Vergangenheit und seine verstörende Geschichte. Und außerdem würde sein Schmerz, den er todsicher noch immer jeden Tag in sich trug, mich genauso zerreißen.

Wie sollte ich ihm helfen? Wie sollte ich es besser machen, wenn ich doch immer noch Angst hatte?

***

Wir fuhren alle zusammen mit einem riesigen Aufzug in den achtunddreißigsten Stock in die Sky Bar, wo die eigentliche Veranstaltung stattfand. Noch mehr Glas und edle weiße Tische empfingen uns dort oben. Einige Gäste standen schon an verschiedenen Tresen und unterhielten sich leise, während im Hintergrund Jazz-Musik spielte und ein paar Kellner im Frack mit silbernen Tabletten herumliefen, auf denen sich Champagnerflöten befanden. Zweifellos waren wir hier in der gehobenen Gesellschaft gelandet.

»Wie lange, hast du gesagt, müssen wir das ertragen?«, brummte Tom links von mir, und ich beobachtete, wie Finn grinste.

»Eine Stunde«, erwiderte er. »Dann haben wir 'nen guten Eindruck gemacht und können verschwinden.«

»Wieso machst du so was eigentlich? Ty, hast du ihm nicht gesagt, er soll Skandale hervorrufen und sein Bad-Boy-Image ausbauen?«

»Das ist nur die Ruhe vor dem Sturm«, gab dieser gelangweilt zur Antwort und lehnte sich gegen den Bartresen. »Außerdem kommt es beschissen gut draußen an, wenn Finn ein bisschen Nächstenliebe zeigt.«

Unter anderen Umständen hätte ich jetzt unbedingt wissen wollen, worum es hier überhaupt ging, aber mein Interesse richtete sich im Moment lediglich auf die Alkoholflaschen, die ich im Regal hinter dem Barkeeper sah. Gut, es gab also nicht nur Champagner. Finn drehte sich zu mir um, warf mir einen unergründlichen Blick zu und deutete mit einer leichten Kopfbewegung neben sich auf den Barhocker. Ich zögerte kurz und trat dann vor. Irgendwie würde ich das überleben.

»Was nimmst du?«, fragte er mich, während die anderen ihre Drinks bestellten.

»Caipirinha«, antwortete ich automatisch und starrte auf das weiß lackierte Holz vor mir. Viele, viele Cocktails.

Er setzte an, um etwas zu sagen, und ich sah aus den Augenwinkeln genau, wie er mich kritisch beobachtete.

Im selben Moment trat Ally hinter uns und griff nach meinem Arm. »Ich leih mir mal eben deine Freundin aus«, sagte sie mit einem übertrieben freundlichen Lächeln, und wir zuckten beide zusammen. Bevor es noch peinlicher werden konnte, ließ ich mich von ihr mitziehen. »Ein geheimes Gespräch«, fügte sie erklärend hinzu und hakte sich bei mir unter, bevor sie zielstrebig das WC anstrebte.

Das Licht in den Toiletten war blau, und der Vorraum mit den Waschbecken stand leer. Es waren keine Geräusche zu hören, wahrscheinlich waren wir alleine. Seufzend lehnte ich mich gegen die kühle Wand und betrachtete mein Spiegelbild, um Allys Blick auszuweichen.

»Eliza«, sagte sie in einem besorgten Ton und stellte sich direkt vor mich. Jetzt erst sah ich, dass sie ein wunderschönes dunkelblaues Kleid aus fließendem Stoff trug, das ihre Vorzüge sehr gut zur Geltung brachte und ihre blauen Augen betonte. Ihre Haare fielen ihr glatt über die Schultern. »Du siehst verheult aus.«

Ich beugte mich leicht vor und warf einen weiteren Blick in den Spiegel. Von der Entfernung aus sah man kaum was. Aber Ally war Ally und merkte natürlich alles. »So ein Schwachsinn«, begann ich und präsentierte ihr mein überzeugendstes Lächeln. »Mir geht's gut. Was machen wir eigentlich hier drinnen?«

Sie verschränkte die Arme, ihre Augen waren leicht zusammengekniffen. Natürlich glaubte sie mir nicht. »Du wolltest mir noch erzählen, was ihr gestern Nacht im Hotel gemacht habt.«

Unwillkürlich lenkte sie mich damit von den Gedanken ab, die mir eben noch durch den Kopf gegangen waren. »Ähm … nichts … Also, Finn hat mir ein Bad eingelassen, und wir haben ein bisschen geredet und so. Und dann bin ich auch schon eingeschlafen. Gigantisches Bett, das musst du dir mal anschauen …«

»Du versuchst abzulenken«, bemerkte sie.

Ich rollte mit den Augen. »Ally, nerv mich nicht, da ist nichts.«

Nichts war wirklich eine interessante Beschreibung für das, was er gestern Nacht mit seinen Händen und Lippen angestellt hatte.

»Hattet ihr Sex?«

Gespielt entrüstet sah ich sie an. »Selbstverständlich nicht!«

Sie ging nicht auf meinen Tonfall ein. »Habt ihr euch gestritten?«

»Wie kommst du darauf?«

»Du benimmst dich in seiner Gegenwart komisch.«

Ich hob eine Braue, um von meiner Unsicherheit abzulenken. »Wie meinst du das?«

»Die ganze Woche kuschelt ihr und benehmt euch wie ... wie Tom und ich eben. Ich sehe mal davon ab, dass allein das ein Grund zur Sorge wäre. Dann haust du mit ihm ab, hörst dich am Telefon an, als könntest du vor Glück platzen, und draußen vor den Reportern siehst du dann plötzlich aus, als würdest du jede Sekunde in Tränen ausbrechen.«

Ich schluckte. War es so offensichtlich gewesen? Oder hatte sie zufällig ins Schwarze getroffen?

»Was ist los, Eliza?«, fragte sie nun mit leiserer Stimme.

»Nichts. Du siehst Gespenster.«

Wieso sagte ich es ihr nicht einfach? Ja, richtig, weil ich es selbst nicht verstand. War es nicht genau das, was jeder wollte, wenn er so viel für einen Menschen empfand? Dass seine Gefühle erwidert wurden? Wieso schnürte es mir dann die Kehle zu, ihn in all seiner Perfektion zu sehen? *Vielleicht, weil du weißt, dass du nicht genug für ihn bist*, flüsterte eine kleine Stimme in meinem Kopf.

Eine Weile sagte Ally nichts, dann holte sie plötzlich Luft und ließ mich aufschauen. Ich hatte nicht einmal gemerkt, dass ich auf meine ineinandergekrallten Hände gestarrt hatte. »Ich weiß, was du tust.«

»Ach so?« Es klang wie eine unsichere Frage, nicht wie Ironie.

»Du hast Angst, glücklich zu sein, oder? Du erlaubst dir nicht, es zu genießen, weil du Finn immer noch nicht richtig vertraust.«

Ich starrte sie an. *Oh, Ally, wenn du wüsstest, wie falsch du mit dem letzten Teil liegst ...*

»Und als du gestern deinem Dad gesagt hast, dass du über Weihnachten nach Seattle fliegst … Kann es sein, dass es dir zu schnell ging und du jetzt wieder Zweifel hast?«

Ich schüttelte nur stumm den Kopf. Sie interpretierte es falsch. Aber ihre erste Vermutung beschäftigte mich. Was, wenn es doch stimmte? Wehrte ich mich vielleicht wirklich gegen den Gedanken, dass alles so wunderbar sein konnte, weil ich Angst vor dem Glück hatte? Nein … Das hatte damit nichts zu tun. Es war nur so, dass Finn mehr verdiente … mehr benötigte. Wer war ich schon, um ihm das Wasser reichen zu können?

»Eliza, ich muss dir etwas sagen.« Zum ersten Mal schwangen auch Zweifel in ihrer Stimme mit. Sie biss sich nervös auf die Lippen, aber ihre Augen strahlten pure Entschlossenheit aus. »Ich musste schwören, es nicht zu tun, aber ich merke gerade, dass das wirklich ausgemachter Mist ist. Offensichtlich hat er es dir nicht gesagt und hat es auch nicht vor. Aber ich finde, du hast ein Recht darauf, es zu erfahren, wenn du dir ernsthaft Gedanken über Seattle machst. Und selbst wenn du in London bleiben willst – du musst es trotzdem wissen. Du solltest alle Punkte miteinbeziehen.«

Überrascht sah ich sie an. Jetzt wäre vielleicht der richtig Moment, ihr zu erklären, dass ich keineswegs Zweifel hatte und meine Entscheidung schon längst getroffen war. Doch ich schwieg, denn ihr Blick löste eine seltsame Neugierde in mir aus. Mein Herz flatterte aufgeregt, und ich merkte, dass ich nicht nur neugierig war. Ich fürchtete mich auch, denn Alison sah aus, als würde sie das, was sie im Begriff war zu sagen, große Überwindung kosten.

»Nach dem Maskenball …«, begann sie, und schlagartig erstarrte mein Körper. Eine gefährliche Ruhe breitete sich in mir aus. Ich hatte keine Ahnung, wieso sie jetzt davon anfing. »Tom und ich waren bei Finn, das habe ich dir damals erzählt, als ich dir auch gesagt hab, dass es seine Idee war, mich an seiner Stelle ins Austauschprogramm zu bringen.«

Ich nickte, daran konnte ich mich gut erinnern. Auch an die Wut und den Schmerz darüber, dass sie bei ihm gewesen war, nachdem … das in der Fed Hall geschehen war und sie mich zusammen mit Sam und Jenny auf dem Boden vorgefunden hatte.

»Ich habe Tom begleitet, weil er ein ungutes Gefühl hatte. Ich wollte mich nicht auf Finns Seite stellen, wirklich nicht. Ich hatte einen unglaublichen Hass auf ihn.«

Erneut nickte ich. Wieso erzählte sie mir das? Ich war doch nicht mal böse. Und es war so lange her … Was spielte es noch für eine Rolle? Argwöhnisch nahm ich wahr, dass ihre Finger plötzlich zitterten. Eine seltsame Übelkeit machte sich in mir breit.

»Wir haben ihn in seinem Bad gefunden. Tom hat einen Schlüssel zum Apartment …« Sie brach ab und sah weg. Meine Beine waren auf einmal ziemlich wackelig, und ich vergaß zu atmen. »Finn … Er saß zusammengesunken vor dem Spiegel, nur in Unterwäsche. Um ihn herum lagen … weiße Pillen … und ein Messer. Er …« Sie unterbrach sich erneut, und ihr Blick zuckte zurück zu mir. Offensichtlich brachte sie es nicht über sich, weiterzusprechen.

Die Wände der Frauentoilette waren nicht mehr an ihrem richtigen Platz. Verschwommen, entrückt … Auch das Waschbecken konnte ich nicht mehr sehen. Nur mein kalkweißes Gesicht, meine aufgerissenen Augen, meinen bebenden Körper. Mir war so schlecht …

»Du brauchst die Details nicht zu wissen«, wisperte sie. »Er hat keine Tabletten genommen, aber er war dabei, sich mit dem Messer … Wir sind mit ihm in die Notaufnahme gefahren. Er wollte nicht mehr leben, Eliza.«

Meine Gedanken vermischten sich mit ihren Worten, Bilder rasten an mir vorbei. Die schwarzen Fliesen, ein Messer, Blut, Pillen … eine längliche Narbe an seinem Unterarm. Grüne Augen … unmenschliche Qual …

»Erzähl mir alles«, presste ich hervor und drückte mich gegen die Wand, um nicht umzukippen. Das Atmen war so schwer geworden.

»Eliza …«

»Alles.« Erst als ich sah, wie sie zusammenzuckte, merkte ich, dass ich das Wort geschrien hatte.

»Er hat gesagt, wir sollen ihn die Verantwortung für seine Taten übernehmen lassen … Er hat gesagt, er liebt dich. Und er kann das, was er dir angetan hat, nicht aushalten. Es war natürlich eine Überreaktion, es war so falsch, was er tun wollte, aber das hat er auch eingesehen, er …«

Ihre Worte verschwanden in einem Rauschen, das den ganzen Raum erfüllte und in mein Herz eindrang. Es war weiß, laut und erbarmungslos kalt. Ich hatte keine Zeit mehr, mich zu wappnen, bevor es mich vollständig verschluckte und ich keinen festen Boden mehr unter den Füßen spürte.

20. KAPITEL

WHEN TOO MUCH IS NOT ENOUGH

Eliza

»Komm schon. Eliza. Verdammt, mach die Augen auf!«

Ich spürte etwas Nasses an meiner Stirn. Ich blinzelte und realisierte, dass ich mich immer noch in der Toilette befand. Auf den Fliesen, in Alisons Armen. Und sie war gerade dabei, ihre Hand in den laufenden Wasserstrahl über uns zu halten, um mir die Tropfen anschließend auf die Stirn zu spritzen.

»Hör auf«, wollte ich sagen, aber meine Stimme war nichts als ein Krächzen. Ich fühlte mich so unglaublich leer und ausgezehrt.

Ally drehte sich wieder zu mir, ihr Gesichtsausdruck panisch, gehetzt. »Oh Gott!«, entfuhr es ihr erleichtert, als sie meine geöffneten Augen sah. »Es tut mir so … so leid, Eliza, ich hätte nicht …«

»Schon okay«, fiel ich ihr flüsternd ins Wort und fuhr mir mit einer Hand über die Stirn. Meine Finger fühlten sich eiskalt an. »Hilfst du mir auf?«

Ich war mir nicht sicher, ob ich es alleine schaffen konnte, aber freiwillig würde ich hier keine Sekunde mehr liegen bleiben. Die äußerliche Kälte übertrug sich auf mein Inneres. Die Schwäche wurde weit, weit nach hinten gedrängt. Ich konnte es mir nicht erlauben, auszurasten. Es war in den vergangenen Monaten zu oft passiert. Ich brauchte wieder einen kühlen Kopf. Die Kontrolle über mich selbst. Das hier … Das war nichts als eine Reaktion meines Körpers auf den gestrigen Tag, zu viel Schlaf und zu wenig Essen.

»Vielleicht solltest du besser liegen bleiben, und ich hole jemanden.«

»Nein!«, rief ich entsetzt, und schon gleich klang ich stärker. »Nein, Ally, du wirst niemanden holen. Das hier ist gar nichts, ich hab nur eine Sekunde das Gleichgewicht verloren.«

»Eliza, du warst mindestens drei Minuten lang bewusstlos.«

Oh, Scheiße. »Dann ... warte ich noch einen Moment, bis mein Körper sich wieder einkriegt, und hole mir dann was zu essen und zu trinken.«

»Du bist richtig, richtig bleich. Soll ich nicht lieber Finn ...«

»Nein«, zischte ich, diesmal wütend, obwohl ich mir diese heftige Emotion nicht ganz erklären konnte. »Kein Wort zu ihm.«

»Wieso?« Sie sah genauso verwirrt aus, wie ich mich fühlte.

»Weil ... Er muss das nicht wissen. Ich will, dass du es mir schwörst. Du wirst ihm nichts sagen. Er soll nicht wissen, was gerade passiert ist.«

»Meinst du, dass du ohnmächtig geworden bist oder ... den Grund dafür?«

»Beides«, presste ich hervor und wich ihrem Blick aus. Als sie nichts erwiderte, umfasste ich mit meinen Fingern ihren Unterarm. »Versprich's mir, Ally.«

»Na ... gut. Aber das wird euch nicht weiterbringen.«

Weiter ... Waren wir nicht schon viel zu weit gegangen? Mein Verstand blockierte alles, was mit Allys Worten zu tun hatte. Aber nein, das war es nicht. Ich hörte sie genau, immer und immer wieder, abwechselnd mit den Worten aus seinem Brief. Ich fühlte nur nichts dabei.

»Lass uns wieder nach draußen gehen«, sagte ich mit einem abwesenden Lächeln und streckte eine Hand aus, damit sie mir hochhelfen konnte. Die Fliesen waren nicht gerade gemütlich, und auch wenn dieses edle Badezimmer sicherlich auf Hochglanz poliert worden war, fühlte es sich schmutzig an.

Mit einem leisen Seufzen griff sie danach und half mir. Als ich wieder auf zwei Beinen stand, stützte ich mich am Waschbecken ab und drehte den Hahn auf, bis heißes Wasser kam.

»Es wäre besser gewesen, wenn ich nichts gesagt hätte, oder?«, wisperte Ally neben mir. Ich sah im Spiegel, dass sie schuldbewusst auf den Boden starrte.

Sofort bekam ich ein schlechtes Gewissen. Ich trocknete meine Hände mit einem Papiertuch ab, warf es in den Abfalleimer und drehte mich zu ihr um. Einen kurzen Moment überlegte ich, dann schlang ich meine Arme um sie. Erstens, weil ich ihr versichern wollte, dass es okay war, und zweitens … weil ich mich fühlte, als hätte ich diese Umarmung bitter nötig.

»Du hast das Richtige getan«, murmelte ich in ihre Haare. »Wäre es andersherum gewesen, hätte ich das Gleiche gemacht. Danke.«

Sie hielt mich fest. »Ich hab's dir nicht nur verschwiegen, weil er es wollte. Ich wollte dich beschützen … Du warst so verletzt, und es wäre nicht richtig gewesen. Aber jetzt … Jetzt ist es richtig, oder?«

Darauf konnte ich nichts antworten, denn richtig fühlte sich im Moment gar nichts an. Ich wich ein wenig zurück und atmete tief durch. »Ich hatte übrigens keine Zweifel, was Seattle angeht. Ich hab meiner Mom schon geschrieben, und es ist geklärt. Jetzt brauche ich nur noch eine Wohnung.«

Ihre Besorgnis wurde zurückgedrängt, ich sah es ihr förmlich an. »Das ist … wow, Eliza. Das ist toll!« Und sie zog mich wieder an sich und kicherte. »Weißt du, wie erleichtert ich bin? Und wegen der Wohnung musst du dir keine Sorgen machen, du kannst bei Tom und mir wohnen, bis du was findest.«

Ich hielt sie erneut auf Armlänge, ungläubig. »Ich dachte, ihr wollt heiraten.«

»Das wollen wir auch«, bestätigte sie lächelnd. »Aber du kennst sein Apartment – es ist riesig. Und es ist ja nicht so, als hätten wir nicht schon zusammengewohnt und wüssten nicht, wie es nachts manchmal zugeht …«

Ich grinste sie an. »Danke. Aber ich finde bestimmt was Eigenes.«

»Ich helf dir. Und Jenny wird dir auch helfen. Und Finn garantiert auch.«

Bei der Erwähnung seines Namens wurden meine Gesichtszüge reflexartig starr, ich konnte es nicht einmal kontrollieren. »M-hm«, sagte ich bloß und drehte mich dann Richtung Tür. »Lass uns was trinken. Und damit meine ich für mich Wasser, keinen Cocktail.« Mein Hals war wie ausgetrocknet.

Sie legte einen Arm um meine Hüften, und ich tat es ihr nach. Ich fühlte mich zwar immer noch etwas wackelig, aber es würde gehen. Die Beherrschung, die mir vorhin in der Limousine und vor den Paparazzi gefehlt hatte, war jetzt gekommen. Ich würde nicht darüber nachdenken, was das alles bedeutete. Ich würde einfach eine Maske aufsetzen, bis ich bereit war, mich mit diesem Dreck auseinanderzusetzen.

Für einen Tag hatte ich genug Drama gehabt.

***

Ally schleifte mich zum Restaurant, das ein Stockwerk weiter unten lag, und beobachtete jeden Bissen, den ich zu mir nahm. Da wir einen Aufzug direkt neben den Toiletten entdeckt hatten, mussten wir nicht noch zu den anderen gehen, um Bescheid zu sagen. Ich war noch nie so froh über die Zeit zu zweit mit ihr gewesen. Zuerst aß ich eine Tomatensuppe mit geröstetem Brot, leerte dabei eine Literflasche Wasser, die wahnsinnig teuer aussah, und bestellte anschließend einfach das Menü des Tages, weil die Karte mir mit ihren Tausenden Variationen zu kompliziert war. Als der Kellner mir einen gigantischen Teller mit gebratenem Gemüse und einem perfekt gegarten Steak brachte, das er als Spezialität des Hauses bezeichnete, wurde mir so langsam klar, dass wir uns gerade in einem Nobel-Restaurant befanden.

»Ähm, Ally«, sagte ich betont locker und leerte ein weiteres Glas Wasser. »Hast du eine Ahnung, was das alles kostet?« Auf der Speisekarte waren keine Preise zu entdecken, wahrscheinlich aß hier für gewöhnlich nur die High Society.

»Nein«, antwortete sie grinsend. »Aber wir lassen es einfach auf Finn Westwoods Rechnung schreiben.«

Ich nickte nur und begann mit dem Essen, das wirklich fantastisch schmeckte. Wenn ich so darüber nachdachte, wäre es vielleicht besser gewesen, die Party einfach zu verlassen, nach Hause zu fahren und eine Pizza zu bestellen. Dann hätte ich mir auch das Zusammentreffen mit Finn erspart. Dumm nur, dass er bei mir im Zimmer wohnte. Ich verschluckte mich bei dem Gedanken beinahe am Fleisch. Scheiße. Ich könnte ihm vielleicht hier in die Augen sehen, für ein paar Stunden so tun, als wäre alles beim Alten, aber ... Gott, nein. Niemals.

»Worüber denkst du nach?«

Ich seufzte tief und sah wieder zu Alison. »Ich brauche ein wenig Zeit, verstehst du? Ich ... kann jetzt nicht sofort weitermachen. Es ist alles gerade ein bisschen seltsam, und ich muss alleine sein, um ein paar Dinge herauszufinden.«

Überraschenderweise nickte sie verständnisvoll. »Soll ich mit Finn reden? Ich sag ihm nichts von ... gerade eben, das hab ich versprochen, aber ich kann ihm doch einfach sagen, dass es dir alles zu viel geworden ist und er dir Freiraum geben soll?«

Ich stöhnte auf. Das klang alles so ... beschissen. »Ich werde es ihm selbst sagen«, murmelte ich und verzog das Gesicht.

***

December 9th, 10:30 p.m.

Eine Woche. Sieben verdammte Tage.

Ich konnte es nicht fassen, dass ich es so lange ausgehalten hatte. Es würde zur Routine werden. Jetzt waren es nur noch zwei Wochen bis zum Abflug. Weihnachten stand vor der Tür. Ich konnte die Stimmung, die sich in jede Ecke des großen Backsteingebäudes geschlichen hatte, nicht genießen. Schlimmer noch, sie war mir zuwider. Oberflächlich war alles in Ordnung. Wenn ich mit meinen Eltern, Jenny, Samuel und sogar Kristina, die sich überraschenderweise gemeldet hatte, telefonierte, fühlte ich mich für die wenigen Minuten sogar normal und nicht nur beherrscht. Fragte man mich, dann antwortete ich mit überschwänglicher Freude in der Stimme. Selbstverständlich freute ich mich auf zu Hause. Und das entsprach auch der Wahrheit, das wusste ich. Aber Freude war so fehl am Platz.

Ich sah Finn nicht. Nicht richtig.

Wir liefen uns pro Tag notgedrungen mindestens einmal über den Weg, aber nie, niemals schaute ich ihm in die Augen. Und entgegen all meiner Erwartungen akzeptierte er mein Verhalten. Er fragte mich nicht, was für ein Problem ich hatte. Er packte mich nicht bei den Schultern und schüttelte mich, damit ich endlich aus meiner Starre erwachte. Er respektierte meine Entscheidung, die ich ihm in ein, zwei knappen Sätzen mitgeteilt hatte, als Tom und er im Restaurant aufgetaucht waren. Auch wenn er sie nicht verstand. Auch wenn er darunter litt. Ally hielt dicht, das wusste ich. Sie hatte kein Wort über unsere Unterhaltung verloren. Und ich drehte in jeder Minute, in der diese unnahbare, gefühlskalte Hülle mich umgab, durch.

Aber genauso, wie er sich nicht wehrte, unternahm auch ich nichts dagegen. Ich setzte mich nicht ernsthaft hin und versuchte darüber zu sprechen. Oder es auch nur ansatzweise zu verarbeiten. Ich tat das, was ich mein ganzes Leben getan hatte, wenn es schwierig wurde. Ich schob alles weit, weit von mir und baute eine innere Distanz auf. Wieder einmal hatte ich den Beweis dafür, dass ich kein Stück gereift war. Schon vor einem Jahr hatte ich so reagiert und war gewaltig reingefallen. Jetzt tat ich es wieder. Ich hatte Angst vor dem Zusammenbruch, denn das wusste ich inzwischen – er würde kommen. Es war nur eine Frage der Zeit. Das Problem war nur, dass die Angst vor dem, was passieren würde, wenn ich mich mit allem auseinandersetzte, viel größer und gefährlicher war. Ich konnte einfach nicht. Deshalb schien es unmöglich, mich mit Finn im selben Raum aufzuhalten. Deshalb wartete ich. Vielleicht wenn wir wieder alle in Seattle waren … Vielleicht würde es mir dort leichter fallen.

***

»Probier mal, Darling.«

Ich hob den Kopf und sah Diego mit einem Löffel und einem Teller in der Hand neben meinem Bett stehen. Auf dem Teller befand sich ein kleiner brauner undefinierbarer Hügel. Ich legte meinen Laptop, den ich auf meinem Schoß platziert hatte, neben mich und richtete mich auf. »Was ist das?«

»Christmas Pudding – meine Spezialität. Aus getrockneten Früchten, Nüssen und Gewürzen.«

Er setzte sich auf meine Bettkante und hielt mir einen vollen Löffel hin. Ich beugte mich leicht misstrauisch vor und probierte. »Geschmacksexplosion«, kommentierte ich, als ich heruntergeschluckt hatte, und er lachte.

»Willst du mehr?«

»Nein, danke, ich hab mir erst vor 'ner Stunde einen Wrap geholt.«

Ich schnappte mir wieder meinen Laptop, und er stand sofort auf. Er schien genau zu spüren, dass ich im Moment nicht besonders Lust auf Gesellschaft hatte. Im Moment. Klar, ich war ja nicht schon seit einer Woche so drauf und würde es auch weiterhin sein. Ich scrollte die Seite herunter, auf der ich mich gerade befand. WGs in Campus-Nähe in Seattle. Ich hatte mir vier mehr oder weniger vielversprechende Angebote gespeichert und mehrere Mails verschickt, eine Antwort war bisher aber noch nicht gekommen.

»Finn hat nach dir gefragt.«

Ich zuckte zusammen. Die Erwähnung seines Namens ließ mich innerlich frösteln. Abwesend nickte ich, ohne meinen Blick vom Bildschirm zu nehmen.

Ein Seufzen ertönte. »Komm schon, Eliza.«

Für eine Sekunde schaute ich zu Diego. Seine blauen Augen hatten einen resignierten Ausdruck angenommen, und ich fragte mich ernsthaft, wo sein Problem lag. Ihn ignorierte ich schließlich nicht. »Ich bin gerade beschäftigt, könntest du mich kurz alleine lassen?«

Ich rechnete jetzt fast schon mit Widerworten, aber er verließ mein Zimmer einfach und schloss die Tür hinter sich. Nach einem Augenblick stand ich auf, holte den Schlüssel, den ich mir vor ein paar Tagen von Diego geliehen hatte, aus meiner Hosentasche und schloss ab. Ich öffnete meine aktuelle, selbst zusammengestellte Playlist und drehte die Lautstärke höher. Dann lief ich zu meinem

Spiegel und schaltete meine Deckenlampe an. Manchmal hatte ich das Bedürfnis, mich zu vergewissern, dass ich immer noch gleich aussah. Ich trug schwarze gemütliche Leggins und darüber einen weiten dunkelroten Pullover. Meine Haare waren in einem Knoten nach oben gebunden, und unter meinen Augen war die Mascara ein wenig verschmiert. Ich fuhr mir über die Lippen und merkte, dass sie rissig geworden waren. Es war wirklich kalt draußen … Außerdem fiel mir bei meinem Spiegelbild auf, dass die schwarze Farbe auf meinen Nägeln abbröckelte. Äußerlich war wirklich alles wie immer. Seufzend wandte ich mich ab, zog das Haarband aus meinen Haaren und schüttelte sie ein wenig, bevor ich zurück zum Bett lief, die Musik lauter stellte und mich auf die Matratze fallen ließ. Ich schloss meine Augen und spürte, wie die Müdigkeit mit einem Schlag zurückkam. Wenigstens darauf konnte ich mich verlassen. Ich atmete tief ein und aus, konzentrierte mich auf die Musik und dachte einfach an nichts …

Es lief gerade *One Night Is Not Enough* von Snow Patrol, als ich das durchdringende Klopfen hörte. Meine Lider flogen auf.

Es kam vom Balkon. Ich richtete mich auf, blinzelte gegen die Helligkeit an und starrte auf die schwarz-transparenten zugezogenen Gardinen vor der Balkontür. Halluzinierte ich?

Es klopfte erneut, und jetzt sah ich die Hand an der Scheibe und fühlte mein Herz schneller pochen. *Was zur Hölle?* Als ich die Gardinen beiseiteschob, rastete mein Herz völlig aus. Mein Gesichtsausdruck allerdings versteinerte sich, ich konnte es förmlich spüren.

Es war Finn, und er sah überhaupt nicht glücklich aus. Seine Augen waren zusammengekniffen, und selbst als er mich hinter dem Glas stehen sah, hörte er nicht mit diesem beschissen lauten Klopfen auf. War er wahnsinnig?

Und war Diego lebensmüde, ihn auf meinen Balkon klettern zu lassen? Eine andere realistische Erklärung konnte ich mir momentan nicht geben. So viel zu Psychopath.

Auch wenn ich das drängende Bedürfnis hatte, einfach wieder zu meinem Bett zurückzugehen und das hier als Illusion abzustempeln, war ich gezwungen, nach dem Hebel zu greifen und die

Balkontür zu öffnen, da Finn nicht so aussah, als würde er aufhören, ehe ich ihn reinließ oder das Glas splitterte.

Ein Stoß eiskalter Luft und ein paar untergemischte Regentropfen peitschten mir ins Gesicht, und ich wich automatisch zurück.

»Was machst du?«, fragte ich mit monotoner Stimme und konnte mich seinem wütenden Blick nicht entziehen.

»Mir reicht's«, stieß er hervor und drückte sich an mir vorbei ins Zimmer.

Ich spürte den Zorn darüber, dass er einfach so reinkam, doch bevor er sich in mir ausbreiten konnte, wurde er von der Teilnahmslosigkeit ersetzt, an die ich mich inzwischen so sehr gewöhnt hatte. Langsam wandte ich mich um und betrachtete ihn. Er stand neben meinem Bett, mit durchnässten Haaren, die auf den Fußboden tropften. Er trug seine Lederjacke, aber seltsamerweise keine Schuhe.

»Da du nicht die Tür geöffnet hast, musste ich zu anderen Mitteln greifen.« Er klang wirklich wütend, und ich fragte mich, was ausgerechnet jetzt in ihn gefahren war, wo er doch die ganze Woche genau wie ich kein Wort gesagt hatte.

»Ich habe gerade keine Zeit, Finn. Können wir das verschieben?«

»Du kannst jetzt mit dem gottverdammten Theater aufhören, Elizabeth.«

Eine Gänsehaut breitete sich auf meinem Körper aus, denn dieses Mal sprach er meinen vollen Namen nicht so aus, als würde er auf Sex abzielen. Das hier war nicht die Seite an ihm, die mir herzzerreißende Briefe schrieb und meine beschissene Stirn küsste. Das war der alte Finn, wenn ihm etwas nicht passte.

»Ich weiß nicht … was du meinst«, gab ich immer noch relativ ruhig von mir.

»Ach, nein?«, knurrte er und kam auf mich zugelaufen. Ich reagierte nicht mit Abwehr so wie sonst immer, sondern blieb einfach stehen, als würde von ihm überhaupt keine Gefahr ausgehen. Sah ihm geradewegs in die Augen, als er direkt vor mir stehen blieb.

»Ich hab gewartet, und ich dachte, es ändert sich«, flüsterte er. »Mir war klar, warum du plötzlich auf Abstand gehst, natürlich.

Ich kenne dich, aber ich habe gedacht, du würdest inzwischen auch mich besser kennen.«

Seine Worte ließen mich stutzen. Wusste er es wirklich? Hatte Ally ihm was erzählt?

»Ich bin bereit, alles für dich zu tun … alles, damit es dir besser geht. Und vielleicht hat es so verdammt gruselig geklungen, als ich das mit den Erwartungen gesagt habe. Aber Baby, sieh mich an. Denk an alles, was wir miteinander durchlebt haben … Ich bin kein Mensch, der plötzlich alles aufgibt und an unendliche Liebe glaubt. Ich hab den Scheiß für eine Weile zugelassen, und es tut mir leid. Es ist wegen … diesem Bullshit in der Vergangenheit, den ich nicht ganz in meinen Kopf reinkriege. Manchmal reagiere ich über und erzähl dir so einen Mist. Es ist eine Phase, ein vergänglicher Moment. Wir haben uns nicht geändert. Gar nichts hat sich geändert, du hast recht, und ich war im Unrecht.« Er atmete schwer, und ich spürte die Hitze, die von seinem Körper ausging, der mir so unglaublich nah war.

Mein Kopf schwirrte von seinen Worten. Was wollte er mir hiermit sagen? Dass er mich die ganze Zeit über angelogen hatte? Bevor ich auch nur im Entferntesten daraus schlau werden konnte, griff er nach meinen Hüften, hob mich mit einem Ruck hoch, drückte mich an seinen Körper und lief mit schnellen Schritten zu meinem Schreibtisch. Ich blinzelte überrascht, starrte ihn an, beobachtete wie in Trance, wie er meinen Stuhl zur Seite schob, sich vor mich an den Tisch stellte und mit der linken Hand Hefte, Stifte und meinen Terminkalender auf den Boden fegte. Als würde ich überhaupt nichts wiegen, hielt er mich mühelos mit seinem rechten Arm an seinen Körper gepresst. Dann setzte er mich auf den Tisch, packte meine Beine, legte sie um seine Mitte und griff leidenschaftlich in meinen Nacken. *Oh mein Gott.*

»Vergiss alles, was ich übers Warten und über irgendwelche Gefühle gesagt habe«, hauchte er an meinem Hals. »Ich bin ein gestörter, unzurechnungsfähiger Mensch, aber das hat uns am Anfang auch nicht abgehalten, oder?« Sein Gesicht war nur Zentimeter von meinem entfernt. Sein Atem betäubte meine gesamte Wahrnehmung. »Sag mir, ob du mich immer noch willst wie damals im

Howl at the Moon. Oder im Keller dieser Karaokebar, als du mich angefleht hast, es dir zu besorgen. Sag mir, wie du mich willst. Ich werde alles mit dir anstellen, worum du mich bittest, Kleine. Ich werde dich ins Paradies befördern, so lange, so oft, bis du nicht mehr kannst.«

Ich klammerte mich an seinen Schultern fest, lehnte mich ihm mit rasendem Puls entgegen, bis meine Brust, die sich mit beängstigender Geschwindigkeit senkte und hob, gegen seine stieß. Ich konnte nicht über den Sinn seiner Worte nachdenken, er löschte all meine Fragen aus. Ich konnte überhaupt nicht mehr denken, während er mich mit seinem harten, muskulösen Körper auf meinen Schreibtisch niederdrückte.

»Finn«, keuchte ich, und wir küssten uns hastig auf den Mund, bevor er zurückwich, sich aber gleichzeitig in meinen Locken festkrallte und minimal an ihnen zog, sodass mein Kopf nach hinten fiel.

»Sag's mir, ich will es hören. Willst du, dass ich es hier mit dir tue? Auf dem Schreibtisch?«

»Gott, ja«, stöhnte ich, und er leckte leicht über meine Halsschlagader.

Ich schloss meine Augen und gab mich seinen Berührungen hin. Denn tief in mir wusste ich etwas, das ich noch nicht ganz in Worte fassen konnte. Er bewies mir, dass nichts von Bedeutung war, solange wir Sex hatten. Keine Gefühle. Das, was mir beim letzten Mal so schrecklich vorgekommen war, war plötzlich wieder verlockend geworden, denn damit konnte ich besser umgehen als mit Liebeserklärungen. Und das wusste er.

Er ging so weit, alles verschwinden zu lassen, was hier in London passiert war. Ich sollte es vergessen. Der Gedanke machte mir nur ein bisschen Angst, denn mir wurde klar, dass ich ihm nicht glaubte. Was er mir erzählte, war Mittel zum Zweck. Er wollte mir meine Zweifel nehmen. Aber das bedeutete doch nicht, dass alles eine Lüge gewesen war? Und selbst wenn, gerade jetzt würde ich mich sicherlich nicht damit beschäftigen. Für einen Moment ließ er mich los, und ich wollte schon protestieren, doch er lief nur zum Lichtschalter und ließ den Raum in Dunkelheit versinken.

Dann kam er zu mir zurück und grub seine Finger in meinen Rücken.

»Du hast den Brief gelesen, stimmt's? Und dann hast du Panik gekriegt …«

Ich nickte und zog ihn zu mir herunter, damit wir uns wieder küssten. Ich war nicht einmal überrascht darüber – das war der Grund, den er sich in Gedanken ausgemalt hatte. Der Grund für mein Verhalten. Seine Hände wanderten unter meinen Pullover, und ein wohliges Schauern ging durch mich hindurch.

»Zerreiß ihn«, hauchte er, nahm dann meine Unterlippe zwischen die Zähne und biss leicht darauf. Ein weiteres Stöhnen entwich mir. »Das ist so lange her … Es ist nur noch von Bedeutung, was hier zwischen uns passiert, okay?«

Ich sah ihm in der Dunkelheit in die Augen, die von einer Straßenlaterne draußen reflektiert wurden. Er starrte mich einfach an. Da war keine Zärtlichkeit oder Vorsicht … Da war einfach nur die pure Entschlossenheit. »Okay«, gab ich zurück, und dann zog er mich wieder so schnell zu sich, dass das Holz unter uns ächzte.

»Ich werde dich hier nehmen, verlass dich drauf. Aber zuerst tun wir es im Bett. Wie beim ersten Mal.«

Seine Worte ließen mich grinsen, während ich meine Beine auf seinem Rücken verschränkte und seinen Hals umfasste, damit er mich rübertragen konnte. »Gentleman, hm?«

Ich spürte, wie er mein Grinsen erwiderte, als er mich schnell auf den Mund küsste. »Das solltest du besser wissen …« Er hob mich vollständig in seine Arme, drückte meinen vor Verlangen zitternden Körper an seinen und lief ein paar Schritte rückwärts, bevor er sich umdrehte und mich in voller Länge auf mein Bett warf.

Ich keuchte auf und konnte gerade noch den Laptop zuklappen und auf den Boden legen, bevor er selbstständig von der Matratze schlitterte. Finn befreite sich aus seiner Lederjacke, schmiss sie ebenfalls hinter sich auf den Boden und kroch auf allen vieren über mich aufs Bett.

»Das hier … Das wird sich niemals ändern, Eliza.«

Unsere Lippen trafen erneut aufeinander, und in Rekordgeschwindigkeit schafften wir es, sein Shirt und meinen Pullover auszuziehen. Ich hielt die Augen so lange geschlossen, bis er mich aufforderte, ihn anzusehen. Seine nackte Brust schimmerte silbrig in der erbarmungslosen Schwärze. Die Muskeln zeichneten sich deutlich ab, und ich konnte nicht widerstehen. Mit der flachen Hand fuhr ich darüber. »Mhhh …« Es fühlte sich einfach so gut an. Er umfasste meine Finger und hob mit der anderen Hand mein Kinn an, und unsere Blicke trafen wieder aufeinander. Ganz langsam führte er meine Hand tiefer, und ich musste erneut hinsehen, es war so unwirklich, wie sich alles unter meiner Berührung verspannte. Wir waren nur noch Millimeter vom Bund seiner Jeans entfernt. Ich beugte mich vor, um den Knopf zu lösen, und dabei fiel mein Blick auf seinen ausgestreckten Unterarm. Ich erstarrte mitten in der Bewegung und ließ meine Hand abrupt sinken. Mein Blick haftete an einer einzigen Stelle.

Eine rote verblasste Linie, die sich über den ganzen Unterarm zog. Nichts Ungewöhnliches, könnte man meinen. Jeder Mensch hatte die eine oder andere Narbe. Oft Kindheitssouvenirs, meist so unscheinbar, dass man sie mit dem bloßen Auge kaum sah.

Diese war anders.

Diese hatte es vor einem Jahr, als wir uns kennengelernt hatten, noch nicht gegeben.

Offensichtlich hat er es dir nicht gesagt und hat es auch nicht vor … nach dem Maskenball … haben ihn in seinem Bad gefunden … nur in Unterwäsche … Messer … weiße Pillen … Blut … wollte nicht mehr leben.

Bevor ich wusste, was ich tat, stieß ich ihn mit voller Kraft von mir.

Finn war so überrascht, dass er fast vom Bett fiel. Im letzten Moment hielt er sich an der Kante fest. Ich rollte mich zur Seite und sprang auf. Ich konnte ihm nicht in die Augen sehen, und ich konnte nicht weitermachen, nicht mit diesen Gedanken in meinem Kopf. Nicht mit dem lebendigen Beweis, dass Allys Erzählungen der Wahrheit entsprachen.

»Geh«, flüsterte ich und drehte ihm meinen Rücken zu, um ihn nicht anschauen zu müssen. »Bitte, geh einfach.« Ich starrte meine Balkontür an, zählte die Sekunden, aber hinter mir rührte sich nichts. Das Zittern in mir veränderte sich so schnell, dass ich den Übergang nicht merkte. Die Hitze wurde unerträglich, und plötzlich bebte ich vor Kälte. Ich musste meine Zähne davon abhalten, aufeinanderzuschlagen.

Schließlich hörte ich, wie er aufstand. »Vergiss es.«

Ich zwang mich, ruhig durchzuatmen, aber es funktionierte nicht. »Verschwinde«, brachte ich hervor. »Bevor es außer Kontrolle gerät.« Jetzt war ich noch bereit, ihn gehen zu lassen, ohne vollständig wahnsinnig zu werden. Ohne ihn anzubrüllen und zusammenzubrechen. Aber meine Beherrschung bröckelte, und wenn er nicht so schnell wie möglich abhaute … Die Szene in meinem Kopf riss mich mit, ich hatte keine Chance, mich dagegen zu wehren.

Stell es dir vor, wisperte eine Stimme. *Stell dir vor, das Messer wäre tiefer vorgedrungen, und davor wären die Pillen in seinen Körper gelangt. Hatte er auch Alkohol getrunken? Wie viele Drinks hatte er intus, als er dich nach dem Tanz auf dem Maskenball nach oben gezerrt hat? Stell dir vor, wie das Blut eine Lache in seinem schwarzen Badezimmer gebildet hätte. Und dann denk daran, wie es gewesen wäre, wenn niemand aufgetaucht wäre. Ally wäre zu beschäftigt damit gewesen, sich Sorgen um dich zu machen. Du warst das arme, kleine Mädchen. Tom hätte ihr vielleicht Gesellschaft geleistet. Finns Boxershorts hätten sich rot gefärbt, seine Augen wären zugefallen. Er wäre immer schwächer geworden, und irgendwann hätte er keinen Schmerz mehr gespürt. Das Telefon im Wohnzimmer hätte wahrscheinlich spätestens am nächsten Morgen geklingelt. Der Anrufbeantworter wäre drangegangen, und man hätte sich Sorgen gemacht – seine Familie und Freunde wären besorgt, du nicht, denn du wärst zu gefangen in deinem Selbstmitleid –, aber man hätte abgewartet, denn es war schon mal so, dass er eine Zeit lang abgetaucht war, weil er seine Ruhe wollte. Wie viele Tage wären vergangen, bis Tom oder Alex seine Wohnung aufgesucht hätten, was meinst du? Und wenn sie schließlich aufgeschlossen hätten, was hätten sie getan? Vermutlich seinen Namen gerufen, systematisch durch die Räume gegangen. Schließlich hätten sie ihn gefunden. Am Boden, sein Körper kalt wie die Fliesen unter ihm. Das Blut getrocknet. Die grünen Augen hätte er im letzten Augenblick bestimmt geschlossen, sie würden nicht starr an die Decke blicken. Sie wären ausgerastet. Seinen Puls suchen, irgendwas, was bewies, dass er am Leben war. Doch die Pulsadern waren aufgeschnitten worden, das hätten sie deutlich sehen können, und ihre Hoffnungen wären umsonst, denn das vor ihnen wäre kein lebendiger Mensch mehr, seine Glieder wären zu starr, seine Haut zu weiß. Er würde nie wieder atmen, nie wieder deinen Namen sagen, dich nicht berühren, nicht ignorieren oder voller Wut und Verzweiflung anbrüllen. Der Schmerz, den er ausgelöst hat, als er dir das Herz gebrochen hat, würde ersetzt werden durch eine Qual, die dich nie wieder verlassen würde. Und selbst wenn du nach Jahren mit diesem Verlust leben könntest, würdest du mit jedem Atemzug, den du nimmst und er nicht, wissen, dass du schuld bist.*

»Was ist los mit dir, Eliza, seit wann führst du dich so auf? Normalerweise bin doch ich derjenige, der durchdreht und sekündlich sein Verhalten ändert.«

Ich fuhr herum, starrte Finn an wie eine Erscheinung und merkte, wie er vor meinen Augen verschwamm.

Als er mein Gesicht sah, zuckte Entsetzen über seine Miene, doch er unterdrückte es schnell und betrachtete mich mit einer ruhigen Maske. »Was ist dein Problem?«

Problem. Er fragte nach meinem Problem. »Du verdammtes Arschloch«, presste ich hervor und spürte, wie ich von Schluchzern geschüttelt wurde.

Er hob die Brauen. »Was passt dir jetzt wieder nicht? Ich war zu nett zu dir, das verstehe ich, und jetzt gebe ich dir das, was du die ganze Zeit wolltest, und das gefällt dir auch nicht.«

»ICH HASSE DICH«, schrie ich ihn an, und er zuckte zusammen.

Er kam einen Schritt auf mich zu, hob beschwichtigend eine Hand, aber ich trat zurück und weinte heftiger.

»Wag es nicht, mich anzufassen. War es eine Erleichterung, als du dir das beschissene Messer in die Haut gerammt hast? War es erleichternd, eine Rechtfertigung dafür zu haben? Hast du das alles getan, um hinterher einen Grund zu haben?«

Er ließ die Hand sinken und blieb stehen. Geschockt, zur Salzsäule erstarrt.

»Weißt du noch, was du mir gesagt hast, als du nach San Francisco mit mir Schluss gemacht hast? Ich erinnere mich an jedes verdammte Wort, Finn. Mach dir keine Sorgen, Eliza, hast du gesagt. Ich würde mich nie wieder so unverantwortlich benehmen. Ich würde es niemandem mehr antun. DAS VERSPRECHE ICH DIR, ELIZA!«

Er öffnete den Mund und klappte ihn wieder zu. Er bewegte sich immer noch keinen Millimeter, sondern starrte mich nur an. Beobachtete, wie ich Stück für Stück den Verstand verlor.

»Wie … kannst du es wagen … Wie kannst du mir das antun … HAST DU AN IRGENDJEMANDEN AUSSER AN DICH SELBST GEDACHT?«

»Du weißt nicht, was du sagst«, erwiderte er tonlos.

»Ich … ich …«, stotterte ich zusammenhanglos herum und konnte nicht mit dem Heulen aufhören. »Wie wäre es andersherum? Wie würdest du dich fühlen, wenn ich an deiner Stelle wäre?« Und schon wieder waren wir bei diesen Drecksgefühlen gelandet.

»Das kann man nicht vergleichen.« Er sprach ohne jegliche Emotion in der Stimme, und irgendwas in mir brach.

Ich stolperte zurück, griff wieder nach dem Hebel der Balkontür. »Stell's dir vor«, flüsterte ich und sah ihn für einen Moment überhaupt nicht mehr durch den Tränenschleier. »Stell dir vor, wie ich nur eine Sekunde lang so viel Verzweiflung in mir habe, dass ich es nicht mehr aushalte. Stell dir vor, ich steige über dieses gottverdammte Geländer und entscheide mich für den einfachsten Ausweg …« Ich stieß die Tür auf, und wieder empfingen mich Wind und Regen. Doch jetzt konnte ich keine Kälte spüren. Mein Körper war taub. Ich machte einen weiteren Schritt zurück. Nicht, weil ich irgendetwas Dummes tun wollte, sondern weil ich seine Passivität nicht mehr aushielt. Weil es mich langsam und qualvoll umbrachte, dass ich keinen Funken von Reue in seinen Augen sah.

Er trat auf mich zu. »Eliza … Hör auf.«

»Wieso?«, rief ich im Regensturm und spürte das Geländer im Rücken. Die Regentropfen trafen auf mein Gesicht. »Würde es wehtun? Würdest du leiden, verflucht? Würde es nicht alles BESSER machen?«

»KOMM SOFORT VON DEM SCHEISSBALKON RUNTER«, brüllte er mich auf einmal an.

Ich fuhr zusammen, und noch mehr Tränen fluteten meine Augen, vermischt mit dem Regen. Plötzlich hasste ich mich für die Vorwürfe. Ich hasste mich dafür, dass ich diesen Anfall erwartet hatte und trotzdem nichts dagegen unternehmen konnte. Aber vor allem hasste ich mich dafür, dass ich ihm keinen Grund gegeben hatte, leben zu wollen. Er hatte den Brief Wochen danach geschrieben. Also vielleicht war wirklich alles nur eine Illusion gewesen.

»Komm her«, murmelte er erschreckend leise und hielt mich mit seinem Blick gefangen, während er einen letzten Schritt auf den Balkon machte.

»Geh weg«, wisperte ich und schaute ihm hilflos in die Augen.

»Komm her, Kleine.«

Er streckte eine Hand nach mir aus, und dann passierte alles ganz schnell. Ich wusste nicht, ob ich oder er oder wir beide gleichzeitig vorgetreten waren, aber Sekunden später befand ich mich in seinen Armen. Er beugte sich leicht vor, griff nach meinen Kniekehlen und umschlang mit der freien Hand meine Schultern, bevor er mich so hochhob und zurück ins Zimmer brachte. Wie ein kleines Kind hielt er mich fest und legte sich zusammen mit mir auf mein Bett, wickelte uns beide in die Decke ein und lehnte sich gegen die Wand. Er drückte mich an sich und ließ mich einfach weinen. Sobald ich dachte, dass das Salzwasser nun aufgebraucht war, zuckte eine neue Ladung grausamer Szenen durch meinen Kopf, und das Ganze ging von Neuem los.

Irgendwann wurde ich mir seiner Nähe wieder bewusst. Seiner Wärme. Seiner Hand in meinen Haaren, seinem Arm um meine Hüften. Seinem gleichmäßigen, ruhigen Atem. Das Bedürfnis, ihn zu sehen, zu fühlen, wurde größer als der Schmerz. Ich hob den Kopf und traf auf seinen überraschten Blick. Wir sprachen nicht. Aber je länger wir uns ansahen, desto stärker veränderte sich sein Gesichtsausdruck.

Und auf einmal war es ganz einfach.

Wieder konnte ich nicht sagen, wer von uns zuerst handelte, aber nach einer Weile saß ich auf seinem Schoß, und wir küssten uns, klammerten uns aneinander wie Ertrinkende an die allerletzte Rettung. Ich rammte meine Fingernägel in seine nackte Haut, wollte so viel wie möglich von ihm spüren, und auch er ging nicht vorsichtig mit mir um. Das hier war eine Notwendigkeit inmitten unserer Ausweglosigkeit. Ruckartig drehte er uns mitten im Kuss um, ließ mich nach hinten fallen und griff, ohne von mir abzulassen, nach dem Bund meiner Leggins. Er zog sie zusammen mit meinem Slip herunter, und ich öffnete derweilen seine Jeans.

Es stand nichts mehr zwischen uns. Ich wusste es jetzt, und er wusste, dass ich nicht damit umgehen konnte. Und es gab nichts in dieser Situation, das gesagt werden konnte, um es erträglicher zu machen. Ich wollte nicht darüber reden oder getröstet werden oder eine Beziehung aufbauen, die sowieso niemals funktionieren würde. Alles war am Ende. Wirklich alles. Deshalb war das hier der einzige Weg, um noch für ein paar Stunden mit mir selbst klarzukommen, bevor die ganze Welt über uns zusammenbrach und wir zugeben mussten, dass wir schon wieder verloren hatten.

Wir machten so lange weiter, bis wir beide nackt waren. Und dann fanden unsere Hände zueinander. Ich fuhr ein wenig weiter mit den Fingern, tastete seinen linken Arm entlang, bis ich die leichte Erhebung fand.

»Hör auf zu weinen«, raunte er, und dieses eine Mal war ich in der Lage zu gehorchen. Ich schluckte hart, schluckte den Kloß herunter und ließ dann von seinem Arm ab, um eine Hand in seinen Haaren zu vergraben. Seine Finger waren wieder auf mir, und er zog mich noch näher. Er ließ seine Hand abwärts wandern, und mein Becken drückte sich ihm entgegen, während auch ich mit der freien Hand über seinen angespannten Körper strich.

Wir trieben uns mit dem Vorspiel so lange in den Wahnsinn, bis wir beide kaum mehr atmen konnten. Schließlich knieten wir keuchend gegenüber auf dem Bett. Der Regen war heftiger geworden und prasselte gegen die immer noch geöffnete Balkontür.

Er fragte mich nicht. In diesem Augenblick wäre es falsch gewesen, denn er wusste genau, was ich brauchte, um zu vergessen. Er packte mich einfach und hob mich auf seinen Schoß, bevor er eine Plastikverpackung aus seiner Hosentasche herausholte und sich das Kondom überstreifte. Unsere Lippen prallten noch einmal stürmisch aufeinander, dann spürte ich ihn an meiner Mitte und hielt mich stärker fest.

»Sieh mich an ...«

Ich wusste nicht, wann ich die Augen geschlossen hatte, aber jetzt schlug ich sie wieder auf. Sein Gesicht war ganz nah, nur Millimeter trennten uns. Quälend langsam drang er in mich ein, und Sekunden später war nichts außer mein Stöhnen zu hören. *Oh Gott.* Ich konnte diese Empfindung nicht beschreiben, die mich durchzuckte. Es war so ... so ... lange her. Er ließ mich weiterhin oben, sodass ich ihn noch tiefer spüren konnte.

»Verdammt«, keuchte er, und unser Atem vermischte sich, als ich wahrnahm, dass er ebenfalls stöhnte. Unsere Berührungen wurden gröber, und wir begannen uns zu bewegen, ohne einander aus den Augen zu lassen. Er lehnte sich leicht nach hinten, dirigierte mich mit den Hüften, griff leidenschaftlich in meine offenen Haare. Das hier war alles. Alles, was er mir jemals geben konnte. Und verdammt noch mal, es reichte für ein ganzes Jahrtausend. Genau in diesem Moment war er mir so nah, dass ich keine Panik davor hatte, ihn zu verlieren. Er gehörte zu mir. Erst zusammen ergaben wir diese Vollkommenheit, wir konnten nicht getrennt werden. Es tat nicht weh, er würde mich nicht alleine lassen. Ich sah es in seinen nun dunklen Augen, ich sah die unaussprechlichen Dinge. Reue, Verzweiflung, größer noch als meine, bedingungslose Hingabe. Ich wusste, dass er gelogen hatte. Ich wusste, dass seine Worte in dem Brief ernst gemeint waren und auch die Tatsache, dass er Erwartungen hatte. Endlich, nach sieben endlos langen Tagen, konnte ich es akzeptieren. Doch natürlich war es zu spät.

Wir küssten uns, und ich bewegte mich schneller auf ihm. Wir fanden unseren gemeinsamen Rhythmus schon nach wenigen Sekunden. Unsere Körper harmonierten perfekt, und es würde immer so sein, egal wie viele Monate zurücklagen und egal was geschehen war. Es war ein gnadenloser Krieg, wie wir mit der Hitze kämpften, wie das Verlangen die Oberhand gewann und ich über seinen Rücken kratzte, während er Spuren auf meinen Hüften hinterließ. Und zugleich war es der einzige Frieden, den wir jemals finden konnten. Weil wir auf dieser Ebene immer zusammenpassen würden. Weil es hier keine Kompromisse oder Zweifel gab. Sein feuchter, drängender Mund … sein göttlicher, intensiver Geschmack … seine weichen Strähnen zwischen meinen Fingern … seine abgehackten Atemzüge. Sie ließen mich vergessen. Sie ließen all die Hindernisse in der Dunkelheit neben unseren ineinander verschlungenen Körpern verschwinden. Ich wollte ihn immer näher spüren, nichts war gut genug, obwohl es niemals besser sein konnte.

»Ich will …«, brachte ich hervor und unterbrach mich selbst, um genussvoll zu stöhnen und meinen Kopf leicht in den Nacken zu werfen.

»Was?«, antwortet er mit rauer Stimme, nach Luft ringend. »Was willst du, Baby?« Seine Hände an meinem Hintern zogen mich härter zu sich, nachdem er mich etwas nach hinten geschoben hatte.

Ich presste meine Lider zusammen und atmete heftiger. »Ich will … dich … auf mir …«

Sobald das letzte Wort verklungen war, spürte ich schon, wie er uns zur Seite drehte und mich auf die Bettdecke niederdrückte, während er immer noch in mir war. Ich konnte es nicht erklären, aber dieses Gefühl von seinem schweren Körper auf meinem … sein Gewicht, das auf mir lastete … Das war unbeschreiblich gut. Es machte mich an, wenn er überlegen war, vielleicht fühlte ich mich einfach so verdammt wohl, weil er mir ultimative Nähe gab. Ich öffnete wieder die Augen und klammerte mich an seinem Hals fest. Er hob mich in seine Arme, und dann stieß er härter in mich. Ich hielt es nicht mehr aus, ich wusste, es würde nicht mehr lange dauern.

»Schneller«, verlangte ich stöhnend, und er kam meinem Wunsch nach, während wir uns immer drängender küssten.

Wir waren eins geworden, und ich verlor zunehmend die Kontrolle. Der Raum drehte sich, und ich sah nichts als seine funkelnden Augen. Ein feiner Nebel umhüllte uns, und das lodernde Feuer in mir brannte heller … Ich spürte die fast unerträgliche Hitze in jeder Zelle meines erschöpften Körpers. Vor … zurück. Auf … ab.

»Komm«, flüsterte er. »Lass los …«

Mein Körper reagierte schlagartig auf seine Worte, meine Muskeln verkrampften sich, und ich erbebte vollständig. Ich keuchte seinen Namen, sah die Lichter vor meinen Augen, die sprühenden Funken, die Wellen, die an ihrem höchsten Punkt wieder brachen. Am Rande meiner Wahrnehmung drang zu mir durch, wie er mit einem letzten Stoß ebenfalls seine Erlösung fand. Keuchend brach er auf mir zusammen, und ich umschlang ihn automatisch mit den Beinen. Unsere Oberkörper trafen immer wieder aufeinander, während wir beide erzitterten, bis der Orgasmus langsam ausklang und wir uns beruhigen konnten.

Nach einer Ewigkeit, in der in meinem Kopf angenehme Stille herrschte und ich den Nachklang des berauschenden Sex genoss, zog Finn sich aus mir zurück, löste meine Beine mit sanfter Gewalt voneinander und rollte sich neben mich. Bevor sich die grauenhafte Leere in mir ausbreiten konnte, rückte er so nah, dass ich meinen Kopf an seine Schulter legen konnte. Zuerst war es ein Trost, denn er war immer noch da, aber dann kam wuchtartig zurück, was wir die letzten Momente hatten verschwinden lassen.

Ich sollte ekstatisch sein, wir hatten es endlich wieder getan, und verfluchte Scheiße, es war perfekt gewesen.

Stattdessen zog die Angst so heftig an mir, dass mir beinahe übel wurde. All das fühlte sich nach Abschied an. Nach einem Ende, endgültiger als damals am Flughafen.

Finn fuhr mit einer Hand durch meine Haare, und ich schloss die Augen, versuchte mich nur darauf zu konzentrieren. Und dann sprach er es aus. So leise, dass ich mir kaum sicher sein konnte, ob es nur in meiner Einbildung stattfand.

Es war das zweite Mal, dass ich die Bedeutung wirklich spürte. Und es klang nicht fremd oder unpassend. Aber es klang auch nicht nach einem glücklichen Anfang. Es war die Verzweiflung, die aus ihm sprach, auch wenn er die Wahrheit sagte. Eine Verzweiflung, die ich erst zu spät verstanden hatte. Ich drehte mein Gesicht auf die andere Seite, damit er nicht die Träne sah, die sich aus meinem Augenwinkel gelöst hatte und auf die Matratze tropfte.

Leise.

Wie Blut auf schwarzen Badezimmerfliesen.

***

Es überraschte mich nicht, als ich am nächsten Morgen in einem leeren Bett erwachte. Es traf mich auch nicht unerwartet, als ich verschlafen in die Küche lief, um mir einen Kaffee zu machen, und sah, dass Finns Koffer aus dem Apartment verschwunden war. Tom saß auf dem Sofa und fragte mich in ruhigem Tonfall, ob ich gut geschlafen hatte. Offenbar hatte er keine Ahnung, doch woher sollte er auch? Vielleicht nahm er an, dass sein Bruder nach einem kurzen Streit mit mir – ich war mir sicher, das Geschrei war ihnen nicht entgangen – beschlossen hatte, im Hotel zu übernachten.

Ich machte mich fertig für den Tag. Mechanisch seifte ich meinen Körper unter der Dusche ein, zog mich an, packte meine Sachen für die Uni ein und lief los, nachdem ich Ally, Diego und Hannah, die inzwischen ebenfalls wach waren, einen guten Morgen gewünscht hatte. Die Bahnfahrt verging in Sekundenschnelle, so kam es mir zumindest vor, und in der Literaturvorlesung schlief ich ungefähr bei der Hälfte ein. Später unterhielt ich mich mit ein paar Kommilitonen, holte mir einen Cappuccino aus dem Kaffeeautomaten vor der Unibibliothek und trat dann den Rückweg an. Zufällig kam ich an einem kleinen Kiosk vor meiner Tube-Station vorbei.

Mein Herz schlug nicht schneller, als ich die Schlagzeilen sah. Ich drehte nicht durch und fiel auch nicht wieder dramatisch in Ohnmacht. Man hatte Finn gestern Nacht am Flughafen Heathrow gesichtet. Auch das war keine Überraschung. Es bedeutete nur, dass sich meine Vorahnungen bestätigten. Trotzdem konnte ich nicht lockerlassen. Ich schmiss den immer noch zu drei Vierteln vollen Kaffeebecher in den nächsten Abfalleimer, weil mir bei dem Geruch mit einem Mal schlecht wurde, und suchte mir die nächste freie Telefonzelle, da mir auffiel, dass ich mein Handy im Wohnheim vergessen hatte. In Gedanken überschlug ich die Stunden, die Finn schon unterwegs sein musste, wenn er nachts noch einen Flug erwischt hatte – was eigentlich so gut wie unmöglich sein sollte. Für normale Menschen jedenfalls. Es war beinahe schon ein Uhr mittags, er könnte längst gelandet sein.

Falls er nach Seattle geflogen ist, flüsterte die Stimme in meinem Kopf.

Mit völliger Ruhe wählte ich und hielt mir den schwarzen altmodischen Hörer ans Ohr. Er drückte mich nicht wie erwartet weg, und auch die Mailbox ging nicht dran.

»Kein Anschluss unter dieser Nummer«, verkündete eine Computerstimme nach dem bekannten Piepen. *Kein Anschluss unter dieser Nummer … kein Anschluss …*

Ich ließ den Hörer sinken und verließ die Zelle, ohne aufzulegen.

Er war weg.

21. KAPITEL

THE SEA AFTER A STORM

Eliza

December 10th, 4:45 p.m.

Die Panik setzte ein, als ich mich gerade für meine Spätschicht fertig machte. Als hätte mich etwas gestochen, ließ ich meinen Geldbeutel fallen und stürzte in den Flur, bevor ich, ohne zu klopfen, Alisons Zimmertür öffnete. Sie lag mit Tom auf ihrem Bett und sah sich irgendwas auf ihrem Laptop an. Beide schauten perplex auf, als ich hereinstürmte.

»Alles klar?«, fragte Ally.

Ich schüttelte den Kopf und fuhr mir durch die Haare. »Wo ist Finn?«

»Das wollten wir eigentlich dich fragen, haben aber angesichts deiner Stimmung angenommen, dass du nicht darüber reden willst«, sagte sie mit vorsichtigem Gesichtsausdruck, und ich stöhnte auf.

»Er ist weg. Er … Habt ihr nicht die Schlagzeilen gesehen? Heathrow und so?« Ich bemühte mich, unbefangen zu klingen.

Tom starrte mich an. »Der Flughafen?«

»Er geht nicht an sein Handy«, fuhr ich hastig fort, ohne auf ihn einzugehen, und hörte, wie meine eigene Stimme mit jedem Wort ängstlicher wurde. »Scheiße, nein, seine Nummer existiert nicht mehr.«

Tom zerrte sein Handy aus der Tasche und drückte darauf herum, bevor er es sich ans Ohr hielt. »Tyler?«

Ich biss nervös auf meiner Unterlippe herum und kümmerte mich nicht darum, dass der Lippenstift davon sicherlich abgehen würde.

Ally fing meinen Blick auf. »Was ist gestern passiert?«, flüsterte sie.

Ich schüttelte abrupt den Kopf. Darüber konnte ich jetzt garantiert nicht reden.

»Wo ist er?«, fragte Tom, und ich sah ihn die Stirn runzeln. Besorgt. Untypisch.

Aber es war ja kein Wunder, dass selbst er seine Gelassenheit verlor, wenn es um Finn ging. Nach dem ersten Selbstmordversuch wäre das schon verständlich gewesen. Umso mehr nach diesem zweiten, der kaum ein halbes Jahr zurücklag. Angestrengt fixierte ich das Marilyn-Monroe-Poster, das über dem Bett an der Wand hing, um nicht die Beherrschung zu verlieren.

»Seattle?«, hörte ich Tom wie durch einen Nebel rufen. Mein Blick zuckte zurück zu ihm, und in dem Moment fiel mir ein Riesenbrocken vom Herzen, als ich sah, wie er die Augen verdrehte. »Dieser kleine Trottel. M-hmm … ja, ja, schon klar.«

Seattle. Fast lächelte ich. Finn war wieder zu Hause. Es ging ihm gut.

Tom legte auf und schnaubte. »Er ist zurückgeflogen, Tyler will keinen Grund nennen, aber er hat gesagt, ich kann's mir denken.«

Und dann legte sich der Schalter in mir plötzlich wieder um. Jetzt, da ich mir sicher war, dass Finn keine wirkliche Dummheit begangen hatte, dass er in Sicherheit war, traten andere Emotionen in den Vordergrund. *Dieser Vollidiot. Dieser …* Klar, warum flog er nicht gleich ans Ende der Welt, wenn es brenzlig wurde? Erst kam er nach all dem Dreck nach London, und dann entschied er sich in einer verdammten Nacht, dass es jetzt an der Zeit war, wieder abzuhauen. Natürlich ohne einen Abschied. *Du, meine Liebe, hast ihn tagelang ignoriert.* Ja, verdammt. Das hatte ich. Und das war beschissen gewesen. Aber ich hatte ja wohl mehr als einen Grund dazu gehabt, auch wenn es reifer gewesen wäre, einfach mit ihm zu reden. Wie sollte man mit jemandem reden, wenn man etwas Derartiges erfuhr? Wie zur Hölle hätte ich ihm in die Augen sehen sollen?

»Ich bin der Grund«, murmelte ich zornig und wandte mich wieder zum Gehen. »Ich bin alleine schuld an dem ganzen Desaster, und es ist völlig verständlich, dass er geflogen ist.«

Ally stand von ihrem Bett auf und hielt mich am Handgelenk fest. Sie folgte mir bis in den Flur, wo ich mich seufzend umdrehte, da sie nicht loslassen wollte. Ich setzte schon an, ihr zu erklären, dass ich keine Lust hatte, über Finn zu reden, aber in dem Moment erhellte sich ihr grimmiger Gesichtsausdruck zu einem leichten Lächeln.

»Kino und anschließend Drinks mit Clara und Hannah, wenn dich Mario gehen lässt?« Ich öffnete den Mund, aber sie hob einen Finger. »Sie spielen diesen Film mit Audrey Tautou in der Originalfassung. Die Mädels haben schon dreimal gefragt, ob wir Lust haben.«

»Mich hat niemand gefragt …«

Sie rollte mit den Augen. »Du wurdest völlig von Finn eingenommen. Jetzt ist er weg. Du bist frei.«

Es klang bescheuert, aber sie hatte recht. Die vergangenen Wochen hatte sich alles um ihn gedreht. Ach, was machte ich mir eigentlich vor, es hatte sich schon immer alles um ihn gedreht. Im negativen als auch im positiven Sinn. Er war andauernd präsent, ob er nun da war oder nicht, ob er Scheiße baute oder furchtbar nett zu mir war und mit einem Blick alles zum Brennen brachte. Ich musste lernen, damit umzugehen. Ich kannte mich jetzt – bei mir gab es nur zwei Extreme. Entweder empfand ich gar nichts für ihn oder … so viel, dass sich mein verdammtes Universum nur um ihn drehte. Eiskalt oder glühend heiß. Ich würde die Kontrolle über mich gewinnen … den Mittelweg finden. Denn das war die einzige Option, wenn ich wollte, dass es funktionierte. Es machte Klick in mir, und eine eigenartige Wärme prickelte durch meinen Körper. Dass es funktionierte.

Es war nicht vorbei. Gestern war nicht das Ende gewesen. Ja, Finn war nicht mehr in London, und ja, wir haben wieder am Abgrund gestanden. Aber er wollte mich. Ich war mir sicher. Er hatte es mir nun weiß Gott wie oft gesagt und auch gezeigt, scheiß auf die andere Seite, die immer alles zu zerstören schien. Im Augenblick war ich angepisst, aber ich war nicht verzweifelt. Ich hatte nicht das Bedürfnis, mir die Augen aus dem Kopf zu heulen, gestern war genug gewesen.

Meine Mundwinkel zuckten, und ich seufzte theatralisch auf, bevor ich Alison ins Gesicht sah. »Na, meinetwegen, gehen wir ins Kino.«

***

Finn

December 10th, 8:30 p.m.

»Okay, lass mich die Fakten noch mal zusammenfassen: Du hast dich wie Luft behandeln lassen, nachdem ihr etwas ansatzweise Positives aufgebaut hattet, weil du dachtest, Eliza hätte Angst vor zu viel Nähe. Dann hast du es nicht mehr ausgehalten, hast sie provoziert und ihr angeboten, zurück in den alten Modus zu verfallen. Affäre, klassisch, wie man es eben tut, wenn man sich seit einem Jahr liebt.« Ich öffnete den Mund, um Alex zu unterbrechen, aber er ließ mich erst gar nicht zu Wort kommen. »Schließlich wäre es fast so weit gekommen, aber dann hat sie die Narbe auf deinem Arm entdeckt, was offenbar etwas in ihr ausgelöst hat, da sie das mit deinem Selbstmordversuch von irgendjemandem erfahren hatte. Damit wäre auch der Grund für ihr abweisendes Verhalten klar. Du hast sie getröstet, ihr habt miteinander geschlafen, und als sie dann in deinen Armen einschlief, hast du dich aus dem Staub gemacht. Und dich aus irgendeinem mir unbegreiflichen Grund dazu entschlossen, deine SIM-Karte zu zerstören, bevor du noch gestern Nacht zurück nach Washington geflogen bist.«

Ich rutschte tiefer in das Sofa meines Bruders und starrte angestrengt auf den Plattenspieler, während ich den Inhalt meiner Coladose in einem Zug runterkippte. Alex hielt nichts von Spotify oder so, er war überzeugter Vinyl-Fanatiker, und seine unzähligen Platten lagen überall in der Wohnung herum. Seufzend stellte ich die leere Dose auf den Holztisch zwischen uns und fuhr mir durch die Haare. Körperlich stand ich kurz vor dem Zusammenbruch und war mir sicher, dass ich wie Dreck aussah. Die letzten was weiß ich wie vielen Stunden war ich unterwegs gewesen. In dem beschissenen Flugzeug hatte ich selbstverständlich nicht gepennt. Ich hatte mich dagegen entschieden, in mein Apartment zu fahren, sondern hatte stattdessen Alex aufgesucht. Er hatte mich freudig begrüßt, obwohl er ziemlich überrascht gewesen war. Denn wenn ich jetzt alleine gewesen wäre, hätte ich wohl alles kurz und klein geschlagen. Tyler hatte einen Anschlussflug nach L.A. genommen, hauptsächlich weil ich ihn dazu gedrängt hatte. Managertechnisch konnte er sich jetzt eine Weile ausruhen, ich war im Moment nicht zu großen Auftritten zu gebrauchen.

»Finn?«

Mein Kopf ruckte hoch, ich hatte nicht einmal gemerkt, wie meine Lider sich langsam geschlossen hatten. »Hm?«

»Willst du nicht 'ne Runde schlafen, bevor wir weiterreden?«

Ich brummte undeutlich. »Passt schon. Also … Scheiße. Ich hab das Ding zerstört, damit mich niemand mehr erreichen kann. Weder Tom noch Ally noch Dad oder … sie.«

»Ja, das dachte ich mir. Ich hab mich eher gefragt, wieso du das nicht wolltest. Oder wieso du dein Handy nicht einfach ausschaltest.« Er sagte es ganz ruhig und betrachtete mich dabei neutral, frei von jeglicher Wertung. Himmel, Alex war wirklich der Sohn seines Vaters. Die Ähnlichkeit war in Momenten wie diesem fast unheimlich, und mir fiel auf, dass es guttat, ihn nach all den Wochen wiederzusehen.

»Weil ich Mist gebaut hab und ein verfluchter Feigling bin, der sich seinen Problemen nicht stellen kann«, gab ich stöhnend zu und dachte an Eliza, zusammengerollt in ihrem Bett im East Central. Ich dachte daran, wie sie mich zuvor angeschrien hatte, wie sie auf den Balkon getreten war. Wie Bilder durch meinen Kopf gezuckt waren. Freiheit, ein Fallgefühl, Euphorie, unbeschreiblicher Schmerz. »Ach ja, und ich denke darüber nach, mir von Dad einen Doc hier in Seattle empfehlen zu lassen.«

Alex sah mich perplex an. »Ehrlich?«

»Jep. Es war eine verdammte Illusion, zu denken, ich könnte wieder ohne Weiteres auf die Welt losgelassen werden. Und er hat gesagt, er steckt zu tief drin, um mir weiterhin zu helfen, so wie ich es benötige.«

»Ist es schlimmer geworden in London?«, wollte er leise wissen und nahm einen Schluck aus seiner Dose, ohne mich aus den Augen zu lassen.

Ich schüttelte den Kopf. »Nein, besser. Sie macht es besser. Ist von Anfang an so gewesen. Aber es ist purer Egoismus, aus diesem Grund bei ihr zu bleiben. Deshalb bin ich gegangen. Und weil wieder einmal die Sicherung bei mir durchgebrannt ist. Fuck, weißt du, wie überwältigend es sein kann …« Ich unterbrach mich selbst, wollte nicht wie ein Volltrottel klingen.

»Ja«, antwortete er schlicht und stand auf, schnappte sich den Müll, den wir verursacht hatten, und lief in die Küche. »Was willst du machen? Soll ich jemandem Bescheid sagen, dass du wieder hier bist?«

Ich wusste, er spielte auf Michael und Laura an. Und wahrscheinlich auch auf Tom. Schulterzuckend erhob ich mich ebenfalls. »Spätestens in ein paar Stunden wissen es ohnehin die gesamten USA …«

Er warf mir einen verständnisvollen Blick zu. »Ach ja, das hatte ich fast vergessen. Haben dich heute schon irgendwelche Fans entdeckt?«

»Da bin ich mir fast sicher. Nur hab ich absolut nichts gemerkt, aber das liegt wohl eher daran, dass mir die ganze Welt gerade am Arsch vorbeigeht.« Ich lehnte mich gegen die Küchentheke. »Wobei hab ich dich eigentlich unterbrochen?« Es war immerhin Samstagabend, und Alex hatte mir gesagt, dass er bis Weihnachten keine Uni mehr hatte. Uni … noch so ein kritischer Punkt. Mein Leben bestand im Augenblick wirklich nur aus einem einzigen Schlamassel.

Er winkte ab. »Ich hatte sowieso nichts zu tun, Kris wollte noch vorbeikommen, und vielleicht gehen wir später ins Kino, aber ansonsten …«

Es klingelte an der Tür, und Alex wandte sich von mir ab und lief zur Haustür, um sie zu öffnen.

»Hey, hast du deinen Schlüssel vergessen?«, hörte ich und fragte mich unwillkürlich, wieso Kristina und er nicht schon längst eine Wohnung teilten.

Ich sah zu, wie er zur Seite trat und seine Freundin reinließ, nachdem er ihr einen schnellen Kuss auf den Mund gedrückt hatte.

Ich setzte ein halbwegs überzeugendes Grinsen auf und kam aus der Küche. »Hey, Kristina.«

Sie war gerade dabei, ihren Schal abzunehmen, und stoppte mitten in der Bewegung, als sie meine Stimme erkannte und mich nun auch sah. »Finn?«, fragte sie ungläubig.

»Was, sehe ich so dreckig aus, dass du mich nicht mehr erkennst?«

Alex lachte.

Sie schüttelte ungläubig den Kopf, kam zu mir und umarmte mich völlig unerwartet. Etwas unbeholfen erwiderte ich die Geste, denn eigentlich waren wir nie so eng befreundet gewesen. Sie war mir trotzdem ziemlich sympathisch, erstens, weil sie perfekt zu meinem großen Bruder passte, und zweitens, weil sie sich ähnlich wie Ally nicht im Geringsten um meine Berühmtheit und mein Aussehen scherte. Ich merkte, dass sie genauso groß wie Eliza war, obwohl mir durch ihre klackernden Absätze auf dem Holzboden auffiel, dass sie High Heels trug.

»Bist du gerade angekommen? Wie geht's dir?«, fragte Kris.

»Blendend«, entgegnete ich unverkennbar ironisch. »Und dir?«

Alex setzte sich wieder aufs Sofa, und Kris tat es ihm nach, nachdem sie sich aus ihrem Wintermantel geschält hatte. Gleichzeitig begann sie zu erzählen, dass sie ihr Studium abgeschlossen und nächste Woche bei einer vielversprechenden Firma ein Vorstellungsgespräch hatte. Ich wunderte mich über mich selbst, dass es mich wirklich interessierte und ich es entspannend fand, sie reden zu hören. Dann fragte sie mich, wie es mir in London gefallen hatte, und ich bemühte mich um eine ausweichende Antwort, die sich eher auf die Stadt selbst als auf die Geschehnisse dort bezog, bevor ich die Aufmerksamkeit auf Alex lenkte, der nun auch begann, aus seinem Leben zu berichten. Ich saß einfach ihnen gegenüber auf der Couch, lachte über die kleinen Geschichten und gab den einen oder anderen Kommentar ab. Mir war gar nicht bewusst, wie schnell die Zeit verging, sondern ich war nur froh, für ein paar Stunden dem Wahnsinn in meinem Kopf entfliehen zu können. Wir bestellten uns Pizza, lauschten währenddessen ein paar Platten und schauten uns schließlich *Fight Club* auf Alex' Leinwand an. Den Film hatten wir damals in L.A. bereits unzählige Male gesehen. Tom war er immer zu verwirrend gewesen, aber Alex und ich fanden ihn genial, und da Kristina ihn noch nicht kannte, entschieden wir uns dafür.

Als schließlich *Where Is My Mind* von den Pixies beim Abspann lief und Kristinas letztes »Oh mein Gott!« ertönte, fiel mein Blick auf die Wanduhr. Es war kurz vor elf, und ich beschloss, dass ich mich jetzt zurückziehen sollte. Erstens, weil ich den beiden ein wenig Privatsphäre geben wollte – Kristina hatte sich immer enger an meinen Bruder gekuschelt, und ehrlich gesagt war der Anblick mehr als deprimierend –, und zweitens, weil ich jetzt dringend eine Dusche brauchte. Und zwar in meinem eigenen Apartment. Ich erhob mich, winkte lächelnd ab, als sie mich zum Bleiben überreden wollten, und verließ nach einer Verabschiedung, während der Alex mich aufmerksam musterte, mit meinem Gepäck sein Loft.

Ich nahm mir ein Taxi zu mir nach Hause und musste unwillkürlich lächeln, als mein Blick auf das beleuchtete Hochhaus in der kalten Nacht fiel. Es war so verflucht vertraut. Selbst der viel zu laute Autolärm von der Schnellstraße fühlte sich gut an. Mit schnellen Schritten lief ich zum Eingang, während eine unerwartete Nässe auf mein Gesicht traf. Ich legte meinen Kopf in den Nacken und schaute nach oben in den Himmel, von dem unzählige weiße Schneeflocken herunterfielen. Unwillkürlich erinnerte mich der Anblick an Weihnachten. Es waren nur noch wenige Wochen bis dahin. Letztes Jahr hatte ich das Fest hier in Seattle mit meiner Familie verbracht. Und ich wusste noch genau, was in der Weihnachtsnacht geschehen war. Eliza hatte mich angerufen, als wir uns wegen dieses dummen Missverständnisses gestritten hatten. Ich hatte verdammt noch mal ohne Albträume geschlafen, nur weil ich ihre Stimme für wenige Minuten gehört hatte. Sie war müde gewesen. Schläfrig, ein bisschen zickig, aber genau das war es ja, was mir gefallen hatte.

Meine Mundwinkel zuckten, bis mir klar wurde, dass ich keinen Schimmer hatte, was mich dieses Jahr erwartete. Meine Eltern waren inzwischen vermutlich richtig angepisst, ich hatte mich schließlich seit einer Ewigkeit nicht mehr gemeldet. Tom würde rumstressen, warum ich ihm vorher nichts von meiner Flucht erzählt hatte, und Ally würde auf Elizas Seite stehen. Und dann war da noch dieser Medienrummel, der zusätzlich alles verkomplizierte. Aber an diese Konsequenz hätte ich wohl denken müssen, als ich voller Überzeugung Tyler angerufen und ihn förmlich angebettelt hatte, mir eine Tour zu verschaffen.

Mit zügigen Schritten ging ich ins Haus, stellte mich in den Aufzug und drückte auf die 26, bevor ich wieder in Gedanken versank. Wenn ich nur daran dachte, wie ich reagiert hatte, als Ty mir mitgeteilt hatte, dass wir nach England fliegen würden … Nur zu gut erinnerte ich mich an dieses Gefühl. Dieses Zittern, das meinen gesamten Körper eingenommen hatte. Das Hupen der anderen Fahrer, als ich für ein paar Momente die Kontrolle über das Lenkrad verloren hatte. Und dann später in London. Im Studentenwohnheim, als Alison mich in ihr Zimmer gelassen hatte.

Ich hob den Kopf, starrte in ein Paar blutunterlaufene Augen im Spiegel, ließ einen der Koffer fallen und schlug mit der freien Hand gegen die Wand. Der Schmerz, der daraufhin durch meine Finger zuckte, war unendlich weit weg. Meine Maske bröckelte, und ich unterdrückte verzweifelt das aufflammende Verlangen, mir so lange wehzutun, bis die Erinnerungen verschwanden. »Verdammt, Eliza«, stöhnte ich, ließ auch den anderen Koffer los und lehnte meine Stirn gegen das kühle Glas. Mein Atem ging schwer, denn der Gedanke an sie schnürte mir die Kehle zu. Das Fallgefühl in meinem Magen, das eigentlich vom Aufzugfahren kam, nahm zu, als plötzlich Bilder von gestern Nacht in meinem Kopf auftauchten.

Ihre weiche Haut auf meiner. Die aufgerichteten Härchen auf ihrem Rücken, als ich mit den Fingerspitzen darübergefahren war. Ihre schwarzen nassen Wimpern. Die Tränenspur auf ihren Wangen. Das Salz, das ich auf ihren Lippen geschmeckt hatte. Der vertraute Duft. Ihr schmerzverzerrtes Gesicht, als die Taubheit von ihr abgefallen war.

Ich hasse dich. Wie kannst du es wagen, wie kannst du mir das antun?

»Du hast Gefühle für mich«, krächzte ich und realisierte, dass ich wie ein dummes Kind zu heulen anfangen würde, wenn ich diesen Scheiß nicht augenblicklich stoppte. Ich hatte meine Augen zugepresst, aber ich löste mich von der Wand, als ich das vertraute Rucken spürte, das mir zeigte, dass ich im richtigen Stockwerk angekommen war. Ich zwang mich, zu meinem Apartment zu laufen, sobald sich die Türen öffneten. Stöhnend realisierte ich, dass sich der Schlüssel irgendwo auf dem Grund meines Rucksacks befinden musste, und bückte mich, um ihn zu suchen. Bei der Bewegung spürte ich jeden einzelnen Knochen in meinem Körper.

Ich hörte, wie sich eine Tür am Ende des Flurs öffnete und Schritte ertönten. Erleichtert spürte ich endlich den Schlüssel zwischen meinen Fingern, erhob mich schnell und schloss die Tür auf. Ich hatte jetzt nicht die Nerven dafür, einem menschlichen Wesen unter die Augen zu treten, selbst wenn es nur einer meiner unbekannten Nachbarn war oder schlimmer noch, Lily und ihre Schwester. Ich war mir sicher, ich würde einen Mord begehen müssen, sollte mich jemand ansprechen.

***

Eliza

December 17th, 11:40 p.m.

»Willst du noch ein Bier?«

Ich riss mich von den Schwarz-Weiß-Fotografien, die an der Wand hingen, los und schaute in Diegos amüsiertes Gesicht. »Mh?«

Er deutete auf die Balkontür hinter uns. »Ich geh kurz raus, mir was zum Trinken holen, und hab mich gefragt, ob du mich begleiten möchtest.«

Ich verdrehte die Augen, denn ich wusste ganz genau, dass er mir damit mitteilen wollte, dass wir dringend reden mussten und er dazu allein mit mir sein wollte. Mit einem entschuldigenden Lächeln wandte ich mich von der Studentin ab, mit der ich mich eben unterhalten hatte, und ließ mich von Diego an die Hand nehmen und nach draußen führen. Eisige Kälte empfing uns, als wir durch die Tür schlüpften und die WG-Party hinter uns ließen. Ehrlich gesagt waren die kostenlosen Drinks der einzige Grund, wieso Diego mich heute hierhergeschleppt hatte, also passte es ja, dass wir uns dort verschanzten, wo die Getränke gelagert wurden.

Wir befanden uns in Soho, einem der interessantesten Viertel Londons, außerdem nur zehn Minuten von unserem entfernt, und wir waren später noch mit ein paar anderen Leuten in einem Club drei Straßen weiter verabredet. Diegos Cousin war einer der Mitbewohner, deshalb waren wir freudig empfangen worden, und bis jetzt hatte ich mich wirklich gut mit den anderen unterhalten, glücklicherweise schien mich keiner zu kennen.

»Na, sieh mal einer an, sie haben noch 'ne ganze Flasche English Harbour Rum!«

Ich lachte, als ich die Begeisterung in Diegos Gesicht sah, und ließ mich auf die weiße Bank fallen, die auf dem Balkon an der Wand stand, um mich vor den herumwirbelnden Schneeflocken zu schützen. »Soso. Ein Bier willst du also trinken.«

Er grinste. »Tu nicht so unschuldig, du willst dich doch heute auch noch betrinken, oder?«

Na ja, wo er recht hatte. Ich ließ ihn einen Schluck trinken und griff dann selbst nach der Flasche, als er sich neben mich auf die Bank setzte und einen Arm um mich legte. Die Flüssigkeit brannte in meiner Kehle, aber die wohlige Wärme breitete sich fast augenblicklich in meinem Magen aus. Wir starrten beide in die Dunkelheit, in der der weiße Schnee tanzte. Durch die Glastür erklang gedämpft die Musik von drinnen, aber hier war es ganz still.

»Ach, Eliza …«, seufzte Diego nach einer Weile, und ich legte meinen Kopf auf seiner Schulter ab, während ich ihm die Flasche wieder reichte.

»Erzähl's mir«, entgegnete ich schlicht.

»Es ist beschissen, dass du gehst.«

Ich gluckste, weil er mit einem Mal so sauer klang und das so gar nicht zu ihm passte. Außerdem kannte ich ihn gut genug, um zu wissen, dass das nicht der wahre Grund für seine schlechte Stimmung war. »Lenk nicht ab, ich weiß genau, dass du froh bist, mich bald loszuwerden. Also? Was ist los?«

Er lachte. »Ja, Honey. Du hast es mal wieder auf den Punkt gebracht.«

Ich beobachtete ihn genau. Seine blonden Wimpern warfen durch die spärliche Terrassenbeleuchtung Schatten auf seine Wangen, und er sah ungewöhnlich aufgewühlt aus.

»Wann erledigen wir eigentlich dein Weihnachtsshopping?«, fragte er plötzlich aus heiterem Himmel und wandte sich wieder grinsend mir zu.

Ich sah ihm misstrauisch in die Augen. »Montag. In zwei Tagen. Und das weißt du, da du es vorgeschlagen hast. Jetzt erzähl schon, Idiot.«

Er kicherte, kippte noch ein wenig mehr von dem Zeug runter und wischte sich dann mit dem Arm über den Mund. »Sie ist heute Abend im Cave.«

»Wer?«

Das Cave war der Underground-Club, in dem wir die anderen treffen würden. Heute fand die Neueröffnung statt, und der Artikel im Studenten-Magazin war wirklich vielversprechend gewesen. Eine Mischung aus Indie und Alternative wurde gespielt, und der Laden war nur durch einen schmalen Tunnel erreichbar, der durch eine Steinhöhle führte.

»Meine wunderschöne Ex-Freundin, die mir allein durch ihre Anwesenheit zweifellos den restlichen Monat versauen wird.«

Überrascht griff ich nach dem Rum. »Stella kommt?« Er wollte die Flasche wieder an sich nehmen, aber nun hielt ich ihn vollständig zurück. »Diego!«

»Hmmm?«

»Du kannst dich nicht betrinken, wenn sie da ist und du … Eindruck schinden willst. Woher weißt du überhaupt, dass sie da sein wird?« Normalerweise hätte ich seine Pläne unterstützt, aber ich erinnerte mich nur zu gut an die Blicke, die er und dieses weißblonde Mädchen auf der Bühne ausgetauscht hatten.

»Erstens, Schatz: Ich will keinen Eindruck schinden. Und zweitens … Sie hat mir geschrieben. Ob ich – und das ist ein direktes Zitat – mal wieder Lust habe, sie zu sehen. Mit einem Smiley dahinter.« Er machte eine dramatische Pause. »Zwinkernd.«

Ich lachte. »Sie flirtet mit dir.«

»Sie flirtet – oh Gott, Eliza. Du hast offenbar keine Ahnung, von wem du sprichst.« Er sah mehr oder minder schockiert aus, und ich lachte noch mehr.

»Komm schon«, sagte ich grinsend und stieß ihm in die Seite. »Sie hat den ersten Schritt gemacht. Ab und zu hattet ihr nach der Trennung schon Kontakt, oder? Was ist dabei, sie zu treffen und zu sehen, wie es sich entwickelt?«

»Ab und zu. Bloody hell, das letzte Mal hab ich sie bei der Ballettaufführung gesehen. Ein Jahr davor hat sie sich von mir getrennt. Ich kenne sie nicht mehr, ich weiß nicht, wer sie ist, wie sie tickt, was …«

Er unterbrach sich selbst, und ich stellte die Flasche auf den Boden, bevor ich mich zu ihm drehte. »Das stimmt nicht, und das weißt du.«

»Was?«

»Dass du sie nicht kennst. Nur weil ihr eine Zeit lang keinen Kontakt mehr hattet, bedeutet das nicht, dass eure Vergangenheit gelöscht wurde. Probier es aus, Diego. Sei kein Feigling.«

»Sagt die, die …«

»… Finn eine Woche lang ignoriert hat, weil sie zu feige war. Ja.« Ich rollte mit den Augen. »Mach nicht den gleichen Fehler, okay? Wir haben ja gesehen, wo mich das hingebracht hat. Oder besser gesagt ihn.«

***

Ich lehnte mich gegen die kühle Mauer außerhalb des Clubs und atmete tief durch. Ich war ganz außer Atem vom Tanzen, mein Kopf benebelt von der stickigen Luft, der dröhnenden Musik und den sich bewegenden Körpern um mich herum. Das Gefühl in mir war positiv, ohne Reue. Doch die Lautstärke war hier draußen nicht mehr dieselbe, nur der Lärm von der Straße neben mir lenkte noch ab. Die Hitze drinnen war ersetzt worden durch messerscharfe Dezemberkälte. Und trotzdem erreichte sie mich aus irgendeinem Grund nicht. Ich war elektrisiert, mein Körper wurde durch die Anstrengung des Tanzens gewärmt. Ich leckte mir über die Lippen, sehnte mich nach einem Getränk, im Moment vorzugsweise Wasser. Meine Kehle war ganz trocken.

Unten im Club war die Hölle los – mit Diego und Stella. Die ersten Stunden war es gut gegangen. Wir hatten unseren Spaß mit nahezu allen Bewohnern des East Centrals gehabt. Und auch die restlichen Leute waren cool, niemand wurde dumm angemacht, und es kam auch nicht zu irgendwelchen Streitereien, bis das weißblonde Ballettmädchen mit ihren Freundinnen angekommen war und Diego sie irgendwann vor der Bar abgefangen hatte. Nachdem der erste Schock über das Wiedersehen abgeklungen war, hatte er etwas getan, was er sich seit Monaten nicht getraut hatte – sie zur Rede gestellt. Und da ich den beiden ihre Privatsphäre lassen wollte, war ich die nächste Stunde auf der Tanzfläche verschwunden und hatte zu den besten Songs getanzt. Der DJ hatte es wirklich drauf. Es tat gut, loszulassen. Es tat gut, nicht zu denken. Bis ich bemerkt hatte, dass das freundliche Gespräch unter Ex-Freunden etwas ausgeartet war. Stella und Diego brüllten sich an und waren schließlich sogar rausgegangen – ich ahnte nichts Gutes. Und irgendwie fühlte ich mich Diego gegenüber verantwortlich, auch wenn ich mich auf keinen Fall einmischen wollte. Deshalb war ich rausgekommen, um zu sehen, ob alles in Ordnung war. Nur waren sie hier nirgendwo zu sehen, also sollte ich vermutlich wieder reingehen. Trotzdem bewegte ich mich nicht von der Stelle. Ich starrte wie hypnotisiert auf den flimmernden Verkehr, sah, wie eine Gruppe von betrunkenen Mädchen an mir vorbeiwankte, und schloss schließlich mit einem Lächeln auf den Lippen die Augen.

In sieben Tagen war ich wieder zu Hause. Das Flattern in meiner Magengrube bestätigte meine Vorfreude, und jetzt wusste ich auch, woher die unterschwellige Euphorie kam. Es würde wehtun, Abschied von meinen neuen, mir inzwischen so vertrauten Freunden zu nehmen. Aber im Moment konnte ich an nichts anderes als an Seattle denken. Mir wurde schwindelig vor Glück, als ich daran dachte, dass ich Finn wiedersehen würde. Die Dunkelheit war weg, da waren nur noch … ekelhaft rosarote kitschige Gefühle. Ich lachte laut auf und kam mir komplett irre vor, aber es war mir gerade so egal. War das nur im Augenblick so, würde es keine Sekunde anhalten, wenn er wieder vor mir stand? Ich schüttelte den Kopf, schlug die Augen auf und lachte erneut. Das war echt. Real. Tief. Scheiß auf die Kontrolle, scheiß auf alles, was uns zurückhielt. Na und, dann würde es wieder Stress geben. Ich war mir sogar ziemlich sicher, dass ich ihn anbrüllen würde, sobald ich ihn sah. Vielleicht würden weitere Tränen kommen, Sturzbäche, Momente der Verzweiflung. Aber ich würde ihm meine Meinung schon sagen. Dass er mich jetzt nicht alleine lassen konnte, dass wir beide festsaßen und er sich verflucht noch mal nie wieder einfach so vom Acker machen sollte. Es kam mir so, so leicht vor, einfach …

»FICK DICH DOCH SELBER, STELLA!«

Oh, verdammt. Abrupt wandte ich den Kopf in die Richtung, aus der das Geschrei kam, das sogar die offensichtlich betrunkenen, singenden Passanten übertönte. Diego und Stella standen nur wenige Meter rechts von mir am Hinterausgang des Clubs und sahen aus, als wären sie beide bereit, einen Mord zu begehen. Ich fragte mich ernsthaft, ob ich eingreifen sollte. Sie schlug auf ihn ein, und er beleidigte sie am laufenden Band, aber gerade, als ich entschlossen loslaufen wollte, herrschte plötzlich mit einem Schlag Stille.

Stella ließ von Diego ab, und er starrte sie entgeistert an. Ich sah, wie ihr die Tränen über die Wangen strömten, stand wie festgeschraubt auf der Stelle und beobachtete die beiden einfach. Das kam mir irgendwie extrem bekannt vor.

Und dann hob sie den Kopf, sah ihm in die Augen und bewegte ihre Lippen, sprach etwas aus, das ich nicht verstehen konnte, aber das musste ich gar nicht, denn kaum eine Sekunde später befand sie sich schon in seinen Armen. Sie krallte sich an ihm fest, wie ich mich so oft an Finn geklammert hatte, und Diego fuhr über ihre Haare, umfasste ihr Gesicht mit beiden Händen und küsste sie. Sie hielten sich fest, als hinge ihr Leben davon ab, und ich riss meinen Blick los. Das Grinsen auf meinem Gesicht war wieder zurück.

Ich wandte mich ab und lief die Stufen wieder nach unten, auf denen mir Alison ausgelassen lachend entgegenkam. Sie warf ihre Arme um mich, als wir fast ineinanderliefen, und ich zog sie kichernd an mich.

»Wir fliegen bald zurück, Ally«, flüsterte ich, und es kümmerte mich nicht im Geringsten, dass wir den Ausgang blockierten.

Sie schob mich ein Stück zurück und strich sich die vom Tanzen verschwitzten Strähnen nach hinten. Ihre hellen Augen reflektierten die bunten Lichter, die durch den Gang zu schweben schienen. »Und ich werde heiraten … Und du kriegst das mit Finn hin! Und Gooott, wir sehen Jen und all die coolen Menschen wieder. Und … verdammt noch mal …« Sie atmete aus. »Liz, das Leben ist so perfekt, dass es wehtut.«

Ich konnte nicht daran denken, dass so viele Dinge schiefgehen könnten. Ihre Worte pulsierten in mir wie mein hektisch pochendes Herz. Ich glaubte ihr. Anstatt in den Club zurückzugehen, hakte ich mich bei ihr unter, und wir traten wieder an die frische Luft.

»Lass und nach Hause laufen, ja?«

»Ja. Tom wird mich vermissen, aber was soll's.« Sie grinste. »Hast du eigentlich was von Diego und seiner Ex gehört?«

Lächelnd deutete ich hinter uns, wo die beiden gerade drauf und dran waren, sich die Klamotten von den Körpern zu zerren.

Ally bekam große Augen, dann nickte sie selbstgefällig. »Siehst du – perfekt.«

***

December 24th, 1:00 p.m.

Ich war mir zu hundert Prozent sicher, mich körperlich noch nie so beschissen gefühlt zu haben. Meine eiskalten Finger zitterten, als ich mit einer Hand die zum Glück relativ sauber wirkende Kloschüssel umklammerte und mit der anderen versuchte, mich zum Würgen zu bringen. Ja, richtig. Ich versuchte, mich zu übergeben, damit die Qual endlich ein Ende hatte. Und zwar zum dritten Mal, seit wir von Heathrow abgeflogen waren. Das konstante Wackeln des verdammten Fliegers sollte eigentlich dazu beitragen, aber keine Chance. Mir war kotzübel, und es kam einfach trotzdem nichts. Ich hatte am Flughafen Fast Food gegessen und anschließend circa zwei Liter Kaffee runtergekippt, was offensichtlich ein schwerwiegender Fehler gewesen war. Es klopfte ein paarmal an der Toilettentür, und ich richtete mich schaudernd auf, während ich versuchte, das gefährlich klingende Rauschen des Flugzeuges auszublenden. Ich griff hinter mich und drehte den Hebel zur Seite, sodass sich die Tür öffnete und ich heraustreten und den wartenden Leuten Platz machen konnte. Ich hatte wohl die Hälfte des Fluges die Toilette im Economy-Bereich belagert.

Es war Alison, und ich verfluchte sie erst mal ordentlich dafür, dass sie abartig gut aussah. Ihre blonden Haare waren zu einer kunstvoll zerzausten Zopffrisur verflochten, und ihr Gesicht war dezent geschminkt und einfach makellos. Ganz im Gegensatz zu meinem. Außerdem sah sie sogar in Leggins und weitem Pullover zum Anbeißen aus, was man ebenfalls nicht von mir behaupten konnte.

»Himmel, Mädchen, wir sind quer über den Ozean geflogen, könntest du nicht wenigstens Augenringe oder so haben?«, fragte ich etwas heiser und stützte mich am metallenen Türrahmen ab.

Sie verdrehte die Augen. »Wie geht's dir?«

Ich hob die Brauen. »Buchstäblich zum Kotzen. Ach, nein, warte. Es klappt ja nicht.«

»Vielleicht sollte ich mich bei der Crew einschleimen und fragen, ob irgendjemand 'nen Flachmann mit Wodka dabeihat. Wetten, das würde den Brechreiz hervorrufen?«

Bei der Erwähnung des ekligen Zeugs verzog ich das Gesicht, und in meinem Magen rumorte es hörbar. »Wie lange fliegen wir noch?«

»Deshalb bin ich ja gekommen, um nach dir zu sehen. Wir sind jeden Moment im Landeanflug.«

In dem Augenblick, als sie es aussprach, hörte ich die Durchsage, dass alle Passagiere sich anschnallen sollten. Wir befanden uns über dem Sea-Tac-Flughafen. Draußen herrschten frostige Temperaturen mit vereinzelten Schneestürmen bei -10 °C.

Und plötzlich war mir mein Magen egal. Ich ließ mich von Ally zu meinem Platz führen, schnallte mich an und trank meine überteuerte Wasserflasche leer. Das Ziehen in mir wurde heftiger, aber jetzt war es auch Nervosität. Und Freude. Hoffte ich zumindest. Ich atmete tief durch, lächelte beruhigend, als Clara, die wie damals beim Hinflug neben mir saß, mich besorgt ansah, und schloss dann die Augen, während meine Handflächen feucht wurden, weil wir jetzt wirklich im Landeanflug waren. Ich musste das jetzt durchstehen, in nur wenigen Minuten würde ich amerikanischen Boden betreten. Ich war so verdammt müde, weil ich dieses Mal wegen der Übelkeit keine Sekunde geschlafen hatte, aber die Müdigkeit wurde von meiner Vorfreude überlagert. Ich dachte an alles, was ich zurückgelassen hatte. Es waren sechs Monate vergangen … Gott, es kam mir vor wie ein halbes Leben.

Mit Tränen in den Augen hatte ich Diego am Flughafen Heathrow verabschiedet. Wir hatten uns geschworen, in Kontakt zu bleiben, und er würde mir fehlen, aber ich hatte kein allzu schlechtes Gefühl dabei, ihn alleine zu lassen. Stella hatte seit dem Abend im Cave jede Nacht bei uns im Wohnheim geschlafen, und auch wenn ich sie nur ein-, zweimal gesehen hatte, weil sie immer frühmorgens aus dem Haus ging, um zur Ballettprobe zu fahren, war mir das Strahlen in ihrem Gesicht nicht entgangen, das sich auch in Diegos widerspiegelte. Ja, Alison hatte recht behalten: Das Leben war manchmal so perfekt, dass es wehtat.

***

Clara, Hannah und Joe liefen neben mir den Flur zur Flughafenhalle entlang, in der unser Gepäck ankommen würde, und sahen aus, als würden sie jeden Augenblick zu Boden und von dort aus in einen tiefen Schlaf fallen. Ally und Tom liefen Hand in Hand vor mir, und sie drehte sich lächelnd zu mir um, während ich die Augen verdrehte. Ich war zwar nicht so komatös wie die anderen, aber gegen ein schönes, warmes Bett hätte ich jetzt wirklich nichts einzuwenden.

Womit wir beim Hauptproblem angekommen waren: Ich besaß keinen festen Wohnsitz. Ab nächster Woche hatte ich drei Treffen in potenziellen neuen WGs rund um den Campus, aber jetzt, während der Feiertage, war auf die Schnelle nichts zu machen. Jenny, Ally und Sam stritten sich seit Wochen darum, wer mich übergangsweise aufnehmen würde, und schließlich hatte Alison sich durchgesetzt, mit dem Argument, dass Jenny und Sam Wiedervereinigung feiern wollten und mich sicher nicht als Zeugin dabeihaben wollten, sosehr sie mich auch liebten. Dem stimmte ich natürlich zu, da Jen kaum vierundzwanzig Stunden vor uns aus Brasilien eingeflogen war, aber Tom und Ally waren … ähm … verlobt. Und das steigerte ihre Anhänglichkeit irgendwie noch mehr. Nichtsdestotrotz war ich all meinen Freunden so unglaublich dankbar für alles, was sie für mich taten. Heute Nacht allerdings würde ich erst mal bei meinem Dad in Shelton übernachten – wie letztes Jahr würden wir dort Weihnachten feiern.

»Sie sind alle da«, hörte ich Tom zu Ally sagen und fühlte mich mit einem Schlag hellwach. *Alle …* »Alex schickt mir Gruppenbilder, seit ich das Handy wieder eingeschaltet hab. Sehr untypisch für ihn, wenn du mich fragst … Sie haben wohl wirklich alle den verrückten Clan vermisst.«

Ich räusperte mich. »Wer denn alles? Ist Kristina auch gekommen?« Sie war die erste unverfängliche Person, die mir einfiel.

Tom zwinkerte mir zu. »M-hm, Kristina ist da. Und der Rest auch. Du weißt schon, Samuel, Jenny, ein paar von den Jungs. Und so weiter.«

Ich rollte mit den Augen. Alison kicherte, schnappte sich das Handy ihres Freunds und zeigte mir im Gehen das aktuelle Bild auf dem Display. Kristina war darauf zu sehen, Arm in Arm mit … Finn. Ich schluckte. Sie grinste übertrieben fröhlich, während er augenverdrehend zur Seite sah, seine Mundwinkel aber gerade zuckten, als würde er jeden Moment loslachen. Ich spürte ein heftiges Ziehen in der Magengegend und sah schnell wieder weg. Er sah ganz normal aus. Greifbar. In unmittelbarer Nähe. Beinahe glücklich. Oh Gott, wie würde ich das nur überleben?

»Na, zufrieden, Baby?«, fragte Ally.

Gegen meinen Willen musste ich lachen. »Klar, Kristina sieht super aus. Ich hab sie vermisst, ist ja eine ganze Weile her.«

»Muss dir wie eine Ewigkeit vorkommen«, kam es von Hannah.

Nach einer gefühlten halben Stunde kamen wir am richtigen Gepäckband mit den Koffern aus London an, aber anstatt nach meinen zu schauen, sah ich mich suchend nach Toiletten um. »Leute, ich muss schnell aufs Klo. Gebt mir fünf Minuten. Falls meine Koffer kommen …«

»Geh schon«, fiel mir Alison ins Wort, und ich lief los. Glücklicherweise waren die Toiletten direkt neben dem Band ausgeschildert.

Ich öffnete die Tür, atmete tief durch und suchte mir eine der unzähligen freien Kabinen aus. Nachdem ich fertig war, wusch ich meine Hände und spritzte mir etwas Wasser auf die Arme. Meine Haut schien in Flammen aufzugehen. Ich hievte meine große Umhängetasche halb auf die Ablage zwischen den Waschbecken und kramte nach meinem Klarsichtbeutel mit meiner Kosmetik, als sich die Tür hinter mir mit einem Quietschen öffnete.

»Oh gut, du bist hier. Ich glaube, Tom und Ally haben mich nicht gesehen, also können wir das kurz unter uns klären und …«

Mit einem lauten Krach fiel meine Tasche zu Boden, und die Hälfte des Inhalts kippte heraus, als ich reflexartig herumwirbelte. Verdattert starrte ich ihn an, und diesmal kam es mir nicht, wie so oft, wie ein Traum vor. Es war so erschreckend, so unleugbar real.

Finn sah auf meine Tasche und grinste. »Sorry, habe ich dich erschreckt?« Sein Blick war so dermaßen … locker, dass ich gar nicht anders konnte, als heillos verwirrt den Mund zu öffnen und ihn wieder zu schließen. Wie konnte er nur so ... normal mit mir reden? Und außerdem ...

»Die Toilette, Finn?«, hörte ich mich sagen und war mir sicher, dass nicht ich diejenige war, die sprach. »Schon wieder?«

Gleichzeitig fragte ich mich, wie er in diesen Bereich des Flughafens gelangt war. Hatte er das Personal bestochen? Oder sich spontan ein Ticket gekauft? Zuzutrauen war ihm alles.

Sein Grinsen wurde breiter. »Originell wie eh und je, ich weiß. Aber lass uns gleich zum Punkt kommen, ja?« Schlagartig war er ernst. »Ich finde es verdammt beschissen von dir, dass du nicht mit mir geredet, sondern einfach beschlossen hast, mich zu ignorieren, als wären wir zwei oberflächliche Bekannte.«

Ähm. Was zur Hölle hatte ich verpasst? So langsam schien mein inneres Ich wahrhaftig zu kapieren, dass es sich hier um den Finn Westwood handelte, der vor mir stand und mit mir sprach, als hätten wir uns nur wenige Stunden, nicht mehrere Wochen lang nicht gesehen. Seine grünen Augen funkelten, und er krempelte sich einen Ärmel seines schwarzen Hemds hoch, während er mich mit zusammengekniffenen Augen betrachtete.

Verdammt, er sah gut aus. Nein, das war eine Untertreibung, er sah aus, als käme er direkt von einem seiner Rockkonzerte. Seine Haare waren durcheinander, noch verwuschelter als sonst, seine Stiefel waren genauso abgewetzt wie seine Jeans, und sein Hemd stand weit offen, was meinem armen Herzen gar nicht guttat. Gott, ich war hier förmlich am Ausrasten, und ihn schien es kein bisschen zu beeinflussen, mich nach all der Zeit wiederzusehen. Ich sah schlimm aus. Richtig, richtig schlimm.

»Jetzt bist du dran«, fuhr er mit etwas leiserer Stimme fort.

Was zum Teufel meinte er?

Seufzend fuhr er sich durch die Haare und kam einen Schritt näher, als er meinen Blick sah. »Das reicht dir nicht? Na schön, dann werde ich wohl weitermachen ... Ich dachte eigentlich, wir wären uns näher. Hab ich das verdient, verdammt? Dass du mich so behandelst? Himmel, es ist jetzt ein Jahr her, seit das mit uns angefangen hat, meinst du nicht, wir sollten Fortschritte machen, Eliza?«

Das war es. In dem Augenblick, als er meinen Namen aussprach, kam alles zurück. Es war, als wäre keine Sekunde zwischen jetzt und dem Moment vergangen, als ich morgens in einem leeren Bett aufgewacht war und er London verlassen hatte. Keine Nervosität mehr vor dem Wiedersehen oder vor seinen Gefühlen. Ein kleiner Teil in meinem Kopf ahnte, dass er mich absichtlich provozierte, aber ich schob ihn beiseite und riss empört die Augen auf.

»Wie ICH dich behandelt habe? DU bist abgehauen, Westwood. Du. Hast. Mich. Verdammt. Noch mal. Alleine. Gelassen. Super Aktion, echt. Weißt du, es war ja so einfach, mit der ganzen Situation klarzukommen! Man erfährt ja täglich von solchen Dingen wie Selbstmord. Ist ja normal, dass ausgerechnet der Mensch, den man über alles ...« Gerade noch rechtzeitig unterbrach ich mich. Panik durchströmte mich, aber ich drängte sie zurück. Verdammt. Schnell ablenken. »Du bist immer noch ein Arschloch, das vor Verantwortung davonrennt. Ja, ich habe mich vielleicht kindisch verhalten, aber ich hatte jedes Recht dazu! DU nicht, du wusstest es besser!«

Da war das Grinsen wieder. Ich sah zu ihm hoch und realisierte, dass ich, während ich mich in Rage geredet hatte, ebenfalls näher gekommen war. Diese Perfektion bereitete mir innere Schmerzen. Also alles wie immer, murmelte eine gelassene Stimme in meinem Kopf. Kein Grund zur Sorge.

»Das ist mein Mädchen. Dachte schon für eine Sekunde, ich hätte dich verloren.«

»Du bist so ein ...«

»Küss mich«, fiel er mir ins Wort und biss sich überheblich auf die Unterlippe.

Er nahm mir wirklich jegliche Fassung, und das nur in den zwei Minuten, in denen wir uns wiedergesehen hatten.

»Nein«, stieß ich panisch hervor und schüttelte den Kopf. »Vergiss es!« Das klang schon standhafter. Die Frage war, wieso ich mich wehrte. Vermutlich aus alter Gewohnheit.

Mit einem Schritt stand er direkt vor mir. Ich spürte die Hitze, ich roch seinen verdammt perfekten Geruch. Die Übelkeit vom gesamten Flug hatte sich in nichts aufgelöst. Langsam, ganz langsam neigte er den Kopf. »Küss mich«, raunte er erneut ganz nah an meinem Ohr und schob ein paar Haarsträhnen von mir zur Seite, während in mir alle Stricke rissen, die meine Selbstbeherrschung aufrechterhalten hatten.

Ich konnte es wirklich nicht fassen, dass er mich jetzt dazu brachte. Unzählige Male hatte ich mir den Augenblick ausgemalt, in dem wir uns wieder gegenüberstehen würden, aber das … Das sprengte wieder einmal alles.

Ich streckte mich ihm entgegen und suchte Halt an seinen Schultern. Das war ihm offenbar genug, denn er schlang seine Arme um meine Mitte, hielt mich fest und hob mich ein paar Zentimeter vom Boden, als unsere Lippen einander berührten. Und es schmeckte nach Zuhause. Bevor wir den Kuss vertiefen konnten, setzte er mich ab, und ich schlug die Augen wieder auf. Er nahm mein Gesicht zwischen seine Hände.

»Jetzt, da ich deine volle Aufmerksamkeit habe …« Seine Mundwinkel zogen sich minimal nach oben, bevor er mit der Zungenspitze die Lippen befeuchtete. Wie hypnotisiert sah ich zu ihm hoch, mit glasigem Blick direkt in die Smaragdaugen. »Wenn du glaubst, dass das hier noch einen Sinn hat … irgendeinen Zweck … Wenn du noch nicht vollkommen genug von meiner Scheiße hast, dann komm heute Abend in meine Wohnung.« Mit diesen Worten ließ er mich abrupt los, ging zwei Schritte rückwärts und drehte sich dann um.

Ehe ich geblinzelt hatte, schwang die Tür schon hinter ihm zu. Ich rührte mich nicht vom Fleck, stand wie festgenagelt dort, wo er mich vor einer Sekunde noch geküsst hatte, während ich nicht wusste, ob ich schreien oder lachen sollte.

Ich war wieder zu Hause.

22. KAPITEL

JUST ANOTHER DAY

Eliza

December 24th, 6:00 p.m.

Ich wusste nicht genau, wieso ich erwartet hatte, dass das Hochhaus in der 1st Avenue sich in irgendeiner Weise verändert hatte, aber als ich den kurzen Weg von der U-Bahn-Unterführung bis zum Eingang überquert hatte, musste ich für einen Moment stehen bleiben, um mich bei dem Anblick zu sammeln. Ganz Seattle war unverändert geblieben, wie in einer kleinen, behüteten Schneekugel fernab von all dem Gefühlschaos. An jeder Ecke schien mich eine neue Welle an alten Erinnerungen und Emotionen zu erwarten, aber es schmerzte nicht, so wie damals im April. Es fühlte sich an wie eine herzliche Umarmung, wie eine überfällige Begrüßung. Mit halb zugekniffenen Augen starrte ich in den grauen Himmel, aus dem sich eine ungemütliche Mischung aus Schnee und Regen direkt auf die ohnehin schon gefrorenen Straßen ergoss. Trotz des rauschenden Verkehrs konnte man die unverkennbaren Töne von Jingle Bells vernehmen, die von einer der Bars auf der gegenüberliegenden Straßenseite herüberklangen. Es waren auch noch ungewöhnlich viele Menschen unterwegs, wahrscheinlich um noch auf den letzten Drücker die Weihnachtseinkäufe zu erledigen. Ich atmete tief durch und überquerte die Türschwelle – die Eingangstür war zu meiner Erleichterung nur angelehnt gewesen, der Überraschungseffekt lag also auf meiner Seite. Ich musste über mich selbst den Kopf schütteln – als ob es noch eine Überraschung war, Finn konnte sich ja wohl inzwischen denken, dass ich kommen würde. Auch wenn heute Weihnachten war und ich in spätestens drei Stunden bei meinen Eltern sein musste.

Samuel, der sich wie immer als ein Geschenk des Himmels erwies, hatte sich sofort einverstanden erklärt, mich um sieben hier samt meinem Gepäck mit seinem Auto abzuholen, um gemeinsam nach Shelton zu fahren. »Wir werden ab jetzt genug Zeit haben, um uns jedes Detail der letzten Monate zu erzählen«, hatte er mit seinem typischen Grinsen erklärt und mich aus seinen braunen Augen angestrahlt. »Jetzt musst du dich erst mal um dein Herz kümmern, Kleines.«

Außer ihm wusste niemand etwas von meinem Vorhaben. Jenny war nach unendlichen Umarmungen und Begeisterungsschreien über unser Wiedersehen zu ihrer Mom und deren Freund nach Tacoma gefahren, und Alison verbrachte den Abend natürlich mit Tom und seinen Eltern in irgendeinem Edelrestaurant. Wenn ich mich recht erinnerte, wussten sie immer noch nichts von der Verlobung der beiden …

Die Aufzugtüren schlossen sich hinter mir, ich drehte mich um und starrte meinem aufgekratzten Spiegelbild ins Gesicht. Moment mal, würde Finn nicht mit seinen Eltern Weihnachten feiern? Was war das überhaupt für ein unpassender Zeitpunkt, um unsere Gefühle zu besprechen? Heillos verwirrt fuhr ich mir durch die frisch gewaschenen Haare und krallte dann meine Finger ineinander, damit sie zu zittern aufhörten. Niemals konnten wir all das, was gesagt werden musste, in einer Stunde kurz vor Heiligabend abarbeiten. Vielleicht sollten wir die Diskussionen einfach unseren Zukunfts-Ichs überlassen und so lange rumknutschen, bis Sam auftauchte. Ich biss mir auf meine Unterlippe und merkte, dass sich ein Grinsen quer über mein Gesicht zog. Mein Herz schien sich trotzdem nicht beruhigen zu wollen. Meine Güte, Finn hatte heute Mittag recht gehabt – wir kannten uns jetzt schon über ein Jahr, sollte sich dieser Wahnsinn in meinem Inneren nicht langsam normalisiert haben?

Die Metalltüren öffneten sich, und ich lief hastig in den Gang, während ich betete, dass mir hier niemand über den Weg lief. Ich strich mein schwarzes Samtkleid glatt, das ich schon für den

Abend bei meinen Eltern angezogen hatte – und waren wir mal ehrlich: damit Finn mich unwiderstehlich fand –, zupfte meine Strickmütze zurecht, ignorierte den dröhnenden Presslufthammer in meiner Brust und drückte auf das Schild, auf dem die schwarzen Buchstaben seines göttlichen Namens vor meinen Augen verschwammen. Die Übelkeit vom Flug war zurück, aber jetzt schien es mir, als hätte sie nicht das Geringste mit Übermüdung oder der falschen Ernährung zu tun. Ich hatte kaum Zeit zu realisieren, dass sich die nächste Panikattacke anbahnte, da wurde die Tür schon aufgerissen. Ich gab mir nicht mal Mühe, teilnahmslos dreinzuschauen, sondern starrte einfach wie eine arme Irre in diese unglaublichen Augen und seufzte leise. Jedes Detail saugte ich auf, und dann tat ich mal wieder das, was ich am besten konnte: Ich sprach, ohne vorher mein Gehirn einzuschalten. »Willst du mich umbringen, du Idiot?«

Finn wollte mir wirklich den Rest geben, so wie er aussah. Er hatte das schwarze Hemd von vorhin durch einen dunkelgrünen Strickpullover ausgetauscht und trug dazu zerrissene tiefschwarze Jeans. Ein paar nasse blonde Strähnen fielen ihm in die Stirn, und seine perfekten Lippen verzogen sich zu einem schmerzhaft schönen Lächeln. »Du bist gekommen …«, murmelte er, ohne auf meine Frage einzugehen.

Bevor ich meine Beherrschung wiedererlangen konnte, streckte er schon eine Hand aus und strich mir einmal kurz über die Wange. Instinktiv schloss ich meine Augen, und mit einem Mal löste sich das Chaos in mir und verwandelte sich in bunte, leuchtende Wärme. Ich blinzelte und trat in dem Moment auf ihn zu, in dem er beide Arme nach mir ausstreckte. Ich presste mich an ihn und vergrub mein Gesicht an seiner warmen Halsbeuge, atmete zittrig ein und inhalierte diesen Duft, der so sehr nach Zuhause roch.

»Ich hab eine Stunde Zeit«, flüsterte ich in seinen Pullover und klammerte mich an ihm fest wie eine Ertrinkende. Tausend Gedankenfetzen wirbelten in meinem Kopf umher, aber ich zwang, mich, seinem Herzschlag zu lauschen, der so sehr raste, dass er meinem Konkurrenz machte, und entschied mich für die Wahrheit. »Dann kommt Sam, und wir fahren nach Shelton. Ich hab keine Ahnung, wie wir alles in so einer kurzen Zeit besprechen sollen, aber ich bin hier, okay?« Ich drückte ihn fester an mich und war froh, dass er mein Gesicht nicht sehen konnte. »Ich bin hier, und wir werden das klären, auch wenn wir uns die Köpfe einschlagen. Ich bin hier und geh nicht weg, und ich bring dich eigenhändig um, wenn du mich noch mal verlässt.«

Abrupt löste er sich aus meiner Umarmung und hielt mich ein Stück von sich weg, um mich betrachten zu können. Mein Blick wanderte reflexartig zu Boden, aber ich riss mich zusammen, hob den Kopf und schaute ihm in seine glühenden Augen.

»Ich weiß, dass heute ein beschissener Zeitpunkt ist und dass du jetzt eigentlich schon bei deinen Eltern sein solltest, aber ich musste dich noch einmal sehen, bevor du gehst. Und ich musste wissen, dass es sich für dich … genauso anfühlt wie für mich«, murmelte er, schluckte und sah so unsicher, so verdammt süß aus, dass sich mein Magen zusammenzog. »Ich kann dir nicht versprechen, dass ich nicht wieder den Verstand verlieren und ausrasten werde, oder dass ich nicht wieder abhauen will, weil irgendwas in mir wieder explodiert, aber Baby, ich kann dir versprechen, dass ich alles Menschenmögliche tun werde, um dich glücklich zu machen. Du bist … Du bist so unfassbar schön, Kleine.«

Es gab so viel, was ich sagen wollte – von meiner Entschuldigung, dass ich so lange in London geschwiegen hatte, bis hin zu diesen Dingen, die er mit mir anstellte, wenn er mich so ansah wie jetzt. Wenn er so etwas zu mir sagte, war es mir egal, wie oft er ausrasten würde, solange er nur mir gehörte. Doch wie so oft hatte ich nicht die Rechnung mit der Wucht meiner Emotionen gemacht. Erneut fiel ich ihm um den Hals, aber diesmal umfasste ich mit einer Hand sein perfektes Gesicht. Ich spürte die Bartstoppeln unter meinen Fingerspitzen und drückte mit all der Leidenschaft, die ich gerade nicht in Worte fassen konnte, meinen Mund auf seinen. Keine Sekunde später krallten sich seine Finger in meinen Nacken, er drückte mich gegen die Wand neben seiner Eingangstür und erwiderte meinen Kuss so heftig, dass ich mir sicher war, er las jeden meiner Gedanken.

»Du machst mich wahnsinnig«, keuchte ich zwischendurch, wenn wir uns kurz voneinander lösten, um nach Luft zu schnappen. »Du bist alles, was ich je wollte.« Seine Hände waren überall, sein Mund lag feucht und drängend auf meinem. »Du wirst mein Ende sein.«

Als wir beide kaum mehr atmen konnten und Stirn an Stirn gegen die Wand lehnten, mit pochenden Herzen und einem alles entflammenden Grinsen auf den Lippen, strich er mir eine Strähne aus dem Gesicht. »Du hast keine Ahnung, wie gerne ich in dieser einen Stunde, die wir haben, genau das hier fortsetzen würde«, sagte er immer noch leicht außer Atem, und sein Grinsen wurde breiter. »Aber mein Dad sitzt in meinem Apartment und will etwas mit dir besprechen.«

Ich riss die Augen auf. »Dein … Dad?«, keuchte ich hilflos, und er kicherte.

»Sorry, ich wollte dich vorwarnen, aber ich hatte Besseres zu tun, als mich gegen deinen Überfall zu wehren.« Hastig fuhr ich mir über die garantiert knallroten Lippen.

»Oh Gott, bist du wahnsinnig?«, flüsterte ich. »Er hat das alles mitbekommen?«

»Entspann dich, er telefoniert, glaub ich.« Noch ein kurzes Lachen. Es klang so schön und befreit, dass ich mit einfallen musste.

»Westwood, du wirst wirklich mein Ende sein.«

Er trat lachend ein paar Schritte zurück und drehte sich an der Türschwelle zu mir um, mit plötzlicher Ernsthaftigkeit in dem hellen Grün seiner Augen, auch wenn seine Mundwinkel noch zuckten. »Ich bin mir nicht sicher, wie du darauf reagieren wirst, Eliza, aber ich will, dass du ehrlich bist und mir einfach sagst, wenn es dir zu viel wird. Wir werden eine Lösung finden, okay?«

Ohne mir eine Chance zu geben, darauf zu antworten, trat er zurück und ging in seine Wohnung, die ich so sehr vermisst hatte. Ich hatte keine Zeit, mich mit der Bedeutung seiner Worte zu befassen, ich wurde überwältigt vom Anblick des minimalistisch eingerichteten Wohnzimmers, der Ledercouch, des Klaviers und der Küchennische weiter hinten, von der aus man auf die Terrasse gelangen konnte. Gerade noch konnte ich verhindern, dass mir

Tränen in die Augen schossen. Alles war exakt so wie früher, jedes kleine Detail. Es tat weh, daran zu denken, dass neue Leute in meiner alten WG wohnten, in der ich so viel erlebt hatte, und umso stärker war die Erleichterung, hier alles wie immer vorzufinden.

Im nächsten Augenblick trat Michael Westwood aus Finns Schlafzimmer, von wo aus ich die Lichter der Stadt aus dem Fenster über dem Bett erkennen konnte. Mein Lächeln kehrte wieder zurück, als ich vortrat und ihm die Hand entgegenstreckte. Seine graublonden Haare passten zu seinem dunkelgrauen Anzug, und wie damals in der Mall fiel mir auf, dass er kein bisschen wie ein Familienvater oder Psychologe aussah, eher wie ein in die Jahre gekommenes Model.

»Hallo, Mr. Westwood«, begrüßte ich ihn etwas schüchtern und streckte ihm die Hand entgegen, unsicher, wie ich mit seiner Anwesenheit und dem Wissen, das er über Finn und wahrscheinlich auch über mich hatte, umgehen sollte. Außerdem hatte ich keine Ahnung, was mich jetzt erwartete.

Fältchen bildeten sich um die graublauen Augen, die denen von Alex so ähnlich waren, als er mit einer großen warmen Hand meine Begrüßung erwiderte. »Frohe Weihnachten schon mal im Voraus, Eliza.« Er zwinkerte mir zu, was mich unwillkürlich an Tom erinnerte. »Und nenn mich bitte Michael.«

Ich grinste, nickte und warf Finn einen Blick zu, der mich lächelnd zum Sofa führte. Dort schälte ich mich aus meinem Mantel, den er mir sofort abnahm, zog mir meine Mütze vom Kopf und ließ mich auf dem kühlen Leder nieder. Keine Minute später setzten die beiden sich neben mich, und mir wurde ein Glas Wasser in die Hand gedrückt. Nervös drehte ich das Glas hin und her, bis Finns Vater zu sprechen begann.

»Ich bin mir sicher, du feierst heute noch Weihnachten bei deinen Eltern, Eliza.« Seine Stimme war tief und ruhig. »Und auch wir gehen gleich noch mit Tom und Alison essen und würden uns freuen, wenn Laura und ich dich demnächst einmal auch noch zum Abendessen ausführen dürfen, bevor wir in einer Woche wieder nach Los Angeles fliegen.«

Er sagte es mit solch einer Selbstverständlichkeit, dass ich mich keinen Moment befangen fühlte, es schien selbstverständlich zu sein, dass ich zur Familie gezählt wurde, so wie es bei Ally von Anfang an der Fall gewesen war. Ein wenig schmunzelte ich darüber, dass Finn, der neben mir saß, die Augen verdrehte. Aber bevor ich darüber nachdenken konnte, wie wenig es mir ausmachte, von den Eltern meines ... – ja, meines was eigentlich? – zum Essen eingeladen zu werden, protestierte er schon.

»Dad, du weißt, was wir gesagt haben – wir müssen es nicht gleich übertreiben und ...«

»Ich würde mich sehr über ein gemeinsames Abendessen freuen, wenn ich wieder in Seattle bin«, fiel ich Finn ins Wort, und er schaute mich entgeistert an, während Michael uns sichtlich belustigt beobachtete.

»Das freut mich, aber das ist ja auch nicht der Grund, warum wir hier sind«, lenkte er mit einem nachsichtigen Lächeln ein.

Finn fuhr sich durch die Haare und schien meinem Blick auszuweichen. Automatisch streckte ich eine Hand aus und legte sie ihm beruhigend auf sein Knie, das durch die Risse in seiner Jeans leicht entblößt war. Ich wusste nicht, was ihn beschäftigte, aber das alles war in Ordnung für mich, und er sollte das spüren.

»Finn hat mich gebeten, mir dir über seine Vergangenheit zu sprechen«, fuhr sein Vater fort, als hätte er nichts bemerkt, und mein Blick zuckte wieder zu ihm. »Und ich habe ihm einen Kollegen von mir hier in Seattle empfohlen, mit dem er unsere Sitzungen fortsetzen soll. Wir haben uns überlegt, dass es vielleicht das Beste wäre, wenn du auch an einigen dieser Sitzungen teilnimmst.« Seine Stimme war so neutral, dass ich mir keinen Moment lang seltsam vorkam – im Gegensatz zu Finn, der dem Anschein nach überall sein wollte, nur nicht in diesem Raum. Ich strich ihm ein paarmal über sein Knie und nickte Michael zu, damit er weitersprach.

Besorgniserregende Worte wie Paartherapie, Beziehung und tief sitzendes emotionales Trauma wirbelten in meinem Kopf umher, aber sie wurden alle zu unbedeutendem Nichts, als zwei unumstößliche Tatsachen in mein Bewusstsein drangen: Ich würde alles über Finn erfahren. Und wir würden alles dafür tun, dass es funktionierte. Ein Schwarm aufgeregter Schmetterlinge tanzte in meinem Magen umher, während ich mich um einen normalen Gesichtsausdruck bemühte. Das Einzige, was mir Sorgen bereitete, waren Finns Lippen, die zu einem schmalen Strich zusammengepresst waren.

»Es ist natürlich deine persönliche Entscheidung«, fuhr sein Dad fort. »Aber ich bin der Meinung, dass es euch beiden helfen könnte, mit einer unbeteiligten Person über eure Konflikte zu sprechen. Und du kannst mich auch unabhängig davon jederzeit erreichen, wenn du Redebedarf hast, Eliza. Ich hab gehört, du bist gar nicht so fachfremd.« Jetzt lächelte er mir zu.

Ich erwiderte sein Lächeln und verzichtete darauf, ihn darüber aufzuklären, wie lange es gedauert hatte, bis ich realisierte, dass es sich bei dem heißen Typ, dem ich mit Haut und Haar verfallen war, um einen labilen Menschen mit ernsthaften psychischen Problemen handelte. Aber daran würde ich arbeiten. Ich wusste jetzt, was ich wollte, und das war nicht nur Finn Westwood. Das war auch eine Zukunft, in der ich Menschen wie ihm helfen würde.

Dann fixierte ich Finn so lange, bis er mich ansehen musste. Ich verstand nicht ganz, wieso sein Vater so offen mir gegenüber war und wieso Finn wirkte, als würde das hier gegen seinen Willen geschehen, aber ich musste ihm mehr Sicherheit bieten.

»Das klingt nach einer guten Idee«, erklärte ich Michael und lächelte Finn zu. »Wann würden die Sitzungen anfangen?«

Jetzt wich die Verletzlichkeit in seinen perfekten Zügen der Ungläubigkeit. Mit einem Ruck stand er auf. »Michael, ich glaube, ich muss den Rest alleine mit Eliza besprechen, wenn das okay ist. Wir treffen uns später im Restaurant, ja?«

Sein Dad stand trotz des abrupten Umschwungs sofort auf und nickte. Auch ich erhob mich ziemlich verdattert und nahm die Hand, die er mir zum Abschied reichte. »Es hat mich wirklich gefreut, dich wiederzusehen, Eliza, und ich wünsche dir frohe Feiertage bei deiner Familie.«

»Frohe Weihnachten«, wünschte ich auch ihm erneut. Er klopfte Finn kurz auf die Schulter, dann war er schon aus der Tür verschwunden, und ich drehte mich vollends verblüfft um. »Was war das denn?«

Mit beiden Händen fuhr er sich verzweifelt durch das verwuschelte Haar und schritt vor mir auf und ab.

»Finn«, rief ich. »Was ist los? Ging dir das gerade gegen den Strich? Hattest du das nicht mit deinem Dad abgesprochen?«

Er stoppte mitten in der Bewegung und starrte mich an. »Hast du verstanden, was Michael dir gerade vorgeschlagen hat?«, hauchte er fassungslos.

Verständnislos blickte ich zurück. »Ähm … ja? Ist dir das zu viel? Willst du mich bei den Sitzungen nicht dabeihaben?« Das würde ich verstehen, immerhin fiel es ihm bestimmt immer noch schwer, mit jemand anderem als mit seinem Therapeuten über seine Vergangenheit zu sprechen.

Mit zwei Schritten war er bei mir und nahm mein Gesicht zwischen die Hände. »Eliza … du musst das nicht machen, weil du Angst hast, dass wieder etwas … passiert. Dass ich mir wieder etwas antue. Du musst das nicht machen, weil du Mitleid hast oder denkst, du wärst es mir schuldig.« Er rang sichtlich mit sich, und ich wollte widersprechen, doch er fuhr schon fort. »Michael ist der Meinung, dass wir miteinander sprechen müssen, wenn wir eine Be…, wenn wir etwas Richtiges aufbauen wollen, und ich glaube, er hat recht, aber ich weiß, dass es dir schwerfällt und du Angst hast. Es ist nur … ich weiß nicht, ob ich dir alles erzählen kann, ohne die Nerven zu verlieren, und ich glaube, es würde helfen …« Sein Blick wich mir ständig aus, und in mir brodelte es jetzt heftig.

»Finn«, unterbrach ich ihn und wiederholte seinen Namen so oft, bis er aufhörte, sich in Rage zu reden. Ich strich ihm durchs Haar und holte tief Luft. »Ich hab keine Angst, und es hat nichts mit Mitleid zu tun.« Für eine Sekunde schloss ich die Augen. »Und es macht doch verflucht noch mal keinen Unterschied, wie wir es nennen, oder?« Wieder sah ich zu ihm hoch.

Eine steile Falte hatte sich zwischen seinen Brauen gebildet. »Wie wir was nennen?«

Jetzt musste ich lachen. »Das hier! Das mit uns, verdammt. Wir haben keine Affäre mehr, Finn. Wenn ich es mir recht überlege, hatten wir nie eine wirkliche Affäre, oder?«

Er starrte mich bewegungslos an, und ich stellte mich auf die Zehenspitzen, damit wir auf Augenhöhe waren. »Ich werde jetzt etwas aussprechen, und du wirst mich nicht zwingen, es zu wiederholen, okay?« Jetzt konnte ich eindeutig Angst in seinen Augen erkennen, obwohl er mechanisch nickte. »Ich möchte gar keine Affäre mit dir haben. Ich möchte auch keine Beziehung mit dir haben, weil bei dem Wort alle Alarmglocken bei mir zu läuten anfangen, ich komme eben manchmal immer noch nicht mit meiner … Bindungsangst klar. Aber ich weiß jetzt, dass ich dieses Problem habe und dass ich daran arbeiten werde, damit das hier funktioniert. Aber von mir aus können wir es Beziehung nennen, denn verflucht noch mal, ich will doch jede Sekunde mit dir verbringen.« Ich schluckte schwer und konnte das Blut in meinen Ohren rauschen hören. Ich hatte angefangen, oder? Jetzt musste ich es auch zu Ende bringen. »Ich will nicht nur jede Sekunde von dir angefasst werden, ich will auch in deinen Armen einschlafen, und ich will deine dumme Hand halten, wenn wir draußen rumlaufen, damit jeder sieht, dass wir zusammengehören, und ich will, dass du mir alles erzählst, jedes einzelne Problem und jeden Gedanken, der dir zu schaffen macht. Und ich will, dass wir zusammen eine Lösung finden und dass du mich nie wieder im Stich lässt. Es ist okay, wenn du wieder durchdrehst, und es ist okay für mich, wenn wir darüber mit deinem Dad oder deinem Therapeuten sprechen. Ach, verdammt, es ist nicht nur okay, es ist das Beste, was uns passieren kann. Wir haben genug Zeit mit Verdrängung und Geheimnissen verbracht.« Ich unterbrach meinen Monolog, weil die Gefühle, die sich in seinem Gesicht widerspiegelten, ganz und gar nicht positiv aussahen. Stöhnend trat ich einen Schritt zurück und stemmte meine Arme in die Hüften. »Was ist dein Problem?«

»Was mein Problem ist?«, wiederholte er ungläubig. »Wer hat dir diese Gehirnwäsche verpasst?«

Mein Puls schoss in die Höhe, und ich sah wieder rot. »Gehirnwäsche? Was zur Hölle ist los mit dir? Ist es nicht das, was du willst?«

»Du sollst aber nicht das machen, was ich will!«, rief er, jetzt ebenfalls eindeutig wütend. »Verdammt, Eliza, du hast dich in London in diesem beschissenen Hotelzimmer für mich aufgegeben, nach dem, was ich dir angetan habe, das ist doch krank, das ist doch … Das hier soll funktionieren, ich will dich nicht ausnutzen.«

Böse funkelte ich ihn an. War er wirklich so schwer von Begriff oder stellte er sich extra dumm? »Schön, dass du von dir aus von dieser verfluchten Nacht anfängst. Wie praktisch, dass du dich nur an diesen Teil erinnerst. Wie praktisch, dass du ein komplettes Blackout hast und keine Ahnung, was danach kam.«

»Es ist doch scheißegal, was danach kam!«, schleuderte er mir entgegen. »Fakt ist, ich nutze dich aus, jeden gottverdammten Tag, seit wir uns kennen, und das kann nicht so weitergehen, wenn du nicht endlich ehrlich zu mir bist und zugibst, dass es dir zu viel ist!«

»ES IST MIR ABER NICHT ZU VIEL«, brüllte ich jetzt. Die Sicherung war endgültig durchgebrannt, ich hielt es nicht mehr aus, dass er so blind war. Genauso blind, wie ich selbst monatelang gewesen war. »ES WIRD MIR NIE WIEDER ZU VIEL SEIN, KAPIER'S ENDLICH!«

»ICH LIEBE DICH, VERFLUCHTE SCHEISSE, WIE KANN ICH ZULASSEN, DASS DU …«

Schwer atmend war ich instinktiv einen Schritt auf ihn zugetreten. Seine Worte waren der letzte Tropfen, der das Fass zum Überlaufen brachte. »SCHÖN FÜR DICH, HAST DU SCHON MAL DARAN GEDACHT, DASS ICH DICH GENAUSO LIEBE, DU VOLLIDIOT?«

Mit einem Schlag war es totenstill im Raum. Das einzige Geräusch war das tosende Gewitter von draußen. Meine Hände waren schweißnass, das Zittern hatte sich auf meinen ganzen Körper übertragen, und seine Finger, die meine Schultern umklammert hatten, lösten sich ruckartig von mir. Zur Salzsäule erstarrt stand er vor mir, und in diesem Moment verstand ich, dass er trotz allem genau wie ich keine Ahnung gehabt hatte, was in mir vorging. Die Übelkeit wurde fast unerträglich, aber trotzdem schaute ich ihm direkt in die Augen und atmete zitternd aus.

Fassungslos erwiderte er meinen Blick. »W-was?«, stammelte er, es war kaum der Hauch eines Flüsterns. Plötzlich war ich wieder in der Dunkelheit in diesem Hotelzimmer in Großbritannien, und ich sah den Schmerz und die Hilflosigkeit in seinem Gesicht als Reaktion auf meine Worte, obwohl er zugedröhnt gewesen war. *Niemand hat mich je …* Ich konnte nicht verhindern, dass mir die Tränen in die Augen schossen. Das war's dann mit meinem Weihnachts-Make-up.

»Ich liebe dich, Finn. Es ist mir egal, ob du mir glaubst oder nicht, aber ich kann es nicht ändern. Ich hab es viel zu spät selbst verstanden, aber jetzt bin ich hier, und ich werde kämpfen.« Ich schniefte, die Tränen rannen mir über die Wangen. »Okay?«

Und dann lag ich plötzlich wieder in seinen Armen, und nichts spielte mehr eine Rolle. Hinter uns krachte es mehrmals, der Schneeregen hatte sich wie so oft in dieser Stadt in ein heftiges Gewitter verwandelt, aber hier, zwischen uns, war mit einem Mal alles ruhig. Keine Angst mehr, keine Nervosität oder Zweifel.

»Okay«, flüsterte er nach einer halben Ewigkeit in mein Haar, und da verstand ich, dass ich mich geirrt hatte.

Was wir besprechen mussten, was wirklich zählte, das brauchte keine tagelangen Diskussionen und auch keine Stunde kurz vor Weihnachten. Es brauchte nur einen Herzschlag, nur einen Blick und nur drei Worte.

***

Finn

December 25th, 1:30 a.m.

»Biegen Sie nach circa 350 Metern links in die Madison Street. In zehn Metern befindet sich Ihr Ziel auf der rechten Seite.«

Mein Fuß wanderte auf das Bremspedal, ohne dass mein Gehirn es ihm befahl. Durch den abrupten Halt wurde ich tief in den Ledersitz gepresst, aber ich nahm kaum wahr, wie mein Herz einen Schlag aussetzte. Mein Atem hinterließ einen dichten weißen Rauch in der Luft, aber auch die Kälte in meinem Wageninneren konnte ich nicht spüren. Tatsache war, dass ich seit Stunden gar nichts mehr spüren konnte. Nichts, als Eliza von Samuel abgeholt worden war, um zu ihren Eltern zu fahren, nichts, als Tom, Alex, Ally und ich zusammen mit Michael und Laura das Fünf-Gänge-Menü bei Kerzenschein und stimmungsvoller Musik in einem sündhaft teuren Restaurant in Downtown serviert bekommen hatten und Tom irgendwann kurz vorm Dessert mit den Neuigkeiten herausgeplatzt war. Nichts, als meine Mom zu heulen angefangen hatte, und auch nichts, als ich mich von allen verabschiedet hatte, um in meinen Wagen zu steigen und wie ein Irrer durch die verlassenen Straßen nach Shelton zu rasen. Ich hatte genickt, ich hatte gelächelt, den perfekten Sohn und Bruder gemimt und die richtigen Dinge an den passenden Stellen gesagt. Und ich freute mich, mein Gott, natürlich freute ich mich, dass Tom und Alison, diese absolut Wahnsinnigen, das mit der Hochzeit durchziehen würden. Und dass ich nun das zweite Weihnachten in meinem Leben mit den richtigen Menschen genießen konnte. Aber ich war nicht hier, ich war in einem Paralleluniversum, in einer Welt, in der ich mir sicher war, dass mich dieses unbeschreibliche Glück jeden Moment umbringen würde. Weil es zu viel war, weil das hier verflucht noch mal nicht die Realität sein konnte. Ich konnte nicht mehr atmen, und ich stand konstant unter Strom.

Drei lächerliche Worte, drei Worte, die nicht von Bedeutung sein sollten, wenn man seit einem Jahr nicht voneinander loskam. Drei Worte, von denen ich niemals erwartet hätte, dass sie jemand zu mir sagen würde und, noch unbegreiflicher, dass ich sie glauben würde. Weil es dieses Mal nicht um mein vollkommenes Gesicht ging, nicht um meinen Körper oder meine verflucht perfekte Stimme. Weil ein Mensch nur einen Grund haben konnte, wieder und wieder zurück zu mir zu kommen, obwohl ich ihn jedes Mal ein weiteres Stück dem Abgrund näherbrachte.

Ich hörte Allys Stimme in meinem Ohr vibrieren, ich hörte sie davon sprechen, wie Eliza sich nächtelang die Augen aus dem

Kopf geweint hatte, ich sah sie zusammengebrochen auf meinem Bett nach San Francisco, ich hörte ihr Lachen, ihr verdammtes Lachen, das mich jeden dunklen Albtraum vergessen ließ. Ich sah ihre Augen blitzen, wenn ich unerwartet vor ihr stand, ihre Fassade in sich zusammenbrechen, wenn ich ihr zu nahe kam, wenn sich alle Härchen auf ihren Armen aufstellten und sie mir, ohne es selbst zu merken, unaufhörlich auf die Lippen starrte. Und dann hörte ich sie wieder meinen Namen im Schlaf murmeln, so oft, bis ich vergaß, dass ich krank war.

Sie wollte an meinen Sitzungen teilnehmen. Sie wollte über meine Vergangenheit sprechen und all den Mist, der ihr sonst immer eine riesige Panik bereitet hatte. Sie wollte da sein, und sie wollte kämpfen.

Und ich? Ich wollte schreien, bis kein Laut mehr aus meiner Kehle drang, rennen, bis keine Luft mehr in meinen Lungen übrig war. Und dann wollte ich die Zeit zurückdrehen und vor dem kleinen hilflosen Jungen in die Knie gehen, ihn in den Arm nehmen und ihm sagen, dass es in Ordnung war. In Ordnung war, zu leiden und sich zu fühlen, als wollte man untergehen und nie, nie wieder auftauchen. Aber dass der ganze abgefuckte Scheiß nicht sein Leben bestimmen würde. Dass eines Tages ein Mädchen kommen würde, das nur mit einem Wimpernschlag die schlimmsten Dämonen in seinem Kopf verschwinden lassen konnte. Dass dieses Leben, so hoffnungslos es in diesem Augenblick oder auch in den nächsten Jahren schien, einen Sinn haben würde. Dass er trotz allem zu übermenschlicher Euphorie imstande sein konnte, dass er nur durchhalten müsse, bis zu jener Novembernacht.

Ich hörte das Klopfen an meiner Fensterscheibe in dem Augenblick, als ich realisierte, dass nicht nur über das Gesicht des siebenjährigen Jungen in meiner Vorstellung Tränen strömten. Hastig wandte ich meinen Kopf ab, ohne die Person wahrzunehmen, die vor meinem Porsche stand. Mit beiden Ärmeln meiner Lederjacke versuchte ich Schadensbegrenzung zu betreiben, bevor ich mich wieder umdrehte.

Samuel stand mit einem dicken Schal und zusammengezogenen Augenbrauen vor mir. Sein Parka war über und über mit weißen

Schneeflocken bedeckt, die unaufhörlich vom Himmel herunterwirbelten, wie mir jetzt auch auffiel. Ich ließ das Fenster herunterfahren. Sofort wurde das Wageninnere in einen Schneesturm verwandelt.

Dankbar über die Ablenkung blinzelte ich mit halb verschwommener Sicht zu Sam hoch. »Frohe Weihnachten, Cooper.«

Nachdem Eliza mein Apartment verlassen hatte, ich auf meinen Wohnzimmerboden gesunken war und eine geschlagene halbe Stunde an die Decke gestarrt hatte, war mein Gehirn wieder in die Gänge gekommen, und ich hatte ihm eine Nachricht geschickt und nach ihrer Adresse gefragt. Keine weitere Sekunde würde ich freiwillig ohne sie verbringen, auch wenn ich mir bewusst gewesen war, dass ich das Abendessen mit meiner Familie nicht einfach sausen lassen konnte, um beim Weihnachtsessen ihrer Eltern aufzutauchen. Ich hatte ihr nichts davon erzählt, weil ich mir nicht sicher gewesen war, ob sie ihre Eltern einweihen wollte und weil Weihnachten war und sie sie das erste Mal nach einem halben Jahr wiedersahen. Außerdem wollte ich mein Glück nicht überstrapazieren, sie nicht direkt überfordern. Ich erwartete nichts von ihr. Himmel, ich hatte nicht einmal ein Weihnachtsgeschenk. Als ich sie heute Morgen in der Flughafentoilette überrascht hatte, war es eigentlich nur meine Absicht gewesen, dass sie mit Michael sprach, bevor ich sie dann ein paar Tage in Ruhe ließ, damit sie sich alles durch den Kopf gehen lassen konnte. Dass sie mir derart den Wind aus den Segeln nehmen würde, hatte ich mir niemals vorstellen können. Und jetzt war ich hier, um mir meinen nächsten Schuss zu geben. Ich konnte es nicht fassen, dass wir wieder dauerhaft in derselben Stadt leben würden. Und dass sie ... dass wir verdammt noch mal im Begriff waren, eine Beziehung zu führen. Eine ekelhaft kitschige Beziehung mit all dem Mist, der sie vor ein paar Monaten noch in die Arme eines anderen getrieben hatte.

»Frohe Weihnachten, Finn.« Sam lachte. »Du siehst aus, als könntest du heißen Eierpunsch vertragen. Oder meine beste Freundin. Oder beides.«

Unwillkürlich musste ich grinsen. »Du hast was gut bei mir.«

Seite an Seite stapften wir durch den inzwischen knöchelhohen Schnee, nachdem ich geparkt hatte. Im Gegensatz zu dem matschigen Nass in Seattle sah diese totenstille Kleinstadt aus wie das reinste Winterparadies. Zwischen den zugeschneiten Dächern funkelte die bunte Weihnachtsdekoration die ganze Straße hinab. Ich würde mich nicht über diese offensichtliche Harmonie beschweren, heute fühlte es sich so an, als könnte ich mich nie wieder über irgendetwas beschweren.

»Und, wie geht's dir?«, erkundigte ich mich leise bei Sam, als wir vor einem zweigeschossigen Einfamilienhaus aus Holz mit einer kleinen Veranda zum Stehen kamen. Eine Lichterkette schlängelte sich von einem Fenstersims zum nächsten bis in den ersten Stock, ansonsten war alles dunkel.

»Wie soll es mir gehen?« Er zog die Schultern hoch, aber seine Mundwinkel zuckten verräterisch. Heute Morgen, als ich ihn kurz am Flughafen gesehen hatte, hatte er seine Hände nicht von Jennifer nehmen können, und ich hatte ihn zu hundert Prozent verstanden. »Mein Mädchen ist aus Brasilien zurück, wir haben die sechs Monate Fernbeziehung überstanden und ziehen jetzt zusammen, und obendrauf ist meine beste Freundin wieder in der Stadt, und wenn ich mich nicht irre, werden wir bald eine Hochzeit feiern.«

Unsere Blicke trafen sich, und wir brachen beide in Lachen aus. »Tom und Ally haben es vorhin beim Essen unseren Eltern erzählt ... Die haben doch beide den Verstand verloren«, murmelte ich kopfschüttelnd.

»Ach, ich weiß nicht, wenn man sich so anhört, wie du dich in den letzten Wochen verhalten hast, würde ich mich nicht wundern, wenn Liz auch bald 'nen Ring am Finger stecken hat.«

Ich lachte kehlig. »Cooper, wir sprechen immer noch von Elizabeth Fleming.«

Er kicherte. »Die kriegen wir schon noch so weit. Mach einfach genauso weiter wie bisher, vorhin beim Essen hab ich sie kaum wiedererkannt, sie hat dem Tannenbaum ganz schön Konkurrenz gemacht. Ihre Mom hat dreimal nach dir gefragt. Arthur, ihr Dad, war nicht ganz so begeistert, ich glaub, er liest inzwischen die Klatschspalte, also kletterst du am besten direkt auf ihren Balkon.

Kannst dich ja dann morgen beim Weihnachtsbrunch vorstellen.« Er zwinkerte mir zu.

Ich verdrehte die Augen und verkniff mir die Frage, was Eliza ihrer Mutter auf ihre Fragen geantwortet hatte. »Ich hatte nicht vor, die ganze Nacht zu bleiben«, erwiderte ich. *Wen will ich hier eigentlich verarschen?*

Er nickte mir scheinheilig zu. »Glaub ich dir aufs Wort. Also, du musst nur in den Garten und einmal ums Haus laufen, von ihrem Balkon hängt eine Strickleiter runter. Ihre Mom schläft auf der Couch im Wohnzimmer – sie fährt morgen wieder zur Familie ihres Freundes –, ihr Dad ist im ersten Stock am anderen Ende des Flurs.«

»Eine Strickleiter?«, fragte ich verblüfft nach.

Er grinste. »Die guten alten Zeiten. Du glaubst ja wohl nicht, dass wir all die Jahre Haus an Haus gewohnt haben, ohne ab und an mal nachts Reißaus zu nehmen.«

Sofort hatte ich ein Bild von Eliza als rebellischem Teenager mit einer Kapuzenjacke und schwarzen Doc Martens im Kopf, wie sie mit einem Mission-Impossible-Ausdruck im Gesicht über das Geländer ihres Balkons kletterte. Ich lächelte. »Wie kann ich dir danken?«

Sam klopfte mir auf die Schulter, bevor er sich zum Gehen wandte. »Hör einfach nie auf, sie so glücklich zu machen, ja? Das reicht mir.«

***

The Sharpest Lives hämmerte in meiner Jackentasche los, als ich gerade auf der Hälfte der bedrohlich schwankenden Leiter angekommen war und mit halb erfrorenen Fingern nach meinem Handy tastete. Ich stöhnte auf und verfluchte mich dafür, es nicht auf lautlos geschaltet zu haben. Wenn Elizas Eltern jetzt nicht wach geworden waren, dann hatte ich die Überraschung für sie garantiert versaut. Ich nahm das Gespräch an, ohne nach dem Anrufer zu schauen. »Also, wenn's nicht dringend ist«, presste ich hervor und klemmte mir das Teil zwischen Ohr und Schulter, um mich wieder mit beiden Händen am Strick festhalten zu können, »dann würde ich gern zurückrufen, ich hänge gerade an 'ner Strickleiter und will mir ungern den Hals brechen.«

Kurz ertönte ein undefinierbares Geräusch am anderen Ende der Leitung, dann wurde scharf Luft eingezogen. »Geht's dir gut, Finn?«

Gegen meinen Willen erschien ein Grinsen auf meinen Lippen, als ich Elizas Stimme erkannte. »Hey, Baby. Können wir das Gespräch in einer Sekunde weiterführen?«

Sie klang hellwach, aber dennoch herrschte einen kurzen Moment lang Stille, in dem sie, wie ich vermutete, eins und eins zusammenzuzählen versuchte. Dann hörte ich, wie über mir eine Tür geräuschvoll aufgerissen wurde. »Ich bringe Sam um!«, zischte sie in die Nacht, und meine Mundwinkel zogen sich jetzt so weit nach oben, dass es fast schon wehtat. Die Schmerzen an meinen Fingern und den stechend scharfen Wind hatte ich schon längst vergessen.

Umständlich beendete ich das Gespräch und schaffte es, das Handy zurück in meine Jackentasche zu stecken. Keine Sekunde später sah ich aus den Augenwinkeln eine Bewegung und warf den Kopf in den Nacken, um trotz des Schneesturms einen Blick nach oben zu erhaschen. Mein Herz hatte sich mal wieder in eine Dampflok verwandelt, und Hitze schoss durch mein Inneres, peitschte Seite an Seite mit meinem rauschenden Blut durch meine Adern und hinterließ ein Feuer, das so bald niemand mehr löschen würde. Ihre dunklen Locken flatterten im Wind, und ihr Gesicht bildete den gewohnten Kontrast dazu, es schimmerte in der Dunkelheit fast so hell wie der Schnee unter uns. Ich sah, wie erst Fassungslosigkeit, dann Zorn und dann wieder unbändige Freude über ihre schönen Züge huschten. Am Rande bemerkte ich, wie ich meine Bewegungen beschleunigte und in kaum einer Sekunde bei ihr am Geländer angekommen war. Ich stützte mich mit den Armen darauf und zog mich so hoch, dass wir uns auf Augenhöhe befanden, nur Millimeter voneinander entfernt.

»Und?«, flüsterte ich in die klirrende Kälte. »Wieso hast du angerufen?«

Sie trug einen hellblauen Pyjama und hatte die Arme um sich selbst geschlungen. Kurz öffnete sie den Mund, schloss ihn dann aber wieder, trat einen Schritt zurück, betrachtete mich kritisch, entschied sich dann offensichtlich dazu, Freude über mein plötzliches Erscheinen zu empfinden, und legte ihre Arme schließlich so stürmisch um meinen Nacken, dass mein Magen eine Etage tiefer rutschte.

»Du bist hier«, hauchte sie, und ihre Lippen streiften dabei meine. Sie wurden sofort durch ihren heißen Atem zum Leben erweckt.

»Ich bin hier.«

***

»Schht!«

»Wenn du die Finger von mir lassen könntest, Elizabeth, dann könnten wir schlafen, und deine Eltern würden niemals erfahren, dass ich hier bin.«

»Ach so, deshalb bist du also hergekommen, damit wir schlafen können?«

Wir lagen einander zugewandt auf ihrem viel zu kleinen Bett unter der Bettdecke, Eliza nur noch mit dem Oberteil ihres Schlafanzugs, ich nur noch mit meiner Jeans bekleidet. Das Flüstern unserer Stimmen war deutlich leiser als die ächzenden Geräusche, die das Bettgestell von sich gab, wenn wir uns darauf hin- und herrollten, unfähig, voneinander abzulassen.

Ihr Zimmer sah genau so aus, wie ich es mir vorgestellt hatte: Über und über mit Konzertplakaten und Songtextzeilen tapeziert, kaum ein Fleck weiße Wand war darunter zu sehen.

Ihr Gesicht leuchtete im schwachen Schein ihrer Nachttischlampe. »Mein Dad wird dich umbringen, wenn er uns hier findet«, flüsterte sie kichernd, und ich grinste, wohl wissend, dass sie ihre Zimmertür vorhin abgeschlossen hatte.

»Ich komme mir vor wie ein dubioser College-Typ, der dem minderjährigen Mädchen die Unschuld stehlen will.«

»Eher wie ein Rockstar, der ihr mit seiner Stimme und seinem gefährlichen Lifestyle den Kopf verdrehen wird.«

Ich strich ihr eine Strähne aus den Augen und biss mir auf die Lippe. »Meinst du, wir kriegen es hin, uns eine Sekunde nicht die Klamotten vom Leib zu reißen?«

»Klar kriegen wir das hin.« Sie rutschte auf der Matratze näher und warf mir einen Blick zu, von dem sie sehr wohl wusste, was er in meinen unteren Körperregionen auslöste. »Aber wieso sollten wir?«

Ich stöhnte leise und zog sie für einen Moment näher, grub meine Finger unter ihrem Shirt in die weiche Haut ihrer Hüften. »Weil … ich dich ein paar Sachen fragen möchte.«

Sofort veränderte sich ihr Gesichtsausdruck, und sie nickte, ließ ihre Hand aber weiterhin an meiner Wange liegen. »Okay.«

Ich hatte mich immer noch nicht an diese Version von Eliza gewöhnt – die, die keine Panik bekam, wenn es ernst wurde, aber ich musste zugeben, dass ich Gefallen an ihr fand. Ich ließ sie nicht aus den Augen, als ich ihr die erste Frage stellte, ich wollte ihre ehrliche Reaktion. »Wo wirst du jetzt wohnen?«

Sie zuckte nicht einmal mit der Wimper. »Ich hab ein paar WGs angeschrieben und mir überlegt, auch ein Gesuch auf einigen Plattformen anzulegen.«

»Möchtest du in einer WG leben?«

Sie überlegte einen Moment lang, dann zuckte sie mit den Schultern. »Ja, warum nicht? Nichts wird je meine Mädels-WG ersetzen, aber in London war es ja auch okay und …«

»Was, wenn es keine WG wäre?«

»Du meinst, eine Einzimmerwohnung? Hab ich mir auch schon überlegt, aber das ist viel zu teuer. Ich weiß, Mr. Rockstar hier muss sich keine Gedanken darum machen, wie er seine Miete bezahlt, aber für mich ist es was anderes.« Sie lächelte leicht.

»Ich meine keine Einzimmerwohnung.« Ich nahm meinen ganzen Mut zusammen und sprach den Gedanken aus, der mir gekommen war, als sie vorhin mein Apartment verlassen hatte. Er war absolut verrückt und wahrscheinlich lächerlich, aber hey, Tom würde heiraten. Dann stand mir doch auch ein bisschen Spontanität zu, oder? »Sondern meine Wohnung.«

Ihre Augenbrauen schossen in die Höhe. »Klar, Finn, das ist

genau meine Preisliga! Wie hoch ist die Kaltmiete? Dreitausendfünfhundert?«

Jetzt musste ich gegen meinen Willen lächeln. Wir mussten wirklich daran arbeiten, nicht ständig aneinander vorbeizureden. Ich nahm ihr Gesicht zwischen meine Hände und beugte mich leicht über sie, sodass ihr Rücken in die Kissen gedrückt wurde. »Also erstens, Kleine, ist nicht mal die Warmmiete so hoch, und zweitens würde Mr. Rockstar ja auch mitzahlen.«

Eine ganze Weile lang blieb es still. Sie starrte mir einfach in die Augen, aber es wirkte nicht überrascht oder abgeneigt. Es wirkte, als würde sie es sich ernsthaft durch den Kopf gehen lassen. Mein Magen schlug derweilen Saltos. »Hm«, machte sie, und ich konnte sehen, wie ihre Mundwinkel verräterisch zuckten und etwas in ihren dunklen Augen glitzerte. »Was sagt dein Therapeut dazu?«

Ich bemühte mich um einen neutralen Gesichtsausdruck. »Noch gar nichts. Wir können es ihm ja in unserer ersten Sitzung erzählen.«

Und dann fielen wir übereinander her. Ich wusste nicht, ob das ein Ja war oder einfach ihre Art, mir zu zeigen, dass sie es sich überlegen würde, aber es war mir egal. Ich überließ mich diesem Rausch und wollte an nichts außer an ihren süßen Atem, ihre weiche Haut und ihr Stöhnen in meinem Ohr denken. Doch diesmal war sie es, die zurückwich.

»Was wolltest du mich noch fragen?«

»Bist du sicher, dass du nicht lieber hiermit weitermachen möchtest?«, hauchte ich an ihrem Hals und fuhr ihr mit einem Finger über den entblößten Bauch.

»Selbstverständlich bin ich mir nicht sicher«, flüsterte sie angestrengt zurück und schob meine Hand beiseite. »Aber ich hab gehört, in einer Beziehung geht es um mehr als ums Körperliche.«

Ungläubig grinsend wich ich zurück. »Und das aus Ihrem Mund, Miss Fleming?«

Sie verdrehte die Augen, erwiderte aber nichts, um mir zu signalisieren, dass ich weitersprechen sollte.

Ich nickte, ein bisschen verwirrt von der Erregung und den anderen Dingen, die in mir umherschwirrten. »Ich würde mich gerne mit meiner biologischen Mutter treffen«, murmelte ich und hielt es nicht aus, sie dabei anzusehen. Dass dieser Moment kommen würde, war mir klar gewesen, als ich mich dazu entschieden hatte, dass ich gesund werden wollte. Für Eliza, für mich, für dieses Leben. Und mit der Vergangenheit konnte man nicht abschließen, wenn man ihr nicht von Angesicht zu Angesicht gegenübertrat. »Ich weiß aber nicht, ob ich das alleine hinkriege.«

Sie schwieg eine Weile, in der sie mir ein paarmal durchs Haar fuhr. Als sie sprach, war ihre Stimme so leise, dass ich mich anstrengen musste, um die Worte zu verstehen. »Du müsstest es nicht alleine hinkriegen.«

Mein Blick zuckte automatisch zurück zu ihr, und sie hielt ihm stand, obwohl ich sah, dass es ihr schwerfiel. Ich öffnete den Mund, klappte ihn wieder zu, ohne zu wissen, was ich sagen sollte.

»Ich dachte, ich hab vorhin klargemacht, dass du nie wieder etwas alleine hinkriegen musst«, hauchte sie, und ihre Wangen färbten sich dunkler. Der Anblick war so schön, dass es wehtat.

»Du weißt, dass das eine ziemlich lange Zeitspanne ist?«, fragte ich lächelnd in die Dunkelheit und versuchte, die Euphorie in mir nicht allzu deutlich zu zeigen. »Und eine ziemlich harte Aufgabe?«

Sie musste ebenfalls grinsen, und als sie mich dieses Mal ansah, glänzte nur die pure Entschlossenheit in ihren Zügen.

»Tja, Westwood, dann ist es ja gut, dass ich meinen Fokus in den nächsten Semestern auf Psychologie legen werde.« Sie fasste mich bei den Schultern und verlagerte ihr Gewicht so, dass ich jetzt nach hinten gedrückt wurde. Das Bett knarzte unter uns, aber sie schien es kaum zu bemerken. Wieder wollte ich etwas sagen, protestieren, ihre Absichten infrage stellen, irgendetwas erwidern, wieder nahm sie mir mit ihren nächsten Worten den Wind aus den Segeln. »Und dass wir in derselben Wohnung leben werden.«

Und dann begannen wir dort, wo wir in jener Novembernacht vor einem Jahr aufgehört hatten.

DANKE, DANKE, DANKE

Ich habe die Geschichte von Finn und Eliza seit Dezember 2011 mit mir herumgetragen, und jetzt – zehn Jahre später – hat sie endlich ihr Ende gefunden, und ich möchte mich bei jedem bedanken, der seinen Beitrag dazu geleistet hat.

Danke an Anna Hoffmann und an das HarperCollins-Team für die ganze Mühe und die Unterstützung, dafür, dass sie das Beste aus diesem Roman herausgeholt haben.

Danke an Sabrina für deine Hingabe und deine unvergleichliche Kunst.

Danke an Louise, die jede überflüssige Seite der Rohfassung gelesen hat und es jederzeit wieder tun würde.

Danke an Diana, die jedem, der es wissen oder auch nicht wissen will, erzählt, dass ich ein Buch geschrieben habe.

Danke an Jess, die jede zweifelnde Stimme in mir zunichtemacht und verstanden hat, warum ich an meinem ersten Tag in Seattle in Tränen ausgebrochen bin. Eines Tages werde ich dein Buch in den Händen halten.

Danke an Effi, dass du mein Cheerleader bist.

Danke an Maria, dass du mich zu Elizabeth Gilberts »Big Magic«-Lesung mitgenommen hast, die der Grund dafür war, dass ich wieder zu schreiben begonnen habe.

Danke an meine Mama, die aus offensichtlichen Gründen erst das nächste meiner Bücher lesen darf.

Danke an alle in meinem Umkreis, die mir gut zugeredet haben, als *Backstage in Seattle* veröffentlicht wurde und ich in Panik verfallen bin.

Danke an Ania, dass du es in zwei Tagen durchgelesen und mit mir ganz normal darüber diskutiert hast.

Danke an Michelle, die wohl am längsten auf das Ende warten musste.

Danke an all die wunderbaren Instagram-Bekanntschaften und Lovelybooker, die mir mit ihren Bildern, Nachrichten und Fragen nach der Fortsetzung Mut gegeben und mich davon überzeugt haben, dass ich weitermachen kann. Ihr wisst genau, wer ihr seid. Jede Einzelne von euch. Ich hoffe, wir sehen uns auf zukünftigen Buchmessen!

Danke an alle Autorinnen, die ich durch die Veröffentlichung meines Debütromans kennengelernt habe und die mich mit ihren Worten täglich inspirieren – keep on writing.

Danke an all die Künstlerinnen, die mich mit ihren Büchern und Liedern glücklich gemacht haben, als ich es gerade dringend nötig hatte.

Und zuletzt danke an jede, die mir eine Mail geschrieben hat, um mir mitzuteilen, dass sie den zweiten Teil kaum erwarten kann, oder um mich zu fragen, wieso ich so grausam bin. Ich freue mich unglaublich über eure Nachrichten! ☺